21世纪通才教育系列教材

外国文学名著选读

（第4版）

梁坤 主编

中国人民大学出版社

·北京·

出版说明

通才教育、通识教育，或者素质教育、博雅教育，是一组具有家族相似性的概念。尽管不少学者撰文辨析这些概念之间的细微差别，但是大体来说，它们都指向一种共同的教育理念，即教育的目的是使受教育者不仅具备一定的专业知识和能力，而且要兼具多种才能，具有较宽的知识面、较高的文化素质和健全的人格，成为全面发展的创新人才。

当代大学生应该具备哪些知识、能力和素质，可能仁者见仁，智者见智。从我国高等教育的人才培养目标来看，大学生不论学习什么专业，都应该是复合型的高素质人才，不仅应该掌握某个专业的知识和技能，还要具备人文精神与科学精神。许多高校在借鉴国外高等教育经验的基础上，根据我国国情和社会对人才的需要，设计出了各具特色的公选课程体系，在通才的培养方面进行了有益的探索。但是，课程设置随意性大、缺乏适用教材的情况还比较普遍，不利于通才教育规范而有效地开展。

为了满足全国普通高等学校进行通才教育的需要，我们在广泛征求专家意见和对几十所大学进行调研的基础上，推出“21 世纪通才教育系列教材”。其宗旨是拓宽大学生的视野，扩大其知识面，提高其人文素养，塑造其科学精神。我们将陆续推出由兼具专业功底和教学经验的优秀作者编写的、涵盖人文社会科学和自然科学的系列教材，供高校教师和学生选用，从而为我国的高等教育和人才培养服务。

中国人民大学出版社

前　言

文学是对人类生存状态的描摹，是对人类生存经验的艺术表现与思考，是一个民族的心灵之窗。大凡具有传世价值的作品，都是在特定的历史条件下写出了时代精神和民族之魂的东西。透过文学作品可以探究一个民族的气质，触摸一个时代的灵魂。学习外国文学名著可以帮助学生了解东西方文化的源流，开阔视野，吸收人类文化的精华。“海纳百川，有容乃大”，在全球一体化、东西方文化交流日趋频繁的时代，了解东西方文化精神，对于感悟人生、净化心灵、提高综合素质，进而重塑一种强健的精神人格将起到潜移默化的作用。

西方文化精神主要表现为以下几个方面：

第一，人道主义精神。从古希腊的人本主义到文艺复兴时期的人文主义，启蒙时期的“自由、平等、博爱”的人道主义口号，形成了西方文学中代代相因的优秀传统。其基本内容就是以人为本，关怀人类苦难，关心人类命运，关注人的价值和人生的意义，思考人类的生存状态和人与人、人与自然、人与社会、人与自我的关系。

第二，理想主义精神。对理想王国的憧憬是西方文学中一道不灭的情愫。它源自基督教对来世天国的追求，空想社会主义、共产主义都是这一传统在不同时代的延续和发展。为追求理想而献身是历代仁人志士的不悔选择。从普罗米修斯的英雄主义精神到歌德的浮士德、海明威的“硬汉”，都洋溢着西西弗斯式的悲剧精神，具有一种崇高美与悲壮美，并由此推动人类社会一步步向理想的目标迈进。对每个人而言，理想赋予人生以意义。试想，“人类失去理想，世界将会怎样?”

第三，理性精神。比较而言，东方文化有着更强调直觉顿悟、生命体验的传统，西方文化更注重理性。古典主义立法者布瓦洛把这种理性精神推向了极致：“愿你的文章永远只凭理性获得价值和光芒”。他们相信人的理性和人的认识能力，要穷极一切事物，追求真理和知识。弘扬真善美，批判假丑恶，把对社会和人生的思考上升到哲理高度，从而使作品获得了永恒的价值。

从横向看，东西方文化既有各自的传统，又不断交流、撞击、融合、发展。以《圣经》文学为例，从地域上划分，它属于东方文学，但它确实又成为西方文学的源头，深刻地影响了西方文化心理。由此可见，将东西方文学人为地割裂开来的做法未免略显褊狭。从纵向看，本书在重温古典的基础上，更注重 20 世纪这个与我们息息相关的时代的作品。如果把文学史比作人类文化的长河，那么文学名著则是经过几千年大浪淘沙，沙里淘金留下的精华，是这条长河中的一颗颗珍珠。它们交相辉映，构筑起世界文学的殿堂。本书旨在通过对经典作品的选读和赏析，让学生了解西方文化精神和东方文化神韵，在世界文学的大背景下汲取人类文化的精华，借他山之石以攻玉。据统计，在当今信息爆炸的时代，一个化学家每周工作 40 小时，阅读一年内发表的专业论文，要花 40 年才能读完。因此，在有限的时间里读精品、读经典，就是对生命的珍重。

由于篇幅所限，本书只能精选四十余部作品。面对几千年流传下来的浩瀚的作品海洋，未免挂一漏万。而阅读又是一种非常个性化的行为，故本书力图在抓住作品精髓的基础上，为学生提供一种理解作品、分析作品的思路，不求面面俱到，但愿有所启示。恳请各位读者不吝赐教，以便今后有所改进和提高。

本书撰写者主要为中国人民大学、北京师范大学、社科院外文所、北京外国语大学、首都师范大学等单位的教师、学者和研究生。本书在编写过程中，得到许多专家学者的热情支持和帮助。在此，谨向中国人民大学章安祺教授、黄晋凯教授、杨恒达教授，北京大学李明滨教授，中国社会科学院外文所张玲编审、王焕生研究员，北京师范大学钱诚教授、吴泽霖教授，南开大学刘俐俐教授，中国人民大学出版社司马兰女士表示诚挚的感谢。

编者

2001.8

目 录

伊利亚特

［古希腊］荷马

荷马（'Ομηρος，约公元前9—前8世纪）相传为古希腊两部伟大的史诗《伊利亚特》和《奥德赛》的作者，生平无从查考。他是小亚细亚一带的盲诗人，是具有高度艺术才能的民歌艺人，也是把这两部史诗初步定型的伟大诗人。

公元前12世纪末，希腊半岛上的阿开奥斯人联合进攻小亚细亚半岛上的特洛亚城，鏖战十年，特洛亚城为希腊人毁灭。战争结束后，在小亚细亚一带便流传着许多关于英雄故事和神话传说的短歌。民间歌人口头传授这些短歌，代代相传。在长期口耳相传的过程中，许多行吟诗人对它们进行过加工改造。荷马即以此为基础加工整理形成了具有完整情节和统一风格的两部史诗。但那时还只是一种演唱本，直到公元前6世纪中叶，雅典执政官庇士特拉绥组织编订，“荷马史诗”才有了文字记录。公元前3—前2世纪亚历山大城几位学者校订之后，史诗有了最后定本。这就是今天我们见到的各为24部的两部史诗。

《伊利亚特》描写的是特洛亚战争的经过，歌颂英雄们的骁勇和功勋；《奥德赛》叙述了特洛亚战争结束后特洛亚英雄奥德修斯十年海上历险和返乡后与妻子团聚的故事，赞美了英雄的坚毅和智慧，表现人与自然的斗争。两部史诗内容上相互补充，风格上交相辉映，共同构成一幅远古时代希腊社会生活的完整画卷，表现了从原始社会向民族社会过渡时期古希腊民族的生活、斗争和思想感情。“荷马史诗”是欧洲文学史上最早、最重要的文学作品，是人类社会童年的百科全书。两部史诗规模宏伟，一写10年战争，一写10年海上历险，但情节都集中在最后十几天里，结构巧妙，人物性格鲜明，语言质朴自然，比喻丰富生动而又新鲜奇特，在艺术上“成为一种规范和高不可及的范本”（马克思语）。“荷马史诗”是古希腊文学艺术中的瑰宝，对后世欧洲文学的发展产生了深刻影响。我们至今仍能感受到它的巨大艺术魅力。

作品梗概

根据希腊传说，特洛亚战争导源于“不和的金苹果”。希腊将领阿基琉斯的父母阿尔戈斯英雄佩琉斯和海洋女神忒提斯结婚时举行盛宴，邀请了所有的神，唯独忘了不和女神厄里斯。厄里斯就在席间扔下一个金苹果，上面写着“给最美的女神”。三位女神（赫拉、雅典娜、阿芙洛狄忒）为争夺金苹果而争执不休，宙斯让她们去找特洛亚王子帕里斯评判。三位女神争相向帕里斯许诺：赫拉答应他成为最伟大的君王，赋予他人间最多的财富和最大的权力；雅典娜答应他成为最伟大的英雄，赋予他战场上的胜利和荣誉；阿芙洛狄忒许给他世上最美貌的妻子。帕里斯把金苹果判给了爱情女神。后来爱情女神把他引到斯巴达，乘国王墨涅拉奥斯外出之际，拐走了美丽的王后海伦，并抢走了大批财物。于是，希腊各部落公推迈锡尼王阿基琉斯为联军统帅，动员十万大军和一千多条战船，渡海远征特洛亚。战争进行了十年，众神各助一方，希腊人仍未攻下特洛亚。

史诗开宗明义地点出：“女神啊，请歌唱佩琉斯之子阿基琉斯的致命忿怒”。此时，希腊联军中发生了内讧。联军统帅阿伽门农抢占了阿波罗神庙祭司克律塞斯的女儿，并拒绝克律塞斯以重金赎回女儿的要求，因此惹恼了太阳神阿波罗。阿波罗降瘟疫给希腊人，希腊联军死亡无数。为避免全军覆没，希腊阿开奥斯部族的著名骁将阿基琉斯坚决请求阿伽门农送还克律塞斯的女儿。阿伽门农不得不接受这一建议，却又专横地夺走阿基琉斯心爱的女俘——美丽的布里塞伊斯。阿基琉斯当众受辱，愤然退出战场。他祈求母亲忒提斯说服宙斯惩罚希腊人，致使希腊军队屡遭失败，很多将领在战斗中负伤。

特洛亚军队在宙斯与阿波罗的鼓舞下，在主将赫克托尔的率领下大举进攻，跨过希腊人的壕沟、壁垒，还想纵火焚烧希腊人的战船。希腊联军无力抵挡，节节败退，一直退到海边。阿伽门农终于意识到自己的鲁莽和专横所造成的严重后果。他派人携重礼向阿基琉斯求和，恳请他出战御敌，被阿基琉斯断然拒绝。在这危急关头，阿基琉斯的好友帕特罗克洛斯挺身而出，借阿基琉斯的盔甲披挂上阵。特洛亚人以为是骁勇无敌的阿基琉斯出战，纷纷败逃。帕特罗克洛斯虽扭转了希腊军队的危局，却丧命于特洛亚英雄赫克托尔的枪下。

阿基琉斯见好友战死，悲愤至极，“陷进了痛苦的黑云”。他悔恨自己的过失，摒弃前嫌，与阿伽门农和好。他母亲忒提斯来到奥林波斯山，请匠神赫菲斯托斯连夜为阿基琉斯赶制新的盾牌和盔甲。阿基琉斯重上战场，要为亡友报仇。奥林波斯山上的众神也都投入了战斗。宙斯与阿波罗佑护赫克托尔，雅典娜因金苹果一事对特洛亚人耿耿于怀，暗中帮助希腊人。最后在决战中，阿基琉斯健步如飞，奋勇追逐赫克托尔，绕城三匝。紧急关头，宙斯取出金天平预测两位英雄的命运，只见赫克托尔的一端向下界冥土低沉，知大势已去。雅典娜助阿基琉斯刺死赫克托尔，并将其尸体拖在战车后奔驰，绕城三匝。

特洛亚老王普里阿摩斯来到阿基琉斯的营帐，跪求他归还儿子的尸体。阿基琉斯顿生恻隐之心，成全了可怜的老人。史诗在为赫克托尔举哀下葬中结束。

作品节选

第二十二卷
赫克托尔被阿基琉斯杀死遭凌辱 130

……

赫克托尔思虑等待，阿基琉斯来到近前，
如同埃倪阿利奥斯，头盔颤动的战士，
那支佩利昂产的梣木枪在他的右肩
怖人地晃动，浑身铜装光辉闪灿，
如同一团烈火或初升的太阳的辉光。
赫克托尔一见他心中发颤，不敢再停留，
他转身仓皇逃跑，把城门留在身后，
佩琉斯之子凭借快腿迅速追赶。
如同禽鸟中飞行最快的游隼在山间
敏捷地追逐一只惶惶怯逃的野鸽，
野鸽迅速飞躲，游隼不断尖叫着
紧紧追赶，一心想扑上把猎物逮住。
阿基琉斯当时也这样在后面紧追不舍，
赫克托尔在前面沿特洛亚城墙急急逃奔。
他们跑过丘冈和迎风摇曳的无花果树，
一直顺着城墙下面的车道奔跑，
到达两道涌溢清澈水流的泉边，
汹涌的斯卡曼得罗斯的两个源头。 148
一道泉涌流热水，热气从中升起，

笼罩泉边如同缭绕着烈焰的烟雾。
另一道涌出的泉水即使夏季也凉得
像冰雹或冷雪或者由水凝结的寒冰。
紧挨着泉水是条条宽阔精美的石槽，
在阿开奥斯人到来之前的和平时光，
特洛亚人的妻子和他们的可爱的女儿们
一向在这里洗涤她们的漂亮衣裳。
他们从这里跑过，一个逃窜一个追，
逃跑者固然英勇，追赶者比他更强，
迈着敏捷的双脚，不是为争夺祭品
或者牛革这些通常的竞赛奖赏，
而是为了夺取驯马的赫克托尔的性命。
如同在为牺牲的战士举行的葬礼竞赛中
许多单蹄马为能夺得三脚鼎或女人
这样丰厚的奖品，绕着标杆飞驰，
他们也这样绕着普里阿摩斯的都城，
迈着快腿绕了三周，神明众睽睽。
天神和凡人之父终于对神明这样说：
“啊，我亲眼看见我们宠爱的人被追赶，
沿城墙落荒奔逃，赫克托尔使我怜悯，
他经常在崎岖的伊达山的高峰上，
或在特洛亚城堡虔诚地敬献给我
壮牛的肥厚腿肉，现在被勇敢的阿基琉斯
围绕着普里阿摩斯的都城紧紧追赶。
神明们，你们好好想想，帮我拿主意，
我们是救他的性命，还是让这个高尚的人
今天倒毙于佩琉斯之子阿基琉斯的手下。”

目光炯炯的女神雅典娜立即回答说：
“掷闪电的父亲，集云之神，你说什么话！
一个有死的凡人命运早作限定，
难道你想让他免除可怕的死亡？
你看着办吧，但别希望我们赞赏。”

集云之神宙斯这样回答雅典娜：

“特里托革尼娅①，亲爱的孩子，你别着急，
我所言并非有什么打算，但愿你称心，
你想怎么办就怎么办，不要迟延。” 185

宙斯的话鼓励了跃跃欲试的女神，
雅典娜迅速飞下奥林波斯峰巅。 187

捷足的阿基琉斯继续疯狂追赶赫克托尔，
有如猎狗在山间把小鹿逐出窝穴，
在后面紧紧追赶，赶过溪谷和沟壑，
即使小鹿转身窜进树丛藏躲，
也要寻踪觅迹地追赶把猎物逮住。
赫克托尔也这样摆脱不了捷足的阿基琉斯，
每当他偏向达尔达尼亚城门方向，
企图挨着建造坚固的城墙奔跑，
城上的人们朝下放箭保护他的时候；
每次阿基琉斯都抢先把他挡向平原，
自己始终占着靠近城墙的道路。
有如人们在梦中始终追不上逃跑者，
一个怎么也逃不脱，另一个怎么也追不上，
阿基琉斯也这样怎么也抓不着逃跑的赫克托尔。
赫克托尔怎么能这样躲过残忍的死神？
只因为阿波罗最后一次来到他身边，
向他灌输力量，给他敏捷的脚步。
神样的阿基琉斯向他的部队摇头示意，
不许他们向赫克托尔投掷锐利的枪矢，
免得有人击中得头奖，他屈居次等。 207
当他们一逃一追第四次来到泉边，
天父取出他的那杆黄金天秤，
把两个悲惨的死亡判决放进秤盘，
一个属阿基琉斯，一个属驯马的赫克托尔，
他提起秤杆中央，赫克托尔一侧下倾，
滑向哈得斯，阿波罗立即把他抛弃。

① “特里托革尼娅”是雅典娜的别称，意为“出生在特里托尼斯湖畔的”。

目光炯炯的女神雅典娜迅速来到
佩琉斯之子身边，说出有翼飞翔的话语：
“宙斯的宠儿阿基琉斯，我们可望
今天让阿开奥斯人带着全胜回船，
难以制服的赫克托尔将被我们杀死。
现在他已不可能逃脱我们的手掌，
不管射神阿波罗怎样费心帮助他，
甚至匍匐着哀求提大盾的天父宙斯。
你且停住脚步喘喘气，我这就去
223 上前找他，劝他和你一决胜负。”

阿基琉斯听从雅典娜心中欢喜，
拄着那杆铜尖梣木枪停住脚步。
雅典娜离开他赶上神样的赫克托尔，
模仿得伊福波斯的外貌和洪亮的嗓音，
站到他近旁说出有翼飞翔的话语：
“亲爱的兄弟，捷足的阿基琉斯如此快步，
绕着普里阿摩斯的都城把你追赶，
231 现在让我们停下来就在这里迎战。”

头盔闪亮的伟大的赫克托尔回答雅典娜：
“得伊福波斯，在赫卡柏和普里阿摩斯
给我的所有兄弟中，你一向对我最亲近，
现在我心中比以前更为深挚地敬爱你，
只有你看见我被追赶，愿意出城帮助我，
237 其他人都不敢出来，在城里惊惶地藏躲。”

目光炯炯的女神雅典娜这样回答说：
“亲爱的兄弟，父王和母后都曾抱膝
哀求我不要出城，部下也这样力劝，
他们全都如此害怕那个阿基琉斯，
但我在城里心中为你痛苦难忍，
现在让我们大胆迎战和他厮杀，
枪下不留情面，看看如何结果：
是他杀死我们，带着血污的铠甲

返回空心船，还是他倒在你的枪下。”

雅典娜这样说，用狡计带领他冲上前去，
待他们这样相向而行，互相逼近时，
头盔闪亮的伟大的赫克托尔首先说话：
“佩琉斯之子，我不再逃避你，像刚才
绕行普里阿摩斯的都城三遭不停步，
现在心灵吩咐我停下来和你拼搏，
或是我得胜把你杀死，或是你杀我。
但不妨让我们敬请神明前来作证，
神明能最好地监督和维护我们的誓言：
如果宙斯让我获胜，把你杀死，
我不会侮辱你的躯体，尽管你残忍，
阿基琉斯，我只剥下你那副辉煌的铠甲，
尸体交阿开奥斯人。你也要这样待我。” 259

捷足的阿基琉斯狠狠地看他一眼回答说：
“赫克托尔，最可恶的人，没什么条约可言，
有如狮子和人之间不可能有信誓，
狼和绵羊永远不可能协和一致，
它们始终与对方为恶互为仇敌，
你我之间也这样不可能有什么友爱，
有什么誓言，惟有其中一个倒下，
用自己的血喂饱持盾的战士阿瑞斯。
鼓起你的全部勇气，现在正是你
表现自己是名枪手和无畏战士的时候。
不会有别的结果，帕拉斯·雅典娜将用
我的枪打倒你，你杀死了我那么多朋友，
使我伤心，你将把欠债一起清算。” 272

阿基琉斯说完，举起长杆枪投了出去。
光辉的赫克托尔临面看见，把枪躲过。
他见枪飞来，蹲下身让铜枪从上面飞过，
插进泥土，但帕拉斯·雅典娜把它拔起，
还给阿基琉斯，把士兵的牧者赫克托尔瞒过。

赫克托尔对勇敢的佩琉斯之子大声说：
“神样的阿基琉斯，你枉费力气没投中，
并非由宙斯得知我的命运告诉我。
你这是企图用花言巧语把我蒙骗，
想这样威吓我失去作战的力量和勇气。
我不会转身逃跑让你背后掷投枪，
我要临面冲上来让你正面刺胸膛，
如果这是神意。现在你先吃我一枪，
但愿你把这支铜枪能全部吃进肉里。
只要你一死，这场战争对于特洛亚人
288 便会变容易：你是他们最大的灾祸。”

　赫克托尔说完，晃动着投出他的长杆枪，
击中佩琉斯之子的神造盾牌的中心，
他没有白投，但长枪却被盾牌弹回。
赫克托尔懊恼长杆枪白白从手里飞去，
又不禁愕然，因为没有第二支梣木枪。
他大声叫喊手持白盾的得伊福波斯，
要他递过来长杆枪，但已匿迹无踪影。
赫克托尔明白了事情真相，心中自语：
“天哪，显然是神明命令我来受死，
我以为英雄得伊福波斯在我身边，
其实他在城里，雅典娜把我蒙骗。
现在死亡已距离不远就在近前，
我无法逃脱，宙斯和他的射神儿子
显然已这样决定，尽管他们曾那样
热心地帮助过我：命运已经降临。
我不能束手待毙，暗无光彩地死去，
305 我还要大杀一场，给后代留下英名。”

　赫克托尔这样说，一面抽出锋利的长剑，
那剑又大又重，佩带在他的腰边，
他挥剑猛扑过去，有如高飞的苍鹰，
那苍鹰穿过乌黑的云气扑向平原，
一心想捉住柔顺的羊羔或胆怯的野兔，

赫克托尔也这样挥舞利剑冲杀过去。
阿基琉斯也冲杀上来，内心充满力量，
把那面装饰精美的盾牌举在胸前，
头上晃动着闪亮的四行饰槽的头盔，
美丽的金丝在盔顶不断摇曳，
赫菲斯托斯把它们密密地紧镶盔脊。
夜晚的昏暗中金星太白闪烁于群星间，
无数星辰繁灿于天空，数它最明亮，
阿基琉斯的长枪枪尖也这样闪光辉。
他右手举枪为神样的赫克托尔构思祸殃，
看那美丽的身体哪里戳杀最容易。
赫克托尔全身有他杀死帕特罗克洛斯
夺得的那副精美的铠甲严密护卫，
只有连接肩膀和颈脖的锁骨旁边
露出咽喉，灵魂最容易从那里飞走。
神样的阿基琉斯一枪戳中向他猛扑的
赫克托尔的喉部，枪尖笔直穿过柔软的颈脖。
沉重的梣木铜枪尚未能戳断气管，
赫克托尔还能言语，和阿基琉斯答话。
阿基琉斯见赫克托尔倒下这样夸说：
“赫克托尔，你杀死帕特罗克洛斯无忧虑，
见我长时间罢战无惊无恐心安然，
愚蠢啊，那里还有一个比帕特罗克洛斯
强很多的人在，我还留在空心船前，
现在我杀了你，恶狗飞禽将把你践踏，
阿开奥斯人却将为帕特罗克洛斯行葬礼。” 336
…………

（选自罗念生、王焕生译：《伊利亚特》，人民文学出版社，1994 年版）

作品赏析

《伊利亚特》是人类历史开篇的第一歌。它是最早描写战争的作品，广泛反映了希腊从原始社会向奴隶制社会过渡时期的社会生活，人们因此习惯于把这个时期称为“英雄时代”或“荷马时代”。当时部族之间经常为争夺财产和奴隶而进行战争，这是生存竞争的需要，无是非善恶之分。据史料记载，特洛亚在小亚细亚西北海岸，是重要的交通枢纽和富庶繁荣的城市。刚刚开始觉醒的希腊人要打开海上贸易通路，就必须攻下这块要地。19 世纪德国考古学家施利曼发现，从公元前 20 世纪下半叶到公元前 10 世纪，特洛亚城先后九次被毁灭。史诗所描写的是希腊各部族联合起来第六次进攻特洛亚的场面（约在公元前 1184 年攻陷该城）。《伊利亚特》是希腊民族历史的初次记录。史诗勾勒出时代的轮廓和希腊民族的精神，表现了希腊民族的生存方式和价值观念，承载了他们的思想感情。

作者歌颂的是氏族首领的骁勇善战、孔武有力、足智多谋和为集体利益不怕牺牲的英雄主义精神。阿基琉斯是人间国王佩琉斯与海洋女神忒提斯之子。他体魄矫健、武艺高强、勇猛善战。在阿基琉斯参加希腊联军出征特洛亚之前，他母亲忒提斯就清楚地知道，他的命运早已注定，或在故乡佛提亚平安幸福地生活，默默无闻而长寿，或在战场上得到巨大的荣誉，却会命定早死。阿基琉斯毫不犹豫地选择了后者。他不愿过平庸的生活，强烈的荣誉感驱使他到战场上去建立功业，实现人生价值。他的马预言他的末日正在临近，他也清楚自己将葬身于特洛亚城下，但仍然挺身出战。挚友帕特罗克洛斯牺牲后，阿基琉斯悲愤交加，心中燃起冲天怒火。母亲警告他为朋友复仇将导致他在战场上丧生，杀死赫克托尔之后不久他自己也将死亡，他还是请母亲找战神为他再做一副铠甲，义无反顾地重返战场。阿基琉斯的选择代表了希腊民族的现实生活观念。在他的血管中，激荡着古希腊人原始欲望自由外泄的渴望和生命力无限延伸的律动，也许正是这样的自信、勇敢与豪迈，甚至感情用事、放荡不羁才使得古希腊人成为“正常的儿童”。诗人赞扬他忘我战斗的精神：他一人勇战特洛亚军队，所向披靡，势不可当。他被誉为最伟大的英雄，成为民族精神的化身。

但阿基琉斯的性格又具有多面性：一方面，他自负任性，残暴凶狠，报复心强，有些心胸狭窄和自私，是原始氏族首领中蛮勇骁悍的典型。他“冲冠一怒为红颜”，仅仅因为阿伽门农抢占了自己的女俘，个人私利遭侵，尊严受辱，他便拒绝出战，置集体利益于不顾，使希腊联军节节败退，几乎覆亡；当挚友帕特罗克洛斯牺牲后，阿基琉斯不顾个人安危为其复仇，冲天的愤怒使他嗜杀如狂，不分男女老少，见人就杀，致使特洛亚人的尸体堵塞了克珊托斯河的河道；他不顾赫克托尔在决战前的哀求，将赫克托尔刺死后残暴地凌辱他的尸体。另一方面，他又光明磊落，温厚善良，重情义，深怀恻隐之心。他爱自己的母亲忒提斯；心爱的女俘布里塞伊斯被夺走，他为之痛哭；他珍视友情，忠实于对好友帕特罗克洛斯的义务；当特洛亚老王普里阿摩斯跪求他归还儿子赫克托尔的尸体时，他感念自己年迈的父亲，泪流满面，伸出手来给哭泣的老国王去握，答应老王的要求，而且休战 11 天，让其从容安葬。阿基琉斯的形象巧妙地将战争与人性这两种背离的因素融合为一，从而引起人们的震撼。而他性格的核心则是捍卫个人尊严的敏感意识。

这个血肉丰满的艺术形象得到了黑格尔的高度赞美："关于阿基琉斯，我们可以说：'这是一个人！高贵的人格的多方面性在这个人身上显出了他的全部丰富性。'"[①] 诗中有这样一个细节：阿基琉斯出生时，母亲曾倒提双足将其浸入冥河，所以除了脚踵，全身刀枪不入。在交战中，敌人的暗箭恰恰射中了他的脚踵。由此，"阿基琉斯的脚踵"就成为对其致命弱点的一种隐喻。诗人对此予以谴责，强调部落集体利益高于一切，个人意志、个性自由应服从整体利益。通过阿基琉斯的形象，古希腊人完成了对民族性格的深沉思考和自我省察。所以说这个形象是人类自我认识的漫长征程中一个光辉的路标。

赫克托尔是具有强烈悲剧色彩的形象。他比阿基琉斯更富责任心和人情味。他是特洛亚城的主将，武艺超群，性情持重，刚柔相济。他预感到国破家亡的命运在等待他，明知自己死后娇妻弱子都将面临成为奴隶的命运，但为了保卫特洛亚，他拒绝了亲人的哀告劝阻，义无反顾地出城迎战，最后血洒疆场，壮烈牺牲。在这位英雄身上，更多地体现了为群体利益和个人荣誉而视死如归的英雄主义精神，体现了希腊人对神、对命运的看法和明知不可为而为之的悲剧精神。神具有至高无上的权威，可以决定人的命运，但代表人的力量的英雄却表现得无所畏惧，敢于同天命抗争。

史诗的艺术成就突出地表现在塑造了一系列个性鲜明的人物形象，如骄狂专横的阿伽门农，温柔哀婉而又深明大义的安德罗马克，宽厚悲悯的普里阿摩斯老王，轻浮怯懦的佩里斯，都栩栩如生，惟妙惟肖。如黑格尔所言，这部史诗中"每个人都是圆满有生气的人，而不是某种孤立的性格特征的寓言式的抽象品"。

在谋篇布局上，情节结构和场面的组合达到了高度统一和完整。全诗共 15 963 行，集中描写了战争第十年里 51 天内的事情。在 51 天中突出 4 天中发生的事件，紧紧围绕"阿基琉斯的愤怒"的线索展开。情节剪裁得当，舍繁求简，以点带面，紧凑集中，不枝不蔓，张弛有度。

史诗的魅力还源于写作手法的多样化。气势宏大的场面勾勒和细致入微的心理描写相结合，正面描绘和侧面烘托相辉映。巧妙的布局和多样化的描写手法突出了英雄主义的主题。如对赫克托尔别妻出征的场面描写深沉哀婉，感人至深，一直为后人所称道；对两军厮杀的战斗场面的描绘如猛火雷霆，暴风骤雨，格调高昂，威武雄壮，呈现出一种"阳刚之美"；壮写海伦之美则用侧面烘托的手法曲尽其妙，当她的前夫墨涅拉奥斯与帕里斯决战时，帕里斯的老父亲和海伦都走上城头观战：

---

① 黑格尔. 美学：第1卷. 1版. 北京：商务印书馆，1979：303.

她立即拿一块白色的面巾把头遮起来，
流着眼泪从她的房间里走出来，
…………
他们望见海伦来到望楼上面，
便彼此轻声说出有翼飞翔的话语：
特洛亚人和胫甲精美的阿开奥斯人
为这样一个妇人长期遭受苦难，
无可抱怨；看起来她很像永生的女神。

史诗的语言清新自然，质朴流畅，具有浓厚的民间文学特色，极富表现力和感染力。诗人特别善用比喻。如写阿波罗从奥林波斯山上下来，“像黑夜一般”；忒提斯从海水里出来，“像一片云雾”。写英雄角逐，当阿基琉斯追赶赫克托尔时，“如同禽鸟中飞行最快的游隼在山间/敏捷地追逐一只惶惶怯逃的野鸽，/野鸽迅速飞躲，游隼不断尖叫着/紧紧追赶，一心想扑上把猎物逮住”。“他这样说，死亡降临把它罩住，/灵魂离开肢体前往哈德斯的居所，/留下青春和壮勇，哭泣命运的悲苦。”这些比喻往往能单独构成一个完整的画面。生动形象、鲜明贴切的比喻对烘托人物、渲染气氛起到了巨大作用。全诗 800 多个从日常生活和自然现象中选取出来的比喻构成“荷马式比喻”。

荷马史诗是欧洲叙事诗的典范，它开创了欧洲叙事诗的传统，甚至还提供了近代西方长篇小说的雏形。欧洲的长篇小说几乎就是史诗的变形。

（梁坤）

俄狄浦斯王

［古希腊］索福克勒斯

索福克勒斯（Σοφοκλῆς，约公元前496—前406）是古希腊三大悲剧诗人之一。他出身于雅典一个富裕的工商业主家庭，生活在雅典奴隶制民主国家全盛时期。他从小受到很好的教育，在音乐、舞蹈、体育、诗歌等方面颇具素养。索福克勒斯与当时雅典最高领导者伯利克里过从甚密，先后出任财政总管和将军之职。传说他写了123部戏剧，仅有7部流传至今：《埃阿斯》（公元前442）、《安提戈涅》（公元前441）、《俄狄浦斯王》（公元前431）、《特拉基斯妇女》（公元前429）、《厄勒克特拉》（公元前418）、《菲罗克忒忒斯》（公元前409）、《俄狄浦斯在克罗诺斯》（公元前401）。公元前468年首次在城市狄俄尼西亚戏剧比赛中获奖，胜过了“悲剧之父”埃斯库罗斯。他一生获奖24次，是得奖最多的悲剧诗人。

索福克勒斯在艺术上大胆创新：放弃三部曲的形式，更加简练地在一出悲剧中表现戏剧冲突；在尖锐冲突中通过对比方法塑造人物，悲剧人物丰富多彩，个性鲜明；他不写神而写英雄；把演员增加到3人，歌队增加到15人，加强了戏剧动作和对话，发明了转动布景以改变地点，改进了舞蹈、服装和音乐，介绍了一些小亚细亚的音乐；戏剧结构复杂，情节曲折，布局巧妙，波澜起伏，层层揭示；悲剧风格崇高自然，对话庄严，符合人物身份。他的创作标志着希腊悲剧艺术的成熟，被誉为“戏剧艺术的荷马”。

作品梗概

《俄狄浦斯王》取材于希腊神话中忒拜王室的故事。忒拜国王拉伊俄斯暮年膝下无子，遂至德尔斐阿波罗神庙祈求神祐，他从阿波罗的祭司那里得到神示：自己的儿子长大以后将会弑父娶母。为逃避厄运，儿子一出生，国王便用铁丝钉住其脚后跟，命牧羊人丢弃在荒山野岭之中。好心的牧羊人怜悯无辜的婴儿，把他送给邻国科任托斯国王波吕玻斯的仆人。孩子被无子的波吕玻斯收养，成了青年王子，取名俄狄浦斯。长大以后，他从阿波罗的神示中得知自己将犯弑父娶母之罪。由于把养父养母当作亲生父母，俄狄浦斯决定远走他乡以逃避命运的安排。在一个三岔路口，他失手打死了不肯让路的一位老人和三个侍从。不料这位老人正是忒拜王——他的生父拉伊俄斯。适逢狮身人面女妖斯芬克斯在忒拜城头肆虐，凡是猜不中斯芬克斯之谜的，都被女妖吃掉。忒拜城笼罩在死亡的阴影下。代理国王克瑞翁张榜招贤：谁能制服女妖，便可做忒拜国王并娶王后为妻。俄狄浦斯猜破了谜语，斯芬克斯羞愧交加，跳崖自尽。俄狄浦斯凭智慧和勇敢为忒拜人民除害，被拥戴为王，并娶了生母——新寡的王后伊俄卡斯忒为妻。他无意中犯下了弑父娶母之罪，自己却毫无觉察。

16年后，当俄狄浦斯和伊俄卡斯忒已经生了两儿两女，正沉浸在国泰民安的幸福生活里，命中注定的报应开始降临。一场“最可恨的带火的瘟疫”袭击了忒拜城：整个城邦在血红的波浪里颠簸着，麦穗枯萎了，牛瘟死了，妇人流产了，到处是求生的哭声和苦痛的呻吟，俄狄浦斯心急如焚。他终于从阿波罗那里得到神示：祸因在于杀死老国王的凶手尚逍遥法外，只有放逐了凶手，灾难才会消除。俄狄浦斯为救黎民于水火，决心捕捉元凶。悲剧情节便从俄狄浦斯追查凶手展开。他向预言者追问，预言者被迫说出实情。俄狄浦斯顿生疑惑。王后说，老王是在一个岔路口被一群强盗所害。此时，科任托斯报信人报告国王去世，请他回去。俄狄浦斯声称不愿犯娶母之罪。报信人就是当年的牧羊人，为解除他的顾虑，讲出他的身世。俄狄浦斯又把老王的仆人从乡下找来，经多方对证，真相大白，犯下弑父娶母之罪的正是俄狄浦斯自己。伊俄卡斯忒羞愧自杀，俄狄浦斯刺瞎双目，自我放逐。

作品节选

五　第二场

…………

伊俄卡斯忒　主上啊，看在天神面上，告诉我你为什么这样生气？

俄狄浦斯　我这就告诉你；因为我尊重你胜过尊重那些人；原因就是克瑞翁在谋害我。

伊俄卡斯忒　往下说吧，要是你能说明这场争吵为什么应当由他负责。

俄狄浦斯　他说我是杀害拉伊俄斯的凶手。

伊俄卡斯忒　是他自己知道的，还是听旁人说的？

俄狄浦斯　都不是；是他收买了一个无赖的先知喉舌；他自己的喉舌倒是清白的。

伊俄卡斯忒　你所说的这件事，你尽可放心；你听我说下去，就会知道，并没有一个凡人能精通预言术。关于这一点，我可以给你一个简单的证据。

有一次，拉伊俄斯得了个神示——我不能说那是福玻斯亲自说的，只能说那是他的祭司说出来的①——他说厄运会向他突然袭来，叫他死在他和我所生的儿子手中②。

可是现有我们听说，拉伊俄斯是在三岔路口被一伙外邦强盗杀死的；我们的婴儿，出生不到三天，就被拉伊俄斯钉住左右脚跟，叫人丢在没有人迹的荒山里了。

既然如此，阿波罗就没有叫那婴儿成为杀父亲的凶手，也没有叫拉伊俄斯死在儿子手中——这正是他害怕的事。先知的话结果不过如此，你用不着听信。凡是天神必须做的事，他自会使它实现，那是全不费力的。

俄狄浦斯　夫人，听了你的话，我心神不安，魂飞魄散。

伊俄卡斯忒　什么事使你这样吃惊，说出这样的话？

俄狄浦斯　你好像是说，拉伊俄斯被杀是在一个三岔路口。

伊俄卡斯忒　故事是这样；至今还在流传。

俄狄浦斯　那不幸的事发生在什么地方？

伊俄卡斯忒　那地方叫福喀斯，通往得尔福和道利亚的两条岔路在那里会合。

俄狄浦斯　事情发生了多久了？

伊俄卡斯忒　这消息是你快要作国王的时候向全城公布的。

俄狄浦斯　宙斯啊，你打算把我怎么样呢？

伊俄卡斯忒　俄狄浦斯，这件事怎么使你这样发愁？

俄狄浦斯　你先别问我，倒是先告诉我，拉伊俄斯是什么模样，有多大年纪？

---

①　**伊俄卡斯忒**是很敬神的，但是她为了神示的缘故牺牲了自己的婴儿，还救不了她的丈夫；这件事使她相信只有天神才能知道未来，凡人是没有预知的本领的。所以她现在说，那神示并不是福玻斯亲自说出的，而是祭司假造的。

②　神示这样说："拉布达科斯的儿子拉伊俄斯啊，我答应你的请求，给你一个儿子；但是你要小心，你命中注定会死在你儿子手中！这命运是宙斯注定的；因为他听了珀罗普斯的诅咒，珀罗普斯抱怨你杀死了他的儿子，想要复仇，才祈求宙斯给你这样的命运。"拉伊俄斯曾拐带珀罗普斯的儿子克律西波斯，这孩子一离家就自杀了。这是拉伊俄斯一家人的灾难的根源。

伊俄卡斯忒　他个子很高，头上刚有白头发；模样和你差不多。

俄狄浦斯　哎呀，我刚才像是凶狠地诅咒了自己，可是自己还不知道。

伊俄卡斯忒　你说什么？主上啊，我看着你就发抖啊。

俄狄浦斯　我真怕那先知的眼睛并没有瞎。你再告诉我一件事，事情就更清楚了。

伊俄卡斯忒　我虽然在发抖，你的话我一定会答复的。

俄狄浦斯　他只带了少数侍从，还是像一位国王那样带了许多卫兵？

伊俄卡斯忒　一共五个人，其中一个是传令官，还有一辆马车，是给拉伊俄斯坐的。

俄狄浦斯　哎呀，真相已经很清楚了！夫人啊，这消息是谁告诉你的？

伊俄卡斯忒　是一个仆人，只有他活着回来了。

俄狄浦斯　那仆人现在还在家里吗？

伊俄卡斯忒　不在，他从那地方回来以后，看见你掌握了王权，拉伊俄斯完了，他就拉着我的手，求我把他送到乡下，牧羊的草地上去，远远地离开城市。我把他送去了。他是个好仆人，应当得到更大的奖赏。

俄狄浦斯　我希望他回来，越快越好！

伊俄卡斯忒　这倒容易；可是你为什么希望他回来呢？

俄狄浦斯　夫人，我是怕我的话说得太多了，所以想把他召回来。

伊俄卡斯忒　他会回来的；可是，主上啊，你也该让我知道，你心里到底有什么不安。

俄狄浦斯　你应该知道我是多么忧虑。碰上这样的命运，我还能把话讲给哪一个比你更应该知道的人听？

我父亲是科任托斯人，名叫波吕玻斯，我母亲是多里斯人，名叫墨洛珀。我在那里一直被尊为公民中的第一个人物，直到后来发生了一件意外的事——那虽是奇怪，倒还值不得放在心上。那是在某一次宴会上，有个人喝醉了，说我是父亲的冒名儿子。当天我非常烦恼，好容易才忍耐住；第二天我去问我的父母，他们因为这辱骂对那乱说话的人很生气。我虽然满意了，但是事情总是使我很烦恼，因为诽谤的话到处都在流传。我就瞒着父母，去到皮托，福玻斯没有答复我去求问的事，就把我打发走了；可是他却说了另外一些预言，十分可怕，十分悲惨，他说我命中注定要玷污我母亲的床榻，生出一些使人不忍看的儿女，而且会成为杀死我的生身父亲的凶手。

我听了这些话，就逃到外地去，免得看见那个会实现神示所说的耻辱的地方，从此我就凭了天象测量科任托斯的土地。我在旅途中来到你所说的国王遇害的地方。夫人，我告诉你真实情况吧。我走近三岔路口的时候，碰见一个传令官和一个坐马车的人，正像你所说的。那领路的和那老年人态度粗暴，要把我赶到路边。我在气愤中打了那个推我的人——那个驾车的；那老年人看见了，等我经过的时候，从车上用双尖头的刺棍朝我头上打过来。可是他付出了一个不相称的代价，立刻挨了我手中的棍子，从车上仰面滚下来了；我就把他们全杀死了。

如果我这客人和拉伊俄斯有了什么亲属关系，谁还比你更可怜？谁还比我更为天神所憎恨？没有一个公民或外邦人能够在家里接待我，没有人能够和我交谈，人人都得把我赶出门外。这诅咒不是别人加在我身上的，而是我自己。我用这双手玷污了死者的床榻，也就是用这双手把他杀死的。我不是个坏人吗？我不是肮脏不洁吗？我得出外流亡，在流亡中看不见亲人，也回不了祖国；要不然，就得娶我的母亲，杀死那生我养我的父亲波吕玻斯。

如果有人断定这些事是天神给我造成的，不也说得正对吗？你们这些可敬的神圣的神啊，别让我，别让我看见那一天！在我没有看见这罪恶的污点沾到我身上之前，请让我离开尘世。

歌队长 在我们看来，主上啊，这件事是可怕的，但是在你还没有向那证人打听清楚之前，不要失望。

俄狄浦斯 我只有这一点希望了，只好等待那牧人。

伊俄卡斯忒 等他来了，你想打听什么？

俄狄浦斯 告诉你吧：他的话如果和你的相符，我就没有灾难了。

伊俄卡斯忒 你从我这里听出了什么不对头的话呢？

俄狄浦斯 你曾告诉我，那牧人说过杀死拉伊俄斯的是一伙强盗。如果他说的还是同样的人数，那就不是我杀的了；因为一个总不等于许多。如果他只说是一个单身的旅客，这罪行就落在我身上了。

伊俄卡斯忒 你应该相信，他是那样说的；他不能把话收回；因为全城的人都听见了，不单是我一个人。即使他改变了以前的话，主上啊，也不能证明拉伊俄斯的死和神示所说的真正相符；因为罗克西阿斯说的是，他注定要死在我儿子手中，可是那不幸的婴儿没有杀死他的父亲，倒是自己先死了。从那时以后，我就再不因为神示而左顾右盼了。

俄狄浦斯 你的看法对。不过还是派人去把那牧人叫来，不要忘记了。

伊俄卡斯忒 我马上派人去。我们进去吧。凡是你所喜欢的事我都照办。

俄狄浦斯偕众侍从进宫，伊俄卡斯忒偕侍女随入。

七　第三场

…………

俄狄浦斯偕众侍从自宫中上。

俄狄浦斯 啊，伊俄卡斯忒，最亲爱的夫人，为什么把我从屋里叫来？

伊俄卡斯忒　请听这人说话，你一边听，一边想天神的可怕的预言成了什么东西了。

俄狄浦斯　他是谁？有什么消息见告？

伊俄卡斯忒　他是从科任托斯来的，来讣告你父亲波吕玻斯不在了，去世了。

俄狄浦斯　你说什么，客人？亲自告诉我吧。

报信人　如果我得先把事情讲明白，我就让你知道，他死了，去世了。

俄狄浦斯　他是死于阴谋，还是死于疾病？

报信人　天平稍微倾斜，一个老年人便长眠不醒。

俄狄浦斯　那不幸的人好像是害病死的。

报信人　并且因为他年高寿尽了。

俄狄浦斯　啊！夫人呀，我们为什么要重视皮托的颁布预言的庙宇，或空中啼叫的鸟儿呢？它们曾指出过我命中注定要杀我父亲。但是他已经死了，埋进了泥土；我却还在这里，没有动过刀枪。除非说他是因为思念我而死的，那么倒是我害死了他。这似灵不灵的神示已被波吕玻斯随身带着，和他一起躺在冥府里，不值半文钱了。

伊俄卡斯忒　我不是早就这样告诉了你吗？

俄狄浦斯　你倒是这样说过，可是，我因为害怕，迷失了方向。

伊俄卡斯忒　现在别再把这件事放在心上了。

俄狄浦斯　难道我不该害怕玷污我母亲的床榻吗？

伊俄卡斯忒　偶然控制着我们，未来的事又看不清楚，我们为什么惧怕呢？最好尽可能随随便便的生活。别害怕你会玷污你母亲的婚姻；许多人曾在梦中娶过母亲；但是那些不以为意的人却安乐的生活。

俄狄浦斯　要不是我母亲还活着，你这话倒也对；可是她既然健在，即使你说得对，我也应当害怕啊！

伊俄卡斯忒　可是你父亲的死总是个很大安慰。

俄狄浦斯　我知道是个很大的安慰，可是我害怕那活着的妇人。

报信人　你害怕的妇人是谁呀？

俄狄浦斯　老人家，是波吕玻斯的妻子墨洛珀。

报信人　她哪一点使你害怕？

俄狄浦斯　啊，客人，是因为神送来的可怕的预言。

报信人　说得说不得？是不是不可以让人知道？

俄狄浦斯　当然可以。罗克西阿斯曾说我命中注定要娶自己的母亲，亲手杀死自己的父亲。因此多年来我远离着科任托斯。我在此虽然幸福，可是看见父母的容颜是件很大的乐事啊。

报信人　你真的因为害怕这件事，离开了那里？

俄狄浦斯 啊，老人家，还因为我不想成为杀父的凶手。

报信人 主上啊，我怀着好意前来，怎么不能解除你的恐惧呢？

俄狄浦斯 你依然可以从我手里得到很大的应得的报酬。

报信人 我是特地为此而来的，等你回去的时候，我可以得到一些好处呢。

俄狄浦斯 但是我决不肯回到父母家里。

报信人 年轻人！显然你不知道你在做什么。

俄狄浦斯 怎么不知道呢，老人家？看在天神面上，告诉我吧。

报信人 如果你是为了这个缘故不敢回家。

俄狄浦斯 我害怕福玻斯的预言在我身上应验。

报信人 是不是害怕因为杀父娶母而犯罪？

俄狄浦斯 是的，老人家，这件事一直在吓唬我。

报信人 你知道你没有理由害怕么？

俄狄浦斯 怎么没有呢，如果我是他们的儿子。

报信人 因为你和波吕玻斯没有血统关系。

俄狄浦斯 你说什么？难道波吕玻斯不是我的父亲？

报信人 正像我不是你的父亲，他也同样不是。

俄狄浦斯 我的父亲怎能和你这个同我没关系的人同样不是？

报信人 你不是他生的，也不是我生的。

俄狄浦斯 那么他为什么称呼我作他的儿子呢？

报信人 告诉你吧，是因为他从我手中把你当一件礼物接受了下来。

俄狄浦斯 但是他为什么十分爱别人送的孩子呢？

报信人 他从前没有儿子，所以才这样爱你。

俄狄浦斯 是你把我买来，还是把我捡来送给他的。

报信人 是我从喀泰戎峡谷里把你捡来送给他的。

俄狄浦斯 你为什么到那一带去呢？

报信人 我在那里放牧山上的羊。

俄狄浦斯 你是个牧人，还是个到处漂泊的佣工？

报信人 年轻人，那时候我是你的救命恩人。

俄狄浦斯 你把我抱在怀里的时候，我有没有什么痛苦？

报信人 你的脚跟可以证实你的痛苦。

俄狄浦斯 哎呀，你为什么提起这个老毛病？

报信人 那时候你的左右脚跟是钉在一起的，我给你解开了。

俄狄浦斯 那是我襁褓时期遭受的莫大的耻辱。

报信人 是呀，你是由这不幸而得到你现在的名字的。

俄狄浦斯 看在天神面上，告诉我，这件事是我父亲还是我母亲做的？你说。

报信人　我不知道；那把你送给我的人比我知道得清楚。

俄狄浦斯　怎么？你是从别人那里把我接过来的，不是自己捡来的吗？

报信人　不是自己捡来的，是另一个牧人把你送给我的。

俄狄浦斯　他是谁？你指得出来吗？

报信人　他被称为拉伊俄斯的仆人。

俄狄浦斯　是这地方从前的国王的仆人吗？

报信人　是的，是国王的牧人。

俄狄浦斯　他还活着吗？我可以看见他吗？

报信人　（向歌队）你们这些本地人应当知道得最清楚。

俄狄浦斯　你们这些站在我面前的人里面，有谁在乡下或城里见过他所说的牧人，认识他？赶快说吧！这是水落石出的时机。

歌队长　我认为他所说的不是别人，正是你刚才要找的乡下人；这件事伊俄卡斯忒最能够说明。

俄狄浦斯　夫人，你还记得我们刚才想召见的人吗？这人所说的是不是他？

伊俄卡斯忒　为什么问他所说的是谁？不必理会这事。不要记住他的话。

俄狄浦斯　我得到了这样的线索，还不能发现我的血缘，这可不行。

伊俄卡斯忒　看在天神面上，如果你关心自己的性命，就不要再追问了；我自己的苦闷已经够了。

俄狄浦斯　你放心，即使发现我母亲三世为奴，我有三重奴隶身份，你出身也不卑贱。

伊俄卡斯忒　我求你听我的话，不要这样。

俄狄浦斯　我不听你的话，我要把事情弄清楚。

伊俄卡斯忒　我愿你好，好心好意劝你。

俄狄浦斯　你这片好心好意一直在使我苦恼。

伊俄卡斯忒　啊，不幸的人，愿你不知道你的身世。

俄狄浦斯　谁去把牧人带来？让这个女人去赏玩她的高贵门第吧！

伊俄卡斯忒　哎呀，哎呀，不幸的人呀！我只有这句话对你说，从此再没有别的话可说了！

伊俄卡斯忒冲进宫。

歌队长　俄狄浦斯，王后为什么在这样忧伤的心情下冲了进去？我害怕她这样闭着嘴，会有祸事发生。

俄狄浦斯　要发生就发生吧！即使我的出身卑贱，我也要弄清楚。那女人——女人总是很高傲的——她也许因为我出身卑贱感觉羞耻。但是我认为我是仁慈的幸运的宠儿，不至于受辱。幸运是我的母亲；十二个月份是我的弟兄，他们能划出我什么时候渺小什么时候伟大。这就是我的身世，我决不会被证明是另一个人；因此我一定要追问我的血统。

九 第四场

俄狄浦斯 长老们，如果让我猜想，我以为我看见的是我们一直在寻找的牧人，虽然我没有见过他。他的年纪和这客人一般大；我并且认识那些带路的是自己的仆人。（向歌队长）也许你比我认识得清楚，如果你见过这牧人。

歌队长 告诉你吧，我认识他；他是拉伊俄斯家里的人，作为一个牧人，他和其他的人一样可靠。

众仆人带领牧人自观众左方上。

俄狄浦斯 啊，科任托斯客人，我先问你，你指的是不是他？

报信人 我指的正是你看见的人。

俄狄浦斯 喂，老头儿，朝这边看，回答我问你的话。你是拉伊俄斯家里的人吗？

牧人 我是他家养大的奴隶，不是买来的。

俄狄浦斯 你干的什么工作，过的什么生活？

牧人 大半辈子牧羊。

俄狄浦斯 你通常在什么地方住羊棚？

牧人 有时候在喀泰戎山上，有时候在那附近。

俄狄浦斯 还记得你在那地方见过这人吗？

牧人 见过什么？你指的是哪个？

俄狄浦斯 我指的是眼前的人；你碰见过他没有？

牧人 我一下子想不起来，不敢说碰见过。

报信人 主上啊，一点也不奇怪。我能使他清清楚楚回想起那些已经忘记了的事。我相信他记得他带着两群羊，我带着一群羊，我们在喀泰戎山上从春天到阿耳克图洛斯初升的时候作过三个半年朋友[①]。到了冬天，我赶着羊回我的羊圈，他赶着羊回拉伊俄斯的羊圈。（向牧人）我说的是不是真事？

牧人 你说的是真事，虽是老早的事了。

报信人 喂，告诉我，还记得那时候你给了我一个婴儿，叫我当自己的儿子养着吗？

牧人 你是什么意思？干吗问这句话？

报信人 好朋友，这就是他，那时候是个婴儿。

---

① 阿耳克图洛斯是北极上空农夫星座最亮的星（即大角星），在秋分前几天出现，叫作晨星，又在春分前几天出现，叫作暮星。波吕玻斯的牧人于3月间从科任托斯赶羊上喀泰戎山，在那里遇见拉伊俄斯的牧人，后者是从忒拜平原来的。他们在山上住了6个月，直至9月中晨星出现时，他们才各自赶着羊回家。

牧人　该死的家伙！还不快住嘴！

俄狄浦斯　啊，老头儿，不要骂他，你说这话倒是更该挨骂！

牧人　好主上啊，我有什么错呢？

俄狄浦斯　因为你不回答他问你的关于那孩子的事。

牧人　他什么都不晓得，却要多嘴，简直是白搭。

俄狄浦斯　你不痛痛快快回答，要挨了打哭着回答！

牧人　看在天神面上，不要拷打一个老头子。

俄狄浦斯　（向侍从）还不快把他的手反绑起来？

牧人　哎呀，为什么呢？你还要打听什么呢？

俄狄浦斯　你是不是把他所问的那孩子给了他？

牧人　我给了他；愿我在那一天就瞎了眼！

俄狄浦斯　你会死的，要是你不说真话。

牧人　我说了真话，更该死了。

俄狄浦斯　这家伙好像还想拖延时间。

牧人　我不想拖延时间，我刚才已经说过我给了他。

俄狄浦斯　哪里来的？是你自己的，还是从别人那里得来的？

牧人　这孩子不是我自己的，是别人给我的。

俄狄浦斯　哪个公民，哪家给你的？

牧人　看在天神面上，不要，主人啊，不要再问了！

俄狄浦斯　如果我再追问，你就活不成了。

牧人　他是拉伊俄斯家里的孩子。

俄狄浦斯　是个奴隶，还是个亲属？

牧人　哎呀，我要讲那怕人的事了！

俄狄浦斯　我要听那怕人的事了！也只好听下去。

牧人　人家说是他的儿子，但是里面的娘娘，主上家的，最能告诉你是怎么回事。

俄狄浦斯　是她交给你的吗？

牧人　是，主上。

俄狄浦斯　是什么用意呢？

牧人　叫我把他弄死。

俄狄浦斯　做母亲的这样狠心吗？

牧人　因为她害怕那不吉利的神示。

俄狄浦斯　什么神示？

牧人　人家说他会杀他父亲。

俄狄浦斯　你为什么又把他送给了这老人呢？

牧人 主上啊，我可怜他，我心想他会把他带到别的地方——他的家里去；哪知他救了他，反而闯了大祸。如果你就是他所说的人，我说，你生来是个受苦的人啊！

俄狄浦斯 哎呀！哎呀！一切都应验了！天光呀，我现在向你看最后一眼[①]！我成了不应当生我的父母的儿子，娶了不应当娶的母亲，杀了不应当杀的父亲。

（选自罗念生译：《索福克勒斯悲剧二种》，人民文学出版社，1961年版）

作品赏析

人与命运的冲突是古希腊悲剧的基本主题。在探索人与命运关系的神话中，俄狄浦斯的故事最为惊心动魄。忒拜家族的不幸命运最初可以追溯到俄狄浦斯的父亲拉伊俄斯那里。拉伊俄斯曾经在流亡伯罗奔尼撒的时候诱拐了珀普罗斯的儿子克吕西波斯，致使这孩子自杀身亡。这件事激起了神灵的愤怒，从此就注定了忒拜家族的不幸命运。索福克勒斯以此为题材写下一系列悲剧。在《俄狄浦斯在克罗诺斯》、《安提戈涅》和埃斯库罗斯的《七雄攻忒拜》中，分别记载了这个家族彻底毁灭的命运：俄狄浦斯的儿子们手足相残而死，女儿自杀身亡。但整个家族的厄运，已经大部分落在了俄狄浦斯身上。尽管这厄运的根源、这罪的起因跟他的自由意志毫无关系。在他出生之前，他的命运就被安排定了。他完全身不由己，越是努力逃脱命运的安排，越是深陷命运女神可怕的罗网而不可自拔；越是真诚地消弭灾难，越是临近彻底毁灭的深渊。他挥舞着长剑向命运挑战，一往无前，最终却用剑锋刺向了自己。在这场杀父娶母的悲剧中，他是无辜受害者，真正的凶手是冥冥中操纵人类的命运。

那么，命运是什么呢?

它是某种外在的神秘力量的象征。在古希腊，就是原始初民无法控制的自然和社会。它高踞于人与神之上，主宰一切，不可抗拒，难以捉摸。索福克勒斯在歌颂人类之伟大的时候，仍不忘在英雄的上方留出定数和命运的空间，人只能在这个空间之内去创造并建树物质价值和精神价值。俄狄浦斯正直诚实、机智勇敢、虔敬神灵、爱护人民。为了逃避命运的魔爪，身为青年王子的他毅然离开科任托斯王宫四处流浪，第一次自我放逐；他以解除天灾，为民除害为己任，义无反顾地追查凶手。特瑞西阿斯、伊俄卡斯忒和牧人都先后企图阻止他，他却力排众议，即使已经预感到不幸的结局也决不退缩。俄狄浦斯在不知不觉中触犯了人类文明社会的禁忌，由一位贤明的君王变成了杀父娶母的罪人。于是他履行诺

① 这不仅暗示他弄瞎眼睛，并且暗示他要自杀。

言，刺瞎双目，第二次自我放逐。在此，不可抗拒的宿命通过当事者的自由行动为自己开辟了道路，每一次的逃避都使他更加接近命运的轨道。

然而，索福克勒斯的伟大在于他既写出了人与命运的冲突，写出了人类以有限的生命对抗无限的困苦和磨难这种生存的永恒的悲剧性，又展示出人的自信、尊严、勇气和力量，人的伟大和高贵：在这场力量悬殊的搏斗中，人没有屈服，没有成为悲观、无助、被动、顺从的奴隶，而是以人的自由意志积极抗争，迸射出惨烈的火光，呈现出崇高悲壮的美学风格。俄狄浦斯落入悲惨的结局，成了一个瞎眼的乞丐到处流浪。从某种程度上说，又是他自身主观意志的结果。这意志就是敢于直面惨淡的人生，明知不可为而为之的悲剧精神。

从历史层面上看，俄狄浦斯是“替罪羊”。他处在由杂婚的母权制向父权制社会过渡的时期，这是冲决和变革以血缘亲族为基础的原始氏族社会落后的社会关系，确立以杂婚和乱伦为禁忌，从蒙昧走向文明的重大历史转型时期。斯芬克斯之谜以隐晦的方式包藏着人类历史进步的全部秘密。俄狄浦斯作为一个外乡人猜破此谜，也就预示了对人类命运的理解和认同，预示了对所负历史使命的承诺与超越，于是忒拜城的灾难解除了。换句话说，忒拜人受阻于血缘亲族情感的历史进程，由于俄狄浦斯对人与命运谜语的破译而得到了解决。这是人类历史的进步。英雄国王俄狄浦斯背负起杀父娶母之罪，自觉承担起人伦情感的悸痛和心灵的忏悔，成为历史圣坛上的祭献和牺牲。这是更深沉、更久远的英雄主义和殉道精神。这一悲剧结局揭示出人类走向自由王国是一个多么艰难的过程。

索福克勒斯始终将关注的焦点凝聚在人自身，他在《安提戈涅》中就通过合唱队之口对人类之谜发出感慨：“奇异的事物虽然多，却没有一件比人更奇异。”在《俄狄浦斯王》中，他提出了一个更为深刻的古老而又现代的问题：人是什么？

俄狄浦斯（Oidipous）在希腊文中意为“肿脚的人”，其中还暗含着“懂得脚的谜语的人”之义。“关于脚的谜语”即斯芬克斯之谜。斯芬克斯在忒拜城外的悬崖上设谜语拦考路人：“在早晨用四只脚走路，当午两只脚走路，晚间三只脚走路。在一切生物中这是惟一的用不同的脚走路的生物。脚最多的时候，正是速度和力量最小的时候。”俄狄浦斯凭智慧和勇敢揭破谜底：这就是“人”：“在生命的早晨，人是软弱无助的孩子，他用两脚两手爬行。在生命的当午，他成为壮年，用两脚走路。但到了老年，临到生命的迟暮，他需要扶持，因此拄着拐杖，作为第三只脚。”

俄狄浦斯解开了关于“人”的谜语，他自己又成为这个谜语的一部分。他猜不中自己究竟是谁。他对自己身世的追问甚至可以说是悲剧的戏核之所在。俄狄浦斯谜一般的对立品格构成人类及其本质的双重性特征：他是“眼睛的瞎子，富裕的乞丐”，“是忒拜城内最高贵而又最不幸的人”。他是英雄的国王，又是命运的替罪羊；是主持正义的审判官，又是祸害百姓的凶犯；是拯救黎民于水火的恩主，又是毁灭忒拜城的祸端。他哀叹生存的无奈与悲哀：“我成了不应当生我的父母的儿子，娶了不应当娶的母亲，杀了不应当杀的父亲。”没有固定的立足点，没有确定的本质，身份变幻莫测，命运多舛——这就是人类尴尬的生存处境。谁又能说清人到底是什么？剧作家借歌队长之口说道：“当我们等着瞧那最末的日子的时候，不要说一个凡人的幸福，在他还没有跨过生命的界限，还没有得到痛苦的解脱之前。”而人类之伟大恰恰在于对这谜一样本质的追问之中。自从古希腊人在德尔斐阿波罗神庙里刻下“认识你自己”的箴言，两千多年来人类一直在追索着这一永恒之谜的答案。

《俄狄浦斯王》是一部完美的悲剧，它标志着古希腊悲剧艺术的成熟。其悲剧结构复杂、严谨而又和谐，成为希腊悲剧的典范。剧本采用“倒叙式”的结构，让悲剧情节在俄狄浦斯杀父娶母的命运完成了之后，矛盾即将达到高潮时开始。诗人从故事接近尾声的地方写起：忒拜城弥漫着求生的哀歌和痛苦的呻吟，已经做了忒拜国王 16 年的俄狄浦斯得到神示，于是下令追查凶手，严惩不贷。

先王被杀一案当初就是一桩悬案，扑朔迷离，不了了之。俄狄浦斯破解了斯芬克斯之谜，为民除害，受人爱戴。第一场先知在俄狄浦斯逼迫下说出实情，并道出了他的命运之谜。俄狄浦斯以为是克瑞翁为争夺王位而加害于他，便与之争吵。第二场王后安慰俄狄浦斯，叫他不必介意，因为她和先王的儿子一出生就被扔进山沟，而先王是在一个三岔路口被一伙强盗所杀。这与俄狄浦斯十几年前的过失杀人情节如此吻合，只是凶手的人数还有出入。俄狄浦斯产生不祥的预感。第三场，科任托斯使者来忒拜报信，父亲病死的消息刚使俄狄浦斯如释重负，紧接着使者又告诉他与父亲没有血缘关系。第四场，当年唯一生还并逃到乡下的老王仆人被找回来，几方对质，真相大白。

诗人巧妙地运用“回顾”“发现”“突转”等手法，以“谜”为中心，以“追查凶手”为线索，以命运为暗线展开故事，剧情紧凑，惊心动魄，扣人心弦。所谓“发现”，就是揭示既成事实的真相，“突转”则是随“发现”而生的意料之外、事与愿违的结果。随着发现，自然引出一系列“突转”，令情节跌宕起伏，环环相扣。诗人让主角俄狄浦斯和几个配角（预言者、克瑞翁、伊俄卡斯忒、科任托斯的使者、老王的仆人）一一亮相，除克瑞翁外，每人为当事人揭示一个“发现”，并陈述其合理依据，令人信服。而且，每一个配角的解释、安慰，都因为泄露了俄狄浦斯的身世而把主角向绝境更推进一步。情节越来越紧张，没有闲笔，没有断线的地方，直到最后俄狄浦斯自我放逐，应验了对凶手的诅咒，悲剧达到高潮。

索福克勒斯的风格质朴有力，语言简洁，对话紧凑利落，文字富于联想。俄狄浦斯与克瑞翁、与先知的争吵都安排得十分巧妙。诗人让伊俄卡斯忒默默无言地退场自杀，反衬出其羞愤、哀怨、无奈、绝望的复杂心理，给观众留下了丰富的想象空间，达到了“此时无声胜有声”的效果。亚里士多德在其《诗学》中对此赞赏不已：“情节的布置务求使人只听朗诵，不必看表演，也能因那些情节而发生恐惧与怜悯之情。任何人听见《俄狄浦斯王》的故事，都会产生这两种情感”。写实与象征相结合的手法在悲剧中运用得非常成功。俄狄浦斯的刺瞎双目是他自我惩罚的手段，表现主人公既不愿看到这个世界，也不愿在阴间与父母相会的悲惨心境，也是人类生存的偶然性与盲目性的绝妙象征。

《俄狄浦斯王》是希腊悲剧艺术的高峰。其博大精深的思想内涵和极其完美的艺术形式，使它成为一部真正的经典，代代阅读，历久弥新。两千多年来在话剧舞台上久演不衰。历代文学大师、专家学者，特别是20世纪西方各种文艺理论流派的创立者（如弗洛伊德、鲍特金、弗雷泽、普罗普、列维-斯特劳斯、格雷马斯、托多罗夫、拉康等）都从不同角度对其文本进行新的阐释和解读，以作为自己建言立说的基础。尤其是弗洛伊德以“俄狄浦斯情结”作为精神分析学的例证，影响最为深远。

（梁坤）

旧约·约伯记

《圣经》(*The Holy Bible*),又称《新旧约全书》,是数十部著作的总集。它是基督教的最基本经典,同时也是一部伟大的文学经典。

按照基督教的观点,《圣经》的所有著作之所以被称为“约”,是因为它们记述了上帝与人类订立的盟约。上帝与以色列民族在西奈山上立的约,称为“旧约”;上帝通过基督的死和复活,与人类立的永久盟约,称为“新约”。基督教认为,《圣经》是人类的宗教信仰、道德伦理、立身处世的神圣经典和基本准则。

《旧约》共39卷,大部分用希伯来文写成。它汇集了古代希伯来民族自公元前13世纪至公元前2世纪凡一千余年的文献与作品,于公元前5世纪至公元1世纪的近五百年中编纂完成,是犹太教的根本经典。基督教创立之后,《旧约》也成为基督教的经典。同时,基督教经典《新约》共27卷,用希腊文写成,在公元1世纪由不同的作者创作而成。

从内容上看,《旧约》一般分为律法、历史、诗文和先知四大类,其中诗文集包括《路得记》、《以斯帖记》、《约伯记》、《诗篇》、《箴言》、《传道书》、《雅歌》、《耶利米哀歌》、《但以理书》和《约拿书》,是希伯来民族的小说、诗歌、戏剧和智慧文学的汇集,代表了古代希伯来文学的最高成就。《新约》大致可以分为历史、书信和启示三类,也具有相当高的文学价值。

《圣经》堪称世界文化史上传播最广的一部杰作,对人类历史产生了不可估量的深远影响。以《旧约》为代表的希伯来文化凝聚了古代东方文明的精华和文化财富;古希腊文化(《新约》也可视为希腊文化的组成部分)代表着现代西方的文明根源和文化摇篮。“二希文化”因而被称为西方文明的源头。《圣经》在世界文学史上也占有十分重要的地位，它的影响贯穿了两千余年的文学史，成为世界文学史上不可或缺的精神传统。

作品梗概

《约伯记》共 42 章。前两章以散文文体写成，首先介绍乌斯地的约伯“完全正直，敬畏神，远离恶事”，他的家庭人丁兴旺，富甲一方。接着描述了耶和华与撒旦之间的两场对话。撒旦认为约伯之所以敬畏神，是因为他得到了神的赏赐，家产增多。耶和华便允许撒旦把约伯的儿女财产悉数夺去。约伯并未因此抱怨或怀疑神。撒旦再次提出，如果约伯的身体受到伤害，他就会弃掉神。耶和华再次允许撒旦打击约伯，使他身上长满毒疮。但约伯仍然没有因此抱怨离弃神。

从第 3 章到第 42 章第 6 节是诗歌部分。在第 3 章至第 31 章里，约伯的三个友人提幔人以利法、书亚人比勒达和拿玛人琐法听说此事，一起来看望约伯。约伯首先开口诅咒自己的生日，接着三个友人与约伯进行了三个回合的谈话。他们依次轮流向约伯发言，约伯接着做出回应。在这三个回合的辩论中，他们一致强调，痛苦与磨难不是没有原因的，一定是罪恶的结果；而约伯坚决否认自己曾经做过任何恶事或违背过神的意图，并呼求神为他申冤。第 32 章至第 37 章是另一个友人以利户出场并发表议论。他提出人间的苦难也许是神为了警醒世人或为了考验他们，因此人不能怨恨或批评神。

从第 38 章开始，神在旋风中出现，先后两次回答约伯。他没有解释受苦的原因，而是让约伯注意宇宙间无数奇异的景象，借此告诫约伯，应当承认神的计划与意图绝对不能为人所理解，人只有完全相信并倚赖神的智慧和能力，把自己交付给神的善和正义。

最后的结局（第 42 章第 7—17 节）又以散文文体写成：神把约伯从苦难中解救出来，并加倍赐福给他。他家庭美满，财产丰厚，又活了 140 岁，得见儿孙四代才满足而死。

（周辉）

作品节选

序　介

第一章

一　乌斯地有一个人名叫约伯；那人完全正直，敬畏上帝，远离恶事。

二　他生了七个儿子，三个女儿。

三　他的家产有七千羊，三千骆驼，五百对牛，五百母驴，并有许多仆婢。这人在东方人中就为至大。

四　他的儿子按着日子，各在自己家里设摆筵宴，就打发人去请了他们的三个姐妹来，与他们一同吃喝。

五　筵宴的日子过了，约伯打发人去叫他们自洁。他清早起来，按着他们众人的数目献燔祭；因为他说："恐怕我儿子犯了罪，心中弃掉上帝。"约伯常常这样行。

六　有一天，神的众子来侍立在耶和华面前，撒旦也来在其中。

七　耶和华问撒旦说："你从哪里来？"撒旦回答说："我从地上走来走去，往返而来。"

八　耶和华问撒旦说："你曾用心察看我的仆人约伯没有？地上再没有人像他完全正直，敬畏上帝，远离恶事。"

九　撒旦回答耶和华说："约伯敬畏上帝岂是无故呢？

一〇　你岂不是四面圈上篱笆围护他和他的家，并他一切所有的吗？他手所作的都蒙你赐福，他的家产也在地上增多。

一一　你且伸手毁他一切所有的；他必当面弃掉你。"

一二　耶和华对撒旦说："凡他所有的都在你手中，只是不可伸手加害于他。"于是撒旦从耶和华面前退去。

撒旦击打约伯

一三　有一天，约伯的儿女正在他们长兄的家里吃饭喝酒，

一四　有报信的来见约伯说："牛正耕地，驴在旁边吃草，

一五　示巴人忽然闯来，把牲畜掳去，并用刀杀了仆人；惟有我一人逃脱，来报信给你。"

一六　他还说话的时候，又有人来说："上帝从天上降下火来，将群羊和仆人都烧灭了；惟有我一人逃脱，来报信给你。"

一七　他还说话的时候，又有人来说："迦勒底人分作三队，忽然闯来，把骆驼掳去，并用刀杀了仆人；惟有我一人逃脱，来报信给你。"

一八　他还说话的时候，又有人来说："你的儿女正在他们长兄的家里吃饭喝酒，

一九　不料有狂风从旷野刮来，击打房屋的四角，房屋倒塌在少年人身上，他们就都死了；惟有我一人逃脱，来报信给你。"

二〇　约伯便起来，撕裂外袍，剃了头，伏在地上下拜。

二一　说："我赤身出于母胎，也必赤身归回。赏赐的是耶和华，收取的也是耶和华；耶和华的名是应当称颂的。"

二二　在这一切的事上，约伯并不犯罪，也不以上帝为愚妄〔或作"也不妄评上帝"〕。

约伯长毒疮

第二章

一　又有一天，上帝的众子来侍立在耶和华面前，撒旦也来在其中。

二　耶和华问撒旦说："你从哪里来？"撒旦回答说："我从地上走来走去，往返而来。"

三　耶和华问撒旦说："你曾用心察看我的仆人约伯没有？地上再没有人像他完全正直，敬畏上帝，远离恶事。你虽激动我攻击他，无故地毁灭他；他仍然持守他的纯正。"

四　撒旦回答耶和华说："人以皮代皮，情愿舍去一切所有的保全性命。

五　你且伸手，伤他的骨头和他的肉，他必当面弃掉你。"

六　耶和华对撒旦说："他在你手中，只要存留他的性命。"

七　于是撒旦从耶和华面前退去，击打约伯，使他从脚掌到头顶长毒疮。

八　约伯就坐在炉灰中，拿瓦片刮身体。

约伯的妻子

九　他的妻子对他说："你仍然持守你的纯正吗？你弃掉上帝，死了吧！"

一〇　约伯却对她说："你说话像愚顽的妇人一样。嗳！难道我们从上帝手里得福，不也受祸吗？"在这一切的事上，约伯并不以口犯罪。

约伯的三友

一一　约伯的三个朋友，提幔人以利法、书亚人比勒达、拿玛人琐法，听说有这一切的灾祸临到他身上，各人就从本处约会同来，为他悲伤，安慰他。

一二　他们远远地举目观看，认不出他来，就放声大哭。各人撕裂外袍，把尘土向天扬起来，落在自己的头上。

一三　他们就同他七天七夜坐在地上，一个人也不向他说句话，因为他极其痛苦。

咒诅自己的生日

第三章

一　此后，约伯开口咒诅自己的生日，
二·三　说："愿我生的那日和说怀了男胎的那夜都灭没。
四　愿那日变为黑暗；愿上帝不从上面寻找它，愿亮光不照于其上。
五　愿黑暗和死阴索取那日，愿密云停在其上，愿日食恐吓它。
六　愿那夜被幽暗夺取，不在年中的日子同乐，也不入月中的数目。
七　愿那夜没有生育，其间也没有欢乐的声音。
八　愿那咒诅日子且能惹动鳄鱼的，咒诅那夜。
九　愿那夜黎明的星宿变为黑暗，盼亮却不亮，也不见早晨的光线〔'光线'原文作'眼皮'〕；
一〇　因没有把怀我胎的门关闭，也没有将患难对我的眼隐藏。
一一　我为何不出母胎而死？为何不出母腹绝气？
一二　为何有膝接收我？为何有奶哺养我？
一三　不然，我就早已躺卧安睡，
一四　和地上为自己重造荒丘的君王、谋士，
一五　或与有金子、将银子装满了房屋的王子一同安息。
一六　或像隐而未现、不到期而落的胎，归于无有，如同未见光的婴孩。
一七　在那里恶人止息搅扰，困乏人得享安息，
一八　被囚的人同得安逸，不听见督工的声音。
一九　大小都在那里，奴仆脱离主人的辖制。"
二〇　"受患难的人为何有光赐给他呢？心中愁苦的人为何有生命赐给他呢？
二一　他们切望死，却不得死；求死，胜于求隐藏的珍宝。
二二　他们寻见坟墓就快乐，极其欢喜。
二三　人的道路既然遮隐，神又把他四面围困，为何有光赐给他呢？
二四　我未曾吃饭，就发出叹息；我唉哼的声音涌出如水。
二五　因我所恐惧的临到我身；我所惧怕的迎我而来。
二六　我不得安逸，不得平静，也不得安息，却有患难来到。"

以利法责备约伯

第四章

一　提幔人以利法回答说：
二　"人若想与你说话，你就厌烦吗？但谁能忍住不说呢？

三　你素来教导许多的人，又坚固软弱的手。
四　你的言语曾扶助那将要跌倒的人，你又使软弱的膝稳固。
五　但现在祸患临到你，你就昏迷；挨近你，你便惊惶。”
六　“你的倚靠，不是在你敬畏上帝吗？你的盼望，不是在你行事纯正吗？
七　请你追想，无辜的人有谁灭亡？正直的人在何处剪除？
八　按我所见，耕罪孽，种毒害的人都照样收割。
九　上帝一出气，他们就灭亡；神一发怒，他们就消没。
一〇　狮子的吼叫和猛狮的声音尽都止息，少壮狮子的牙齿也都敲掉，
一一　老狮子因绝食而死，母狮之子也都离散。”
一二　“我暗暗地得了默示，我耳朵也听其细微的声音。
一三　在思念夜中异象之间，世人沉睡的时候，
一四　恐惧、战兢临到我身，使我百骨打战。
一五　有灵从我面前经过，我身上的毫毛直立。
一六　那灵停住，我却不能辨其形状；有影像在我眼前。我在静默中听见有声音说：
一七　‘必死的人岂能比上帝公义吗？人岂能比造他的主洁净吗？
一八　主不信靠他的臣仆，并且指他的使者为愚昧；
一九　何况那住在土房、根基在尘土里被蠹虫所毁坏的人呢？
二〇　早晚之间就被毁灭，永归无有，无人理会。
二一　他帐篷的绳索岂不从中抽出来呢？他死，且是无智慧而死。’”

第五章

一　“你且呼求，有谁答应你？诸圣者之中，你转向哪一位呢？
二　忿怒害死愚妄人，嫉妒杀死痴迷人。
三　我曾见愚妄人扎下根，但我忽然咒诅他的住处。
四　他的儿女远离稳妥的地步，在城门口被压，并无人搭救。
五　他的庄稼有饥饿的人吃尽了，就是在荆棘里的也抢去了，他的财宝，有网罗张口吞灭了。
六　祸患，原不是从土中出来；患难，也不是从地里发生。
七　人生在世必遇患难，如同火星飞腾。
八　至于我，我必仰望上帝，把我的事情托付他。
九　他行大事不可测度，行奇事不可胜数。
一〇　降雨在地上，赐水于田里。
一一　将卑微的安置在高处，将哀痛的举到稳妥之地。
一二　破坏狡猾人的计谋，使他们所谋的不得成就。
一三　他叫有智慧的中了自己的诡计，使狡诈人的计谋速速灭亡。

一四　他们白昼遇见黑暗，午间摸索如在夜间。

一五　上帝拯救穷乏人，脱离他们口中的刀和强暴人的手。

一六　这样，贫寒的人有指望，罪孽之辈必塞口无言。”

一七　“上帝所惩治的人是有福的，所以你不可轻看全能者的管教。

一八　因为他打破，又缠裹；他击伤，用手医治。

一九　你六次遭难，他必救你；就是七次，灾祸也无法害你。

二〇　在饥荒中，他必救你脱离死亡；在争战中，他必救你脱离刀剑的权力。

二一　你必被隐藏，不受口舌之害，灾殃临到，你也不惧怕；

二二　你遇见灾害饥馑，就必嬉笑，地上的野兽，你也不惧怕。

二三　因为你必与田间的石头立约，田里的野兽也必与你和好。

二四　你必知道你帐篷平安，要查看你的羊圈，一无所失。

二五　也必知道你的后裔将来发达，你的子孙像地上的青草。

二六　你必寿高年迈才归坟墓，好像禾捆到时收藏。

二七　这理我们已经考察，本是如此。你须要听，要知道是与自己有益。”

约伯为自己辩屈

第六章

一　约伯回答说：

二　“惟愿我的烦恼称一称，我一切的灾害放在天平里，

三　现今都比海沙更重，所以我的言语急躁。

四　因全能者的箭射入我身，其毒，我的灵喝尽了；上帝的惊吓摆阵攻击我。

五　野驴有草岂能叫唤？牛有料岂能吼叫？

六　物淡而无盐岂可吃吗？蛋清有什么滋味吗？

七　看为可厌的食物，我心不肯挨近。”

八　“惟愿我得着所求的，愿上帝赐我所切望的，

九　就是愿上帝把我压碎，伸手将我剪除。

一〇　我因没有违弃那圣者的言语，就仍以此为安慰，在不止息的痛苦中还可踊跃。

一一　我有什么气力使我等候？我有什么结局使我忍耐？

一二　我的气力岂是石头的气力？我的肉身岂是铜的呢？

一三　在我岂不是毫无帮助吗？智慧岂不是从我心中赶出净尽吗？”

约伯谴责三友

一四　“那将要灰心、离弃全能者、不敬畏上帝的人，他的朋友当以慈爱待他。

一五　我的弟兄诡诈，好像溪水，又像溪水流干的河道。

一六　这河，因结冰发黑，有雪藏在其中；

一七　天气渐暖，就随时消化；日头炎热，便从原处干涸。

一八　结伴的客旅离弃大道，顺河偏行，到荒野之地死亡。

一九　提玛结伴的客旅瞻望，示巴同伙的人等候。

二〇　他们因失了盼望就抱愧，来到那里便蒙羞。

二一　现在你们正是这样，看见惊吓的事便惧怕。

二二　我岂说，请你们供给我，从你们的财物中送礼物给我？

二三　岂说，拯救我脱离敌人的手吗？救赎我脱离强暴人的手吗？”

二四　请你们教导我，我便不作声，使我明白在何事上有错。

二五　正直的言语力量何其大！但你们责备，是责备什么呢？

二六　绝望人的讲论既然如风，你们还想要驳正言语吗？

二七　你们想为孤儿拈阄，以朋友当货物。

二八　现在请你们看看我，我决不当面说谎。

二九　请你们转意，不要不公；请再转意，我的事有理。

三〇　我的舌上，岂有不义吗？我的口里岂不辨奸恶吗？

约伯申诉神的严苛

第七章

一　“人在世上岂无争战吗？他的日子不像雇工人的日子吗？

二　像奴仆切慕黑影，像雇工人盼望工价；

三　我也照样经过困苦的日月，夜间的疲乏为我而定。

四　我躺卧的时候便说，我何时起来，黑夜就过去呢？我尽是翻来覆去，直到天亮。

五　我的肉体以虫子和尘土为衣，我的皮肤才收了口又重新破裂。

六　我的日子比梭更快，都消耗在无指望之中。

七　求你想念，我的生命不过是一口气，我的眼睛必不再见福乐。

八　观看我的人，他的眼必不再见我；你的眼目要看我，我却不在了。

九　云彩消散而过；照样，人下阴间也不再上来。

一〇　他不再回自己的家，故土也不再认识他。”

一一 “我不禁止我口；我灵愁苦，要发出言语；我心苦恼，要吐露哀情。
一二 我对上帝说：我岂是洋海，岂是大鱼，你竟防守我呢？
一三 若说，我的床必安慰我，我的榻必解释我的苦情；
一四 你就用梦惊骇我，用异象恐吓我。
一五 甚至我宁肯噎死，宁肯死亡，胜似留我这一身的骨头。
一六 我厌弃性命，不愿永活。你任凭我吧！因我的日子都是虚空。
一七 人算什么，你竟看他为大，将他放在心上，
一八 每早鉴察他，时刻试验他。
一九 你到何时才转眼不看我，才任凭我咽下唾沫呢？
二〇 鉴察人的主啊，我若有罪，于你何妨？为何以我当你的箭靶子，使我
厌弃自己的性命？
二一 为何不赦免我的过犯，除掉我的罪孽？我现今要躺卧在尘土中，你要
殷勤地寻找我，我却不在了。”

琐法说恶人必遭灭亡

第二十章

一 拿玛人琐法回答说：
二 “我心中急躁，所以我的思念叫我回答。
三 我已听见那羞辱我责备我的话，我的悟性叫我回答。
四 你岂不知亘古以来，自从人生在地，
五 恶人夸胜是暂时的，不敬虔人的喜乐不过转眼之间吗？
六 他的尊荣虽达到天上，头虽顶到云中，
七 他终必灭亡，像自己的粪一样；素来见他的人要说，‘他在哪里呢？’
八 他必飞去如梦，不再寻见；速被赶去，如夜间的异象。
九 亲眼见过他的必不再见他；他的本处也再见不着他。
一〇 他的儿女要求穷人的恩，他的手要赔还不义之财。
一一 他的骨头虽然有青年之力，却要和他一同躺卧在尘土中。
一二 他口内虽以恶为甘甜，藏在舌头底下，
一三 爱恋不舍，含在口中；
一四 他的食物在肚里却要化为酸，在他里面成为虺蛇的恶毒。
一五 他吞了财宝，还要吐出，上帝要从他腹中掏出来。
一六 他必吸饮虺蛇的毒气，蝮蛇的舌头也必杀他。
一七 流奶与蜜之河，他不得再见。
一八 他劳碌得来的要赔还，不得享用［原文作‘吞下’］，不能照所得的财货

欢乐。

一九　他欺压穷人，且又离弃，强取非自己所盖的房屋［或作‘强取房屋不得再建造’］。

二〇　他因贪而无厌，所喜悦的连一样也不能保守。

二一　其余的没有一样他不吞灭，所以他的福乐不能长久。

二二　他在满足有余的时候，必到狭窄的地步；凡受苦楚的人，都必加手在他身上。

二三　他正要充满肚腹的时候，上帝必将猛烈的忿怒降在他身上；正在他吃饭的时候，要将这忿怒像雨降在他身上。

二四　他要躲避铁器，铜弓的箭要将他射透。

二五　他把箭一抽，就从他身上出来；发光的箭头，从他胆中出来，有惊惶临在他身上。

二六　他的财宝归于黑暗，人所不吹的火，要把他烧灭，要把他帐篷中所剩下的烧毁。

二七　天要显明他的罪孽，地要兴起攻击他。

二八　他的家产必然过去，上帝发怒的日子，他的货物都要消灭。

二九　这是恶人从上帝所得的份，是上帝为他所定的产业。”

约伯悲叹恶人反富足

第廿一章

一　约伯回答说：

二　“你们要细听我的言语，就算是你们安慰我。

三　请宽容我，我又要说话。说了以后，任凭你们嗤笑吧！

四　我岂是向人诉冤，为何不焦急呢？

五　你们要看着我而惊奇，用手捂口。

六　我每逢思想，心就惊惶，浑身战兢。

七　恶人为何存活，享大寿数，势力强盛呢？

八　他们眼见儿孙和他们一同坚立。

九　他们的家宅平安无惧，上帝的杖也不加在他们身上。

一〇　他们的公牛孳生而不断绝，母牛下犊而不掉胎。

一一　他们打发小孩子出去，多如羊群，他们的儿女踊跃跳舞。

一二　他们随着琴鼓歌唱，又因箫声欢喜。

一三　他们度日诸事亨通，转眼下入阴间。

一四　他们对上帝说：‘离开我们吧！我们不愿晓得你的道。’

一五　全能者是谁，我们何必侍奉他呢？求告他有什么益处呢？’
一六　看哪，他们亨通不在乎自己，恶人所谋定的离我好远。
一七　恶人的灯何尝熄灭？患难何尝临到他们呢？上帝何尝发怒，向他们分散灾祸呢？
一八　他们何尝像风前的碎秸，如暴风刮去的糠秕呢？
一九　你们说：上帝为恶人的儿女积蓄罪孽。我说：不如本人受报，好使他亲自知道。
二〇　愿他亲眼看见自己败亡，亲自饮全能者的忿怒。
二一　他的岁月既尽，他还顾他本家吗？
二二　上帝既审判那在高位的，谁能将知识教训他呢？
二三　有人至死身体强壮，尽得平静安逸。
二四　他的奶桶充满，他的骨髓滋润。
二五　有人至死心中痛苦，终身未尝福乐的滋味。
二六　他们一样躺卧在尘土中，都被虫子遮盖。
二七　“我知道你们的意思，并诬害我的计谋。
二八　你们说：‘霸者的房屋在哪里？恶人住过的帐篷在哪里？’
二九　你们岂没有询问过路的人吗？不知道他们所引的证据吗？
三〇　就是恶人在祸患的日子得存留，在发怒的日子得逃脱。
三一　他所行的，有谁当面给他说明？他所作的，有谁报应他呢？
三二　然而他要被抬到茔地，并有人看守坟墓。
三三　他要以谷中的土块为甘甜，在他以先去的无数，在他以后去的更多。
三四　你们对答的话中既都错谬，怎么徒然安慰我呢？”

智慧乃神所赐

第廿八章

一　“银子有矿，炼金有方。”
二　铁从地里挖出，铜从石中熔化。
三　人为黑暗定界限，查究幽暗阴翳的石头，直到极处。
四　在无人居住之处刨开矿穴，过路的人也想不到他们；又与人远离，悬在空中摇来摇去。
五　至于地，能出粮食，地内好像被火翻起来。
六　地中的石头有蓝宝石，并有金沙。
七　矿中的路鸷鸟不得知道，鹰眼也未见过。
八　狂傲的野兽未曾行过，猛烈的狮子也未曾经过。

九　人伸手凿开坚石，倾倒山根。
一〇　在磐石中凿出水道，亲眼看见各样宝物。
一一　他封闭水不得滴流，使隐藏的物显露出来。
一二　然而，智慧有何处可寻？聪明之处在哪里呢？
一三　智慧的价值无人能知，在活人之地也无处可寻。
一四　深渊说：‘不在我内。’沧海说：‘不在我中。’
一五　智慧非用黄金可得，也不能平白银为它的价值。
一六　俄斐金和贵重的红玛瑙，并蓝宝石，不足与较量；
一七　黄金和玻璃不足与比较；精金的器皿不足与兑换；
一八　珊瑚、水晶都不足论。智慧的价值胜过珍珠［或作‘红宝石’］。
一九　古实的红璧玺不足与比较；精金也不足与较量。
二〇　智慧从何处来呢？聪明之处在哪里呢？
二一　是向一切有生命的眼目隐藏，向空中的飞鸟掩蔽。
二二　灭没和死亡说：‘我们风闻其名。’
二三　上帝明白智慧的道路，晓得智慧的所在。
二四　因他鉴察直到地极，遍观普天之下。
二五　要为风定轻重，又度量诸水。
二六　他为雨露定命令，为雷电定道路。
二七　那时他看见智慧，而且述说；他坚定，并且查究。
二八　他对人说：‘敬畏主就是智慧，远离恶便是聪明。’”

神诘问约伯

第卅八章

一　那时，耶和华从旋风中回答约伯说：
二　“谁用无知的言语使我的旨意暗昧不明？
三　你要如勇士束腰，我问你，你可以指示我。……”

神显示天地间的奥妙

四　我立大地根基的时候，你在哪里呢？你若有聪明，只管说吧！
五　你若晓得就说，是谁定地的尺度？是谁把准绳拉在其上？
六　地的根基安置在何处？地的角石是谁安放的？
七　那时，晨星一同歌唱，神的众子也都欢呼。
八　海水冲出，如出胎胞。那时谁将它关闭呢？

九　是我用云彩当海的衣服，用幽暗当包裹它的布，
一〇　为它定界限，又安门和闩，
一一　说："你只可到这里，不可越过；你狂傲的浪要到此止住。"
一二　你自生以来，曾命定晨光，使清晨的日光知道本位，
一三　叫这光普照地的四极，将恶人从其中驱逐出来吗？
一四　因这光地面改变如泥上印印，万物出现如衣服一样。
一五　亮光不照恶人，强横的膀臂也必折断。
一六　你曾进到海源，或在深渊的隐秘处行走吗？
一七　死亡的门曾向你显露吗？死阴的门你曾见过吗？
一八　地的广大你能明透吗？你若全知道，只管说吧！
一九　光明的居所从何而至？黑暗的本位在于何处？
二〇　你能带到本境，能看明其室之路吗？
二一　你总知道，因为你早已生在世上，你日子的数目也多。
二二　你曾进入雪库，或见过雹仓吗？
二三　这雪雹乃是我为降灾并打仗和争战的日子所预备的。
二四　光亮从何路分开？东风从何路分散遍地？
二五　谁为雨水分道？谁为雷电开路？
二六　使雨降在无人之地，无人居住的旷野，
二七　使荒废凄凉之地得以丰足，青草得以发生。
二八　雨有父吗？露水珠是谁生的呢？
二九　冰出于谁的胎？天上的霜是谁生的呢？
三〇　诸水坚硬［或作"隐藏"］如石头，深渊之面凝结成冰。
三一　你能系住昴星的结吗？能解开参星的带吗？
三二　你能按时领出十二宫吗？能引导北斗和随它的众星吗［"星"原文作"子"］？
三三　你知道天的定例吗？能使地归在天的权下吗？
三四　你能向云彩扬起声来，使倾盆的雨遮盖你吗？
三五　你能发出闪电，叫它行去，使它对你说，"我们在这里"？
三六　谁将智慧放在怀中？谁将聪明赐于心内？
三七·三八　谁能用智慧数算云彩呢？尘土聚集成团，土块紧紧结连。那时，谁能倾倒天上的瓶呢？
三九·四〇　"母狮子在洞中蹲伏，少壮狮子在隐秘处埋伏，你能为它们抓取食物，使它们饱足吗？
四一　乌鸦之雏，因无食物飞来飞去，哀告上帝；那时，谁为它预备食物呢？"

约伯谦卑

第四十章

一　耶和华又对约伯说：
二　“强辩的岂可与全能者争论吗？与上帝辩驳的可以回答这些吧！”
三　于是约伯回答耶和华说：
四　“我是卑贱的！我用什么回答你呢？只好用手捂口。
五　我说了一次，再不回答；说了两次，就不再说。”

神的权能与智慧

六　于是耶和华从旋风中回答约伯说：
七　“你要如勇士束腰；我问你，你可以指示我。
八　你岂可废弃我所拟定的？岂可定我有罪，好显自己为义吗？
九　你有上帝那样的膀臂吗？你能像他发雷声吗？
一〇　你要以荣耀庄严为妆饰，以尊荣威严为衣服；
一一　要发出你满溢的怒气，见一切骄傲的人，使他降卑；
一二　见一切骄傲的人，将他制伏。把恶人践踏在本处，
一三　将他们一同隐藏在尘土中，把他们的脸蒙蔽在隐秘处；
一四　我就认你右手能以救自己。
一五　你且观看河马。我造你也造它，它吃草与牛一样。
一六　它的气力在腰间，能力在肚腹的筋上。
一七　它摇动尾巴如香柏树，它大腿的筋互相联络。
一八　它的骨头好像铜管，它的肢体仿佛铁棍。
一九　它在上帝所造的物中为首，创造它的给它刀剑。
二〇　诸山给它出食物，也是百兽游玩之处。
二一　它伏在莲叶之下，卧在芦苇隐秘处和水洼子里。
二二　莲叶的阴凉遮蔽它，溪旁的柳树环绕它。
二三　河水泛滥，它不发战，就是约旦河的水涨到它口边，也是安然。
二四　在它防备的时候，谁能捉拿它？谁能牢笼它穿它的鼻子呢？”

约伯向神顺服

第四十二章

一　约伯回答耶和华说：

二 “我知道你万事都能作，你的旨意不能拦阻。

三 谁用无知的言语使你的旨意隐藏呢？我所说的是我不明白的；这些事太奇妙，是我不知道的。

四 求你听我，我要说话；我问你，求你指示我。

五 我从前风闻有你，现在亲眼看见你。

六 因此我厌恶自己［‘自己’或作‘我的言语’］，在尘土和炉灰中懊悔。”

神赐福给约伯

七 耶和华对约伯说话以后，就对提幔人以利法说：“我的怒气向你和你两个朋友发作，因为你们议论我，不如我的仆人约伯说的是。

八 现在你们要取七只公牛，七只公羊，到我仆人约伯那里去，为自己献上燔祭，我的仆人约伯就为你们祈祷。我因悦纳他，就不按你们的愚妄办你们。你们议论我，不如我的仆人约伯说的是。”

九 于是提幔人以利法、书亚人比勒达、拿玛人琐法，照着耶和华所吩咐的去行，耶和华就悦纳约伯。

一〇 约伯为他的朋友祈祷，耶和华就使约伯从苦境转回［“苦境”原文作“掳掠”］，并且耶和华赐给他的比他从前所有的加倍。

一一 约伯的弟兄姐妹和以先所认识的人都来见他，在他家里一同吃饭，又论到耶和华所降与他的一切灾祸，都为他悲伤安慰他，每人也送他一块银子和一个金环。

一二 这样，耶和华后来赐福给约伯比先前更多。他有一万四千羊，六千骆驼，一千对牛，一千母驴。

一三 他也有七个儿子，三个女儿。

一四 他给长女起名叫耶米玛，次女叫基洗亚，三女叫基连哈朴。

一五 在那全地的妇女中，找不着像约伯的女儿那样美貌。她们的父亲使她们在弟兄中得产业。

一六 此后，约伯又活了一百四十年，得见他的儿孙，直到四代。

一七 这样，约伯年纪老迈，日子满足而死。

（选自中国基督教协会印发：中文《圣经》启祷本，1997年版）

作品赏析

《约伯记》见于《圣经·旧约》，通常被视作《圣经》“智慧文学”的最重要代表。所谓“智慧文学”，据认为是源于古代东方的智慧语录。公元前23世纪第一位埃及圣人普塔鹤提（Ptahhotep），就留有这样的语录。后来巴比伦的动植物寓言（比如《旧约·士师记》9：8—15），希伯来“聪明妇人”的故事（比如《旧约·撒母耳记下》14：2—20，20：16—22），以及传说为所罗门王所作的“箴言三千句、诗歌一千零五首”，都属此类。[①]《旧约》中的《箴言》、《约伯记》和《传道书》，则是由此延展而来，是有“智慧文学”或者“智慧书”之谓。

如同《圣经》所载：这类作品是“要使人晓得智慧和训诲，……使愚人灵明，使少年人有知识和谋略，……使聪明人得着智谋，使人明白箴言和譬喻，懂得智慧人的言词和谜语”（《旧约·箴言》1：2—6）。而“谜语”正是“古代圣人的不同表达方式”，是古代世界“严肃的学术性的考查和教训方式”[②]。读解《约伯记》，亦即读解这样的“谜语”。如果将“神义论”（Theodicy）或者“证明神对待人的方法是正当的”[③] 看作《约伯记》的主题，那么也许我们必须从基督教对于“义”的独特理解说起。

一般来说，没有人怀疑《约伯记》的文学价值乃至文化意义。但是如果离开它对“原罪”的注释、离开它对“义人”的否弃、离开它所揭示的“信仰”的悲剧意味，则恰恰丢掉了《约伯记》的根本。

《约伯记》开篇第一句就写道：“乌斯地有一个人名叫约伯；那人完全正直，敬畏上帝，远离恶事。”然而说他“完全正直”的根据，似乎只是他的富有和谨守宗教仪式：“他的家产有七千羊，三千骆驼，五百对牛，五百母驴，并有许多仆婢。”他每天早晨都按照儿女的数目“献燔祭”，唯恐“儿子犯了罪，心中弃掉上帝”。

谨守仪式，是与古代犹太教的遵行律法联系在一起的。其结果，必然要使信仰日益表面化、具象化、程式化，以至约伯认为凭借足数的祭品就可以替家人免罪。这里所包含的，实际上是后世教会的“赎罪券”的雏形。无论以基督教超越尘世的指向而论，还是以基督教因信称义的原则而论，这种“敬畏上帝，远离恶事”的赎罪方式，都不是信仰的本质。因此当上帝向撒旦称赞约伯的时候，撒旦对约伯式的信仰进行了一针见血的剖析和经典性的概括：“约伯敬畏上帝岂是无故呢？你岂不是四面圈上篱笆围护他和他的家，并他一切所有的吗？他手所作的都蒙你赐福，他的家产也在地上增多。你且伸手毁他一切所有的；他必当面弃掉你。”

于是上帝让撒旦去试探约伯。撒旦使约伯失去了家财、儿女和他曾经拥有的一切。约伯起初并不抱怨，却是宽慰自己：“赏赐的是耶和华，收取的也是耶和

---

① 伊尔文．圣经考释大全：旧约论丛：下册．周天和，译．香港：基督教文艺出版社，1989：103-109.

② 同①104.

③ 同①115.

华”。上帝相信了他，认为他“仍然持守他的纯正”。然而撒旦不信，他对上帝说：“你且伸手，伤他的骨头和他的肉，他必当面弃掉你。”

于是上帝让撒旦再次试探约伯，使约伯“从脚掌到头顶”长满毒疮，以至他的妻子都厌弃了他：“你仍然持守你的纯正吗？你弃掉上帝，死了吧！”约伯显然知道这是神的试探，所以继续保持着虔敬和谦卑。他“坐在炉灰中，拿瓦片刮身体”，并且斥责妻子：“难道我们从上帝手里得福，不也受祸吗？”

但是正如撒旦所说，约伯的“敬畏上帝”并不是无故的，他始终是那种“敬畏”的受益者。他已经习惯于用丰厚的供奉证明自己对上帝的虔诚，又用虔诚带来的物质利益去丰富自己的供奉。这样，上帝的许诺和有效的供奉，构筑了一只信仰的天平。而它在常态下呈现的平衡，不仅使上帝轻而易举地得到了一个“义人”的榜样，也使约伯本人渐渐地以为自己真的是“完全正直”了。乃至当“利益”被上帝暂时收回时，受益者尚有足够的信心，视之为必要的试探和考验；但是“利益”一旦长久地缺失，常态一旦被极端事件所打破，建立在“利益”基础上的信心就必然会随之瓦解。

有所期待的信仰，只能在期待破灭之前造就相应的“忍耐”。这样的信仰者所要寻求的，其实只是更稳定、更长久地满足自己的利益和欲望；他们可能只是想通过“忍耐”，最终从信仰对象那里获得他们预期的一切。然而除非得到证实，预期的目的毕竟属于未知，因此与信仰相伴的“忍耐”，常常是短命的。约伯那信仰的天平，终于发生了倾斜。

三个朋友听说他所遭受的灾祸，前来陪伴他。仅仅过了七天七夜，约伯的信心就动摇了。他开始诅咒生命、期盼死亡、埋怨上帝不能分清善恶。他那絮絮叨叨的哭诉，使平时听惯他劝导的朋友们竟忍不住来劝导他了。但是对约伯来说，没有实际利益做支撑的劝导是没有说服力的。他根本不会把那些漂亮话放在眼里：“你们所说的，谁不知道呢？……这一切我眼都见过，我耳都听过，而且明白。你们所知道的，我也知道，并非不及你们。”

在约伯洋洋万余言的牢骚中，充满了表面的恭顺与内心的不满之间的尖锐矛盾。他相信只有“忍耐”才能换取上帝的眷顾，但是实际上又不堪忍受过于漫长的试探。他一会儿赞颂上帝的万能，一会儿又抱怨上帝不能及时地惩恶扬善；一会儿声称智慧来自上帝，一会儿又扬言要“与上帝理论”。他为自己辩解，称自己为义。然而其中的依据全在于“利益”。

根据利益的原则，他认为自己是理所当然的“义人”，因为这有他每日的供奉为证；根据受益的经验，他无法理解如此持久的惩罚，于是他开始怀疑上帝不再听他呼告。约伯的怨言使我们又一次感到：在上帝和他的子民之间，在信仰的对象和信仰者之间，“应许”和“兑现”常常是唯一可靠的维系。有了“应许之地”，“上帝的选民”才得以聚集；有了实实在在的“立约”，这些“选民”才终于放弃了其他偶像；有了对“悦纳”者的期待，也才能延续“奉献”的行为。同样，约伯认为他有理由要求一种证实，从而才不会觉得枉为了一回“义人”。但是，仅仅因为财富就可以证明上帝的眷顾、仅仅因为敬神就可区别于同样富庶的恶人、仅仅因为上帝的庇佑就可以妄自称义吗？

曾经拥有的一切，使约伯相信上帝对他有“密友之情”；而当他由此得到好处时，并没有忘记留给上帝一份回报。因此在他看来，“我没有罪恶”“我是……公义完全人”，这是不言自明的。他不肯放弃这一前提，因为这实际上意味着：“义人”就应当得到“义人”的赏赐。

他的三个朋友不能接受他的“义人”逻辑，却又没有办法说服他。最后，耶和华亲自出场了。具有戏剧性的是：刚才还口若悬河、要向上帝申诉、要同上帝“理论”的约伯，此时却表示：“我是卑贱的！我用什么回答你呢？只好用手捂口。……我从前风闻有你，现在亲眼看见你。因此我厌恶自己，在尘土和炉灰中懊悔。”而上帝也并不深究，反倒认为那三位朋友“不如……约伯说的是”，让他们用“七只公牛，七只公羊，……为自己献上燔祭”，以便“我的仆人约伯就为你们祈祷”。于是三个人“照着耶和华所吩咐的去行，耶和华就悦纳约伯”。

所谓“悦纳”的注释仍然是实际的利益，即“赐给他的比他从前所有的加倍”：约伯有了“一万四千羊，六千骆驼，一千对牛，一千母驴……七个儿子，三个女儿”；亲戚朋友们还每人“送给他一块银子和一个金环”。看来，撒旦的试探使上帝对虚弱而务实的人类有了更深刻的了解，因此他才用这种“应许—兑现”的方式重新恢复和巩固人类那脆弱的信仰。然而与此同时，这也从根本上摧毁了“义人”的神话。

人本来经不起撒旦的试探，劝导约伯的人们之所以显得比他更有信心，恰恰是因为他们处于撒旦的试探之外。而没有试探，“义”又何以见得？上帝对约伯的宽容，并没有真正解决撒旦对人类信仰的怀疑。《约伯记》的结局，虽然是这个“义人”的典范儿孙满堂，尽享天年，我们却分明还能听见撒旦那永恒的追问：“约伯敬畏上帝岂是无故的呢？”

要回答撒旦的追问，人类显然不具备足够的道德力量，因此只能求助于两种逻辑的方式：回避“试探”，或者重新规定“义”的内涵。“上帝不试探人”和“因信称义”之所以能在《新约》当中占有重要的位置，正反映着基督教力图回答这一追问的尝试。

《旧约·申命记》中曾有“不可试探耶和华你们的上帝”（《申命记》6：16）；后来福音书记载耶稣受试探时，将此转引为“不可试探主，你的上帝”（《马太福音》4：7，《路加福音》4：12）。而到更晚的《哥林多前书》，“耶和华”和“上帝”都不再出现，只是直言：“不要试探主，像他们有人试探的，就被蛇所灭”（《哥林多前书》10：9）——以至有的古卷将此处的“主”记作“基督”。这种选词的变化，实际上将“不可试探上帝”逐渐转换为“不可试探耶稣”。其中潜在的引申意义是至关重要的，即“善”的最终标准并不在于“经受了”试探，却是在于“不可”试探。而有形的试探一旦被消解，信仰对象的崇高无瑕及其在人间的道德示范，便都得到了无限的可能。

因此我们看到：《新约》与《旧约》中的“试探”是完全不同的。无论是“试探”本身还是“试探”被解决的方式，《新约》都带有更多的精神内容，而不再是《旧约》那样具体的物质损益。与这一特征相适应，撒旦对耶稣的三次试探只是三种假设，耶稣的答对则是三句经文。（《马太福音》41：1—10）“试探”终究是以物质欲望为基础的，所以当它只剩下精神的骨架时，对它的消解也最为彻底。正是沿着这条线索，《雅各书》一面鼓吹“忍受试探的人是有福的”，“落在百般试炼中，都要以为大喜乐”（《雅各书》1：12，1：2）；一面又直截了当地宣告：“上帝不能被恶试探，他也不试探人”（《雅各书》1：13）。

这样，以实际利益和物质诱惑为手段的“试探”终于被抛弃了。由此导致的最自然的结果之一，便是基督教不再幻想从可感的现实世界中寻找人格榜样：约伯式的“义人”不堪一击，经得起推敲的，只有人间并不存在，从而也不能用人间标准加以检验的神。

（杨慧林）

神　曲

［意］但丁

但丁·阿利盖里（Dante Arighieri，1265—1321）是中世纪最伟大的诗人，欧洲文艺复兴运动的先驱。他是站立在旧世纪终结和新世纪开端的门槛上的巨人，其代表作《神曲》是文学史上划时代的巨著。

但丁诞生于佛罗伦萨城一个没落贵族家庭里。他早年丧母，父亲长期经商。他早年学习拉丁文、诗学、修辞学，研究古典文学，对绘画、音乐、哲学也颇有造诣，成为博学多才之士。他受经院哲学和神学的影响极大。9岁时爱上8岁女孩贝雅特丽齐。后者长大后嫁给了一位银行家，不久去世。但丁一生都把她当作真善美的象征和指引自己前进的力量。第一部诗集《新生》（1292）就是献给她的。

但丁在青年时代就积极投身于政治活动。当时佛罗伦萨党争激烈，但丁参加了代表新兴资产阶级的贵尔夫党，曾任佛罗伦萨行政官。后贵尔夫党分裂，但丁成为白党领袖，反对教皇的分裂阴谋和对佛罗伦萨内政的干涉。1302年黑党与教皇勾结夺取了政权，但丁全部家产被没收，并被判处终身流放。从此诗人开始了近20年的流亡生活，直到1321年客死拉文那。放逐期间，但丁漂泊游历意大利各地，撰写了《论俗语》、《筵席》和《帝制论》（1310—1312）。但丁意识到自己作为诗人所担负的揭露现实、唤醒人心，给意大利指出政治上、道德上复兴之路的历史使命，为此，他中断了《论俗语》和《筵席》的写作，于1307年前后开始创作《神曲》。

作品梗概

《神曲》由《地狱篇》、《炼狱篇》和《天国篇》三部分组成。诗人采用中古梦幻文学的形式，描写了一个幻游地狱、炼狱、天国三界的故事。诗人自叙他在“人生旅程的中途”迷了路，当他正准备攀登一座秀美的山峰时，被三只猛兽拦住去路。危急关头，古罗马诗人维吉尔出现在面前。他受贝雅特丽齐之托前来搭救诗人，引导他游历地狱和炼狱，最后贝雅特丽齐引导他游历了天国。

地狱形似漏斗，共分九层。口在北半球，底在地心。生前作恶的灵魂根据罪恶的轻重判定其所处深浅。总的原则是罪恶越大，所处越深。第一层是“候判所”，古代善良的异教徒们在这里等待着上帝的第二次判决，他们唯一的过失是生在耶稣之前。这里住着两类灵魂：一类是《旧约》中的传说人物，是上帝意志的产物，如亚当、亚伯、挪亚、摩西、亚伯拉罕、大卫等；另一类是但丁所崇拜的诗人、哲学家、科学家、贤士淑女，如诗人荷马、贺拉斯、维吉尔等，哲学家苏格拉底、柏拉图、亚里士多德，数学家欧克利特，药学家易普克拉等。贪色、贪食、贪财、忿怒者被放入地狱的第二至第五层受苦，属于上层地狱。他们犯有不能节制罪，这本非罪过，但能引起罪恶。第六至第九层属于下层地狱。不信灵魂的邪教徒和伊壁鸠鲁学说信徒的灵魂在第六层地狱受苦。在第七层，杀人抢劫的暴徒、残杀人民的暴君深没在滚烫的血水中，自杀者变成毒树，亵渎上帝者在火雨、热沙中挣扎。第八层惩罚的是十种欺诈罪，淫媒和诱拐者、阿谀奉承者、买卖圣职者、预言者、贪官污吏、伪君子、窃贼、劝人为恶者、离间者、伪造者分别在十条恶沟里受罚。但丁看到已去世的教皇尼古拉三世和逢尼法齐乌斯八世倒栽在石缝里，脚底承受着烈火的炙烤。叛徒则被罚下地狱的最底层。这里是一片冰湖，谋杀暗算、叛国卖主的罪大恶极者都被冻在冰湖里。魔王撒旦处在冰湖中心，他上半身露出湖面，头有三个面孔，每张嘴里咬着一个灵魂：犹大、谋杀恺撒的卡修斯和布鲁都。

但丁跟随维吉尔从地球的中心来到南半球的净界（即炼狱）山门之下。这是巍然耸立在海洋中的一座高山，与北半球的中心圣城耶路撒冷遥相对峙。净界本部七层，加上底部的山门和山顶上的地上乐园，共九层。进入净界山门时，天使在但丁头上用宝剑刻下七个“P”字，以代表七大罪过——骄、妒、怒、惰、贪、食、色。以后每上一层，拭去一个“P”字，表示罪过逐步消除，灵魂不断净化。灵魂经受磨炼消除罪孽后来到地上乐园（即《圣经·创世记》中的伊甸园）。这里好花常开，美景常在，从寓言的意义上说，这是达到了现世幸福的境界。维吉尔悄然隐去，花雨缤纷中，贝雅特丽齐在众天使的簇拥下降临，她亲自引导但丁游历天国。

天国气象庄严，光辉灿烂，充满着欢乐和爱。刚正不阿者、力行善事者、多情者、哲学家和神学家、基督教的殉难者、公正贤明的君主、潜心修道者、立功立德者、基督和众天使等分别居住在九重天，超越时间和空间的天府则是上帝和圣洁的灵魂的居所。每个灵魂都沐浴在上帝的光和爱中。贝雅特丽齐归位在幸福的玫瑰花瓣中。圣伯纳德引导但丁谒见三位一体的上帝，电光一闪，象征但丁见到了最高真理和美。全诗以此作结。

作品节选

第三章

由我进入愁苦之城，
由我进入永劫之苦，
由我进入万劫不复的人群中。
正义推动了崇高的造物主，
神圣的力量、最高的智慧、本原的爱
创造了我。在我以前未有造物，
除了永久存在的以外，
而我也将永世长存。
进来的人们，你们必须把一切希望抛开！

我瞥见一座门的门楣上写着这段文字，颜色黯淡阴森；因此我说："老师，我觉得这些话的含义很可怕。"

他像老练的人似的对我说："这里必须丢掉一切疑惧，这里必须消除一切畏怯。我们已经来到我对你说过的地方，你将看到那些失去了心智之善的悲惨的人。"

他拉着我的手，面带喜色，使我感到安慰，随后就把我带到幽冥世界的秘密中。这里叹息、悲泣和号哭的声音响彻无星的空中，使我起初不禁为之伤心落泪。种种奇异的语言，可怕的语音，痛苦的言辞，愤怒的喊叫，洪亮的和沙哑的嗓音，同绝望的击掌声合在一起，构成一团喧嚣，在永远昏黑的空气中不住地旋转，犹如旋风刮起的沙尘。

我觉得恐怖紧箍着我的头，就说："我听见的是什么声音？这些看起来被痛苦压倒的是什么人？"

他对我说："这是那些一生既无恶名又无美名的凄惨的灵魂发出来的悲鸣哀叹。他们中间还混杂着那一队卑劣的天使，这些天使既不背叛也不忠于上帝，而只顾自己。各重天都驱逐他们，以免自己的美为之减色，地狱深层也不接受他们，因为作恶者和他们相比，还会觉得有点自豪。”

我说：“老师，什么使他们这样痛苦，致使他们悲鸣哀叹如此沉痛呢?”

他回答说：“我简单地告诉你。他们没有死的希望，他们盲目度过的一生如此卑不足道，以至于对任何别种命运他们都忌妒。世上不容许他们的名字留下来，慈悲和正义都鄙弃他们，我们不要讲他们了，你看一看就走吧。”

我定睛细看，只见一面旗子飞速回旋奔驰，似乎永远不肯停下来。旗子后面涌来如此漫长不尽的人流，若非亲眼看到，我决不相信死神已经毁掉了这么多的人。我认出其中的几个之后，就瞥见了一个鬼魂，识得他是那个由于怯懦而放弃大位的人。我立刻知道并且认定，这是那一群既为上帝又为他的仇敌们所不喜的卑怯之徒。这些从来没有真正生活过的可怜虫都赤身裸体，被麇集在那里的牛虻和黄蜂蜇来蜇去。蜇得他们脸上流下一道一道的血，流到脚上被可厌的蛆虫所吮吸。

当我纵目向前眺望时，只见许多人在一条大河的岸上，因此我说：“老师，现在请让我知道这些是什么人，据我借这微弱的光所看到的情景，他们似乎急于渡河，是什么规律使他们这样。”他对我说：“等我们在阿刻隆河岸上停住脚步时，你就明白这些事了。”于是，我把眼睛羞惭地低垂着，恐怕我说话他并不高兴，直到我们走到河边，我都闭口无言。

瞧！一个须发皆白的老人驾着一只船冲我们来了，他喊道：“罪恶的鬼魂们，你们该遭劫了！再也没有希望见天日了！我来把你们带到对岸，带进永恒的黑暗，带进烈火和寒冰。站在那儿的活人的灵魂，你离开那些死人吧。”但是，看到我不离开，他随后就说：“你将走另一条路，从别的渡口渡过去上岸，不从这里，一只较轻的船要来载你。”

我的向导对他说：“卡隆，不要发怒：这是有能力为所欲为者所在的地方决定的，不要再问。”铅灰色的沼泽上这个两眼辐射着愤怒的火焰的船夫听了这话以后，毛烘烘的脸上的怒气就平静下来了。

但是，那些疲惫不堪的赤身裸体的鬼魂一听见他这残酷的话，都勃然变色，咬牙切齿。他们诅咒上帝和自己的父母，诅咒人类，诅咒自己出生的地方和时间，诅咒自己的祖先和生身的种子。然后，大家痛哭着一同集合在等待着一切不畏惧上帝的人的不祥的河岸上。魔鬼卡隆怒目圆睁，如同火炭一般，向他们招手示意，把他们统统赶上船去；谁上得慢，他就用船桨来打。

如同秋天的树叶一片一片落下，直到树枝看见自己的衣服都落在地上一样，亚当的有罪孽的苗裔一见他招手，就一个一个从岸上跳上船去，好像驯鸟听到呼唤就飞过来似的。他们就这样渡过水波昏暗的河，还没有在对岸下船，这边就又有一群新来的鬼魂集合。

“我的儿子，”蔼然可亲的老师说，“凡在上帝震怒中死去的人，都从各国来到这里集合；他们急于渡河，因为神的正义鞭策他们，使恐惧化为愿望。善良的灵魂从来不打这里过；所以，如果卡隆生你的气，口出怨言，现在你就会明白他的话是什么意思了。”

他说完了这话，昏黑的原野就发生了那样强烈的地震，如今回想起当时的恐怖，还使我浑身冷汗淋漓。泪水渗透的地上刮起一阵风，风中闪射出一道红彤彤的电光，使我完全失去了知觉；我像睡着了的人似的倒下了。

第五章

我就这样从第一层下到了第二层，这一层的圈子比较小，其中的痛苦却大得多，它使受苦者发出一片哭声。

那里站着可怕的米诺斯，龇着牙咆哮：他在入口处审查罪行，作出判决，把尾巴绕在自己身上，表示怎样发落亡魂，勒令他们下去。我是说，不幸生在世上的人的灵魂来到他面前时，就供出一切罪行：那位判官就判决他该在地狱中什么地方受苦，把尾巴在自己身上绕几遭，就表明要让他到第几层去。在他面前总站着许多亡灵：个个都依次受审判，招供罪行，听他宣判，随后就被卷下去了。

“啊，来到愁苦的旅舍的人，”米诺斯瞥见我，就中断执行这样重大的职务，对我说，“你要想一想，自己是怎么进来的，依靠的是什么人；不要让宽阔的门口把你骗进来！”我的向导对他说：“你为什么直叫嚣！不要阻止天命注定他作的旅行。这是有能力为所欲为者所在的地方决定的，不要再问。”

现在悲惨的声音开始传到我耳边；现在我来到许多哭声向我袭击的地方。我来到一切光全都喑哑的地方，这里如同大海在暴风雨中受一阵阵方向相反的风冲击时那样怒吼。地狱里的永不停止的狂飙猛力席卷着群魂飘荡；刮得他们旋转翻滚，互相碰撞，痛苦万分。每逢刮到断层悬崖前面，他们就在那里喊叫、痛哭、哀号，就在那里诅咒神的力量。我知道，被判处这种刑罚的，是让情欲压倒理性的犯邪淫罪者。犹如寒冷季节，大批椋鸟密集成群，展翅乱飞，同样，那些罪恶的亡魂被狂飙刮来刮去，忽上忽下，永远没有什么希望安慰他们，不要说休息的希望，就连减轻痛苦的希望也没有。

犹如群鹤在空中排成长行，唱着它们的哀歌飞去，同样，我看到一些阴魂哀号痛哭着被上述的狂飙卷来；因此我说：“老师，这些受漆黑的空气这样惩罚的，都是什么人哪？”“你想知道情况的那些人之中的第一个，”他随即对我说，是许多语言不同的民族的女皇帝。她沉溺于淫乱的罪恶那样深，竟然在她的法律中把人人恣意淫乱定为合法，来免除她所遭到的谴责。她是塞米拉密斯，据史书记载，她是尼诺的妻子，后来继承了他的帝位，拥有如今苏丹所统治的国土。另一个是因为爱情自杀的对希凯斯的骨灰背信失节的女性，她后面来的是淫荡的克利奥帕特拉。你看那是海伦，为了她，多么漫长的不幸的岁月流转过去，你看那是伟大的阿基琉斯，他最后是同爱情战斗。你看那是帕里斯，那是特里斯丹；他还把一千多个因为爱情离开人世的人指给我看，并且一一说出他们的名字。我听了我的老师说出古代的贵妇人和骑士们的名字以后，怜悯之情抓住了我的心，我几乎神志昏乱了。我开始说："诗人哪，我愿意同那两个在一起的、似乎那样轻飘飘地乘风而来的灵魂说话。"他对我说："你注意着他们什么时候离我们近些；那时，你以支配他们的行动的爱的名义恳求他们，他们就会来的。"当风刚把他们刮向我们这里时，我就开始说："受折磨的灵魂们，过来同我们交谈吧，如果无人禁止的话！"

犹如斑鸠受情欲召唤，在意愿的推动下，伸展着稳健的翅膀，凌空而过，飞向甜蜜的鸠巢，同样，那两个灵魂走出狄多所在的行列，穿过昏暗的空气向我们奔来，因为我那充满同情的呼唤是如此强烈动人。

"啊，温厚仁慈的活人哪，你前来访问我们这些用血染红大地的阴魂，假如宇宙之王是我们的朋友的话，我们会为你的平安向他祈祷，因为你可怜我们受这残酷的惩罚。在风像这里现在这样静止的时候，凡是你们喜欢听的和喜欢谈的事，我们都愿意听，都愿意对你们谈。我出生的城市坐落在海滨，在波河汇合它的支流入海得到安息的地方。在高贵的心中迅速燃烧起来的爱，使他热恋上我的被夺去的美丽的身体；被夺的方式至今仍然使我受害。不容许被爱者不还报的爱，使我那样强烈地迷恋他的美貌，就像你看到的这样，直到如今仍然不离开我。爱引导我们同死。该隐还等待着害我们性命的人。"他们对我们说了这些话。

听了这两个受伤害的灵魂所说的话，我低下头来，一直没有抬起，诗人对我说："你在想什么？"我向他回答时说："哎呀，多少甜蜜的思想，多么强烈的欲望把他们引到那悲惨的关口啊！"接着，我又转身对着他们，开始说："弗兰齐斯嘉，你的痛苦使得我因悲伤和怜悯而流泪。但是，你告诉我：在发出甜蜜的叹息时，爱通过什么迹象、什么方式使你们明白了彼此心里的朦胧的欲望？"她对我说："再没有比不幸中回忆幸福的时光更大的痛苦了；这一点你的老师是知道的。但是，如果你有这样热切的愿望，想知道我们的爱的最初的根苗，我就像一面哭，一面说的人那样说给你听。"

"有一天，我们为了消遣，共同阅读朗斯洛怎样被爱所俘虏的故事；只有我们俩在一起，全无一点疑惧。那次阅读促使我们的目光屡屡相遇，彼此相顾失色，但是使我们无法抵抗的，只是书中的一点。当我们读到那渴望吻到的微笑的嘴被这样一位情人亲吻时，这个永远不会和我分离的人就全身颤抖着亲我的嘴。那本书和写书的人就是我们的加勒奥托：那一天，我们没有再读下去。"

当这一个灵魂说这番话时，那一个一直在啼哭；使得我激于怜悯之情仿佛要死似的昏过去。我像死尸一般倒下了。

第三十三章

那个罪人把嘴从野兽般啃着的食物上抬起来，在已经从后头咬坏的脑壳的头发上蹭了蹭，然后说：“你要我重述那场令人绝望的苦难，在我还没有开口以前，这场苦难只要回想起来，就已经使我的心绞痛欲绝。但是，如果我的话是要成为一粒会给我所啃的叛卖者结出臭名之果的种子，那你就要看到我一面说一面哭。我不知道你是谁，也不知道你是怎样下到这里来的；但是，当我听到你的口音，我觉得你确实是佛罗伦萨人。你要知道，我就是乌哥利诺伯爵，这一个就是卢吉埃里大主教。现在我要告诉你，我为什么对他来说是这样的邻人。由于他使用阴谋诡计，我对他相信而被捕，后来被处死，这都用不着说；但是，你将要听到你不可能听到过的事，那就是，我死得多么惨，你将要知道他是否害苦了我。

“那个由于我的缘故而名为‘饿塔’的、以后别人还要被关进去的牢笼，有一个狭小的窗洞，这个窗洞的孔隙使我看到几次月光后，我做了那场给我撕破了未来的面纱的噩梦。

“我梦见这个人作为猎队的首领和主人正向那座使比萨人望不见卢卡的山上追猎狼和小狼们。他已调遣瓜兰迪、席斯蒙迪和兰弗朗奇带着精瘦的、踊跃的、经过训练的猎狗作为他的先锋。跑了一阵儿后，父亲和儿子们看来似乎都疲惫了，我似乎看到他们肚子两边都被尖利的牙齿撕裂了。

“当我在天明以前醒来时，我听见和我在一起的儿子们在睡梦中哭着要面包。如果你想到我的心所预感到的事还不悲痛，那你可真冷酷无情；如果你不哭，你向来为什么样的事才哭啊？

“他们已经醒了，平常给我们送饭的时间已经快到了，我们每人都因为自己的梦恐惧不安；我听见可怕的塔牢下面的门钉上了；于是，我看着我的儿子们的脸，一言不发。我没有哭，我的心就这样化成了石头。他们直哭，我的小安塞尔摩说：‘父亲，你这样看着！你怎么啦？’我没有为此落泪，那一整天我没有回答，后来夜里也没有，一直到另一天太阳出现在世上。当一丝微弱的光线射进悲惨的牢狱，我从他们四个的脸上看到了我自己的面容时，我悲痛得咬我的双手；他们以为我这样做是为食欲所驱使，顿时站起身来，说：‘父亲，假如你吃了我们，那给我们的痛苦会少得多：你给我们穿上了这可怜的肉体的衣服，你就把它剥去吧！’于是，我就极力镇静下来，为的不使他们更加悲痛。那一天和下一天，我们都一直默默无言。啊，冷酷的大地呀，你为什么不裂开呀？我们到了第四天后，伽多直挺挺地倒在我脚下，说：‘我的父亲哪，你为什么不帮助我呀？’他就死在那儿了；就像你现在看见我一样，我看见那三个在第五和第六天之间一个一个倒下了；那时，我的眼睛已经失明，就在他们身上摸索起来，在他们死后，叫了他们两天。后来，饥饿就比悲痛力量更强大。”

他说了这番话后，就斜着眼重新用牙咬住那个不幸的脑壳；他的牙咬在头骨上就像狗牙那样厉害。

啊，比萨，你是说 sì 的美丽国土上的人民的耻辱啊！既然你的邻居们都迟迟不去惩罚你，就让卡普拉亚和格尔勾纳移动，在阿尔诺河口构成堤坝，使河水把你的居民统统淹死吧！因为，如果乌格利诺伯爵有出卖你的城堡的名声，你也不该使他的儿子们受这样的折磨。你这新的忒拜呀，乌圭乔涅和勃利伽塔以及在这一章前面提到的另外那两个，由于年龄幼小都是无辜的呀。

我们再往前走，来到寒冰把另一群人残酷地封住的地方，这些人不是低着头，而是都仰面朝天。在那里，哭本身就不容许他们哭出来，悲哀发现眼睛上有障碍，就转向内心，使痛苦增加；因为最初的泪水凝成了冰疙瘩，像水晶面甲一般，把眉毛下面的眼窝完全填满。

虽然我的脸已经冻得像生了趼子的地方一样失去了一切感觉，这时，我却觉得好像有些风吹来；因此我说：“我的老师，这风是谁扇起的？在这底下不是一切蒸气都已消失了吗？”他对我说：“不久你就会来到那个地方，在那儿你的眼睛看到吹下这阵风来的原因，就会回答你这个问题。”

这时冰层里那些悲惨的鬼魂之中的一个向我们喊道：“喂，被指定到最后一环去的残酷的亡魂们，给我去掉我脸上的坚硬的面纱吧，好让我在眼泪重新冻结以前，稍微发泄一下我心里充塞着的悲哀。”因此，我对他说：“如果你要我帮助你，那你就告诉我你是谁，如果我不给你解除障碍，那就让我到冰底去。”于是，他回答说：“我是阿尔伯利格修士；是提供罪恶之园的水果的那个人，因为我给了别人无花果，我就在这里接受海枣。”我对他说：“哦，难道你已经死了吗？”他对我说：“我的肉体在世上情况如何，我不得而知。这托勒密环里的罪人享有这样的特权：他的灵魂常常在阿特洛波斯使它离开以前，就落到这里来。为了使你更乐意从我脸上剥去这层玻璃般的眼泪，我要告诉你：灵魂刚一像我那样犯下叛卖罪，肉体就被一个恶鬼夺去，这个恶鬼以后就一直主宰着它，直到它的寿数已尽为止。他的灵魂就坠落到这样的井里；这里这一个在我背后过冬的灵魂，他的肉体或许至今还在世上出现呢。如果你是刚下到这里来的，你就一定会知道他：他就是勃朗卡·多利亚先生，自从他被这样禁闭起来后，已经过了许多年了。”我对他说：“我相信你是骗我呢，因为勃朗卡·多利亚还没有死，他还吃、喝、睡觉、穿衣服嘛。”他说：“当米凯尔·臧凯还没有来到上面那条熬着粘糊糊的沥青的、由马拉卜朗卡们看守的壕沟以前，这个人就让一个魔鬼留在他的肉体里来代替他，一个同他一起犯下叛卖罪的近亲也是这样。但是，现在把你的手伸过来，打开我的眼睛吧。”我并没有给他打开眼睛；对他无礼就是有礼。

啊，热那亚人哪，你们这些远离一切美好风俗，充满一切恶习的人哪，为什么你们不从世上灭绝啊？因为我发现你们当中的一个和罗马涅的穷凶极恶的鬼魂在一起，这个人由于他的罪行的缘故，灵魂已经沉浸在科奇土斯湖里，肉体还活着出现在世上。

（选自田德望译：《神曲·地狱篇》，人民文学出版社，1990 年版）

作品赏析

《神曲》是但丁的代表作。在《新生》的末尾，但丁就表明立志写一部作品，用“人们关于任何女性都从未讲过的话”来歌颂贝雅特丽齐。她死后，但丁失去了精神上的向导，一时思想上和道德上迷失了方向，接着又经历了政治上的失败和流亡的艰辛，意识到理想和现实的矛盾，觉得自己如同无帆、无舵手的船在暴风雨中漂流，同时又看到意大利和整个基督教世界的黑暗，感到自身是在黑暗中生活的人类的缩影。他计划创作一部作品，把抒写个人迷途知返、悔过自新的过程和给意大利人民指出政治上、道德上复兴的道路的历史使命联系起来。《神曲》就是这一计划和以独特的方式歌颂贝雅特丽齐的计划相结合的产物。

从立意布局看，《神曲》不是在描写来世三界，而在表现作者的信仰与追求：在新旧交替的时代，处于迷惘中的个人和人类可以凭借理性和哲学辨别是非，认识错误，进而走出迷途，获得信仰，达到光明至善的境界。诗人采用中古梦幻文学的样式，以抽象寓意的手法，通过四个象征性的环境和三个人物之间的关系开始对社会问题进行探讨。黑暗的森林象征意大利黑暗腐败的社会现实以及没有理性的认识的过失和罪恶，猛兽象征尘世杂念和恶势力（豹、狮、狼，象征淫欲、强暴、贪婪），地狱象征罪恶以及由此带来的苦难，净界象征着对罪恶的忏悔和对意志的考验，天国则象征光明至善的境界。四大环境象征由黑暗到光明的全部旅程。但丁象征因丧失理性和信仰而迷路的旅人，维吉尔是“人智”的代表，象征理性和哲学。他引导但丁游历地狱、净界，象征个人或人类在理性和哲学引导下，认识罪恶，悔过自新的过程。贝雅特丽齐作为但丁的偶像，象征信仰和神学。她引导但丁游历天国的过程，象征个人或人类受到信仰的鼓励、神学的启发，认识到最高真理和至善的过程。作品主题在表现形式上是经院哲学的图解，实际上强调的是理性和哲学。这是人类认识史上的一个革新，是对封建教会的大胆挑战，具有唤醒人性的作用。对理性和哲学的强调，也是文艺复兴和启蒙运动的重要内容。诗人追求最高真理的精神，关怀人类命运的热情，闪耀着人文主义思想的光辉。

诗人把中世纪惯用的梦幻形式、象征手法和现实主义的细节描写结合起来，描绘出逼真、生动、令人信服的场景，富有生活气息，贴近生活。《神曲》描绘了丰富多姿的人物画廊，提供了历史上的、现实中的、文学作品中的艺术典型。他们在作品中的出现仅仅是一瞬间，没有行为的延续性。但丁抓住人物在戏剧场面中富有特征性的形体动作，把人物塑造得栩栩如生。如表现法利那塔高傲不屈的英雄气概："昂首挺胸直立，似乎对地狱极为蔑视"。冰湖中的两个鬼魂一个把牙齿插入另一个的后脑袋，"就像饿了吃面包时那样"。把乌哥利诺的饥饿和对政敌卢吉埃里的仇恨刻画得入木三分。

长诗结构完整严密。全诗分三部，每部 33 篇，每三行分节，加序诗共 100 篇，以对应基督教神学上"三位一体"的原则。内容和形式达到了完美的统一，给人以一种神秘、庄严、肃穆的感觉。对地狱、炼狱、天国的描写不像中古一般文学作品那样混乱模糊，而是层次井然，罗列有序。如全部作品分为三大部分，每一部分又分九个层次，空间位置上步步升高。三个境界性质不同，色调也各不一样：地狱是痛苦、绝望的场所，色彩阴暗；炼狱是悔罪的熔炉和希望所在，色调柔和爽目；天国是幸福、喜悦的境界，沉浸在灿烂夺目的光芒里。依次排列，显示出由低到高、由恶到善、由黑暗到光明的全部旅程，利于主题的表达。通过但丁的神游串起各部，构成一个有机整体，达到点与面的完美统一。在清晰完整的结构中，表现出擒龙伏虎的匠心和魄力，蕴藏着无比丰富的思想内容：天上人间，古往今来，纷纭复杂的历史事件，数以百计的人物形象，形形色色的妖魔鬼怪，各式各样的德行和恶行，都被化整为零，有条不紊地消融在作品中，形成一部中世纪的史诗，从而使得整部作品既宏伟庞大且又经纬分明，令人叹为观止。

全诗用意大利语写成。当时正统的文学作品都用拉丁文写作，但丁首创用意大利语写作文学作品，对意大利民族语言的统一和民族文学的发展都起到了很大作用。由于《神曲》的出现，意大利文学开始跃居欧洲文学前列。

《神曲》是把古希腊文学传统与《圣经》文学传统完美结合的范例。它上承中古文学，下启文艺复兴时期人文主义文学，有"中世纪史诗"之称。在但丁之前，欧洲文学多以神话、史诗、戏剧的面貌出现，《神曲》可以说是欧洲文学史上第一部内容庞大、结构完整，并由一人执笔写成的大型文学作品。文艺复兴以来，很多诗人、画家、音乐家都曾为《神曲》中的艺术形象和人文主义思想所吸引，并以其中的人物、故事为题材进行创作。它与荷马史诗、莎士比亚的《哈姆莱特》、歌德的《浮士德》并列为欧洲古典文学的四大名著。

（梁坤）

堂吉诃德

［西班牙］塞万提斯

米盖尔·德·塞万提斯·萨阿维德拉（Miguel de Cervantes Saavedra，1547—1616）是西班牙文艺复兴时期伟大的小说家、戏剧家、诗人。他出身于马德里附近的阿尔卡拉·德·埃纳雷斯城一个贫困的外科医生家庭。早年的塞万提斯一直跟随父亲四处流浪行医，饱尝生活艰辛，除在马德里中学短暂地进修过一年之外，几乎没有受到正规的学校教育。尽管如此，勤奋好学的塞万提斯还是利用一切可能的自学机会阅读了许多经典名著。1569 年，塞万提斯作为枢机主教的随从游历意大利，大量接触了意大利文艺复兴的文学和艺术。1571 年，塞万提斯应征入伍，随即参加了对土耳其的著名的勒班德海战，身负重伤，左臂残废。1575 年回国途中，他被土耳其海盗掳至北非的阿尔及利亚服苦役，在度过五年非人的俘囚生活后才被赎回。回国后，塞万提斯开始从事文学创作。其间，迫于生计，他当过军需官和收税员。1587 年，他因仗义执言征收当地教会及权贵的麦税遭受打击报复，不仅被教会革去教籍，而且还数次被诬入狱。社会的黑暗和自身的遭际使塞万提斯深为震动，他毅然辞去公职，专心地从事写作。除代表作《堂吉诃德》（1605—1615）外，他的主要作品还有历史剧《奴曼西亚》、短篇小说《惩恶扬善故事集》（1613）、长诗《巴尔纳斯游记》（1614）以及《八出喜剧和八出幕间短剧集》（1615）等。1616 年 4 月 22 日塞万提斯于马德里病逝，享年 69 岁。

作品梗概

《堂吉诃德》全名为《奇情异想的绅士堂吉诃德·台·拉·曼却》，讲述西班牙中部小镇拉·曼却村一位年逾五旬的穷乡绅阿隆索·吉哈达，终日醉心于骑士小说，以致走火入魔，决心恢复骑士道，模仿古代骑士周游天下，行侠仗义、救苦济贫、打抱不平、扬名天下。他改名堂吉诃德，拼凑了一身祖传的早已生锈发霉的盔甲，提着长矛，骑上一匹取名为驽骍难得的瘦马，把邻村一位粗蠢的养猪姑娘当成绝世美人儿，并选她作幻想中的意中人，取名为杜尔西内娅，决意终生为她服务。

他第一次单枪匹马出游历险，就把穷客店当作圣杯骑士所居的豪华城堡受封骑士。他向过路商人挑战，被骡夫打得“像干尸一样”，横在驴背上被邻居送回。外甥女和管家看到他被骑士小说害到如此可怜地步，便把满屋子的骑士小说一烧而光。

第二次出行时，他说服了农民桑丘·潘沙做他的侍从，向桑丘许诺有朝一日让他做海岛总督。这一次，堂吉诃德又干出许多荒唐可笑的事。他先是将郊野里转动的风车看成巨人，飞马向风车冲杀上去，结果被风车卷得人仰马翻；他把马车里的贵妇人当作被俘公主；他将山坡上的羊群看成两支激战着的军队，便加入战斗，大开杀戒，虽然人羊大战他大获全胜，但他本人却被牧羊人揍得满地找牙；他解救了一群被押解到船上服劳役的囚犯，反被囚犯们把衣服剥个精光，一顿痛打；他将客栈中盛红酒的酒袋当成巨人的脑袋，用剑刺破，酒洒了一地，他却以为淌出来的是巨人的血。在黑山，他被理发师和神父装进大笼子放在牛车上押解回家，外甥女见他面黄肌瘦，形容枯槁，便不让他再出门。

堂吉诃德第三次出门，加尔拉斯果学士化装成镜子骑士要骗他回家，被堂吉诃德扎下马来。见到狮子，他要与之一决雌雄。狮子不出笼门，堂吉诃德自然大获全胜。主仆二人在财主卡麻丘的村庄参加婚礼。桑丘在公爵的一个海岛上当了“总督”。堂吉诃德迫不及待地要实现改革社会的理想，谁知，在公爵夫妇的操纵下，主仆二人受尽捉弄，险些丧命。

最后，堂吉诃德被白月骑士打败，从此卧床不起。临终时，他终于清醒，知道骑士小说都是胡说八道，并嘱咐自己的外甥女千万不要嫁给读过骑士小说的人，否则就不能继承他的遗产。

（范方俊）

作品节选

上　册

第八章

骇人的风车奇险；堂吉诃德的英雄身手；
以及其他值得大书特书的事情。

这时候，他们远远望见郊野里有三四十架风车。堂吉诃德一见就对他的侍从说：

“运道的安排，比咱们要求的还好。你瞧，桑丘·潘沙朋友，那边出现了三十多个大得出奇的巨人。我打算去跟他们交手，把他们一个个杀死，咱们得了胜利品，可以发财。这是正义的战争，消灭地球上这种坏东西是为上帝立大功。”

桑丘·潘沙道：“什么巨人呀？”

他主人说：“那些长胳膊的，你没看见吗？有些巨人的胳膊差不多二哩瓦[①]长呢。”

桑丘说：“您仔细瞧瞧，那不是巨人，是风车；上面胳膊似的东西是风车的翅膀，给风吹动了就能推转石磨。”

堂吉诃德道：“你真是外行，不懂冒险。他们确是货真价实的巨人。你要是害怕，就走开些，做你的祷告去，我一人单干，跟他们大伙儿拼命好了。”

他一面说，一面踢着坐骑冲出去。他的侍从桑丘大喊说，他前去冲杀的明明是风车，不是巨人；他满不理会，横着念头那是巨人，既没听见桑丘叫喊，跑近了也没看清是什么东西，只顾往前冲，嘴里嚷道：

“你们这伙没胆量的下流东西！不要跑！来跟你们厮杀的只是个单枪匹马的骑士！”

这时微微刮起一阵风，转动了那些庞大的翅翼。堂吉诃德见了说：

“即使你们挥舞的胳膊比巨人布利亚瑞欧[②]的还多，我也要和你们见个高下！”

他说罢一片虔诚向他那位杜尔西内娅小姐祷告一番，求她在这个紧要关头保佑自己，然后把盾牌遮稳身体，横托着长枪飞马向第一架风车冲杀上去。他一枪刺中了风车的翅膀；翅膀在风里转得正猛，把长枪迸作几段，一股劲把堂吉诃德

① 一哩瓦合6.4公里。

② 希腊神话里和神道作战的巨人，有一百条手臂。

连人带马直扫出去；堂吉诃德滚翻在地，狼狈不堪。桑丘·潘沙趱驴来救，跑近一看，他已经不能动弹，驽骍难得把他摔得太厉害了。

桑丘说：“天啊！我不是跟您说了吗，仔细着点儿，那不过是风车。除非自己的头脑给风车转糊涂了，谁还不知道这是风车呢？”

堂吉诃德答道：“甭说了，桑丘朋友，打仗的胜败最拿不稳。看来把我的书连带书房一起抢走的弗瑞斯冬法师对我冤仇很深，一定是他把巨人变成风车，来剥夺我胜利的光荣。可是到头来，他的邪法毕竟敌不过我这把剑的锋芒。”

桑丘说：“这就要瞧老天爷怎么安排了。”

桑丘扶起堂吉诃德；他重又骑上几乎跌歪了肩膀的驽骍难得。他们谈论着方才的险遇，顺着往拉比塞峡口的大道前去，因为据堂吉诃德说，那地方来往人多①，必定会碰到许多形形色色的奇事。可是他长枪断了心上老大不痛快，和他的侍从计议说：

“我记得在书上读到一位西班牙骑士名叫狄艾果·贝瑞斯·台·巴尔咖斯，他一次打仗把剑斫断了，就从橡树上劈下一根粗壮的树枝，凭那根树枝，那一天干下许多了不起的事，打闷不知多少摩尔人，因此得到个绰号，叫做‘大棍子’。后来他本人和子孙都称为‘大棍子’巴尔咖斯。我跟你讲这番话有个计较：我一路上见到橡树，料想他那根树枝有多粗多壮，照样也折它一枝。我要凭这根树枝大显身手，你亲眼看见了种种说来也不可信的奇事，才会知道跟了我多么运气。”

桑丘说：“这都听凭老天爷安排吧。您说的话我全相信；可是您把身子挪正中些，您好像闪到一边去了，准是摔得身上疼呢。”

堂吉诃德说：“是啊，我吃了痛没作声，因为游侠骑士受了伤，尽管肠子从伤口掉出来，也不得哼痛。”②

桑丘说：“要那样的话，我就没什么说的了。不过天晓得，我宁愿您有痛就哼。我自己呢，说老实话，我要有一丁丁点儿疼就得哼哼，除非游侠骑士的侍从也得遵守这个规矩，不许哼痛。”

堂吉诃德瞧他侍从这么傻，忍不住笑了。他声明说：不论桑丘喜欢怎么哼或什么时候哼，不论他是忍不住要哼或不哼也可，反正他尽管哼好了，因为他还没读到什么游侠骑士的规则不准侍从哼痛。桑丘提醒主人说，该是吃饭的时候了。他东家说这会子还不想吃，桑丘什么时候想吃就可以吃。桑丘得了这个准许，就在驴背上尽量坐舒服了，把褡裢袋里的东西取出来，慢慢跟在主人后面一边走一边吃，还频频抱起酒袋来喝酒，喝得津津有味，玛拉咖最享口福的酒馆主人见了都会羡慕。③ 他这样喝着酒一路走去，早把东家对他许的愿抛在九霄云外，觉得

① 因为在马德里到塞维利亚的大道上。

② 骑士规则第9条：“骑士不论受了什么伤，不得哼痛。”

③ 玛拉咖的酒是著名的。

四出冒险尽管担惊受怕，也不是什么苦差，倒是很惬意的。

长话短说，他们当夜在树林里过了一宿。堂吉诃德折了一根可充枪柄的枯枝，把枪头移上。他曾经读到骑士们在穷林荒野里过夜，想念自己的意中人，好几夜都不睡觉。他要学样，当晚彻夜没睡，只顾想念他的意中人杜尔西内娅。桑丘·潘沙却另是一样。他肚子填得满满，又没喝什么提神醒睡的饮料，倒头一觉，直睡到大天亮。阳光照射到他脸上，鸟声嘈杂，欢迎又一天来临，他都不理会，要不是东家叫唤，他还沉睡不醒呢。他起身就去抚摸一下酒袋，觉得比昨晚越发萎瘪了，不免心上烦恼，因为照他看来，在他们这条路上，没法立刻弥补上这项亏空。堂吉诃德还是不肯开斋，上文已经说过，他决计靠甜蜜的相思来滋养自己。他们又走上前往拉比塞峡口的道路；约摸下午三点，山峡已经在望。

堂吉诃德望见山峡，就说："桑丘·潘沙兄弟啊，这里的险境和奇事多得应接不暇，可是你记着，尽管瞧我遭了天大的危险，也不可以拔剑卫护我。如果我对手是下等人，你可以帮忙；如果对手是骑士，按骑士道的规则，你怎么也不可以帮我，那是违法的。你要帮打，得封授了骑士的称号才行。"

桑丘答道："先生，我全都听您的，决没有错儿。我生来性情和平，最不爱争吵。当然，我如要保卫自己身体，就讲究不了这些规则。无论天定的规则，人定的规则，总容许动手自卫。"

堂吉诃德说："这话我完全同意。不过你如要帮我跟骑士打架，那你得捺下火气，不能使性。"

桑丘答道："我一定听命，把您这条戒律当礼拜日的安息诫一样认真遵守。"

他们正说着话，路上来了两个圣贝尼多教会的修士。他们好像骑着两匹骆驼似的，因为那两头骡子简直有骆驼那么高大。两人都戴着面罩①，撑着阳伞。随后来一辆马车，有四五骑人马和两个步行的骡夫跟从。原来车上是一位到塞维利亚去的比斯盖贵夫人；她丈夫得了美洲的一个贵职要去上任，正在塞维利亚等待出发。两个修士虽然和她同路，并不是一伙。可是堂吉诃德一看见他们，就对自己的侍从说：

"要是我料得不错，咱们碰上破天荒的奇遇了。前面这几个黑魆魆的家伙想必是魔术家——没什么说的，一定是魔术家；他们用这辆车劫走了一位公主。我得尽力量除暴惩凶。"

桑丘说："这就比风车的事更糟糕了。您瞧啊，先生，那些人是圣贝尼多教会的修士，那辆马车准是过往客人的。您小心，我跟您说，您干事要多多小心，别上了魔鬼的当。"

堂吉诃德说："我早跟你说过，桑丘，你不懂冒险的事。我刚才的话是千真

① 西班牙人旅行用的面罩，上面安着护眼的玻璃，防尘土入目，也防太阳晒脸。

万确的，你这会儿瞧吧。”

他说罢往前几步，迎着两个修士当路站定，等他们走近，估计能听见自己的话，就高声喊道：

“你们这起妖魔鬼怪！快把他们车上抢走的几位贵公主留下！要不，就叫你们当场送命；干了坏事，得受惩罚！”

两个修士带住骡子，对堂吉诃德那副模样和那套话都很惊讶，回答说：

“绅士先生，我们不是妖魔，也并非鬼怪。我们俩是赶路的圣贝尼多会修士。这辆车是不是劫走了公主，我们也不知道。”

堂吉诃德喝道：“我不吃这套花言巧语！我看破你们是撒谎的混蛋！”

他不等人家答话，踢动驽骍难得，斜绰着长枪，向前面一个修士直冲上去。他来势非常凶猛，那修士要不是自己滚下骡子，准被撞下地去，不跌死也得身受重伤。第二个修士看见伙伴遭殃，忙踢着他那匹高大的好骡子落荒而走，跑得比风还快。

桑丘瞧修士倒在地下，就迅速下驴，抢到他身边，动手去剥他的衣服。恰好修士的两个骡夫跑来，问他为什么脱人家衣服。桑丘说，这衣服是他东家堂吉诃德打了胜仗赢来的战利品，按理是他份里的。两个骡夫不懂得说笑话，也不懂得什么战利品、什么打仗，瞧堂吉诃德已经走远，正和车上的人说话呢，就冲上去推倒桑丘，把他的胡子拔得一根不剩，又踢了他一顿，撇他直挺挺地躺在地下，气都没了，人也晕过去了。跌倒的修士心惊胆战，面无人色，急忙上骡，踢着它向同伴那里跑；逃走的绅士正在老远等着，看这番袭击怎么收场。他们不等事情结束，马上就走了，一面只顾在胸前画十字；即使背后有魔鬼追赶，也不必画那么多十字。

上文已经说了，堂吉诃德正在和车上那位夫人谈话呢。他说：

“美丽的夫人啊，您可以随意行动了，我凭这条铁臂，已经把抢劫您的强盗打得威风扫地。您不用打听谁救了您；我省您的事，自己报名吧。我是个冒险的游侠骑士，名叫堂吉诃德·台·拉·曼却；我倾倒的美人是绝世无双的堂娜杜尔西内娅·台·尔·托波索。您受了恩不用别的报酬，只须回到托波索去代我拜见那位小姐，把我救您的事告诉她。”

有个随车伴送的侍从是比斯盖人，听了堂吉诃德的话，瞧他不让车辆前行，却要他们马上回托波索去，就冲到他面前，一把扭住他的长枪跟他理论，一口话既算不得西班牙语，更算不得比斯盖语，似通非通地说：

“走哇！骑士倒霉的！我凭上帝创造我的起誓：不让车走啊你，我比斯盖人杀死你是真！好比你身在此地一样是真！”①

---

① 关于比斯盖人这句话的意义，注释家众说纷纭，这里是根据马林（Francisco Rodríguez Marín）注本的解释翻译的。

这话堂吉诃德全听得懂。他很镇静地答道：

“你呀，不是个骑士；你要是个骑士，这样糊涂放肆，我早就惩罚你了，你这奴才！”

比斯盖人道：

“我不绅士？[①] 对上帝我发誓：你很撒谎！好比我跟基督徒一样！如果你长枪放下，拔出来剑，马上可以你瞧瞧，你是把水送到猫儿旁边去呢！[②] 陆地上比斯盖人，海上也绅士！哪里都绅士！[③] 你道个不字，哼，撒谎你就是！”

堂吉诃德答道：“阿格拉黑斯说的：‘你这会儿瞧吧。’”[④]

他把长枪往地下一扔，拔出剑，挎着盾牌，直取那比斯盖人，一心要结果他的性命。比斯盖人因为自己的坐骑是雇来的劣骡子，靠不住；他想要下地，可是瞧堂吉诃德这般来势，什么也顾不及，只有拔剑的功夫，幸亏正在马车旁边，就从车上抢了个垫子，权当盾牌使用，两人就像不共戴天的冤家那样打起来。旁人想劝解，可是不行，比斯盖人用他那种支离破碎的话向大家声明：他们要是不让他把这一仗打到底，他就亲手把女主人杀掉，把所有阻挡他的人都杀掉。车上那位太太看到这样情况，又惊又怕，忙叫车夫把车赶远些，就在那边遥遥观看这场恶战。当时比斯盖人伸手越过堂吉诃德的盾牌，在他肩上狠狠劈了一剑；要不是他身披铠甲，腰以上早劈做两半了。这一剑好不凶猛，堂吉诃德觉得分量不轻，大喊道：

“啊！我心上的主子、美人的典范杜尔西内娅！你的骑士为了不负你的十全十美，招得大难临头了！请你快来帮忙呀！”

他说着话，一手握剑，一手用盾牌，护严身子，直向比斯盖人冲去。说时迟，那时快，他一股猛劲，要一剑劈去立见输赢。

比斯盖人瞧堂吉诃德这股冲劲，看出对手的勇猛，决计照样跟他拼一拼；可是坐下的骡子已经疲乏不堪，况且天生也不是干这种玩意儿的，所以一步也挪移不动，左旋右转都不听使唤，他只好把坐垫护严身子，站定了等候。上文说过，堂吉诃德举剑直取这机警的比斯盖人，一心要把他劈做两半；比斯盖人也举着剑，把坐垫挡着身子迎候；旁人不知道这两把恶狠狠的剑下会生出什么事来，惴惴不安地等待着；车上那位太太和几个侍女只顾向西班牙所有的神像和礼拜堂千遍万遍的许愿，求上帝保佑这侍从和她们自己逃脱当前这场大难。可是偏偏在这

---

① 原文双关，又指骑士，又指绅士。堂吉诃德指的是骑士，比斯盖人指的是绅士。

② 西班牙谚语：“送猫儿下水”指一桩非常难办的事，因为猫儿是不肯下水的。比斯盖人恼怒中把成语说颠倒了。

③ 西班牙人只要是比斯盖世家子弟，就是贵族。

④ 阿格拉黑斯是《阿马狄斯·台·咖乌拉》里的人物。每当他拔剑在手，总说：“你这会儿瞧吧。”这句话变成了成语。

个紧要关头，作者把一场厮杀半中间截断了，推说堂吉诃德生平事迹的记载只有这么一点。当然，这部故事的第二位作者决不信这样一部奇书会被人遗忘，也不信拉·曼却的文人对这位著名骑士的文献会漠不关怀，让它散失。因此他并不死心，还想找到这部趣史的结局。靠天保佑，他居然找到了。如要知道怎么找到的，请看本书第二部。

下　册

第四十五章

大人物桑丘就任海岛总督，行使职权。

太阳啊！地球的上下两面都逃不了你的观察！你是全世界的火把！天空的眼睛！你导使世人制造了凉酒瓶。有人称你丁布留，有人称你费孛；你在这里是射箭手，那里是医生；你是诗歌的亲父，又是音乐的始祖。你老在上升，看似下落却永不下落！世人承你的恩典，生生不已！太阳啊，我求你保佑，照亮我的心窍，让我能写出大好佬桑丘·潘沙总督任内的信史！你不照顾，我就昏昏没有生气了！[①]

且说桑丘带着随从，到了一个有千把居民的小城里；那是公爵属下一块上好的地方。城名“布拉它琉”；那些人就哄桑丘说岛名“不让他留”；双关着和他恶作剧的用意。[②] 城四围有墙；桑丘到了城门口，满城官员都出来迎接；城里一片钟声，居民都欢欣庆祝。他们前呼后拥，把桑丘送到大教堂去向上帝谢恩；又行了些胡闹的礼节，把城门的钥匙献给他，表示永远奉他为本岛总督。新总督身上的衣服、脸上的胡子和矮胖的身材使不知就里的人很惊奇，甚至知道底细的那许多人看了也觉诧异。大家把桑丘从教堂送到官厅大堂，请他登座；公爵的总管就对他说：

“总督先生，这座著名的岛上向来有个老规矩：总督上任得解答一个疑难问题，让老百姓领教领教，知道新来的大人是福星还是灾星，大家可以开心还是很担心。”

当时桑丘正在瞧他对面墙上一堆大字。他不认识，就问墙上画的是什么东西。有人答道：

---

① 这一段可能是模仿当代诗人的滥调打趣。西班牙的凉酒瓶是细颈铜瓶，可以装晒热的酒激在水里或晾在风里。丁布留（Timbrio）、费孛（Febo）都是太阳神的名字。射箭手、医生等等是古人给太阳的各种称号。

② 城名 Baratario；西班牙古文 barato 是开玩笑的意思，因而引申出岛名 Barataria。

“总督大人，墙上记着您到任的日期，说是：‘某年月日，堂桑丘·潘沙来作本岛主人，敬祝平安久任。’”

桑丘问道：“堂桑丘·潘沙指谁呢?”

总管答道：“您大人啊；岛上除了这个座儿上的潘沙，没有第二位呀。”

桑丘说：“那么，我告诉你，老哥，我不称‘堂’；我家世世代代都没有这个称号。我只叫桑丘·潘沙；我父亲也叫桑丘，祖父也叫桑丘，都是潘沙，没什么‘堂’呀‘堂娜’的头衔。看来这座岛上的‘堂’比石子还多呢。可是不要紧，天晓得，我若能做上四天总督，说不定把这些堂扫除得一干二净；这成群的‘堂’准像蠛蠓一样讨厌。总管先生有什么问题，请问吧。不管老百姓开心或担心，我总尽力解答。”

这时公堂上来了两个人：一个老乡打扮，一个拿着把剪子，看来是个裁缝。那裁缝说：

“总督大人，我和这老乡是来告状的。各位请原谅，我是个裁缝；谢天，我是考试合格的。昨天这位老乡到我店里来，拿出一块布，问我说：‘先生，这块布够做一只便帽吗?’我量了布说够做。他大概存心卑鄙，又对裁缝有成见，疑心我要偷他的布——我的猜想是不错的。他就问我够不够做两只。我看透他的心思；我说够做。他小人贪心，添上一只又一只；我总说够做。我们直添到五只帽子。这会儿他来取，我就交给他了。他不付工钱，反要我不赔他钱就还他布。”

桑丘问对方：“老哥，是这么回事吗?”

那老乡说：“是的呀，先生；可是您叫他把那五只帽子拿出来瞧瞧吧。”

裁缝说：“好啊。”

他就从大氅底下伸出一只手，五个指头各戴着一只小帽子，说道：

“这就是叫我做的五只便帽。我凭上帝和良心发誓：他那块布没一点多余了。我的活儿可以给裁缝业检查员鉴定。”

大家听了这个新奇的案件，看了这许多帽子，哄堂大笑。桑丘想了一想，说道：

“我看这个案子不用多费周折，凭正人君子的识见马上就能判决。大家听我宣判：裁缝赔掉工钱，老乡赔掉布，帽子送给牢里的犯人[①]，事情就完了。”

桑丘刚判处了牧户的钱包[②]，公堂上大家都很佩服；现在听了这个判决，不由得哈哈大笑。可是总督的命令还是执行了。这时又来了两个老人，其中一个扶着一支竹杖。那不拿杖的老头儿说：

“总督大人，我好久前照应这位老先生，借给他十个金艾斯古多，讲明随时

---

① 作者借桑丘之口，嘲笑法院把没收的低劣的东西给狱囚使用。

② 这句话不接上文，想是作者最初先叙下面牧户的案子，后来把裁缝的案子挪前了，却忘记改正。

我要，他就得还。我瞧他当时很拮据，若要还债就更窘了，所以好些时候没问他要。可是我觉得他无心还债，就问他要了好几回。他不但不还，还抵赖说没借过那笔钱；假如借过，早已还了。我借钱给他并没有证人；他还钱也没人看见，因为他压根儿没还。我要求您让他发个誓。他若能发誓说已经把钱还我，无论在他生前或死后，我就把那笔账勾销了。”

桑丘道：“使拐棍儿的老先生，你听了刚才的话有什么说的吗？”

那老人答道：

“总督大人，我是借过他十个金艾斯古多。请您垂下手里的杖让我发誓吧。①他既然愿意凭发誓为准，我可以发誓确已还清了他那笔债。”

总督垂下执法的杖。那老头儿好像手拿竹杖不便，交给对方代拿，然后摸着总督杖头的十字架说：他的确借过原告追索的十个金艾斯古多，可是他已经亲手还给原告；原告没有放在心上，还只顾讨债。总督大人就问债主有何申辩。债主说：他知道债户说话可靠，又是个好基督徒，决不会撒谎；想必是他自己忘记了钱是什么时候、怎么还的，反正他以后再不问他要了。债户重又接过竹杖，低头退出公堂。桑丘瞧他忙不迭地只顾走了，又看到债主那副无可奈何的样子，就低头把右手食指点在眉心鼻梁上想了一下。他随即抬头，下令叫扶杖的老人回来。桑丘对他说：

“老先生，你把这支杖给我，我有用呢。”

老人说：“好啊，总督大人，您拿去吧。”

他把杖交给桑丘。桑丘拿来就交给原告说：

“上帝保佑你吧，你那笔钱现在还你了。”

老人说：“还我了？总督大人，这支竹杖值十个金艾斯古多吗？”

总督说：“值啊，要是不值，我就是天字第一号的大傻瓜了。请瞧吧，我的本领也许管得了整个国家呢。”

他下令当场把竹杖劈开。里面果然有十个金艾斯古多。大家佩服得很，觉得这位总督俨然又是个所罗门②。大家问他怎么知道十个金艾斯古多就在竹杖里。他说，那老人先把竹杖交给对方，然后发誓说他确实把钱还了，发完誓又要回竹杖，他因此想到那笔钱是在竹杖里。可见，总督尽管是傻瓜，上帝会教他判案；而且他听村上神父讲过这么一桩故事，就牢牢记住了——他如果不是老把要记的事忘掉，整个岛上找不到第二个那么好记性的人。那两个老头儿一个洋洋得意、一个默默羞惭都退出公堂。在旁的都惊叹不止；为桑丘作传的人到现在还断不定他是否真傻。

---

① 长官执行职务的杖头有个十字架，诉状的人摸着十字架发誓。

② 以色列纪元前1033—前975的贤王，专能判断疑难案件。

这个案子刚了结，马上又来一个女人，一把抓着个男人；照他的服装，像富裕的牧户。女人大嚷道：

“别叫我受屈呀！总督先生，还我公道呀！这个世界上要没有公道，我得上天去找！青天大人呀，这坏家伙在野地里抓住我，把我糟蹋了。我真是倒霉呀！我二十三四年的干净身子，无论摩尔人、基督徒、本地人、外乡人，谁也没敢侵犯，却给他玷污了！我向来比软木树还坚硬，保得自己像火里的金蛇一样纯，像荆棘里的羊毛一样白，现在却让这家伙现成受用了。”

桑丘说：“这风流家伙是不是现成受用了你，还得瞧证据呢。”

他转脸问那男人，对女人告的状有什么申辩。那人很窘，答道：

“各位先生，我是个可怜的猪贩子。今天早上我出城卖掉四头猪（请不嫌冒昧），纳了税又经过种种克剥，四头猪的价钱差不多赔光了。我回家路上碰到这位大娘。专爱捣乱的魔鬼把我们俩配了对儿。我没有少给她钱，可是她心不足，抓住我不放，把我直揪到这里。她说我强迫了她。我发誓——我马上可以发誓，她是撒谎呢。我讲的全是真话，没一点虚假。”

总督问他是否带着银钱。他说身上小皮包里有二十杜加。总督命令他掏出钱包，原封不动交给原告；牧户抖索索地照办了。女人拿到钱包，对大家行了上千个敬礼，又为这位庇护弱女的总督大人祷求上帝，祝他健康长寿。她先看了钱包里确是银钱，就两手紧抓着钱包走了。牧户含着两包泪，一双眼睛一颗心还直盯着自己的钱包。桑丘等女人出门，就对牧户说：

“老哥，快去追那女人，硬把她那钱包夺下，拉她一起回来。”

那人不傻不聋，马上奉命，一道电光似的直飞出去。大家都全神贯注等着这对男女。只见他们俩扭成一团，比初来时更扭得紧。女的掀起裙子，把钱包兜在里面；男的揪着要夺，可是女的死抱着，怎么也夺不下。她大嚷道：

“维持上帝的公道啊！维持世人的公道啊！总督先生，您瞧瞧，这混蛋不要脸，也没点儿惧怕，闹市的大街上，竟想夺您判给我的钱包呢！”

总督问道：“他夺了你的吗？”

女人答道：“哪里夺得了！夺了我的命也夺不了我的钱包！我成了听话的小乖乖了！这倒霉蛋！臭脓包！叫他休想！他对付得了我呀！铁钳、铁锤、榔头、凿子都打不开我的铁拳头！狮爪子也不是对手！先得剖开我的身子，挖出我的心才行呢！”

那男人说：“她说得不错，我认输了，实在没那么大力气夺她的钱包，只好算了。”

总督对那女人说：

“你真是又有志气、又有力气！把钱包拿来我瞧。”

她就把钱包交上。总督把钱包还给牧户，然后对这个力大无敌的女人说：

"大姐啊，如果用你保住钱包的一半力气来保你自己的身体，赫尔克利斯[①]也不能屈服你！走吧，让上帝痛罚你！这座海岛周围六哩瓦以内不许你再露面，再来就抽你二百鞭！你这个造谣无耻的骗子！快给我走吧！"

那女人气怯，满不情愿地低头走了。总督对那男人说：

"老哥，上帝保佑你，拿着钱回家吧！以后你要是不愿意丢钱，别再去寻双找对儿。"

那人喃喃道谢，也就回去了。旁观众人觉得新总督明鉴万里，越发钦佩。记录他言行的历史学家把这些事一一记下；公爵大人急着要看呢。

咱们且把好桑丘撇在这里吧；因为他主人给阿尔迪西多□唱落了魂，得赶紧去看视他。

（选自杨绛译：《堂吉诃德》，人民文学出版社，1995 年版）

作品赏析

1605 年，在西班牙的一个下等公寓里，一位充满了奇情异想的"瘦脸爵爷"——堂吉诃德·台·拉·曼却，披挂着一副破烂的盔甲，骑上一匹瘦弱的老马，带着一个骑驴的矮胖侍从，从作家塞万提斯的笔下出发，在西班牙古老的大地上开始了他"行侠仗义、打抱不平"的骑士之旅。这一出发，历经四个世纪，经过无数荒诞之事，主仆二人带着他们那生动有趣又启人深思的传奇故事，已经走遍了全世界。几乎在全球的每一个角落，都流传着堂吉诃德的名字和他的故事——这就是西班牙作家塞万提斯的代表作《堂吉诃德》。

《堂吉诃德》通过讲述一个沉迷于骑士小说的穷乡绅，仿照骑士的游侠生活而经历的种种荒唐可笑之事，告诉人们读骑士小说的无聊和可怕。这是作者创作的最初动机："要世人厌恶荒诞的骑士小说"，"把骑士文学的万恶地盘完全捣毁"。可以说，《堂吉诃德》的创作完全达到了作者的目的。当 1605 年这部小说的第一部出版时，就引起了巨大的轰动，成为迅速流传、人人争阅的作品，"小孩子也翻读，小伙子也细读，成人熟读，老头子点头颠脑地读，反正各种各样的人都翻来覆去，读得烂熟"。随着小说第二部的问世，堂吉诃德的形象也走进了世界文学的宝库。在西班牙，他更是横扫了骑士小说的"万恶地盘"，使骑士文学不久之后就彻底消失了影踪。用德国诗人海涅的话来说，是塞万提斯"断送"了骑士文学。

但是，《堂吉诃德》这部巨著的意义和价值远不止于此。首先，整部作品跟随着主仆二人的足迹，向读者全景式地展现了 16 世纪下半叶的西班牙社会现实。

① 希腊神话里的大力士。

它的笔触伸向了社会各个阶层的人物，广泛地展现了一幅包罗万象的社会生活风情画，人们在其中看到了正在走向衰落的西班牙王国的种种矛盾，看到了贵族绅士们的专横跋扈和荒淫腐朽，也看到了广大人民辛酸悲惨的痛苦生活。由于它在一部书中以极为丰富宽广的画面展现了一个时代的现实情况，而被人誉为16、17世纪西班牙生活的一部百科全书。

其次，更为重要的是，《堂吉诃德》能够经受住时间的考验而仍具有巨大的艺术魅力的原因，很大程度上在于他成功塑造了一个看似疯疯癫癫，却又具有发人深省力量的人物形象——堂吉诃德。这是一个复杂而又矛盾的人物，作家在他身上既进行了辛辣的讽刺，又倾注了自己的满腔情感，同时也从他身上折射出了具有人类普遍意义的性格和精神，从而使这个人物闪烁着多种光辉，成为西方文学史上家喻户晓的文学形象。

堂吉诃德给人的最初印象是一个漫画式的人物：披着一副破烂不堪的旧盔甲，戴着硬纸做成的假面具，骑着一匹明明瘦弱不堪却号称"驽骍难得"的老马，满脑子都是游侠骑士的幻想。于是把风车当巨人，把旅店当城堡，把羊群当敌人，把理发师的铜盆当作魔法师的头盔，把苦役犯当作受迫害的骑士……一顿乱杀乱砍，"行侠仗义"。结果不仅自己吃尽了苦头，就连受到他"帮助"的人也没有得到好处——像被他"解救"的小牧童就痛骂诅咒"天底下所有的骑士"。堂吉诃德在他周围人们的眼中是一个不折不扣的疯子：疯狂糊涂，行动盲目，逻辑混乱，思维古怪。这种荒唐可笑、滑稽奇怪的秉性是作者在堂吉诃德身上最直接的表现，从而使他具有了一种可笑、可叹又可悲的喜剧因素。

然而，与这种对于骑士小说带来的毒害进行的辛辣讽刺相对照的，是堂吉诃德身上所体现的那些美好情感和精神——人文主义思想的光辉。当他不做骑士梦的时候，他所发表的那些关于美德、自由、民主以及人类的未来的言论往往清醒而深刻，铿锵有力，妙语连珠，颇有些"众人皆醉我独醒"的非凡见解，体现了作者对社会人生的人文主义的理想。虽然堂吉诃德做了许多疯疯癫癫、让人忍俊不禁的荒唐行为，但他绝不是一个只会让人发笑的小丑。就在这些荒唐行径的背后，人们看到的，是一颗真诚善良、单纯无私的美好心灵，是一种疾恶如仇、维护正义的崇高思想，是一种锄强扶弱、见义勇为的英雄气概。当他与羊群奋力大战、与风车拼命搏斗时，这种"疯子"似的行为其实是一种对于恶势力的反抗——他是在与他眼中的社会丑恶力量作战。于是，尽管失败，尽管受挫，他也毫不气馁，坚持向前。无论面对多么强大的"敌人"，也绝不胆怯退缩；即便被打断肋骨、打掉门牙也从不叫苦、后悔。在他看来，作为一个骑士，他的职责就是要争得民主、平等、自由，并可以为之不惜付出一切，甚至做出牺牲。因而，堂吉诃德的"疯狂"就不只是引人发笑，更多的是令人感动和思索：人们在他身上看到了一种对于理想的坚持和追求，以及为了这理想而勇敢战斗、赴汤蹈火也在所不惜的献身精神。在这种理想的光辉照耀下，堂吉诃德身上的善良、正直与真诚，在那个污浊混乱的现实社会里就尤为突出，越加可贵。这时的堂吉诃德形象就复杂了：作者在他身上不只表现出了嘲讽好笑的态度，同时也展现出了一个对于社会、现实的严肃批评者的姿态。正如拜伦所言："《堂吉诃德》是一个令人伤感的故事。他越是令人发笑，则越使人感到难过。这位英雄是主持正义的，制服坏人是他惟一的宗旨，正是那些美德使他发了疯。"此时的堂吉诃德身上，那些令人好笑的喜剧因素折射出的恰恰是一种伟大而崇高的悲剧精神。

几个世纪以来，人们对堂吉诃德的理解也各有不同。人们喜爱堂吉诃德，在他的故事中发出欢笑和叹息；人们从他身上也吸取教训，把他当作"没有结果的空想，脱离实际"的代名词；人们更尊敬和热爱他，从他身上汲取力量，去追寻理想、追求真理。堂吉诃德精神，已经代表了一种为了理想而献身的精神。这种精神也正是人类最美好、最可贵的品质之一。每当堂吉诃德树立了一个理想的目标时，他就会对真理信仰，对理想忠诚，执着坚定，一往无前，在追寻的过程中即使备受打击也不放弃。这是他性格中最闪光的一面，也是最感动读者、激励后人的地方。海涅就曾为堂吉诃德宁舍性命也不放弃理想而伤心流泪；屠格涅夫说："他活着是为了别人……他不关心自己，他整个儿都充满了自我牺牲精神"；高尔基甚至评价说："就这方面而言，某个人被称作堂吉诃德，这是对一个人能够做出的最好的评语。"

由此可见，堂吉诃德所受到的欢迎和喜爱。如果说堂吉诃德的这种精神成为人们的一种理想而感动、激励着读者的话，与此同时，人们也从堂吉诃德的身上看到了现实中的人们自己，堂吉诃德的遭遇其实也是人们自身境况的一种反映。堂吉诃德在小说中屡屡受挫，对理想的追寻总是受到打击挫折，究其原因，就在于理想与现实的脱节和错位。堂吉诃德可以说是一个"生活"在彼岸世界中的人物，他的痛苦之处就在于他总是把一个不可抵达的彼岸理想当作可以操作的此岸世界来对换，于是便在对彼岸的追寻中，不断地在此岸受到打击折磨。在看到他对于彼岸理想百折不挠的追求精神之可贵的同时，他的这种理想也揭示了人们的一种本性：不愿承认既定事实而总是企图超越现实，达到理想目标。于是，在堂吉诃德一次次的追求——失败——再追求的过程中，人们也看到了自身超越——下落——再超越的心路历程。堂吉诃德就像一个放大了的影子，虽然夸张却真切、虽然滑稽但准确地描摹出了每一个人与其本质相通的生存状态和精神处境。所以，堂吉诃德既是一个令人敬佩和感动的"伟大的疯子"，以他的精神感召着人们，站在人们前方；同时他又因为自己的遭遇和处境所代表的普遍意义，与每一个在理想与现实中奋斗的人一样，随时站在人们身边。

《堂吉诃德》的成功，早已超越了作者最初"扫荡骑士文学"的简单初衷。堂吉诃德这个人物，也已和莎翁笔下的哈姆莱特、歌德笔下的浮士德一样，成为世界文学宝库中的一个不朽形象。同时，与堂吉诃德一起不能被忘记的，是他身边那个与他时时刻刻形成反差的仆人——桑丘·潘沙。这主仆二人的形象互相对立又互为补充，一个充满幻想，一个讲求实际；一个胸怀世界，一个目光短浅。在游侠之初，两人的性格和思想充满了矛盾。但随着时间的推移，两人互相影响、感染，甚至逐渐融合成一个整体。桑丘的眼界慢慢扩大，心胸逐渐开阔，在任海岛总督期间，秉公办案、执法严明、清正廉洁，真正实现了堂吉诃德"锄强扶弱"的理想。他身上也寄予了作者不论贵贱、美德治国的人文主义思想。因此也有人说，是堂吉诃德和桑丘两个人物形象相加，才组成了《堂吉诃德》的完整形象。

总之，在欧洲文学史上，《堂吉诃德》的创作可以说是对中世纪以来的长篇叙事文学的一个总结，并为近代小说创作的发展做出了卓越的贡献。塞万提斯的名字也将因此而永垂文学史册。堂吉诃德和他的仆人桑丘将继续在世界各地漫游下去——只要人们对美好理想的追求不息，堂吉诃德的故事和他的精神就永远不会完结。

（刘渝）

哈姆莱特

[英] 莎士比亚

威廉·莎士比亚（William Shakespeare，1564—1616）是欧洲文艺复兴时期的代表作家。他出身于英国中部艾汶河上的斯特拉福镇一个富裕市民家庭。早在幼年时期，伦敦城里一些著名的剧团每年要来斯特拉福作巡回演出，引起了莎士比亚对于戏剧的爱好。他进过当地的文法学校，接触到古代罗马作家的作品；后因家庭破产，辍学谋生。1585年前后，莎士比亚前往伦敦，起初在剧院里打杂、跑龙套，后来参加剧院的编剧工作，并且成了剧团的股东。

莎士比亚的编剧工作是从改编旧剧开始的，在长达20余年的时间里，他一共创作了37部戏剧，另有长篇叙事诗2部、十四行诗一卷154首。莎士比亚的主要成就是戏剧。根据剧作的类型和作者思想的发展变化，他的戏剧创作可分为三个时期：早期（1590—1600）的历史剧、喜剧时期，主要作品有历史剧《亨利四世》上、下篇（1597、1598），《亨利五世》（1599）；喜剧《仲夏夜之梦》（1596）、《第十二夜》（1600）、《威尼斯商人》（1597）以及悲剧《罗密欧与朱丽叶》（1595）、《裘力斯·恺撒》（1601）等；中期（1601—1607）的悲剧时期，主要作品是包括《哈姆莱特》（1601）、《奥赛罗》（1604）、《李尔王》（1606）和《麦克白》（1606）在内的四部悲剧；晚期（1608—1613）的传奇剧时期，主要作品是传奇剧《辛白林》（1609）、《冬天的故事》（1610）、《暴风雨》（1611）以及历史剧《亨利八世》（1612）。1616年4月23日，莎士比亚在家乡因病逝世。那天刚好是他的第52个生日。

作品梗概

《哈姆莱特》是一部五幕悲剧，写的是丹麦王子哈姆莱特为父复仇的故事。

丹麦王子哈姆莱特正在国外接受人文主义思想的教育，突然传来老王暴病身亡的消息。他匆匆赶回丹麦，发现叔父克劳狄斯已登基称王，母亲也改嫁克劳狄斯。新王对哈姆莱特诡称老王是在花园里被毒蛇咬死的，对此哈姆莱特甚觉疑惑。恰在此时，老父的鬼魂显现，告诉他自己并非为毒蛇所害，而是被克劳狄斯毒杀而亡，并嘱咐他为父复仇。

哈姆莱特巧用“戏中戏”之计，证实鬼魂所言非虚。哈姆莱特决心除掉阴谋篡位的奸王克劳狄斯，但鉴于以克劳狄斯为首的邪恶势力的强大，身单势孤的哈姆莱特陷入痛苦的犹豫与等候之中。

与此同时，奸王克劳狄斯一伙也无时无刻不在监视、窥探哈姆莱特的一举一动。克劳狄斯发现自己的阴谋败露后，恶毒地欲借他人之手除掉哈姆莱特。他利用哈姆莱特误杀波洛涅斯，波洛涅斯之子雷欧提斯为父复仇的机会，恶毒地让两人在王宫里比剑决斗。为了彻底地置哈姆莱特于死地，克劳狄斯不仅偷偷地在雷欧提斯的剑上抹了毒药，而且准备了一碗毒酒。结果，在决斗中，哈姆莱特刺死了雷欧提斯，但他自己也被雷欧提斯的毒剑所伤。哈姆莱特在临死之前奋起一剑刺死克劳狄斯，他的母亲误饮了那碗有毒的酒死去。临终前，哈姆莱特嘱咐他的好友霍拉旭将他的事迹向世人传扬。

作品节选

第三幕

第一场　城堡中一室

国王、王后、波洛涅斯、奥菲利娅、罗森格兰兹及吉尔登斯吞上。

国王　你们不能用迂回婉转的方法，探出他为什么这样神魂颠倒，让紊乱而危险的疯狂困扰他的安静的生活吗？

罗森格兰兹　他承认他自己有些神经迷惘，可是绝口不肯说为了什么缘故。

吉尔登斯吞　他也不肯虚心接受我们的探问；当我们想要引导他吐露他自己的一些真相的时候，他总是用假作痴呆的神气故意回避。

王后　他对待你们还客气吗？

罗森格兰兹　很有礼貌。

吉尔登斯吞 可是不大自然。

罗森格兰兹 他很吝惜自己的话，可是我们问他话的时候，他回答起来却是毫无拘束。

王后 你们有没有劝诱他找些什么消遣？

罗森格兰兹 娘娘，我们来的时候，刚巧有一班戏子也要到这儿来，给我们赶过了；我们把这消息告诉了他，他听了好像很高兴。现在他们已经到了宫里，我想他已经吩咐他们今晚为他演出了。

波洛涅斯 一点不错；他还叫我来请两位陛下同去看看他们演得怎样哩。

国王 那好极了；我非常高兴听见他在这方面感到兴趣。请你们两位还要更进一步鼓起他的兴味，把他的心思移转到这种娱乐上面。

罗森格兰兹 是，陛下。（罗森格兰兹、吉尔登斯吞同下。）

国王 亲爱的乔特鲁德，你也暂时离开我们；因为我们已经暗中差人去唤哈姆莱特到这儿来，让他和奥菲利娅见见面，就像他们偶然相遇一般。她的父亲跟我两人将要权充一下密探，躲在可以看见他们，却不能被他们看见的地方，注意他们会面的情形，从他的行为上判断他的疯病究竟是不是因为恋爱上的苦闷。

王后 我愿意服从您的意旨。奥菲利娅，但愿你的美貌果然是哈姆莱特疯狂的原因；更愿你的美德能够帮助他恢复原状，使你们两人都能安享尊荣。

奥菲利娅 娘娘，但愿如此。（王后下。）

波洛涅斯 奥菲利娅，你在这儿走走。陛下，我们就去躲起来吧。（向奥菲利娅。）你拿这本书去读，他看见你这样用功，就不会疑心你为什么一个人在这儿了。人们往往用至诚的外表和虔敬的行动，掩饰一颗魔鬼般的内心，这样的例子是太多了。

国王 （旁白）啊，这句话是太真实了！它在我的良心上抽了多么重的一鞭！涂脂抹粉的娼妇的脸，还不及掩藏在虚伪的言辞后面的我的行为更丑恶。难堪的重负啊！

波洛涅斯 我听见他来了；我们退下去吧，陛下。（国王及波洛涅斯下。）

哈姆莱特上。

哈姆莱特 生存还是毁灭，这是一个值得考虑的问题；默然忍受命运的暴虐的毒箭，或是挺身反抗人世的无涯的苦难，通过斗争把它们扫清，这两种行为，哪一种更高贵？死了；睡着了；什么都完了；要是在这一种睡眠之中，我们心头的创痛，以及其他无数血肉之躯所不能避免的打击，都可以从此消失，那正是我们求之不得的结局。死了；睡着了；睡着了也许还会做梦；嗯，阻碍就在这儿：因为当我们摆脱了这一具朽腐的皮囊以后，在那死的睡眠里，究竟将要做些什么梦，那不能不使我们踌躇顾虑。人们甘心久困于患难之中，也就是为了这个缘故；谁愿意忍受人世的鞭挞和讥嘲、压迫者的凌辱、傲慢者的冷眼、被轻蔑的爱情的惨痛、法律的迁延、官吏的横暴和费尽辛勤所换来的小人的鄙视，要是他只要用一柄小小的刀子，就可以清算他自己的一生？谁愿意负着这样的重担，在烦劳的生命的压迫下呻吟流汗，倘不是因为惧怕不可知的死后，惧怕那从来不曾有一个旅人回来过的神秘之国，是它迷惑了我们的意志，使我们宁愿忍受目前的折磨，不敢向我们所不知道的痛苦飞去？这样，重重的顾虑使我们全变成了懦夫，决心的赤热的光彩，被审慎的思维盖上了一层灰色，伟大的事业在这一种考虑之下，也会逆流而退，失去了行动的意义。且慢！美丽的奥菲利娅！——女神，在你的祈祷之中，不要忘记替我忏悔我的罪孽。

奥菲利娅 我的好殿下，您这许多天来贵体安好吗？

哈姆莱特 谢谢你，很好，很好，很好。

奥菲利娅 殿下，我有几件您送给我的纪念品，我早就想把它们还给您；请您现在收回去吧。

哈姆莱特 不，我不要；我从来没有给你什么东西。

奥菲利娅 殿下，我记得很清楚您把它们送给了我，那时候您还向我说了许多甜言蜜语，使这些东西格外显得贵重；现在它们的芳香已经消散，请您拿回去吧；因为在有骨气的人看来，送礼的人要是变了心，礼物虽贵，也会失去了价值。拿去吧，殿下。

哈姆莱特 哈哈！你贞洁吗？

奥菲利娅 殿下！

哈姆莱特 你美丽吗？

奥菲利娅 殿下，是什么意思？

哈姆莱特 要是你既贞洁又美丽，那么你的贞洁应该断绝跟你的美丽来往。

奥菲利娅 殿下，难道美丽除了贞洁以外，还有什么更好的伴侣吗？

哈姆莱特 嗯，真的；因为美丽可以使贞洁变成淫荡，贞洁却未必能使美丽受它自己的感化；这句话从前像是怪诞之谈，可是现在时间已经把它证实了。我的确曾经爱过你。

奥菲利娅 真的，殿下，您曾经使我相信您爱我。

哈姆莱特 你当初就不应该相信我，因为美德不能熏陶我们罪恶的本性；我没有爱过你。

奥菲利娅 那么我真是受了骗了。

哈姆莱特 进尼姑庵去吧；为什么你要生一群罪人出来呢？我自己还不算是一个顶坏的人；可是我可以指出我的许多过失，一个人有了那些过失，他的母亲还是不要生下他好。我很骄傲，有仇必报，富于野心，我的罪恶是那么多，连我的思想也容纳不下，我的想象也不能给它们形象，甚至于我都没有充分的时间可以把它们实行出来。像我这样的家伙，匍匐于天地之间，有什么用处呢？我们都是些十足的坏人；一个也不要相信我们。进尼姑庵去吧。你的父亲呢？

奥菲利娅　在家里，殿下。

哈姆莱特　把他关起来，让他只好在家里发发傻劲。再会！

奥菲利娅　嗳哟，天哪！救救他！

哈姆莱特　要是你一定要嫁人，我就把这一个咒诅送给你做嫁奁：尽管你像冰一样坚贞，像雪一样纯洁，你还是逃不过谗人的诽谤。进尼姑庵去吧，去！再会！或者要是你必须嫁人的话，就嫁给一个傻瓜吧；因为聪明人都明白你们会叫他们变成怎样的怪物。进尼姑庵去吧，去！越快越好。再会！

奥菲利娅　天上的神明啊，让他清醒过来吧！

哈姆莱特　我也知道你们会怎样涂脂抹粉；上帝给了你们一张脸，你们又替自己另外造了一张。你们掩饰媚行，淫声浪气，替上帝造下的生物乱取名字，卖弄你们不懂事的风骚。算了吧，我再也不敢领教了；它已经使我发了狂。我说，我们以后再不要结什么婚了；已经结过婚的，除了一个人以外，都可以让他们活下去；没有结婚的不准再结婚，进尼姑庵去吧，去。（下。）

奥菲利娅　啊，一颗多么高贵的心是这样陨落了！朝臣的眼睛、学者的辩舌、军人的利剑、国家所瞩望的一朵娇花；时流的明镜、人伦的雅范、举世瞩目的中心，这样无可挽回地陨落了！我是一切妇女中间最伤心而不幸的，我曾经从他音乐一般的盟誓中吮吸芬芳的甘蜜，现在却眼看着他的高贵无上的理智，像一串美妙的银铃失去了谐和的音调，无比的青春美貌，在疯狂中凋谢！啊！我好苦，谁料过去的繁华，变作今朝的泥土！

国王及波洛涅斯重上。

国王　恋爱！他的精神错乱不像是为了恋爱；他说的话虽然有些颠倒，也不像是疯狂。他有些什么心事盘踞在他的灵魂里，我怕它也许会产生危险的结果。为了防止万一，我已经当机立断，决定了一个办法：他必须立刻到英国去，向他们追索延宕未纳的贡物；也许他到海外各国游历一趟以后，时时变换的环境，可以替他排解去这一桩使他神思恍惚的心事。你看怎么样？

波洛涅斯　那很好；可是我相信他的烦闷的根本原因，还是为了恋爱上的失意。啊，奥菲利娅！你不用告诉我们哈姆莱特殿下说些什么话；我们全都听见了。陛下，照您的意思办吧；可是您要是认为可以的话，不妨在戏剧终场以后，让他的母后独自一人跟他在一起，恳求他向她吐露他的心事；她必须很坦白地跟他谈谈，我就找一个所在听他们说些什么。要是她也探听不出他的秘密来，您就叫他到英国去，或者凭着您的高见，把他关禁在一个适当的地方。

国王 就这样吧；大人物的疯狂是不能听其自然的。（同下。）

第四场 王后寝宫

王后及波洛涅斯上。

波洛涅斯 他就要来了。请您把他着实教训一顿，对他说他这种狂妄的态度，实在叫人忍无可忍，倘没有您娘娘替他居中回护，王上早已对他大发雷霆了。我就悄悄地躲在这儿。请您对他讲得着力一点。

哈姆莱特 （在内）母亲，母亲，母亲！

王后 都在我身上，你放心吧。下去吧，我听见他来了。（波洛涅斯匿帷后。）

哈姆莱特上。

哈姆莱特 母亲，您叫我有什么事？

王后 哈姆莱特，你已经大大得罪了你的父亲啦。

哈姆莱特 母亲，你已经大大得罪了我的父亲啦。

王后 来，来，不要用这种胡说八道的话回答我。

哈姆莱特 去，去，不要用这种胡说八道的话问我！

王后 啊，怎么，哈姆莱特！

哈姆莱特 现在又是什么事？

王后 你忘记我了吗？

哈姆莱特 不，凭着十字架起誓，我没有忘记你；你是王后，你的丈夫的兄弟的妻子，你又是我的母亲——但愿你不是！

王后 嗳哟，那么我要去叫那些会说话的人来跟你谈谈了。

哈姆莱特 来，来，坐下来，不要动；我要把一面镜子放在你的面前，让你看一看你自己的灵魂。

王后 你要干吗呀？你不是要杀我吗？救命！救命呀！

波洛涅斯 （在后）喂！救命！救命！救命！

哈姆莱特 （拔剑）怎么！是哪一个鼠贼？准是不要命了，我来结果你。（以剑刺穿帷幕。）

波洛涅斯 （在后）啊！我死了！

王后 嗳哟！你干了什么事啦？

哈姆莱特 我也不知道；那不是国王吗？

王后 啊，多么鲁莽残酷的行为！

哈姆莱特 残酷的行为！好妈妈，简直就跟杀了一个国王再去嫁给他的兄弟一样坏。

王后 杀了一个国王！

哈姆莱特 嗯，母亲，我正是这样说。（揭帷见波洛涅斯。）你这倒运的、粗心的、爱管闲事的傻瓜，再会！我还以为是一个在你上面的人哩。也是你命不该活；现在你可知道爱管闲事的危险了。——别尽扭着你的手。静一静，坐下来，让我扭你的心；你的心倘不是铁石打成的，万恶的习惯倘不曾把它硬化得透不进一点感情，那么我的话一定可以把它刺痛。

王后 我干了些什么错事，你竟敢这样肆无忌惮地向我摇唇弄舌？

哈姆莱特 你的行为可以使贞节蒙污，使美德得到了伪善的名称；从纯洁的恋情的额上取下娇艳的蔷薇，替它盖上一个烙印；使婚姻的盟约变成赌徒的誓言一样虚伪；啊！这样一种行为，简直使盟约成为一个没有灵魂的躯壳，神圣的婚礼变成一串谵妄的狂言；苍天的脸上也为它带上羞色，大地因为痛心这样的行为，也罩上满面的愁容，好像世界末日就要到来一般。

王后 唉！究竟是什么极恶重罪，你把它说得这样惊人呢？

哈姆莱特 瞧这一幅图画，再瞧这一幅；这是两个兄弟的肖像。你看这一个的相貌多么高雅优美：太阳神的鬈发，天神的前额，像战神一样威风凛凛的眼睛，像降落的高吻穹苍的山巅的神使一样矫健的姿态；这一个完善卓越的仪表，真像每一个天神都曾在那上面打下印记，向世间证明这是一个男子的典型。这是你从前的丈夫。现在你再看这一个：这是你现在的丈夫，像一株霉烂的禾穗，损害了他的健硕的兄弟。你有眼睛吗？你甘心离开这一座大好的高山，靠着这荒野生活吗？嘿！你有眼睛吗？你不能说那是爱情，因为在你的年纪，热情已经冷淡下来，变驯服了，肯听从理智的判断；什么理智愿意从这么高的地方，降落到这么低的所在呢？知觉你当然是有的，否则你就不会有行动；可是你那知觉也一定已经麻木了；因为就是疯人也不会犯那样的错误，无论怎样丧心病狂，总不会连这样悬殊的差异都分辨不出来。那么是什么魔鬼蒙住了你的眼睛，把你这样欺骗呢？有眼睛而没有触觉、有触觉而没有视觉、有耳朵而没有眼或手、只有嗅觉而别的什么都没有，甚至只剩下一种感觉还出了毛病，也不会糊涂到你这步田地。羞啊！你不觉得惭愧吗？要是地狱中的孽火可以在一个中年妇人的骨髓里煽起了蠢动，那么在青春的烈焰中，让贞操像蜡一样融化了吧。当无法阻遏的情欲大举进攻的时候，用不着喊什么羞耻了，因为霜雪都会自动燃烧，理智都会做情欲的奴隶呢。

王后 啊，哈姆莱特！不要说下去了！你使我的眼睛看进了我自己灵魂的深处，看见我灵魂里那些洗拭不去的黑色的污点。

哈姆莱特 嘿，生活在汗臭垢腻的眠床上，让淫邪熏没了心窍，在污秽的猪圈里调情弄爱——

王后 啊，不要再对我说下去了！这些话像刀子一样戳进我的耳朵里；不要说下去了，亲爱的哈姆莱特！

哈姆莱特　一个杀人犯、一个恶徒、一个不及你前夫二百分之一的庸奴、一个冒充国王的丑角、一个盗国窃位的扒手，从架子上偷下那顶珍贵的王冠，塞在自己的腰包里！

王后　别说了！

哈姆莱特　一个下流褴褛的国王——

鬼魂上。

哈姆莱特　天上的神明啊，救救我，用你们的翅膀覆盖我的头顶！——陛下英灵不昧，有什么见教？

王后　嗳哟，他疯了！

哈姆莱特　您不是来责备您的儿子不该消磨时间和热情，把您煌煌的命令搁在一旁，耽误了应该做的大事吗？啊，说吧！

鬼魂　不要忘记。我现在是来磨砺你的快要蹉跎下去的决心。可是瞧！你的母亲那副惊愕的表情。啊，快去安慰安慰她的正在交战中的灵魂吧！最柔弱的人最容易受幻想的激动。去对她说话，哈姆莱特。

哈姆莱特　您怎么啦，母亲？

王后　唉！你怎么啦？为什么你把眼睛睁视着虚无，向空中喃喃说话？你的眼睛里射出狂乱的神情；像熟睡的兵士突然听到警号一般，你的整齐的头发一根根都像有了生命似的竖立起来。啊，好儿子！在你的疯狂的热焰上，浇洒一些清凉的镇静吧！你瞧什么？

哈姆莱特　他，他！您瞧，他的脸色多么惨淡！看见了他这一种形状，要是再知道他所负的沉冤，即使石块也会感动的。——不要瞧着我，免得你那种可怜的神气反会妨碍我的冷酷的决心；也许我会因此而失去勇气，让挥泪代替了流血。

王后　你这番话是对谁说的？

哈姆莱特　您没有看见什么吗？

王后　什么也没有；要是有什么东西在那边，我不会看不见的。

哈姆莱特　您也没有听见什么吗？

王后　不，除了我们两人的说话以外，我什么也没有听见。

哈姆莱特　啊，您瞧！瞧，它悄悄地去了！我的父亲，穿着他生前所穿的衣服！瞧！他就在这一刻，从门口走出去了！

（鬼魂下。）

王后　这是你脑中虚构的意象；一个人在心神恍惚之中，最容易发生这种幻妄的错觉。

哈姆莱特　心神恍惚！我的脉搏跟您的一样，在按着正常的节奏跳动哩。我所说的并不是疯话；要是您不信，不妨试试，我可以把话一字不漏地复述一遍，一个疯人是不会记忆得那样清楚的。母亲，为了上帝的慈悲，不要自己安慰自己，以为我这一番说话，只是出于疯狂，不是真的对您的过失而发；那样的思想不过是骗人的油膏，只能使您溃烂的良心上结起一层薄膜，那内部的毒疮却在底下愈长愈大。向上天承认您的罪恶吧，忏悔过去，警戒未来；不要把肥料浇在莠草上，使它们格外蔓延起来。原谅我这一番正义的劝告；因为在这种万恶的时世，正义必须向罪恶乞恕，它必须俯首屈膝，要求人家接纳他的善意的箴规。

王后　啊，哈姆莱特！你把我的心劈为两半了！

哈姆莱特　啊！把那坏的一半丢掉，保留那另外的一半，让您的灵魂清净一些。晚安！可是不要上我叔父的床；即使您已经失节，也得勉力学做一个贞节妇人的样子。习惯虽然是一个可以使人失去羞耻的魔鬼，但是它也可以做一个天使，对于勉力为善的人，它会用潜移默化的手段，使他弃恶从善。您要是今天晚上自加抑制，下一次就会觉得这一种自制的功夫并不怎样为难，慢慢地就可以习以为常了；因为习惯简直有一种改变气质的神奇的力量，它可以制服魔鬼，并且把他从人们心里驱逐出去。让我再向您道一次晚安；当您希望得到上天祝福的时候，我将求您祝福我。至于这一位老人家，（指波洛涅斯。）我很后悔自己一时鲁莽把他杀死；可是这是上天的意思，要借着他的死惩罚我，同时借着我的手惩罚他，使我成为代天行刑的凶器和使者。我现在先去把他的尸体安顿好了，再来承担这个杀人的过咎。晚安！为了顾全母子的恩慈，我不得不忍情暴戾；不幸已经开始，更大的灾祸还在接踵而至。再有一句话，母亲。

王后　我应当怎么做？

哈姆莱特　我不能禁止您不再让那肥猪似的僭王引诱您和他同床，让他拧您的脸，叫您做他的小耗子；我也不能禁止您因为他给了您一两个恶臭的吻，或是用他万恶的手指抚摩您的颈项，就把您所知道的事情一起说了出来，告诉他我实在是装疯，不是真疯。您应该让他知道的；因为哪一个美貌聪明懂事的王后，愿意隐藏着这样重大的消息，不去告诉一只蛤蟆、一只蝙蝠、一只老雄猫知道呢？不，虽然理性警告您保守秘密，您尽管学那寓言中的猴子，因为受了好奇心的驱使，到屋顶上去开了笼门，把鸟儿放走，自己钻进笼里去，结果连笼子一起掉下来跌死吧。

王后　你放心吧，要是言语来自呼吸，呼吸来自生命，只要我一息犹存，就决不会让我的呼吸泄漏了你对我所说的话。

哈姆莱特　我必须到英国去；您知道吗？

王后　唉！我忘了；这事情已经这样决定了。

哈姆莱特　公文已经封好，打算交给我那两个同学带去，对这两个家伙我要像对待两条咬人的毒蛇一样随时提防；他们将要做我的先驱，引导我钻进什么圈套里去。我倒要瞧瞧他们的能耐。开炮的要是给炮轰了，也是一件好玩的事；他们会埋地雷，我要比他们埋得更深，把他们轰到月亮里去。啊！用诡计对付诡计，不是顶有趣的吗？这家伙一死，多半会提早了我的行期；让我把这尸体拖到隔壁去。母亲，晚安！这一位大臣生前是个愚蠢饶舌的家伙，现在却变成非常谨严庄重的人了。来，老先生，该是收场的时候了。晚安，母亲！（各下。哈姆莱特曳波洛涅斯尸入内。）

（选自朱生豪译：《莎士比亚全集》
第5卷，人民文学出版社，1994年版）

作品赏析

《哈姆莱特》名列莎剧“四大悲剧”之首，代表着莎士比亚戏剧创作的最高成就。该剧取材于12世纪的一部丹麦史。然而，莎士比亚把它改编搬上舞台，绝不仅仅是为了再现一段中世纪的封建复仇故事，而是以精湛的艺术形式，博大的思想内容，使之成为一部深刻反映时代面貌，具有强烈反抗封建意识的悲剧作品。莎士比亚在剧中曾经通过哈姆莱特之口对戏剧的目的做过如下说明：“自有戏剧以来，它的目的始终是反映自然，显示善恶的本来面目，给它的时代看一看它自己演变的模型”。这就明白无误地告诉我们，《哈姆莱特》虽然穿的是中世纪丹麦宫廷的旧服饰，上演的却是剧作者莎士比亚所处的时代的历史新场面。

莎士比亚的悲剧时期，正是英国伊丽莎白女王一世的统治由盛转衰之时。此时的英国，宫廷挥霍无度，社会动乱不堪，王室同资产阶级之间的矛盾日益尖锐。莎士比亚深切地感受到自己的人文主义理想和英国社会现实之间存在着无法调和的矛盾。如果说莎士比亚的早期喜剧展现的是一个“快乐的英国”的话，那么他中期的悲剧反映的已经是“一个颠倒混乱的时代”。

在《哈姆莱特》的一开场，剧作家就描绘了一幅丹麦宫廷的混乱场面。丹麦国王老哈姆莱特被其弟克劳狄斯谋杀篡位，老王尸骨未寒，新王就迫不及待地同寡嫂共结连理；外部敌军压境，宫廷里却通宵达旦地酗酒取乐。宫廷中尔虞我诈，互相倾轧；社会上群情激愤，一触即发。人们已预感到“丹麦国里恐怕有些不可告人的坏事”，所以，当御前大臣波洛涅斯被哈姆莱特误杀致死后，他的儿子雷欧提斯从法国赶回丹麦，登高一呼，就号召起大批暴乱群众杀进王宫，其声势之大，正如侍臣向国王报告的：“比大洋中的怒潮冲决堤岸、席卷平原还要汹汹其势”。丹麦王子哈姆莱特也在墓园中对他的好友忧心忡忡地表示：“凭着上帝发誓，霍拉旭，我觉得这三年来，人人都越变越精明，庄稼汉的脚趾头已经挨近朝廷贵人的脚后跟，可以磨破那上面的脚疮了”。哈姆莱特痛心疾首地感叹：“丹麦是一所牢狱”，并进而认识到世界也是“一所很大的牢狱，里面有许多监房、囚室、地牢；丹麦是其中最坏的一间”。哈姆莱特从内心深处痛恨这个黑白颠倒的世界，然而，作为身处其中的一员，他又不得不痛苦地面对这个令人咒骂的现实。

丹麦王子哈姆莱特是一个有着崇高社会理想和人文精神的青年。他出生于王室，却投身当时新文化中心的德国威登堡大学，接受了人文主义教育。同当时的人文主义者一样，哈姆莱特对“人”充满着热情的礼赞：“人类是一件多么了不起的杰作！多么高贵的理性！多么伟大的力量！多么优美的仪表！多么文雅的举动！在行为上多么像一个天使！在智慧上多么像一个天神！宇宙的精华！万物的灵长！”在他的心目中，他的父亲老哈姆莱特正是这样一个“人”的典范：“他是一个堂堂男子；整个说起来，我再也见不到像他那样的人了”。他对朋友坦诚，忠于爱情。在情人奥菲利娅的眼里，哈姆莱特王子是“朝臣的眼睛，学者的辩舌，军人的利剑，国家所瞩望的一朵娇花；时流的明镜，人伦的雅范，举世瞩目的中心”。这样的一个“可爱的王子”，自然会得到民众的拥戴，关于这一点，即便是他的敌人也不得不承认。奸王克劳狄斯就一再心有余悸地表示：“他是为糊涂的群众所喜爱的”，“一般民众对他都有很大的好感”。

然而，他的宁静而和谐的生活很快被打破。正直的父亲被暗害，母亲匆匆改嫁，爱人发疯后溺水而死……一切打击，一切不幸，都先后落到他的身上。他环顾四周，发现以前不曾注意到的事物，看出到处都是恶德败行和残暴行为。透过个人的不幸，他觉悟到这是整个社会的不幸，是不合理的社会造成了不合理的人生。他清醒地认识到，“这是一个颠倒混乱的时代”，世界就是“一所很大的牢狱”，但他没有退缩，挺身而出，勇敢地同反社会、反人民的恶势力进行殊死的斗争。对于哈姆莱特而言，为父复仇，既是自己作为儿子的责任，又因为凶手是当今的国王，是专制王朝的代表，因此诛杀奸王，就已不仅仅是他为父复仇的个人之举，而是关涉到拯救国家、拯救人民的“重整乾坤的责任”。可以说，把个人遭遇同整个人类命运紧紧联系在一起，是哈姆莱特这个不朽典型的最大思想意义。

《哈姆莱特》不仅以思想内容的深刻性和进步性著称于世，而且在艺术性上也代表了莎士比亚戏剧的最高成就。情节的生动性和丰富性，是莎士比亚戏剧艺术的突出成就之一。在《哈姆莱特》一剧中，复仇是该剧的主要情节线索，三条复仇的情节交织在一起，其中哈姆莱特为父复仇为主线，雷欧提斯和小福丁布拉斯的复仇为副线，三条线索既互相联系，又彼此衬托。在复仇情节之外，剧中还穿插了哈姆莱特和奥菲利娅之间的不幸爱情，写了哈姆莱特和霍拉旭之间真诚的友谊，罗森格兰兹、吉尔登斯吞对友谊的背叛，以及御前大臣波洛涅斯一家父子兄妹之间的关系。它们在起着充实、推动主要情节的作用的同时，也使整部剧作的情节架构越发显得错落有致、枝繁叶茂。

成功的人物性格塑造是莎剧艺术的另一特色。《哈姆莱特》在人物塑造上常常通过对比衬托的手法使剧中人物各具特点。比如同是反面人物，克劳狄斯阴险狠毒，笑里藏刀，表面上对人和气，善于笼络人心，暗地里却凶狠无比；波洛涅斯精于阿谀逢迎，在儿女面前俨然一副宽厚严厉的长者面孔，实则昏庸老朽，自以为是。在正面人物中，霍拉旭同哈姆莱特志同道合，抱有共同的人文主义理想且同样富有正义感，但与忧郁冲动的哈姆莱特相比，霍拉旭则显得冷静老成得多。但也正因为他总是“能够把感情和理智调整得那么适当”，所以“虽然经历一切的颠沛，却不曾受到一点伤害”，但也正因为如此，他没有哈姆莱特身上那种不怕牺牲、挺身而出的使命感与英雄气。再比如同样是复仇，哈姆莱特也同雷欧提斯、小福丁布拉斯形成鲜明对比。雷欧提斯的复仇纯粹是为报一己的杀父之仇，根本不像哈姆莱特胸怀重整乾坤的远大抱负；小福丁布拉斯原定兴兵复仇，一方面为父报仇，另一方面希望收复失地，在个人复仇上似乎有一点关乎国家兴亡的抱负，但禁不住叔父的一顿训斥，就轻易放弃了复仇的打算，两相对比，越发衬托出哈姆莱特性格的坚定性与连贯性。

《哈姆莱特》还充分运用戏剧中的“独白”这一传统手法，来揭示主人公的内心活动，使其性格越加丰富和深刻。《哈姆莱特》全剧主人公的重要独白共有六次之多，其中最著名的是第三幕第一场那段“生存还是毁灭”的著名独白。它不仅本身是一篇极富哲理性的佳作，同时也是理解主人公复杂性格的一把钥匙。哈姆莱特本来是一个快乐王子，由于突然的变故，他的思想感情发生了深刻变化，对人、对生活、对世界都产生了怀疑。他憎恨暴力，这就不能不让他在整个复仇过程中不断思索、拷问自身行为的合理性，加上肩上使命的沉重和敌对势力的强大，这一切都不可避免地造成了他行动上的延宕以及内心的苦闷和忧郁。通过上述独白，使人深切地感受到他对人生的思索，对周围现实的揭露、批判以及内心世界的烦闷与彷徨，从而进一步加深对主人公性格的丰富性与复杂性的理解。

莎士比亚是语言的大师，他的语言丰富、形象、富有表现力。《哈姆莱特》主要用无韵诗体写成，并结合了散文、有韵诗句和抒情歌谣等，不同的文体在剧中起着不同的作用。此外，莎士比亚善于按照人物的不同身份与处境安排使用不同的语言，或文雅、粗俗，或哲理、抒情，都是为了更好地表现人物的性格。《哈姆莱特》中涉及的人物很多，他们所用的语言虽各不相同，却都恰如其人，即使是同一个哈姆莱特，内省时与佯狂时的语言也各尽其妙，充分地显示了剧作者在驾驭语言上的高超技艺。

《哈姆莱特》给予人们的审美享受和心理撞击是深刻而久远的。哈姆莱特对“人”的礼赞，显示出真正的理想的光辉。尽管他曾一度有过迷惘，但却从未对人类失去信心。面对激烈的社会矛盾冲突，面对理想与现实的巨大反差，哈姆莱特所提出的“生存还是毁灭”的重大命题，已远远超越了他的时代，成为一个世界性的哲学命题。但是哈姆莱特的奋力一击，已向我们昭示了它的答案：人应该为美好的理想而生存，为社会的正义而献身。这或许就是这出伟大悲剧留给后世读者的启示。

（范方俊）

新爱洛漪丝

[法] 卢梭

让-雅克·卢梭（Jean-Jaques Rousseau，1712—1778）是法国启蒙运动的伟大思想家、哲学家、文学家。

卢梭生于瑞士日内瓦的一个钟表匠家庭，幼年丧母，父亲远走他乡。卢梭秉承了父亲读书、流浪的癖好。1728年卢梭遇到华伦夫人。在华伦夫人的帮助下，卢梭去过里昂、洛桑、巴黎等地，结果一事无成。1730年，从巴黎回到尚贝里华伦夫人的家里，并由此度过了稳定的十年；1737年创作了喜剧《娜尔西斯》。1741年，卢梭去国离乡，来到巴黎。

1749年夏天，卢梭的论文《论科学与艺术》获奖，声名鹊起。同年，卢梭膀胱炎发作，医生诊断为只有6个月的寿命。卢梭长期以来压抑的情感爆发了，他用笔写出了他的情感和思想，并在行动上实践其原则。最后，卢梭奇迹般地战胜了病魔。

论文《论人类不平等的起源和基础》（1753）阐发了卢梭自然主义的世界观，它标志着卢梭的思想已经进入了成熟时期。《新爱洛漪丝》（1761）以其独特的风格奠定了卢梭作为文学家的地位。此后，卢梭陆续发表了论著《社会契约论》（1762）、哲理小说《爱弥儿》（1762）、自传《忏悔录》（1781—1788）等作品，终于蜚声世界。

1778年7月，卢梭与世长辞。

作品梗概

平民出身的知识分子圣·普栾受聘于贵族家庭，担任小姐于丽的家庭教师。美丽纯洁的于丽和圣·普栾相爱了。这是他们的初恋，也是平生唯一的恋爱。于丽在严厉刻板的道德训诫下长大，爱情在她心中所引起的迷乱的想象力使她认为这是罪恶，极端可怕，令人窒息。在于丽看来，爱情与纯洁无瑕的一致乃是人间天堂，它不需要任何恐惧和羞耻来扰乱她与圣·普栾的极乐。但于丽忧郁的心中不时出现难以形容的预感。她担心：待到更美妙的纽带把他们永远结合在一起的时候，极度的幸福会在顷刻之间化为乌有。圣·普栾也陷入了困境。于丽的魅力使他炫目迷醉，但他却理智地意识到：最强烈的激情依然保持着美德的神圣特征，联结他们的是温馨而纯洁的爱情。他愈是被她的魅力吸引，情感就愈加升华，他就越加陷入痛苦的深渊。

在树林里，于丽的一吻引起圣·普栾无限的狂乱、迷醉和幻觉，在他的心灵深处留下了永不磨灭的记忆。独自出游的圣·普栾沉浸在水光山色中，幻想着与于丽共享幸福，渴望把他的整个灵魂汇聚在她身上。在迷醉中他不觉时光流逝。于丽则承受着分离的巨大伤痛。她寻遍旧地，却不见他的身影。

无数的忧虑向圣·普栾袭来，于丽的出现使他陷入了残酷的困境：爱情的崇高与财产的贫乏形成了难以接受的对比。他每每感到自身软弱无力。

于丽的父亲坚决反对女儿与门第低微的穷书生相爱，动手打了于丽。圣·普栾被迫离去，爱情的梦境却未烟消云散。一次，母亲发现了圣·普栾的来信，气极而死。于丽迫于父亲的压力，嫁给了年近50的贵族德·伏尔玛先生。

绝望的圣·普栾作了一次冒险的航行，然而轮船还是把他载回了他的爱情胜地。于丽向丈夫坦承了过去的恋爱，得到丈夫的谅解，他请圣·普栾做他们儿子的家庭教师。一对恋人在分别8年后重逢。他们朝夕相见，却不得不克制自己的感情，听从理性的支配，忍受着莫大的痛苦。

于丽为救失足落水的儿子而患重病。临终前，她留下遗书，向圣·普栾表白爱情，说她会在天国里等他，他们将在永生中结合。她怀着美好的愿望升上了天国，这个愿望就是以她的生命为代价换取无罪地永远爱他的权利。

作品节选

第一卷

第二十三封信

致于丽

本来需要长年考察研究的一个地区，我只花了不到八天就周游到了；但除了风雪在驱逐我之外，我还想在信差到来之前赶回来，我希望他给我捎来一封您的信。还没有等到您来信，我就开始写这封信，等接到您的信以后，如有必要，我再写第二封来作答复。

这里我不向您作关于我旅行见闻的详细报告，我已经写了一篇纪行，我打算亲自带给您。我们的通信应当用来写彼此最密切相关的事情。我只想对您讲讲我内心的情况；向您报告用您的财产所做的事是应该的。

我是怀着对自己的痛苦感到悲哀以及对您的快乐感到安慰的心情出发的；因此我处于某种颓丧郁闷的境地，这对于一个多愁善感的心不是没有魅力的。我步行徐徐攀登相当崎岖的山径，我请了一个人当向导，在整个行程中，我发现他与其说是个雇工，倒不如说是个朋友。我本想耽于沉思，但总是被一些出乎意料的风景转移了我的思想。一会儿是倒塌的硕大无朋的岩石耸立在我的头顶之上。一会儿是高悬、喧腾的瀑布以浓雾笼罩了我。一会儿是一股永恒的激流在我的身旁展现出一个深不可测的深渊。有好几次我惘然走进一个茂密的森林的幽暗里。有几次我从一个山洞中出来，一片喜人的草地突然使我的目光感到十分舒畅。未经开辟的大自然和已开发的大自然那惊人的混合到处显示出人们的巧手，那儿人们本来以为是人迹未曾到过的地方：在洞穴近旁可以发现房屋；在本来以为只有荆棘丛生的地方可以看到葡萄棚，葡萄树生长在粗耕的土地上，优良的水果长在岩石上，悬崖下还有耕地。

使这片古怪的土地如此奇妙地对比分明，那不仅是人力的结果，大自然仿佛也乐于插一手，促成它与自己相对抗，人们在同一地方可以看到有不同的面貌：东边布满着春天的花，南边是秋季的果实，北边是冬季的白雪；大自然在同一时刻联合着一年四季，在同一地方有一切气候，在同一片土地上有相反的土壤，把其他各地的平原和阿尔卑斯山的物产联合为一种陌生的和谐。这一切如果再加上视力的错觉、不同光照的山峰、阳光与阴影的乍明乍暗，以及朝夕不同光线的晦明变化，您便能得出那使我不断为之赞叹并感到置身于一个真正舞台的连续场面的若干概念：因为垂直的山峰的景色能一下子和强有力地映入眼帘，这就强于平原的景色，平原只能倾斜地映入眼帘，只能看到个斜面向远处伸展，不能一览无余。

在第一天，我觉得恢复了心的平静，我认为那是气象万千的美景的结果。我赞美那最无感觉的物体对我们最活跃的激情所具有的控制力，我还蔑视不能像一系列无生命的东西那样影响人们灵魂的那种哲学。然而这种平静状态持续了一夜，第二天又增强了，我便很快断定这里还有我不认识的一些其他原因。这一天我来到了最低的山上，然后我跑遍了高低不等的山头，又登上了我力所能及的最高山巅。在云雾中漫步了一阵，随后到达了一处晴朗的地方，从那儿夏季可以看到雷电和暴风雨在下方形成；哲人心中太虚构的图像从来没有那样的实例，要么只存在于人们拿来作为象征的那些地方。

就在这里，在我所处的清新空气里，我恍然意识到我情绪起了变化，以及长期丧失了的内心宁静得以恢复的真实原因。的确，这是所有的人都能感到的普遍印象，不过并非大家都能注意到，即在空气纯净的高山上，人的呼吸感到更容易，身体觉得更轻松，脑筋也更灵活；肉体方面的快乐较不热烈，激情更能节制。那儿沉思采取我说不出的某种与我们目击的物象相应的崇高伟大的性质，带有我说不出的某种没有刺激和肉感的平静的快乐。人们在上升到人寰以上的天空时，仿佛把一切低劣的和尘世的感情都抛弃了，而且随着接近于苍天，人们的灵魂也沾染到了天上永恒的纯净。人们到那儿会变得严肃而不忧郁，平静而不慵懒，既乐生又多思：一切太强烈的欲念淡化了；使人感到痛苦的那种尖锐性消失了；在心头中剩下轻松愉快的感觉；这便是舒适宜人的气候使在别处感到苦恼的激情能够造福于人。我认为，常住在这种地方，任何强烈的激动、任何忧郁症都能烟消云散；我奇怪，有益健康和良好的山间空气的沐浴何以不能成为医疗上和精神上的灵验的药方：

Qui non palazzi，non teatro o Ioggia；
Ma'n lor vece un'abete，un faggio，un pino，
Trà l'erba verde e'l bel monte vicino
Levan di terra al ciel nostr' intelletto.①

请设想一下我方才给您描写的印象并加以综合，您便可获得我现在愉快的心境的若干概念。您可想象，千百种惊人的景色的复杂、伟大、美丽；想象在自己周围所看到的都是些崭新的东西，奇异的禽鸟、稀有的和不认识的植物以及观察那可以说是另一个世界并置身在一个新的世界中的快乐。所有这些对眼睛形成一种无法形容的混合，它的魅力还由于空气的清新而增大，空气使色彩更鲜明，线条更清晰，使所有的观点接近起来；距离比在平原上显得更小，平原上空气浓厚，给土地蒙上了面纱，地平线使眼睛看到更多的事情，好像容纳不下似的；总之，这里的景色有种说不出的神奇、超自然，它能悦人心目，使人们忘掉一切、忘掉自己，也不知身在何处。

如果我在与当地居民的交往中没有体会到一种更甜蜜的乐趣的话，我便会将旅行的全部时间都花在览胜这惟一的快乐上。您将在我用淡淡的笔触所作的描绘中看到他们风俗的淳朴、心灵的稳健以及那种安详的宁静，他们感到幸福

---

① 意大利文，意为：不是宫殿、亭榭、剧场，而是橡树、黑松树、山毛榉从绿草上高耸在山巅，它们仿佛连同树尖把人的眼睛和思想带着直上云霄。（彼特拉克）

是因为排除了痛苦而不是因为要品尝快乐。但我所不能给您描写和人们难于想象的是：他们那无私的仁爱，还有他们对待一切出于偶然或者好奇心而来到他们那儿的他乡人的那种好客的热情。我便是个突出的证明。没有一个人认识我，我来这里仅仅靠向导的帮助。当我夜里到达一个村子时，每人都殷切地给我提供他们的房屋，以至我感到选择为难；而被选中的那一家显得那么高兴，我最初把这种热诚看成是由于贪欲。可是当我把房东家吃住几乎当做住旅店后的第二天，房东拒绝收我膳宿费，甚至对于我付钱还感到是冒犯了他，我便感到很惊讶；以后到别处去也是一样。这样看来，那是纯粹好客的热诚（通常是温和胜过活泼的），我却把它的热诚当做是企图获利。他们的无私是如此完满，以至我在整个旅程中竟找不到地方投放一个巴搭贡①。的确，在这样的地方，房主不收他们招待花费的钱，仆役不收他们服务的钱，到处找不到一个乞丐，那么钱能用在哪儿呢？然而金钱在上瓦莱是非常稀罕的，但正因此那儿的居民生活很宽裕：因为货物很充足，又不向州外销售，州内消费不奢侈，山地的耕者把劳动视为乐事，因而不减勤劳。假如他们有更多的金钱，他们将必然变得更穷苦；他们很聪明，有这样的认识，所以这地区虽有金矿，但他们禁止开采。

这些习俗与下瓦莱的相反，在对比之下，我起初感到非常惊讶，下瓦莱处在通意大利的路上，人们相当厉害地敲诈来往过客；在同一民族里那如此不同的情况，我很难理解。一个瓦莱人向我解释这种道理。他说："在山谷地带来往的都是些商人和其他专门从事交易牟利的；他们留下他们获利的一部分给我们是公道的，我们对待他们像他们对待别人一样。但在这里，没有什么生意可吸引外地人，我们确信他们旅行不是为了牟利；我们接待他们也是这样。来访问我们的都是客人，因为他们喜欢我们，所以我们也以友谊接待他们。"

他又笑着补充说："此外，这种接待花钱不多，很少有人想靠它得利。"我答复他说："啊！我同意；在为了生活而不是为了获利或炫耀而生的民族里我们该怎么办？幸福的和真正的人，我确信，要在你们中间优游，我们至少总得跟你们有些相似才行。"

在他们的接待里，我觉得最愉快的是他们和我双方都没有丝毫拘束：他们在他们屋子里生活仿佛没有我在场似的，我在那里也我行我素，好像只有我单独一人似的。他们毫不理解要向陌生人表示敬意的那种讨厌的虚荣心，好像为了向他表示自己是主人，至少这一点得服从他。假如我不表示意见，他们便认为我愿意照他们的方式生活；如果我只消说一句想照我的方式生活的话，我绝不感到他们会有丝毫反感或惊奇。在知道我是瑞士人以后，他们对我讲的惟一的恭维话是：

① 当地的古钱币名。

我们是弟兄，我在他们中间应当像在自己家里一般；这以后他们对我的行为不再进行什么阻挠，甚至不再认为我对他们照顾的真诚抱有丝毫怀疑并对享受他们的供应感到丝毫不安了。他们彼此之间的关系也同样单纯：儿童到了懂事的年龄，就可同他们的父亲平起平坐；仆役跟他们的主人同桌吃饭；同样的自由统治着家庭，也统治着共和邦，家庭便是国家的缩影。

我惟一不能痛快享受自由的事是吃饭时间的过度延长：如果称我的心，我完全可以不参加一同吃饭；但既然参加了，那就得留在那里大半天，还要喝很多酒。能想象一下男子，而且是个瑞士的男子而不爱喝酒的吗？说实在的，我承认好酒是美好的东西，我也不讨厌贪杯，只要没有人强迫我。我始终注意到虚伪的人是不喝酒的，而对宴饮有很大保留的多半表征一种虚伪的习俗和双重人格。一个心地坦白的人较少害怕大醉前的热情唠叨和亲切的交心；然而应当适可而止、避免过分。这在我却很难办到，因为有那么坚决饮酒的瓦莱人，又有当地那么烈性的美酒，而且桌上从来见不到水来掺酒。我怎么敢于如此傻乎乎地戏弄清醒者和使如此好心肠的人生气？因此我出于感激而酒醉；而且既不能用我的钱包来交付我的份子钱，我便用我的理性来偿付。

另一种习俗使我同样感到尴尬，那便是在席上有太太和女儿们像仆役般站在我椅子背后服侍，甚至在做官人家也一样。法国人对女性的殷勤也许会为补救这种失礼而伤脑筋，尤其像瓦莱妇女，即便是女仆的容貌，她们这样服务令人心神不定。您尽可相信我，在我眼里她们都很美丽，而我是看惯了您的，所以我审美的眼光是不含糊的。

像我这样对于自己居留地方的习俗的尊敬更甚于对妇女献殷勤的习俗的人，我平静地接受他们的服侍，我那一本正经的态度就好像堂吉诃德在公爵夫人家里一般。我有几次拿座上客的大胡子和粗鲁的神气同那些年轻胆怯的姑娘的耀眼的容颜作对比而逗人发笑，只消一句话就会使她们脸红，因而越发显得可爱。然而她们魁梧的胸脯我不免有些反感，它们白皙得耀眼，它们的一个优点我敢用惟一的、兜着纱的模特儿——它的线条我曾悄悄地观察过，为我勾画出了那以世界最美丽的胸脯作模型的著名的杯子的轮廓[①]——作比拟。

当您发现我对于您掩藏得很好的秘密知之很详时，可不要感到惊讶：我这样做有违您的本意；一种感觉有时可以启发另一种感觉；不论怎样小心翼翼地提防，最审慎的组合总会露出些微小的隙缝，视线透过它们可以起到直接接触的效用。贪婪而大胆的眼睛不受惩罚地暗暗窥视花丛下的花束；它在花束和罗纱下徘徊，让手掌感到它所不敢碰的那弹性的抵抗。

---

① 斯巴达的传说中的公主、著名美女海伦（Hélène）曾把一只以自己的胸脯为模型雕成的琥珀杯奉献于希腊罗德岛上的雅典娜神庙。——译者注

Parte appar delle mamme acerbe e crude;
Parte altrui ne ricopre invida vesta,
Invida, ma s'agli acchi il varco chiude,
L'amo roso pensier già non arresta. [①]

我也注意到瓦莱州女人服装方面的一大缺点：连衣裙的背后太短，看起来像是驼背；这样打扮连她们小而黑的头饰以及服装的其他部分形成一种奇特的模样，不过实在说来，它既不缺乏简朴，也不缺乏优雅。我带给您一套瓦莱妇女的服装，希望您穿得合身；它是照本地体态最匀称的姑娘的身材缝制的。

正当我兴高采烈地遍游这鲜为人知和值得欣赏的这些地方时，我的于丽，您到底在做些什么？难道您的朋友会把您忘怀吗？于丽能被忘怀！这还不如说忘怀我自己？我是只依附于您而存在的，那么我能须臾离开您而独存吗？我从来不曾更清楚地注意到，我凭自己的本性在不同地方按我的心情来安排我们共同的生活。当我悲哀时，生命往您那边躲避，到您所在的地方寻找安慰；这就是我同您离别时体会的情况。当我快乐时，我也不能独自享受，为了同您分享，我招呼您到我这儿来。这便是整个这次旅游所发生的情况，这时各式各样的景象纷纷呈现在我心头，我引导您到处跟着我。不是我们一起走，我便一步也走不动。一处风景在我不曾急忙向您指点时，我绝不去欣赏它。我遇到的所有的树木都荫蔽过您，所有的草地都充当过您的坐席。有时候，我坐在您身旁，我帮助您浏览各种景物；有时候，我站在您脚边，我欣赏着一处更宜于善感的人静观的美景。遇到路上有障碍时，我看您轻盈地跳了过去，像小鹿跟在它母亲后面跳越一样地轻快。需要穿过一处激湍时，我大胆把一个如此可爱的身体紧抱在我的双臂里，我极愉快地慢慢越过激湍，同时看到快要踏上的道路而深感惋惜。在这平静的地方，大自然动人的景物，未经污染的清新的空气，居民淳朴的习俗和他们平和而可靠的智慧，姑娘们可爱、腼腆和天真的优雅，这一切都使我想到您，愉快地映入我眼帘和心灵，描绘出了我到处追求的那人的倩影。

我满心激动地对自己说："我的于丽啊！我怎么不能在这人所不知的地方同你一起度过我们的岁月，欢庆我们的幸福而不管人们的看法！我怎么不能在这里把我的心集中于你一人身上，并使自己成为你的天地！我崇拜的爱，那时您将享受到应享受的敬爱！至乐的爱情，到那时我们的心灵将永远享受到您了！长久和甜蜜的陶醉将使我们忘却岁月的流逝，当年龄终于稳定了我们初期的热情，共同的思想和感受将在它的激情之后继之以同样温馨的友爱。年轻时代培养的一切真

① 意大利文，意为：她那弹性而结实的乳房隐约可见：一件遮羞的衣服有名无实地掩蔽着那大部分；爱慕的欲望比眼睛更为尖锐，穿过一切障碍侵入到里面。（塔索）

诚的感情连同爱情一起，有一天将充满广漠的空间；在这幸福的民族中间，我们将以它为榜样，实践人间的一切义务；我们将永远结合着好好工作，不充分生活够决不与世长辞。”

邮车到了；必须结束我这封信并跑去领取您的信。到这会儿我的心跳得多厉害！唉！我在幻想中是幸福的；我的幸福与幻想同在；现实将对我怎样呢？

第六十二封信

格兰尔致于丽

可爱的表妹，我以你莫非永远必须只能尽友谊的最悲苦的义务？在我苦痛的心里，莫非永远必须拿残酷的消息来伤你的心？唉！我们的一切感情都是相同的，这你很明白；我只能把我已经感觉到的新的痛苦告诉你。我怎么能向你隐瞒你的不幸而不使不幸增加！亲密的友爱怎么没有像爱情那样温馨！啊！但愿我能迅速地消除我给你的一切愁思！

昨天在音乐会后，你的母亲由你的朋友搀着，你由陶尔勃先生搀着回家，我们的两个父亲同爱多阿尔阁下留着谈论政治，这个题目我很感厌烦，我便躲进了自己的房间。半小时以后我听见好几次提到你朋友的名字，声音相当激烈，我知道谈话转换了题目，于是我提起了耳朵听。从谈话的过程中，我猜测出爱多阿尔阁下自告奋勇地建议使你跟你朋友（他坚决地称他为自己的朋友）结亲，而且他以朋友的身份提供一种适当的安排。你的父亲轻蔑地拒绝了这个建议，于是在这问题上谈话开始激烈起来。爱多阿尔阁下对他说道：“您要明白，不管您抱什么成见，他是众人之中最配得上她的，而且也许最能使她幸福的，他具有一切不依赖于人而得之自然的天禀，再加上他自身求得的一切才能。他年轻、高大、漂亮、强健、机灵；他饱学、善良、正直、勇敢；他才思敏捷、心地善良；这么看来，要得到您的同意，他还缺少什么呢？缺少财产吗？他会有的。我的三分之一的财产就足够使他成为伏州[①]最富有的人；如果需要，我甚至可以把财产分给他一半。贵族身份吗？这在一个它的害处多于益处的国家里是种无用的特权。不过您不必怀疑，那种身份他还是有的，它不是用墨水写在贵族证书上，而是用不可磨灭的字刻在他心底的。总而言之，假如您爱好理性胜于爱好偏见，而且假如您爱自己的女儿胜于爱您的爵位，您就应把她嫁给他。”

这时你的父亲勃然大怒。他把这种建议看做是荒谬的和滑稽的。他说：“什么！阁下，像你这样有荣誉的人居然认为一个名门望族的小姐可以辱没门庭下嫁

---

① 伏州：瑞士西北一州名，南滨莱芒湖，西与法国接壤。——译者注

给一个无家可归并靠人家周济的无名小卒？……”爱多阿尔阁下打断他说道：“请您住口，您在说我的朋友，请记住，当我面说的一切侮辱他的话，我认为都是对我说的，而对一个有荣誉的人发出的咒骂，对于说这话的人倒更合适些。这样的无名小卒要比全欧洲所有的贵族更可尊敬，我相信您未必找得到比获得人家尊敬和友谊更为光荣的方法去发财致富。如果我建议的女婿像您一样把一整串多少有些暧昧的祖先不算的话，他将是他家的基础和光荣，正像您的始祖成为基础和光荣一般。那么您家的家长的联姻您将认为有辱门庭，而这蔑视能不影响到您自身吗？如果人们只考虑那些由一个可敬的人开始的名字的话，那么有多少响亮的名字将被人家忘却！用现在来判断过去，每天总有上千个坏蛋为他们家夸耀门楣，而只有两三人用诚实的手段扬名；那么这种为其子孙引以为如此值得骄傲的贵族头衔，除了他们祖宗的盗窃和卑鄙之外，又能证明什么呢？[①] 我承认在平民里有许多不道德的；但我可以打赌，二十个贵族中间肯定有一个是骗子手的子孙。如果您愿意，我们可以不去谈出身，让我们衡量个人的优点和作用。您曾在一个外国亲王那里当兵；他的父亲则为祖国无报酬地当兵。如果您服务得好，您得到了很多酬劳；不管您在战争里获得了荣誉，一百个平民却比您获得的更多。”

爱多阿尔阁下继续说道：“那么您如此引为骄傲的贵族出身有什么光荣？它对于国家的荣誉或人类的幸福有什么用？法律和自由的不共戴天的敌人，在它大放光彩的那些国家的大多数，除了专制的势力和对人民的压迫之外，还能产生什么呢？在一个共和国里，您敢于以毁灭道德和人性的阶层、以每人夸耀奴隶制和羞于做人的阶层为光荣吗？请看看您国家的年鉴[②]：您的阶层对国家的贡献是什么？在它的解放者中间有哪些是贵族？费尔斯特、退尔、斯托法歇[③]等人都是贵族吗？那么你们大吹大擂的那荒谬的光荣到底是什么呢？它只服务于一个人，而对国家则是个负担。”

亲爱的，你看，这个诚实的人本意是想为朋友的利益服务，却由于不识大体的粗鲁而帮了倒忙，我看了真痛心。果不其然，被虽属一般却十分尖刻的抨击所激怒，你的父亲便开始用人身攻击作反攻。他明白无误地对爱多阿尔阁下说，像他这样身份的人决不会说出方才那样的话来的。他以粗暴的声调补充说道：“请不必徒劳地为别人的事辩护，不管您是多大的大人物，我不相信您在这个问题上自己能成功。您替您那所谓的朋友为我的女儿做媒，却不知道您自己对她是否有

① 贵族证书在本世纪已很稀少，据所知，似乎至少有过一次，至于用金钱获取和人们用捐税买到的贵族头衔，其中最可尊敬的我认为是不被绞死的特权。——卢梭原注

② 这里有许多不正确之处。伏州从来不是瑞士的一部分；它是伯尔尼人的战利品，它的居民既不是公民，也不是自由人，而是臣民。——卢梭原注

③ 他们都是14世纪初起义反抗奥地利统治、争取瑞士独立的战士，是民间传说中的英雄。——卢梭原注

好处；我相当熟悉英国的贵族身份，根据您的谈吐，我对您那种身份却不敢恭维。”

爱多阿尔阁下说道：“得了！不管您把我看做什么人，我都无所谓，但使我非常遗憾的是，除了那五百年前已死了的人的价值而外，我没有其他可以证明我的东西。如果您知道英国的贵族身份，您就会知道它是欧洲最开明、最有教养、最聪明和最英勇的；此外，我不需要去探讨它是不是最古老的，因为在谈论它现在的情况时，那就与它过去无关。的确，我们绝不是国王的奴隶，而是他的友人；不是人民的暴君，而是他们的长官。我们是自由的保证、国家的栋梁和王位的支柱，我们成为人民和国王之间不可战胜的平衡力量。我们第一个责任是对于民族的，第二个责任是对于它的统治者的，但我们考虑的不是他的意志而是我们参议的他的法制。贵族院里的司法大臣们，有时甚至那些立法者本人，既对人民同时也对王国承认他们的合法权利，我们决不承认人家所说：上帝是我的宝剑，但是我们仅仅承认：上帝是我的法律。”

他继续说道：“先生，这便是我们的贵族身份的可贵之处，它是古老的，但更可贵之处是在它的功绩而不在它的祖先，您虽谈论它而并不了解。我在这著名的行列里绝不是最后的一名，不管您怎样瞧不起，我相信我在一切方面都不会不如您。我有个待字的妹妹，她出身贵族，她年轻、可爱、富有；她只有在您当做无所谓的精神品质上不如于丽。那个人钟情于于丽，假如能将他的目光和心灵转移到别人身上去，那我将万分荣幸地把这个一文不名和建议把他作为您的女婿并提供我一半财产给他的人作为我的妹丈！”

从你父亲的反驳里，我知道这场谈话只能使他激怒；我虽然对于爱多阿尔阁下的宽宏大度的襟怀充满了敬意，但我觉得像他这样态度生硬的人，只能使他经办的谈判彻底遭殃。因此在事情没有闹到不可开交前，我赶快回到那里。我一走进去，他们的谈话就中断了，过一会儿后大家相当冷淡地分别了。至于我的父亲，我认为他在这场争执里表现得很好。起初他热心地支持那建议；可是当他看到你父亲对此完全听不进去而争论开始激烈起来时，他理所当然地转到他内兄一边，并及时用调解的话来打断他们俩的话，使谈论限制在适当的范围，如果让他们俩单独相对，很可能会超过这范围。当客人们走后，我父亲把经过的情形对我讲了；因为我预见到事情将来发展的结果，便对他说，事情既已到了这地步，再不宜让当事人如此频繁地跟你在我们家会面，假如这对于作为他的朋友的陶尔勃先生不成为一种冒犯，那干脆不要再来；不过我可以请他少带他来，还有爱多阿尔阁下也一样。我的亲爱的，为了使他们俩不致在我家完全吃闭门羹，这是我所能做到的一切。

但这还不是事情的全部；我看到了对于你的危机，迫使我回到我以前的意见上来。爱多阿尔阁下和你的朋友的纠纷正如大家所料，在城里引起了热烈的议论。虽然陶尔勃先生保守着争执原因的秘密，但太多的迹象使秘密无法继续隐藏不暴露。人家在怀疑，在猜测，在提起你的名字；看守人居埃的泄露没有很好地堵住，所以人家还在提起，你也能明白，在群众眼睛里怀疑的事实总是近乎确凿的事实了。所有可以告诉你并叫你安慰的是，大家一般都赞成你的选择，并且乐于看到一对如此可喜的配偶的结合，这就为我证明，你的朋友在这儿人缘很好，大家几乎跟你一样喜欢他。然而舆论对于你那顽固的父亲有什么用？所有那些流言正在传到或快要传到他那里，因此我为他们可能产生的结果深感害怕，如果你不赶快防备他的发怒。你必须从他那里期待一场为你自己的可怕的解释，也还可能对于你朋友的更糟的解释；我倒不是认为他那样的高龄会愿意跟一个他不认为值得与他决斗的年轻人较量，但他在城里掌握着提供给他的权力，只要他高兴，他将有上千种方法对你的朋友不利，而且还要怕他的忿怒将使他存心要收拾他。

我亲爱的朋友，我跪着请求你多想想包围着你的危险，它的险情正在时时刻刻增长。在这一切中间至今有种出奇的幸运拯救了你。当时间还来得及时，小心隐藏起你的爱情，也不要过度信赖幸运，以免它把那造成幸运的反而拖你进不幸中去。相信我，我的天使，未来是不确定的；随着时间的推移，许许多多的事件可以提供出乎意料的办法；但是就现在说，我已对你说过而现在更要对你重复强调说：离开你的朋友，否则你会完蛋。

（选自伊信译：《新爱洛漪丝》，商务印书馆，1990年版）

作品赏析

爱洛漪丝是12世纪法国的一位少女，她与家庭教师阿伯拉彼此相爱，却不能公开结合，最终酿成悲剧。卢梭借用这个故事来展现他那个时代基于人类自然感情基础之上的爱情悲剧，以此昭示其非同以往的思想和信念，故而把小说命名为《新爱洛漪丝》。

卢梭在《忏悔录》中写到1756年春天的思考：“不可能达到真实的存在，使我陷入幻想之国，既然丝毫也看不到与我的迷乱相称的事物，我便在理想世界中加以培育。我富有创造性的想象力不久就按照我的心愿，使这个理想世界充满了人物。”《新爱洛漪丝》的创作就源于对这个梦想的补偿。

作家充满伤痛的记忆在小说中有着明显的回响；同时，作家又赋予人物以不同于现实的文学生命。读者自然会把卢梭和小说中充满激情的圣·普栾联系起来。卢梭沉溺于幻想，同周围的人群往往有着亲缘般的关系，这些特点被投射在圣·普栾这个胆怯的情人身上；但圣·普栾比卢梭更年轻、更英俊，也更容易与社会融为一体。于丽同样是卢梭理想的体现，她纯洁美丽，富于理智，情感丰富，品德高尚。而于丽的表姐格兰尔则是于丽的影子，形象虽然稍逊于于丽，但其快乐和坦率对读者仍然具有强烈的吸引力。伏尔玛有着渊博的学识，清醒的头脑。爱多阿尔则是启蒙时代英国人的代表，经历复杂，充满智慧。伏尔玛和爱多阿尔身上所体现的优秀品质，是卢梭所向往的，是他那过于敏感的气质所不具备的。

《新爱洛漪丝》以圣·普栾和于丽的爱情悲剧结束，它所表现的激情也仅是昙花一现，但小说仍是一曲爱情的伟大颂歌。爱情的无法实现恰恰引人遐想。爱情面对现实是软弱无力的，它就用想象来代替和美化现实；而压抑在心灵最底层的爱情伺机寻找出口，随时可能爆发。一次故地重游时，于丽和圣·普栾原以为不会再有的激情力图挣脱枷锁，圣·普栾几乎陷入了可怕的诱惑之中。卢梭设计出三角恋爱来补偿这对情侣爱情的失败。圣·普栾生活在于丽和伏尔玛之间，心灵终于渐渐安宁。在三人当中，每个人都从另外两个人身上感受到爱情和深切的友情。在于丽和表姐格兰尔之间，圣·普栾又处于第三者的位置。格兰尔与于丽有着异乎寻常的友情，同时对圣·普栾怀有温柔之意，于丽后来甚至希望她所珍爱的两个人能结为连理。

克拉朗是于丽的乐土，是作家理想社会的缩影。在这里，情侣和周围人之间不再需要任何面纱，人与人之间直接往来。作家想象，在“英国式的上午”，一种心灵无言而温情的和谐形成了；在节日里，纯洁无邪的理想实现了；在收获葡萄期间，劳动成了表现优秀品质的机会，不再是被强迫的事。于丽作为这个伊甸园的中心，婚后并未拒绝平庸的尘世，而依然被享受生活的愿望所激励。她的品德不仅给她带来真正的幸福，而且也保证了她和别人的幸福。她是这个家庭组织最坚实的因素，每个人都愉快地服从这个由明智和善行形成的权威。在这个理想社会中，自然状态和世俗状态之间的矛盾被超越了，品德高尚的人们足以将自然的价值与文明的价值融在“自然次序”中。

卢梭崇尚自然、反对文明的自然主义思想，强烈地流露于全书的字里行间。贯穿全书的主线是这样一种理想：人类要在自然情感和良好美德的基础上相爱并结合，以共建美满家庭，从而形成合情合理的社会结构。卢梭在《爱弥儿》中写道：“凡是自然存在的东西都是好的。”他认为人生来就与自然规律有息息相通的密切关系，自然规律是人的出发点，自然美要高于一切美或艺术美。从他的自然美和天赋人权的观点出发，他认为人的感情是自然赋予的，依照自然法则产生的优美感情是合乎自然道德的。在《新爱洛漪丝》中，从人道主义立场出发，作家进一步提出婚姻应建立在人类的自然感情基础之上的理想，指出“真诚的爱情结合是一切结合中最纯洁的”。于丽与圣·普栾之间的爱情真诚而纯洁，没有文明的铜臭或任何其他目的，完全符合自然道德，理应结成眷属；然而正是文明社会的等级观念和道德准则把他们分隔开来，成为不可逾越的障碍，并且最终酿成悲剧。鲁迅指出："悲剧是将有价值的东西毁灭给别人看"。于丽与圣·普栾的爱情悲剧正是这种有价值的东西的毁灭，因而能够激起读者强烈的共鸣。

然而，小说并不仅限于对情感自由的追求，它把"性爱的幻想转向道德的目标"。卢梭认为人要有自爱之心，有自爱之心才能扩及爱别人、爱人类，这是人类开启幸福大门的钥匙，也是人们行为的最高美德。小说中，伏尔玛理解于丽的感情，并相信他们的美德，把圣·普栾召回到自己家里。这样一来婚前于丽为爱情所降服，婚后责任又战胜了爱情；在忠于丈夫、恪守妇道的同时，她又不堪心灵的重负，结果心忧成疾，染病而亡。卢梭在《忏悔录》中就曾道出："爱情和友谊，是我心头的两个最动人的原像。"据此，他创造了于丽和格兰尔，"一个活泼，一个温柔，一个聪明，一个软弱，但是软弱得如此动人，几乎变成美德"。他给这两个女人中的一个找到爱人，这个爱人是另一个女人非同一般的朋友，但他说："他不允许争风吃醋、吵闹等事情发生，因为我不愿让任何败坏天性的东西来糟蹋这张可爱的图画。"

在艺术上，《新爱洛漪丝》表现出独特的风格。它用第一人称的书信体写成，便于表现人物的真挚情感。如于丽迫于父命嫁给伏尔玛时悲愤地发出内心的呼喊："我的父亲把我出卖了，他把自己的女儿当做商品和奴隶，野蛮的父亲、丧失人性的父亲啊!"在于丽同圣·普栾频繁的书信往来中，他们相互倾诉心中的炽情。此外，在书信中，爱多阿尔、格兰尔及圣·普栾广泛地讨论了伦理、情感、责任等各种社会问题。由此，每一个人物都自己走了出来，与读者进行交谈，平等对话，唤起读者共鸣。

其次，卢梭把美丽的自然风光写进了小说，这种叙述服从于情感描写。如在第一卷第二封信中，圣·普栾只身出游，来到了风光明媚的华莱山林，丰富多彩的大自然使他流连忘返。然而，圣·普栾在信中写道："我所走过的路没有一步不是我们一块走的，我所看见的景色没有一处不是我和你一块儿欣赏的，我所走过的树没有一棵不为你遮过荫，我所走过的草地没有一处不供你憩过脚。"在如诗如画的景色中，展现的是于丽的身影。圣·普栾眼中所见同心中所想达到了高度的和谐统一。他们的爱情已经到了情意缠绵、如痴如迷的程度。又如在第四卷第十七封信中，先详细写游湖的惊险，再写圣·普栾感情的惊涛骇浪，将人世感情的风浪同湖中的自然风浪相对照，自然风险可以战胜，而情感的悲怆几乎难以抵制。把爱情放在大自然中表现，可谓景为情生，情为景发，情景交融，优美动人。

小说以感伤的笔调、平实的语言、细腻的心理叙述和真挚高尚的情感给当时的法国文坛带来了一股清新自然的气息。它的出版获得了巨大成功，就连此前对卢梭的横加指责（包括伏尔泰等百科全书派）都被热情的巨浪一扫而光。

《新爱洛漪丝》影响深远，其感伤主义的笔调为后人所模仿，如圣彼埃尔的《保罗与维吉尼》，并由此发展为感伤主义文学流派。对情感描写的重视亦开启了另一条小说道路：以歌德的《少年维特之烦恼》、斯达尔夫人的《柯丽娜》为过渡，通向了 19 世纪浪漫主义文学。

（朱正文）

浮士德

[德] 歌德

约翰·沃尔夫冈·歌德（Johann Wolfgang von Goethe，1749—1832）是18世纪中叶至19世纪初德国乃至整个欧洲最重要的诗人、剧作家和思想家，德国“狂飙突进”运动的伟大代表。他生于德意志中部莱茵河畔法兰克福市一个富裕市民家庭。父亲做过当地的参议员，从小就注意培养歌德对于政治的兴趣；母亲则善于讲故事，注意培养他对文学的兴趣。早年的歌德遵照父亲的意愿，到莱比锡大学学习法律，后进入斯特拉斯堡大学学习，受“狂飙突进”运动的影响，开始文学创作活动。他写出大量代表狂飙突进运动的作品：剧本《铁手骑士葛兹·封·贝利欣根》（1773）、小说《少年维特之烦恼》（1774）等。后者使歌德名声大噪。

学业结束后，歌德回到家乡，一边做律师，一边从事文学创作。1775年，歌德应魏玛公国的邀请，担任枢密顾问。他满腔热情地投身于政治实践中，然而在封闭落后的封建小朝廷里，他的各项改革方针均告失败。10年后，歌德毅然辞去公职，四处游历，并全身心地致力于文学创作。

自1794年起，他与德国启蒙主义文学运动的一位主将席勒订交，两人相互砥砺，共同开创了德国古典主义文学的鼎盛时代。在这期间，歌德完成了长篇小说《威廉·麦斯特》第一部《威廉·麦斯特的学习时代》（1795—1796），长篇叙事诗《赫尔曼与窦绿苔》（1797）以及诗剧《浮士德》第一部（1806）。席勒去世后，晚年的歌德依然笔耕不辍，陆续完成了一系列重要的作品，如自传《诗与真》(1811—1830)、长篇小说《亲和力》(1809)、《威廉·麦斯特》第二部《威廉·麦斯特的漫游时代》(1820—1829),并于逝世前不久完成了《浮士德》第二部(1832)。1832年1月22日,歌德病逝于家中,享年83岁。

作品梗概

《浮士德》是一部叙述主人公浮士德永不满足、不断进取的悲剧作品。作品以史诗般的规模和气势再现了浮士德永不停止追求的一生及全部过程:

剧本首先在天帝与魔鬼的争论中缓缓打开序幕。天帝与魔鬼为人究竟能否实现以及如何实现人生理想发生了争执,魔鬼和天帝打赌:他认为世人的代表浮士德对事物无限追求、永不满足,他可以引诱浮士德走上邪路。而天帝则认为人在努力追求的时候总是难免迷误,但好人在黑暗中终会找到光明大道。天帝接受魔鬼的打赌,他认为人的精神容易萎靡,贪求安逸,魔鬼能起刺激作用,但尽管如此,人并不会被引入歧途,最终的赌赛一定是魔鬼失败服输。

悲剧第一部开始时,年逾半百的浮士德闲坐在中世纪的书斋里。他为觉悟到自己的渊博学识无助于救世济民而感到无名的痛苦,他依稀感到大自然和人生在向人召唤,但常年困守书斋,丝毫不了解人世的现实又使他内心极不自信,担心那不过是场美丽的幻影。这一切使他的精神陷入绝境。他怀疑、痛苦、绝望,企图通过饮鸩自杀求得精神解脱。此时,魔鬼乘虚而入,与浮士德订约:他充任浮士德的仆人,尽量满足后者的一切欲望。一旦他感到欲望满足,就会立刻死去,灵魂永远归魔鬼所有。

订约之后,魔鬼将浮士德带至“女巫的丹房”,饮下返老还童的魔汁,恢复了青春。浮士德在街头遇见美丽少女玛加蕾特,在魔鬼的帮助下,浮士德赢得了她的爱情。他们的爱情遭到玛加蕾特家庭的反对。为了幽会,她给母亲服下过量的安眠药,母亲再没醒来。哥哥瓦伦廷死于浮士德的剑下。在极度的精神打击下,玛加蕾特神经错乱,将自己的婴儿溺毙,被关进死牢。浮士德潜入监牢准备救走她,但她万念俱灰,甘愿领受死刑。悲剧第一部至此结束。

悲剧第二部共分五幕。第一幕开始时,浮士德已从个人爱欲中解脱出来,在魔鬼的帮助下,来到皇帝的宫廷从事政治实践。他向皇帝建议发行纸币,解决了朝廷的财政困难。他本欲在政治上大显身手,尤奈皇帝知道他有魔法,只想把他当作宫廷里的玩偶。他让浮士德施法术招来希腊美女海伦供大家欣赏。浮士德招来了帕里斯与海伦的灵魂。当这对恋人相互爱恋时,浮士德情不自禁地用魔术钥匙碰到了帕里斯,于是精灵爆炸,化为烟雾遁去,浮士德本人也晕倒在地。

第二幕转回浮士德从前的书斋。浮士德从前的助手瓦格纳制造出一个玻璃小人，小人带着浮士德和魔鬼飞到古希腊的神话世界。浮士德得巫女曼托之助，感动地狱女主人，使海伦复回阳世。第三幕里，浮士德成为一个城堡主人，并与海伦结合，生下儿子欧福里翁。欧福里翁是个早熟的天才，终因无限地追求而飞得太高坠地跌死。失去爱子后，海伦痛苦地离开浮士德回到阴间，留下衣服和面纱化为云气，托着浮士德飞回现实世界。

第四幕，浮士德矗立高山之巅，俯瞰海滨潮汐涨落，顿起雄心壮志，想围海造田，为千百万人开疆辟土。时值帝国发生内战，浮士德借魔鬼之力打败对方，获得海边封地。第五幕时，浮士德已在海边督促工人填海造田，此时他已风烛残年，双目失明。他听到铁铲挖土的声音。这其实是魔鬼在为他掘墓，他却以为是工人们在开挖沟渠，改造自然。浮士德满怀对幸福生活的憧憬，禁不住对着这一瞬间喊道："你真美呀，请你暂停！"随即倒地而死，魔鬼正欲依照契约攫取他的灵魂，此时天界仙使从天而降，撒下玫瑰花瓣，化为火焰，驱走魔鬼，将浮士德的灵魂拯救到天上。全剧最后在众天使的合唱声中徐徐地落下帷幕。

（范方俊）

作品节选

悲剧第一部

书斋

浮士德（偕卷毛犬同入）
我已离开原野，
深夜笼罩上空，
唤起胸中更好的精神，
顿使我感到诚惶诚恐。
心猿意马都已收缰，
不再有任何放浪；
爱人之念顿生，
爱神之念发扬。

安静吧，卷毛犬，不要乱跑！
你在这门槛上嗅些什么？
快到火炉背后去卧倒，

我将最好的坐垫给你度过今宵。
你在外面山路上娱乐我们，
不住东蹦西跳，
现在作个斯文的嘉宾吧，
接受我东道主人的照料。

哦，在这狭小的书斋中
重燃起柔和的灯光，
于是我的胸怀也转光明，
心情也自开朗。
理性之声复发，
希望之花开放；
油然生起对生命之流
和生命之源的渴望。

卷毛犬，切莫乱哼！
这狺狺吠声
与包罗我整个心灵的神韵不称。
我们见惯了这样的人，
他们嘲笑自己不懂的事情，
甚至对美善的东西也喃喃不平，
常常困扰他们自身；
为什么狗儿也学人一样的呻吟？

唉，我纵然以无上的善愿，
仍然感不到胸中迸射出满足的源泉。
川流为何这么快地枯干，
使我们又觉得焦渴欲燃？
我对这点是饱有经验。
不过可以弥补这种缺陷：
我们学会尊重超世的本原，
我们景慕启示的简篇，
这在《新约·圣经》中出现，
别处没有更高贵更优美的可言。
我急欲翻阅原书，
本着真诚的情愫，
把神圣的原文，

译成亲切的德语。

展开一卷古书，着手翻译。

我写下一句：原始有名[1]！
写到这儿就停顿！谁帮助我继续前进？
这名字我不能评价过分，
如果我精神上得到正确的启示，
必须另译从新。
我改译为：原始有意。
这第一行要十分仔细，
下笔切莫躁急！
这意字怎能把万物创造化育？
应当译成：原始有力，
可是我刚把它写在纸上，
就已经醒悟到它并不合适。
蓦然间豁然贯通，心领神会，
放心地译作：原始有为[2]！

卷毛犬，你要和我同居此房，
切莫狺狺，
切莫汪汪！
一个伙伴乱叫乱嚷，
就不好留在我的身旁。
我们当中有一个
必须离此他往。
我不愿把客人逐放，
不过你可以自由出去，门儿开敞——
可是我看见什么光景！
这情形是如何发生？
是幻影？还是真形？
卷毛犬变得硕大无朋！
它昂然立起，

① 希腊文 Logos 被马丁·路德译成德文 Wort，含有言、词、概念、理性等诸义，故用“名”来概括，与我国老子《道德经》中“有名天地之始”巧合。

② 原始有为即认识来源于实践，含有辩证唯物主义思想的因素：通过实践而发现真理，又通过实践而证实真理和发展真理。

不再是狗的姿形！
原来我带回来一个妖精！
它大得可以与河马比拼，
眼睛冒火，獠牙森森。
哦，我已经将你认清！
对于这种下流的地狱丑类，
正好应用所罗门的咒文[①]！

精　灵（在走廊上）

房里囚着一个！
留在外边，莫跟进去！
地狱的老山猫正在战栗，
好比上了镣铐的狐狸。
但要留意！
要飘上飘下，
飞来飞去，
等他解脱缧绁。
我们既然于他有益，
就莫让他坐困在那里！
因为他对我们大伙儿
曾经做了许多好事。

浮士德

要对付这个畜生，
我得念四大咒文。[②]

火神快燃烧，
水神快旋转，
风神快消散，
土神用劲干。

谁若不识它们，
这四大元素，
不识它们的力量
和性质，
就算不得高人，

① 所罗门的咒文是驱魔避邪的符箓集，相传所罗门王发明此术，故名。
② 四大即地水火风，有似中国道家重视的金木水火土五行。

休想把妖精降服。

火神，
请消隐于焰火！
水神，
请澎湃地汇合！
风神，
请如流星一般发光！
英苦布斯[①]！英苦布斯！
请来室内相帮！
快快出现，使这一切终场！

在这畜生的身中，
并未含有四大元素。
它泰然蹲着对我狞笑；
看来我还未使它感到痛苦。
你就听着，
我要念出更厉害的咒语。

你这个家伙，
莫不是地狱的亡魂？
快看这咒文！
一切魑魅魍魉
都得向它投诚！

它的躯体在膨胀，鬃毛倒竖。
邪恶的怪物！
这个你能念读？
它从未传来，
也从未说出，
远可流贯九霄，
力能洞穿万物。

它被禁锢在火炉背后，
膨胀得和巨象一般，
整个房间都已充满，

① 英苦布斯（Incubus）原为梦魔之神，歌德用以代替土精又称家神的科博特（Kobold）。

快要化成烟雾而消散。
切莫升上天花板！
快伏在主人的脚边！
你看，我的威吓并非徒然，
我要烧你，用神圣的火焰！
切莫等待
我用三位一体[①]的明火！
切莫等待
我用法术当中最厉害的一个！

靡非斯陀

烟雾消去后，从炉后出现，游学书生的装束。

何必闹嚷呢？请问主人有何吩咐？

浮士德

原来这就是卷毛犬的核心！
一位游学书生？这情形真叫我忍俊不禁。

靡非斯陀

我向博学的先生致敬！
您简直弄得我大汗满身。

浮士德

你叫什么名号？

靡非斯陀

我觉得这样问何其渺小！
您是位鄙视言辞的人，
只探讨本质的奥妙，
而远远抛弃一切外表。

浮士德

像你这号材料。
一提名字，本质便见分晓，
比如叫做什么蝇神、坏蛋和骗子，
难道不是非常明了！
得啦，究竟你是谁？请即奉告。

靡非斯陀

我是那种力量的一体，

① 宗教上的“三位一体”被看作最厉害的镇魔法。

它常常想的是恶而常常做的是善。

浮士德

你说这谜语有啥意义？

靡非斯陀

我是经常否定的精神[①]！
原本合理；一切事物有成
就终归有毁；
所以倒不如一事无成。
因此你们叫做罪孽、毁灭等一切，
简单说，这个“恶”字
便是我的本质。

悲剧第二部

宫中宽广的前庭

火炬照耀

靡非斯陀（站在前面任监工）

上前，上前！进来，进来！
你们这些死鬼幽灵，摇摇摆摆，
是用筋骨和韧带，
连缀起来的残缺形骸！

死灵们（合唱）

我们才听到一半召唤，
立即赶来供你驱遣；
大约有广大的土地，
等我们前来料理。

尖头木桩已经停当，
长长链条可供丈量；
为啥召唤我们前来，
我们已经把它忘怀。

---

① 靡非斯陀自称是“否定的精神”，我们也可以说他是集虚无主义和犬儒主义于一身。换言之，他在认识上是虚无主义的；在处世态度上是犬儒主义的。

靡非斯陀

这儿用不着过费周章；
只需把本身当作度量：
最长的一个顺着躺在地上，
其余的四周破土相帮！
就像埋葬咱们的祖先那样，
要挖出一个墓穴的长方！
从宫殿来到这狭隘的幽圹，
到头来只落得这愚蠢的下场。

死灵们（用嘲弄的表情掘穴）

年轻时乐生又求爱，
甜蜜的味儿时在怀，
每逢寻欢取乐地，
我的脚板跑得快。

那知年岁不容情，
拐杖劈头打下来；
一跤摔在墓门前，
墓门恰巧大张开！

浮士德（从宫中出来，摸索门柱）

铁锹声多么使我心旷神怡！
这是那些群众在为我服役，
他们保护陆地不使倾圮，
对汹涌的波涛加以限制，
用紧密的长带将大海围起。

靡非斯陀（旁白）

你筑起塘堰和堤防，
无非是为他人作嫁衣裳；
因为你为海神纳普东，
已经准备好盛宴一场。
总而言之，你已经完蛋；——
四大元素和我们连在一起，
一切终归要烟消云散。

浮士德

监工！

靡非斯陀

有！

浮士德

尽可能用各种方法，
征募一批又一批的工人，
宽猛相济，恩威并行；
给以报酬、引诱甚而强逼！
我每天都要得到消息：
开掘的壕沟延长到哪里。

靡非斯陀（压低声音）

据我接到的消息说：
没有挖壕沟而是在掘坟墓。

浮士德

有一片泥沼延展在山麓，
使所有的成就蒙垢受污；
目前再排泄这块污潴，
将是最终和最高的任务。①
我为千百万人开疆辟土，
虽然还不安定，却可以自由活动而居住。
原野青葱，土壤膏腴！
人畜立即在崭新的土地上各得其趣。
勇敢勤劳的人筑成那座丘陵，
向旁边移植就可以接壤比邻！
这里边是一片人间乐园，
外边纵有海涛冲击陆地的边缘，
并不断侵蚀和毁坏堤岸，
只要人民同心协力即可把缺口填满。
不错！我对这种思想拳拳服膺，
这是智慧的最后结论：
人必须每天每日去争取生活与自由，
才配有自由与生活的享受！②
所以在这儿不断出现危险，

---

① 浮士德从为宫廷服务，陶醉在古典美的世界中，转到向大海争地，开辟荒滩，为千百万人的安居乐业而奋斗，这确是一个非常巨大的跃进。

② 是浮士德的，也是歌德的生活经验的总结，表现出一定的战斗唯物主义的精神。

使少壮老都过着有为之年。
我愿看见人群熙来攘往，
自由的人民生活在自由的土地上！①
我对这一瞬间可以说：
你真美呀，请你暂停！
我有生之年留下的痕迹，
将历千百载而不致湮没无闻——
现在我怀着崇高幸福的预感，
享受这至高无上的瞬间。②

浮士德向后倒下，死灵们将他扶起，放在地上。

（选自董问樵译：《浮士德》，复旦大学出版社，2001 年版）

作品赏析

郭沫若翻译了《浮士德》之后，曾对这部作品的艰深晦涩感叹唏嘘，认为难解得惊人。确实，《浮士德》的象征性及其巨大的涵盖面带给了世人无休止的惊奇与困惑。然而，我们对于这样一部极具歧义性的作品的研究至今仍显单一。将浮士德形象聚焦到一点，将浮士德仅仅看作资产阶级的代表，这是经济基础决定上层建筑这一图式作用的结果。西方马克思主义文艺理论家马尔库塞对此有所突破。他认为艺术的特质在于超越直接的现实："艺术的真实是以社会现实为基础的，可又是这个现实的'对立物'"③。可见，艺术还有其超现实的一面，因而，艺术凭借其超历史、超现实的普遍真实，诉诸的就不只是某一特定阶级的情感，而是超越特定阶级的普遍人性。无疑《浮士德》中除了一定历史时期的社会现实内容之外，同样也存在一个超越历史现实的人性世界。所以，我认为，浮士德身上有表现资产阶级的一面，更重要的一面则是人类的普遍精神。歌德在与艾克曼谈到《浮士德》时说，其中的"每一行，都铭记着对于人生与现实世界的仔细研究"④。也就是说，《浮士德》中，除"现实"内容外，还有一个"人生"的主题，"人"的主题。彼得·贝尔纳也指出："这部悲剧的重要的特点正是在于：故

① 自由的人民生活在自由的土地上，这在资本主义的社会是不可能实现的，只可以看作莫尔的"乌托邦"、康帕内拉的"太阳城"，或者傅立叶的"法郎吉"。

② 只是预感，而非现实的感觉，所以根据契约，魔鬼在赌赛中还是输了；但是理想远远地跑在现实的前头，所以造成了悲剧。

③ 马尔库塞. 美学方面//马克思主义文艺理论研究：第二卷. 北京：文化艺术出版社，1984：445.

④ 与艾克曼谈话录. 70；蒋孔阳. 德国古典美学. 北京：商务印书馆，1980：162.

事情节不仅发生在外部世界，而且更重要地发生在浮士德的灵魂之中……它是一部充满一连串内心体验、抗争与怀疑的灵魂剧”[①]。所以，将浮士德五个阶段的追求看作资产阶级上升时期的追求与浮士德追求的内在本质相悖逆。资产阶级追求的动力，大多来自对外界、对物质的不满足，或如鲁滨逊对财富的追逐，或像启蒙思想家要铲除封建愚昧，建立理性王国。浮士德的追求却不是来自社会矛盾的感召，也不是有的文章所认为的是来自魔鬼的诱惑，而是来自浮士德本人的内心矛盾与痛苦。因此，浮士德的五次追求，都没有明确的目的性与功利性，不是寻求社会矛盾的解决，也不像很多文章说的是探求宇宙的奥秘，而旨在对不同生存方式与人生境界的尝试，也就是作品中提出的遍历人间事。别林斯基曾因此将《浮士德》称为一部近代人的史诗。

浮士德出场时是位老博士，学识渊博，功成名就，炫世耀人。然而时值深夜，他中宵倚案、烦恼齐天。浮士德此时的痛苦是对书斋生活这样一种生存状态的失望与痛苦，书斋生活的种种缺憾造成他内心的矛盾。

知识分子对知识无止境具有一种灵魂深处的无能为力的悲观，这是浮士德的助手瓦格纳所表示过的“我虽然知道很多，可一切我都想知道”的痛苦。这是知识分子从宏观观照自身，对生命有限与知识无限的矛盾的无奈。浮士德正因为此，才愿将灵魂卖给魔鬼，以增强上天入地的本领。显然，这一矛盾是无法超越的，它是知识分子命中注定的。这是一种理性的痛苦，何以使他“惴惴不安”呢？这涉及浮士德具体的精神与肉体的痛苦，即书斋生活使人的行动能力受到抑制，人性遭受片面化。每一种生活方式都有其优点和缺憾。选择脑力劳动作为终生职业，也就同时选择了它的缺憾。书斋生活的缺憾可具体地概括为以下几个方面。缺憾之一是浮士德所感叹的“神创造人类，让它进入大自然，你不投身于这生动的自然，却在烟雾和霉腐里为尸骸所围困”。缺憾之二是书斋生活的凝滞和与世隔绝，远离社会生活与实际斗争。从万物交织、充满生机的沸腾生活观照书斋，书斋无异于一个“牢笼”。缺憾之三是书斋生活让人享受的只有宁静。缺憾之四，也是浮士德最难忍受的，书斋生活使人缺乏行动。精神劳动排挤了人的机体活动，人的体能得不到舒展，行动能力越来越萎缩，外向发展能力越来越受到抑制。因而人与外界变得愈来愈隔膜。浮士德说“我不知道怎样适应这个世界”。然而，尽管不能适应，书斋中的人，作为社会的人，作为活的机体，他总有参与社会的行动渴求。书斋生活阉割了人的行动能力，却没有熄灭这种天性，也无法熄灭这种渴求；书斋生活使人性片面化，却不能完全扼杀人身上的全面人性的本能与要求。浮士德著名的一段独白是理解浮士德灵魂痛苦的关键。“在我的胸中，唉，住着两个灵魂，一个想从另一个挣脱掉；一个在粗鄙的爱欲中以固执的器官

---

① 彼德·贝尔纳. 歌德. 李鹏程，译. 北京：中国社会科学出版社，1992：189.

附着于世界；另一个则努力超尘脱俗，一心攀登列祖列宗的崇高灵境。”这说明浮士德的精神中存在着知识分子精神追求，“攀登列祖列宗的崇高灵境”的一面，又存在着世俗生活享受，“以固执的器官附着于世界”的一面。因此，精神追求与尘世享乐是知识分子追求中不能两全的两个方面，书斋生活让人的精神追求无限延伸，而全面人性愈来愈受到抑制，理性思维得到充分发展，而感性生活越来越丧失。全面的人性应该是理性与感性、精神与物质、肉体与灵魂、感官与心灵、精神追求与世俗生活的统一。而书斋生活使人性处于分裂状态，让书斋中的人遭受片面化的痛苦。

这种惶惑与痛苦使浮士德走向反抗。他的反抗首先是消极的。浮士德想自杀。后来复活节的音乐传来，这使浮士德的反抗走向了积极，即走向了全面人性的回归。因为复活节的音乐，使他想起了他青少年时期全面人性的生活。过去有的研究文章认为是复活节的音乐因而也就是基督拯救了浮士德。实际上，是复活节音乐唤醒了他对少年时代全面美好人性生活的回忆，他感动得泪流满面。所以，实际上是人性的复活使他走向了积极的反抗。浮士德否定了书斋生活，他要冲向人间去。他参加了民众熙熙攘攘的复活节，这使浮士德彻底完成了思想的转变。他翻译时，将“太初有意”改为“太初有为”，认为“为”比“意”，即“行动”比“知识”和“思想”更重要。

那么，书斋生活之于浮士德已不是一朝一夕，他为什么一直到垂垂老矣，才想走出禁锢，冲向人间呢？这里存在着一种契机，即文艺复兴还我人性，享受世俗生活的大潮的冲击。“城门口”一节描写的正是这一时代的“世俗世界”，他走出书斋，参加复活节，到处看到奋发和繁荣，听到村民的喧嚷，浮士德感受这是民众的真正天堂，他感叹：“我在这里是个人，我在这里才敢是个人!”因此，这一契机诱使浮士德彻底否定了书斋生活。借助靡非斯陀的帮助，浮士德走入了世俗生活，进入爱情生活阶段，尝试与体验另一种生活。

浮士德先来到一个“酒店”，返老还童后，立即在大街上追逐少女玛加蕾特。我将此概括为，浮士德先走入“酒”，后走入“色”。这又被称作“官能享受”阶段。与玛加蕾特的悲剧发生后，浮士德又结束了他的爱情生活阶段。他在繁花似锦的草地上醒来，感到大自然在鼓励他“向最高的生存攀登”，“在五彩折光中感悟人生”。浮士德向往一种更健全、更合理的人性生活。因此，书斋生活与官能享受，都不是浮士德所认为的最健全、最完美的人性生活，先后为浮士德所扬弃。然而，无论对书斋生活还是对官能享受，在《浮士德》中都没有单纯地被否认，而是被辩证地观照。《浮士德》充满辩证思想，辩证法是歌德的思想核心。歌德通过浮士德否定书斋生活，指出了书斋生活的种种缺憾，歌德借瓦格纳又肯定了书斋值得肯定的方面。歌德利用靡非斯陀与酒店小伙们的饮酒作乐肯定了官能享受的欢愉，同时又用浮士德的不满足对它进行了否定。他利用玛加蕾特肯定了爱情的无私与纯洁，又通过靡非斯陀，将爱情看作一种官能享受，浮士德之所以既不满足于书斋生活，又不满足于官能享受，恰恰也正是由于在他身上存在着辩证的两种精神、两种要求。他对瓦格纳说“你只意识到一种冲动”。而浮士德有两种冲动，有两个灵魂居住在他的心胸。他感叹“怎奈任何肉体的翅膀都不容易同精神的翅膀结伴而飞”。浮士德的痛苦，来自两种需求不平衡的痛苦，浮士德的追求，正是对两方面人性完美统一生活方式与人生境界、人格完美的追求。他在官能享受阶段之后，又经历了政治生活阶段与对古典美追求的阶段。政治生活这一部分，是全书对现实批判性最强的部分。它描写了专制的政体，人在这里没有鲜活的个性与追求，有的只是专制制度的奴性与空虚。紧接着浮士德来到了素以人性和谐著称的古希腊。他逃离现实，追求人性完美的古典美。可见，远离现实的古希腊被写进《浮士德》，目的仍然是浮士德追寻完美人格。企图用古典美来陶冶现代人以求实现完美人格的理想以幻灭告终。最后，浮士德在填海造地的事业阶段中获得了满足。在这一事业中，他找到了和谐、完美的人格理想。他身上的两种需求在这里都得到了满足，他灵魂的痛苦化解了、消失了。

“人”的主题的提出，不是任意的。从歌德本人的创作思想来看，这一主题与歌德的美学理想也是一致的。歌德在早期小说《威廉·麦斯特》中就曾探讨过理想人格、健全人性的问题。“人”的主题，与当时18世纪德国古典美学所探讨的主题是完全一致的。

（易晓明）

唐璜

[英] 拜伦

乔治·戈登·拜伦（George Gordon Byron，1788—1824）是英国杰出的资产阶级民主主义诗人，19世纪欧洲浪漫主义文学的重要代表。他出身于英国伦敦一个古老的但已没落了的贵族家庭。10岁时，拜伦继承了伯父的爵位和部分领地，成为第六世拜伦勋爵。早在中学时代，拜伦就开始写诗。中学毕业后，拜伦进入剑桥大学，接受了法国启蒙思想。在上大学二年级时他出版了第一部诗集《懒散的时刻》，表达了他对现实的不满和对上流社会的鄙视。大学毕业后，拜伦在上议院获取世袭的议员职位，并开始长达两年之久的欧洲大陆旅行。他游历了南欧各国，目睹了那里的民族解放运动和资产阶级民主运动。回国后，拜伦发表了以旅途经历为题材的长篇叙事诗《恰尔德·哈洛尔德游记》（第一、二章）（1811）。接着，他又创作了一系列以东方故事为题材的富有浪漫主义色彩的《东方叙事诗》（1813—1816），塑造了一些孤傲的、反抗一切社会制度的叛逆者的形象，即文学史上著名的“拜伦式英雄”。从1816年起，拜伦离开英国，先后在瑞士、意大利等地定居，创作了包括《曼弗雷德》（1817）、《青铜世纪》（1821）、《唐璜》（1818—1823）等著名作品在内的诗篇，并完成了《恰尔德·哈洛尔德游记》后两章（1817）的写作。1823年，拜伦前往希腊，参加希腊反抗土耳其统治者的解放斗争，成为领导希腊民族独立斗争的领袖之一。在那里，他不幸患上了寒热病，医治无效，于1824年4月9日逝世，年仅36岁。

作品梗概

《唐璜》是一首拟史诗性质的长篇叙事诗，叙述的是主人公唐璜的冒险经历：

唐璜出身于西班牙的一个贵族世家，父亲唐·约瑟为人轻浮，做事轻率，绯闻不断，惹得妻子唐娜怒火中烧，两人时常吵嘴。唐璜生在这样的家庭里，从小被娇惯放纵，是一个既无赖又爱惹事闯祸的小顽童。终于唐娜忍无可忍，向法院控告丈夫的败坏德行。她本想把老公的丑事抖个精光，不想唐·约瑟突然一命归阴。唐·约瑟死前未立遗嘱，独生子唐璜自然成为继承人。由于唐璜尚未成年，唐娜成为他的监护人。唐娜下决心把儿子唐璜调教成品学兼优、德才出众之辈，为此对唐璜的一切事必躬亲，严加管教。唐娜教子有方，唐璜 6 岁时伶俐可爱，11 岁时仪表已经清秀不凡，12 岁成了安静的美少年，16 岁时出落成细高、清秀的小大人。少年唐璜人见人爱，除他妈妈唐娜外，人人都把他看作一个大人，唐娜为防儿子早熟做出有辱门风的丑事，家里的婢女一律是老而丑的，来她家的朋友全是品德端正、笃信神明的贞妇。然而，唐娜万万没想到的是，正是她的一个“贞洁无比”的朋友朱丽亚禁不住唐璜俊美外表的诱惑，把小唐璜拉下了水。一天晚上，当朱丽亚留唐璜在闺房里偷情时，她的丈夫听到风声前来捉奸，与唐璜发生厮打。此事闹得满城风雨，无法收拾。唐娜赶紧给唐璜准备了盘缠，吩咐两个男仆和唐璜的教父兼指导教师带着唐璜乘船外出游历，避避风头。

唐璜的游历生活几经波折，奇遇不断。他们一行在海上旅行时，不幸遇上海难，全船数百人全部葬身大海，唯独唐璜幸运地捡了一条命。他被东方海岛上的美丽少女海黛救起，并与海黛发生了一段缠绵哀婉的爱情。海黛的父亲是海盗头领，他残忍地拆散了两个年轻人的爱情，海黛绝食死去，唐璜则被卖到土耳其王宫做奴隶。在王宫里，唐璜又与苏丹王妃有了一段奇遇。在王妃的帮助下，唐璜逃出了土耳其，加入了沙俄征讨土耳其伊斯迈省的大军，不仅取得了战功，还得到了俄国女皇的宠幸，最后作为女皇的使节去了英国，再次经历了一连串的奇遇。

（范方俊）

作品节选

第四章

八

年轻的唐璜和他的如意女郎

真正是比翼双飞，享尽了欢情；
连与爱情为敌的无情的“时间”
想到要擘开这样温柔的两颗心，
也不免忧伤于怀；它声声轻叹着
收割他们的每一刻；但这一对人
可等不到老，在春天就会枯萎，
只要一丝痴情或希望展翅而飞。

九

他们的容颜不是为皱纹而生的，
他们那蓬勃的心和纯洁的血液
不容凝滞，头上也不容白发为灾，
他们像永恒的夏季，不知有冰雪；
宁可让电闪把他们烧成灰吧，
然而，若要拖着漫长迂回的岁月
腐蚀这一生：那他们可受不了。
这只怪他们的俗骨生得太少。

一〇

他们又孤独起来了；这对他们说，
无疑是伊甸乐园[①]。他们不知厌倦，
除非有一个不在。呵，在森林中，
从老根砍下的树木，或从山泉
截断的河流，或突然从母怀里
永远夺走的婴儿，都不及拆散
这一对情侣能立致生命的消殒：
唉唉，有什么本能比得人的心——

一一

这颗心呵——它会碎；最有福气

① 伊甸乐园——据基督教《圣经》，系人类始祖亚当与夏娃最初所居之地，即天堂。

也最幸运的是：谁的体质构造
像由泥土塑成了珍贵的瓷器，
脆弱得一摔就碎，那他绝看不到
一连串沉重的日子，年复一年，
也不致忍受一切，无法与人相告；
唉，生命的原理就是这么奇怪：
最盼望死的人——往往数他健在。

一二

古语有云："上帝爱的人死得早"，
这一死倒把许多起死亡躲掉：
例如友朋的死；但更凶的还有
友谊、爱情和青春的死，以及除了
呼吸以外一切的消失；既然虚无
在等待一切人，无论人多么巧，
多次躲开死神的箭：那么，也许
你所哀的夭折倒是老天的善意。

一三

海黛和唐璜没有想到死的事，
这天地、这大气对他们太适合，
时光也无可挑剔，只嫌它会飞，
　他们看自己呢，更是无可指责；
每人就是对方的镜子，谁看谁
　都是眼里亮晶晶地闪着欢乐：
他们知道，这宝石一般的闪光
无非是他们眼底深情的反映。

一四

呵，那手指的轻捏！那激动的接触！
　眉目的传情把千言万语都胜过；
嘴还在表达一切，而且总说不尽，

　但那语言和鸟的聒噪也差不多，
只有他们自己能理解，至少是
　它只对情人透露语意的曲折，
既甜而又戏谑，对于从来没有
听过或不再听的人，会显得荒谬。

一五

但这就是他们的王国，因为他们
　是儿童，而且还将过儿童的生活，
他们原不是为了在现实世界中
　给沉闷的一幕充当忙碌的角色，
却像是跃自清泉的两个生命；
　一个仙女，一个恋童，只知隐没
在花丛和清泉间，度着好时光，
而不想知道尘世的时刻的重量。

一六

月亮有盈有亏，但他们却不变，
　她每次升起都照见他们欢乐，
那欢情连她一路巡行都少见；
　这并不是猥俗之情易于饱和，
因为他们蓬勃的精神永不会
　囿于感官；至于占有，那使大多
爱情毁灭的，对他们适得其反；
他们越亲热，越感到占有之甜。

一七

这是多么美呵！既美而又稀见！
　他们的爱情是那种使人甘愿
倾心以赴的；唉，在这颓旧的世界，
　谁不是早已把爱情听厌和看烦；
密约呵，司空见惯的勾引呵，

　还有小小的盘算，结婚和通奸；
仿佛海门[1]的火把只为了烙上
“荡妇”之名：当然丈夫没这么想。

一八

这话不中听；真理本来够冷酷；
　何况这也是人所共知的。——够了！
那神仙的一对没感到片刻沉闷，
　不知他们何以能如此自在逍遥？
凡人都生有青春的感情，有的人
　让它一闪即逝，而他们却能永葆；
这气质我们俗人称之为“浪漫”，
我们赞叹它，却暗中嫌它疯癫。

一九

若在别人，这会是一种反常状态，
　是受了青春和小说的过分麻醉；
但在他们，却是天性或命定如此，
　因为他们从没有对小说流过泪，
海黛的学问不多，这不必说了；
　唐璜呢，一直受的圣贤的教诲，
所以，若想给他们的爱情找根由，
明白夜莺或鸽子的相爱也就够。

二〇

他们望着落日，这美好的一刻
　对谁都是宝贵的，特别对他们：
因为最初就是从这样的天空
　爱神降临并使他们心心相印。
那时只有快乐是他们的贺礼，

① 海门——希腊神话中司婚姻之神。

　晚霞是他们热情结合的证人；
由于彼此迷恋，这痴情也推及
凡是能令人追怀往事的东西。

二一

不知什么原因，就当他们凝视着
　晚霞的那一刻，仿佛在他们心间
随着欢乐突然袭来一阵战栗，
　好似冷风拂过了火焰或琴弦，
一个声音发颤，另一个身子发抖，
　每人都掠过一丝不安的预感，
这使得唐璜发出低低的叹息，
海黛的眼睛也涌出晶莹的泪滴。

二二

她那先知的黑眼睛睁得大大的，
　尽在追随和眺望消逝的太阳，
仿佛随着这灿烂的光轮的沉落，
　他们欢会的最后一天就要消亡；
唐璜看着她，卜问自己的命运，
　他感到凄酸，却又没有理由悲伤，
他的眼神因此向她的目光寻找
这悲戚的来由（至少对他够玄奥）。

二三

她转身对他一笑，但那笑容是
　使别人笑不起来的，接着扭转脸，
不管她惊觉于什么吧，这一感觉
　很快地就被明智或自尊所驱散；
当唐璜半庄半谐地向她提到
　他们心头的这种不吉的共感，
她说："万一有祸事——但那不可能，

至少我不会活着看见它发生。”

二四

唐璜还要问下去，若不是她的唇
　压上了他的唇，使他不能不沉默；
她拿这热情的一吻和预感抗争，
　终于使她的心完全把噩兆摆脱。
对，这才是解闷的最好的办法，
　有人喜欢以酒浇愁：这也不错。
两者我都试过；所以，谁要试用，
可以就心疼和头疼任择一种。

二五

两者任择其一，随您自己的意，
　反正你不爱女人就得嗜好酒，
那两种病痛就是我们为欢乐
　所付的税，至于哪一种更好受，
我可不知道；但若非要我投票，
　对双方我都有许多赞助的理由；
为了谁也不亏负，我可以肯定说：
两者都要，比两者都不要好得多。

二六

唐璜和海黛彼此默默地望着，
　荡漾的目光透示无限的柔情，
一切最美好的情愫：友人，兄妹，
　稚子和恋人，都已融会于其中；
因为是两颗纯洁的心在交流，
　呵，爱得太深了，少爱爱都不行：
这过分的甜蜜圣哲可以原谅，
因为鼓舞了永恒的生之愿望。

二七

既然是互相拥抱着，两心交融——
　唉，他们为什么不在那时候死去?
活得太长了，难保没有生离之时，
　岁月会带来灾患或残酷的境遇；
这世界不是他们的，世人的奸巧
　只凭莎弗般的热情也无法对敌，
爱情在他们是生命，它如此之浓，
不是感觉，而是整个的精神内容。

二八

他们该住在森林中，像夜莺似的
　歌唱自娱而隐居；他们原不宜
在所谓“社会”这繁华的孤寂中，
　和“憎恨”、“罪恶”、“忧患”呼吸在一起；
凡心灵自由的人都落落寡合，
　唱得最甜的鸟儿只成双而栖，
雄鹰独自高飞，而乌鸦和海鸥
像世人一样，只围着腐尸不走。

二九

现在，海黛和唐璜脸偎着脸，
　正相亲相爱地享受着午眠。
那是一阵小睡，睡得并不沉，
　因为不时地仿佛有一种预感
使唐璜轻颤，并且传过他全身；
　海黛的嘴唇好似溪水在喃喃，
发着无字的乐曲；她的脸被梦
熏得像风吹乱的玫瑰一般红。

三〇

或者像在阿尔卑斯的山谷中
　一汪清澈的水面被风所波动，
她就如此被那神秘地侵袭到
　头脑里的篡位者所搅扰，呵梦！
它使我们对心灵失去了控制，
　任心意所至，我们都唯命是从。
多奇怪的生存！（因为呼吸未断）
失去了知觉，闭住眼还能看见！

三一

她梦见自己一个人在海边
　不知什么缘故，被拴在巨石上，
她动转不得，只听见海的呼啸
　越来越响，掀得高高的海浪
朝她打来，好像直扑她的嘴唇，
　使她喘不过气；一会儿更猖狂，
竟朝她头上泼来，又凶猛又高，
简直要淹没她，但她又死不了。

三二

不久她脱了身，在沙滩上走着，
　她的脚被尖石子刺得流出血，
几乎每走一步她都要跌倒；
　这时候在她的前面，隐隐约约
有一个裹白布的影子在滚动，
　她又追又怕，那东西总不停歇，
她看不清是什么，只跟踪去捉，
但是尽管捉住了，它又滑脱。

三三

梦境变了：她站在一个石洞中，
　岩壁上垂挂着由多年的水滴
形成的石钟乳，洞中海水在拍打，
　也许还有海豹在哪一角隐蔽。
她的头发滴着水，连她的眼珠
　仿佛也变为泪，从眼里往下滴，
直落到地面幽黑的尖石头上，
而且一滴落就凝成云石——她想。

三四

在她脚边，又湿又冷，死沉沉地
　躺着唐璜，鬓角浮着海的泡沫，
人已死了，她给擦也没有擦干，
　(对他的照顾曾使她多么快乐！
但现在没用了！)他那熄灭的心
　再也不能跳动了！大海的挽歌
尽在她悲哀的耳边低低地唱，
呵，这短短一梦比一生还要长！

三五

望着死去的人，她觉得他的脸
　消失了，或者换了另一副模样，
眉目有点像父亲，越看越清楚，
　它终于呈现为兰勃洛的脸庞，
精明，憔悴，带着希腊人的优雅；
　她猛然惊醒：呀，浩浩苍天在上！
她看见什么？那是谁的黑眼睛？
那和她面面相觑的正是父亲！

三六

她尖叫而起，又惊呼一声倒下，
　真是悲和喜、希望和恐惧交集，
因为一个被她认为早已葬身
　海底的人竟起死回生了，也许
是来向她心爱的人索命的吧?
　对海黛，他似父亲般难舍难离；
这正是那可怕的一刻，这瞬息
我经历过，现在连想都不愿想起。

三七

听到惊叫声，唐璜立刻跳起来，
　一把托住海黛使她不致栽倒；
接着从墙上摘下剑，怒冲冲地
　就要惩罚这不速之客的侵扰；
兰勃洛直到现在都没有开口，
　只冷冷一笑说："只要我一声叫，
立刻就有千把刀子亮在这里，
小伙子，不如把你那玩意收起。"

三八

海黛紧紧抱住他："唐璜，这，这是
　兰勃洛，——我父亲呀，——快和我跪下！
他会饶恕我们的，——是的，一定会。
　哦，心爱的爸爸，我已心乱如麻！
快乐和痛苦都有，就当我吻着
　你衣襟的时候，我的心怎容得下
又是作子女的欢欣，又是怀疑?
你饶了他吧！怎样罚我都可以。"

三九

老头子神情莫测地挺然而立，
  他的目光很平淡，语音也安详，
但这在他并不总是心平气和。
  他望她而不答，又向唐璜望望，
然而，这小伙子可是热血上冲，
  因为他已决定就要火并一场；
他至少是站在那儿枕戈以待，
只要兰勃洛敢叫一个打手进来。

四〇

“小伙子，收起来吧！”老头又说一遍，
  唐璜答：“只要这只手还能动，不行！”
兰勃洛脸色发青，但不是由于怕，
  接着从腰带拔出了手枪一柄，
答道：“那就让你的血溅在你头上！”
  于是细看看打火石，好像要鉴定
它是否易燃，因为最近他开过枪，
接着安详地把扳机咯嚓扣上。

四一

兰勃洛举枪瞄准，只一瞬就要
  结束了唐璜的呼吸和这一章，
幸而海黛扑到她情人的身前，
  严厉得像她父亲，叫道：“让死亡
找我来吧！——是我错——我许给了他，
  并不是他自己找来这个地方；
我爱他，——要死就和他死在一起，
你说一不二，要知你女儿也像你！”

（选自查良铮译：《唐璜》，人民文学出版社，1980年版）

作品赏析

唐璜在欧洲是一个远近闻名的传说人物。传说中，他是生活在中世纪的西班牙贵族，容貌俊美，风流成性，四处游荡，专干勾引玩弄良家妇女的勾当。最后惹怒天神，被收入地狱，早早地丧了命。唐璜的题材频繁地出现于作家笔端，并因喜剧大师莫里哀和音乐天才莫扎特先后为之作传而声名大振。拜伦的《唐璜》虽然同样写到了唐璜的风流放荡及各种艳遇，但拜伦笔下的唐璜相对传统文学而言，至少在以下两方面做了重大的改动：其一，唐璜不再是像传说中的那样生活在中世纪，而是同诗人拜伦一样生活于当代；其二，唐璜不再是像传说中的那样，专门玩弄女性的好色之徒，而是一个心地纯洁、有情有义的热血青年。这使得拜伦的《唐璜》在众多的同名作品中独树一帜、与众不同。

作者为何要把中世纪的唐璜改写为一个当代英雄？众所周知，作为一个关心民生疾苦、痛恨专制暴政的进步诗人，拜伦始终对他所生活的时代抱有一种责任感和使命感。作为英国上院的议员，他曾多次发表演讲，抨击英国政府的倒行逆施；作为诗人，他猛烈抨击当时名噪一时的“湖畔派”诗人粉饰现实、故步自封、故弄玄虚、华而不实的恶劣诗风，主张用诗去表现广阔而真实的社会现实。因此，他明知唐璜是古代之人却执拗地把他拉入当代。于是，主人公唐璜所经历的背景再不是时过境迁的中世纪，而是当下的风云际会、刀光剑影。拜伦生活于其间的18世纪末19世纪初正值欧洲的多事之秋；1789年的法国大革命以及拿破仑大军在欧洲的高歌猛进，沉重地打击了欧洲各国的封建势力，唤起了欧洲各国的民族、民主解放运动，为了扑灭这场革命烈火，英国、普鲁士、奥地利结成反法“神圣同盟”，并伙同沙俄女皇叶卡捷琳娜二世充当镇压、奴役欧洲各国人民的国际宪兵，同时，反动封建堡垒内部又发生了为争夺海滨重镇伊斯迈的血腥战役……不仅这些重大的历史事件都一一地在《唐璜》中得到了反映，而且，《唐璜》还细致描写了贵族上流社会的生活糜烂、骇人的海难遭遇、猖獗的海盗营生与奴隶交易等现实生活场景，成为一部名副其实的摹写18世纪末19世纪初欧洲政治军事和人情世态的“百科全书”。

我们来看主人公唐璜的几次艳遇。《唐璜》一共写了唐璜的五次艳遇：第一次在西班牙与贵妇朱丽亚的偷情；第二次在东方海岛上与海黛的两情相悦；第三次在土耳其苏丹王宫与苏丹王妃的奇遇；第四次在沙俄皇宫受女皇的宠幸；第五次是他出使英国与当地贵族妇女的邂逅与交往。细查唐璜的这几次艳遇，不难发现它们之间存在本质的不同。唐璜的第一次是被贵族少妇勾引拉下水的，当时的他少不更事，禁不住美色的诱惑偷食了禁果。在这场艳遇中，唐璜非但不是勾引良家妇女的风流汉，反而是一个被动失去童贞的受害者。唐璜与苏丹王妃的奇遇纯粹是身不由己。事实上，唐璜对王妃的美色并不动心。开始他为保持自己的男子汉尊严甚至故意顶撞王妃，后来他误打误撞与苏丹的另一个王妃同床共枕时，也同样是规规矩矩，没有任何非礼之举。即便是后来与两位王妃出逃也不是他的主意，而是出于王妃的一手安排。唐璜受到叶卡捷琳那女皇的宠幸同样不是他有意为之。而当他出使英伦，周旋于英国贵妇、小姐之间时，也不过是逢场作戏、虚与委蛇罢了。在唐璜与异性的数次交往中，唯有第二次与东方海岛上的少女海黛之间的恋情是发自内心的情真意切之举，诚如诗人纵情讴歌的那样：

每人就是对方的镜子，谁看谁
　都是眼里亮晶晶地闪着欢乐：
他们知道，这宝石一般的闪光
　无非是他们眼底深情的反映。

唐璜是那样深爱着海黛，当被迫分离时，他很长时间都黯然神伤。每当说起这段伤心遭遇，“他的黑眼睛充满忧郁，一颗泪珠悬在睫毛上已有半晌”。而当苏丹王妃问他“能爱否”时，唐璜的脑中立刻浮现出海黛的身影，以至“他头上的热血都奔流到心中，他的面颊苍白得像雪花飘落；这句话像阿拉伯的矛刺进心胸，他半晌一言不发，只是泪如泉涌”。与传说中的唐璜四处勾引良家妇女、得手后即负心地离去相比，拜伦笔下的唐璜无疑是一个有情有义、有责任感的热血青年。

诗人拜伦对唐瑭的形象做上述处理显然有两方面的用意：一方面，让性格纯洁、心地善良的唐璜置身于上流社会的风月场之中，借以揭露和讽刺上流社会的道德败坏和虚假面目。比如唐璜第一次失贞于朱丽亚，朱丽亚“笃信神明，品德端正”，她的贞操“有磐石之固”。然而正是这个“贞洁无比”的女人把小唐璜引上了偷情的闺床。唐娜按说对儿子唐璜的管束是非常严厉的，但令人难以置信的是，她竟然对朱丽亚与唐璜之间的不正常的交往熟视无睹。从表面上看此举似乎糊涂透顶，实则绝顶精明，“她之所以让唐璜这一回去饱经诱惑，一定是有她的更切身的动机……也许是教阿尔方索（朱丽亚的丈夫）睁眼瞧瞧，是不是还要把太太看做至宝”，“据说在唐·阿尔方索结婚以前，伊内兹（即唐娜）对他放松过自己的谨严”。朱丽亚、唐娜都是上流社会有口皆碑的贤淑女性，然而正是她们，共同导演了一出少年失贞的丑剧，在这里，诗人尽管没有对她们口诛笔伐，但透过她们的言行，上流社会的无耻与丑恶已被揭露得一览无遗。另一方面，诗人把唐璜的唯一的一次爱情安排在远离人烟的东方海岛，把唐璜的爱人海黛刻意塑造为一个“自然之子”，也表明了他对丑恶现实的愤懑之情和对美好生活的浪漫憧憬。

《唐璜》在艺术上也有所创新。关于这部作品的体裁，有笼统称之为长篇叙事诗的，有别出心裁目之为诗体小说的，其实，确切地讲，《唐璜》是一首拟史诗性的作品。关于这一点，诗人本人在诗中说得很明白：

我这一篇诗是史诗，我想把它
　分为十二章，每一章要包含
爱情呵，战争呵，海洋的风暴呵
　还有船长、国王，以及新的角色；
其中穿插的故事要有三起，
并仿照荷马和维吉尔的风格，
我正在构制着地狱的全景，
好教这一篇史诗不徒负虚名。

阅读《唐璜》可能会使人感到有些吃力。唐璜的游历是全诗的主线，但诗人随意性、即兴式的穿插叙述过于频繁，不断地延宕着主人公的行动，使之显得支离破碎。而这正是史诗在叙述上的一大特色。不可否认，《唐璜》中大量的对于当代真人真事的即兴式评述着实令诗歌增色不少。此外，诗人拜伦对英语口语的挥洒自如和他对意大利八行诗体的吐故纳新都使得这部作品深深地打上了“拜伦式”诗歌的烙印。

（范方俊）

巴黎圣母院

[法] 雨果

维克多·雨果（Victor Hugo，1802—1885）是法国浪漫主义文学运动的领袖，伟大的诗人、戏剧家和小说家。

1827年，雨果发表了被称为浪漫主义宣言书的《〈克伦威尔〉序言》，这篇雄文猛烈抨击了古典主义的清规戒律，提出浪漫主义美丑对照的美学原则，具有划时代的意义。1830年，浪漫剧《欧那尼》的演出，标志着浪漫主义战胜了古典主义。青年雨果被尊为浪漫派旗手和领袖。

1831年，雨果发表小说《巴黎圣母院》，成为浪漫主义小说的范本。19世纪30年代至40年代，雨果发表了大量诗集和剧本。雨果的政治态度受母亲和父亲的不同影响，在君主立宪和共和政体之间多次摇摆。1851年路易·波拿巴政变，宣布成立第二帝国，雨果因反对帝制而被迫流亡国外，长达19年之久。流亡期间是雨果创作最丰盛的时期。他发表了诗集《惩罚集》、《静观集》和长篇小说《悲惨世界》(1862)、《海上劳工》(1866)、《笑面人》(1869) 等杰作。

1870年普法战争爆发，第二帝国覆灭，雨果回到祖国。1874年，最后一部重要作品《九三年》问世。

1885年5月22日，雨果于巴黎病逝，享年83岁。

作品梗概

1842年1月6日，巴黎城在欢度主显节和愚人节。新当选的“愚人之王”——圣母院奇丑无比的敲钟人卡西莫多被人们抬着游行取乐。格雷弗广场上，以卖艺为生的吉卜赛少女爱斯美拉达带着小山羊轻快地跳舞。她动人的美貌和婀娜的舞姿博得了人们的赞叹。在围观的人群中，有一张严肃而阴沉的面孔不时对少女发出恶毒的诅咒，使她不寒而栗。这就是巴黎圣母院副主教克洛德·弗洛罗。美丽活泼的爱斯美拉达引起了他强烈的占有欲。他指使养子卡西莫多黑夜拦路劫持。宫廷卫队长腓比斯闻声相救，少女对这个年轻英武的军官产生了热烈的爱情。随后，她来到巴黎流浪人和乞丐的聚居地。穷诗人格兰古瓦误入“奇迹王朝”，就要被送上绞架之际，善良的少女为了拯救他的性命同意与他碎瓶结婚，却从不让他近身。

克洛德妒恨交加。他跟踪这对恋人，趁他们在一家小旅店幽会之机刺伤腓比斯，然后越墙潜逃，后又嫁祸爱斯美拉达。次日，在克洛德操纵下，宗教法庭认定爱斯美拉达是女巫，是她驱使黑衣魔鬼谋杀情夫。少女屈打成招，被判处绞刑。当天夜里，克洛德来到死囚牢，跪在爱斯美拉达面前坦白了他所做的一切，表露内心的巨大痛苦，声言只要少女以身相许，就能获救出狱，却遭到少女的愤怒斥责。行刑之日，卡西莫多劫持法场，把少女抱进不受法律管辖的“圣地”——圣母院，无微不至地照顾她，成了她忠实的朋友和恭顺的奴仆。

克洛德乘人之危，企图占有少女，爱斯美拉达吹起铁哨，卡西莫多前来解救。爱斯美拉达要用短刀惩罚主教，被卡西莫多阻止。

克洛德淫心未逞，煽起宗教狂热，要法庭不顾宗教避难权逮捕爱斯美拉达。巴黎乞丐王国的流浪汉们为营救自己的姐妹，黑夜攻打圣母院。卡西莫多从钟楼上放下巨大的梁柱，放出滚沸的熔铅。国王下令派兵捉拿，三天内把她绞死。克洛德乘混乱之机，指使格兰古瓦出面劝说，将爱斯美拉达骗出圣母院，从后门渡河带走。

克洛德把少女带到绞架前，逼她在他和绞架之间做出选择。爱斯美拉达宁死不屈。克洛德气急败坏，把她交给隐居在广场旁的一个隐修女看管，自己去叫官兵。隐修女因15年前被吉卜赛人偷去了美丽的小女儿而对吉卜赛人恨之入骨，为此经常咒骂卖艺的爱斯美拉达。此刻，她突然发现即将被处死的少女正是自己的女儿。母女重逢的激动变成了诀别的哀号。克洛德带官兵赶来，母亲竭力抢救女儿，被刽子手一脚踢开，头部触石而亡。

克洛德回到教堂钟楼上，对着脖子上套着绞索的爱斯美拉达发出一阵狰狞的狂笑。绝望的卡西莫多怒火中烧，把他从顶楼推下摔死。第二天，敲钟人便失踪了。

两年以后，在隼山的地窖里，人们发现了两具抱在一起的尸骨。一具显然是个畸形的男子。当人们试图把他们分开时，尸骨化作了尘土。

作品节选

第六卷

四　一滴眼泪回报一滴水

…………

民众，尤其是中世纪的民众，在社会内部的行为犹如儿童在家庭里。只要他们仍旧处在这种蒙昧状态，道德上和智力上均未成熟，对于民众可以像对于儿童一样有个说法：

这个年龄不解同情心。①

诸位已从上文看到，卡西莫多为众人憎恶，而且理由不止一端，皆可成立。人群中简直找不出一名观众没有，或者以为自己没有理由怨恨圣母院的驼背恶棍。看到他被押上耻辱柱，人人欢喜雀跃。他刚才受的酷刑以及刑后罚跪示众的可怜处境，非但没有打动群众的恻隐之心，反而为他们的仇恨增添几分欢乐，从而变得更加恶毒。

故此，借用法律界今天还在使用的行话，所谓“公愤”一旦平息，就该轮到无数私人来泄恨出气了。在这里和在司法宫大厅里一样，妇女最为厉害。娘儿们无不与他结下宿怨，有的因为他使坏，有的因为他丑陋。后一类女人尤其凶狠。

“呸！这反基督的嘴脸！”一个妇女喊道。

“骑扫帚柄的恶魔！”另一个叫嚷。

“好一副哭丧相！换了昨天，单凭这个你就能当选胡闹王！”第三个吼道。

“敢情好，”一个老妇人接话，“这就叫耻辱柱上的鬼脸，啥时候该你扮演绞刑架上的恶相？”

“啥时候该你顶着大钟埋在地下一百尺，该死的敲钟人？”

“竟然让这个魔鬼敲晚祷钟！”

“呸！聋子！独眼！驼子！怪物！”

“孕妇见了那张丑脸就得流产，什么医道药物都不如它灵验！”

那两名学生，磨坊的约翰和罗班·普斯潘，扯直嗓门唱起古老的民谣：

一条绳索
吊死呀绞刑犯！

---

① 原文是拉丁文。后一词 absurdus（荒谬）仅比前一词 Surdus（聋子）多一前缀 ab。

一捆柴禾
烧死呀丑坏蛋！

千咒万骂纷如雨下，嘘声、笑声、申斥声起自四面八方，这里那里还有人扔石头。

卡西莫多耳聋，但是眼睛很亮。公众的盛怒不仅表达为语言，同样强烈地形之于色。何况石头砸在他身上，足以解释这般哄笑冲谁而来。

起初他坚持不为所动。他在掌刑吏的鞭打下挺住了，但是无数虫豸的叮咬使他失去耐心，终于忍不住了。阿斯杜里亚的公牛不怎么在乎长矛手的攻击，对犬吠和短戟[①]的撩拨却大为恼火。

他先是用威胁的目光慢慢巡视人群。可是五花大绑使他动弹不得，单凭目光无力驱散搔咬他伤口的苍蝇。于是他奋力挣扎，拼命蹦蹿，直震得转盘的木轴格格作响。见他如此作为，观众的嘲讽和嘘声变本加厉。既然不能挣脱锁住猛兽一般禁锢他的桎梏，这可怜人重又安静下来，除了不时鼓动整个胸腔，挤出愤怒的叹息，他脸上毫无羞愧之色。这个人离文明社会太远，距自然状态太近，不解羞耻为何物。何况他畸形到这般地步，怎能感知耻辱？不过怒火、仇恨和绝望在这张狰狞的脸上缓缓堆起越来越浓的乌云，云中积聚的电荷越来越多，在他的独眼中射出千百道闪光。

然而，当一名神父骑在骡背上穿过人群时，这个乌云密布的天空有一会儿放晴。可怜的犯人从大老远瞥见这个神父和这头骡子，他的脸色就变得温柔。原先他怒不可遏，全身抽搐，此刻他面露奇怪的微笑，充满和蔼、宽容和一种难以名状的柔情。像是救星驾到，这个不幸的人在向他致敬。不过，正当骡子走近耻辱柱，骑骡人足以认出犯人时，那神父却垂下眼皮，突然拨转方向走回头路，催促坐骑疾步离开，仿佛他急于躲开会使他难堪的要求，避免一个处于如此境地的可怜虫把他认出，向他致敬。

这名神父是副主教堂·克洛德·弗洛罗。

更加浓密的乌云降落在卡西莫多额际。有一忽儿功夫，他脸上仍保留微笑，不过已掺着苦涩，显得沮丧，十分忧伤。

时间推移。他跪绑在那里至少已有一个半小时了，一直心如刀割，备受虐待、嘲弄，而且差点没被乱石砸死。

突然他重又在锁链下骚动起来，用劲之猛，不顾一切，使他身子下面的整个木架都随着晃动。迄今为止他顽固地闭口不语，此时他打破沉默，用嘶哑的嗓子

① 用剑的斗牛士正式出场前，先由他的助手骑马使长矛诱击。然后另一批助手使短戟刺伤牛脊，使牛受伤、疲劳，便于斗牛士最后下手。

怒吼一声，听来更像是犬吠而不是人声，压倒了全场的嘲骂声。他喊道："渴!"

这声惨叫非但没有打动观众的同情心，反而更加逗乐了梯子四周的巴黎平民。说句实话，巴黎的好百姓作为整体而言或聚集成群的时候，其残酷程度不亚于流氓无赖的可怕团伙。我们已经领读者见识过那个团伙了，他们无非是平民百姓的最底层。不幸的犯人周围没有人发话，除非是讥笑他居然还想喝水。也难怪，此刻他那副模样与其说可怜，不如说既滑稽又怕人：但见他憋得满脸通红，汗流如注，目光慌乱，嘴角因愤怒和痛苦而泛着泡沫，舌头拖出一半。还有必要实说，即使人群中有个把好心肠的男女市民想给这倒霉蛋端上一杯水，耻辱柱令人恶心的梯级周围弥漫的偏见如此强烈，任何人走近它都像沾上一分羞耻，足以使好心的撒玛利亚人①也望之却步。

几分钟后，卡西莫多又以绝望的目光环顾全场，用更加揪心裂肺的声音再次喊出："渴!"

众人报以哄笑。

"喝这个吧!"罗班·普斯潘劈面扔给他一块在沟水里浸泡过的抹布，叫道，"给，你这混蛋聋子! 你可是欠了大爷我的情分。"

一个妇女朝他头上扔去一块石头："看你还敢不敢半夜里敲断命钟，吵得我们不能安睡!"

"好啊! 坏小子，"一名瘫子用力伸出拐棍，想够着他。"你还敢从圣母院钟楼顶上使坏，咒我们倒霉?"

"给你一勺水喝!"一名男子对准他胸口扔过来一个破瓦罐。"都是你从我老婆面前走过，就使她生下长两个脑袋的怪胎!"

"还让我的猫生了六条腿的小猫!"一个老妇人尖声怪叫，抛出一块瓦片。

"渴!"卡西莫多快喘不过气来，第三次高喊。

就在这个时候，他看到人群两厢闪开，给一个穿奇装异服的姑娘让出通路。她手执一面巴斯克鼓，一头角尖描金的白山羊跟在她后面。

卡西莫多的独眼一亮。来者正是他昨夜企图绑架的波希米亚女郎。他隐约感到，自己正是为了这起争斗而受到惩罚。其实大谬不然，他受刑是因为他不幸是聋子，而且审判他的法官也是聋子。他不怀疑那姑娘也来报仇，会像其他人一样给他吃苦头。

果然，他见她三步并两步登上梯子。愤怒和怨恨使他窒息，恨不得震塌耻辱柱才好。假如他的独眼的闪光有雷电的威力，埃及女郎未等踏上平台，早就被他殛为齑粉了。

她一言不发，走近犯人。后者为躲开她，徒然扭动身躯。她从腰带上解下一

---

① 《圣经》中行善的好人。

个水壶，温柔地送到不幸人枯焦的唇边。

于是，一颗硕大的泪珠在这只迄今为止完全干涸，似经火烧的独眼里滚动，顺着这张因绝望而久久抽搐的鬼脸缓缓淌落。可能这是那苦命人平生第一次流泪。

此时他竟忘了喝水。埃及女郎有点不耐烦，噘一下嘴，然后浅浅一笑，把壶嘴贴紧卡西莫多那张龇牙的大嘴。他大口大口地畅饮，早就渴得火烧火燎了。

不幸的人一喝完，便伸出乌黑的嘴唇，想要吻吻刚才给他救援的美丽的纤手。可是那姑娘也许犹存戒心，想起昨夜的暴力企图，急忙把手缩回去。她的动作之惊慌，像儿童害怕被野兽咬伤。

可怜的聋子只得死死盯着她看，那目光中满含责怪和一种无从表达的忧伤。

一个如此鲜嫩、清纯、妩媚，同时又如此柔弱的美丽少女，似这般虔诚地救援集偌多不幸、畸形与凶恶于一身的怪物，这样的场面出现在任何地方都是动人的。出现在耻辱柱上，这场面更为壮丽。

连这帮民众也受到感动，鼓起掌来，齐声喝彩。

正是这个时候，坐关修女从地洞窗孔瞥见埃及女郎站在耻辱柱平台上，才向她念出连声毒咒：“该死的埃及娘们儿！该死！该死！”

第十一卷

一 小 鞋

…………

可怜的埃及姑娘见自己单独和这个男人在一起，不由全身哆嗦起来。她想说话，喊叫，呼叫格兰古瓦，但舌头不听使唤，嘴唇间发不出任何声音。忽然，她感到陌生人抓住她的手。那是一只冰冷的手，但很有劲。她的牙齿直打架，脸色变得煞白，比照在她身上的月光还要苍白。那人一句话也不说。他拽着她的手，开始大步向河滩广场走去。就在这时，她隐约感到，命运是一个不可抗拒的力量。她已无力反抗，任人拖着走。他在走，而她在跑。这里的河岸有点上坡。但她却觉得是在下坡。

她向四周张望。没有一个行人。河堤上空无一人。只听到旧城那边喊声震天，只感到那边的人在火光中蠕动，她与那里仅有塞纳河河汊的一水之隔；从那边传来她的名字，混杂在处死她的呼喊中。她的目光所及，巴黎其余地方都是大团大团的黑影。

这时，陌生人仍然拽着她，还是沉默不语，走得还是那么快。她走着走着，脑子里一点记不清这些都是什么地方。经过一扇亮着灯光的窗户时，她突然一挺身子，使劲喊了起来："救命啊！"

那个窗户里的市民打开窗户，穿着衬衣，拿着油灯走近窗前，痴痴地看着河堤，说了几句什么，但她没听到。那人重新关上窗户。这最后一线希望之光也熄灭了。

黑衣人一字不吐，紧紧拉着她，走得更快了。她不再反抗，跟在后面，已经彻底垮了。

不时，当她恢复一丝气力后，便问："您是谁？您是谁？"由于路面崎岖，加之跑得气喘吁吁，她的声音时断时续。但那人不回答。他们一直沿着河岸跑着，来到一个较大的广场上。那时有一点月光。这就是河滩广场。只见广场中央矗立着一个黑十字架，那是绞架。她认出了这些，知道自己在什么地方。那个男人停了下来，转身对着她，掀起风帽。"哎呀！"她一下目瞪口呆，结结巴巴地说，"我早知道又是他！"

他就是教士。他的模样像个鬼魂。这是月色照射的结果。在这种光线下，似乎只能看到万物的幽灵。

"听着，"他对她说，而她听到这催命的声音，不由得浑身发抖。她已经好久没听见这声音。他继续说着，声音急促，断断续续，显示出他内心深处异常激动。"听着。我们在这里。我要跟你说话。这里是河滩广场。这里是个端点。命运将我们拧合到一起。我将决定你的生命；你呢，将决定我的灵魂。这里只有广场和夜色，除此之外什么也看不见。那你就听我说。我跟你说……首先，别跟我提起你那腓比斯。（说到这里，他走来走去，像个不能停在原地的人一样，然后把她拉到身边。）别跟我提他。知道吗？你要是说出这个名字，我不知道我会怎样做，但反正是很可怕的。"

说罢，犹如一个物体找到了重心，他又变得纹丝不动。但他的话语还是充满激动，声音越来越低沉。

"别把头转过去。听我说。这是严肃的事情。首先，事情的经过是这样。这一切并不可笑，我向你保证。我刚才说什么来着？提醒我一下！哦！高等法院作出判决，要送你上断头台。我刚刚把你从他们手中营救出来，但他们又来追捕你。看吧。"

他用胳膊指指城岛。确实，搜捕似乎还在进行。叫喊声越来越近。河滩广场对面的副将署箭楼里人声鼎沸，灯火通明，可看到士兵们在对面河岸上奔跑，手中拿着火把，高喊："埃及姑娘！埃及姑娘在哪里？绞死她！绞死她！"

"看到了吧，他们在追捕你，我没撒谎吧。我，我爱你。别开口，如果是要对我说你恨我，最好别说话。我下了决心不再听这话。我刚刚救了你的命。先让我说完。我完全可以救你。一切都准备就绪，就看你愿意不愿意。只要你愿意，我就能办到。"

他猛然停住。“不，我要说的不是这个。”

他跑着，也拉着她跑，因为他不放开她，径直向绞架走去。他指着绞架，冷冷地说：“在它和我之间选择吧。”

她挣脱他的手，扑倒在绞刑架下，吻着不祥的石基。然后，她半转她那美丽的头，从肩膀上面看教士，那神情真像圣处女蹲在十字架下。教士呆在那里一动不动，手指还指着绞架，像一尊雕像保持其姿势。

终于，埃及姑娘对他说：“它还没有您可怕。”

于是，他放开她的手，非常沮丧地看着石板地。他喃喃地说：“假如这些石头能说话，肯定会说，这个男人真不幸。”

他继续说着。姑娘跪在绞架前，长长的头发披在身上，任他说，不打断他。现在他的声调既委屈又温柔，与他脸上高傲严酷的表情形成痛苦的对照。

“我，我爱您。啊！这可是真的。我的内心在燃烧，只是没让它露出来！唉！姑娘啊！我日日夜夜，是的，日日夜夜，这难道不值得一点怜悯吗？啊！我太痛苦了，我可怜的孩子！这是值得同情的事，我向您保证。您看到了，我和您说话很温柔。我很希望您不再讨厌我。说到底，一个男人爱上一个女人，这不是他的过错！啊！我的天主！怎么？您永远也不会原谅我？您一直恨我！这就完了！就是这个让我变坏的，您知道，我自己都讨厌自己！您就是不看我一眼，是吧！当我站着和您说话，在我们两人的永生的边缘颤抖时，您也许在想别的事！尤其别提那个军官！什么！我真想扑倒在您脚下，不是嘛！我真想亲吻您的……不是您的脚，您不愿意，我想亲吻您脚下站过的那块土地，不是嘛！我要像一个孩子那样哭泣，我要从我的胸腔里掏出……不是话，而是我的心和五脏六腑，为了向您表明我爱您。可这些又有什么用，一切都没用！然而，您的心灵里只有温柔和宽容，您焕发出最美丽的柔情，您完完全全甜蜜可爱、心地善良、慈悲为怀、楚楚动人。啊！您只对我一个人坏！唉！命运在捉弄啊！”

他用手捂住脸。姑娘听他哭泣，这还是第一次。他那样站着，一声声抽泣使他颤抖，比跪着时更加可怜，恳求更强烈。他就这样哭了好一会。

这第一阵眼泪过后，他接着说：“算了！我找不到话说了。不过我倒是好好想过该对您说什么。现在我在发抖，在战栗，我在关键时刻垮下。正当我感到有样崇高的东西包容着我们，我却说话结结巴巴。啊！如果您不可怜我，也不可怜您自己，我立即就会跌倒在这石板地上。别把我们两人都给毁了。您要知道，我是多么爱您！我有怎样一颗心呀！啊！我已没有任何美德！我已彻底自暴自弃！作为博士，我践踏了学问；作为绅士，我毁了我的姓氏；作为教士，我把弥撒书当做淫荡的枕头，我向天主脸上吐痰！妖女啊，这些都是因为你！我想更加配得上你的地狱！而你却不要我这罪人！唉！让我把一切都告诉你吧！这又是，又是一样更可怕的事，啊！更可怕呀！……”

说这最后一番话时，他的神情变得完全麻木。他沉默了一会，接着又说，似乎在对自己说，但声音很高："该隐，你把弟弟怎样了？"[①]

又沉默了一会，他继续说："我把他怎样了，主啊？我收养了他，我把他带大，给他吃的，给了他爱，把他当成偶像，可我把他杀了！是的，主啊，刚刚在我面前，就在您的房子的石头上，人家摔碎了他的脑袋，都是因为我呀，因为这个女人，因为她……"

他的眼色惶恐不安，声音越来越低，他机械地重复了好几遍，间隔很长，仿佛一口钟在延绵着最后的颤动："因为她……因为她……"然后，他的舌头再也组合不出任何声音，不过嘴唇还在不停地蠕动。突然，他双腿一软，像件东西一样倒在地上一动不动，头埋在两膝之间。

姑娘把脚从他身下抽出来，这一摩擦使他清醒过来。他慢慢地用手摸摸自己凹陷的脸庞，惊愕地盯着他的手指看了一会，发现手指湿了，喃喃地说："什么！我哭了！"

他突然转向埃及姑娘，焦虑的神情无法形容：

"唉！您就这样冷冰冰地看着我哭！孩子，你知道眼泪就是熔岩吗？难道不是吗？你恨的人身上任何东西也打动不了你。你看着我死去，却在笑。啊！我可不愿看着你死去！说一句话！就一句原谅的话！你不用说你爱我，只要说你愿意爱我，这就够了，那我就马上搭救你。否则……唉！时间不等人，我以一切神圣事物的名义恳求你，别等我再次变成石头，就像这要你性命的石头绞架一样！想想吧，我手里掌握着我们两人的命运，我可以听任一切毁灭，这很可怕，在我们下面有个无底深渊，不幸的姑娘，我会跟着你一起掉下，永劫不返！说句善意的话吧！说一句吧！只要说一句！"

她张口回他的话。他急忙跪在她面前，准备以崇敬之心接受她的话，也许是动情的话，这话将从她嘴里出来。她对他说："您是个凶手！"

教士发狂地把她搂在怀里，开始狞笑起来。他说："这个，是呀！我一定要得到你。你不愿意我做你的奴仆，那就让我做你的主人。我会得到你的！我有一个窝，我要把你拖去。你要么跟我走，你必须跟我走，要么我把你交出去！美人儿，你要么去死，要么归我！你属于教士，属于叛教者，属于凶手！从今晚起，你听到了吗？来！开开心！来！吻我呀，疯姑娘！坟墓和我的床由你挑！"

他的眼睛中闪烁着龌龊而又疯狂的火花。他那淫秽的嘴唇吻红了姑娘的脖子。她在他怀里挣扎。他把她身上吻得尽是唾沫。

她喊道："别咬我，魔鬼！啊！可憎的恶心的教士！我要把你肮脏的灰头发拔光，一把一把扔在你脸上！"

---

① 《圣经》典故：该隐杀死了弟弟亚伯。后人以此暗喻兄弟反目。

他脸上红一阵白一阵，然后放开姑娘，神情阴沉地看着她。她自以为得胜，继续说：“我告诉你，我属于腓比斯，我爱的是腓比斯，只有腓比斯才英俊！你，教士，你是个老头！你丑极了！滚开！”

他猛叫一声，就像一个不幸者受了炮烙那样。“去死吧！”他咬牙切齿地说。她看到他那恐怖的目光，想逃走。他一把揪住她，使劲摇晃着，把她摔倒在地，拽着她美丽的手，在石板地上拖着，快步朝罗朗塔楼拐角处走去。

到了那里，他回过头来问她说：“最后一次问你，愿意属于我吗？”

她斩钉截铁地说：“不。”

于是，他高声喊道：“古杜勒！古杜勒！埃及姑娘在这里！报仇吧！”

姑娘感到胳膊突然被人抓住。她一看，原来有只骨瘦如柴的胳膊从墙上的窗洞里伸出来，像一把铁钳夹住了她。

教士说：“抓紧点！她是在逃的埃及女人。别放开她。我去叫巡防队长。你会看到她被绞死的。”

从墙内传出一阵发自喉咙底的笑声，回答了这血腥般的话语。“哈！哈！哈！”埃及姑娘看见教士离开，朝圣母桥方向跑去。那边传来笃笃的马蹄声。

姑娘认出是那个凶恶的坐关婆子。她吓得喘不过气，想挣脱开来。她奋力挣扎，拼命蹦跳，但另一位紧紧抓着她，力大无比。骨瘦如柴的手指紧紧卡着，隐陷进她的肉里，渐渐合围。这只手似乎已经铆在她的胳膊上。这比铁链、枷锁、铁箍更厉害，这是一把从墙里伸出来的铁钳，而且有生命和智力。

她已筋疲力尽，跌靠在墙上。这时，她感到死的恐惧。她想到生活的美好，想到青春，想看见天空和自然景色，想到爱情，想到腓比斯，想到一切消逝的东西，想到一切来临的东西，想到告发她的教士，想到即将到来的刽子手，想着竖立在那里的绞架。她感到恐惧爬到她的身上，一直钻到头发根里；她听到坐关婆阴险的笑声，还轻轻对她说：“哈！哈！哈！你就要被绞死了！”

她如死人一般，转身朝窗子看去。透过窗栅，她看见麻袋女凶恶的面孔。“我什么事得罪您了？”她几乎毫无表情地问道。

坐关婆没有回答，开始嘀嘀咕咕起来，声调像歌，像发怒，像嘲笑：“埃及的女儿！埃及的女儿！埃及的女儿！”

不幸的爱斯美拉达低下头，头发盖住脸面。她知道，她惹上的并非血肉之躯的凡人。

突然，坐关婆叫了起来，仿佛埃及姑娘的问题需要这么长时间才能到达她的大脑似的：“你是说，你得罪我什么？噢！你怎么得罪了我，埃及女人！那好，你听着。我，我也有一个孩子！你明白了吗？我有一个孩子！一个孩子，我跟你说！一个漂亮的小女孩！我的安妮丝。”她茫然说着，并在黑暗中亲吻一样东西。“嗳！你明白吗，埃及的女儿？有人把我的孩子抱走了，把我的孩子偷走了，把我的孩子吃掉了。这都是你干的。”

姑娘像小羊似的回答说：“唉！我那时也许还没出生呢！”

坐关婆抢口说：“不！不对！你肯定已经出生了。你那时就在那里。我女儿也是你这个岁数！就是这样！我在这里已经十五年，十五年痛苦，十五年祈祷，十五年我用头撞四面墙。我告诉你，是埃及女人把她偷走的，你听到了没有？她们用獠牙把她吃了。你有心肝吗？你想想，一个活蹦乱跳的孩子，一个吃奶的孩子，一个睡觉的孩子，她会是什么样。她是那么天真无邪！嗳！就是这个，人家抱走的、杀死的就是这个。仁慈的天主知道得清清楚楚！今天，该轮到我了，我要吃掉埃及女人。啊！要不是铁栅挡着，我真想把你咬个粉碎。我的头太大，伸不出去！可怜的孩子！她那时还在睡觉！即使她们抱她时把她弄醒了，她哭叫也是白搭，因为我不在家！啊，埃及母亲们，你们吃了我的孩子！现在来看你们的孩子的下场吧。”

说着，她笑了起来，抑或说她咬牙切齿。在这张狂怒的脸上，这两件事情完全相似。东方开始破晓。青灰色的微光照着这一场景，广场上的绞架越来越清晰可见。另一边，在圣母桥附近，可怜的女犯似乎听到马蹄声越来越近。

“夫人，”她双手合掌，双膝跪下，披头散发，吓破了胆，“夫人！饶了我吧。他们来了。我没做一点对不起您的事。您愿意亲眼看着我就这样惨死吗？您是有恻隐之心的人，我肯定。这太可怕了。让我逃走吧。放开我！行行好！我不想这样死去！”

“还我孩子！”坐关婆说。

“开恩啊！开开恩吧！”

“还我的孩子！”

“看在老天的分上，放开我吧！”

“还我孩子！”

姑娘再次跌倒。她筋疲力尽，全身散了架，眼光像墓穴里的死人那样白糊糊的。她哽噎着说：“唉！您在找您的孩子。我呢，我在找我的父母。”

古杜勒继续说：“把我的小安妮丝还给我！你不知道她在哪里？那好，去死吧！……我告诉你。我那时是个妓女，我有一个孩子，我的孩子被人拐走了。都是埃及女人干的。你很清楚你必须死。你的埃及母亲向我来要人时，我会告诉她：当娘的，瞧那个绞架！要不，还我孩子。你知道她在哪里，我的小女儿？瞧，我拿给你看。这是她的鞋子，是她惟一留下的东西。你知道另一只在哪里吗？要是知道，就告诉我，哪怕远在天边，我也要跪着爬到那里寻找。”

她这样说着，另一只手从窗子里伸出来，拿着一只绣花小鞋给埃及姑娘看。天已经亮了，完全可以看清形状和颜色。

埃及姑娘颤抖着说：“把这只小鞋给我看看。天主啊！天主！”同时，她用那只还能动的手，急忙打开挂在脖子上、镶着绿玻璃的小荷包。

古杜勒吼叫道：“去！去！翻你那魔鬼的护身符吧！”突然，她停止说话，浑身发抖，从她的肺腑深处发出一个声音：“我的女儿！”

埃及姑娘刚刚从小荷包里拿出一只小鞋，与另一只完全一样。在这只小鞋上系着一张羊皮纸，上面写着两句话：

同样小鞋一朝找到，
母亲向你敞开怀抱。

坐关婆的动作比闪电还快，早将两只鞋作了比较，看清了羊皮纸上的文字。她把脸贴在窗栅上，陡然容光焕发如身登天堂。她喊道：“我的女儿！我的女儿！”

“我的母亲！”埃及姑娘也叫了一声。

…………

刽子手和兵丁钻进小屋。母亲没有作任何抵抗，只是向女儿爬过去，奋不顾身地扑到她身上。埃及姑娘看着士兵们过来，死亡的恐惧使她振作起来。她喊道：“母亲！”绝望的声音无法形容，“母亲！他们来了！保护我呀！”“是的，我的心肝，我在保护你！”母亲回答说，声音小得听不见。她把女儿紧紧抱在怀里，一个劲地吻着她。她们两人都躺在地上，母亲遮在女儿上面，此情此景令人怜悯不已。

亨利叶·库赞从姑娘美丽的肩膀下将她拦腰抱起。当她感觉到这只手时，便叫了一声“哎哟！”随即昏迷过去。刽子手也禁不住心酸，眼泪一滴一滴地落在她的身上。他想把姑娘抱走，试着掰开母亲的手，可是母亲的双手紧紧拴在女儿的腰部。她把她的孩子死死地抱着，怎么也拉不开。于是，亨利叶·库赞把姑娘拖出小屋，连着把吊在女儿身后的母亲也拖了出来。母亲也双目紧闭。

这时太阳正在升起。广场上已经聚集了一大堆人，远远观看在绞架地面上拖着的东西。因为这是特里斯丹管带行刑的方式。他有一种癖好，就不准好奇的人靠近。

各家的窗户上也没有人。只有在远处，在那俯瞰河滩广场的圣母院钟楼顶上的窗户里，天空中明朗的朝晖映托出两个黑的人影，似乎在向这边眺望。

亨利叶·库赞拖着那东西，在致人死命的梯子脚边停下，心里不胜怜悯，气也喘不过来。他用绞绳套住姑娘那可爱的脖子。不幸的孩子感到麻绳可怕的接触。她睁开眼皮，看到头顶上那石头绞架的消瘦的长臂。于是，她乱蹬乱晃，大声喊着，声音撕心裂肝：“不！不！我不要！”母亲把脑袋埋在女儿的衣服里，一言不发；只看到她的身体在发抖，只听到她使劲亲吻着她的孩子。刽子手趁机把她紧抱女囚的胳膊用力掰开。也许她已筋疲力尽，也许她已经绝望，便由着他做了。于是，刽子手把姑娘扛在肩上，这迷人的女子在他宽大的头顶上折为两截，优美地垂落下来。然后，他的脚跨上梯子，向上面爬去。

这时，母亲蜷缩在地上，突然睁开双眼。她没叫一声，忽然一跃而起，表情恐怖，像一头食肉猛兽扑向刽子手，一口咬住他的手。这一切疾如闪电。刽子手痛得直叫。

助手们跑上来，好不容易才把他那鲜血淋淋的手从母亲的牙齿间抽出来。她始终保持沉默。人家粗暴地把她推开，只见她的头沉重地摔在石板地上。别人把她扶起来，她又重新跌倒在地。她已经死了。

刽子手并没有松开姑娘，又重新沿着梯子向上爬。

（选自施康强、张新木译：《巴黎圣母院》，译林出版社，1995 年版）

作品赏析

《巴黎圣母院》是浪漫主义小说创作的典型范本，集中体现了雨果早期的人道主义思想。

小说的中心主人公爱斯美拉达是集人类美德于一身的少女，是真善美的化身。被人道主义者视为永恒的美德她无一缺失。她慈悲、善良、纯洁、温柔；她美丽活泼，无忧无虑，充分享受着生命给予的快乐。她一出场就给人留下了深刻印象。雨果没有对其外貌进行直接描写，但巧妙地描写了与爱斯美拉达接触的每一个人。他们无不为其魅力所折服。爱斯美拉达的到来使格兰古瓦的宗教剧表演被迫终止，令其失去成名机会。但当他看到正旋转着、舞动着的超自然的生物时，这位流浪诗人、中庸哲学家也不能不为其倾倒，感叹其美丽、充满活力和生命力的结合，并紧随其后，穷追不舍；“愚人之王”卡西莫多也被其美丽所震撼，愚顽的心灵放出睿智的光辉；难怪国王卫队长腓比斯要起非分之想，副主教克洛德·弗洛罗一见之下眼睛里便闪烁着“奇异的青春、狂热的生命、深沉的热情”。在她身上，外表美和内心美高度统一。她把爱与善献给了所有的人：从奇迹王朝的男女乞丐到巴黎的劳苦大众；她与格兰古瓦素不相识，却为搭救她而碎瓶结婚；奇丑的卡西莫多曾抢劫过她，她却以德报怨，在他受刑时送上救命的活水。对腓比斯她更是一往情深，纯洁真诚。她认为爱情是两人合而为一。那是一个男人和一个女人合成一个天使。那就是天堂。她从不怀疑那个军官会跟她逢场作戏，会背叛她、遗弃她，至死都对他保持着坚贞不渝的、炽烈的爱情。在克洛德的淫威和诱惑面前，她宁死不屈，痛斥他的卑劣行径，维护着自己做人的尊严。

作家把爱斯美拉达放在中世纪阴森黑暗的背景上，描写那个专制主义统治的、教会势力极为猖獗的社会是如何摧残、扼杀这样一个美丽、善良、纯洁、天真的少女的生命，从而对丑恶的现实提出强烈的控诉。作家同情弱小、疾恶如仇的人道主义激情跃然纸上。

克洛德·弗洛罗是小说的另一中心人物。在这个复杂的人物身上，作者的人道主义思想表现得更深沉、更凝重。雨果把人物放在多重的矛盾冲突中，放在广阔的社会背景和纵深的历史背景上，剖析人物灵魂堕落的原因，评判社会的罪恶。他曾是神学院一个苦修的优等生。18岁时“已精通四门学科”，很快在修道院引起敬仰和尊崇，成为青年学者、博士、副主教。他性格中既有好学、专注、虔诚、深刻的一面，也不乏慈悲和善良。当父母被瘟疫夺去生命后，他以兄长之爱抚育了襁褓中的弟弟，“人间感情对于他是一种奇特、甜蜜的体验”。他收养了因畸形而被遗弃的小卡西莫多，教他说话、念书、写字。格兰古瓦做佃农的父母先后死于非命，他6岁成了孤儿。克洛德帮助了他，给他知识和学问，使他成为一个真正的学者、诗人、圣迹剧作者。但同时，小弟的放荡不羁使他觉得尘世的生活正如《圣经》所说充满罪恶和堕落，于是又不自觉地由重返尘世转向自觉地回归上帝的怀抱，对上帝的信仰更加坚定。

爱斯美拉达的出现使他看到了另一种尘世生活：透明、活泼、乐观、真诚。他的心灵又被开启了，想再回世俗社会获得“庄严的爱情”。这直接触及基督教“禁欲”的禁区，他内心的冲突也因此而更加深刻、复杂和痛苦。他最初想用驱逐、排斥的方法维系自己的贞洁，以为赶走吉卜赛女郎就可以斩断外界的诱惑，但被人性唤醒的生命激情显示出如此强烈的冲击力，使克洛德苦苦挣扎在宗教与人性、灵与肉两种需求中间不能自拔。他带着对上帝的忏悔向爱神屈服，决计放弃圣坛，从副主教的位置上逃走，成为芸芸众生中的一员。然而很不幸，他的神职角色并没有因此而淡化。长期的僧侣生活和性爱压抑使他未老先衰，30岁上下已经秃顶，剩下的头发已呈灰色，开阔的额头上已经开始起皱。这是一个被压抑扭曲而过早衰微的生命。他身上的黑色教袍就是宗教压抑的象征和外化。单纯的爱斯美拉达几乎本能地厌恶他的教袍，对这个冷漠、凶险而神秘的人充满恐惧和憎恨。克洛德重新用基督教义谴责自己的爱情需求：“我已没有任何美德！我已彻底自暴自弃！作为博士，我践踏了学问；作为绅士，我毁了我的姓氏；作为教士，我把弥撒书当做淫荡的枕头，我向天主脸上吐痰！妖女啊，这一切都是因为你!”于是，他抱着谁也别想得到她的阴暗心理，化爱为恨，勾结王室，把爱斯美拉达送上了绞刑架，成了残害无辜的千古罪人。由此暴露出性格中自私、虚伪和残忍的一面。

克洛德这个形象兼有受害者和魔鬼双重身份。对于宗教禁欲主义，他命运凄惨，宗教否定他的基本欲求，毁灭了他的人性，使他的灵魂和肉体永远处于尖锐的冲突和分裂状态，造成了他的悲剧。这是对宗教禁欲主义的全面否定和辛辣嘲讽。对于爱斯美拉达，他又像魔鬼一样，以宗教害人，罪孽深重。他的变态人格包含了灭绝人性的疯狂和残忍，他勾结法庭、军队一起迫害爱斯美拉达，造成了少女的悲剧。这个形象集中体现出中世纪教会黑暗、残暴和虚伪的社会本质。

雨果早期的人道主义思想是与文艺复兴时期的人道主义思想一脉相承的。他赞美普通人，肯定人的自然欲望，肯定人有享受现世幸福的权利。他反对宗教禁欲主义、蒙昧主义，要将人类从宗教精神的枷锁下解放出来。他以全美的艺术形象和深邃的思想力量，沉重打击了宗教势力和封建势力。因此《巴黎圣母院》成了当时法国进步文艺的代表。

雨果在酝酿和创作《巴黎圣母院》时，正是波旁王朝复辟、宗教反动势力十倍疯狂地卷土重来的时期。他目睹了专制复辟时期宗教反动势力嚣张的罪行。“压迫本身就产生了对自由的渴望”。人道的雨果提出了“浪漫主义，其真正的定义不过是文学上的自由主义”战斗口号。《巴黎圣母院》中所表达的思想正反映了巴黎民众与日俱增的不满和对自由的渴望。小说出版之日，正逢群众捣毁巴黎大主教院的一天。

《巴黎圣母院》是一部浪漫主义艺术杰作，它集中体现了雨果在《〈克伦威尔〉序》中提出的美丑对照原则：“丑就在美的旁边，畸形靠近着优美，粗俗藏在崇高的背后，恶与善并存，黑暗与光明相共。”在人物塑造上，从人物自身到人物与人物之间，都呈现出美丑对比、善恶对立的美学特质。卡西莫多处在社会最底层，他身体畸形，相貌奇丑，生来就遭受世人的鄙弃和凌辱，长期孤独、麻木、自卑地生活在圣母院钟楼上。最初，他对世人回报以同样的仇视和凶狠。在示众行刑之时受到爱斯美拉达义举的感化，长期被压抑的人性开始复苏，显示出一个纯净无私、正直善良的灵魂。他从绞架下救出爱斯美拉达，躲在暗处悉心守护着少女，替她为腓比斯送信，向克洛德复仇，最后殉情而死。他用爱和善向邪恶和残忍发出了抗议，于是“渺小变成伟大，畸形变成美好”。这样的结局表现了作者要给恶者以惩罚，给善者以慰藉的愿望。与卡西莫多形成鲜明对照的是外表英俊潇洒、内心丑陋肮脏的腓比斯。他轻浮放浪，最初对爱斯美拉达情意绵绵，却不敢出庭为少女作证，洗雪冤狱；在少女面临绝境盼他来营救时，他却听从国王的命令带领卫队前去抓捕她；在少女被押上绞架时，他却和新婚的贵族小姐一起站在露台上冷眼旁观。他是促成爱斯美拉达毁灭的又一凶手。他从另一侧面印证了雨果的创作主张：“取一个道德上最畸形的人物，加以体态的美和雍容华贵的风度，使其罪过更加突出”。

人物之间也呈现出一种辩证的对照关系。爱斯美拉达象征真善美，克洛德代表假丑恶；同样容貌俊美，爱斯美拉达忠贞不渝，腓比斯放荡轻浮；爱斯美拉达义重如山，格兰古瓦恩断义绝；爱斯美拉达美丽妩媚，卡西莫多丑陋可怕，却都有一颗善良仁慈的心灵。卡西莫多人性复归，克洛德人性异化；卡西莫多外表丑而内心美，腓比斯外表美而内心丑；同受爱斯美拉达恩惠，卡西莫多知恩图报，自我牺牲，格兰古瓦自私怯懦，贪生怕死。

在叙事结构和场面描写上，雨果也极尽浪漫主义的强烈对比、丰富想象、大胆夸张等艺术手法之能事，铺张扬厉，挥洒自如。小说以宗教盛会的欢乐气氛开头，以少女凄凉惨死的悲剧结尾；格兰古瓦“怪厅”受审之离奇，卡西莫多广场受审之荒诞，爱斯美拉达法庭受审之悲惨；圣母院的巍峨壮美与绞架的阴森恐怖、奇迹王朝的离奇怪诞；“乞丐王国”自由平等，互助互爱，爱斯美拉达得到尊重和爱护，路易十一的封建王朝内部互相倾轧，血腥屠杀民众，将爱斯美拉达迫害致死。多重对照构成了反差强烈、色彩斑斓的巴黎生活画面，形成了一种审美意境，极富艺术感染力。

（梁坤）

红与黑

［法］司汤达

司汤达（Stendhal，1783—1842）是法国批判现实主义文学的伟大先驱。司汤达原名亨利·贝尔，出生于法国多菲内省。多菲内原属意大利，1349年划归法国，但与意大利一直有密切的关系。司汤达早年丧母，父亲不善教育子女，他由思想开明的外祖父教养成人。1800年司汤达投奔拿破仑军队，追随拿破仑南征北战。波旁王朝复辟后，司汤达侨居意大利，热情赞助意大利爱国人士所从事的反对奥地利的民族解放运动，并开始以司汤达的笔名发表文学作品。

1821年，司汤达回到巴黎。在浪漫主义与古典主义的论战中，司汤达发表反对古典主义、提倡现实主义的文艺论著《拉辛与莎士比亚》。他反对机械照搬古人的古典主义创作方法，主张认真观察、研究、反映时代生活的浪漫主义创作方法。司汤达在这里所说的浪漫主义其实就是日后被称为现实主义的创作方法。这部重要理论著作对法国批判现实主义文学的发展产生了重大影响。此后，司汤达陆续创作了一系列现实主义作品，其中最著名的有长篇小说《红与黑》(1830)、《巴玛修道院》(1839)、《吕西安·娄万》（又名《红与白》，未完成，1901)、《拉米埃》（未完成）、短篇小说集《意大利遗事》(1855）等。1842年3月23日司汤达病逝于巴黎，墓碑上镌刻着他生前拟好的碑文："亨利·贝尔　米兰人　写作过　恋爱过　生活过"。

作品梗概

于连·索莱尔是法国维里业市一家锯木厂主的儿子，聪明、漂亮、生性敏感、富有激情。他不满于贫贱的出身和平庸的生活，在一个帝政时代老军医的熏陶下接受了资产阶级启蒙思想，向往拿破仑时代的沸腾生活。他崇拜拿破仑，渴望以拿破仑为榜样，混迹军界，建功立业，但拿破仑的倒台和波旁王朝的复辟彻底断送了他从军界青云直上的希望。为了能出人头地，他只得把崇拜拿破仑的真实情感深藏心底，勤奋地学习拉丁文和神学，耐心地等待时机。

18岁那年，于连经谢朗神父推荐，来到维里业市市长德·雷纳家里当家庭教师。一踏进上流社会的门槛，于连就感受到了上流社会的虚伪与丑恶，以及来自上流社会的冷落与轻视，特别是市长德·雷纳先生对他的轻慢更是让他感到自己的尊严受到了侮辱。于是，出于对市长本人及整个上流社会的报复，他对市长夫人发起了强烈的感情攻势，并大胆地占有了她。正当他与市长夫人频频幽会，品尝着胜利的快感时，他和夫人之间的私情被人写匿名信告发。为躲避风头，于连离开了维里业，在谢朗神父的建议下，来到省会贝藏松神学院静修神学。

于连本人并不相信上帝，但为了能早日脱离与世隔绝的贝藏松神学院，他压抑住内心的自由思想，表面上装出一副虔诚苦修的样子，把一部拉丁文的《圣经》背得滚瓜烂熟，以此博得院长彼拉神父的赏识，被破格提拔为神学课讲师，并得到贝藏松大主教的恩宠。但好景不长，彼拉神父在神学院的内部派系斗争中被打下院长宝座。为免遭迫害，于连随彼拉神父去了巴黎，并被后者介绍到德·拉·木尔侯爵府上做私人秘书。

在木尔侯爵府上，于连工作尽心尽责，十分卖力，颇得侯爵的信任与重用。与此同时，他与众不同的言谈举止激发了不满平庸生活、渴望伟大爱情的侯爵千金玛蒂尔德小姐的兴趣。经过一番相互钩心斗角的爱情游戏后，于连终于征服了玛蒂尔德，并使后者怀上了身孕。玛蒂尔德公开向父亲提出与于连结婚的要求。眼见生米煮成熟饭，木尔侯爵只得应允了女儿的要求。于是，德·拉·伟业骑士的称号、二万零六百法郎年收入的庄园、法兰西陆军中尉的头衔，纷纷落在了于连身上。他的前途一片光明。

然而，正当于连踌躇满志，扶摇直上之时，仇视、妒忌于连平步青云的封建贵族和教会神职人员狼狈为奸，设下圈套诱骗德·雷纳夫人给木尔侯爵写信，揭发于连是专门引诱良家妇女骗取钱财的骗子。侯爵一怒之下取消了于连和玛蒂尔德之间的婚约。眼见锦绣前程转眼化作泡影，失去理智的于连买了手枪直奔维里业，向正在教堂祈祷的德·雷纳夫人连开两枪，于连因此被捕入狱。

在狱中，于连对社会乃至整个世界的罪恶有了进一步的认识，决定以死来对抗这个罪恶的社会。他拒绝了玛蒂尔德的援救，在法庭上发表慷慨激昂的激烈演说，勇敢地走上断头台，结束了短暂的一生。

（范方俊）

作品节选

第九章　乡村之夜

盖兰先生[1]笔下的狄多是
一幅充满魅力的素描。
斯特隆贝克[2]

第二天再见到德·雷纳夫人时，他眼神古怪，定睛打量她，仿佛面前是不共戴天之敌。这种目光与前一天完全不同，使德·雷纳夫人大惑不解。因为她对于连很好，而于连却似乎不高兴。她只好也注视着他。

由于有戴维尔夫人在场，于连可以少讲话，多花些功夫去考虑脑子里的问题。整整一天，他只做一件事，就是埋头阅读那本有如天书秘笈般的作品，借以武装头脑，锤炼自己的思想。

他把孩子们的课时大大缩短，然后，当德·雷纳夫人再次出现，他立即想起必须维护自己的荣誉，下决心当天晚上无论如何非使夫人同意把手让他握住不可。

日影西斜，关键时刻即将来临，于连的心怦怦直跳。天黑了，他看得出，当晚夜色一定很浓，不禁大喜过望，心头巨石，砰然落地。满天的乌云，被热风吹得飘来飘去，似乎预示将有暴风雨降临。两位女伴一直散步到很晚。于连觉得，她们当夜的举动似乎都很特别。她们喜欢这种天气，因为对某些感情细腻的人来说，这样的天气仿佛能增加爱的欢乐。

大家终于坐了下来，于连旁边是德·雷纳夫人，戴维尔夫人则紧挨着她的女友。于连心中有事，无话可说。谈话出现了冷场。

于连心想，难道我第一次决斗便这样战战兢兢，魂不守舍？他对自己、对别人都没有信心，当然清楚本身的精神状态。

他忧心忡忡，觉得任何危险似乎都比现在好受些。不禁三番四次地希望德·雷纳夫人有事不得不返回屋里，离开花园。他拼命抑制自己，结果连声音都变了。很快地，德·雷纳夫人的嗓音也开始发颤，但于连却一点也没发现。在他心里，责任与胆怯正在作艰苦的斗争，自顾不暇，遑论他人。府里的挂钟已敲响九时三刻，他仍然不敢造次。他对自己的怯懦感到愤怒，心想："等钟一敲十点，我便执行白天

---

① 盖兰（1774—1833），19 世纪法国历史画家，代表作有《狄多与埃涅阿斯》。特洛亚王子埃涅阿斯在特洛亚失陷后出走，与迦太基女王狄多邂逅并相恋，无奈遭诸神之妒，不久即离开狄多。狄多悲愤交加，引刀自戕。

② 斯特隆贝克，19 世纪法国作家。

决定今晚必须实施的计划，否则我就上楼回到房间，一枪把自己了账。”

于连过于激动，简直六神无主，忧心如焚地等到了最后时刻。头上的挂钟终于敲响了十点。每一下要命的钟声似乎都敲到了他的心上。

最后一下尚在萦回，他便倏地抓住德·雷纳夫人的纤手。夫人忙不迭把手抽了回去。于连自己也不知怎地又把她的手抓住。尽管他很激动，但仍然惊讶地发现他拿着的那只手冷得像冰一样。他拼命使劲握着，夫人则使出最后的力气企图挣脱，但手最终还是被于连牢牢握住。

一股幸福的暖流顿时涌上于连的心头，他并非爱德·雷纳夫人，而是思想上可怕的折磨结束了。为了不让戴维尔夫人生疑，他觉得必须开口说话。他的声音清脆、洪亮，而德·雷纳夫人则相反，声音掩盖不住内心的无比激动，她的女伴以为她不舒服，便向她建议回到客厅去。于连感到不妙，心想：“如果德·雷纳夫人回到客厅，我岂不又恢复到白天那种可怕的境地？我握住这只手的时间太短，不能算已经取得了一次胜利。”

戴维尔夫人再次建议回客厅时，于连紧捏了一下任由他握着的那只手。

德·雷纳夫人已经站起来，结果只好重新坐下，有气无力地说：

“我的确有点不舒服，不过户外的空气对我有好处。”

这句话使于连满心欢喜，此时此刻，他的幸福简直到了顶点。他侃侃而谈，不加粉饰，两位女友洗耳恭听，把他看做世界上最可爱的男人。可是，他在这突如其来的高谈阔论之中，勇气仍略嫌不足。此时暴雨欲来，山风渐起，他十分担心戴维尔夫人受不了而一个人回到客厅去。这样他便要独自面对德·雷纳夫人。刚才的举动只不过是一时盲目的勇敢，可一而不可再，此刻觉得，即使是最简单的一句话也无力对德·雷纳夫人说了。夫人的责备不管如何轻微，他也会前功尽弃，刚刚获得的胜利也会尽付东流。

幸亏那天晚上。他夸张而动人的言谈颇得戴维尔夫人的赞赏，而平时夫人却经常觉得他笨嘴笨舌，像个孩子，没有多少情趣。至于德·雷纳夫人，她的手被于连握住，脑袋发木，只好听天由命。据当地传说，那棵高大的菩提树是当年大胆查理[①]亲手所栽，而对德·雷纳夫人来讲，在这棵树下度过的几个钟头实在是幸福的时刻。她满怀喜悦地细听轻风在菩提树茂密的枝叶间低吟，萧疏细雨一声声滴落在最下面的叶片上。于连没有发觉一个细节，否则他早就放心了。原来狂风吹倒了他们脚下的一个花瓶，德·雷纳夫人为了帮助表姊把花瓶扶起来，只好把手从于连那儿抽回去，但重新坐下后立即乖乖地将手递回给于连，仿佛两人之间已经达成了默契。

---

① 大胆查理（1433—1477），15世纪法国北方诸侯，勃艮第最后一代公爵，性情刚烈好斗，曾三度联合各地诸侯与法王为敌，终于战死沙场。

午夜的钟声已经敲过了很久，该离开花园了。大家只好分手。德·雷纳夫人坠入爱河，幸福之余，竟胡涂到几乎没有一点自责，反而喜极难眠。于连由于心里既胆怯又骄傲，矛盾斗争了一整天，弄得精疲力尽，此刻却沉沉睡去了。

第二天五点，仆人把他唤醒。他几乎把德·雷纳夫人完全忘了，幸亏夫人不知道，否则一定十分难过。于连履行了责任，一个英雄的责任，感到非常得意，便把房门一锁，埋头阅读他心中偶像的英雄业绩，觉得另有一番滋味。

午饭的钟声敲响时，他由于阅读拿破仑大军的战报，早已把前一天所取得的成果忘了个一干二净。在下楼到客厅去的路上，他轻声自言自语道："必须对这个女人说，我爱她。"

但他遇见的并非他所期待的含情脉脉的目光，而是德·雷纳先生那张板着的面孔。两个钟头前，德·雷纳先生刚从维里业回来，此刻他并不掩饰心中的不满，因为于连整整一个上午扔下孩子不管。当这个有权有势的人心里不高兴而且认为可以发脾气的时候，其脸之丑，简直无与伦比。

丈夫每一句尖酸刻薄的话都刺痛着德·雷纳夫人的心。至于于连，他还陶醉于一连好几个钟头在他眼前闪过的重大事件之中，注意力最初还不能拉回来恭听德·雷纳先生的训斥。后来才粗声粗气地回答了一句：

"我刚才不舒服。"

一个人即使远没有维里业市长那么小气，听了这种语调也会勃然大怒。他真想立刻解雇于连，给他点颜色看。但一想起自己的座右铭：凡事切戒操之过急，便又忍了下来。

当时他心里想："这个小笨蛋在我家里已经闯出了点名堂，华勒诺会把他请过去，要不，他也可能娶艾莉莎，不管哪种情况，他都会打心眼里瞧不起我。"

这些考虑尽管明智，德·雷纳先生到底难解心头之恨，张嘴说出了一连串粗话，于连越听越生气。德·雷纳夫人也快要哭出来了。午饭刚一吃完，她便要求于连陪她去散步，并把身子亲切地靠着他。无论德·雷纳夫人说什么，于连都只低声地回答道：

"有钱人嘛就是这样！"

德·雷纳先生就在他们身旁走着，于连越看见他在场就越有气。忽然间，他发现德·雷纳夫人故意靠在他的胳臂上，这个动作使他感到恶心，便将她猛地一推，把胳臂抽了回来。

幸亏德·雷纳先生没有发现这一放肆的举动，而只有戴维尔夫人看在眼里。她的女友掉下了眼泪。这时候，德·雷纳先生正扔石头驱赶一个想抄近路而穿过果园一角的农家小姑娘。

"于连先生，求您了，消消气吧。您想想，我们每个人都有发脾气的时候。"戴维尔夫人赶紧说道。

于连冷冷地看了她一眼，目光流露出高度的蔑视。

这目光使戴维尔夫人感到很惊讶，如果她能猜出其中真实的含意，非更加吃惊不可。她会看到里面隐隐闪现着进行最残酷报复的愿望。大概就是这种蒙受屈辱的时刻造就了一个个罗伯斯庇尔①吧。

“你的这位于连性情暴躁，真叫我害怕。”戴维尔夫人低声对她的女伴说道。

“他有理由生气，”德·雷纳夫人回答道，“在他的教导下，孩子们有了惊人的进步，现在他一个上午没和孩子们说话又有什么关系。必须承认，男人的心肠都够硬的。”

德·雷纳夫人生平第一次对丈夫产生了报复的欲望。于连心里对有钱人的极度仇恨眼看就要发作。幸亏德·雷纳先生把花匠喊来，并和他一起忙着用一捆捆荆棘去堵住穿越果园那条行人踩出来的小径。继续散步的那段时间，德·雷纳夫人不住地哄他，但他一言不发。德·雷纳先生刚一走远，两位女友便推说累了，要求一人挽着他的一条胳臂。

两个女人内心困惑，满脸通红，而且极为难堪，于连却面色苍白而倨傲，神情阴沉而坚定，与身旁两位女士形成奇怪的对比。他看不起这些女性和一切荏弱的感情。

“什么！”他心里想，“我连完成学业的每年五百法郎都没有！唉！否则就去他的吧。”

他全神贯注，考虑这些严酷的想法，对两位女友殷勤的规劝根本不想听，也听不进去，只觉得这些话毫无意义、幼稚、软绵绵的，总之，都是妇人之见。

德·雷纳夫人没话找话，好使他们之间不致出现冷场，说呀说的，偶然提到她丈夫从维里业来此的目的是因为和他的一个佃户谈成了一宗玉米叶的交易。(本地用玉米叶做床垫。)

“我丈夫不会回来了，”德·雷纳夫人又说道，“他要和花匠和仆人更换家里所有的床垫。今早他已经把二楼的床垫换过，现在该换三楼的了。”

于连闻言，脸色陡变，看着德·雷纳夫人，神情有点异样。很快地，他紧走两步，把德·雷纳夫人引到一旁。德·戴维尔夫人没有跟着他们。

“快救救我！”于连对德·雷纳夫人说道，“非您不能救我的命，因为您知道，那仆人恨我恨得要死。夫人，我必须向您承认，我有一幅肖像，我把它藏在我的床垫里。”

听到这句话，德·雷纳夫人的脸也吓白了。

“夫人，这时候只有您能进入我的房间，请您装作若无其事地到我床垫最靠近窗口的那个犄角里翻寻，您会找到一个光滑的黑色小硬纸盒。”

---

① 罗伯斯庇尔（1758—1794），法国大革命中激进的雅各宾党人，主张对敌人无情镇压。

“盒里有幅肖像!”德·雷纳夫人说这句话时腿都软了。

她张惶的神色被于连看在眼里，便乘势说道：

“夫人，我还有一事相求，就是千万别看这幅肖像，这是我的秘密。”

“是个秘密。”德·雷纳夫人有气无力地重复了一句。

尽管德·雷纳夫人在炫耀财富、利欲熏心的有钱人中间长大，此时亦早已萌生仗义之念。严重受损的自尊心亦未能阻止她以赤子之诚天真地向于连提出必需明确的问题，以便能够顺利完成交给她的任务。

“就这样，”她边走开边说道，“一个小圆纸盒，黑色的，很光滑。”

“没错，夫人。”于连回答得很生硬，男人在出事时大抵如此。

德·雷纳夫人爬上三楼，脸如死灰，最糟的是，她觉得自己快不行了，但这样做是为了于连，想到这里劲又来了。

“我必须拿到这个盒子。”她边想边加快了脚步。

她听见她丈夫就在于连的房间里和仆人说话。幸运的是，他们转到了孩子们的卧室。她掀起褥子，把手伸进草垫，力量之猛，把指头都擦破了。但尽管她平时连这类轻微的痛楚也受不了，此刻却毫无感觉，因为几乎就在同时，她摸到了那个光滑的纸盒。她一把抓过来，转身便走。

她没被丈夫撞见，心头大石刚放下来，那盒子便使她感到一阵恶心，觉得浑身不舒服。

于连肯定有了意中人，而我手里拿的就是他所爱女人的肖像!

德·雷纳夫人妒火中烧，跌坐在前厅的一把椅子上。这时候，她的极度无知又派上了用场，惊愕减轻了她的痛苦。于连来了，一把抢过盒子，既不感谢，也不言语，径自奔进房间，点着火，立刻把盒子烧掉。他脸色苍白，气急败坏，因为把刚才经历的危险看得太严重了。

他摇摇头，自言自语道：“在一个对篡位者①怀有深仇大恨的人家里竟然发现藏有拿破仑的肖像，而发现的又是态度如此极端、脾气又如此暴躁的德·雷纳先生，最不谨慎的是，我还亲手在肖像后面的白纸板上题了几行字，这无疑证明了我对拿破仑佩服得五体投地！而且这些敬爱的话都标上了日期！前天还写过。

“我的名誉将一落千丈，毁于一旦!”于连边看着盒子燃烧边自言自语道，“而我的名誉就是我的全部财产，我只靠名誉活着……天哪！这哪是人过的日子呀!”

一个钟头以后，他累了，而且觉得自己也太可怜了，心不由得软了下来。他遇见德·雷纳夫人，便拿起她的手，比以往都更加真心实意地吻着。夫人高兴得脸都红了，但出于嫉妒，几乎立即便又推开了他。于连不久前被伤害的自尊心此

① 篡位者，保王党人对拿破仑的蔑称。

刻又使他昏了头，把德·雷纳夫人只看做一个有钱的女人。他不屑地一甩手，扬长而去。他若有所思地在花园里漫步，不久唇上露出了一丝苦笑。

“我在这里悠闲自得地散步，仿佛时间能由我自己支配似的！我不去管孩子们，挨德·雷纳先生训斥岂不活该。”于是，他朝孩子们的房间跑去。

他很喜欢那个最小的孩子，此刻孩子对他的亲热稍稍减轻了他心头的剧痛。

“这一个还没有瞧不起我。”于连心里想。但很快地，他又把疼痛的减轻视为又一次软弱表现而暗自责备。“这些孩子和我亲热不过像抚摩昨天买的那只小猎狗一样罢了。”

第十章　人穷志大

感情伪装再好，
须知总会泄露；
好比满天乌云，
预兆必有风雨。①

《唐璜》第一章七十三节

德·雷纳先生走遍了古堡的所有房间，和扛着草垫的仆人又回到了孩子们的卧室。他的突然返回对于连来说，不啻火上浇油。

他冲上前去，脸色比平时更苍白，更阴沉了。德·雷纳先生停住脚步，眼睛看着仆人。

“先生，”于连对他说道，“您认为，您的孩子如果跟另一位家庭教师，学业会和我教他们一样好吗？假如您的回答是否定的，”于连不让德·雷纳先生有机会说话，继续说道，“那您怎能责备我对他们疏于管教呢？”

德·雷纳先生惊魂稍定，便从这个乡下小子反常的腔调得出结论，于连准是另有高就而打算走了。此时，于连越说越有气。

“没有您我也能活，先生。”他又加了一句。

“看见您如此激动，我深表遗憾。”德·雷纳先生的回答有点结结巴巴。其时，仆人们离他们只有十步，正忙着整理床铺。

“先生，我需要的不是这个，”于连怒不可遏地又说道，“想想您对我说的话多污辱人，而且还当着女人的面！”

德·雷纳先生对于连的要求心知肚明，脑子里正进行着痛苦的斗争。但于连气疯了，竟大声嚷道：

---

① 原诗是英文。

“先生，离开您的家，我知道该往哪儿去。”

听到这句话，德·雷纳先生仿佛已经看见于连要到华勒诺家去。

“好吧，先生，”终于，他叹了口气，对于连说道。他当时的神情就好像不得已，只好叫外科医生来给自己动一次痛苦的手术似的。“我同意您的要求。从后天也就是下个月的一号起，我每月给您五十法郎。”

于连听了一愣，真想大声笑出来，满腔怒火顿时烟消云散。

“我对这个畜牲蔑视得还不够，”他心里想，“不过，一个如此卑鄙的人肯这样道歉也就算到头了。”

孩子们目瞪口呆地听完了这场口角，立刻跑到花园告诉他们的母亲说，于连先生很生气，但马上每个月便会得到五十法郎。

于连按习惯跟着他们，走时连正眼也不看一看德·雷纳先生，让他气鼓鼓地呆在那里。

市长心想：“这样一来，华勒诺先生又让我花了一百六十八法郎。我非在孤儿物品供应的问题上给他来两句硬的不可。”

不一会，于连又来找德·雷纳先生。

“我心里有点事，想找谢朗先生谈谈。请您恩准几个小时的假。”

“噢！我亲爱的于连！”德·雷纳先生皮笑肉不笑地说道，“一整天都可以。如果您愿意，明天再加一天也无妨，我的好朋友。您就骑花匠的马到维里业去吧。”

德·雷纳先生心想：“他一定是去答复华勒诺。他还没给我回话。不过，得让这个年轻人的脑袋冷静下来再说。”

于连说走就走。取道大森林，因为这样可以从维尔基直达维里业。他并不忙着去找谢朗先生，不想违心地再演一场虚伪的戏。他需要清理一下思想，研究研究使他内心激动的种种感情。

等进了树林，大家都看不见他的时候，他便自言自语道：“我打赢了仗，真的，这场仗打赢了。”

这句话足以说明，他目前占了上风，心里也就踏实了一点。

“现在我一个月有五十法郎的薪水。德·雷纳先生心里一定很害怕。但他怕什么呢?”

此人诸事顺遂，有权有势，一个小时以前，于连竟冲他发了一通脾气。实在该琢磨一下，到底他害怕什么。于连想着想着，心境终于完全平静了下来。他在树林里走着。有一阵子，真被林中的美景迷住了。从前不知什么时候，山那边滚下了许多巨大的岩石，光秃秃的，落在树林中央。现在，一些山毛榉树长得已是高与石齐。树阴之下，凉爽宜人，而离树不到几步远的地方，则太阳直射，暑热如蒸，使人难以驻足。

于连在岩石的阴影下喘了口气，然后继续往上走。沿着一条几乎看不出来的羊肠小径，不久便登上巨大的悬崖。四顾无人，自信已离凡俗，不禁莞尔而笑。所处的这种位置同时也给他描绘出自己渴望达到的精神境界。高山纯净的空气使他心旷神怡。在他心目中，维里业市长总代表着地球上一切蛮横无理的有钱人，但也觉得，尽管他行为粗暴，内心的仇恨虽然来势汹汹，却并非出自个人恩怨。如果他一个星期看不见德·雷纳先生，他便会将此人连同其古堡、狗、孩子和全家统统忘记。“我也不知怎么搞的，竟迫使他作出了最大的牺牲。好家伙！每年多拿五十多个金币。刚才又度过了难关，履险如夷。一天之内，连获两次胜利。第二次胜利是白捡的，但也需要猜出个究竟。不过，等明天再去绞脑汁吧。”

于连站在巨大的岩石上，注视着八月骄阳似火的天空。悬崖下田野里，蝉鸣戛戛，而蝉声一止，周围顿时万籁俱寂。脚下，方圆八十里尽收眼底。从他头顶上巨石丛中飞起的一只老鹰静静地盘旋，不时可见。于连的眼睛机械地随着这只猛禽安详而有力的动作，不禁怦然心动。他羡慕这种力量，这种遗世独立的境界。

这就是拿破仑的命运。有朝一日，他的命运会不会也一样呢？

（选自张冠尧译：《红与黑》，人民文学出版社，1999年版）

作品赏析

这部小说原名《于连》，后由作者改为颇具象征意义的《红与黑》，使作品的哲理与审美意义更加深化。小说问世一百多年来，仅仅关于这个题目就有无数种诠释。譬如说，“红”与“黑”分别象征红色的军服和黑色的教袍，即拿破仑的光荣和教会仕途；红色象征着爱情、荣誉、幸福、英勇，代表于连对真善美的追求，黑色象征阴谋、野心、罪恶、伪善，指代当时黑暗腐朽的社会风气；“红”象征法国大革命及拿破仑的英雄时代，“黑”则象征贵族重新上台的复辟黑暗时代……作者赋予“红”与“黑”以深刻含义，使人无法穷尽其意。更有人说，这是“面纱后面美丽的双眼”在“观察着人类的心灵”。司汤达开西方文学“向内转”之先风，人们总能从“红”与“黑”中读出自己的人生体味。

《红与黑》的众多读者都不免要为于连之死扼腕叹息。有人感叹他的生不逢时，有人惋惜他一时冲动而自毁前程，更有人诅咒腐朽社会对一个平民英雄的不容。但事实上，于连的悲剧是由社会和个人的多种因素共同筑就，不可一而化之。他最终选择了死亡，未尝不是以肉体的终结换取心灵的永恒宁静。这里将试图对于连悲剧的动因进行三重分析。

于连的幼年在光荣与梦想的拿破仑时代度过。老军医的教诲是对他智慧和理想的启蒙；拿破仑的大军公报汇编和《圣赫勒拿岛回忆录》成为他“最珍贵的经典”；当看到拿破仑的骑兵从意大利归来，他“兴奋得发狂”；拿破仑的远征故事又使他“热血沸腾”。他无时无刻不在幻想着像拿破仑一样，凭借自己的才能，从一个“卑微又贫困”的下等兵士，一跃成为“世界的主人”。对拿破仑的崇敬和对未尽战事的痛惜投射到书中便为于连的生命之曲定下了一个基调，使他对拿破仑的崇敬和追忆贯穿全书。

拿破仑的英雄神话在那个时代曾激起一代青年，尤其是平民青年的英雄幻想，包括作者司汤达这个拿破仑真正的“龙骑兵”在内。当法军从莫斯科溃败时，他曾流泪道：“拿破仑和我一起垮台了!”于连的生命战歌并没有奏响。倘若他早生 30 年，无疑会成为拿破仑式的英雄，但可悲的是，当他的成年到来时，波旁王朝随着“神圣同盟”的铁蹄卷土重来，不仅是一个于连，成千上万个于连的梦想就此破灭。打破了等级门第的拿破仑式的晋升之路走到了尽头。然而那个“致命的回忆”却像一块烙印永远地留在了于连心底。当一人独处时，他不由自主地注视天上的雄鹰，羡慕它的“这种力量，这种遗世独立”。这是拿破仑的命运，也是他自己的命运。

英雄梦想虽然破灭，但才貌出众、天性叛逆的于连却不甘于过父亲一样的平庸生活。小城教堂的富丽、雄伟以及神父们诱人的薪俸启发了他。于是他走上了一条曲折实现梦想的道路——从事神职。而这也是当时的上流社会向平民青年开放的为数不多的出路之一。正当他洋洋自得于“自己的聪明”，“选择了这个时代的军装”时，却没有意识到在这条路上，不是以卑鄙的手段用他人的鲜血来实现自己的野心，就是成为卑鄙手段的牺牲品而死于非命，二者之间绝无中间道路可行。于连灵魂的实质使他不能向福利莱一样走上第一条路，因此他就注定成为第二条路上的冤魂。他曾幻想着在教士之路上既保全灵魂又飞黄腾达，但无论一个平民多有才干，当时的上流社会不会给他这样一个两全的机会。因此，当于连带着走中间道路的幻想上路时，就已向死神预约了命运。

是什么使得他不能走上第一条道路呢？这就需要深入于连灵魂的内核探究。于连的自尊是他灵魂本质所在，正是这一承自平民意识的品质为他赢得了尊重和爱情，也为他招来了敌视和不幸。当时的上流社会并不完全排斥平民青年跻身其中，福利莱和华勒诺便是“成功”的模范。但这种“成功”的代价便是出卖灵魂，不择手段的倾轧和奴颜婢膝的谄媚使人最终成为卑贱不堪的“摇尾狗”。当他们最终跻身上流社会时，灵魂和良心也丧失殆尽。但这套路数在于连却行不通。他不够卑鄙而过于自尊，既不能屈尊成为贵族们彻头彻尾的奴隶，也不愿以他人的鲜血换取自己的功名利禄。他所向往的是“不属于任何客厅、任何党派”，而完全靠个人奋斗来实现理想。对于谄媚，他更不在行，“那些谄媚的情形，只要想一想就知道自己是失败者”。即使是跻身于巴黎最高级的秘密会议，仍能看出他的内心活动与那些大人们多么格格不入，他暗地诅咒他们是“有勇气而没头脑的傻瓜”，自嘲扮演了一个“可笑的角色”。当他的“恩人”德·拉·木尔侯爵的责骂伤害了他的自尊时，他愤然离去，老奸巨猾的侯爵因此看出这个年轻人

“性格根本处有可怕的地方”。因此，于连的自尊成为他不见容于贵族阶级的本质原因。

对于于连在神学院的伪善以及在巴黎给贵族帮凶，与其说是他的蜕变，不如说是不自觉地为保全其内心世界而进行的尝试和妥协。黑色教袍只是他的伪装。生活在充满敌意的世界里，他不得不隐藏自己的真诚和激情。只有在孤独一人时，才是真正的他。真正的于连是藏在弗朗什-孔泰山洞里的于连，享受着自由的幸福。真正的于连还是死囚室里叩问着灵魂的于连。身陷囹圄之后，他方才意识到这“自由的幸福”在这样的社会中是无从实现的。强烈的自尊已融入他的血液，使他无法屈从于福利莱、华勒诺之流；而碌碌无为的苟活又让他感到生不如死。在残酷的现实中他看到了自己的宿命，于是在陈述了对这个世界的最后一点骄傲后，于连带着一颗仍旧完整的灵魂坦然就死。

枪杀德·雷纳夫人成为于连命运的转折点，一个青云直上的平民青年转瞬跌落万丈深渊。而他竟采取了如此耸人听闻的方式——在盛大的周日弥撒上，在众目睽睽之下完成了这绝望的复仇。作者仅用短短一页篇幅，没有描写，也没有他擅长的心理分析，除了于连买枪时几句答非所问的对话之外，简直像一部由一连串茫然动作组成的无声短片。使人感到于连是在梦游般的丧失理智的情况下向德·雷纳夫人开了一枪。

情节的急转直下以及描写手法的突变使得这一部分内容一度成为读者质疑的焦点。但于连的行为轨迹并不是没有根据的，这种突然爆发的复仇冲动已不止一次。如前所述，于连的自尊心是不可侵犯的，而一旦被激怒，他的冲动又是一刻也无法遏制的。早在维里业，于连误以为德·雷纳夫人对他故意冷淡，就曾以“痛苦、傲慢、凶猛的神情”使对方浑身战栗。而在侯爵府的图书室里，于连盛怒之下用剑刺伤玛蒂尔德小姐的举动则是更加明显的例证。可见，冲动易怒的特质足以使于连转眼间便凶猛得如一头狮子。

于连对于他生命中这两个最重要的女人，显然怀有截然不同情感。与德·雷纳夫人之间的爱，虽然充满了重重阻隔和忏悔，甚至直接导致了于连的落难，却是他唯一的真爱。正因为伤害和背叛来自最爱的人，才使得于连夹杂着自尊的愤怒不顾一切地喷涌而出。德·雷纳夫人的天真、无私、善良能让于连感到内心的平静和幸福。尤其在于连入狱之后，一切的激情沉淀下来，真爱便浮出水面。死前能见到德·雷纳夫人是他最大的愿望，每当想到她，于连便处于远离死亡恐惧的安详之中。比较而言，于连与玛蒂尔德小姐的感情不是绵长悠久的相守，而是激烈刺激的征服。这两个本质上相似的叛逆者对对方的追求都带着各自的野心，于连得到玛蒂尔德小姐的同时也宣告着他对贵族子弟的胜利，而玛蒂尔德小姐则有意无意地想在于连身上实现她英雄式的爱情，于是她才敢于在于连死后抱着他的头颅并亲手埋葬，正如她的祖先所为。

综上所述，时代、品质和性格三重动因同时并存、相互激发，铸成了于连的悲剧。社会现实不断挑衅他的自尊、助长他的野心，而强烈自尊所带来的不可遏制的冲动激情又使他一次次地“自毁前程”，并终于消减了野心，唤回了灵魂的复苏。于连之死在人们看来似乎是时代和个人的悲剧，生于当时，平静地选择死亡对他来说未尝不是一个好的归宿，而这也是他告别内心无休止的躁动而保全灵魂的唯一出路。

司汤达一生文名寂寞，《红与黑》在发表后的很长一段时间内颇受冷落，但他仍坚信自己的作品超越了“时人的理解水平”。最终司汤达成为法国现实主义文学的始祖，他的杰作赢得了20世纪读者的喜爱，其原因主要在于主人公那种种超越现实的努力奋斗具有人类不断追求自由的美学价值。

（王丽妤）

高老头

［法］巴尔扎克

奥诺雷·德·巴尔扎克（Honoré de Balzac，1799—1850）是法国19世纪批判现实主义文学的伟大代表。他出身于杜尔城一个中等资产阶级家庭。早年巴尔扎克遵从父亲的意愿，进入巴黎法科学校学习法律，并在一家律师事务所当文书。其间，他看到了法国社会的黑暗和司法腐败。从1819年起，他毅然放弃了律师工作，转而从事文学创作。一边卖文为生，一边进行商业投机。但一事无成，债台高筑，以至拖累终生。唯一幸运的是，在巴黎各界的奔波碰撞，和巴黎各种人物的交往接触，使他认识了巴黎社会形形色色的丑恶的面孔，让他亲身领略了资本主义社会金钱万能的力量与罪恶以及人与人之间赤裸裸的利己主义关系。一方面是为了还债，另一方面也是为了获得不朽的文学名声，巴尔扎克全身心地投身于小说创作中去。

从1829年发表《舒昂党人》开始，巴尔扎克迈开了走向现实主义的第一步。在以后的二十多年里，他以惊人的精力夜以继日地创作，构筑起《人间喜剧》（1829—1848）这座由九十多部作品组成的文学大厦。其中著名作品有《欧也尼·葛朗台》（1833）、《高老头》（1834）、《幻灭》（1835—1843）、《农民》（1844）、《贝姨》（1836）等。这部宏伟壮丽的巨著为我们提供了法国社会特别是巴黎"上流社会"的卓越的现实主义历史。

1850年8月18日，巴尔扎克病逝于巴黎，享年51岁。

作品梗概

在巴黎贫民窟圣热内维埃弗新街上的伏盖公寓里，寄居着几位房客：年轻的维克托莉·泰伊番小姐；老姑娘米旭诺小姐；年纪四十上下，头戴假发，鬓角染黑，自称退休商人实为江洋大盗的伏脱冷先生；从前做粗细面条和淀粉买卖，大家叫作高老头的高里奥老爹；从昂古莱姆乡下来到巴黎攻读法律的青年大学生欧也纳·德·拉斯蒂涅。小说的故事情节主要围绕着高老头和拉斯蒂涅这一老一少展开。

高老头在大革命时期曾靠做面粉生意攒下了万贯家财，波旁王朝复辟前夕，他结束了自己的买卖。高老头的夫人早亡，膝下仅有两个女儿，他十分溺爱女儿，为了能让女儿们过上幸福体面的生活，高老头几乎倾尽所有，让她俩每人得到八十万法郎的陪嫁。大女儿阿娜斯塔齐嫁给了德·雷斯托做了伯爵夫人，二女儿但斐纳嫁给纽沁根先生成了银行家太太。高老头自己则拿着微薄的年金寄居于伏盖公寓。帝政时代，口袋里尚有两个子儿的高老头还可以每星期在女儿家里吃一两次饭，后来改为一个月两次。随着波旁王朝的复辟，他就连女儿的门都进不去了。两个女儿倒是有时来到伏盖公寓父亲的住处，但绝不是来探望关心父亲的生活和身体，而是丧心病狂、变本加厉地来榨取父亲手中仅存的赖以活命的钱财。两个女儿竞相对父亲下手，互相争夺，一对亲姐妹变成了不共戴天的仇敌。

拉斯蒂涅在外省是破落贵族子弟，到了巴黎是穷困窘迫的大学生。花花世界的巴黎与家道中落后的故乡的强烈反差，刺激了他向上爬的欲望。于是他遍寻家谱，找到了远亲鲍赛昂子爵夫人作为高攀上流社会的引路人。然而，世道变了，高贵的门第只能帮助他进入上流社会，却不能帮助他在上流社会真正立足，就连他的靠山鲍赛昂子爵夫人自己也在与资产阶级妇女的角逐中败下阵来。通过聆听子爵夫人的“教诲”，拉斯蒂涅初步明白了金钱的威力超出姓氏的道理。江洋大盗伏脱冷进一步向他灌输了金钱万能的道理。如果说子爵夫人的被逐和伏脱冷的被捕是拉斯蒂涅接受的两次人生教育，对他的内心震动很大的话，那么高老头之死，则给拉斯蒂涅上了人生的最后一课。他自始至终目睹了高老头之死的全部过程。为了让高老头在临死之前能见到女儿，为了给高老头筹钱治病，他来回奔走于伏盖公寓和高老头两个女儿的府邸之间。两对夫妇先是为了钱财问题闹得乌烟瘴气，不可开交；继而为了避免为高老头看病破钞，干脆闭门不出，装聋作哑。最后，当高老头在绝望的哀鸣和愤怒的咒骂中凄惨地死去时，他的两个女儿却浓妆艳抹，衣着华丽地踩着父亲的尸体奔赴贵族夫人的盛大舞会，大出风头。面对此情此景，拉斯蒂涅再也抑制不住心中炎炎的欲火，纵身跳出了巴黎上流社会这个罪恶的深渊。在埋葬高老头的同时，他也埋葬了青年人的最后一滴眼泪，下定拼死的决心要在巴黎的上流社会出人头地。

（范方俊）

作品节选

第四章　鬼上当

…………

不久，饭厅内寂静无声，房客闪开身子，让三个人走进屋内。他们的手都插在衣袋里，抓着上好子弹的手枪。跟在后面的两个宪兵把守客厅的门；另外两个在通往楼梯道的门口出现。好几个士兵的脚声和枪柄声在前面石子道上响起来。鬼上当完全没有逃走的希望了，所有的目光都不由自主的盯着他一个人。特务长笔直的走过去，对准他的脑袋用力打了一巴掌，把假头发打落了。高冷丑恶的面貌马上显了出来。土红色的短头发表示他的强悍和狡猾，配着跟上半身气息一贯的脑袋和脸庞，意义非常清楚，仿佛被地狱的火焰照亮了。整个的伏脱冷，他的过去，现在，将来，倔强的主张，享乐的人生观，以及玩世不恭的思想，行动，和一切都能担当的体格给他的气魄，大家全明白了。全身的血涌上他的脸，眼睛像野猫一般发亮。他使出一股犷野的力抖擞一下，大吼一声，把所有的房客吓得大叫。一看这个狮子般的动作，暗探们借着众人叫喊的威势，一齐掏出手枪。高冷一见枪上亮晶晶的火门，知道处境危险，便突然一变，表现出人的最高的精神力量。那种场面真是又丑恶又庄严！他脸上的表情只有一个譬喻可以形容，仿佛一口锅炉贮满了足以翻江倒海的水汽，一眨眼之间被一滴冷水化得无影无踪。消灭他一腔怒火的那滴冷水，不过是一个快得像闪电般的念头。他微微一笑，瞧着自己的假头发，对特务长说：

“哼，你今天不客气啊。”

他向那些宪兵点点头，把两只手伸了出来。

“来吧，宪兵，拿手铐来吧。请在场的人作证，我没有抵抗。”

这一幕的经过，好比火山的熔液和火舌突然之间窜了出来，又突然之间退了回去。满屋的人看了，不由得唧唧哝哝表示惊叹。

逃犯望着那有名的特务长说：“这可破了你的计，你这个小题大做的家伙！”

“少废话，衣服剥下来，”那个圣・安纳街的人物满脸瞧不起的吆喝。

高冷说：“干么？这儿还有女太太。我又不赖，我投降了。”

他停了一会，瞧着全场的人，好像一个演说家预备发表惊人的言论。

“你写吧，拉夏班老头，”他招呼一个白头发的矮老头。老人从公事包里掏出逮捕笔录，在桌旁坐下。“我承认是约各·高冷，诨名鬼上当，判过二十年苦役。我刚才证明我并没盗窃虚名，辜负我的外号。”他又对房客们说：“只要我举一举手，这三个奸细就要教我当场出彩，弄脏伏盖妈妈的屋子。这般坏蛋专门暗箭伤人！”

伏盖太太听到这几句大为难受，对西尔维道：“我的天！真要教人吓出病来了；我昨天还跟他上快活剧院呢。”

“放明白些，妈妈，”高冷回答。“难道昨天坐了我的包厢就倒楣了吗？难道你比我们强吗？我们肩膀上背的丑名声，还比不上你们心里的坏主意，你们这些烂社会里的蛆！你们之中最优秀的对我也抵抗不了。”

他的眼睛停在拉斯蒂涅身上，温柔的笑了笑；那笑容同他粗野的表情成为奇怪的对照。

“你知道，我的宝贝，咱们的小交易还是照常，要是接受的话！”说着他唱起来：

> 我的芳希德多可爱，
> 你瞧她多么朴实。

“你放心，我自有办法收账。人家怕我，决不敢揩我的油。”

他这个人，这番话，把苦役监中的风气，亲狎，下流，令人触目惊心的气概，忽而滑稽忽而可怕的谈吐，突然表现了出来。他这个人不仅仅是一个人了，而是一个典型，代表整个堕落的民族，野蛮而又合理，粗暴而又能屈能伸的民族。一刹那间高冷变成一首恶魔的诗，写尽人类所有的情感，只除掉忏悔。他的目光有如撒旦的目光，他像撒旦一样永远要拼个你死我活。拉斯蒂涅低下头去，默认这个罪恶的联系，补赎他过去的邪念。

“谁出卖我的？”高冷的可怕的目光朝着众人扫过去，最后盯住了米旭诺小姐，说道：“哼，是你！假仁假义的老妖精，你暗算我，骗我中风，你这个奸细！我一句话，包你八天之内脑袋搬家。可是我饶你，我是基督徒。而且也不是你出卖我的。那么是谁呢？”

他听见警务人员在楼上打开他的柜子，拿他的东西，便道：“嘿！嘿！你们在上面搜查。鸟儿昨天飞走了，窠也搬空了！你们找不出什么来的。账簿在这儿，”他拍拍脑门。“呃，出卖我的人，我知道了。一定是丝线那个小坏蛋，对不对，捕快先生？”他问特务长。“想起我们把钞票放在这儿的日子，一定是他。哼，什么都没有了，告诉你们这般小奸细！至于丝线哪，不出半个月就要他的命，你们派全部宪兵去保镖也是白搭——这个米旭诺，你们给了她多少？两三千法郎吧？我可不止值这一些，告诉你这个母夜叉，丑八怪，*公墓上的爱神*！你要是通知了我，可以到手六千法郎。嗯，你想不到吧，你这个卖人肉的老货！我倒愿意那么办，开销六千法郎，免得旅行一趟，又麻烦，又损失钱，”他一边说一边让人家戴上手铐。“这些家伙要拿我开心，尽量拖延日子，折磨我。要是马上送我进苦役监，我不久就好重新办公，才不怕这些傻瓜的警察老爷呢。在牢里，弟兄们把灵魂翻身都愿意，只要能让他们的大哥走路，让慈悲的鬼上当远走高飞！你们之中可有人像我一样，有一万多弟兄肯替你拼命的？”他骄傲的问，又拍拍心口：“这里面着实有些好东西，我从来没出卖过人！喂，假仁假义的老妖精，”他叫老姑娘，“你瞧他们都怕我，可是你哪，只能教他们恶心。好吧，领你的赏格去吧。”

他停了一会，打量着那些房客，说道：

“你们蠢不蠢，你们！难道从来没见过苦役犯？一个像我高冷气派的苦役犯，可不像别人那样没心没肺。我是卢梭的门徒，我反抗社会契约社会契约即卢梭著的《民约论》那样的大骗局。我一个人对付政府，跟上上下下的法院，宪兵，预算作对，弄得他们七荤八素。”

“该死！”画家说，“把他画下来倒是挺美的呢。”

“告诉我，你这刽子手大人的跟班，你这个寡妇总监，”（寡妇是苦役犯替断头台起的又可怕又有诗意的名字）他转身对特务长说，“大家客客气气！告诉我，是不是丝线出卖我的？我不愿意冤枉他，教他替别人抵命。”

这时警务人员在楼上抄遍了他的卧室，一切登记完毕，进来对他们的主任低声说话。逮捕笔录也已经写好。

“诸位，”高冷招呼同住的人，“他们要把我带走了。我在这儿的时候，大家都对我很好，我永远不会忘记。现在告辞了。将来我会寄普罗望斯普罗望斯为法国南部各州的总名，多隆监狱即在此地区内的无花果给你们。”

他走了几步，又回头瞧了瞧拉斯蒂涅。

“再会，欧也纳，”他的声音又温柔又凄凉，跟他长篇大论的粗野口吻完全不同。“要有什么为难，我给你留下一个忠心的朋友。”

他虽然戴了手铐，还能摆出剑术教师的架式，喊着“一，二！”“一，二！”为剑术教师教人开步时的口令然后往前跨了一步，又说：

“有什么倒楣事儿，尽管找他。人手和钱都好调度。”

这怪人的最后几句说得十分滑稽，除了他和拉斯蒂涅之外，谁都不明白。

第五章　两个女儿

…………

鲍赛昂府四周被五百多辆车上的灯照得通明雪亮。大门两旁各各站着一个气吁吁的警察。这个名门贵妇栽了斤斗，无数上流社会的人都要来瞧她一瞧。特·

纽沁根太太和拉斯蒂涅到的时候，楼下一排大厅早已黑压压的挤满了人。当年大公主和特·洛尚公爵的婚约被路易十四否决以后，宫廷里全班人马曾经拥到公主府里；从此还没有一件情场失意的悲剧像特·鲍赛昂夫人的那样轰动过。那位天潢贵胄，蒲高涅王室的最后一个女儿作者假定特·鲍赛昂夫人的母家是蒲高涅王族。中世纪时与十五世纪时，蒲高涅族曾两次君临法国，可并没有被痛苦压倒。当初她为了点缀她爱情的胜利，曾经敷衍这一个虚荣浅薄的社会；现在到了最后一刻，她依旧高高在上，控制这个社会。每间客厅里都是巴黎最美的妇女，个个盛装艳服，堆着笑脸。宫廷中最显要的人物，各国的大使公使，部长，名流，挂满了十字勋章，系着五光十色的绶带，争先恐后拥在子爵夫人周围。乐队送出一句又一句的音乐。在金碧辉煌的天顶下缭绕；可是在女后心目中，这个地方已经变成一片荒凉。鲍赛昂太太站在第一间客厅的门口，迎接那些自称为她的朋友的人，全身穿着白衣服，头上简简单单的盘着发辫，没有一点装饰，她安闲静穆，既没有痛苦，也没有高傲，也没有假装的快乐。没有一个人能看透她的心思。几乎像一座尼沃贝尼沃贝相传为弗里奚女王，生有七子七女，以子女繁衍骄人，被狄阿纳与阿波罗将七子七女杀尽。尼沃贝痛苦之极，化为石像。希腊雕塑中有十四座一组的雕像，统称为尼沃贝及其子女。今人以尼沃贝象征母性的痛苦的石像。她对几个熟朋友的笑容有时带点儿嘲弄的意味；但是在众人眼里，她始终和平常一样，同她被幸福的光辉照耀的时候一样。这个态度叫一般最麻木的人也看了佩服，犹如古时的罗马青年对一个含笑而死的斗兽士喝彩。上流社会似乎特意装点得花团锦簇，来跟它的一个母后告别。

她和拉斯蒂涅说："我只怕你不来呢。"

拉斯蒂涅觉得这句话有点埋怨的意思，声音很激动的回答："太太，我是预备最后一个走的。"

"好，"她握着他的手说。"这儿我能够信托的大概只有你一个人。朋友，对一个女人能永久爱下去，就该爱下去。别随便丢了她。"

她挽着拉斯蒂涅的手臂走进一间打牌的客室，带他坐在一张长沙发上，说道：

"请你替我上侯爵那儿送封信去。我叫当差带路。我向他要还我的书信，希望他全部交给你。拿到之后你上楼到卧室去等我。他们会通知我的。"

她的好朋友特·朗日公爵夫人也来了，她站起身来迎接。拉斯蒂涅出发上洛希斐特公馆，据说侯爵今晚就在那边。他果然找到了阿瞿达，跟他一同回去，侯爵拿出一个匣子，说道：

"统统在这儿了。"

他好像要对欧也纳说话，也许想打听跳舞会和子爵夫人的情形，也许想透露他已经对婚姻失望——以后他也的确失望；不料他眼中忽然亮起一道骄傲的光，拿出可叹的勇气来，把他最高尚的感情压了下去。

"亲爱的欧也纳，别跟她提到我。"

他紧紧握了握拉斯蒂涅的手，又恳切又伤感，意思催他快走。欧也纳回到鲍赛昂府，给带进子爵夫人的卧房，房内是准备旅行的排场。他坐在壁炉旁边，望着那杉木匣子非常伤心。在他心中，特·鲍赛昂太太的身份不下于《依里阿特》史诗中的女神。

“啊！朋友，”子爵夫人进来把手放在拉斯蒂涅肩上。

她流着泪，仰着眼睛，一只手发抖，一只手举着。她突然把匣子放在火上，看它烧起来。

“他们都在跳舞！他们都准时而到，偏偏死神不肯就来。——嘘！朋友。”拉斯蒂涅想开口，被她拦住了。她说：“我永远不再见巴黎，不再见人了。清早五点，我就动身，到诺曼地乡下去躲起来。

从下午三点起，我忙着种种准备，签署文书，料理银钱杂务；我没有一个人能派到……”

她停住了。

“我知道他一定在……”

她难过得不得了，又停住了。这时一切都是痛苦，有些字眼简直说不出口。

“我早打算请你今晚帮我最后一次忙。我想送你一件纪念品。我时常想到你，觉得你心地好，高尚，年轻，诚实，那些品质在这个社会里是少有的。希望你有时也想到我。”她向四下里瞧了一下，“哦，有了，这是我放手套的匣子。每次我上舞会或戏院之前拿手套的时候，总觉得自己很美，因为那时我是幸福的；我每次碰到这匣子，总对它有点儿温情，它多少有我的一点儿气息，有当年的整个鲍赛昂夫人在内。你收下吧。我等会叫人送到阿多阿街去。特·纽沁根太太今晚漂亮得很，你得好好的爱她，朋友，我们尽管从此分别了，你可以相信我远远的祝福你。你对我多好。我们下楼吧，我不愿意人家以为我在哭。以后的日子长呢，一个人的时候，谁也不会来追究我的眼泪了。让我再瞧一瞧这间屋子。”

说到这儿她停住了。她把手遮着眼睛，抹了一下，用冷水浸过，然后挽着大学生的手臂，说道：“走吧！”

特·鲍赛昂太太，以这样英勇的精神忍受痛苦，拉斯蒂涅看了感情激动到极点。回到舞会，他同特·鲍赛昂太太在场子里绕了一转。这位恳切的太太借此表示她最后一番心意。

不久他看见了两姊妹，特·雷斯多太太和特·纽沁根太太。伯爵夫人戴着全部钻石，气概非凡，可是那些钻石决不会使她好受，而且也是最后一次穿戴了。尽管爱情强烈，态度骄傲，她到底受不住丈夫的目光。这种场面更增加拉斯蒂涅的伤感。在姊妹俩的钻石下面，他看到高老头躺的破床。子爵夫人误会了他的怏怏不乐的表情，抽回手臂，说道：“去吧！我不愿意你为我牺牲快乐。”

欧也纳不久被但斐纳邀了去。她露了头角，好不得意。她一心要讨这个社会喜欢，既然如愿以偿，也就急于拿她的成功献在大学生脚下。

“你觉得娜齐怎么样?”她问。

“她吗，”欧也纳回答，“她预支了她父亲的性命。”

清早四点，客厅的人渐渐稀少，不久音乐也停止了。大客厅中只剩特·朗日公爵夫人和拉斯蒂涅。特·鲍赛昂先生要去睡觉了，子爵夫人和他作别，他再三说：

“亲爱的，何必隐居呢，在你这个年纪！还是同我们一块儿住下吧。”

告别完了，她走到大客厅，以为只有大学生在那儿；一看见公爵夫人，不由得叫了一声。

“我猜到你的意思，格拉拉，”特·朗日太太说。“你要一去不回的走了；你未走之前，我有番话要跟你说，我们之间不能有一点儿误会。”

特·朗日太太挽着特·鲍赛昂太太的手臂走到隔壁的客厅里，含着泪望着她，把她抱着，亲她的面颊，说道：

“亲爱的，我不愿意跟你冷冰冰的分手，我良心上受不了。你可以相信我，像相信你自己一样。你今晚很伟大，我自问还配得上你，还要向你证明这一点。过去我有些对不起你的地方，我没有始终如一，亲爱的，请你原谅。一切使你伤心的行为，我都向你道歉；我愿意收回我说过的话。患难成知己，我不知道我们俩哪一个更痛苦。特·蒙脱里伏先生今晚没有上这儿来，你明白没有?格拉拉，到过这次舞会的人永远忘不了你。我吗，我在做最后的努力；万一失败，就进修道院！你又上哪儿呢，你?”

“上诺曼地，躲到古撒尔乡下去，去爱，去祈祷，直到上帝把我召回为止。”

子爵夫人想起欧也纳等着，便招呼他：

“拉斯蒂涅先生，你来吧。”

大学生弯着身子握了表姊的手亲吻。

特·鲍赛昂太太说：“安多纳德，告辞了！但愿你幸福。”她转身对着大学生说：“至于你，你已经幸福了，你年轻，还能有信仰。没想到我离开这个社会的时候，像那般幸运的死者，周围还有些虔诚的真诚的心！”

拉斯蒂涅目送特·鲍赛昂夫人坐上旅行的轿车，看她泪眼晶莹同他做了最后一次告别，由此可见社会上地位最高的人，并不像那般趋奉群众的人说的，能逃出感情的规律而没有伤心痛苦的事。五点光景，欧也纳也冒着又冷又潮湿的天气走回伏盖公寓。他的教育受完了。

拉斯蒂涅走进邻居的屋子，皮安训和他说：“可怜的高老头没有救了。”

欧也纳把睡熟的老人望了一眼，回答说：“朋友，既然你能克制欲望，就走你平凡的路吧。我入了地狱，而且得留在地狱。不管人家把上流社会说得怎么坏，你相信就是！没有一个讽刺作家能写尽隐藏在金银珠宝底下的丑恶。”

第六章　父亲的死

…………

高里奥不出声了，仿佛集中全身的精力熬着痛苦。

“她们在这儿，我不会叫苦了，干么还要叫苦呢？”

他迷迷糊糊昏沉了好久。克利斯朵夫回来，拉斯蒂涅以为高老头睡熟了，让佣人高声回报他出差的情形。

“先生，我先上伯爵夫人家，可没法跟她说话，她和丈夫有要紧事儿。我再三央求，特·雷斯多先生亲自出来对我说：高里奥先生快死了是不是？哎，再好没有。我有事，要太太待在家里。事情完了，她会走的——他似乎很生气，这位先生。我正要出来，太太从一扇我看不见的门里走到穿堂，告诉我：克利斯朵夫，你对我父亲说，我同丈夫正在商量事情，不能来。那是有关我孩子们生死的问题。但等事情一完，我就去看他——说到男爵夫人吧，又是另外一桩事儿！我没有见到她，不能跟她说话。老妈子说：啊！太太今儿早上五点一刻才从跳舞会回来；中午以前叫醒她，一定要挨骂的。等会她打铃叫我，我会告诉她，说她父亲的病更重了。报告一件坏消息，不会嫌太晚的——我再三央求也没用。哎，是呀，我也要求见男爵，他不在家。”

“一个也不来，”拉斯蒂涅嚷道，“让我写信给她们。”

“一个也不来，”老人坐起来接着说。“她们有事，她们在睡觉，她们不会来的。我早知道了。直要临死才知道女儿是什么东西！唉！朋友，你别结婚，别生孩子！你给他们生命，他们给你死。你带他们到世界上来，他们把你从世界上赶出去。她们不会来的！我已经知道了十年。有时我心里这么想，只是不敢相信。”

他每只眼中冒出一颗眼泪，滚在鲜红的眼皮边上，不掉下来。

“唉！倘若我有钱，倘若我留着家私，没有把财产给她们，她们就会来，会用她们的亲吻来舐我的脸！我可以住在一所公馆里，有漂亮的屋子，有我的仆人，生着火；她们都要哭做一团，还有她们的丈夫，她们的孩子。这一切我都可以到手。现在可什么都没有。钱能买到一切，买到女儿。啊！我的钱到哪儿去了？倘若我还有财产留下，她们会来伺候我，招呼我；我可以听到她们，看到她们。啊！欧也纳，亲爱的孩子，我唯一的孩子，我宁可给人家遗弃，宁可做个倒楣鬼！倒楣鬼有人爱，至少那是真正的爱！啊，不，我要有钱，那我可以看到她们了。唉，谁知道？她们两个的心都像石头一样。我把所有的爱在她们身上用尽了，她们对我不能再有爱了。做父亲的应该永远有钱，应该拉紧儿女的缰绳，像对付狡猾的马一样。我却向她们下跪。该死的东西！她们十年来对我的行为，现在到了顶点。你不知道她们刚结婚的时候对我怎样的奉承体贴！（噢！我痛得像受毒刑一样！）我才给了她们每人八十万，她们和她们的丈夫都不敢怠慢我。我受到好款待：好爸爸，上这儿来；好爸爸，往那儿去。她们家永远有我的一份刀叉。我同她们的丈夫一块儿吃饭，他们对我很恭敬，看我手头还有一些呢。为什么？因为我生意的底细，我一句没提。一个给了女儿八十万的人是应该奉承的。他们对我那么周到，体贴，那是为我的钱啊。世界并不美。我看到了，我！她们陪我坐着车子上戏院，我在她们的晚会里爱待多久就待多久。她们承认是我的女儿，承认我是她们的父亲。我还有我的聪明呢，嗨，什么都没逃过我的眼睛。我什么都感觉到，我的心碎了。我明明看到那是假情假意；可是没有办法。在她们家，我就不像在这儿饭桌上那么自在。我什么话都不会说。有些漂亮人物咬着我女婿的耳朵问：

——那位先生是谁啊？

——他是财神，他有钱。

——啊，原来如此！

（选自《傅雷全集》第一卷，辽宁教育出版社，2002年版）

作品赏析

《高老头》是以高里奥老头的惨死与青年拉斯蒂涅的堕落这两条平行而又互相交错的情节线索展开的。

拉斯蒂涅是从外省来到巴黎攻读法律的大学生。初到巴黎的时候，涉世未深的拉斯蒂涅良心未泯，是一个富于正义感的热血青年。在伏盖公寓里，看到众人欺负高老头时，他忍不住站出来打抱不平；收到母亲的来信，得知父母姐妹为了自己的学业在家里含辛茹苦时，他又伤心地流下了眼泪。拉斯蒂涅原本希望通过勤学苦读来实现自己出人头地的人生抱负，但巴黎的社会现实却给他上了难忘的“人生三课”。

表姐鲍赛昂子爵夫人给他上了人生第一课。她是巴黎上流社会的领袖，她的府邸是贵族区“最有意思的地方”，能在这“金碧辉煌的客厅里露面，就等于一纸阀阅世家的证书”，“一朝踏进了这个比任何社会都门禁森严的场所，就可以到处通行无阻”。初出茅庐的拉斯蒂涅正因为“跟鲍赛昂太太是亲戚”，才得以被上流社会接纳。但子爵夫人仅能把表弟领入上流社会的门槛，并不能确保他在这里站稳脚跟。因为高贵的出身只是出入上流社会的通行证，要想成为这里真正的主人，还必须有强大的经济基础做后盾。在这方面，子爵夫人有着极为惨痛的教训。这位一向自视甚高、对资产阶级不屑一顾的贵妇人，在争夺情人的斗争中败在了资产阶级小姐的手下：心爱的情人弃她而去，转而同一位暴发户的小姐联姻，原因仅仅是女方有“二十万法郎的陪嫁”。子爵夫人落得个泪别巴黎、归乡隐居的下场。悲愤之余，她这样开导表弟：

> 你越没有心肝，越高升得快。你得不留情地打击人家，叫人家怕你。只能把男男女女当做驿马，把它们骑得筋疲力尽，到了站上丢下来；这样你就能达到欲望的最高峰。

颇具讽刺意味的是，鲍赛昂夫人本人是极端轻视资产阶级的，但她对拉斯蒂涅的这番教导却无疑是一次地地道道的资产阶级式的精神洗礼。

伏盖公寓里的房客伏脱冷给他上了人生第二课。伏脱冷在伏盖公寓里并不显山露水。从外表上看，他神情快活，为人随和、殷勤，实际上却是一个杀人不眨眼的江洋大盗。他真名叫高冷，绰号“鬼上当”，是官府通缉的要犯。伏脱冷寄居在伏盖公寓，昼伏夜出，筹划着自己的发财大计。他知晓银行家泰伊番的罪恶发家史，知道他为了让小儿子继承遗产而把女儿送进伏盖公寓，还看出泰伊番小姐对拉斯蒂涅心怀爱慕。于是，伏脱冷恶念陡生：他计划由自己杀死银行家泰伊番的小儿子，让泰伊番小姐成为财产的唯一继承人，然后让拉斯蒂涅娶她，最终达到掠夺其家产的目的。伏脱冷知道拉斯蒂涅并不真心地喜欢泰伊番小姐，但他凭多年的阅历，毫不费力地看出了拉斯蒂涅内心深处向上爬的欲望，所以他肆无忌惮地以过来人的身份，用露骨的教唆来“点醒”拉斯蒂涅：

> 你知道巴黎人怎么打天下的？不是靠天才的光芒，就是靠腐蚀的本领。在这人堆里，不像炮弹一般轰进去，就得像瘟疫一般钻进去。清白老实一无用处。……要弄大钱，就该大刀阔斧地干，要不就完事大吉。人生就是这么回事，跟厨房一样腥臭，要捞油水不能怕弄脏手，只消事后洗干净，今日所谓道德，不过是这一点。

他告诉拉斯蒂涅，金钱是这个世界畅行无阻的不二法门，要想实现个人野心，唯一的捷径是尽快弄到一百万法郎。伏脱冷为拉斯蒂涅算了一笔账：要在巴黎上流社会厮混，一年至少需要两万五千法郎的花销。而这样一笔巨资，仅仅依靠拉斯蒂涅家人省吃俭用和他本人勤奋工作，根本不可能凑出来。伏脱冷知道这个尝过巴黎上流社会的富贵生活，不甘在贫民窟了却一生的年轻人迟早有一天要与良心告别，所以他放心大胆地把自己的罪恶计划和盘端出，并劝告他说：“也许有一天你干的事儿比这个更要不得。……戴了黄手套说漂亮话的人物，杀人不见血，永远躲在背后；我现在向你建议的，跟你将来所要做的，差别只在于见血不见血。”伏脱冷给拉斯蒂涅扯下了法律和道德的遮羞布，让他看到法律和道德对有钱人全无效力，唯有财产才是金科玉律："我要是成功了，就没有人盘问我的出身，我就是四百万先生，合众国的公民"。所谓道德、所谓法律，不过是富人们的工具而已："凡是浑身污泥而坐在车上的都是正人君子，浑身污泥而搬着两条腿走路的都是小人流氓。扒窃一件随便什么东西，你就给牵到法院广场上去展览，大家拿你当把戏看。偷上一百万，交际场中就说你大贤大德。"伏脱冷这些赤裸裸的语言，比起鲍赛昂子爵夫人文绉绉的言语，更透彻地揭露了社会的真相。拉斯蒂涅听得心惊胆战，但他又不得不承认伏脱冷说的确实是实情。因此，尽管后来拉斯蒂涅没有参与实施伏脱冷的计划，但伏脱冷的教唆却对他的蜕变产生了极其重要的影响。

高老头的不幸遭遇给拉斯蒂涅上了人生最后一课。高老头把全部感情都倾注在两个女儿身上，当他手上有钱时，两个女儿对他甜言蜜语，奉为上宾；随着他的钱财日益减少，女儿们的态度越来越冷淡；等到他的钱财被彻底掏空后，他"就像被挤干的柠檬一样被扔掉了"。临终前，他哭天号地想见女儿一面，而她们却兴高采烈地去出席鲍赛昂夫人的舞会，"为了参加跳舞会，即使踩着父亲的身体走过去也在所不惜"。直到此时，绝望的高老头才如梦初醒，意识到两个女儿从来就没有真正爱过他，她们爱的只是金钱。他悲愤地对拉斯蒂涅说：

> 倘若我有钱，倘若我留着家私，没有把财产分给她们，她们就会来，会用她的亲吻来舐我的脸！……钱能买到一切，买到女儿。……做父亲的应该永远有钱，应该拉紧儿女的缰绳，像对付狡猾的马一样。

如果说在此之前，拉斯蒂涅在接受鲍赛昂子爵夫人、伏脱冷等人的资产阶级式的教诲，耳闻社会的种种罪恶时，良心尚有不安，内心在作恶抑或从善之间激烈斗争的话，那么在目睹了高老头的惨死后，拉斯蒂涅彻底看清了现实：做好人、有良知，到头来不过是死路一条。拉斯蒂涅不愿再重蹈高老头的覆辙，他要出人头地，要和这个社会"拼一拼"，至此，拉斯蒂涅彻底地埋葬了留存在他内心的最后那点良知，心甘情愿地蜕变为一个资产阶级野心家。

小说正是围绕着高老头和拉斯蒂涅这两位主人公的命运变幻，精心地编织了一幅真实反映19世纪上半叶法国巴黎五光十色的社会生活画面：既有位于圣日耳曼区上流社会富丽堂皇的贵族府邸，又有坐落在圣热内维埃弗新街下段贫民区阴霾寒酸的小街陋巷。生活于其间的，有贪婪势利的老板娘，献身科学的大学生，珠光宝气的贵妇人，无依无靠的落魄父亲，满身铜臭的银行家先生，虚情假意的王公贵族，神通广大的江洋大盗，工于心计的老小姐，野心勃勃的年轻人，失意退隐的名门淑媛……巴黎社会的各色人等尽入其中。构成上述图画核心的是封建贵族的没落衰亡和资本主义金钱万能原则的畅通无阻。在这方面，鲍赛昂子爵夫人的遭遇最能够说明问题。小说对于子爵夫人告别巴黎的盛大舞会的描写意味深长：这位贵妇人的府邸花团锦簇，灯火辉煌。鲍赛昂夫人尽管在众人面前“安闲静穆”，始终保持着她的本来面目，好像“到了最后一刻，她依旧高高在上，控制这个社会”，但是回到卧房，她却泪流满面，颤抖着打点行装，焚烧情书，显然是一幅末日图景。正当她强颜欢笑之时，一直被她百般奚落的银行家太太但斐纳不仅终于挤进了这个她一心要“高攀”的社会，而且“得意自己在大众面前的锋芒”。连子爵夫人也不得不承认“纽沁根太太今晚漂亮得很”。两人的一进一退，一起一落，把两个阶级的历史命运表现得一清二楚。

《高老头》不仅从内容上深刻地揭示了社会现实关系的历史性变迁，而且在艺术手法上确立了现实主义的最高原则。首先是注重细节描写的真实。小说的一开始曾用大量的笔墨对于巴黎贫民窟中的伏盖公寓从里到外进行了细致入微的介绍与描述，这是现实主义细节描写的典型。对于现实主义而言，塑造“典型环境中的典型性格”是其最高的艺术原则，而最终能否塑造出典型性格，前提就是典型环境的塑造，从这个意义上讲，尽管小说中的细节描写有时给人以过于繁琐之感，但这正体现出现实主义在概括和提炼生活本质过程中的匠心独运。其次是典型人物的性格塑造。拉斯蒂涅是小说刻画最成功的典型之一。小说对于拉斯蒂涅从一个正直善良的青年学子蜕变为资产阶级野心家这段心路历程的描写，是最精彩的篇章。伏脱冷是小说中另一刻画得极为成功的典型。尽管这个人物所占篇幅并不大，但他对那个罪恶社会鞭辟入里的分析，对拉斯蒂涅恶魔式的人生教育，同样堪称经典。

由于巴尔扎克的《人间喜剧》采用的是“多场景描写”和“人物再现”的手法，一些主要的生活场景如巴黎生活场景和主要人物如拉斯蒂涅与伏脱冷等在《人间喜剧》中的其他小说中频繁出现，但这些主要的生活场景及人物的第一次重要的亮相都是从《高老头》这里开始的。因此，这部作品对于整部《人间喜剧》的重要性便不言而喻，说它是构筑《人间喜剧》文学大厦的第一块奠基石也毫不为过。

（范方俊）

包法利夫人

[法] 福楼拜

居斯塔夫·福楼拜（Gustave Flaubert，1821—1880）是 19 世纪中叶法国最重要的现实主义作家，现代主义和后现代主义文学的先驱之一。他 1821 年 12 月 12 日生于法国上诺曼底滨海塞纳省鲁昂市，父亲为市立医院外科主任兼王家医学院院士。自幼在医院长大，目睹死尸和解剖场景无数，迷恋浪漫作品，性情敏感而浪漫。1842 年入读巴黎大学法学院，1844 年因患神经官能症而辍学回乡，隐居克鲁瓦塞庄园。1846 年在巴黎与女诗人路易丝·高莱相遇，此后两人恋爱九年。1849—1851 年赴埃及、巴勒斯坦、叙利亚、土耳其、希腊、意大利等多国旅行，多有奇遇。他终生未娶，生性放荡，常以道德败坏自相砥砺。1857 年发表《包法利夫人》，该作因“伤风败俗、亵渎宗教”而被当局指控，但因律师辩护出色而被判无罪。70 年代时敌视巴黎公社，常对公社社员骂不绝口，赴巴黎期间常与屠格涅夫、左拉、都德等聚会，并成为莫泊桑的导师。在诗学上，福楼拜主张为艺术而艺术，反对作家有任何现实功利目的。主要作品有长篇小说《包法利夫人》（1857）、《萨朗波》（1862）、《情感教育》（1869）、《圣安东尼的诱惑》（1874）和《布瓦尔和佩库歇》（1881），中短篇小说《三故事》（1877）和蠢话录《庸见辞典》（1840—1880）等。其中《布瓦尔和佩库歇》是一部未完成的奇书，被法盖称为“人类白痴的史诗”。1880 年 5 月 8 日，福楼拜突发脑出血去世，终年 59 岁。

作品梗概

作品分为三部，由三十五章构成。

第一部写主人公爱玛和查理·包法利早年、婚前及婚后初期的生活。爱玛是拜尔托田庄富裕农民卢欧老爹的独生女。她 13 岁被父亲送到虞絮林修道院读书，接受贵族式教育。在那里，她偷偷阅读中世纪传奇和浪漫主义作品，崇拜古代贵妇人的生活方式，母亲死后，她被父亲接回家里。不久，卢欧老爹的一条腿摔断了，被乡村医生查理·包法利治愈，查理也爱上了黑发、美丽的爱玛。适逢查理死了妻子，他向爱玛求婚，被卢欧老爹应允。爱玛常常幻想爱情的浪漫，但在嫁给查理后，她开始厌恶他的容貌、平庸的谈吐和生活习惯，极力摆脱令人窒息的生活环境。正当爱玛烦闷之际，渥毕萨尔的昂代维利耶侯爵邀请他们参加晚宴。舞会上，爱玛被侯爵家的豪华排场所震撼，她与英俊潇洒的子爵跳舞，幸福极了。在回家的路上，她捡走了子爵丢弃的雪茄盒，以备日后遐想回忆。不久，爱玛又陷入了深深的烦闷。

第二部写爱玛与罗道耳弗的偷情。为让妻子快乐，查理从道特搬家到永镇。初到永镇，查理夫妇与药剂师郝麦和法律实习生赖昂交往甚密。爱玛与赖昂有着共同的兴趣爱好，相谈甚欢，互有好感，但行动畏缩，均不敢越雷池一步。为摆脱痛苦，赖昂离开永镇回到了巴黎。不久，爱玛遇到了于歇特的庄园主罗道耳弗。罗道耳弗是风月老手，在找查理看病时，他被爱玛的美貌所吸引，产生了勾引的念头。在永镇举办的一场农业展览会上，罗道耳弗借机追求爱玛，表达爱慕之情，爱玛被他深深打动，成为他的情妇。他们经常幽会，甚至计划私奔。但罗道耳弗厌倦了爱玛，在给她写了一封信后便不辞而别，去鲁昂寻找其他情妇。爱玛大病一场，决定痛改前非，开始新的生活。查理为了让妻子开心，带她去鲁昂看戏，不料在剧场，爱玛遇到了曾为之心动、现在回鲁昂办事的赖昂。

第三部写爱玛与赖昂的偷情及爱玛的毁灭。看戏后的第二天，爱玛独自留在了鲁昂，与离别了三年的赖昂颠鸾倒凤，坠入欲海。回到永镇后，爱玛借口到鲁昂学钢琴，经常与赖昂幽会，沉湎于爱情的快乐，这些从来没有引起查理的疑心。为了纵欲享乐，爱玛从时装商人勒乐那儿赊购了很多服饰，欠下大量债务，她甚至瞒着丈夫把房产抵押给了上门逼债的勒乐，并继续从勒乐那里赊购服饰。勒乐逼债未果，起诉到法院，扣押了包法利家的全部家产。陷入困境的爱玛先后求助于自己的两个情人，均被拒绝。绝望之余，爱玛吞下砒霜自杀。为了清偿妻子留下的债务，查理变卖了全部家产，不久伤心而死。他们的女儿被一个远房的姨母收养，后来被送进了一家纱厂。

作品节选

第一部　第八章

早晨三点钟，开始花色舞。爱玛不会华尔兹。人人跳华尔兹，侯爵夫人，连昂代维利耶小姐也跳。留下来的，只有住宿的客人，一共不过十二三位。

有一位跳华尔兹的，背心敞得开开的，就像照胸脯裁成的一样，大家顺口称他“子爵”，邀包法利夫人跳过一次舞，现在又来邀她，答应教她，还说她会跳得好的。

他们开始慢，后来快了。他们旋转，样样东西围着他们旋转，灯、木器、板壁和拼花地板，就像一个圆盘在轴上旋转一样。走过门边，爱玛的袍子，靠下飘了起来，蹭着对方的裤管；他们的腿，一来一去，轮流捣动；他朝下看她，她朝上看他；她觉得头昏眼花，连忙停住。他们又跳起来，子爵转得越发快了，一直把她带到走廊尽头，离开众人；她气喘吁吁，险些跌倒，有一时，头倚着他的胸脯。随后，他仍然转下去，不过慢了一些，送她回到原来座位；她朝墙一靠，手蒙住眼睛。

她睁开眼睛，就见客厅当中，有一位贵妇，坐在一张小凳上，三个跳华尔兹的男子跪在面前。她挑选子爵，小提琴又响起来了。

大家望着他们。他们来了又去，去了又来，她低下头，身子一动不动，他也一直是一个姿势，身子有些类似一张弓，胳膊肘放圆，下巴向前。这个女人，会跳华尔兹！他们跳了许久，人人累了，他们还在跳。

客人们又闲谈了一阵，说过再会，或者不如说是早安，这才走开睡觉。

查理扶着楼梯，累得腿也站不直了，一步一拖。一连五小时，他站在牌桌前面，看人斗牌，自己一窍不通。所以临到他脱靴子，如释重负，舒了一口长气。

爱玛拿一条披肩盖住肩膀，打开窗户，胳膊肘支在上头。

黑漆漆的夜晚，细雨蒙蒙。她吸着湿润的空气，风吹凉她的眼皮。跳舞的音乐还在她的耳边鸣响。她尽力挣扎不睡，延长这种豪华生活的境界，因为没有多久，她就非放弃不可。

天开始亮。她望庄园窗户望了许久，试着猜测她这一夜注意的那些人睡在哪些房间。她巴不得知道他们的生平事迹，渗进去，打成一片。

但是她直打寒噤。她脱去衣服，缩进被窝，躺在睡熟了的查理一旁。

早饭有许多人用，十分钟了事；任何酒也没有，医生诧异了。[①] 饭后，昂代

---

① 查理“不管谁来，总请他喝酒”，同时早晨出门看病，病人家也会请他先饮一杯酒，挡挡寒气。

维利耶小姐捡了一些蛋糕屑，放进一只小盘，带给池塘的天鹅吃。大家散步，来到花坞，里面有一些奇怪的植物，毛茸茸的，一层层垒在架子上，像金字塔一样，上面悬着一些花盆，仿佛蛇窟的蛇太多了，滴里搭拉，垂下几条绿油油的长枝子，盘在一起。花坞过去，就是橘林，密密层层，直到庄园的附属建筑。侯爵要少妇开心，带她去看马厩。马槽是篮子形状，上空挂了一些瓷牌，用黑字写着马的名字。每一匹马，见人走过，打舌头响，就在枥间骚动起来。马具间的地板如同客厅里拼花地板一样耀眼。当中两根柱子，可以旋转，上面挂着鞍辔，沿墙是一长排马衔、马鞭、马镫和马勒。

查理这期间，烦劳一个听差，驾好他的包克。车停在台阶前面，包裹一件一件塞上车，包法利夫妇向侯爵夫妇辞过行，向道特出发了。

爱玛默不作声，望着车轮滚动。查理坐在长凳外沿，伸开两只胳膊赶车。马小，车辕太宽，马在当中，放开蹄子跑，缰绳软搭搭的，浸在汗水里，直打屁股。盒子捆在包克后头，不时撞着车箱，咕咚咕咚响。

他们上到狄布尔镇高坡，眼前忽然来了几个骑马的人，噙着雪茄笑。爱玛自以为认出了里面有子爵；她扭回头看，仅仅望见天边人头或高或低，依照奔驰快慢，起伏无定而已。

又走了四分之一古里，后鞧断了，他们只得停下来，用绳子接好。

查理最后查看一眼马具，发现马腿之间，地上有什么东西；他捡起一只雪茄匣，绿绸镶边，当中家徽，好像大户人家马车的车门一样。他说：

“里头还有两支雪茄，正好今天晚饭后用。”

她问道：

“瞎说，你吸烟吗?”

“有时候，也看机会。”

他拿拾来的东西放进衣袋，抽打小马。

他们回到家，发现晚饭还没有烧好。太太发脾气了，娜丝塔西顶嘴。爱玛说：

“滚！岂有此理，你给我走。”

晚饭是葱汤和一块酸模小牛肉。查理坐在爱玛对面，一副快乐神气，搓着手道：

“回到家里，开心多了!”

他们听见娜丝塔西哭。他有点喜欢这可怜的女仆。从前鳏居无聊，她陪他消磨过许多黄昏。她是他的第一个病人、当地最早的熟人，他终于道：

“你当真打发她走?”

她答道：

“是啊。谁拦我不成?”

女仆整理卧室时，他们来到厨房取暖。查理开始吸烟。他伸长嘴唇吸，不住吐痰，吐一口烟，闪开一回。她显出鄙夷的样子道：

“你要把自己弄病了。”

他放下雪茄，跑到水龙头跟前，喝了一口冷水。爱玛抓起雪茄匣，顺手丢进碗橱里。

第二天，日子长悠悠的。她在她的小花园散步，在几条小径上走来走去，站在花畦前、贴墙的果树前、石膏神甫像前停一停。往日非常熟悉的这些东西，如今看在眼里却感到诧异。舞会似乎已经离她很远！前天早晨和今天黄昏，中间到底出了什么事，相隔如此遥远？渥毕萨尔之行，在她的生活上，凿了一个洞眼，如同山上那些大裂缝，一阵狂风暴雨，只一夜工夫，就成了这般模样。她无可奈何，只得看开些，不过她的漂亮衣着，甚至她的缎鞋，——拼花地板滑溜的蜡磨黄了鞋底，她都虔心虔意放入五斗柜。她的心也像它们一样，和财富有过接触之后，添了一些磨蹭不掉的东西。

于是对舞会的回忆，成了爱玛的重要生活内容。每逢星期三，她醒过来，就问自己道：“啊！一星期以前……两星期以前……三星期以前，我在那边！”然而在她的记忆之中，面貌渐渐混淆；她忘却了四组舞的曲调；她不再能真切地想起仆从的号衣和房间；若干细节淡忘了，可是心头留下了怅惘。

第二部　第八章

两只胳膊横在膝盖上，他仰起脸，凑到近边，死盯着看爱玛。她看见纤细的金光，一道又一道，兜着他的黑瞳仁，从眼睛里面朝外放射。她甚至于闻见他抹亮头发的生发油的香味，于是心荡神驰，不由想起在渥毕萨尔陪她跳华尔兹的子爵，他的胡须就像这些头发，放出这种香草和柠檬气息；她不由自己，闭了一半眼皮往里吸。但是她坐在椅子[1]上，身子往后一仰，恍惚远远望见驿车燕子[2]，在天边尽头，慢慢腾腾，走下狼岭，车后扬起长悠悠的灰尘。赖昂就是乘了这辆黄车，时刻来到她的身边；也就是经这条路，他又一去不回！她仿佛看见他在对面窗口，接着就又一片模糊，满天浮云，她觉得吊灯照耀，她还像在跳华尔兹，挎着子爵的胳膊，同时赖昂离得也不远，眼看就要过来……但是她总觉得罗道耳弗的头在她旁边。这种甜蜜的感觉就这样渗透从前她那些欲望，好像一阵狂飙，掀起了沙砾，香风习习，吹遍她的灵魂，幽渺的氤氲卷起了欲望旋转。她好几回

① 前文说罗道耳弗“搬了三张凳子，放到一个窗口跟前，然后他们挨挨挤挤，并肩坐下”。并非“椅子”。

② 燕子是对往返于鲁昂和永镇的驿车的俗称，法文原著中用斜体字表示，未加引号。该词在李健吾译文中用楷体，其他文字一般用宋体。——编者注

用力张开鼻孔，吸入柱头常春藤的清新气息。她摘去手套，擦了擦手，然后拿起手绢扇脸，太阳穴虽说跳动，她照样听见群众吼里咕噜、州行政委员说来说去的单调声音：

> 继续努力！坚持不懈！既不要墨守成规，也不要采纳过分莽撞急躁的建议！尤其要致力于改良土壤、施用优质肥料，发展马、牛、羊、猪的优良品种！让展览会对你们成为充满和平景象的比武场，胜利者向战败者伸出友爱之手，希望他下一次竞赛成功！可敬的臣民！谦逊的仆人，你们辛勤劳苦，往日得不到任何政府重视，现在就来接受你们默默无闻的道德的酬劳吧。而且你们相信政府从今以后，一定会注视你们，鼓励你们，保护你们，满足你们的正当要求，尽一切可能，减轻你们痛苦牺牲的负担！

廖万先生终于坐下。德罗兹赖先生站起，开始另一篇演说。他的讲演也许不像州行政委员的讲演那样华丽；不过他有他的特点：风格切实，就是说，学识比较专门，议论比较高超，少了一些颂扬政府的话，宗教和农业分到更多的地位，二者息息相关，一向就同心协力，促进文化。罗道耳弗和包法利夫人谈着梦、预感、催眠术。演说家追溯到原始社会，形容野蛮时代，人在树林深处，靠橡实过活；后来人们扔掉兽皮，改穿布帛，耕田犁地，种植葡萄。这算不算幸福？这种发现会不会弊多于利？德罗兹赖先生对自己提出这个问题。罗道耳弗由催眠术一点一点谈到亲和力。主席引证：辛辛纳图斯掌犁，戴克里先种菜①，中国皇帝立春播种。年轻人这期间向少妇解释：吸引之所以难以抗拒，就是前生的缘故。他说：

“所以，就拿您我来说，我们为什么相识？出于什么机缘？我们各自的天性，您朝我推，我朝您推，毫无疑问，像两条河一样，经过千山万水，合流为一。”

他握住她的手；她没有抽回去。

主席喊道：“一般种植奖！”

“譬方说，方才我到府上……”

“甘冈普瓦的比内先生。”

“我怎么晓得我会陪伴您？”

“七十法郎！”

“有许多回，我想走开，可是我跟着您，待了下来。”

“肥料奖。”

---

① 辛辛纳图斯（公元前519—前439），罗马共和国的执政官，当选之后，官员往迎，见他正在耕田。戴克里先（公元245—313），罗马皇帝，公元305年退隐，相传公卿请他复位，他正在种植生菜。

“既然今天黄昏会待了下来，明天、别的日子、我一辈子，也会待了下来！”

“阿格伊的卡隆先生，金质奖章一枚！”

“因为我和别人在一道，从来没有感到这样大的魅力。”

“基弗里-圣马丹的班先生！”

“所以我呐，我会永远想念您的。”

“一只美里奴种公羊……”

“不过您要忘记我的，我会像一个影子般消逝的。”

“圣母村的……柏劳先生。”

“哎呀！不会的。我会不会成为您的思想、您的生命的一部分？”

“猪种奖两名：勒埃里塞先生与居朗布尔先生；平分六十法郎！”

罗道耳弗捏住她的手，觉得又温暖，又颤抖，如同一只斑鸠，虽然被捉住了，还想飞走；但是不知道是她试着抽出手来，还是响应这种压抑，她动了动手指；他喊道：

“谢谢！您不拒绝我！您真好！您明白我是您的！让我看您，让我端详您！”

一阵风飘进窗户，吹皱了桌毯，同时底下广场，乡下女人的大帽子，像白蝴蝶扇动翅膀一样，个个翘了起来。

主席继续道：“豆饼的使用。”

他加快道：“养粪池，——种麻，——排水，长期租赁，——家庭服务。”

罗道耳弗不再说话。两个人你望我，我望你，欲火如焚，干嘴唇直打哆嗦，于是心旌摇摇，手指不用力，就揉在一道。

第三部　第一章

车夫问道：

“先生去什么地方？”

赖昂推爱玛上车道：

“随你！”

笨重的马车出发了。

它下了大桥街，走过艺术广场、拿破仑码头、新桥，在彼埃尔·高乃依的雕像前面停住。①

车里发出声音道：

“往前走！”

---

① 17世纪法国悲剧作家高乃依是鲁昂人。他的雕像立在桥中心。

马车又走动，穿过拉法夷特十字路口，走下坡路，一直奔到车站。[1] 同一声音喊道：

“别停，一直走！”

马车走出栅栏门，不久来到林阴道，在夹道的大榆树之间，放慢了速度。车夫擦擦额头，皮帽夹在腿当中，把车赶到道旁水边的草地上。

它沿河走着碎石铺的纤道，从瓦塞尔往前走了许久，一直走过河心那些小岛。

但是它猛然加快速度，驰过四塘、扫特镇、大坝、艾耳伯夫街，在植物园前第三次停了下来。[2] 声音越发暴躁了，喊道：

“走啊！”

它立刻就又上路，走过圣赛韦尔、居朗迪耶码头、磨石码头，再一次过桥，走过阅兵场，来到广济医院的花园后面：花园里有些穿黑上衣的老年人，沿着绿藤蔓生的平台，在太阳地散步。它走上布弗勒依路，驰过苟什瓦兹，兜了一圈里布代岭，一直来到德镇岭。[3]

它往回走，漫无目的，由着马走。有人在圣波、莱斯居尔、嘉尔刚岭、红塘和快活林见到它；有人在癞病医院街、铜器街、圣罗曼教堂、圣维维安教堂、圣马克卢教堂、圣尼凯斯教堂前面、——海关前面、——下老三塔、三烟斗和纪念公墓见到它。[4] 车夫坐在车座上，不时望望小酒馆，懊恼万状。他不明白，这两位乘客犯了什么转运迷，不要车停。他有时候想停停看，马上听见背后狂吼怒叫。于是他不管两匹驽马流不流汗，拼命抽打，也不管颠不颠，心不在焉，由着它东一撞，西一撞，垂头丧气，又渴，又倦，又愁，简直要哭出来了。

码头上，货车和大车之间，街头，拐角，市民睁大眼睛，望着这个内地罕见的怪物发愣：一辆马车，放下窗帘，一直这样行走，比坟墓还严密，像船一样摇晃。[5]

有一回，时当中午，马车来到田野，太阳直射着包银的旧灯，就见黄布小帘探出一只光手，扔掉一些碎纸片，随风散开，远远飘下，好像白蝴蝶落在绚烂一片的红三叶田上一样。

最后，六点钟左右，马车停在芳邻区一条小巷，下来一位妇人，面网下垂，头也不回，照直走了下去。

（选自李健吾译：《包法利夫人》，人民文学出版社，1989 年版）

---

① 左岸西车站，在塞纳河之南。

② 马车在南郊兜了一个大圈子。

③ 马车过河而北，又在西郊兜了一个大圈子。

④ 右岸城市东部和东郊各地。

⑤ 六小时走不了这么多路，地名也不见得正好全是顺路。作者显然在夸张这段文字的艺术效果。

作品赏析

《包法利夫人》以19世纪上半叶七月王朝统治时期的法国社会生活为背景，讲述了主人公爱玛的生活与爱情悲剧。小说发表后引起文坛轰动，被左拉誉为“新的艺术法典”。作品取材于当时轰动一时的“德拉马尔的故事”。德拉马尔原是福楼拜父亲的学生、外科医生，早年丧偶，1839年娶了一位年轻性感、眼睛会随光线改变颜色的农场主女儿德尔菲娜为妻，后来德尔菲娜与人通奸，难以自拔，最终因负债累累而于1848年服砒霜自杀。在德尔菲娜原型的基础上，爱玛·包法利被加工成了一个极具浪漫性情的悲剧妇女形象。

沉湎于不切实际的浪漫幻想是爱玛悲剧命运的根源之一。她容貌美丽，有着玫瑰色的面颊、黑油油的挽成了发髻的头发、一双会变换颜色的眼睛和一副天真无邪的神情。她天性浪漫，爱读圣皮埃尔、夏多布里昂、司各特和拉马丁，尤其是骑士小说。那里面“无非是恋爱、情男、情女、在冷清的亭子晕倒的落难命妇、站站遇害的驿夫、页页倒毙的马匹、阴暗的森林、心乱、立誓、呜咽、眼泪与吻、月下小艇、林中夜莺、公子勇敢如狮，温柔如羔羊，人品无双，永远衣冠楚楚，哭起来泪如泉涌”。修道院的环境强化了爱玛的浪漫性情和她对未来生活的幻想，使她难以适应眼前的现实，尤其是农村的卑劣环境更诱发了她对生活现状的不满。人们据此把爱玛·包法利的这种不切实际的幻想和包法利式的浪漫人生观，及心理学上渴望逃离不如意的社会及情感现状的精神状态命名为“包法利主义”(bovarism)。

纵欲堕落是爱玛性格的致命弱点。天性的纯真、淳朴无法取代道德判断，过度的放纵情欲使她失去了起码的良善。查理虽然平庸，却勤劳、善良、忠诚。爱玛曾对与查理的婚姻充满幻想，最终却背弃了查理的感情。渥毕萨尔的舞会和风度翩翩的子爵唤起了爱玛对贵族社会、对巴黎纵欲生活的向往，成为她先后与罗道耳弗和赖昂偷情堕落的根由。她还一度计划抛夫弃子，与罗道耳弗私奔热那亚；在欠债走投无路之际，又试图卖身换得金钱。正是这些不道德因素使她一步步走向毁灭。

客观上讲，爱玛的悲剧也是包法利性格受到各种现实因素撞击的结果。由时装商人、法院、律师、公证人和税务员等构成的“欺诈、卑鄙”的新兴资产阶级的残暴力量的冷漠和威逼，忘恩负义的登徒子的无情抛弃，是致爱玛堕落、死亡的直接因素，间接因素则是贵族社会的存在现实、生活方式以及由此导致的社会不公。爱玛的形象概括了那个时代所有不谙世故的浪漫主义者的悲剧性特点，具有典型意义。她的毁灭则暗示了浪漫主义在资产阶级散文生活中的退却。

在艺术上，《包法利夫人》取得了重大成就，是审美现代性走向成熟和独立的重要标志。作品除了具备现实主义文学的客观性、真实性和典型性等一般特征外，还具有一系列创新性特点。

第一，淡化主题，消解戏剧性。福楼拜自言，他的写作理想只是写出一本“几乎没有主题的书”，一本“关于虚无的书”[①]，这种理想在《包法利夫人》中得到了一定程度的实现。小说相继描写了中学的学习、乡村的婚礼、修道院的教育、日常生活的烦闷与哀叹、乡村的舞会与晚宴、农业展览会的颁奖、勾引与偷情、观看歌剧表演、参观教堂、坐马车兜风、旅店的约会、借款与催款、挑选墓碑等等，尽是一些微不足道的无聊琐事，几乎无关重大的社会历史内容与主题。其中州农展览会的颁奖本来具有一定社会规模，却被偷情男女的情话与勾搭冲淡为滑稽娱乐的场景，失去了应有的社会纵深度。偷情原是作品的核心行动与主题，但作者对这一行动的设计既脱离历史根基，也缺乏一般情节的组织结构和戏剧性、离奇性与可读性，以至于读者多数时间都只能面对没完没了、琐碎而沉冗乏味的细节描写。这种以细节描写取代深度叙事的做法，显然与福楼拜本人对于社会重大事件、重大主题的厌恶和逃避有关。这是西方文学向现代主义过渡的标志。

第二，客观化表述和作者的隐匿。在文学史上，福楼拜率先提出了非个人化或非人格化的创作原则，即要求作家放弃在作品中公开表达个人的思想感情和对人物及事件进行评论的权利，反对在作品中宣讲任何社会政治学说。在福楼拜之前，司汤达和巴尔扎克已经为现实主义文学奠定了基础，但他们并没有严格遵守客观真实的创作原则，而是频频以叙述者的身份在作品中抛头露面，对人物进行任意的褒贬或表达个人的思想感情，因此其现实主义仍然带有严重的主观化和浪漫抒情的痕迹。在谈到《包法利夫人》的创作时，福楼拜说，一个作家在作品中“必须像上帝创造世界时那样”，既“无处不在”，又“无迹可寻”。又说：“我对于把自己的情思写在纸上非常厌恶。我甚至认为，作家对任何事都无权发表自己的看法。上帝可曾发表过他的观点?”他要求作家必须把自己的私人感情和对人物的同情深深隐藏在人物行为的背后，而不能暴露在外或者“写在纸上”，授人以柄。在这一思想主导下，福楼拜塑造出爱玛这一以偷情为乐的人，但却没有在作品中发表任何意见或道德评判，他因此受到了检查机关的指控。

第三，叙事艺术的大胆革新。主要表现于叙述者的退出，限制性视点、自由间接话语、音乐对位法和未完成过去时的使用等方面。叙述者的退出是作者坚持客观化叙述线路的必然结果。在传统文学中，除部分情况外，叙述者通常会成为作者的替身以承担叙事和评价功能。但在《包法利夫人》中，随着作者的隐匿，

---

① 1852年1月16日福楼拜致路易丝·高莱函，见 Francis Steegmuller ed.，*The Letters of Gustave Flaubert：1830－1857*，Cambridge，Mass.：Belknap Pr.，1980，p. 154。

叙述者除了在小说开头公开出现过一次外（“我们正上自习，校长进来了”），也基本上退出了作品。此后作品偶尔使用全知视点，但多数情况下是使用受限制的变换视点叙事，即有时使用某个不知名的目击者视点，有时则使用人物的视点（如读者首先通过查理的眼睛看爱玛，然后又转为通过爱玛的眼睛看查理）进行叙事，因此作品的叙事类型以叙述者等于人物的内聚焦类叙事为主，这种叙事手法对于传统的无所不知者的全知叙事是一种革新。自由间接话语是叙述者的间接转述语和直接引用语之间的变种，福楼拜最擅用这种话语以混淆人物语言与叙述话语的界限。福楼拜还借鉴了音乐对位法作为叙事的辅助手段。这种手法通过同时、交叉地叙述按不同线索行进的活动（如农展会的颁奖与引诱、歌剧院的观剧与偷情），制造了蒙太奇式的叙事效果。

第四，追求语言和文体的完美。福楼拜是公认的语言艺术大师和著名的文体家。主要表现为两个方面：一是要求用词的准确。他在指导莫泊桑时提出了著名的“一词说”，即要求在描述一种现象时，“只能用一个名词来概括，只能用一个形容词表明其特性，只能用一个动词使它生动起来，作家的责任就是以超人的努力寻求这惟一的名词、形容词和动词”。在作品中，福楼拜描述查理的第一个妻子道：“骨头一把，套上袍子，就像剑入了鞘一样”。这里分别只用了一个“剑”和“鞘”就准确地概括了她的全身。二是要求散文的诗歌化和韵律美。他说，“我认为散文应当获得一种韵文的浓度。一句好的散文应当像一行好诗——不可改易，兼有韵律，读来响亮。这至少是我的野心”[①]。让散文具有诗歌的韵律，用史诗笔法去描写日常生活，这对于他而言是“一项伟大的计划和真正富有原创性的工作”。总体而言，他认为小说应该“像诗一样压韵，像科学语言般准确，像大提琴声音一样起伏低沉，有火焰般的装饰”。《包法利夫人》的语言精准流畅、音韵铿锵，体现了上述追求。作品总长不过三百多页，但却花费他五年时间，平均每年才完成六十来页，其中包括根据朗读的节奏、韵律效果对作品进行修改，充分体现了他创作的艰辛和完美追求。

（王钦峰）

---

① 1852年7月22日福楼拜致路易丝·高莱函，见 Francis Steegmuller ed. The Letters of Gustave Flaubert：1830-1857. Cambridge，Mass.：Belknap Pr.，1980：166。

简·爱

[英] 夏·勃朗特

夏洛蒂·勃朗特（Charlotte Bronte，1816—1855）是英国19世纪现实主义文学的杰出代表之一。1816年4月21日，夏洛蒂出身于英国北部约克郡哈沃斯镇的一个穷牧师家庭。由于身体羸弱，夏洛蒂的母亲在孩子们很小时即因病去世，并把弱质的身体遗传给了她的六个子女。夏洛蒂早年曾与两位姐姐一起就读于家乡附近的一所慈善学校。两位姐姐先后因病去世后，夏洛蒂回到家中，与弟妹们一起自娱自乐地写起了小说、诗歌和戏剧。在此后的几年里，迫于生计，夏洛蒂和两个妹妹安妮·勃朗特和艾米莉·勃朗特先后做过家庭教师，并开办学校，但一直没有放弃对于文学创作的兴趣。1845年秋天，三姐妹合出了一本诗集，为了掩饰她们的女性身份，三姐妹各自保留了姓名中的第一个字母，分别取名为：柯勒·贝尔、埃利斯·贝尔和阿克顿·贝尔。此后三姐妹埋头于小说创作，其中安妮写了《艾格妮丝·格雷》，艾米莉写了《呼啸山庄》（1847），夏洛蒂写的是《教授》。前两部书稿被出版社接受，《教授》被退回。但夏洛蒂没有灰心，开始创作另一部小说《简·爱》。1847年10月至12月，夏洛蒂的《简·爱》与妹妹们的两部小说几乎在相同的时间内出版，为她们赢得了极大的荣誉。然而，厄运再一次降临：安妮和艾米莉因病英年早逝，夏洛蒂虽然顽强地多活了几年，创作了《谢利》（1849）、《维莱特》（1853）等小说，但最终于1855年3月31日被病魔夺去生命，年仅39岁。

作品梗概

女主人公简·爱是个穷牧师的女儿，出生不久，父母即相继去世。起初她被舅父收养，舅父临终前把她托付给舅妈。简·爱受尽舅妈的歧视虐待，不久被送进洛伍德孤儿院。

洛伍德名义上是一所抚养孤儿的慈善学校，实际上却是一座摧毁、凌辱儿童的人间地狱。在这里，孩子们受冻挨饿，经常遭到挨打、罚站、剪头发等凌辱，身心受到严重摧残。学校里的生活卫生条件极为恶劣，孩子们半饥半饱，生病后无法得到及时治疗，一有人生病，就会有大部分学生受到传染。许多可怜的孤儿因此夭折。简·爱的好朋友海伦就是在一次疾病流行中被夺去生命的。简·爱在如此恶劣的环境中苦熬了八年。十八岁时为自食其力，她离开学校，来到桑菲尔德庄园做家庭教师。

在她离开孤儿院应聘到桑菲尔德庄园去当家庭教师时，她遇到了那里的男主人罗切斯特，一个个性强烈、脾气火暴而内心深藏着痛苦，具有神秘色彩的男人。他的个性和气质吸引了简·爱，简·爱的坚强、自立也打动了罗切斯特，两人相爱了。就像神秘的男主人一样，桑菲尔德庄园也充满了神秘的怪事。就在他们举行婚礼时，梅森先生闯进教堂，宣告这场婚姻的非法性。原来，一直被关在阁楼上的疯女人伯莎·梅森就是罗切斯特的妻子。尽管罗切斯特一再向简·爱解释，他从来就没有爱过那个疯女人，他与她的婚姻早已名存实亡，恳求简·爱留下来和自己在一起，但简·爱还是毅然地离开了罗切斯特。

离开桑菲尔德后，简·爱独自在凄风苦雨中流浪，受尽折磨，几乎饿死野外，幸得圣约翰兄妹及时搭救，保住了性命。圣约翰希望简·爱做他的妻子，与他一同去印度传教。尽管简·爱对圣约翰的救命之恩心怀感激，但生性固执、为人冷漠的圣约翰显然不是她心目中的理想丈夫，她在内心深处还深爱着罗切斯特。就在圣约翰一再催逼她去印度时，简·爱听到了来自罗切斯特那里深切的心灵呼唤。她拒绝了圣约翰的求婚，决定回桑菲尔德同罗切斯特在一起。

简·爱意外地获得了远方叔父的一笔巨额遗产。她听从心灵的呼唤，回到桑菲尔德。可是那里已成废墟，原来疯女人放火烧了庄园，自己也葬身火海。罗切斯特为救她被火烧伤，失去左臂，双目失明。但此时的简·爱与罗切斯特对于门第与财产等身外之物已全不计较，两位有情人终于幸福地生活在一起。两年后他们生下了一个孩子，罗切斯特也治好了一只眼睛。

（范方俊）

作品节选

第二十三章

…………

我有一个缺点，就是尽管有时候我的舌头能对答如流，但有时候它却糟糕地叫我找不出一句推托的话来，而且这种失误又总是发生在紧要关头，正需要用随口对答或者巧言搪塞来摆脱难堪的困境。我不想在这样的时刻单独跟罗切斯特先生一块儿在幽暗的果园里散步，但我又提不出一个理由来离开他。我步履磨蹭地跟在后面，拼命地打着主意想找出一个脱身之法。可是他自己看上去却那么泰然自若而又神情严肃，弄得我都为自己的心情慌乱感到不好意思起来。行为不端——如果眼前就有或者眼看会有什么不端行为的话，——看来似乎只是就我而言的，他的心里却泰然自若而且毫未意识到。

“简，”当我们踏上月桂树小路，朝着坍篱笆和那株七叶树漫步闲荡过去的时候，他又开口说起来，“夏天桑菲尔德是个愉快的地方，是吗？”

“是的，先生。”

“你一定有几分依恋这所宅子了吧，——你这个对大自然的美颇有几分眼光，又很容易产生依恋心情的人？”

“说真的，我是很依恋它。”

“而且，尽管我不明白是怎么回事，但我看得出，你也有几分关心起那个傻孩子阿黛尔，甚至还有那位头脑简单的费尔法克斯太太来啦？”

“是的，先生，尽管方式不同，我对她们俩都挺喜爱。”

“而且会很不乐意离开她们吧？”

“是的。”

“真可惜！”他说着叹了口气，停了一下。“世上的事就是这样，”一会儿他又接着说，“你刚在一个愉快的休憩处安顿了下来，马上就有一个声音在呼唤你站起身来，继续往前走，因为休息的时间已经完了。”

“我得继续往前走么，先生？”我问道。“我得离开桑菲尔德么？”

“我相信你得离开，简。我很抱歉，简妮特，可是我确实相信你得离开。”

这真是一个打击，可是我并没有让它把我打垮。

“那好，先生，开步走的命令一下我随时就走。”

“已经下了，——今晚我就不得不下。”

“这么说，你是就要结婚了，先生？”

“正——是，一点——也——不错，凭着你一贯的敏锐，你真是一语破的。”

“快了么，先生?”

“很快，我的……哦，爱小姐。说来你应该还记得，简，当初我本人，或者传言，明白告诉你我打算把我这个老单身汉的脖子伸进神圣的绞索里，踏上结婚的圣坛，——简单地说，把英格拉姆小姐拥抱在怀里（她抱起来可真是不小呢，不过这不相干，——像我美丽的布兰奇这样一个宝贝是谁也不会嫌大的）的时候；嗯，我是说……听我说呀，简！你掉过头去不是在找更多的飞蛾吧，是吗?那只是一只瓢虫，孩子，‘正在飞回家’[①]。我是想提醒你，正是你自己带着你那令我敬重的审慎态度，——那种适合你责任重大而又依人谋生的地位的明智、远见和谦虚，首先向我提出来，如果我娶了英格拉姆小姐，你和小阿黛尔都最好还是马上就离开。我并不想来计较你这提议中对我爱人性格所隐含着的诋毁。真的，你一旦高飞远走之后，简妮特，我会尽量去忘记它。我会只注意到其中的明智之处，它很令人信服，所以我已决定照此办理。阿黛尔一定得进学校，而你，简小姐，得另找新职位。”

“好，先生，我马上就去登广告，而在这段时间里，我想……”我正要说，“我想在另找到一个安身处之前，我仍可以呆在这儿吧。”但是我突然住了口，觉得不能冒险去说长长的一句话，因为我的嗓子已经不大听使唤了。

“再过一个月光景我就要当新郎，”罗切斯特先生继续往下说，“在此之前，我会亲自替你去找一个工作和安身的地方的。”

“谢谢你，先生，我很抱歉给……”

“哦，用不着道歉！我认为一个下属像你这样地忠于职守，她就可以说有权利要她的雇主为她帮一点他只要举手之劳就能帮她的小忙。说真的，我已经从我未来的岳母那儿听说，有一个我认为很合适的工作，是去爱尔兰康诺特省的苦果山庄，教狄奥尼修斯·拗轧太太的五个女儿。我想你会喜欢爱尔兰的，听说那儿的人都非常热心。”

“路很远啊，先生。”

“没关系，——像你这样有头脑的姑娘总不会怕航行和路远吧。”

“倒不在乎航行，而是路太远，再说又有大海相隔……”

“跟什么相隔，简?”

“跟英国，跟桑菲尔德——还跟……”

“呃?”

“跟你，先生。”

我这话几乎是不由自主说出口来的，同样，也不由我自己的意志做主，我的眼泪也夺眶而出。不过我并没有哭出声来，我避免抽泣。一想到拗轧太太和苦果

① 这是当时流行的儿歌中的词句：“瓢虫，瓢虫，快快飞回家……”

山庄就叫我寒透了心。但更寒心的，是想到看来注定要翻腾在我跟眼下正走在我身边的主人之间的那茫茫大海。而最最寒心的，是想起有更加辽宽的海洋——财富、地位、习俗——阻隔在我和我无法避免、自然而然爱上的人中间。

"路很远啊。"我又说了一句。

"的确是很远，你一到了爱尔兰康诺特省的苦果山庄，简，我就永远也见不着你了，这是确定无疑的。我绝不去爱尔兰，我自己也不大喜欢这个国家。我们一直是好朋友，简，是么？"

"是的，先生。"

"朋友们在就要分手时，总喜欢趁余下的一点时间彼此多亲近一些。来，——我们来平心静气地好好谈谈这次航行和离别吧，谈它半个小时光景，看着星星在那边天空上升到它们光辉灿烂的全盛时期。这儿是那棵七叶树，这儿有围着它老根的凳子。来吧，今晚上我们要安安静静在这儿坐坐，尽管以后注定再也不会一起坐在这儿了。"他招呼我坐下，然后自己也坐了下来。

"去爱尔兰要走很远的路，简妮特，我很过意不去，让我的小朋友去作这样一次叫人厌倦的旅行。但既然我没法安排得更好，那又有什么办法呢？你觉得你有点跟我相像么，简？"

这一次我没敢答话，我感到满心激动。

"因为，"他说，"有时候我对你有一种奇怪的感觉，——尤其是你像现在这样靠近我的时候。仿佛我左肋下的哪个地方有一根弦，跟你那小小身躯里同样地方一根同样的弦难分难解地紧紧纠结在一起。一旦那波涛汹涌的海峡和两百英里左右的陆地把我们远远地分隔两地，我怕这根联系着两人的弦会一下绷断，那样我就会惴惴不安地担心我内心准会流起血来。至于你呢，——你却会忘得我一干二净。"

"这我是决不会的，先生，你知道……"我实在说不下去了。

"简，你听见林子里那只夜莺在唱歌么？听！"

我一边听，一边很厉害地啜泣起来，因为我再也压制不住我心中的感受了。我不得不听其自然，痛苦难言得从头到脚都打起哆嗦来。等我说得出话来时，也只能表示我强烈的愿望，但愿我从未出生，从未来到过桑菲尔德。

"因为你离开它感到难过？"

我心中的悲伤和爱所激起的感情爆发，正在渐占上风，正在竭力要左右局势，要求能压倒一切，战胜一切，要求存在、扩张，最后成为主宰，是的，——还要求公开说出来。

"我离开桑菲尔德感到伤心。我爱桑菲尔德。——我爱它，因为我在这儿过了一段愉快而充实的生活，——至少过了短短一段时间。我没有遭践踏。我没有被吓呆。没有硬把我限制在头脑较低下的人中间，排斥在与聪明、能干、高尚的心灵交往的一切机会之外。我能跟我敬重的人面对面地交谈，跟我所喜爱的，——一个独特、活跃、宽广的心灵交谈。我认识了你，罗切斯特先生，一旦感到我非得永远跟你生生拆开，真叫我感到既害怕，又痛苦。我看出了非分手不可，但这就像是看到了非死不可一样。”

“你从哪儿看出了非这样不可呢？”他突如其来地问。

“哪儿？是你，先生，让我明明白白看出来的。”

“在什么上面？”

“在英格拉姆小姐身上，在一位高贵而美丽的女人——你的新娘身上。”

“我的新娘！什么新娘？我没有新娘！”

“可是你就会有的。”

“对，——我就会有的！——我就会有的！”他咬牙切齿地说。

“既然这样，我就非走不可了，你自己亲口说过的。”

“不，你非留下不可！我发誓非得这样，——这个誓言是算数的。”

“我跟你说，我非走不可！”我有点发火了似的反驳说。“你以为我会留下来，做一个对你来说无足轻重的人吗？你以为我是个机器人？——是一架没有感情的机器？能受得了别人把我仅有的一小口面包从我嘴里抢走，把仅有的一滴活命水从我的杯子里泼掉吗？你以为，就因为我贫穷，低微，不美，矮小，我就既没有灵魂，也没有心吗？——你想错了！我跟你一样有灵魂，——也完全一样有一颗心！要是上帝曾赋予我一点美貌、大量财富的话，我也会让你难以离开我，就像我现在难以离开你一样。我现在不是凭习俗、常规，甚至也不是凭着血肉之躯跟你讲话，——这是我的心灵在跟你的心灵说话，就仿佛我们都已经离开了人世，两人一同站立在上帝的跟前，彼此平等，——就像我们本来就是的那样！”

“像我们本来就是的那样！”罗切斯特先生重复了一句，——“就这样，”他补充说，将我一把抱住，紧紧搂在怀里，嘴唇紧贴着我的嘴唇：“就这样，简！”

“对，就这样，先生，”我回答说，“可又并不是这样，因为你是个已结了婚的人，——或者等于是已结了婚的人，娶了个比不上你的人，——一个你并无好感的人，——我并不相信你真正爱她，因为我曾亲自耳闻目睹过你对她嗤之以鼻。换了我是会对这样的婚姻不屑一顾的，所以我比你还好一些，——让我走！”

“去哪儿，简？去爱尔兰么？”

“对，——去爱尔兰。我已经说出了我的心里话，现在去哪儿都行。”

“简，安静点，别这么死命挣扎了，就像一只疯狂发野的鸟儿在不顾死活地扯断它自己的羽毛似的。”

“我不是只鸟儿，也没有落进罗网。我是个自由自在的人，有我的独立意志，我现在就运用它决心要离开你。”

我又拼命一挣，终于挣脱出来，昂首直立在他的面前。

“那你也运用你的意志来决定你的命运吧。”他说。“我向你献上我的手、我的心，和分享我全部家产的权利。”

“你是在演一出滑稽戏，我看了只会发笑。”

“我是请求你一生跟我在一起，——成为第二个我和我最好的终生伴侣。”

“对这样的终身大事你已经作出了你的选择，你就应当信守它。”

“简，求你安静一会儿，你太激动了。我也要安静一下。”

一阵微风掠过月桂树小径，轻轻地拂过那株七叶树的树枝。它飘忽地吹过去，——吹过去，吹向渺茫的远处，——消失了。只剩下夜莺的婉转声是此时惟一的声响。听着它，我又哭了起来。罗切斯特默默地坐着，温柔而严肃地看着我。他有很长的一会儿不说话，最后终于说：

“到我身边来，简，让我们彼此好好解释、互相理解一下吧。”

“我永远不再到你的身边去了，我已经被生生拆开，再也回不来了。”

“可是，简，我是唤你来做我的妻子，我打算娶的只是你。”

我不做声。我想他准是在作弄我。

“来吧，简，——过来。”

“你的新娘拦在我们中间。”

他站起来，一步跨到我跟前。

“我的新娘是在这儿，”他说着，再次把我拉向他怀里，“因为比得上我、像我的人是在这儿。简，你肯嫁给我吗？”

我仍旧默然不答，我仍在挣脱他，因为我还是不相信。

“你怀疑我么，简？”

“完全怀疑。”

“你一点也不相信我？”

“一点也不。”

“我在你眼里是个撒谎者么？”他激烈地说。“爱疑心的小鬼，我非叫你相信不可。我对英格拉姆小姐有什么爱情呢？没有，这你是知道的。她对我有什么爱情呢？没有，这是我已经煞费苦心证明了的。我先想法把一个谣言传到她耳朵里，说我的财产还不到人家猜想的三分之一。然后我出场来看看后果如何。后果是她跟她母亲全都冷淡起来。我决不会——也不可能——娶英格拉姆小姐。是你——你这古怪的，你这几乎不像是尘世的小东西！——我才爱得像爱自己的心肝。你——尽管又贫穷又低微、既不美又矮小，——我还是要请求你答应我做你的丈夫。”

“什么，我！”我失声叫了出来，不由从他的一本正经，——尤其是从他的出言鲁莽，——开始有点相信他是真诚的。“我这个在这世上除了你——如果你是我的朋友的话——没有一个朋友，除了你给我的之外没有一个先令的人么？”

“是你，简。我一定要让你属于我一个人，——完完全全属于我一个人。你愿意属于我么？说愿意，快。”

“罗切斯特先生，让我看看你的脸。转过来朝着月光。”

“干吗？”

“因为我想仔细看看你的神情，转过来！”

“哪，你会发现它并不比一张揉皱、乱涂过的纸更容易看得明白。看吧，只求你快一点，因为我不好受。”

他的脸非常激动，也非常红，五官表情强烈，眼里闪出奇异的光芒。

“唉，简，你在折磨我！”他嚷起来。“你那种寻根究底然而又忠实、宽厚的目光，简直是在折磨我！”

“我怎么会来折磨你呢？只要你是真心，你的求婚是当真的，我对你只能一往情深、满怀感激，而决不会来折磨你。”

“感激！”他失声嚷道。随即又发狂似的说：“简，快答应我。说，爱德华，——叫我的名字，——爱德华，我愿意嫁给你。”

“你是认真的么？——你真的爱我？——你是真心希望我做你的妻子？”

“是的。要是一定要发誓你才能满意，那我就起誓。”

“既然这样，先生，我愿意嫁给你。”

“叫爱德华，——我的小妻子！”

“亲爱的爱德华！”

“到我怀里来，——现在整个儿投到我的怀里来。”他说。接着，他脸贴着我的脸，又用他最最深沉的语调对着我的耳朵说：“使我幸福吧，——我也将使你幸福。”

“上帝饶恕我！”一会儿他又补充说，“别让人家来干扰我。我得了她，就要牢牢守住她。”

“没有人会来干扰，先生。我没有亲戚会出来阻挠的。”

“没有，——那真太好啦。”他说。要不是我那么爱他的话，我也许会觉得他那狂喜的口气和神情简直有点太野了。然而，靠着他坐在那儿，从离别的噩梦中醒来，——忽然被召入团圆的天国，——我此时想到的只是那任我畅饮的无穷幸福。他一遍又一遍地说：“你快活吗，简？”而我也一遍又一遍地回答：“是的。”随后他又喃喃地说：“会赎罪的，——会得到上帝宽恕的。难道我不是发现她无亲无友、冷冷清清、得不到安慰么？难道我能不去保护她、爱惜她、安慰她么？难道我不是满心热爱、坚定不移么？这一切都会在上帝的法庭上赎罪的。我知道我的造物主是准许我这样做的。至于人间的评判，——我才不去管它。别人的议论，——我毫不在乎。”

可是这夜色起了什么变化啦？月亮还没有下落，我们就已经笼罩在一片黑暗里。尽管离得那么近，可我却几乎看不清我主人的脸。那株七叶树又为什么这么痛苦不安？它拼命呻吟、折腾。同时月桂树小路上狂风呼啸，朝我们这儿直扑过来。

（选自吴钧燮译：《简·爱》，人民文学出版社，1990年版）

作品赏析

如果在中国的成年女性中间做一个调查，来探求对于她们的人生、思想、情感影响最深远的一部文学作品的话，恐怕绝大多数答案都会指向同一部书籍——《简·爱》。这部由英国文坛上著名的“勃朗特三姐妹”之一的夏洛蒂·勃朗特创作、1847年出版的英国现实主义长篇小说，从问世至今，历经几个世纪和时代，在世界的各个角落，在不同语言和种族的人们中间，广为流传，长盛不衰。尤其是在各个时代的女性读者之中，被一代又一代地珍藏和喜爱着。简·爱，已经由于她所象征的女性的理想和追求而超越了时空，在人们心中成为永恒。

《简·爱》是夏洛蒂·勃朗特的成名作，同时也是作家一生中仅出版过的四部小说中最有代表性的一部。它的面世在当时——19世纪的英国文坛引起了轰动，同时也受到了读者的热烈欢迎，从而成为一部既受行家称道又是“畅销书”的艺术杰作。全书以“一部自传”为副标题，以女主人公简·爱的自叙口吻讲述了一个独立、坚强、自尊、自信的女性成长的故事，其重点是简·爱与罗切斯特之间的爱情。这段爱情由于男女主人公社会地位的悬殊、双方个性的差异而充满了激烈碰撞，也同时迸发出灿烂的火花，特别是简·爱的独特个性和思想，在打动身为贵族的男主人公的同时也紧紧抓住了读者的心。在全书中所渲染的桑菲尔德庄园的神秘气氛以及一系列的悬念，也使整部书的情节曲折，引人入胜。另外，通过简·爱的亲身经历，还表现了19世纪英国的一些社会、经济、政治、生活现状，以简·爱那独特的视角和语言道来，真实而具有艺术感染力。但是，《简·爱》的成功绝不仅仅在于此。如果人们看到的简·爱仅仅是一个赢得了男贵族爱情的平民女子，那只不过是看到了一个灰姑娘苍白的影子。而简·爱已经勇敢而果决地走出了灰姑娘的童话，开始迈向一个有着新的女性、真的女性的文学道路。《简·爱》的意义就在于，她提供了一个前所未有的女性形象，发出了一个属于女性自己的声音，那就是对于平等、独立、完整、自由的坚持和追求。

简·爱作为文学中的女性形象，可以说是具有里程碑式的意义的。作为一个爱情故事的女主人公，简·爱这样一个形象是前所未有的。不同于以前作品中那些美丽温柔、高贵贤淑的女子形象，她“贫穷，低微，不美，矮小”，可是，她所拥有的一颗智慧、坚强、勇敢的心灵，却使那些外在的美貌黯然失色。简·爱并不因为自己的贫穷和外貌而自卑，相反她勇敢而坚定地对罗切斯特说：“我和你的灵魂是平等的。”因为她清楚深切地认识了自己的灵魂，自己的内心，真正看到了自己作为一个女人，也和男人一样，有着对于完整爱情和平等人格的共同要求。于是，她执着而坚定地向着这个目标走去，在坚持着自己的同时也在发现着自己。这种对于自我的坚持和独立，是以前的文学作品中的女性形象所没有的，因此被看作女性文学发轫的先声。当小小的简·爱在孤儿院里反抗冷血无情的院长时，当简·爱敢于不顾身份地位的悬殊大胆地去爱罗切斯特时，当简·爱抛弃世俗的偏见勇敢地向罗切斯特表白时，当简·爱宁愿忍受离去的痛苦也不愿守着一份残缺的爱情时，当简·爱坚持着自己的追求而坚决地拒绝了有恩于自己的牧师的求婚时，人们看到的，是一个坚强独立的女性，对自己的思想和人格有着理性的认识，对自己的幸福和情感有着坚定的追求，不再只是盲从于男人和世俗的要求，而对自己的价值和情感做出了自己的判断，进行着独立的选择。

有了自己的头脑和追求的简·爱，身上闪耀着理性的光辉——这种光辉正是长久以来只在男人身上熠熠闪亮，而从未在女人中被发现的——简·爱宣告了女性可以对于自己的命运、价值、地位进行主动思考和努力把握，并且有着与男性一样的智慧和品格。这一点最深切地体现在简·爱对于爱情的态度上。简·爱虽然是个身材矮小、其貌不扬的女孩，但她所受过的教育和她的经历使她拥有一个富有智慧、善良敏感、坚强独立的高贵灵魂，在这一点上她与男主人公罗切斯特相比毫不逊色，甚至使罗切斯特有时感到惭愧。所以，在社会地位悬殊的爱情面前，简·爱没有退缩，而是大胆地追求自己的所爱，就是因为她真切地认识到自己与对方的身份差异并不代表自己的低下，事实上，他们在本质上、在灵魂上、在爱情之中、“在上帝面前”，是平等的。于是，简·爱敢于去爱一个社会阶层高于自己的男人，更敢于主动向对方表达自己的爱情——这在当时的社会是极其大胆的。正是两个互相对等的灵魂才组成为一份完整的爱情，所以简·爱坚持自己的独立与追求爱情的完整是不能分离的。基于同样的理由，她与罗切斯特相爱又离他而去，她决不能允许自己和一个有妇之夫结合在一起。这是一份不完整的爱。于是，简·爱不得不满含着分离的悲痛离开了他，否则留在他身边的也不会还是原来那个独立、平等的简·爱了。如果说简·爱的这次离去是由于无法改变的现实而不得不做出的一次理性选择的话，那么她的归来则是她出于坚持感情的追求的又一次理性选择。

当圣约翰牧师向简·爱提出求婚，要她作为他的助手一起去印度传道时，简·爱虽然认为“他是个好人”，但还是拒绝了他的求婚。因为在简·爱看来，牧师爱的并不是自己，他更爱的是上帝。而更重要的是，无论牧师对她如何，她心里爱的仍然是罗切斯特。因而牧师的爱对于简·爱来说就是不完整的。当简·爱最终拒绝了牧师时，人们又一次看到了一个新的女性对于自己的人格、情感、生活的坚定理想和执着追求。简·爱的这两次选择，恰恰代表了女性对于自我的发现和把握，以及在女性身上的有着与男性同样地位和价值的理性力量。

简·爱的出现打破了文学史上一种长久以来对于女人的沉默，一种不把女人自身及其自身的要求看作具有独立地位和完整意义、看作和男人一样平等的沉默。夏洛蒂·勃朗特是个有女性自觉意识的作家，在她的笔下，表达了女性追求自己平等、独立的地位，实现自己完整、真实人格的呼声。从简·爱身上，人们看到了一种新的女性形象：自尊、自重、自立、自强，勇敢坚定，绝不仰人鼻息。这种女性或者说这种女性追求对于在男权文化下习惯于漠视甚至轻视女性的文学传统不啻一个震撼。因此有人称夏洛蒂·勃朗特为女性文学的先驱。尽管在《简·爱》的结尾存在着通过女主人公继承遗产而使结局大团圆这样一些有些落入俗套之笔（这一点，读者可以从作者的生平中找到一定的解释：它包含了作者对于自己在现实中未能实现的爱情的幻想和寄托），但《简·爱》最重要的意义或许并不在于它的形式，而是它所提供的这样一个女性形象。简·爱已经成为一种理想，一种追求，一种只要女性想要真正实现自我就要坚持的理想和追求。只要有那种对于女性来说具有先天不公的男权文化机制存在，这种理想和追求就永远不会过时。所以，《简·爱》一直在一代又一代读者尤其是女性读者中间享有不朽的经典地位。

或许，当所有的女性都能够真正地理解简·爱，当所有的男性都能够真正地尊重简·爱时，那段在无数女性心中流传已久的简·爱的话语就能够成为现实而不只是一种理想："我跟你一样有灵魂，——也完全一样有一颗心！""我现在不是凭习俗、常规，甚至也不是凭着血肉之躯跟你讲话，——这是我的心灵在跟你的心灵说话，就仿佛我们都已经离开了人世，两人一同站立在上帝的跟前，彼此平等，——就像我们本来就是的那样！"而这一天的到来，不仅取决于像简·爱一样追求的女性们，也同样有待于和她们一起生活的男性对于女性的态度的改变。

（刘渝）

论自然

[美] 爱默生

拉尔夫·沃尔多·爱默生（Ralph Waldo Emerson，1803—1882）是19世纪美国著名的思想家、散文家和诗人，被认为是美国超验主义或美国文艺复兴的奠基人。他生于马萨诸塞州的波士顿，父亲是唯一神教派的牧师。8岁丧父，母亲抚养长大。9岁入读波士顿拉丁学校，14岁时入读哈佛大学并担任新生代表，其间阅读大量英国浪漫主义作品，毕业后他在兄长开设的女子学校担任教师。1824年入读哈佛神学院，与埃朗·路易莎·塔克相识并结为夫妻，婚后两年妻子患肺结核死亡，深受打击，对自己的信仰产生怀疑，离开了教会的神职工作。1833年游历欧洲，与华兹华斯、柯勒律治和卡莱尔相识，深受影响，同年回到波士顿担任讲师，著有多部讲稿。1835年搬至马萨诸塞州康科德，娶莉迪亚·杰克逊为妻。

爱默生是19世纪30年代美国超验主义思想流派的主要倡导者。1835年他与友人成立了“超验俱乐部”，1836年用化名出版小品文《论自然》，是美国超验主义的奠基之作。1837年发表以《美国学者》为题的演说辞，推崇独立思考，强调人的价值，控诉美国的拜金主义，被誉为美国思想文学领域的“独立宣言”。1838年他受邀回到哈佛神学院为毕业典礼致辞，在《神学院献辞》中他批评唯一神派，推崇人的至高无上和直觉上的认知，引起广泛争议。1841年出版《论文集》第一辑，包括《论自助》《论超灵》《论补偿》《论爱》等12篇论文，1844年出版第二辑，他被称为“美国的文艺复兴领袖”。此外，他还有《代表人物》

《英国人的特性》《五月节及其他诗》《社会与孤独》《帕纳索斯》等作品出版。

爱默生还是一名出色的演说家，他声音低沉而富有热情，以平等的姿态对待听众，他在废奴主义中立场坚定，不加入任何政治团体。

爱默生晚年患有健忘症和失语症，1882 年 4 月 27 日，爱默生因肺炎逝世，葬于马萨诸塞州康科德的沉睡谷公墓，享年 78 岁。

作品梗概

《论自然》是一篇论述性小品文，包括了“导言”和“自然”、“商品”、“美”、“语言”、“规训”、“唯心主义”、“精神”、“远景”八个部分。作者从不同的角度诠释自然之美。

在导言中作者开门见山，提出论述的要义，我们认知这个世界的方式被研究自然的各色理论所占据，而偏离了自然本身，要想解决这个问题，首要任务是抛弃那些所谓客观的理论，因为此类描述只会让我们离自然越来越远，也远离了我们自身。其次我们要置身于自然之中，通过直接的经验感知大自然的设计，从而不再受历史学家和科学家抽象出的所谓真理所束缚。同时，作者也对自然这个概念给出了界限，他所指的自然是非我之物，既包括大自然之物，也包括我们心灵之外的身体。

第一部分是“自然”，作者以诗性的语言歌颂大自然的壮美。作者首先谈到大自然的整体性和诗人独特的地位，璀璨的星空和鲜花、动物、山峦都会给我们带来愉悦之感，可是这些风景本身是割裂的，美感也转瞬即逝，而诗人却可以把大自然中迷人的风景加以整合，带给我们完整统一的意识。其次，作者进一步挖掘大自然会给我们的心灵如此的震撼的原因，这是因为大自然和个体心心相印，人和动植物之间存在着某种神秘的联系，个体变成了“一只透明的眼球”，是大自然中的一部分。最后，作者强调人的个体性，人们在大自然中感受到的欢愉并不是来自自然本身，而是来自心灵和自然的和谐，因为面对同样的自然环境，不同心境的人感受完全不同。第二部分是“商品”，作者讴歌了相互协作、和谐运转的自然界。这里的商品指的是大自然馈赠给人类的物质，水、矿石、火、空气、田野等等都是人类赖以生存的物质基础。而人类正是在这样的基础上，才创造了“有用的艺术”，包括蒸汽机、火车、桥梁、运河和城市。第三部分是“美”，作者从三个层面分析自然美：治愈功能、精神因素和智识对象。首先，自然使身心受伤的人以慰藉，四季的更迭、草长莺飞、群星璀璨、湖光山影都有治愈的功用。其次，自然赋予人类美德，人的思想因为壮美的湖川变得崇高，人的品德因为和谐的风景变得高尚，人的意志也因为陡峭的山路而变得坚韧。最后，自然也是对于人类智识的发展也有促进作用，井然有序的自然正是人类所追求的目标，人类可以在自然中探索智识之美。除此之外，作者以艺术之美作结，艺术作品是大自然的抽象的表现，大自然通过人的意志表现艺术，艺术美是整体宇宙观的表达。

第四部分是“语言”，作者探讨了语言与自然的关系。首先，作者强调语言的自然属性，尽管我们会忘记，词语的源头正是自然中的万物，比如说，“精神”的原意是风，“傲慢”的原意是“仰起眉毛”。其次，客观自然界的事物也有着精神层面的含义，狐狸具有狡猾的意思，羔羊具有无辜的含义，蛇被赋予了恶毒的含义。由于人类低级的欲望的腐化，人类语言和自然界天然的链接中断了，语言失去了原有大自然赋予的精神力量，被腐化了。最后，作者认为语言是隐喻，整个大自然是人类心灵的隐喻。成语、童话、寓言都体现着大自然的法则，可是人类可以把其当成道德准则的隐喻。第五部分是“规训”，作者认为自然是一种规训，有两种属性：一种是理解的规训，另一种是理性的规训。首先，自然教会我们认知事物，通过塑造我们的感知器官，我们逐渐形成常识，理解物理的法则，就像是父母对于孩子的教育和规训。其次，是理性，作者所谈的理性和我们今天的理解截然不同，这里的理性更多是道德层面的原则，自然的各项进程教会了人类伦理的精神，日常的事物都具有教义，我们从自然中学会了友爱、节俭、勤奋、坚毅等等道德上的规训。物质层面和人类精神层面的规则是统一的、有机的、和谐的。

第六部分是“唯心主义”，作者回答了个体的感官认知和客观世界差异的问题。我们怎么知道自己所感知的事物是否与客观现实相吻合呢？作者认为是否吻合并不是问题的关键，关键是个体的感官感受和客观世界之间存在着无法调和的差距。他从唯心主义哲学的论述中展开探讨。机械手段可以给客观世界造成形变，快速行驶的列车、不同的观察视角下的世界都不尽相同，这让我们认识到客观世界的变化多端，还有恒定的我们自身。对于这种距离有着不同的阐释：哲学家追求真理，从客观世界抽象出概念，可是他们笔下的自然却是恒定不变的；科学家，特别是数学家，通过抽象的论证分析客观世界的规律，可是他们的出发点并不是客观世界的物体本身；诗人呈现的是最真实的客观世界，因为通过掌控语言，他们掌控了自然本身，在他们笔下有些景观变得更迷人，有些就不是了。作者最后强调观念的重要性，观念超脱了时空，抵达形而上层面的意识和永恒。第七部分是“精神”，作者认为精神并不是凭空出现的，而是通过我们自身发挥作用。精神即为上帝的存在，并没有刻意在人周围创造了自然，而是通过人类推出了自然。这样，人类本身也是某种意义上的造物主。

第八部分是“远景”，作者探讨该如何研究自然。他反对实证科学的研究方法，推崇直觉感知。实证科学专注于个体事物或者事物之间的联系，而忽略了自然的整体性，也忽略了人和自然之间的关系，变成了没有人性的研究。最后，作者把世间的邪恶和灾难归咎于人类在精神上的堕落，他强调精神的作用，人作为至高精神的载体应该建设自己的精神家园，推进精神的革新。

作品节选

导　言

我们的时代是怀旧的。它建造父辈的坟墓，它撰写传记、历史与评论。先人们同上帝和自然面对面地交往，而我们则通过他们的眼睛与之沟通。为什么我们不该同样地保持一种与宇宙的原始联系呢？为什么我们不能拥有一种并非传统的而是有关洞察力的诗歌与哲学，拥有并非他们的历史而是对我们富有启示的宗教呢？大自然的生命洪流环绕并贯穿着我们的身躯，它以其巨大的能量鼓励我们对它进行相应的行动——既然人类受到大自然的如此厚爱，并且即将进入全盛的阶段，那么我们为何要在历史的枯骨堆里胡乱摸索，或者偏要把活人推进满是褪色长袍的假面舞会呢？今天的太阳依然光照人间。田野里有了更多的羊群，更多的亚麻。世上发现了新的土地、新人与新思想。让我们来呼唤我们自己的著作、法律和崇拜吧。

毫无疑问，我们不会提出无法回答的问题。我们应当彻底相信造化的完美，并且坚定不移地认为：无论那些天设地造的安排激发起我们的何种好奇，事物本身一定会让我们得到满足。每一个人自身的境遇，都是对他提出的疑问所作的形象回答。他在生活中实践这一答案，随后才领悟到它是真理。大自然以同样的方式早已在它的外形与趋势当中描述了自己的设计方案。让我们来询问那些无声无息地闪耀在我们周围的伟大精灵吧。让我们问一问，大自然的目的是什么？

所有科学都有着一个相同的目标，即找到一种有关自然的理论。我们已经拥有关于物种与功能的理论，但却找不到一种哪怕是间接地研究生命起源的方法。我们现在远远未能走上真理之路，以至于宗教权威人士彼此争吵，结下怨恨，而严肃的思想家却被看成是疯癫玩闹之徒。然而，对于健全的判断者来说，最抽象的真理恰恰是最为实际可行的。无论真正的理论何时出现，它都会自动地证实它自身。检验它的方法，是看它能否解释所有的现象。现在有许多事情看起来非但不能解释，而且它自己也无可理喻——比如说语言、睡眠、疯狂、梦、野兽与性。

…………

第一章　自然

…………

说真的，几乎没有几个成年人能够亲眼看到自然。大多数人不会去盯住太阳细看。至少他们是一掠而过。太阳仅仅照亮成年人的眼睛，可它却一直透过孩子的眼睛照亮他的心灵。热爱大自然的人是那种内外感觉仍然协调一致的人，他在成年之后依然保持着孩童般的纯真。他与天地的交流变成了他每日食粮的一部分。面对自然，他胸中便会涌起一股狂喜，尽管他有自己的悲哀。大自然说——他是我的创造物，虽然他有种种无端的悲苦，总是高兴和我相处的。并非只有太阳与夏季是令人愉悦的。每个时辰、每个季节都会产生它独有的喜人之处。这是因为，每个时辰、每种变化都配合并导致一种不同的心灵状态，从静寂无声的中午，直到夜幕沉沉的午夜。大自然是一台背景，它既可做喜庆场合的陪衬，也同样能衬托悲哀的事件。当我身心健康时，空气中都弥漫着善意与美德。穿越空旷的广场，脚踩积雪的水坑，时值黎明前夕，天空布满云层——此时我心中虽然没有一点有关好运气的想法，但是我经历了极度的喜悦。我高兴到了恐惧的边缘。[①] 在丛林中也是如此：一个人像蛇蜕皮一样一年年长大，但是不论他年纪有多大，他永远是个孩子。人在丛林里能永久地保持青春。在这些上帝掌管的庄园里，有一种神圣的礼仪和秩序统治一切。一年四季，延绵不断地过节，而客人乐在其中，一千年也不会感到厌烦。我们在丛林中重新找到了理智与信仰。在那里，我觉得一辈子也不会有祸事临头——没有羞辱，没有灾难（让我的眼睛避开它们吧）——而这些人为祸事是大自然无法弥补的。站在空地上，我的头颅沐浴在清爽宜人的空气中，飘飘若仙，升向无垠的天空——而所有卑微的私心杂念都荡然无存了。此刻的我变成了一只透明的眼球。我不复存在，却又洞悉一切。世上的生命潮流围绕着我穿越而过，我成了上帝的一部分或一小块内容。最亲近的朋友的名字听起来也陌生奇异之极。兄弟也好，熟人也罢，是主人还是仆佣——这些都在一刹那变得无谓，甚至讨厌。我成了一种巨大而不朽的美的崇拜者。我在荒野里发现了某种比在大街上或村镇里更为亲昵、更有意味的气氛。在静谧的田野上，尤其是在遥远的地平线上，人看到了某种像他的本性一样美好的东西。

田野与丛树所引起的欢愉，暗示着人与植物之间的一种神秘联系。它们说明我不是孤身一人，也不是不被理睬。它们在向我点头，我也向它们致意。在暴风雨中摇摆的树枝，对我既是生疏的，又是熟悉的。它令我十分吃惊，但又不是完全陌生的东西。它的效果就好比是在我自以为是、沾沾自喜时，突然被一种更崇高的思绪或更美好的感情所征服。

---

① 在1836年版本里，爱默生的原话是："我几乎害怕去想一想，自己有多么高兴。"

然而可以肯定，产生这种欢愉心情的力量并不存在于大自然之中，它出自人的心灵，或者出自心灵与自然的和谐之中。人们有必要以极大的节制态度来利用这种欢愉。因为大自然并非总是用节日盛装打扮自己——昨天依然是花香四溢、光彩迷人的美景，仿佛是专供仙女们玩耍嬉闹的地方，今天却沉寂一片，毫无生气。大自然总是染有情绪色彩。对一个在苦难中辛苦工作的人来说，他心中怒火熊熊，饱含悲伤。在另一种情况下，一个刚刚得知朋友死讯的人则会感到他周围的风景含有讥讽意味。当天空为这位芸芸众生中的小人物致哀时，它看上去也不再像往日那样开阔壮观。

第三章　美

…………

3. 自然界的美，除去上述两层之外，还可以通过另一层次进行观照，即把它变成一种智力的对象。自然美除了它们与美德的联系之外，它们也同思想有关。人的智力努力搜寻事物的秩序——天下万物在上帝的心目中井然有序，绝无一点私情偏袒。思想的力量与行动的力量相互接替，其中一种活动的完全实施导致另一种活动的完全实施。它们之间有着某种敌对的情绪，可是看起来就像是给牲口喂食、再领牲口下地干活——是一种交替进行的程序。其中的每一项安排都是为另一项作准备，而且必定要为它所接替。因此，与行动相关联的美，如我们所见，是未经思索而产生的，并且它的产生正是由于未加思索——这样，美依然需要智力的理解与追索；紧随其后，它也需要行动力量的追索和探查。神圣的东西绝不会消亡。所有美好善良的事物都将会永久地再生。自然美在人的心灵中改造它自己，不是为了毫无结果的沉思，而是为了新的创造。

…………

第六章　唯心主义

…………

2. 诗人以一种更高级的方式，同样感受到这种认知的喜悦。他轻柔地运笔描画事物，却使得我们习以为常的太阳、山川、营地、城市、英雄、仕女等等，一齐升腾入云，变作在我们眼前飘浮的意象。他解开了陆地与海洋的束缚，让它们围绕他关心的念头往返变动，并且重新安排它们的位置。当诗人被一种英雄式的激情所控制时，他运用事物来作为激情的象征。相信感觉的人让自己的思想从属于事物，而诗人却让事物服从于自己的思想。其中的一人把大自然恭敬地当作根深蒂固的坚固存在，而另一人则视其为流动易变的东西，因而也使他自身的生存受到易变的影响。对他来说，坚不可摧的世界竟是柔软温驯的改造对象。他使尘土与石头获得人性的色彩，将它们变作理性的说明。人的想象力可以说成是理性用来创造物质世界的工具。莎士比亚便拥有一切诗人所不及的功力，他能使大自然完全服从于艺术表现。他的伟大诗才任意施展创造力，把它像玩具一样在手中抛来掷去，并且用它去表现他心灵中生动思绪的一切变化。他造访自然界最生僻的领地，把相距最遥远的事物归并到一处，用细致的精神纽带联结起来。我们因此得知，物质世界的宽宏博大只是相对的，为了满足一个诗人激情的需要，所有事物都可以随之缩小或扩大。这样一来，他在自己的十四行诗里发现，小鸟的歌唱，鲜花的香味与色泽，都成了他情人的倩影；而把他俩隔开的时间，则被描述成他的情感橱柜；就连她在他心中引起的疑忌，也变成丽人的装饰物。

…………

第八章　远景

在我们探索世界的法则与事物的结构时，最高的理性永远是最真实的。那些看上去几乎不可能的事情——它们过于精致柔弱——往往是模糊不明的东西，因为这是埋藏在心灵深处永恒真实的一部分。经验科学善于扰乱我们的视线，它用有关功能与过程的知识来剥夺学生针对整体性的成熟思考能力。科学家因而变得缺乏诗意。然而，那种最受重视的科学家——他全力以赴、如饥似渴地追寻真理——必然会看到，在人与自然的关系方面，他仍有大量知识可学。而这种知识的获得，并非依靠已知事物的增添、抽象或另行比较，而是通过运用人的天然想象力，通过不断的自我发现，并且有赖于他的全部人性来获得的。他将看到，在学生身上有着比精确性、准确性更重要的优点；而一项大胆猜测常常比一项确凿无疑的肯定来得更为可信；甚至连一场梦也可能胜过一百次精心安排的实验，让我们深入地了解自然的秘密。

这是因为，需要解决的问题恰恰正是那些生理学家和自然学者所忽略不提的部分。对于人来说，去了解动物王国的所有成员并不是至关要紧之事。同样，也没有多大的必要去弄清楚人体构造中主宰一切的统一性问题的由来——这种法则不断把事物加以分割和分类，努力缩小差异，统一形式。当我观看一片色彩丰富的风景时，我的目的并非要去正确地说出地形构成与重叠的数据，而是想知道，为何我所有纷繁杂乱的思绪全都淹没在这种统一性的平静感觉之中。只要它无法解释事物与思想之间的关系，我就不能过高地评价细节中的精确数据。

…………

因此，我们将用崭新的眼光去看待世界。这将会回答心智提出的无穷尽问题——比方说，什么是真理？也可以回答有关情感的问题，——诸如什么是善？

办法是使情感服从于有教养的意志力。然后，我们将会过渡到我那位诗人所说的境界："大自然并非固定不变，而是流动循环着的。精神改变着它，塑造着它，产生着它。"大自然的僵硬或粗野外表正说明了它缺乏精神力量的影响。对于纯粹的精神而言，它是流动易变，轻捷而又服从的。每一种精神都要给自己建造一座栖身之所，此外还需要有自己的世界，自己的天空。那么请您记住，世界是为你而存在的，因为你才真正是一种完美现象。我们到底是什么——这只有我们自己才能看见。亚当所有的一切，凯撒所能做的一切，你都完全拥有，也能全部做到。亚当把天地称作自己的房子。凯撒则把罗马唤作自己的住所。你或许可以把一座鞋店、一百亩耕地或一间读书的阁楼叫作自己的家园。可是一点一滴地比较起来，你的领地并不比先人更差，尽管名称不那么好听。所以说，建造你自己的世界吧。只要你尽快按照心中的想法去改变生活，生活就会同样迅速地展开伟大的前景。精神的革新浪潮总是伴随着物质领域内的革命。这变革如此迅猛，它将一举清除那些令人讨厌的现象，诸如恶人、蜘蛛、蛇蝎、毒虫、疯人院、监狱和敌人，等等。这些东西只是过眼烟云，它们将一去不返。阳光会晒干自然界的肮脏污秽，大风再将它们吹刮干净。当夏季由南而北地降临地球，积雪消融，大地返绿之时，乘胜前进的精神也会沿途编织它自己的彩带，所到之处，美景如画，邪恶顿消。人类战胜自然的时代——这时代不会凭空到来①——目前还远远超出人类有关上帝的梦想。然而人终将迈入那个时代——到那时，他的惊喜之情就如同一个盲人逐步恢复视力，终于重见天地之光明。

（选自赵一凡译：《论自然·美国学者》，
生活·读书·新知三联书店，2015 年版）

作品赏析

《论自然》是 19 世纪新英格兰超验主义的开山之作，在美国思想史上占有重要地位。这本书在 1836 年出版，是爱默生（匿名）正式出版的第一部著作，全书只有 44 页，13 050 个字。爱默生以极具诗意的笔法论述了他对于自然、道德、宗教、心灵、语言、美等概念的全新阐释，具有很强的思辨性、哲理性、革新性和艺术性。

从哈佛神学院毕业之后，爱默生曾经在教会担任牧师的工作，可是他对于基督教教义的理解与美国新英格兰地区教会中的主流观点产生了分歧，1830 年左右他阅读了英国浪漫主义作家柯勒律治的论文《对沉思的援助》，更加偏向于相信直觉理性是高于感官刺激下形成的认知。由于对教会的圣餐仪式持强烈的怀疑

① 参见《路加福音》第 17 章第 20—21 节。

态度，在1832年爱默生辞去了教会的神职工作，并于同年开始游历欧洲。在当时的欧洲知识界，作家、诗人、学者交往密切，爱默生拜会了英国诗人兰德，与英国浪漫主义诗人柯勒律治对话，聆听了华兹华斯朗诵自己的诗歌，其中与苏格兰的著名历史学家卡莱尔交往最为密切，自相识以来，这两位思想家在大西洋两岸遥相呼应，一直保持着友善的对话。这次欧洲的旅行对于爱默生的思想有着极大的影响。1834年爱默生回到了位于麻省康科德的老家，由于得到了妻子的遗产，他不用再为生计奔波，偶尔在教会中宣道，偶尔在倡导公众教育的学院（lyceum）中做讲座，《论自然》这本著作正是爱默生在这个时间段内写成的，其中很多的观点来源于这个时期的讲稿。这本书的出版并没有立即为爱默生带来巨大的声望，当时的美国评论家一般认为这部论述的宗教性不强，原创性也不强，不过是回应了某些古代和现代的唯心主义哲学思潮，不过作为一名优秀的散文家，爱默生还是站稳了脚跟。

《论自然》在文体形式上和哲学思想上都有所突破。首先，在文体上，爱默生摒弃了系统的哲学推演和韵律规整的诗歌语言，而是选择了一种有诗性、有预言性的散文文体，这种选择与他的哲学理念密不可分。康德的哲学著作语言严谨，论证缜密，很少使用比喻或者案例来对自己的哲学推理附加任何的解释，柯勒律治的诗歌意象浑然天成，想象力丰富，哲理蕴涵其中。与这两位欧洲的思想家的论述方式都有所不同，《论自然》是一部散文写成的作品，可是其中充盈着诗歌写作的修辞手法，行文逻辑跳跃、意象丰富、直抒胸臆的口吻等等都是这部作品的语言特色。这样的行文方式广为批评家所诟病：论述前后矛盾，哲学思辨不够明晰，逻辑性不强等等。可是，这样的写作方式不应该被看作文体上的失败，这种文体和爱默生所要论证的哲学理念相契合、相统一。《论自然》最后一章的题目是“远景”，爱默生批评了经验科学探索世界的方法，科学家们在探究知识领域中细枝末节的同时却忽略了去探寻问题的本源，他们忽视了自然界的整体性，也把人与生俱来的想象力搁置一旁，“有关功能与过程的知识来剥夺学生针对整体性的思考能力。科学家因为变得缺乏诗意”，“一项大胆猜测常常比一项确凿无疑的肯定来得更为可信；甚至连一场梦也可能胜过一百次精心安排的实验”。19世纪的动物学家、生理学家、地质学家等科学家们专注于给动植物分类，把整体划一的有机自然肢解，以所谓的“客观”研究把地形地貌描绘成叠加而成的数据，这样的研究在爱默生看来恰恰偏离了真理，人类所关注的核心问题应该是人的心灵和动物、花朵、贝壳、建筑等“非我”之物之间的联系。作家的责任并不是撰写某种“艰涩难懂而又毫无有益启示的系统理论”，而是“在研究报告或文章的结尾最好是宣告一片尚未被开拓的思想领域，并且通过共同的希望，来促动麻木精神进入新的活动”。《论自然》的语言是对这种思想的回应，它看似不成系统，有很强的随意性，甚至有时候是闲言碎语，可是正是这样的语言特色扰动着被禁锢的思想，不断地启迪着读者，让我们至今读起来也不觉得过时。

其次，爱默生在深受欧洲的唯心主义思想家和浪漫主义诗人影响的同时，在超验主义思想上又有所突破，他常常使用隐喻的修辞手法来论证他的观点。在论证人和自然的关系时，爱默生创造性地使用“透明的眼球”这个隐喻来说明人的心灵和自然之间神秘的契合。当人置身于自然之中，“所有卑微的私心杂念都荡然无存了。此刻的我变成了一只透明的眼球。我不复存在，却又洞悉一切。世上的生命潮流围绕着我穿越而过，我成了上帝的一部分或一小块内容”，在这样的隐喻中，人不再是作为旁观者凝视自然，或者是仰视自然的崇壮美，而是完完全全脱离了情绪、感官、概念种种关于“自我认知”的束缚，与外在世界融为一体，这不仅仅是人和自然的和谐共处那么简单，更是人的心灵世界和自然世界在更深层次上的统一，而四处观看的眼球可以解读充满着象征的自然，物质世界是通过人的心灵观照才变得有意义。在论证上帝、自然和人之间的关系时，爱默生使用了另外一个隐喻，人之与自然正像是古树上的气孔之与新生的枝叶，“上帝并不曾在我们周围特意建造出自然，相反，它是通过我们推出了世上万物，就好像大树的生命力经由古老树皮上的气孔催发出新生的枝叶一样”，这么说来，“人拥有进入上帝智慧殿堂的渠道，他本身正是一个有限意义上的造物主”。人只有在离群索居、远离社会、仰望星空、置身于广袤的宇宙之中，才能体会到心灵中的天真愉悦之感，此刻的心灵正像是透明的眼球和古树上的气孔那样，充满创造力和生命力。这是爱默生的超验主义哲学，与约翰·洛克所认为的心灵只是被动接受感官上的刺激从而获得观念完全相反，在心灵上追求跟造物主的统一，这正是证实上帝存在的方式。

在《论自然》出版不久，爱默生和友人们成立了一个兴趣小组，本来想命名为“赫奇俱乐部”，赫奇是爱默生的朋友也是德国唯心主义方面的著名学者，可是后来越来越多的反对洛克思想的牧师加入这个俱乐部中来，“超验主义俱乐部”这个名头由此声名远扬。《论自然》可以说是美国超验主义的非官方宣言，为美国的思想界开启了新的篇章，影响了后世众多美国的作家和思想家。

（张振）

瓦尔登湖

[美] 梭罗

亨利·大卫·梭罗（Henry David Thoreau，1817—1862），19世纪美国浪漫主义作家、诗人和博物学家，以一部《瓦尔登湖》奠定和开启了美国自然文学的伟大传统。无论在哪一个时代，谁若心系自然、执着探求智慧朴素的人生，总会以梭罗为师。

梭罗1817年出生于美国新英格兰波士顿以西的康科德小城，一生中大部分时间都在家乡度过，45岁终于此地。1833—1837年，他在哈佛大学接受人文教育，毕业后在康科德的一所中学执教两年，后因不满学校对学生的体罚制度而辞职。1841年他开始与拉尔夫·沃尔多·爱默生密切交往，深受其超验主义哲学思想的影响，在爱默生的鼓励下进行文学创作。1842年初，与梭罗一向亲厚的哥哥约翰不慎割伤手指，患破伤风突然去世，给他带来深切的创痛。1845年夏，梭罗搬入在瓦尔登湖畔亲手修建的木屋，践行简朴生活，专心写作。此期间他因反对蓄奴主义和美西战争而拒绝缴纳人头税，结果被捕入狱，朋友给他缴纳了税款，一天后即出狱。后来他撰写了与此经历相关的《论公民的不服从》一文，宣扬他的政治主张。1847年初秋，30岁的梭罗搬回镇上居住，林中生活实验告一段落。

1849年，梭罗出版了《康科德河和梅里马克河上的一周》，这本书记述了他和哥哥1839年在河上漂流的旅行。1854年他在多年修订《瓦尔登湖》之后，终于将其付梓。梭罗1862年患肺结核病去世，死后留下39卷日志，记录了他在康科德小城周边的湖畔山林漫步沉思、探究自然与内心生活的点点滴滴。

作品梗概

《瓦尔登湖》全名为《瓦尔登湖，或曰林中生活》，这本自然散文集的初稿完成于亨利·大卫·梭罗在瓦尔登湖畔两年（1845 年 7 月—1847 年 9 月）独居的日子，后七易其稿，篇幅增加了一倍，终于在 1854 年出版。

梭罗最终将此书分为十八章，每一章有诸如“简朴生活”“生活在何处，生活的目的”“阅读”“声籁”“独处”“访客”等这样简短的标题。为了叙述的方便，他并未按照时间顺序记叙他林中独居的岁月，而是以文学的手法，将两年的经历熔为一炉，大致以夏秋冬春的季节背景编排内容。

第一章“简朴生活”开宗明义地阐述了梭罗的理想和信条，他道出自己对生活方式、目的和意义的思考，期待人们仔细检视自己的内心需求，去选择滋养灵魂的自由生活，而不是庸庸碌碌地度过无知或虚荣的一生，为物质所役使。他还以自己的简朴生活实验为例，详述从砍树到建屋的实际步骤，更列出木屋的材料成本清单，证明自己是身体力行，理念和生活实践高度统一。梭罗的林中生活可以看成是他的一种实验，探求一种自给自足的生活方式，将个人的物质需求缩减到最少的程度，以此获得更加丰裕的时间，用来写作、阅读、观察自然、审视自我。

在第二章“生活在何处，生活的目的”中，梭罗有力地道出他为何要在湖畔木屋居住的理由：“我到森林中居住，是因为我想活得有意义，只面对生活中最至关重要的事实，看我能不能学到生活可以教给我的东西，而不是在我行将离世的时候，才发现我根本就没有生活过。”他向世人发出“简约！简约！再简约”的呼告。

在其后的章节中，梭罗也以时而雄辩激情，时而优美隽永，时而细腻生动的文笔，将哲学思考、朴素生活的具体操作、对四季变迁和鸟兽虫鱼的细微观察有机结合。他留心林中鸟儿动听的鸣唱，也听到瓦尔登湖附近新修的铁路上经过的火车鸣笛；他享受独处的愉悦，将大自然视为最好的陪伴，也会记述林中的访客，批判廉价的社交；他记述种豆锄草的田间劳作，也描写泛舟钓鱼的美好情致。他贬抑村庄及其社会机构代表的肮脏的世俗，但细细刻画湖光水色随距离和天气的变幻，描绘出十几种深浅不同的蓝绿色，也观察水位升降，并在冬天进行专业勘测，确定瓦尔登湖的深度，绘制地图。他熟知林中的树种和水里的鱼类，也入迷地观察红蚂蚁和黑蚂蚁的大战，为它们不征服毋宁死的决绝气概惊叹。他也写到自己因为不愿支持一个蓄奴的国家而拒交人头税，被短暂拘禁的经历。凡此种种，都体现出梭罗崇尚个人主义的哲学理念，对理想主义和艺术的最高境界的追求，以及对大自然和现实生活敏锐深切的感受。

梭罗在《瓦尔登湖》的结语部分写了这样一个寓言：一个艺术家想要做一把尽善尽美的手杖，于是不惜时间和力气去寻找最合适的木材，时光流逝，朋友故去，而他依然在寻找。所在的城市成了废墟，他仍坐在土堆上细细削去木棍上的树皮。他“专一的目的和决心，他高度的虔诚，在他一无所知的情形下，给了他永恒的青春”。而当艺术家最终为作品画龙点睛时，他无比震惊地发现，这把手杖成了梵天所创造的最精美的物件，宛如创作了一个新的体系，一个比例匀称的完整世界。《瓦尔登湖》长达近十年的删改、增补，就是梭罗这位艺术家追求完美的体现。

作品节选

生活在何处，生活的目的

…………

我开始在林中居住，也就是说，开始除了白天以外晚上也在那里度过，那一天恰好是独立日，或 1845 年 7 月 4 日，我的房子还没有做好过冬的准备，只不过能够防雨，没有粉刷，也没有装烟囱，墙是风吹日晒过的粗糙地板，有很多缝隙，所以晚上很冷。笔直的砍削出来的白色立柱、新刨好的门板和窗户，使它看起来很干净通风，尤其是在清晨，木板还浸染着露珠的时候，于是我就幻想，到中午时里面就会冒出甜蜜的汁液了。在我的想象里，我的房子整天都能够保持它曙光初现时迷人的特征，让我想起头一年拜访过的山中的那所房子。我的房子是一座通风流畅、未经粉刷的木棚，足以款待一位旅途中的神仙，女神或许也会在这里挥洒她们的翩翩衣袂。从我的住处上空飘过的微风、扫过山脊，带来断断续续的旋律，恍如天籁之音飘入人间的珍贵片段。晨风飘拂不息，创世的诗篇不断吟诵；但很少有人能够听见它。四处的大地之上，处处都是奥林匹斯仙山。

如果我那条船不算的话，我以前拥有过的唯一一所房子是一顶帐篷，我夏天出门远足时偶尔用一用，眼下还卷在我的阁楼里；但是，那条船几番转手以后，早已经沿着时间的河流漂流而去。如今，我身边有了这座更为牢固的住所，我又有了些进步，要在世界上定居下来了。这座建筑非常轻巧，是环绕在我周围的一种晶体结构，映射着建筑者的形象和内心。它的轮廓看起来有些像一幅画。我不需要出门去呼吸新鲜空气，因为屋里的空气本来就是十分清新。即使是大雨滂沱的天气里，我坐着的地方也不像是在室内，而是更像在门背后。《诃利世系》①

① 《诃利世系》：印度大约五世纪左右关于奎师那神的史诗。

说：“一座没有鸟的住所，就像没加佐料的肉。”我的住所就没有这个问题，因为我突然发现自己成了鸟的邻居；我不是把一只鸟关在笼子里，而是把自己关在了鸟儿附近的笼子里。我周遭的鸟儿，不仅有通常光顾花园和果园的那些鸟，还有森林中那些更狂放、更扣人心弦的鸣禽，它们婉转的歌喉，镇上的居民从来没有，或者很少听到——画眉、鸫鸟、猩红丽唐纳雀、田麻雀、夜鹰、还有很多其他鸟类。

我的房子坐落在一个小池塘的岸边，在康科德村南大约一英里半，比村子要略高一些，位于康科德和林肯之间的大片林地里，在我们这里唯一知名的地方康科德战场①南面大约两英里处；但是，因为我在林中低处，这样一来，我目所能及的最远的地平线，就是半英里之外的对岸，那儿和其他地方一样，树丛密布。第一个星期，每当我眺望着湖面的时候，在我眼里，瓦尔登湖都像是高高地坐落在山坡上的天池，它的湖底比其他湖的湖面还要高。当太阳升起的时候，我看见它轻轻抛开夜间披上的一层薄雾，这里、那里，层次不同地显露出它柔和的波纹或平缓如镜的湖面，而薄雾，像鬼魂一样，从四面八方悄悄地隐入树丛，就像某个晚间的秘密会议终于散会一样。而挂在树上的露珠好像能够盘桓更长一段时间，山坡上的朝雾也是如此。

八月暴雨停歇的间隙，这汪小湖是我最珍贵的邻居，空气和水面都完全静止，但天空灰蒙蒙的，下午却有着夜晚的所有宁静，四周画眉啁啾，对岸都能听得见。这样的湖，在这样的时候最是平静。湖面上方那一片空旷，因为很低，又有乌云遮蔽，湖水中充满了光线和倒影，仿佛自己也变成了低空的天堂，却又比真正的天堂更加珍贵。附近的山顶上，树丛新近砍过，从穿过形成河岸的小山的宽宽豁口，越过湖面往南看去，有非常迷人的景色，两面的山坡在那里缓缓倾斜下来，看起来像是一条小溪从林木葱茏的山谷中沿着那个方向流过，不过小溪却已经不再流淌。从那个方向，我可以从附近的绿色山岭之间和山顶上，看见地平线上更远更高的蔚蓝色山岭。实际上，只要踮起脚来，我还能看见西北方向的山峰，它们更蓝、更远，就像从天堂的造币厂铸造出来的纯蓝的硬币，我还是只能看到环绕我的树林，看不到别的地方。在井水边居住是很好的，它为你提供浮力，让你在地球上浮动。即使是最小的井也有这样一种价值，当你往里看去时，你意识到，地球不是一整片大陆，而是孤立的岛屿。这个事实很重要，就像用井水浸泡能让黄油保持凉爽一样重要。我从这个山顶上越过湖面往萨德伯里草地望去，在涨水季节，我发现草地升高了，就像水盆里的硬币，这大概是奔腾的河谷间形成的海市蜃楼般的幻境，而湖对岸的土地看起来像是分割开的薄薄的硬壳，漂浮在这一小片楔入的水面上，它又提醒我，我居住的这个地方不过是陆地而已。

---

① 康科德战场：标志着美国革命开始的 1775 年 4 月 19 日的战争爆发之地。

尽管从我的门口看去的风景有限，我却一点儿也没有觉得拥挤或封闭。牧场足够令我的想象驰骋。湖对岸矮栎丛生的高地，能够让我的思绪朝着西方的牧场和鞑靼草原延伸而去，这些草原为人类漫游的家族提供了充足的空间。“能够自由享受广阔的地平线的人，是世界上最幸福的人。”——当他的羊群需要新的更大的牧场时，达摩达拉[①]说。

物换星移，时空变化，我生活在宇宙中那些最吸引我的地区，和历史上最吸引我的时代。我居住的地方，和天文学家每天观察的地区一样遥远。我们惯于想象，在某个偏远的地方，在天穹的角落里，在仙后座背后，远离嘈杂和纷扰，有一些罕见和美丽的地方。我发现，我的房子实际上就是宇宙中这么一个地方，它偏僻退隐，但又永远是全新的，永远不着尘埃。如果说靠近昴宿星团、毕宿星团、毕宿五星或者牵牛星的地方值得居住，那么我实际上已经在那里了，至少离我遗留在身后的生活同样遥远，我以同样优美的光芒照亮着我最近的邻居，他只有在没有月亮的晚上才能看见我。我居住的地方，就是这一部分造物世界。

…………

我到森林中居住，是因为我想活得有意义，只面对生活中最至关重要的事实，看我能不能学到生活可以教给我的东西，而不是在我行将离世的时候，才发现我根本就没有生活过。我不想过不是生命的生活，因为活着是这样珍贵；我也不愿退隐山林，除非必需如此。我想深刻地生活，吸收生活的所有精髓，过坚强的、斯巴达人式的生活，目的是摈弃一切与生命无关的东西，大刀阔斧，将生命赶到一个角落，把它降低到最低的程度，如果生命证明自己很卑劣，那么就找出它全部的真正的本质，然后向世界揭露它的卑劣；如果生命是很高尚的，那就用亲身经历去体味它的高尚，然后在我下次远足时作出真实的记录。在我看来，生命究竟是恶魔还是上帝，大多数人对此还是模棱两可，他们多少有些匆忙地得出结论，说人的目的是“荣耀上帝，永享神恩”。

可是我们仍然卑贱地活着，像蚂蚁一样；尽管寓言早就告诉我们，我们很久以前就变成了人；我们像俾格米侏儒一样和仙鹤作战；错上加错，一次又一次的打击，我们的美德此刻也成为多余的、不可避免的卑鄙。我们的生命浪费在烦琐的细枝末节上。一个诚实的人真正需要的东西，大部分时候十根手指头就能数得过来，在极端情况下，他可以加上他的脚趾头，其他的都可以弃置不用。简约！简约！再简约！我建议，只集中处理两三件事务，而不是一百件或者一千件；不要追求一百万的数目，只要追求五六样的就行了，用你的拇指指甲管理你的账务。在文明生活遽变的大海中，有那么多乌云、风暴、流沙河千万种不测风云，一个人如果不想沉没，身葬海底，永不靠岸，他就必须靠航位推算求生，成功求

---

① 达摩达拉：印度神话中三大神之一奎师那神的别名。

生的人，一定是一个准确推算的人。……

豆　圃

与此同时，我的豆子，已经种上的豆行的长度加起来，已经长达七英里了，豆子迫不及待地等着要锄草，新种的才刚刚下地，最早种的已经长得很高了；确实，锄草这事刻不容缓。这种持续和自尊的、赫拉克勒斯式的劳作到底有什么意义，对此我并不知晓。我开始爱上我的豆畦，我的豆子，尽管我种的已经远远超过我所需要的数量。它们把我和地球连接起来，于是我像安泰一样获得了力量。可是，我种这么多豆子干什么？只有天知道。这是我整个夏天都在忙乎的活计，——地球上这一块地从前只出产洋莓、蓝莓、金丝桃等等，甜蜜的野果和旖旎的花朵，现在却只生长出这种菜豆。我应当如何了解豆子，豆子该如何了解我？我珍惜它们，我为它们锄草，早晚我都会看望它们；这是我一天的工作。它精致的宽叶很好看。我的帮手有露水和雨水，浇灌着这块干涸的土地，虽然大部分土地都是贫瘠的，这块土地却十分肥沃。我的敌人是虫害、冷天，而最大的敌人是土拨鼠。土拨鼠啃光了我整整四分之一英亩的庄稼。不过，我有什么权利清除金丝桃和其他植物，摧毁它们自古就有的菜园呢？不过，用不了多久，剩下的豆子对土拨鼠来说就太老了，会继续碰到新的敌人。

我记得很清楚，我四岁那年，大人把我从波士顿带到了我出生的这个小镇，就经过了这同一片树林和这同一块地，到了湖边。这是铭刻在我记忆中的最早的景象之一。今天晚上，我的笛声就在这同一片湖水上回响。年龄比我还大的松树依然挺立；有一些树倒了，我就用它们的树桩煮我的晚饭，而新的小树在四处生长，为新一代儿童的眼睛准备又一种景观。在这片牧场里，差不多同样的金丝桃从同一束宿根中蔓生出来，我终于能够帮着装点我儿时梦境中那一片绝妙的风景，而我的存在和影响的结果，也能在这些豆叶、玉米叶和土豆藤上清晰可见。

我种了大约两英亩半的坡地；由于离这片地最初开垦出来只有十五年，而我自己也挖出了两三捆的树桩，我并没有给地里施肥；但是，整个夏天里，从我锄草时挖出的箭镞来看，在白人来这里开垦土地之前，一个已经灭绝的部落从前也在这里居住过，种植过玉米和豆子，于是，从某种程度上说，已经使这里的土壤地力耗尽，不适合于种玉米和豆子了。

在任何土拨鼠或松鼠还没有跑过路面，或者太阳尚未照到矮栎之上，当露水正浓时，我就开始铲平我豆圃里那一行行茂盛的野草，把土撒落在它们头上把它们盖起来。尽管农夫们警告我不要这样做，我建议如果有可能的话，还是应该在露水干掉之前把活儿干完。清晨时分，我光着脚干活，像一个立体雕塑艺术家一样在挂着露水的松软沙地里行走，不过，再晚些时候，太阳就会把我的脚烫出水泡。我就在大太阳底下锄着草，来来回回地慢慢走过那满是黄色砾石的坡地。在长长的绿行之间，每一行有十五杆长，一头在矮栎丛那里，我可以在树荫下休息一下，另一头在一片蓝莓地里，等我再锄了一个来回时，青绿的草莓颜色已经又加深了一层。锄掉杂草，把新鲜的土培在豆根周围，鼓励我种植的这种植物，让黄色的土壤用豆叶和豆花而不是用艾蒿、茅草和粟草来表达它的夏日情怀，让大地说“豆子”而不是野草——这就是我每天的工作。……顺便提一下，大自然在那些未经人类垦殖改良的更蛮荒的土地里长出的产品，谁来估计它们的价值呢？英国牧草的价值被人仔细衡量，计算其湿度、硅酸盐和钾肥的含量；但在树林、草原和沼泽中，所有的山谷和水洞里，生长着丰富多彩的植物，只是没有人去收获它们而已。实际上，我的庄稼是野生的蛮荒之地和开垦了的种植田地之间的纽带；就像有的国家是文明的，其他一些是半文明的，另外又有一些是野蛮人的或野蛮的一样，我的地是半开垦的土地，我这样说丝毫不带任何贬义。豆子快乐地回到我所创造的蛮荒和原始状态，我的锄头为它们演奏着牧歌。

附近，在一株桦树顶上，一只棕色晁鸫唱了一个早上，有些人也喜欢称它们为红画眉，这种鸟喜欢人的陪伴，如果你的地不在这里，它就会找到另一个农民的地。你播种的时候，它唱道：“撒下去，撒下去——盖起来，盖起来——拔起来，拔起来，拔起来。”不过我这儿种的不是玉米，所以我不怕它这样的敌人。你可能会纳闷，它这些胡言乱语，它在一根弦或二十根弦上奏出的业余帕格尼尼式的演奏和你的播种有什么关系，不过你还是更喜欢听它歌唱，而不是去拾掇湿草灰或石灰泥。可它是一种我完全信任的价廉物美的追肥。

…………

我和豆子建立的长期关系是一种独特的经历，所有这些种植、锄草、收获、脱粒、采摘、出售——最后一项最难——我可能还得加上品尝，因为我确实尝过。我决心种豆。它们生长时，我从早上五点到中午十二点锄草，这一天剩下的时间通常便不再干别的事情。想一想一个人和不同的野草建立的那种亲密和奇怪的关系，它真的值得载入史册，因为其中的劳动确实非同小可，锄草的人如此无情扰乱野草那脆弱的组织，用他的锄头作出如此不公平的区别，将一个种类全部铲平，同时又刻意培植另一个种类。这是罗马苦艾——那是苋类——那是酢浆草——那是茅草，尽情折腾它吧，把它们拦腰砍断，把它翻得根须朝上暴晒在太阳底下，不让它有一根纤维躲在荫凉之处。如果你让它有一丝荫凉，用不了两天它就会翻过身来，像青葱一样碧绿青翠。这是一场持久战，只不过敌人不是仙鹤，而是杂草，而那些特洛伊人还有太阳、雨水和露珠为他们一方助阵。每天，豆子们看着我扛着锄头来拯救它们，削弱它们的敌人的有生力量，砍掉的杂草填满了沟壑。很多健壮的赫克托尔①，挥舞着头顶武士羽毛，曾经比他蜂拥的同伴

① 赫克托尔：特洛伊战争中的英雄，后被阿喀琉斯杀死。这里用来比喻长势凶猛的野草。

们高出整整一英尺，现在却倒在我的武器之下，在尘土中翻滚。

那些夏天的日子，当我的有些同代人专注于波士顿或罗马的艺术，一些人专心于印度的冥想，其他人专注于伦敦或纽约的贸易时，我和新英格兰的其他农民一样，就这样专心务农。倒不是我要种豆子来吃，因为就豆子来说，我天然就是毕达哥拉斯派，不管它们是用来煮粥还是用来选举计数，我却只用它们来换大米；但是，或许有人必须在田野里耕作，哪怕只不过是为了比喻和表达，以备有朝一日某个写寓言的人可以引用，总体来说，种豆是一种不常见的娱乐，如果持续时间太长，可能会成为一种浪费。尽管我没有给豆地施肥，而且没能适时给它们锄草，但我觉得我锄得相当好，最终也得到了很好的回报。“事实真相是，”伊夫林①说，“与其堆肥或沤肥，不如持续松土，翻挖，用铁锹翻动土壤。”他在别处补充说：“土壤，特别是新鲜土壤，其中有某种磁力，土壤用它来吸引给予它生命的盐、活力或养分（这两个名称都可以），我们坚持在这里劳作、翻耕，为的是能够维持我们的生命；所有粪肥和其他肮脏的混合物，都不过是为了代替这种用翻挖改善土地肥力的做法。”此外，肯内尔姆·迪格比爵士②肯定会认定这片土地是“正在享受休耕的耗尽了地力”的土地，因此，它能够吸引空气中的“生命力”。我收获了十二蒲式耳③的豆子。

（选自杜先菊译：《瓦尔登湖》，华东师范大学出版社，2015年版）

作品赏析

《瓦尔登湖》和所有真正伟大的经典一样，随着时间的流逝，它的影响愈发深广。它是一部深具美国个性的大书，梭罗身体力行其哲学理念的生活方式和独立自主、藐视世俗的心灵世界，是美国文化中重要的精神遗产。而作为美国自然文学的源头，《瓦尔登湖》直到今天依然是生态文学作家和批评家的文学与思想宝库。

梭罗浪漫主义诗人的心灵和想象力让风景朴素的瓦尔登湖焕发出灵光，他亲手建成的这栋木屋，在爱默生眼中只是个简陋的窝棚，但在梭罗的眼中就像奥林匹斯神殿一般神圣，沐浴着林中纯洁的曙光。瓦尔登湖的纯净和深邃，自然也被梭罗赋予道德纯洁的象征意义——“湖泊是自然风景中最优美生动的姿容，它是大地的眼睛，凝望它的人可以衡量出自己本性的深度”。瓦尔登湖及其附近的小型湖泊组成了梭罗自己的“湖区”，也就是可与英国浪漫主义诗人华兹华斯的灵感之地相比拟的所在。

---

① 伊夫林：John Evelyn (1620—1706)，英国作家，皇家学会创始人之一。

② 肯内尔姆·迪格比爵士：Sir Kenelm Digby (1603—1665)，英国哲学家、博物学家。

③ 蒲式耳：容量单位（计量干散颗粒用），美制1蒲式耳合35.24升。

然而梭罗并不满足于仅仅发掘瓦尔登湖风景的象征意义，不满足用仅仅依赖直觉和感性来把握客体的存在，这与引领他走入超验主义俱乐部的导师爱默生最终产生了分歧。在后者看来，人类具有由直觉感知真理的能力，事实与自然的表象如同一道窗帘，需要揭开它才能发现隐藏在背后的神圣法则。但是梭罗是一个具有强烈好奇心的自然观察者，他从小就爱采集植物标本，后来阅读大量博物书籍，渐渐以博物学家的眼光和方法来观察、把握大自然，记录花开花落的物候，收集种种表象的细节，探求万物之间的有机联系。梭罗在 30 岁之后还读到了亚历山大·冯·洪堡的自然科学著作，后者的《自然面面观》和五卷本的《宇宙》为他的创作注入新的活力。洪堡以科学语言精确地描述自然，但没有损失生动的想象力，这让梭罗坚定了信念，要将科学和诗歌熔为一炉。最终我们发现，《瓦尔登湖》中最打动人心的优美篇章都和自然观察有关，梭罗充满诗性的语言和格物致知的科学探究结合在一起，形成独特而成熟的文体，开启了美国自然文学这一伟大的传统。

梭罗注视生灵的目光充满温情，饱含人性。一家来到自己木屋门前的披肩榛鸡雌鸟和雏鸟，雏鸟睁大着的双眼中有种“特别成熟但又特别纯净的眼神”，令他格外难忘。他目睹了红蚂蚁和黑蚂蚁决一死战，之后“觉得又激动又痛苦，就像在门前目击了一场人类血流成河的大恶战”。他有敏锐的感官，加上专注的聆听，可以分辨夜晚东美角鸮和雕鸮的不同鸣声，前者那“惨淡的嘶鸣确实是本·琼森风格的……是一种最庄严的墓园短诗”，后者则“朝着我唱小夜曲”。

当梭罗描写湖泊和林地景致的时候，他的视野中有丰富而细腻的层次，“湖泊”一章中对于水色的描写就是最好的例子。在湖面上，他从不同的角度看到一种无与伦比的淡蓝色，就像浸水的丝绸或宝剑的青锋，偶尔又会显现出波浪另一面本来的深绿色。他从绘画理论作品中获益匪浅，借鉴风景画家对于色彩和光线的表达，同时不懈地观察自然，将细微之处的美与价值一一看在眼里。读者也从中学会了如何留意自然的细节。

梭罗不但擅长描摹静态的自然，更能表现充满能量和活力的动态过程。在临近结尾的“春天”这一章，他充满激情地描述瓦尔登湖的化冻、铁路路堤上融化的沙子任意流淌汇集而成的奇异图案，山谷里融雪坍塌的声音，黄昏时低飞的雁群，一组组流动的意象应接不暇，极具感染力。

《瓦尔登湖》中的自然书写为后世作家提供了最出色的范例，驻守一地观察四季变迁的内容架构也成为自然文学创作者们沿用最多的模板。此外，梭罗对文明与自然的关系有独到的思考。19 世纪中叶，美国工业文明正在发端。就在他搬入林中木屋的前一年，康科德镇迎来了第一列在此停靠的蒸汽机车，尖利的汽笛声划破了小镇的宁静。梭罗在“声籁”这一章用了很多篇幅来写火车，他一方面感叹火车的速度和威力，感叹商业的“自信、庄严、警觉和孜孜不倦”；一方面明智地预见到发展可能催生的危机，人们被商业所裹挟而失去自主性的未来。需要注意的是，梭罗对于现代文明的态度趋于保守，但并非一味排斥机械或技术。

与此对应的则是梭罗的简朴生活理念和个人主义信条。梭罗在瓦尔登湖畔的生活并非远离尘嚣的避世隐居，而是一种直面生活本质的试验。同体制和传统保持距离，深入自然，独立自主，过朴素而有道德的生活，梭罗的林中岁月便是这样一种美国式斯多葛哲学的实践。他深信这样一种简朴明智的生活是可能的。在书中，他有时以一种贬抑的语气提到镇上的居民（同乡），称他们的“不幸就是继承了农场、房屋、谷仓、牛群”，更尖锐地指出“大多数人生活在绝望之中”，这是因为他希望自己的声音能够唤醒芸芸众生，令他们质疑视之为当然的权威和传统，反思生活的真正目的，而不辜负这宝贵的生命。“如果一个人和他的同伴步调不一致，那也许是因为他听到的是另一种鼓声”，梭罗的个人主义信条呼应着新英格兰超验主义哲学的时代思潮，也折射出19世纪中叶美国知识分子逐渐增强的文化自信。

在《瓦尔登湖》中，还可以看到梭罗对“野性”主题的着迷。他对他所居住的土地的先民怀有浓厚的兴趣，那些早在欧洲白人登上新大陆之前就在这里居住的印第安人的生活方式契合了他内心深处对于野性的向往。在梭罗看来，这种野性并非野蛮和原始，也并非文明的对立面，而是一种最具生命力的存在。从这个角度来看，梭罗的林中生活实验也是一种小尺度的回归荒野。他并不排斥文明世界和人类社会，但是他对荒野自然的态度是积极的，认为未经人为干扰的荒野为久居城市樊笼的人们提供慰藉，也传递道德的讯息，让人们身心都能获得裨益，因此值得珍视。梭罗的自然伦理观超前于他所属的时代。他在“豆圃”一章中写到杂草——“锄草的人如此无情扰乱野草那脆弱的组织，用他的锄头作出如此不公平的区别，将一个种类全部铲平，同时又刻意培植另一个种类。”这种对于自然万物一视同仁，饱含情感和尊重的立场，以及对人类行为与大自然的复杂关系的洞察，大概要等到一百多年后，美国兴起的环保主义运动理念才与之遥遥呼应。

梭罗对于东西方文化的精华均来者不拒，他常常引用孔孟之言和印度史诗，与古老文化的智慧心有戚戚。他精通拉丁语、希腊语和法语，对于欧洲文学的了解也多过同辈的知识分子，文中多有用典。梭罗的语言风格独特，擅长使用比喻、双关、戏仿和意味深长的隽语。

《瓦尔登湖》一书向世人昭示了一位伟大的创作者从自然中汲取的智慧、在哲思中探求的真理具有怎样的强度和深度。在梭罗的笔下，瓦尔登湖的自然之美焕发着本真而灿烂的光辉，而他高贵的思想和心灵投射其上，更令这片山林环绕的湖水成为智者和仁者永恒的精神家园。

（周玮）

欧根·奥涅金

[俄] 普希金

亚历山大·谢尔盖耶维奇·普希金（Александр Сергеевич Пушкин，1799—1837），俄国诗人、作家，俄国现代语言和现代文学的奠基人，被誉为“俄国文学之父”。他出生在莫斯科，在彼得堡著名的皇村学校毕业后去俄国外交部任职，不久由于所谓的“自由诗作”见罪于当局，遭到流放，并终生生活在监视之下，但普希金也因此成为俄国第一位“职业诗人”。1837 年，普希金在与一位法国侨民的决斗中负伤死去。普希金在诗歌、小说、戏剧、文论和历史等方面都留下了丰富的遗产，其创作对俄国文学的影响无人可比，其最为著名的作品有：抒情诗《皇村的回忆》《致恰达耶夫》《致凯恩》，长诗《鲁斯兰与柳德米拉》《青铜骑士》，诗体长篇《欧根·奥涅金》，小说《上尉的女儿》《杜勃罗夫斯基》，剧作《鲍里斯·戈都诺夫》等。

作品梗概

《欧根·奥涅金》是一部诗体长篇小说，它以贵族青年奥涅金和乡村地主之女塔吉亚娜之间的爱情关系为主线，塑造了“多余的人”奥涅金和被作者称为“我的理想”的塔吉亚娜这两个主要性格，同时广泛地反映了 19 世纪俄国十二月党人起义前后的社会生活。《欧根·奥涅金》的故事内容，亦即小说的情节线索是这样的：生长在涅瓦河畔的贵族青年奥涅金，整日无所事事地闲荡在上流社会的各种交际场合，一日，他突然接到一封信，要他去濒临死亡的伯父处继承遗产，于是他来到了乡间。（第一章）在乡间，他很快就同样感到了无聊，幸好与刚从德国留学归来的青年地主连斯基相识，两人结下友谊；连斯基爱上了邻村地主的女儿奥尔嘉，奥尔嘉有个姐姐叫塔吉亚娜，塔吉亚娜忧郁、沉默，但对奶娘、对俄罗斯的大自然却充满情感，她还喜欢读书，喜欢幻想。（第二章）奥涅金应连斯基之邀去塔吉亚娜家作客，塔吉亚娜对奥涅金一见钟情，她给奥涅金写了一封情书，倾诉了她的爱情，却没有得到奥涅金的回复。（第三章）在花园里，奥涅金与塔吉亚娜突然相遇，面对惊慌失措的塔吉亚娜，奥涅金做了一大段冷静的表白，拒绝了姑娘的爱。（第四章）在塔吉亚娜家的晚会上，奥涅金因为无聊，也因为目睹四周的虚情假意而生反感，便故意与奥尔嘉调情，引起了连斯基的愤怒。（第五章）连斯基向奥涅金提出决斗，奥涅金虽然感到不安，仍接受了挑战，并在决斗中打死了朋友连斯基。（第六章）塔吉亚娜和奥尔嘉被父母带到了莫斯科，不久，她俩都出嫁了，塔吉亚娜嫁给了一位将军。（第七章）回到莫斯科的奥涅金，与已经成为将军夫人的塔吉亚娜相遇，他为塔吉亚娜高傲、雍容的风度所折服，于是主动向塔吉亚娜求爱，却被塔吉亚娜所拒绝。（第八章）于是，奥涅金外出去各地旅行。（《奥涅金的旅行》）而最后一章，即第十章，现存的仅为一些片段，根据这些片段来推测，该章的内容仍是奥涅金的旅行，以及他在旅行中的所见所闻、感情起伏和思想变化。

作品节选

第三章

31

塔吉亚娜给奥涅金的信

我是在给您写信——够了，
这使我还能说什么话？
现在，您已经决定，我知道，
用沉默的蔑视给我惩罚。
但只要您对我悲惨的命运
能抱着即使一丝儿怜悯，
我相信，您就不会置不作答。
起初，我本想力持沉静；
那么，一定的，您就不知道
我有怎样难言的隐情。

我会沉默，要是我能盼到：
在我们村里可以看到您
哪怕一礼拜一次，时间短暂；
只要我能听见您的声音，
并且和您有一两句闲谈；
以后就盘算这一件事情，
茶思饭想，直到再一次会见。
可是我听说，您不好交际，
这荒僻的乡村令您厌腻，
而我们……尽管对您很欢迎，
却没有什么能让您垂青。

为什么您要来访问我们？
否则，在这冷僻的乡间，
我就一直也不会认识您，
也不会感到痛苦的熬煎。
也许，这灵魂的初次波涛
（谁知道？）会随着时间消沉，
创伤会平复，而我将寻到
另一个合我心意的人，
成为忠实的妻子，慈爱的母亲。

另一个人！……呵，绝不！我的心
再没有别人能够拿走！
这是上天的旨意，命中注定
我将永远是为你所有。
我过去的一切，整个生命
都保证了必然和你相见，
我知道，是上帝把你送来的
保护我直到坟墓的边沿……
我在梦中早已看见你，
就在梦里，你已是那么可亲，
你动人的目光令我颤栗，
你的声音震动了我的灵魂……
呵，不，谁说那只是梦境！
你才走来，我立刻感到熟悉，

全身在燃烧，头晕目眩，
我暗中说：这就是他，果然！
可不是吗？每当我帮助
穷苦人的时候，或者当心灵
激动地感到思念的痛苦，
只有在祈祷中寻求平静，
那一刻，那可不是你的声音？
我听着你轻轻和我谈心。
就在我写信的这一刻，
在透明的夜里，那可不是你，
亲爱的影子，在屋中掠过，
在我的枕边静静伫立？
可不是你在温柔地絮语，
给我希望和爱情的安慰？
呵，你是谁？是卫护我的
安琪儿，还是骗人的魔鬼？
告诉我吧，免得我怀疑。
也许，这一切不过是虚无，
是无知的心灵的梦呓！
而命运另有它的摆布……
那就随它吧！从现在起，
我把命运交在你手里，
我流着泪，恳求你的保护……
请想想，我是这么孤独，
在这里，没有人理解我，
我的万千思绪自会萎缩，
我也将随着它无言地沉没。
我在等待：只有你的目光
能够点燃我内心的希望，
或者，唉，给我应有的谴责，
让这沉重的梦永远断丧！
打住吧！我不敢重读一次……
羞耻，恐惧，都已把我窒息……
但我只有信赖您的正直，
我向它大胆地呈献了自己……

第八章

43

“那时候，我比现在年轻，
因此，也好像更为纯真，
我爱过您，可是怎么样？
您的心里有什么反应？
我看到的是什么？只有冷酷，
是不是？一个普通少女的爱情
对于您难道有什么新鲜？
那冷冷的眼神、那篇教训，
呵，上帝！就是现在想起了
我还不寒而栗……但我不想
怪罪您：对我那一刻的狂妄。
您的行为是那么高贵，
您在我面前是那么正确：
我只有以整个的心感谢……

44

“那时候，呵，在那村野里，
那偏远的地方，没有莫斯科
这么繁华，您不爱我，是不是？
但现在，为什么您又追逐我？
为什么我又成了您的目标？
难道不是因为如今的我
成了上流社会的人物，
因为我现在富豪、显赫，
因为我丈夫有战功，受过伤，
得到宫廷特别的宠幸，
而我的荒唐、失足，将会
被所有的人们传为笑柄，
这样，也许就可以使您
在社会上，自炫为“情圣”？

45

“我哭了……现在，如果您
还没有忘记您的达妮亚，
请认清吧：您以前那种
尖刻的斥责，冷酷的谈话，
如果让我选择，我会觉得
它远胜过这种凌人的热情，
胜过这些眼泪、这些书信！
那时候，对我的青春的幻梦
您至少还有一丝怜悯，
对我的幼稚也表示宽容……
可是现在！——是什么使您
跪在我脚前？多么不郑重！
以您高贵的情思，难道竟
屈从于这种浅浮的感情？

46

“对于我，奥涅金，这种豪华，
这种可厌的生活的浮夸，
这富贵场中对我的推崇，
这些晚会和这漂亮的家，
它们算得什么？这时，我宁愿
抛弃这场褴褛的化装表演，
这一切荣华、喧嚣和烟尘，
为了那一架书、那郊野的花园
和我们那乡间小小的住所，
我宁愿仍旧是那个地方：
奥涅金，我们在那里初次相见，
我愿意看到那荒凉的墓场。
那里，一个十字架，一片树荫
正在覆盖着我的奶娘……

47

“幸福消失了，但它曾经是
多么挨近！……而现在，我的命运
已经注定了。也许，这一切
来得太突然，我不够谨慎：
但年老的母亲流着泪
那么哀求我，而且，任何安排
对可怜的达妮亚有什么区别
于是我结了婚。您应该——
我请求您——立刻离开我。
我知道您的为人，您一向
为人正直，自视很高。
我虽然爱您（又何必说谎?）
但我已经是属于别人，
我将要一世对他忠贞。”

（选自《穆旦译文集·欧根·奥涅金》，人民文学出版社，2005年版）

作品赏析

《欧根·奥涅金》（Евгений Онегин）是普希金一生创作中的一部中心作品，在普希金的所有作品中，这部诗体小说的创作时间持续得最长，从1823年到1831年，在这长达8年之久的写作过程中，普希金多次重构情节，做过很多改动，最后，仍留下了一个所谓的“开放的结尾”。据研究者称，普希金为奥涅金设计过多种结局，其中就有奥涅金后来成了十二月党人这样的结局，但这样的结局显然是不能为当局所接受的，因此普希金不止一次地焚毁《欧根·奥涅金》后几章的手稿。别林斯基还有一种精彩的说法，即《欧根·奥涅金》之所以没有结尾，是因为现实本身还没有提供出合理的“结局”。《欧根·奥涅金》又是普希金创作中一部具有转折意义的作品，是他从诗歌创作转而并重诗歌与散文这一过程中的重要环节。《欧根·奥涅金》的第三章写于1824年，在这一章的第十三节，作者以第一人称的口吻写下了这么几行诗：“也许，老天高兴，/让我不再来拼凑韵律，/我心里跳出另一个精灵，/全不理会阿波罗的恐吓；/我宁愿自己跌落尘埃，/去写散文，写旧式小说，/也许，这更符合我的本意。”普希金在19世纪20年代中期开始由偏重诗歌向偏重散文的过渡，的确是一个引人注目的现象，这尽管并不一定如有些研究者认定的那样就是从浪漫主义向现实主义的过渡，但它毕竟是一种转变，而《欧根·奥涅金》的写作无疑在这中间起了很大的作用，也许，作为诗歌与小说之结合的《欧根·奥涅金》，正是这一转变和过渡的产物。

《欧根·奥涅金》不仅是普希金个人创作中的重要一环，它同时也是整个19世纪俄国文学发展过程中的一个里程碑。在19世纪中后期崛起的俄国批判现实主义文学，其诸多源头都可以追溯至这部杰作。普希金在这部作品中对俄国都市上流社会生活和乡村场景的现实主义的描写，对奥涅金、连斯基等时代典型人物的准确刻画，以及他对当时现实所持的批判态度等等，使得这部诗体的、抒情味的“小说”成了一部地道的批判现实主义作品。正是就这一意义而言，别林斯基称这部作品为“俄国生活的百科全书”（энциклопедия русской жизни）。

作为一部诗体小说，《欧根·奥涅金》在人物形象的塑造上取得了不同寻常的成功，奥涅金（Онегин）和塔吉亚娜（Татьяна）这一对男女主人公，更是被塑造得有声有色，令人难忘。奥涅金出身贵族，受过良好的教育，但是，他在当时的现实生活中却找不到可以一展作为的地方，因此终日游荡，寻事，成为一个“多余的人”。他因现实的无聊而无聊，然而又无力改变现实和自己的命运，因而“多余”。他的遭遇，实际是他那个时代俄国贵族青年之命运的缩影。奥涅金的形象，似乎含有普希金很多的同情，表面上看，这似乎是一个游手好闲、游戏爱情的花花公子，但在将他与所谓的“进步”青年连斯基（Ленский）做比较时，作者却流露出了自己的偏爱。连斯基从德国留学归来，生活认真，忠于爱情，但这样的青年在普希金看来，却实际上是一个思想上的懒惰者，现实中的一切似乎都不会对他个人的情感和生活产生任何影响，这是一个时代的庸人；相比之下，奥涅金的“多余”，恰在于他因失望现实而彷徨，而绝望，他的行为可以被理解为一种抗议，而他的个性发展，极有可能成为代表当时社会进步力量的十二月党人，出身贵族阶层的十二月党人，大多有过奥涅金式的绝望和求索。只不过，普希金来不及，也不可能在小说中完成奥涅金性格的充分发展。在奥涅金之后，俄国文学中又相继出现了毕巧林（莱蒙托夫的小说《当代英雄》的主人公）、罗亭（屠格涅夫的同名小说的主人公）等一批“多余的人”的形象。而奥涅金则是这一独特的人物画廊中的第一个。

塔吉亚娜是这部作品中的另一个主要人物。如果说，普希金对奥涅金的形象是既有同情又有批判的，那么，他对塔吉亚娜则始终满怀着赞赏和爱。当然，对于富有“道德感”的塔吉亚娜形象，在俄国的批评中也一直充满争论。别林斯基肯定这是一个“没有任何杂质”的“俄国女性的典型”，但同时，他也为塔吉亚娜对婚姻的盲目“忠诚”而感到不解。陀思妥耶夫斯基在塔吉亚娜身上发现了与他的理想相吻合的一切特质，因而在1880年的《普希金演说》中将塔吉亚娜称为“俄国妇女的圣像”。在后来的评论中，塔吉亚娜的形象大多是得到肯定的，人们普遍认为，她的优美，她的理想，她的道德感，她与大自然和民族文化的亲近，都是俄罗斯女性传统美德的集中体现。俄罗斯的后现代批评家西尼亚夫斯基在他的《与普希金散步》一书中写道：“塔吉亚娜除了是奥涅金不走运的女伴、将军冷血的妻子之外，她还是普希金的私人缪斯，她比其他女人都更好地扮演了这一角色……正是由于这个原因，她才没有与奥涅金结合，她坚守着对她并不爱的丈夫的忠诚，是为了有更多的自由时间去反复阅读普希金，为普希金而愁苦。也就是说，普希金将她留给了自己！”不管后世的评论如何，塔吉亚娜的形象也和奥涅金的形象一样，在俄国文学史中产生了持久的影响，屠格涅夫、陀思妥耶夫斯基和托尔斯泰等人小说中的许多女性形象，或多或少地都带有一些塔吉亚娜的韵味。

《欧根·奥涅金》发表之后，有人曾对这部作品的意义估计不足，认为它不过是在拜伦的长诗《唐璜》的直接影响下写成的。普希金确实喜爱拜伦，在诗歌的主题和手法，乃至世界观等方面，普希金都受到过拜伦的影响，但是，写作《欧根·奥涅金》时的普希金已步入其创作的成熟期，因此，《欧根·奥涅金》所体现出的“拜伦影响”应该说已经很小了。《欧根·奥涅金》中的生活和人物都是纯粹俄国式的，其语言和结构也是十分个性化的，在这里仅以所谓的“奥涅金诗体”（Онегинская строфа）和“抒情插笔”（лирическое отступление）为例做一点说明。

在《欧根·奥涅金》中，每一节诗都由14行组成，但其押韵方式却不完全等同于西欧文学中流行的十四行诗，而是普希金的首创。诗节由三组四行诗和一组两行诗组成，诗行采用与俄国民歌相近的四音步抑扬格，音节数为9898，9889，88，押韵方式为abab，ccdd，effe，gg，这就是所谓的“奥涅金诗体”。独创这样一种诗体并不难，难的是让这一诗体贯穿一部诗体长篇小说的始终，更难的是，用这样一种十分严格的诗体写出的诗句，读起来却并不让人感到生硬和做作，反而觉得既自然流畅，又富有变化，这的确是普希金高超的诗歌技巧的一个最好证明。

在《欧根·奥涅金》中，普希金还较多地使用了“抒情插笔”的方式。在情节的发展中，作者常常突然停止叙述，加进整节整节的“旁白”，与读者进行轻松而无拘束的交谈，或对发生的事情和行动的人物进行评价，或介绍作者个人的经验和感悟。这样一来，作者既是故事的叙述者，又成了故事中的登场人物，出入自如，游刃有余。同时，这些大段大段的作者的话，往往都是作者发自内心深处的真诚声音，它们不仅拉近了读者与作者的心灵距离，使读者能随着作者情绪的起伏而起伏，而且还保持了《欧根·奥涅金》全诗结构上的灵巧，以及它作为一部“诗体小说”的高度抒情性。

《欧根·奥涅金》是一部“俄国生活的百科全书”，也是俄国文学史上一部具有高度艺术价值的杰作。

（刘文飞）

卡拉马佐夫兄弟

［俄］陀思妥耶夫斯基

费多尔·米哈伊洛维奇·陀思妥耶夫斯基（Фётор Михайлович Достоевский，1821—1881）是19世纪下半叶俄国最富有争议性和神奇魅力的作家，也是思想最为矛盾芜杂的文学天才，是19世纪俄国文学三巨头之一。

他生在莫斯科一个平民军医家庭。1838年进彼得堡军事工程学院，毕业后到工程局测绘处工作，一年后辞职专事文学创作。《穷人》（1845）、《二重人格》（1846）是他早期的重要作品。

1849年，因在彼特拉舍夫斯基小组上宣读别林斯基《致果戈理的信》被判死刑，临刑前沙皇下旨改判，开始了长达十年的苦役和充军。1859年返回彼得堡，开始进入创作的黄金时期。重要作品有《被欺凌与被侮辱的》（1861）、《死屋手记》（1861—1862）、《罪与罚》（1866）、《白痴》（1868）、《群魔》（1871—1872）、《卡拉马佐夫兄弟》（1879—1880）。《罪与罚》对“超人哲学”和“权力真理”等论题的探讨、对“潜意识”的考察超越了时代。《卡拉马佐夫兄弟》几乎包括了他以前作品中涉及的所有思想和艺术主题，是作家毕生创作的总结。这两部作品被认为是其代表作。

陀思妥耶夫斯基对19世纪俄国资本主义兴起时代的典型特征和病态社会现象做出的精细描绘，表现出了同情人类苦难的人道主义情怀。他以探索“人的心灵深处的全部奥秘”为己任，做“人类灵魂的残酷的拷问者”。他对畸形社会的人格分裂、变态心理进行深入细致的剖析，提出当时重大的社会政治、哲学和伦理问题。其现实主义、人道主义同宗教布道常常交织在一起，使作品呈现出异常深邃的复杂性和矛盾性。他既是19世纪俄国现实主义文学的卓越代表，又被奉为西方现代派文学的鼻祖。

作品梗概

费奥多尔·帕夫洛维奇·卡拉马佐夫是俄国外省县城里的小地主，出身贫贱，年轻时经常充当食客，后来却积聚起10万卢布的家财。他两次结婚都出于谋求财产和满足私欲。阿杰莱达·伊万诺芙娜抱着独立的幻想跟他私奔后，发现丈夫是个无耻小人，又跟一个穷教员私奔，不久死去。第二个妻子索菲娅·伊万诺芙娜是孤女，不堪女恩人虐待与他结婚，被折磨八年后去世。三个儿子都被遗弃，由老仆人格里戈里抚养，后分别寄居在几个远房亲戚家里。此后，他越发无拘无束，好色奸淫，无恶不作。他强奸疯女利扎韦塔，满足兽欲，后者分娩致死。斯梅尔佳科夫由仆人格里戈里收养，长大后成了费奥多尔的厨师，了解主人的一切秘密。他性情阴郁，从不知感恩。他梦想得到3 000卢布，好去法国开餐馆。

三个儿子长大成人后陆续回到家乡，同父亲发生了尖锐冲突。

德米特里中学没读完就进了军校，后在高加索服役。上司挪用公款案发，他提出条件，让其漂亮高贵的女儿卡捷琳娜亲自上门去取，才同意借钱。老中校死后，卡捷琳娜去莫斯科，意外地获得一大笔遗产，和德米特里订了婚。

德米特里带卡捷琳娜回到家乡，向父亲索要母亲留给他的遗产。他对卡捷琳娜变了心，与父亲争夺风骚女人格鲁申卡。卡捷琳娜托他寄3 000卢布，钱没汇出，他却带格鲁申卡到莫克洛叶胡闹给花掉了。为还钱他请阿辽沙向父亲要3 000卢布，遭到拒绝。听斯梅尔佳科夫说老头子为等待格鲁申卡来寻欢作乐，用纸包好3 000卢布准备相赠，父子关系恶化到了极限。他声言要杀死父亲。

伊凡是个大学生，研究自然科学，是冷静的无神论者。他暗暗爱着卡捷琳娜。他同父亲住在一起，在父兄之间以调解人的身份出现。他的“什么都可以做”的无政府主义和个人主义思想对斯梅尔佳科夫产生了深刻影响。

阿辽沙善良纯洁，笃信基督，在修道院跟佐西马长老学教义。他听从佐西马长老临终遗言重返尘世。他没有参加家庭纠纷，但不断奔波于所有人物之间，起串联作用。他真心地爱着他们，安慰他们，还使一群互为仇敌的孩子也成了相亲相爱的朋友。

老头子为幽会打发伊凡替他出卖森林。斯梅尔佳科夫暗示，他走后家里将要出事，他还是离开了。德米特里没找到格鲁申卡，妒火中烧，直奔老头子家。他按格鲁申卡敲门的暗号骗开窗子，却没有格鲁申卡。他望着老头子的侧影举起了铜杵……斯梅尔佳科夫癫痫发作，狂叫不止。格里戈里出来查看，德米特里把他击昏在地，鲜血粘在他的脸上和手上。

德米特里以弑父罪被捕。伊凡怀疑斯梅尔佳科夫，三次谈话后，后者终于承认自己是凶手，并说伊凡是元凶。他交出赃款，上吊自杀。伊凡精神错乱，在法庭上指控斯梅尔佳科夫，因死无对证，未受重视。卡捷琳娜请来律师，并亲自为他辩护。当看到格鲁申卡时，心生醋意，突然出示伪证。德米特里被判流放西伯利亚 20 年。他没有怨恨卡捷琳娜，卡捷琳娜也悔恨自己的行为。德米特里虽未杀父，却认为良心上已经犯了罪，所以他甘愿去流放服苦役。格鲁申卡愿意陪伴他。阿辽沙也坚信法庭的判决不公正，因而赞同卡捷琳娜和伊凡营救德米特里的计划。

作品节选

第五卷

五　宗教大法官

…………

“这正是老人想说的话的主要部分：——

“‘一个可怕的，聪明的精灵，一个自我毁灭和无形的精灵，’老人继续说，‘一个伟大的精灵，曾经在旷野里同你说话，据《圣经》里告诉我们，他似乎把你“诱惑”了。对不对？但再没有比他在三个问题中对你揭示的一切更真实的了，当时你不肯接受它们，《圣经》里称它们“诱惑”。可是，如果说什么时候地上曾出现过完全真实的伟大奇迹的话，那正是在那一天，正是提出这三种诱惑的那一天。奇迹正出现在这三个问题的提出上。如果完全为了试验和譬喻起见，设想那个可怕的精灵的三个问题已经在《圣经》里消失无踪，现在必须予以恢复，重新想出来，编出来，以便再记到《圣经》里去，为此召集地上一切智者——掌政权的人，总主教，学者，哲学家，诗人，给他们出课题：构想并编出三个问题，这三个问题不但必须适合事件的范围，而且还必须用三句话，只用三句人类语言来说出世界和人类的全部未来的历史，——那么你是不是认为把地上的一切智慧合在一起，能够想出在力量和深度方面可以和那位勇敢聪明的精灵在旷野里对你实际提出的三个问题相比的东西呢？单就这些问题来说，单就这些问题的提出这个奇迹来说，就可以明白，这是我们所看到的并非人类的一般智慧，而是永恒的，绝对的智慧。因为在这三个问题中，仿佛集中预示了人类未来的全部历史，同时还显示了三个形象，其中囊括了大地上人类天性的一切无法解决的历史性矛盾。这在当时还不可能这样明显，因为未来还是不可知的，但是现在，过了十五个世纪以后，我们看见一切都已由这三个问题料到了，预言了，而且确凿地证实了，所以增添或减少都是不必要的。

"'你现在自己判断，究竟是谁有理：是你，还是当时问你的人？你可以回想一下第一个问题，虽然不是原话，但大意是这样的："你想进入人世，空着手走去，带着某种自由的誓约，但是他们由于平庸无知和天生的粗野不驯，根本不能理解它，还对它满心畏惧，——因为从来对于人类和人类社会来说，再没有比自由更难忍受的东西了！你看见这不毛的、炙人的沙漠上的石头么？你只要把那些石头变成面包，人类就会像羊群一样跟着你跑，感激而且驯顺，尽管因为生怕你收回你的手，你的面包会马上消失而永远在胆战心惊。"但是你不愿意剥夺人类的自由，拒绝了这个提议，因为你这样想，假使驯顺是用面包换来的，那还有什么自由可言呢？你反驳说，人不能单靠面包活着。但是你可知道，大地的精灵恰恰会借这尘世的面包为名，起来反叛，同你交战，并且战胜你，而大家全会跟着他跑，喊着："谁能和这野兽相比，他从天上给我们取来了火！"你可知道，再过许多世纪，人类将用智慧和科学的嘴宣告，根本没有什么犯罪，因此也无所谓罪孽，而只有饥饿的人群。在旗帜上将写着："先给食物，再问他们道德！"人们将举起这旗帜来反对你，摧毁你的圣殿。在你的圣殿的废墟上将筑起一所新的大厦，重新造起可怕的巴比伦之塔，虽然这高塔也不会造成，和以前的那座一样，但是你总还可以防止人去造这座新的塔，而使人们的痛苦缩短千年，——因为他们为这高塔吃了千年苦头以后，会走到我们这里来的！那时候他们会再寻找藏在地底下陵寝里面的我们（因为我们会重又遭到驱逐和折磨），寻到以后，就对我们哭喊："给我们食物吃吧，因为那些答应给我们天上的火的人们，并没有给我们呀。"到那时候就将由我们来修完他们的高塔，因为谁能给食物吃，谁才能修完它，而能给食物吃的只有我们，用你的名义，或者假称用你的名义。哎，他们没有我们是永远永远不能喂饱自己的！在他们还有自由的时候，任何的科学也不会给予他们面包，结果是他们一定会把他们的自由送到我们的脚下，对我们说："你们尽管奴役我们吧，只要给我们食物吃。"他们终于自己会明白，自由和充分饱餐地上的面包是二者不可兼得的，因为他们永远永远也不善于在自己之间好好地进行分配！他们也将深信，他们永远不能得到自由，因为他们软弱，渺小，没有道德，他们是叛逆成性的。你答应给他们天上的面包，但是我再重复一句，在软弱而永远败德不义的人类的眼里，它还能和地上的面包相比么？就算为了天上的面包有几千人以至几万人跟着你走，那么几百万以至几万万没有力量为了天上的面包而放弃地上的面包的，又该怎样呢？是不是只有几万伟大而强有力的人是你所珍重的，而那其余几百万人，那多得像海边沙子似的芸芸众生，那些虽软弱但却爱你的人就只能充当伟大和强有力的人们脚下的泥土么？不，我们也珍视弱者。他们没有道德，他们是叛逆，但是到了后来他们会成为驯顺的人的。他们将对我们惊叹，将把我们看作神，因为我们作为他们的领袖，竟甘愿把他们所惧怕的自由承担下来而统治着他们，——因为他们到后来觉得做自由人真是太可怕了！但是我们要说，我们服从你，我们是以你的名义进行统治的。我们要继续欺骗他们，因为我们将永不放你走近我们的身边。而我们正因为要作这种欺骗而忍受着痛苦，因为我们不能不说谎。这就是沙漠里第一个问题的大意，这就是你为了你认为高于一切的自由而加以拒绝的。然而在这问题里却包含了这世界上的伟大的秘密。如果你同意采用“面包”，你就可以解决了每一个人和全体人类的那种普遍的、永恒的烦恼，那就是“该崇拜什么人”的问题。人一旦得到了自由以后，他最不断关心苦恼的问题，无过于赶快找到一个可以崇拜的人。但是人们所寻找的总是已经无可争辩的崇拜对象，最好无可争辩得使一切人都会立即同意共同对他表示崇拜。因为这些可怜的生物所关心的不只是要寻找一个我自己或者另一个人所崇拜的东西，而是要寻找那可以使大家信仰它，崇拜它，而且必须大家一齐信仰和崇拜的东西。正是这种一致崇拜的需要，给每一个人以至从开天辟地以来的整个人类带来了最大的痛苦。为了达到普遍一致的崇拜，他们用刀剑互相残杀。他们创造上帝，互相挑战：“丢掉你们的上帝，过来崇拜我们的上帝，不然就立刻要你们和你们的上帝的命!”这样一直会继续到世界的末日，甚至到世界上已不再存在上帝的时候：因为人们同样还是要朝着偶像膜拜的。你已知道，你不能不知道人类天性的这个根本的秘密，但是你却拒绝了对你提出的那面可以使一切人无可争辩地对你崇拜的唯一的、绝对的旗帜，——那一面地上的面包的旗帜，而且是以为了自由和天上的面包的名义而加以拒绝的。你瞧，你以后又做了什么。而且又是以自由的名义！我对你说，人们深切关心的是寻找一个对象，以便把随自己这个可怜的生物与生俱来的一份自由赶快交付给他。但是能握有人们的自由的只有那个能安慰他们的良心的人。随着面包你就能得到一面无可争辩的旗帜：只要你拿出面包，人们就会崇拜你，因为面包是绝对无可争辩的东西，但与此同时，假如有人越过你而占有他的良心，——唉，那时候他甚至会抛弃你的面包，去追随那掠取了他的良心的人。在这一点上你是对的。因为人类存在的秘密并不在于仅仅单纯地活着，而在于为什么活着。当对自己为什么活着缺乏坚定的信念时，人是不愿意活着的，宁可自杀，也不愿留在世上，尽管他的四周全是面包。这是对的，但是结果怎样呢？你并没有接过人们的自由，却给他们更增添了自由！难道你忘记了，安静，甚至死亡，对人来说要比自由分辨善恶更为珍贵么？对于人是再也没有比良心的自由更为诱人的了。但同时也再也没有比它更为痛苦的了。你不去提供使人类良心一劳永逸地得到安慰的坚实基础，却宁取种种不寻常的，不确定的，含糊可疑的东西，人们力所不及的东西，因此你这样做，就好像你根本不爱他们似的，——而这是谁呢？这竟是特地前来为他们献出自己的生命的人！你不接过人们的自由，却反而给他们增加些自由，使人们的精神世界永远承受着自由的折磨。你希望人们能自由地爱，使他们受你的诱惑和俘虏而自由地追随着你。取代严峻的古代法律，改为从此由人根据自由的意志来自行决定什么是善，什么是恶，只用你的形象作为自己的指导，——但是难道你没有想到，一旦对于像自由选择那样可怕的负担感到苦恼时，他最终也会抛弃你的形象和你的真理，甚至会提出反驳么？他们最后将会嚷起来，说真理并不在你这里，因为简直不可能再比像你这样做，更给他们留下许多烦恼事和无法解决的难题，使他们纷乱和痛苦的了。因此你自己就为摧毁你自己的天国打下了基础，不必再去为此责备任何人。再说，对你提出来的究竟是什么呢？有三种力量，地上仅有的三种力量，可以永远征服和俘虏这些意志薄弱的叛逆者的良心，使他们得到幸福，——这三种力量就是奇迹、神秘和权威。你把这三者全部拒绝了，你这样做是自己开了先例。可怕的，绝顶智慧的精灵把你放在殿顶上，对你说："假如你想知道你是不是上帝的儿子，你可以跳下去，因为经上记着说，主会为你吩咐他的使者用手托着你，带着飞走，因此你不会落地摔死，那时你就可以知道你是不是上帝的儿子，那时你会证明你对于你的父的信仰是多么坚定。"但是你听完以后拒绝了这个建议，没有听他的话，没有跳下去。自然你这举动是骄傲而庄严的，像上帝一样，但是那些人，那个意志薄弱的叛逆种族，他们也是上帝么？你当时明白，你只要跨一步，只要作一个跳下去的动作，你就是在考验上帝，就是丧失对他的整个信仰，就会落在你前来拯救的大地上，摔得粉身碎骨，而引诱你的聪明的精灵就将欣喜若狂。但是我要重复一句，像你这样的人多么？难道你真会有一分钟一秒钟真能够相信别人也有力量抵挡这样的诱惑么？人类的天性难道能拒绝奇迹，哪怕在生命的可怕时刻，在内心发生了触及根本的最最可怕而痛苦的疑问时，仍旧能只凭良心作自由的抉择么？你知道你的苦行将记载在《圣经》里，直到永远而且流传八荒。你指望人们跟随着你，就会永远留在上帝身边，并不需要奇迹。然而你不知道，人一旦抛弃了奇迹，他同时也就会抛弃了上帝，因为人寻找的与其说是上帝，还不如说是奇迹。而既然人没有奇迹就没法过下去，他就会为自己去造出新的奇迹，他自己的奇迹来，就会去崇拜巫医的奇迹，女巫的邪术，尽管他也曾做过一百次叛徒、异教徒和无神派。当人们对你讥笑，嘲弄，对你喊叫："你从十字架上下来，我们就会信仰这是你"的时候，你没有从十字架上下来。你所以没下来，同样是因为你不愿意用奇迹降服人，你要求的是自由的信仰，而不是凭仗奇迹的信仰。渴求自由的爱，而不是囚犯面对把他永远吓呆了的权力而发出的那种奴隶般的惊叹。但是在这方面你对于人们的估价也同样过高了，因为显然他们虽然生来是叛徒，但却仍然是囚犯。你看看周围，自己想想，现在已经过了十五个世纪，你去看一看他们：你把谁提得跟你一样高了呢？我敢起誓，人类生来就比你想象的要软弱而且低贱！难道他也能够，也能够履行你所履行的事么？由于你这样尊敬他，你所采取的行动就好像是不再怜悯他了，因为你要求于他的太多了，——而这是谁呢？这竟是爱他甚于自己的人！你少尊敬他，少要求他一些，那倒同爱更接近些，因为那样可以使他对你的爱更容易承受些。他是软弱而且低贱的。他现在到处反抗我们的权力，并且以反叛自豪。这有什么呢？这是孩子和小学生的骄傲。这等于小孩子们在课堂里造反，轰走老师。但是小孩们的高兴结束了，他们将付出很高的代价。他们把神殿推倒，血溅大地。但是这些愚蠢的孩子们最后总会发现，他们虽然是叛徒，却是软弱无力的，对于自己的叛逆行动是经受不住的。他们终将流着愚蠢的眼泪承认，那把他们造成为叛徒的人，无疑地是想开他们的玩笑。他们将在绝望中说出这句话，而他们所说的话将成为对上帝的亵渎，他们也就将因此而变得更为不幸，因为人类的天性不能忍受亵渎上帝的事，到后来会永远自行报复的。所以在你为了他们的自由受了许多苦以后，不安、骚乱和不幸却成了人们现在的命运。你的伟大的预言家在寓言和幻想里说，他看见了第一次复活的全体参加者，每族各有一万二千人。但即使有这么些人，他们也已经仿佛不是人，而成为神了。他们背负了你的十字架，他们几十年来在饥饿的、不毛的沙漠中受煎熬，拿蝗虫和树根作食物，——你自然可以指着这些自由、自由的爱的孩子，自由而庄严地为了你的名而牺牲的孩子们来自豪。但是不要忘记：他们总共只有几千人，而且全是神，可是其余的人呢？其余那些软弱的，不能忍受强者们所忍受的事物的人，他们又有什么错呢？无力承受这么可怕的赐与的软弱的灵魂，又有什么错呢？难道你真的只是到少数选民那里来，而且是为了少数选民而来的么？如果是这样，那么这就是神秘，是我们所无法了解的。既然是神秘，我们也就同样有权利来宣扬神秘，并且教他们，重要的不是他们的心的自由抉择，也不是爱，而且神秘，对于这种神秘他们应该盲从，甚至违背他们的良心。我们就是这样做的。我们改正了你的事业，把它建立在奇迹、神秘和权威的上面。人们很喜欢，因为他们又像羊群一般被人带领着，从他们的心上卸去了十分可怕的赐与，给他们带来了那样多痛苦的赐与。你说吧，我们这样教训，这样做，究竟对不对？我们这样平心静气地对待人类的软弱无能，满腔热爱地减轻他们的负担，而且在我们的允许之下也让这些软弱的天性犯一下罪恶，难道我们不是爱他们么？为什么你现在来妨碍我们？为什么你一言不发，热心地用你那温和的眼睛瞧着我？你生气吧，我不需要你的爱，因为我自己也不爱你。我有什么可隐瞒的呢？难道我不知道我是在同谁讲话吗？所有我能对你说的话，你已经全知道了，这从你的眼睛里可以看出来。我能把我们的秘密瞒住你么？也许你只是想亲耳听到从我的嘴里说出这个秘密来吧？那么你就听着：我们拥护的不是你，而是他，这就是我们的秘密。我们早就不拥护你，而拥护他，已经有八个世纪了。整整八个世纪以前，我们从他那里接受了你愤然拒绝的东西，接受了他把地上的天国指给你看时向你呈献的最后的礼物：我们从他那里承受了罗马和恺撒的宝剑，只宣布自己是地上的王，唯一的王，虽然我们至今还没有能彻底完成我们的事业。但这是谁的错呢？哎，这事业到现在为止还只是刚开始，但毕竟已经开始了。完成它还需要等很长的时间，大地还要受许多苦，但是我们一定会达到目的，成为恺撒，到那时我们就会去考虑全世界人类的幸福。本来你当时就可以拿起恺撒的宝剑来。为什么你却拒绝了这最后的赠礼？你如果接受了伟大的精灵的这第三个劝告，就可以解决人类在地上所寻求解决的一切，那就是：向谁崇拜？把良心交给谁？大家怎样最后联结成一个无争辩的、和谐一致的蚁窝？——因为要求全世界联合一致正是人们第三个，也是最后一个痛苦问题。整个人类永远渴望着一定要把自己组成一个世界性的整体。有许多伟大的民族具有伟大的历史，但是这些民族越高超，就越不幸，因为他们对全人类世界性联合的要求比别的民族更强烈。伟大的侵略者帖木儿和成吉思汗，像狂飙般掠过大地，力图征服全宇宙，而他们所表现的也同样是人类对于全世界普遍联合的伟大要求，虽然他们是无意识的。如果你接受了世界和恺撒的紫袍，本来是可以建立一个全世界的王国，给全世界带来安宁的。因为能掌握人类的，不正是占有他们的良心，手里握有他们的面包的人么？所以我们拿起了恺撒的宝剑，而一拿起以后，自然就要抛弃你，跟他走了。嗯，自由思想、他们的科学和人吃人的风俗，还要猖獗许多世纪，因为他们没有我们就动手建筑巴比伦的高塔，结果一定会弄到人吃人的地步。但正是到了那个时候，野兽就会爬到我们脚前，用嘴舔着，用眼里流出的血泪来溅湿我们的双脚。我们将骑在野兽身上，举杯庆祝，杯上将写着这样两个字："神秘！"但那时，只是到了那时，人们才会得到安宁和幸福的王国。你为你的选民骄傲，但是你只有选民，而我们却使所有的人得到平静。还有，在这些选民里，在本可以成为选民的强有力的人们里，有多少人由于等你等得疲倦，已经或者将要把他们的精神的力量、心的热忱转移到另一个阵地去，最后终于举起他们自由的旗帜来反对你。而这旗帜本是你自己举起来的。在我们这里，大家都将得到幸福，不会再发生反叛和互相残杀，好像在你的自由里到处都在发生的那样。我们会使他们相信，他们只有在把他们的自由交给我们并且服从我们的时候，才能成为自由的人。我究竟说得有理还是撒谎呢？他们自己会相信我们是有理的，因为他们会记得，你的自由把他们领到了多么可怕的奴役和骚乱的境地。自由，自由思想和科学会把他们引进那么令人迷惘的丛林，使他们面对着那么多奇迹和无法解释的神秘，以致有一些不驯服而狂暴的人会残害自己，另一些不驯服而意志软弱的人会互相残害，而所剩下来的其余软弱而不幸的人将会爬到我们的脚下，向我们哭诉，"是的，你们是对的，只有你们掌握了他的神秘，我们现在回到你们这里，把我们从自己的手中救出来吧！"他们在接受我们的面包时，自然会明显地看到，我们是从他们那里把他们用自己的手弄到的面包取了来，然后再分给他们，并没有任何奇迹；他们将看到我们并没有把石头变成面包，但是实际上他们将的确为了能从我们手里取得面包而高兴，更甚于单单为了面包本身！因为他们深深地记得，以前没有我们的时候，他们弄到的面包一到了他们的手里只会变成石头，而一当他们回到我们这里来时，石头在他们的手里也会变成面包。永远服从具有何等的价值，这一点他们是太明白了，太明白了！而只要人们不了解这一点，他们就将是很不幸的。请问，是谁在那里助长这不了解？是谁搅散了羊群，把他们分别赶上了谁都不熟悉的道路？然而羊群会重新聚拢来，重新服从的，而且这一次将会永远不再改变了。那时候我们将给予他们平静而温顺的幸福，软弱无力的生物的幸福，——因为他们天生就是那样的生物。我们将最终说服他们不要再骄傲，因为你把他们抬高了，因而使他们学会了骄傲；我们将向他们证明，他们是软弱无力的，他们只是可怜的小孩子，但是小孩子的幸福却比一切的幸福更甜蜜。他们会胆小起来，望着我们，害怕地紧偎在我们的身边，就像鸡雏紧偎着母鸡。他们会对我们惊讶，惧怕，而且还为了我们这样强大、聪明，竟能制服住有亿万头羊的骚乱羊群而自豪。他们对于我们的震怒将软弱地怕得发抖，他们的思想会变得胆小畏缩，他们的眼睛会像妇人小孩那样容易落泪，但是只要我们一挥手，他们也会同样容易地转为快乐而欢笑，变得兴高采烈，像小孩子似的嬉笑歌唱。是的，我们要强迫他们工作，但是在劳动之余的空闲时间，我们要把他们的生活安排得就像小孩子游戏一样，既有小孩的歌曲、合唱，又有天真烂漫的舞蹈。我们甚至也允许他们犯罪，他们是软弱无力的，他们将因为我们许他们犯罪而爱我们，就像小孩一样。我们将对他们说，一切的罪行只要经过我们的允许，都可以赎清；我们许他们犯罪，因为我们爱他们，至于这些罪行应受的惩罚，那就由我们来承担吧。我们将确实承担罪责，而他们就将崇拜我们，把我们当作在上帝面前替他们受过的恩人。他们不会有一点秘密瞒着我们。我们可以允许或禁止他们同妻子和情妇同房，生孩子或不生孩子，——全看他们听话不听话，——而他们会高高兴兴地服从我们。压在他们良心上的一切最苦恼的秘密，一切一切，他们都将交给我们，由我们加以解决，而他们会欣然信赖我们的决定，因为这能使他们摆脱极大的烦恼，和目前他们要由自己自由地作出决定时所遭受的可怕的痛苦。这样，所有的人，亿万的人们，除去几十万统治他们的人以外，全将享受幸福。因为只有我们，只有我们这些保藏着秘密的人，才会不幸。将会有几十亿幸福的赤子，和几十万承担了分辨善恶的诅咒的受苦的人。他们将无声无息地死去，他们将为了你的名悄悄地消逝，他们在棺材后面找到的只有死亡。但是我们将为了他们的幸福起见，保藏着秘密，而用永恒的天国的奖赏来引诱他们。因为其实在另一世界里即使真有什么，也决不是为像他们那样的人准备的。人们预言，并且传说，你将带着你的选民和那些骄傲而强有力的人们降临人世，重获胜利，但是我们可以说，他们只是救了自己，我们却救了芸芸众生。他们说，那个手握神秘骑在野兽身上的娼妇将要受辱，软弱无力的人们将重行造反，撕碎她的紫袍，暴露她的“可憎”的肉体。但是到了那时候，我将站起身来，把千百万不认识罪孽的赤子指给你看。而为了他们的幸福把他们的罪恶承担下来的我们，将站在你的面前说道：“裁判我们吧，只要你能，你敢。”你要知道我并不怕你。你要知道，我也到过沙漠，我也吃过蝗虫和树根，我也曾用你向人们祝福的自由来祝福过人，我也曾预备加入你的选民的行列，渴望在强有力的人们的行列中“充数”。但是我醒悟了，不愿为疯狂的事献身。我回来了，参加到纠正你的事业的人们的队伍里来。我离开了骄傲的人们，为了卑微的人们的幸福而回到他们那里。我对你所说的一切全会应验，我们的王国将会建立起来。我对你再说一遍：明天你就可以看到这个驯顺的羊群在我一挥手之下，会纷纷跑来把炙热的柴火加到你的火堆上面，我将在这上面把你烧死，因为你跑来妨碍我们，因为最应该受我们的火刑的就是你。明天我要烧死你，Dixi①。’”

伊凡住了口。他说的时候情绪激昂，兴致勃勃，但说完时却突然微笑了。

阿辽沙一直默默地听着他，听到后来心里十分激动，屡次想打断哥哥的话，却显然又自己克制住了，现在他忽然说了起来，好像一下冲口而出似的。

“但是……这太荒唐了！”他涨红了脸嚷道，“你的诗是对于耶稣的赞美，而并不是咒骂……像你本来想做的那样。关于自由的那些话，谁能信你呢？自由能够那样理解，那样理解么？正教的见解是这样的么？……这是罗马，还不完全是罗马，简直是谎言，——是天主教里的那套最坏的东西，是宗教法官，耶稣会士们的那一套！……像你诗中的宗教法官那样的虚构人物是绝对不会有的。所谓自己承担下来的人类罪恶究竟是什么？为了人类的幸福而承担了诅咒的那些掌握着神秘的人究竟是谁？什么时候见过这样的人？耶稣会士我们是知道的，大家对他们的评价很坏，但是你所说的那些人是他们么？他们完全不是那样的人，根本不是。……他们只是一支为建立未来的世界王国而受驱遣的罗马军队，以皇帝——罗马教皇为首领……这就是他们的理想，并没有什么神秘和崇高的忧虑。……取得权力，取得肮脏的尘世利益、对人的奴役……就像是未来的农奴制度那样，而由他们来充当地主……这就是他们想望的一切。也许他们对上帝也并不信仰。你那受苦的宗教法官只是一种幻想罢了。……”

“慢着，等一等，”伊凡笑着说，“瞧你多慷慨激昂。你说是幻想，好吧！自然是幻想。但是请问一下，难道你果真以为，全部近几个世纪以来的天主教运动，实际上仅只是一种为取得肮脏的利益而谋取权力的愿望么？是不是佩西神父这样教你的？”

“不，不，相反的，佩西神父有一次甚至说过类似你所说的……但自然不是

① 拉丁文：我说。

像你所说的那样，完全不是那样。”阿辽沙忽然赶紧改口说。

“不过这还是个很宝贵的消息，尽管你加了一句‘完全不是那样’。我恰恰要问你一点，为什么你的耶稣会士和宗教法官们联合在一起，一定只是为了可鄙的物质利益呢？为什么他们中间就不会有一个热爱人类，并且为伟大的忧虑而操心的受苦者呢？你看：我们不妨假定，在所有这些单只希图肮脏的物质利益的人们中间，总还会有这么一个人，就像我口中的老宗教法官那样，自己在沙漠中啃树根，发着疯劲，克制自己的肉体欲望，使自身成为自由和完美的人，但尽管一生爱着人类，他却忽然悟出，而且看到，达到能够充分发挥意志力的境界并不是极大的精神幸福，——如果与此同时他明明看出其余的千百万上帝的造物始终不过是开玩笑似的创造出来的，他们永远无力运用他们的自由，从可怜的叛逆们中间永远不会产生能修成高塔的伟人，而伟大的理想家所日夜梦想的和谐决不是这样的笨鹅所配享受的。他悟解了这一切以后，就回来参加到……聪明人的行列里去了。难道这不可能么？”

“参加到什么人里面，是些什么样的聪明人？”阿辽沙差不多狂热地嚷起来，“他们中谁也没有像这样的思想，这样的神秘和秘密。……单单是无神，这是他们的全部秘密。你的那个宗教法官不信仰上帝，这就是他的全部秘密！”

“就算是这样罢！你到底猜到了。确实是这样，全部秘密确实就在这里，但即使像他这样把终生虚掷在沙漠里的苦行上，却仍然无法抛弃对于人类的爱的人来说，难道这还算不得是受苦么？在他垂暮之年，他清楚地看出了惟有那个可怕的伟大精灵的劝告，才能勉强给这些软弱无力的叛徒，这些‘为了开开玩笑而创造出来的不成熟的试验品’建立起一种最起码的生活秩序。看出了这一点以后，他就明白了应该遵照那聪明的精灵、那可怕的死亡和毁灭的精灵的指示去做，而为此就应该采用谎言和欺骗，有意识地引导人们走向死亡和毁灭，而一路上却一直欺骗他们，使他们好歹不至于觉察到他们是在被引导到哪里去，这样这些可怜的盲人们至少在途中还可以自认为是幸福的。你要注意，这欺骗是以他的名义，以老人终身热烈信奉着他的理想的那个人的名义进行的！难道这不是不幸么？而哪怕只有一个这样的人偶然担当了那支‘单只为了肮脏的利益而渴求权力’的军队的首脑，——那么难道就这样一个人还不足以导致一场悲剧么？不但如此，只要有一个这样的人做了首脑，就可以使整个罗马的事业——连同它的军队和耶稣会士们，终于有了真正的主导思想，有了这种事业的最高理想。我对你坦白说，我深信，在领导运动的人们中间，是永远不会缺少这种个别的人的。谁知道，也许在罗马的教皇中间也曾产生过这类个别的人。谁知道，也许这个该死的老人，那样顽固、那样特别地爱着人类的人，现在也在许多个别的老人的行列中间存在着，而且并不是偶然存在，而是早已成立了一种协议，一种秘密的联盟，以保持秘密，不使那些不幸的、软弱无力的人们知道，这样好使他们能得到幸福。这种情况一定是有的，而且理该如此。我觉得，甚至在共济会员们身上，骨子里也存在着与这类秘密相近的东西，而天主教徒所以那么恨共济会员，正是因为看出他们是竞争者，他们破坏观念的一致，而羊群本应该是一致的，牧人也应该只有一个。……不过我这样为我的思想辩护，简直有点像是一个不能接受你的批评的作者了。算了，别说了。”

“你也许自己就是个共济会员！”阿辽沙忽然脱口说道。“你不信上帝。”他又补充了一句，但已带着十分忧郁的神情。而且他还觉得哥哥在嘲笑地望着他。

“你的诗结尾是怎样的？”他忽然眼睛看着地上问，“难道它已经完了么？”

“我想把它这样结束：当宗教法官说完后，他等待了好一会儿，看那个囚犯怎样回答。他的沉默使他感到痛苦。他看见犯人一直热心地静静听着他说话，直率地盯着他的眼睛，显然一句也不想反驳。老人希望他对他说点什么，哪怕是刺耳的、可怕的话。但是他忽然一言不发地走近老人身边，默默地吻他那没有血色的、九十岁的嘴唇。这就是全部的回答。老人打了个哆嗦。他的嘴角微微抽搐了一下；他走到门边，打开门，对犯人说：‘你去吧，不要再来……从此不要来……永远别来，永远别来！’说罢就放他到‘城市的黑暗大街上’去。于是犯人就走了。”

“老人呢？”

“那一吻在他的心上燃烧，但是老人仍旧保持着原来的思想。”

（选自耿济之译：《卡拉马佐夫兄弟》，人民文学出版社，1981 年版）

作品赏析

陀思妥耶夫斯基的沥血遗作《卡拉马佐夫兄弟》是这位天才艺术家一生的丰富总结和生动的墓志铭。他把一个弑父的故事演绎成宏伟的哲理小说，将人间苦难和农奴制改革后的社会问题联系在一起，继续探索他致力终生的人类终极问题。作者希冀通过“偶合式”家庭的悲剧，就俄国当时所面临的社会危机，提出自己的疗治方案。他以特有的激情形象地阐发了社会、哲理、宗教、道德诸问题，这些思想是如此深刻地渗入作品的艺术氛围，并与精湛的艺术技巧相结合，使其成为陀思妥耶夫斯基全部小说中最富艺术魅力和思想深度的一部。

小说的故事发生在 19 世纪俄国从农奴制改革到资本主义发展时期人欲横流的外省小城，象征整个俄罗斯悲惨阴暗的现状，影射所有道德沦丧之地。家庭是社会的细胞，家庭的解体无疑是金钱关系下分崩离析的社会生活的缩影。卡拉马佐夫一家父子、兄弟间除了在不正常的状态下所产生的血缘关系外，素无正常的家庭维系。小说开始时，为了调解德米特里索要母亲遗产，使几乎完全不相识的一家人聚拢在一起，相互关系极为紧张，彼此仇恨。这个“偶合式”家庭一父四子因金钱和情欲引起的冲突、倾轧和最后酿成的悲剧，形成了小说的基本脉络。

卡拉马佐夫父子五人除阿辽沙之外，互相憎恨，分崩离析，矛盾尖锐到你死我活的程度。他们性格各不相同，但身上都附有某个“不洁的魔鬼”，被一种共同的精神气质紧紧地联结在一起，这就是集“贪财、好色、残暴、冲动”于一体的“卡拉马佐夫性格”。它包含着两个对立交错的世界：心灵向往圣母玛丽亚的理想，肉身却总是燃烧着所多玛的欲望。这种宽广的“卡拉马佐夫式的性格”能够兼容并蓄各种矛盾，同时体味两个深渊：高尚的理想的深渊和极为卑鄙丑恶的堕落的深渊。这实际上是一种分裂人格，是善与恶彼此消长的力量之场。

家长费奥多尔是恶的化身。他既体现了没落贵族式的专横残暴与寄生腐朽，又反映了资产阶级暴发户式的冷酷自私与贪婪狠毒。青年时期养成的丑角性格和卑鄙无耻、道德沦丧、荒淫无度结合在一起，使他变成了一个畸形的、恶魔似的人物。他靠金钱和情欲起家，通过放高利贷和各种黑暗的投机勾当积聚资本；他侵吞第一个妻子的嫁资，续娶后依旧恣肆放荡，妻子被折磨致死后，更变本加厉地过着极度放荡的生活，对四个儿子弃置不顾，甚至丧尽天良强奸疯女；他霸占儿子应得的财产，与儿子争夺情妇。“在我死后，随他陆沉也罢！”就是他极端自私的道德原则的写照。他嘲弄一切神圣的东西，败坏了社会伦理道德准则，毒化了血亲间的关系，最终酿成杀身之祸。

私生子斯梅尔佳科夫全盘承袭了父亲的下流秉性，他是卡拉马佐夫性格的另一方面的代表：怯懦卑鄙，贪婪狠毒，阴险奸诈。他把仇视一切、为所欲为的阴暗心理深深隐藏在忠诚和谦卑的外表之下。为发泄自己在长期卑屈处境下郁积起来的怨毒情绪，为取得金钱，他冷酷地谋杀了自己的主子和父亲，以卑劣的手段实践了伊凡“什么都可以做”的“理论”。随后又嫁祸于德米特里，畏罪自杀前都不肯在遗言中澄清真相，使其枉受 20 年苦役的冤狱。这是一个毫无道德、根本不讲良心的极恶的典型，是纯粹的“卡拉马佐夫下流行为的力量”的化身。

德米特里是善与恶的交织体。一方面，他是残忍情欲的玩偶，企图弑父的凶手，玩弄女性的淫棍，欺压弱者的坏蛋。他情欲炽烈，粗野狂暴，放浪形骸。年轻时在部队服役期间，曾试图以 4 500 卢布替卡捷琳娜的父亲垫付公款为代价侮辱她。回到家乡后，又被风尘女子格鲁申卡迷住，马上忘了卡捷琳娜，并用未婚妻的 3 000 卢布带情妇去寻欢作乐。为争夺母亲财产和风骚女人，差点杀死父亲。他会一时兴起，欺凌弱者，揪着一位贫穷而毫无保护的退休上尉的胡子满街跑，其子伊柳沙看着父亲当众受辱，心灵不堪摧残致死。他从灵魂到行动都已成为一个罪犯。另一方面，他又是一个被良心不断折磨的善人，一个忏悔自己罪过的基督徒。面对残酷的灾难，他还能思索“为什么那些受了灾的母亲站在那里？为什么人们这样贫困？为什么婴儿没吃没穿？为什么田野光秃秃的？”对不合理的世界提出质疑。杀父时两次举起铜锤，都受到“圣灵的感召”而出现奇迹。他最后忏悔，承认自己良心有罪，决定改恶从善，“通过苦难来洗净自己”。这是卡拉马佐夫性格的最典型的代表。

伊凡性格中既有温顺、和解、博爱的一面，也有残暴、无耻、仇恨的一面。高尚正直与无耻卑鄙共存一身，阿辽沙的博爱和斯梅尔佳科夫的怨毒就是他二重人格的形象表现。伊凡是唯理主义者、无神论者和怀疑主义者。他头脑清醒，善于抽象思考和冷静分析。一方面，伊凡具有深沉的人道主义情怀，本能地“爱生活本身甚于爱他的意义”，“先于逻辑地爱”。他曾吐露肺腑之言：“我珍重到春天萌芽的带着滋浆的嫩叶，我珍重蔚蓝的天，珍重一些人”。但这只是“事情的一半”，而且与他性格的“另一半”发生抵触。在与阿辽沙的对话中，伊凡通过全世界普遍存在的受虐儿童的苦难透视“从里到外浸透着整个地球的其他人间血泪”：有一个凶恶的将军，当着一位母亲的面，放出一群猎狗，将她八岁的孩子撕得粉碎，仅仅因为那个孩子不留神用石子打伤了一条猎狗的腿。伊凡义愤填膺：“假使大家都该受苦，以便用痛苦来换取永恒的和谐，那么小孩子跟这有什么相干呢？请你对我说说！我完全不明白他们为什么也应该受苦，他们为什么要用痛苦去换取和谐？……所以我决不接受最高的和谐，这种和谐的价值还抵不上一个受苦的孩子的眼泪……我宁愿执着于我的未经报复的痛苦和我的未曾消失的愤怒。”他的话指证了建立在尘世痛苦基础上的天国的虚幻。

正是基于对人类的爱和对人类苦难的同情，他从理性上怀疑上帝的存在，拒绝接受上帝创造的世界，从而否定灵魂不死的观念。“假使没有不死，就没有道德”。他从追求完全的人道主义出发，推导出否定上帝，否定一切道德，“什么都可以做”的可怕结论。同时，在潜意识中，伊凡情愿父兄之间争风吃醋，“一条毒蛇吃掉另一条毒蛇”，以便坐渔其利：两败俱伤后，他继承的财产份额注定会增加，他所爱的卡捷琳娜也可以和德米特里彻底了断情缘。因此，他在思想和理论上教唆、行动上纵容斯梅尔佳科夫犯罪，成了真正的弑父元凶。最终承受不住良心的惩罚而发疯，灵魂深处的阴暗面化身为魔鬼出现在幻觉中与他对话。

这是一个充满自我拷问、自我反省的灵魂。伊凡所思考的和折磨他的问题，也正是陀氏写作整部《卡拉马佐夫兄弟》的动机所在。伊凡对人间苦难的冷静剖析，对自身信念的无情摧毁，分明都印着作者在理想和现实的夹缝之间久久徘徊的痛苦和绝望，他分裂着的双重人格正是作者本人对现实的趋近残暴的愤怒和不可解的思想矛盾的直接体现。

阿辽沙是仁爱精神的化身，是精神导师佐西马长老培养出来的圣徒。他幻想在互爱的基础上消除人类苦难，实现人类的团结和谐，获得人类幸福。在伊凡讲述八岁孩子被将军猎狗撕碎的故事后，阿辽沙情不自禁地脱口而出：“枪毙！”他心中宽恕忍耐的王国被伊凡那人道主义的呼声震开了裂口。佐西马长老死后尸体腐烂，阿辽沙经历了幼稚信仰幻灭的痛苦。是给格鲁申卡的“一棵葱”治愈了他，使他豁然开朗、坚定了信念，尝到了宽恕一切、爱整个尘世生活和净化灵魂的喜悦。他为施舍每一棵“葱”而在人间奔波，肩负着把圣爱的温存带入无情的世界，以苦难的牺牲拯救这个世界上的千万罪恶灵魂，把人们团结起来的使命。但是，他的一切努力几乎都是徒劳的：他没能使伊凡克服怀疑而坚定地站稳脚跟，没能抚慰卡捷琳娜屈辱受创的心灵，没能使德米特里骚动的心平静下来，也没能阻止即将发生的凶杀案，更没能拯救无辜的德米特里免于流放的冤狱，也无力挽救伊柳沙幼小的生命。尽管阿辽沙的济事良方无法消除陀思妥耶夫斯基的疑问，但他的出现，他的爱心、同情、善良和温存犹如漫漫寒夜中泻下的一缕阳光，足以慰藉和温暖人们的心灵。

作品的主题思想集中体现在第二部第五卷《赞成和反对》中，其中《离经叛道》和《宗教大法官》两章通过阿辽沙和伊凡的对话，集中反映作者的思想矛盾：反叛和顺从、暴露苦难和崇尚苦难，向往和谐与幸福和反对革命、无神论和宗教信仰等等。一方面作者基于宣扬基督教理想，另一方面又以无情的事实指证这种理想的虚妄；一方面尽力控诉现实的丑恶和黑暗，另一方面又主张阶级调和，劝人放弃斗争，低下头来忍受苦难。阿辽沙在理想的天国中逐渐形成自己的宗教理想与道德信念，而其他兄弟却在人世间展开弑父行动，逐渐沉沦。天国的道德体系和尘世的价值体系各自发展，随后发生碰撞与分裂。作品的思想高度在矛盾激化过程中不断飞升，伴随着不灭的宗教情怀和愤世精神。

作品中的人物，既代表了不同的性格个体，也是某种思想或意识的载体和象征。每个人物自身都充满了各种紧张对立的矛盾冲突，表现出极强的性格张力。人物的自我意识之间、人物之间、人物与作者之间展开了广泛、平等的对话和激烈的思想交锋，呈现出多音部合奏的效果，形成了规模宏大、气势磅礴的复调结构，展现出一个多元的世界。而对话大多趋近道德论战，呈现出丰富的寓言意味。

（梁坤）

安娜·卡列宁娜

[俄] 列夫·托尔斯泰

列夫·尼古拉耶维奇·托尔斯泰（Лев Николаевич Толстой，1828—1910）是19世纪俄国最杰出的现实主义作家，也是公认的世界上最伟大的小说家之一。其作品以不倦的精神探索、“心灵的辩证法”和史诗性的宏伟气魄而卓然独立于世界文学之林。

托尔斯泰出身于雅斯纳雅·波良纳的贵族世家。1844年入喀山大学东方语文系，次年转到法律系。1847年因对学校教育不满，辍学回故乡自学，进行农事改革。1851—1854年到高加索服役并参加克里米亚战争，其间发表自传性三部曲《童年》、《少年》、《青年》和《塞瓦斯托波尔故事集》。1856年退伍回庄园从事农事改革，因不为农民理解而苦恼。1857年赴西欧旅行，写下批判资产阶级文明的短篇《琉森》。

三大代表作《战争与和平》（1863—1869）、《安娜·卡列宁娜》（1873—1877）、《复活》（1889—1899）分别揭示了贵族阶级的全面堕落与危机，旨在探索俄国社会的命运与出路。

19世纪70年代末80年代初，托尔斯泰的世界观发生激变，与贵族阶级彻底决裂，转到了宗法制农民的立场上。他写下大量政论文和作品阐发“托尔斯泰主义”：“博爱”，“不以暴力抗恶”，“道德的自我完善”。他晚年身体力行，致力于实现“平民化”理想。为彻底放弃贵族特权，82岁高龄的托尔斯泰于1910年10月的一天离家出走，途中患肺炎，11月20日病逝于一个小站。

作品梗概

安娜・卡列宁娜是19世纪俄国上流社会贵妇人。18岁时由姑母做主嫁给了年长20岁的省长卡列宁。卡列宁自私伪善，僵化刻板，整日忙于公务，缺乏生命意识，是一架“官僚机器”。安娜美丽绝伦、真诚善良、充满生命激情。她与卡列宁过着毫无生气、令人窒息的生活，但内心深处对幸福的热望和追求并未泯灭。

安娜为调解兄嫂纠纷，从彼得堡来到莫斯科。在莫斯科车站遇见了风流倜傥的青年军官弗龙斯基。初次见面弗龙斯基就被安娜的美丽、温雅，特别是她脸上“那股被压抑的生气”所吸引。本来弗龙斯基正追求基蒂。在鲍波利歇夫家的舞会上，安娜身着黑丝绒长裙，戴着珍珠项链，高雅脱俗、妩媚动人。弗龙斯基只顾跟安娜跳舞，基蒂受到冷落，极为痛苦。为避开弗龙斯基，安娜决定第二天便返回彼得堡。

在火车上，安娜心想明天就可以看到丈夫和儿子，一切又恢复原样。中途火车停站时，弗龙斯基却出现在月台上。安娜心神不定，又喜悦莫名。

在彼得堡车站，卡列宁来接安娜。安娜忽然对卡列宁刺耳的官腔和招风耳朵产生反感。弗龙斯基看出安娜不爱丈夫，便开始大胆地追求安娜，两人关系日渐亲密。社交界认为他们有失体统，卡列宁也提醒妻子婚姻的神圣性，认为破坏它是犯罪，而这种犯罪注定要受到惩罚。

赛马场上，弗龙斯基不慎坠马，安娜大惊失色。卡列宁认为安娜的举止有失检点，要立即带他回家。路上，安娜承认了她与弗龙斯基的情人关系。卡列宁要求安娜“严格遵守外表的体面”，不许在家里接待情人。

安娜和弗龙斯基有了孩子，分娩后大病一场。病危时，她请求卡列宁饶恕自己并与弗龙斯基和好，卡列宁答应不念旧恶。病愈后她又无法忍受家庭生活的虚伪和欺骗，未及离婚，便与弗龙斯基去了国外。

他们在欧洲旅行三个月后回国。安娜思子心切，在儿子谢廖沙生日这天回去探望。母子二人紧紧拥抱，难舍难分，安娜激动地哭了。九点钟，卡列宁来看儿子，为避免见面，她拉下面纱匆匆离去，连玩具都没来得及打开，又原封不动地带了回来。

安娜坚持去剧院看戏，受到社交界的冷遇和非议。她提出离婚，卡列宁不同意。她开始怀疑弗龙斯基的爱情。一次口角后弗龙斯基离开家里。安娜写信、拍电报要他回来向他认错，还亲自去火车站寻找。弗龙斯基没有及时回来。她绝望了，要向他报复，便卧轨自杀了。

列文是个庄园贵族。他爱上了基蒂，因基蒂恋着弗龙斯基，他的求婚被拒绝了。基蒂失恋后重病，去国外疗养归来，接受了列文的再次求婚。婚后他们来到乡下，生活平静幸福。列文在庄园进行农事改革，得不到农民信任。家庭生活也不如他想象的美满。他幻想破灭，悲观失望，开始思索人生的意义，精神陷入困境，企图以自杀求得解脱。最后，在老农民弗尼克奇身上他领悟到生活的意义在于“为上帝、为灵魂而活着”。从此列文皈依上帝，进行道德上的自我完善，获得了心灵的宁静。

作品节选

第五部

二十九

安娜回俄国的目的之一是看她儿子。从她离开意大利那天起，这个会面的念头就无时无刻不使她激动。她离彼得堡越近，这次会见的快乐和重要性在她的想象里就更增大了。她连想也没有去想怎样安排这次会见的问题。在她看来，和她儿子在一个城市里的时候，她去看他是非常自然而简单的。但是一到彼得堡，她就突然清楚地看到她现在的社会地位，她了解到安排这次会见并不是容易的事。

她在彼得堡已经有两天了。要看她儿子的念头片刻都没有离开过她，但是她到现在还没有看到他。一直到家里去吧，在那里也许会遇见阿列克谢·亚历山德罗维奇，她感觉到她没有权利这样做。她也许会遭到拒绝和侮辱。写信去和她丈夫联系吧——她一想起来都觉得痛苦：只有不想起她丈夫的时候她才能平静。打听她儿子什么时候出来，在什么地方散步，趁他散步的机会见他一面，在她是不满足的；她为这次会面作了那样久的准备，她有那么多的话要和他说，她是那么渴望着要拥护他，吻他。谢廖沙的老保姆一定可以帮助她，教她怎样做。但是老保姆已经不在阿列克谢·亚历山德罗维奇家里了。一面犹疑不决，一面努力寻找保姆，两天的时间就这样过去了。

听到了阿列克谢·亚历山德罗维奇和利季娅·伊万诺夫伯爵夫人两人之间的亲密关系，安娜在第三天决定给她写一封信，那是煞费苦心的，在信里她故意说允不允许她见她的儿子，那就全仗她丈夫的宽大。她知道要是这封信给她丈夫见到，他会继续扮演他那宽宏大量的角色，不至于拒绝她的请求。

送信去的信差给她带回来最残酷的、意想不到的回答，那就是没有回信。她唤了信差来，听到他详细叙述他怎样等待了一阵，后来又怎样有人告诉他没有回信，当她听到这个的时候，她从来没有感到像这样的屈辱。安娜感觉自己受了侮辱和伤害，但是她知道利季娅·伊万诺夫伯爵夫人从她自己的观点看来是对的。她的痛苦，因为得单独一个人忍受的缘故，就更加强烈了。她不能够而且也不愿意使弗龙斯基分担这种痛苦。她知道，虽然他是她的不幸的主要原因，但她去看她儿子这个问题在他看来会是一件很不重要的事情，她知道他绝不可能了解她的痛苦之深，要是一提到这件事他露出冷淡的口气，那她就会恨起他来。而她惧怕这个，甚于世界上任何事情，所以凡是牵涉到她儿子的事情她都隐瞒住他。

她一整天在家里考虑着去看她儿子的方法，终于决定了写封信给她丈夫。她把信写好的时候，就接到利季娅·伊万诺夫娜的来信。伯爵夫人的沉默使她感到压抑，但是这封信，她在字里行间所读到的一切，却是这样激怒她，这种恶意和她对她儿子的热烈的、正当的爱比较起来是这样地令她反感，使得她愤恨起别人来，不再谴责自己了。

“这种冷酷——这种虚伪的感情！”她自言自语。“他们不过是要侮辱我，折磨我的小孩，而我一定得顺从吗？决不！她比我还要坏呢。我至少不说谎话。”于是她立刻决定在第二天，谢廖沙生日那天，她要直接上她丈夫家去，买通或是骗过仆人，但是无论如何要看到她儿子，要打破他们用来包围这不幸的小孩的可恶的欺骗。

她坐车到一家玩具店里买了玩具，想好了行动计划。她要在早上八点钟去，那时阿列克谢·亚历山德罗维奇一定还没有起身。她得在手头预备下给门房和仆人的钱，这样他们会让她进去。不揭开面纱，她就说她是从谢廖沙的教父那里来给他道贺的，并且说嘱咐了她把玩具放在他的床头。她只没有想好她要对她儿子说的话。她尽管想了又想，但是还是想不出什么来。

第二天早晨八点钟，安娜从一辆出租马车里走下来，在她从前的家的大门前按了铃。

“去看看什么事。是一位太太。”卡皮托内奇说，他还没有穿好衣服，就披着外套，拖着套鞋，向窗外一望，看见了一位戴着面纱的太太站在门边。他的下手，安娜不认识的一个小伙子，刚替她开开门，她就进来了，在她的暖手筒里掏出一张三卢布的钞票，连忙放进他的手里。

“谢廖沙——谢尔盖·阿列克谢伊奇[①]。”她说，于是向前走去。看了一下钞票，门房的下手在第二道玻璃门那里拦住了她。

“您找谁？”他问。

她没有听见他的话，没有回答。

注意到这位不认识的太太的狼狈神情，卡皮托内奇亲自向她走过来，让她进

---

① 谢廖沙的本名和父名。

了门，问她有什么事。

“从斯科罗杜莫夫公爵那里来看谢尔盖·阿列克谢伊奇的。”她说。

“少爷还没有起来呢。”门房说，留神地打量着她。

安娜怎么也没有预料到这幢她住了九年的房子的丝毫没有改变的门厅的模样，会这样深深地打动了她。欢乐和痛苦的回忆接连涌上她的心头，她一刹那间竟忘了她是来做什么的了。

“请您等一等好吗？”卡皮托内奇说，帮着她脱下皮大衣。

脱下大衣之后，卡皮托内奇望了望她的脸，认出她来，于是默默地向她低低地鞠躬。

“请进，夫人。”他对她说。

她想说什么，但是她的嗓子发不出声音来，用羞愧的恳求的眼光望了这老人一眼，她迈着轻快的、迅速的步子走上楼去。身子向前弯着，套鞋绊着梯级，卡皮托内奇在她后面跑，想要追过她去。

“教师在那里，说不定他还没有穿好衣服。我去通报一声。”

安娜继续踏上那熟悉的楼梯，没有听明白老人的话。

“请走这边，左边。弄得不干净，请原谅！少爷现在住到以前的客厅里去了，”门房说，喘着气。“请原谅，等一等，夫人，我去看看，”他说，于是追过她，他开了那扇高高的门，消失在里面了。安娜站住等着。“他刚醒呢。”门房走出来说。

就在门房说这话的时候，安娜听到一个小孩打呵欠的声音；单从这呵欠声，她就知道这是她儿子，而且仿佛已经看到他在眼前了。

“让我进去；你走吧！”她说，从那扇高高的门走进去。在门的右边摆着一张床，小孩坐在床上，他的睡衣没有扣上，把他的小身体向后弯着，他伸着懒腰，还在打呵欠。在他的嘴唇闭上的那一瞬间，嘴角上露出一种幸福的、睡意朦胧的微笑，带着那微笑，他又慢慢地舒畅地躺下去了。

“谢廖沙！”她轻轻呼唤着，没有声息地走到他身边去。

在她和他分别的期间，在最近她对他感到汹涌的爱的时候，她总把他想象成四岁时的小孩，那是一个她最爱他的年龄。现在他甚至和她离开他的时候都不同了；他和四岁的小孩更不相同了，他长得更大了，也更消瘦了。这是怎么回事？他的脸多么瘦？他的头发多么短啊！多长的胳臂啊！自从她离开他以后，他变得多么厉害啊！但是这仍然是他，他的头的姿势，他的嘴唇，他的柔软的脖颈和宽阔的肩膀。

“谢廖沙！”她凑在小孩耳边又唤着。

他又用臂肘支起身子，把他那乱发蓬松的头从这边转到那边，好像在寻找什么一样，他张开了眼睛。默默地询问般地，他对动也不动地站在他面前的母亲望了几秒钟，随即突然浮上幸福的微笑，又闭上他的睡意惺忪的眼睛，躺下去，没有往后仰，却倒在她的怀抱里。

“谢廖沙！我的乖孩子！”她说，艰难地呼吸着，用手臂抱住他那丰满的小身体。

“妈妈！”他说，在她的怀抱里扭动着，这样使他身体的各个部分都接触到她的手。

还是闭着眼睛，半睡半醒地微笑着，他把他的胖胖的小手从床头伸向她的肩膀，依偎着她，用只有儿童才有的那种可爱的睡意的温暖和香气围绕着她，开始把他的脸在她的脖颈和肩膀上摩擦。

“我知道！”他说，张开眼睛了。“今天是我的生日。我知道你会来，我马上就起来。”

这么说着，他又睡着了。

安娜贪婪地望着他；她看到她不在的时候，他是怎样地长大了，变化了。他那从毛毯下面伸出的、现在这么长的、裸露的两腿，他的消瘦的脸颊，他后脑上的剪短了的鬈发——她常在那上面吻他的——这一切，她好像认得，又好像不认得。她抚摸着这一切，说不出一句话来；眼泪使她窒息了。

“你为什么哭，妈妈？”他说，完全醒来了。“妈妈，你为什么哭？”他用含泪的声音叫着。

“我不哭；我是欢喜得哭呢。我这么久没有看见你。我不，我不，”她说，咽下眼泪，把脸转过去。“哦，现在你该起来穿衣服了，”她沉默了一会，恢复过来之后补充说；于是，没有放开他的手，她在他床边放着他衣服的椅子上坐下。

“我不在你怎么穿衣服的？怎么……”她极力想开始简单而又愉快地谈着，但是她做不到，于是她又扭过脸去。

“我不用冷水洗澡了，爸爸吩咐不准这样。你没有看见瓦西里·卢基奇吗？他马上会进来的。啊，你坐在我的衣服上啦！”说着，谢廖沙大笑起来。

她望着他，微笑了。

“妈妈，最最亲爱的！”他叫着，又扑到她身上，紧紧抱住她。好像直到现在，看见了她的微笑，他这才完全明白是怎么回事了。“我不要你戴这个。”他说，取下她的帽子。看见脱下了帽子的她，好像是新看见她一样，他又吻起她来。

“可是你怎样想我的呢？你没有想我死了吧？”

“我从来不相信。”

“你没有相信过，我的亲爱的？”

“我知道，我知道！”他重复他喜爱的一句话，于是抓住她正在抚摸他的头发的手，他把她的手心贴到嘴唇上，吻它。

三十

同时，瓦西里·卢基奇开头不知道这位贵妇人是谁，听了他们的谈话方才明白这就是那位抛弃丈夫的母亲，她，他从来没有见过，因为他到这家来是在她出走以后，他迟疑着不知道进去好呢，还是不进去，要不要去报告阿列克谢·亚历山德罗维奇。最后考虑到，他的职务只是在一定的时间叫谢廖沙起来，所以在那里的是谁，是母亲呢，还是旁的什么人，都不用他管，但是他得尽他的职责，这样一想，他就穿好衣服，向门那里走去，开开了门。

但是母子的拥抱、他们的声音，以及他们所说的话，使他改变了主意。他摇摇头，叹了口气，把门关上。“我再等十分钟吧。”他自言自语，一边咳嗽着，一边揩着眼泪。

同时在仆人们中间起了剧烈的骚动。大家都听到他们的女主人来了，卡皮托内奇让她进来了，她现在正在育儿室。但是主人照例九点钟要亲自到育儿室去的，大家都十分明白夫妻两人不能会面，他们应当防止这个才行。侍仆科尔涅伊走到门房去，问是谁以及怎样让她进来的，查问清楚了是卡皮托内奇让她进来，引她上去的，他就把那老头训斥了一顿。门房顽强地沉默着，但是当科尔涅伊对他说他应当被革职的时候，卡皮托内奇就跳到他面前去，对着科尔涅伊的脸挥动两手，开始大声说：

“是的，你自然不会让她进来啰！我在这里侍候了十年，除了仁慈什么都没有受过，你倒要跑上去说：‘走吧，你滚吧！’啊，是的，你是一个狡猾的家伙，我敢说！你自己知道怎样去抢劫主人，怎样去偷窃皮大衣！”

“老兵！”科尔涅伊轻蔑地说，他随即转向走进来的保姆，“哦，你来评判一下吧，玛丽亚·叶菲莫夫娜：他不对任何人说一声就让她进来了，”科尔涅伊对她说。“阿列克谢·亚历山德罗维奇马上就要下来——到育儿室去！”

“糟糕！糟糕！”保姆说。“你，科尔涅伊·瓦西里耶维奇，你最好想办法把他拦住一下，我说的是主人，我就跑去设法叫她走，真糟糕！”

当保姆走进育儿室的时候，谢廖沙正在告诉他母亲他和娜坚卡怎样坐着雪橇滑下山坡的时候摔了一跤，翻了三个筋斗。她听着他的声音，注视着他的脸和脸上表情的变化，抚摸着他的手，但是她却没有听明白他所说的话。她非走不可，她非离开他不可，——这就是她惟一想到和感觉到的事。她听到走到门边咳嗽着的瓦西里·卢基奇的脚步声，她也听到保姆走近的脚步声；但是她好像成了石头人一样地坐着，没有力量开口说话，也没有力量站起身来。

“太太，亲爱的！”保姆说，走到安娜跟前去，吻她的手和肩膀。“上帝可真给我们孩子的生日带来了欢喜呢！您一点也没有变啊。”

“啊，亲爱的保姆，我不知道你在这房子里。”安娜说，暂时恢复了镇静。

“我不住在这里，我跟我的女儿住在一起，我是来祝贺他的生日的，安娜·阿尔卡季耶夫娜，亲爱的！”

保姆突然哭出来，又开始吻她的手。

谢廖沙两眼闪光，满脸带笑，一只手抓着他母亲，另一只手抓着保姆，用他那胖胖的赤着的小脚在绒毯上践踏着。他喜爱的保姆对他母亲所表示的亲热使他欢喜透了。

“妈妈！她常来看我，她来的时候……”他开始说，但是他停住了，注意到保姆正在低声对他母亲说什么，他母亲脸上显出惊惶和一种同她那么不相称的近似羞愧的神色。

她走到他面前去。

“我的亲爱的！”她说。

她不能够说再会，但是她面孔上的表情说了这话，而他也明白了。“亲爱的，亲爱的库迪克！”她唤着在他小时候她叫他的名字。“你不会忘记我吧？你……”但是她说不下去了。

以后她想起了多少要对他说的话啊！但是现在她却不知道怎样说好，而且什么话都说不出来。但是谢廖沙明白了她要对他说的一切。他明白她不幸，而且爱他。他甚至明白了保姆低声说的话。他听见了“照例在九点钟”这句话，他明白这是说他父亲，他父亲和母亲是不能够见面的。这个他了解，但是有一件事他却不能了解——为什么她脸上会有一种惊惶和羞愧的神色呢？……她没有过错，但是她害怕他，为了什么事羞愧。他真想问一个可以解除他的疑惑的问题，但是他又不敢；他看出来她很痛苦，他为她难过。他默默地紧偎着她，低声说：

“不要走。他还不会来呢。”

母亲推开他，看他想过他所说的话没有；在他的惊惶的脸上，她看出来他不但是说他父亲，而且好像在问她他对父亲该怎样看法。

“谢廖沙，我的亲爱的！”她说，“爱他；他比我好，比我仁慈，我对不起他。你大了的时候就会明白的。”

“再也没有比你好的人了！……”他含着泪绝望地叫着，于是，抓住她肩膀，他用全力把她紧紧抱住，他的手臂紧张得发抖了。

“我的亲爱的，我的小宝贝！”安娜说，她像他一样无力地孩子般地哭泣起来。

正在这时，门开了，瓦西里·卢基奇走进来。

在另一扇门那里也传来脚步声，保姆用惊慌的小声说：“他来了。”于是把帽子递给安娜。

谢廖沙倒在床上，呜咽起来，双手掩着脸。安娜拉开他的手，又吻了吻他那濡湿的脸，就迈着迅速的步子向门口走去。阿列克谢·亚历山德罗维奇迎着她走过来。一看见她，他突然停住脚步，垂下头来。

虽然她刚才还说过他比她好，比她仁慈，但是在她匆匆地看了他一眼之后——那一眼把他整个的身姿连所有细微之点都看清楚了——对他的嫌恶和憎恨和为她儿子而起的嫉妒心情就占据了她的心。她迅速地放下面纱，加快步子，差不多跑一般地走出了房间。

她昨天怀着那样的爱和忧愁在玩具店选购来的一包玩具，她都没有来得及解开，就原封不动地带回来了。

（选自周扬、谢素台译：《安娜·卡列宁娜》，人民文学出版社，1995年版）

作品赏析

小说创作于“一切都翻了个身，一切都刚刚开始安排”的19世纪70年代。在资本主义冲击下俄国社会生活和人的内心世界都发生了深刻裂变。托尔斯泰以史诗式的笔法展示出颠倒错乱的时代背景，揭示了人物悲剧命运的成因。

小说主要由两条线索构成。一条写安娜·卡列宁娜、卡列宁和弗龙斯基之间的婚姻爱情的纠葛，展现了彼得堡上流社会、沙皇政府官场的生活；另一条写列文的精神探索以及他和基蒂的家庭生活，展现了宗法制农村的生活图画。

安娜是一个坚定地追求新生活，具有个性解放特点的贵族妇女形象。当她还不懂爱情时便身不由己嫁给了卡列宁。卡列宁是一个伪善自私、僵化刻板、缺少生命激情的官僚机器，他的主要兴趣在官场。回顾婚后生活，安娜痛苦地感到“八年来他窒息了我的生命，窒息了我身上一切有生气的东西，他从来没有想过我是一个需要爱情生活的人。”因此弗龙斯基在火车站邂逅安娜时一下子就在她脸上发现了“那股被压抑的生气”。

弗龙斯基的爱激起了她对真正有价值的生活的强烈欲望，潜伏在她内心深处的生命意识觉醒了，她痛苦地意识到了自己与卡列宁无爱的婚姻生活的虚伪，道出了发自心底的呼声：“我是个人，我要生活，我要爱情！”她对爱情的追求真诚执着，不愿逢场作戏，玩弄感情，无法接受卡列宁让她表面上维持家庭体面、暗地里充当弗龙斯基情人的许诺。在完全看清了卡列宁的虚伪本质后，安娜迈出了更加勇敢的一步——抛弃儿子、家庭、社会地位与名声，义无反顾地追求爱情，与弗龙斯基公开生活在一起。作为传统家庭的异端，其悲剧结局是必然的。

一方面，安娜追求爱情的历程始终伴随着无情的自责和强烈的负罪感。她的追求与伦理道德观念发生了激烈的、毫无缓解可能的悲剧性冲突。她不能忍受与卡列宁的生活，却又把这种生活与正义、道德、法律联系在一起，内心深处感到背弃卡列宁是犯罪。她对爱情的真诚与勇敢是向整个上流社会虚伪道德的挑战，但她用来评判自己行动的准则依然是那一套道德规范。因此，她执着于爱情，却又无情地谴责它，激情和理智一直处于对抗状态。对儿子的思念更使她痛苦万分。内心矛盾的激化促使她人格发生分裂。

另一方面，在以卡列宁为代表的虚伪、冷酷、毫无人性、令人窒息的整个上流社会面前，安娜孤立无援。卡列宁是上流社会“最优秀、最杰出”的佼佼者，他时刻不忘将言行纳入社会规范，用合理合法的外衣掩盖自己的卑鄙怯懦。他害怕在决斗中被打死，不愿因离婚而在法庭上出丑，影响自己的地位和前途，更不想成全了安娜和弗龙斯基。因此他留下儿子，拒绝离婚。表面上看是宽宏大量，道德高尚，富于宗教心，实则置安娜于绝境。小说通过这一形象对沙皇制度进行了最严厉的裁决。那些道貌岸然而又堕落淫荡的上流社会贵妇们更有了充分理由指责安娜为了“卑鄙的情欲”不顾家庭的责任，抛夫弃子，对她永远关上了大门。上流社会是安娜的立身之地，它的谴责和驱逐意味着安娜永远失去了生活的位置。

安娜把弗龙斯基的爱情当作生命的唯一支撑。她为对弗龙斯基的激情牺牲了儿子、家庭、社会地位和名誉，惨痛的代价使她本能地将爱情作为失去部分的补偿，作为维持自我尊严与价值的岌岌可危的支柱。所以她爱得那么热烈、痛苦而神经质，暗藏着一种不自觉地怨恨与残酷。剧场受辱后，安娜的精神濒于崩溃，渐渐变得敏感多疑。她的爱越来越自私、忌妒、不满足，要求弗龙斯基完全从属于她。而她剩下的武器只有美丽，甚至不惜卖弄风情。弗龙斯基对她各种近乎苛刻的要求越来越厌倦、反感，安娜为挽回爱情的努力只会使他们越来越疏远。安娜受到致命打击，她生活的意义、目的、力量已不复存在。她清楚地认识到，纵使卡列宁同意离婚，交还谢廖沙，让她和弗龙斯基结合在一起，她也无法摆脱上流社会的轻蔑和侮辱，今后的生活不可能摆脱痛苦，唯一的出路就是钻到火车轮下，让那支摇曳的蜡烛永远熄灭。

安娜是托尔斯泰笔下最光彩夺目、最为丰厚和神秘的形象。从初见弗龙斯基到投身轮下，悲剧聚光灯始终投射到她一人身上。卡列宁的冷酷、弗龙斯基的淡漠和上流社会的迫害在这个独特的个性身上发挥作用。托尔斯泰对她持既同情又谴责的矛盾态度。一方面，他肯定安娜的生命意志、生命欢乐和真正的爱情；另一方面，从宗教伦理观来看，安娜对爱情的追求有放纵情欲的成分。她抛夫别子去追求爱情，违背了母亲和妻子的天职，便应该受到惩罚。所以他让安娜带着犯罪的痛苦走向死亡，成为“伸冤在我，我必报应”的图解。

列文是一个带有自传性的精神探索者形象。这一“探索的贵族”负载着托尔斯泰在社会大变革时代深刻的焦虑和沉重的历史使命感，寄托着作者对社会、人生的理想和愿望。列文看到贵族阶级在资本主义的冲击下出卖土地、林产、家产，为他们的经济衰落而忧虑。他向往勤劳美好、纯洁健康、有着和谐的家庭和富于诗意的劳动的农民生活，幻想给贵族阶级注入新的血液，将辉煌灿烂的贵族文化与朝气蓬勃的平民文化相结合。他在庄园进行农事改革，改革的基础是保存贵族地主土地所有权，保留地主和农民的宗法关系。然而，地主和农民间的尖锐矛盾和利益的根本对立无情地击碎了他的空想。他又设计解决社会矛盾的途径：通过合股经营达到普遍富裕，仍得不到农民的信任和支持。列文对俄国社会命运和出路的探索，没有也不可能找到正确道路。

小说的两条线索呈现出对应结构。安娜和列文对周围生活的失望和对理想生活的追求具有精神内质的一致性。安娜热情追求爱情与幸福，列文热衷于探索生活的出路和人生的意义。安娜带有资产阶级个性解放色彩的追求不可能拯救贵族于堕落的渊薮，她的道路行不通，只能以自杀终结。安娜之死是两条情节主线的交汇点。安娜生命的终点正是列文精神探索的起点，他从追求个人爱情幸福上升为追求普遍的人生理想和社会理想的层次，终于升华到托尔斯泰主义的最高境界——“为上帝活着，为灵魂活着”。两个主人公一赴黄泉，一入圣殿，作者的创作态度和意图通过人物的命运明确传达出来。他们的悲剧都是时代的悲剧。作者运用高超的艺术技巧，以奥布隆斯基和多莉的家庭生活作为纽带，将两条线索时而平行，时而交织，构建了一座双体大厦，从社会改革、人生哲理、道德伦理和美学思潮的多侧面展示出一幅从家庭到社会、从都市到乡村的俄国社会完整图画，使作品成为史诗式的“广阔而自由”的小说。

托尔斯泰运用艺术家的显微镜，审视并反映人的难以捉摸、千变万化的心灵世界，使这部作品成为心理分析小说的经典。

第一，托尔斯泰善于在广阔的历史背景和复杂的社会关系中描写人物心理运动的变化和发展过程，与特定场合人物心曲隐秘微小的波动结合起来，展现出“心灵的辩证法”（车尔尼雪夫斯基语）。小说描写了安娜思想觉醒、反抗、斗争和最后失败的过程：爱情初次觉醒时的欢乐和恐惧，开始压抑而后一泻千里的感情，感到生命力受到扼杀时的愤怒与冲破虚伪的决心，向上流社会公开挑战时的无畏勇敢与当众受辱的极度痛苦，对爱子的眷恋、思念，明知处境艰难而故意闭眼不看事实的矛盾心境等等。由于社交界的冷遇，离婚答复的杳无音讯，被剥夺爱子的痛苦，与弗龙斯基关系的恶化，使安娜的感情变得更为复杂而反复无常，最后绝望自杀。这一系列心理过程，与社会环境紧密相连，是与周围人物矛盾斗争的内心反应。

第二，作家还善于揭示人物心理结构的复杂性和多层次性。他认为，“所有的人都是黑白相间的花斑马——好坏相间，亦好亦坏”。在“安娜病危”一章，卡列宁接到安娜病危的电报前后的心理变化真实可信：开始他不愿饶恕安娜，接到电报后怕遭人非议，落下残酷的名声而动身探望，途中还不能驱除她的死会使自己摆脱困境的念头。进了大门，听说平安生产，不禁变色。听到“病情很坏”，又燃起希望。病榻前见到真诚忏悔的安娜，仇恨消失，心中充溢着“一种爱和饶恕敌人的欢喜感情”。作家对卡列宁内心美丑交织、善恶杂陈的特征表现得鲜明、突出，有如外科医生的解剖刀，将内心奥秘剖视无疑，纤毫毕露。

第三，作家善于借助人物的外部特征揭示其内心世界，一个眼神，一个动作，都可以传达出心灵世界的奥秘，而且往往比言语表达得更真实。如安娜与弗龙斯基邂逅相逢的经典片段：

> 在那短促的一瞥中，弗龙斯基已经注意到了有一股压抑着的生气在她的脸上流露，在她那亮晶晶的眼睛和把她的朱唇弯曲了的隐隐约约的微笑之间掠过。仿佛有一种过剩的生命力洋溢在她整个的身心，违反她的意志，时而在她的眼睛的闪光里，时而在她的微笑中显现出来。她故意地竭力隐藏住她眼睛里的光辉，但它却违反她的意志在隐约可辨的微笑里闪烁着。

安娜“被压抑的生气”通过“眼睛的闪光”和“隐约的笑容”流露出来，这正是安娜独特的魅力所在。再如基蒂第一次拒绝列文的求婚之后，起身去搬桌子，他们的眼光相遇了。基蒂的眼睛传达的信息既有内疚、痛苦、祈求原谅的成分，也有掩饰不住的热恋少女的快乐。列文的眼睛则回答着对包括自己在内的所有人的憎恶。

第四，运用感情细节和潜意识活动、内心独白等手法展示人物的内心世界，也是作家善用的手法之一。在小说第七部第二十七节到三十一节，他用了二十页的篇幅描述安娜走向绝路时狂乱恍惚的心理过程。弗龙斯基走后，她极度恐怖和绝望。先是错把小女孩当成谢廖沙，又幻想弗龙斯基正走在回家的路上，赶紧梳妆打扮。梳妆台前幻想弗龙斯基在吻自己。走在街上，看到面包店，联想到水和烤薄饼，回忆起美好的少女生活，哀叹现在的不幸。在多莉家基蒂不肯出来接待，安娜感到遭人唾弃的耻辱。去火车站的路上，对外界的观感和她内心的沉思交织成一体，各种不同印象一个接一个交替涌上心头。各种各样的念头搞得她神志不清，人物心理呈现出凌乱无序、时空跳跃的特征，真实地再现出临死前的内心波澜。托尔斯泰首先突破了内心独白的条理化、程式化的手法，开创了意识流手法的先河。

（梁坤）

德伯家的苔丝

[英] 哈代

托马斯·哈代（Thomas Hardy，1840—1928）是英国 19 世纪末 20 世纪初最负盛名的小说家和诗人。1840 年 6 月 2 日，哈代生于英国西南部多塞特郡一个普通人家庭。哈代生性忧郁敏感，爱好文学。1862—1867 年哈代在伦敦做建筑师助理，同时钻研文学和哲学，并在伦敦大学皇家学院进修近代语言。故乡多塞特郡风景秀丽，并且不乏远古的遗迹。神秘的原始异教祭坛、古罗马教场的废墟、苍凉的爱敦荒原，都为这片美丽的土地增添了神奇庄严的氛围，同时也激发了哈代的浪漫遐想。哈代熟悉故乡的山水人情，热爱这里宁静而富于诗意的田园生活。与大多数同时代的作家不同，哈代除短暂外出谋生外，一生几乎没有离开过自己的故乡。他把对这片土地的全部深情都熔铸在后来以故乡为背景创作的威塞克斯小说中。

哈代的文学创作是从诗歌开始的，经历了诗人—小说家—诗人三个阶段。尽管哈代一生在诗歌上笔耕不辍，并创作了英国诗歌史上的史诗性作品《列王》（1903、1906、1908），但真正为他赢得世界性声誉的却是以《远离尘嚣》（1874）、《还乡》（1878）、《卡斯特桥市长》（1886）、《德伯家的苔丝》（1891）和《无名的裘德》（1896）等著名作品组成的威塞克斯系列小说。1928 年 1 月 11 日，哈代因病去世，享年 88 岁。

作品梗概

苔丝是英格兰南部威塞克斯郡乡村里土生土长的农家少女。据考证，她的祖先曾是英国中古时期赫赫有名的德伯武士世家，可惜传到她父亲这一代时早已家道中落，穷困潦倒了。就连她那足以自夸的美貌也大半得自母亲那边的遗传，与父亲这边关系不大。苔丝的父亲是个贫苦的乡村小贩，母亲则给有钱人家做挤奶工。作为家庭的长女，苔丝从懂事起就开始帮母亲做活儿，承担养活家庭的责任。

16岁那年，苔丝来到富有的冒牌本家——德伯家认亲戚。德伯家的少爷亚雷是个好色的花花公子，从第一次见面起，就对美丽的苔丝垂涎不已。他厚着脸皮，百般纠缠苔丝，并在一个月色朦胧之夜强行奸污了这个纯洁的少女。亚雷厚颜无耻地强迫苔丝做他的情妇，性格坚强的苔丝不愿充当他的玩物，怀着肚子里的孩子，毅然回到了自己的家中。

孩子生下后，苔丝不顾别人的歧视与白眼，拼命地干活养家糊口，苦不堪言。她深爱自己的孩子。不幸的是，孩子出生不久就夭折了。

遭受失子之痛的苔丝离开家乡，来到外乡一个风景如画的牛奶场做挤奶工。在那里她结识了牧师的儿子，一个具有新思想的青年安玑·克莱。克莱的宽厚待人和开明思想点燃了苔丝内心的激情，而苔丝的纯洁可爱和坚强性格也深深地吸引了克莱，他们双双坠入爱河。新婚之夜，克莱向苔丝坦白了以前的一夜风流，得到苔丝的谅解。当苔丝向丈夫尽吐隐痛时，克莱却无法接受。他抛下新婚妻子，独自一人远走他乡，去了美洲的巴西。

被遗弃的苔丝在牛奶场无处容身，只好又回到了娘家。不想家中又发生了重大变故：父亲病故，母亲和年幼的弟妹被房东赶出了门，无家可归。正在全家走投无路之时，德伯家的亚雷又乘人之危前来纠缠苔丝。为了家人的生存，苔丝被迫与亚雷同居，做了他的情妇。不久，远在巴西的克莱渐渐认识到自己的褊狭与自私，返回英国寻找到苔丝。他忏悔自己的过失，希望破镜重圆。此时的苔丝早已万念俱灰，身陷绝境无力自拔了。她痛恨破坏她的贞节和幸福的亚雷。苔丝失手杀死了他，与克莱一起出逃。在出逃过程中，他们度过了一段幸福而甜蜜的时光。最终，苔丝在古老的悬石坛上被警察抓住，以杀人罪被处以绞刑。

作品节选

51

…………

德伯走后，苔丝坐在原来的地方，出了半天神儿，后来心里忽然一阵悲愤，觉得自己所受的待遇太残酷了，就不由得热泪齐涌，涨满了她的眼睛。她丈夫安玑·克莱也同别人一样，待她太严厉了，一点儿不错，待她太严厉了！她从前向来没容自己这么想过；但是他待她严厉，的确是毫无疑问！她活了这么大，从来就不曾有意去犯罪恶；这是她敢起誓赌咒的事实，然而残忍的惩罚却落到了她身上。无论她的罪恶有多大，反正她决不能算是有心为恶，只能算是无心为恶罢了，即是无心，那么为什么她就该这么无尽无休地老受惩罚呢？

她一阵愤激之下，就随手抓过一张纸来，潦潦草草地写道——

> 唉，安玑呀，你待我怎么这么狠心呢！我不应该受这样的待遇。我已经把这件事前前后后仔细琢磨了一番了，我永远——永远也不能饶恕你！你分明知道我无心害你，但是你为什么老这样害我呢？你太狠心了，真太狠心了！我只有慢慢把你忘了好啦。我在你手里，一丁点儿公道也没得到！
>
> 苔

她坐在窗前，等到邮差走来的时候，跑出去把信交给了他，交完了又回到屋里，漠然、木然地坐在窗前。

写这样的信和写情词哀恳的信，原没有什么两样。哀恳怎么能够打动他的心呢？事实还是从前的事实：并没发生什么新情况，使他把意见变更。

天色越来越暗了，炉火的光映照室内。那两个年岁较大的孩子和他们的母亲一同出去了；家里还有四个小的，年龄从三岁半到十一岁，都穿着黑色的连衣裙，正围在炉旁，喋喋不休地讲他们的孩子话。后来苔丝也凑到他们一起，那时她并没点蜡。

"宝贝儿们，咱们只能在这儿再睡一晚上了，只能在咱们下生的屋子里再睡一晚上了，"她很快地说。"咱们应该把这一层想一想，是不是？"

大家一时都默然无语；他们本是小孩子，很容易受激动，一听苔丝说这种永别故土的伤心话，差不多都要咧嘴哭出来；但是白天一天，他们却还都老琢磨搬到新地方去的快乐哪。苔丝于是换了话头说——

"宝贝儿们，你们唱个歌儿我听吧。"

"唱什么哪？"

"你们会什么就唱什么好啦，什么都成。"

大家先停了一晌的工夫；于是一个细小的嗓音，试着唱起来；第二个声音一帮腔，接着第三个、第四个声音，就一齐随着唱起来；歌词是他们在主日学校里学的，里面说的是——

在世上，我们净受苦受难，
在世上，我们有离合悲欢；

在天堂，我们永远不离散。[1]

他们一直唱下去，他们唱的时候，神气非常冷漠沉着；一个人对于问题早已解决了，并且觉得解决得没有错儿，绝不需再加考虑，他们那时的神气，就像这种人那样冷漠沉着。他们的面目紧紧地绷着，尽力把字眼儿一个一个咬出来，一面眼睛还盯着闪烁的炉火，顶小的那一个还把歌声拖延到别人唱完了以后。

苔丝离开他们，又到窗前去了。外面已经是一片夜色了，但是她却把脸贴在窗玻璃上，仿佛要仔细窥探昏暗的夜色似的。实在她是要掩饰自己的眼泪。只要她能相信他们唱的歌里那些话，只要她敢保证是那样，那么，一切情况，岂不要和现在大不相同！她岂不是可以放心就把他们交给他们信赖的天公，把他们付与他们将来的天国！但是，她既然不能信那些话是真的，那她当然就得替他们设法，她当然就得作他们的天公了。因为对于苔丝，也和对于其他千千万万的人一样，那位诗人歌咏的——

我们下世为人，并非完全裸体赤身，
却带来了一片荣耀光辉，缭绕如云！[2]

这句话，含有令人可怕的讽刺在内。据苔丝以及跟苔丝一样的人看，下世为人，只是一种使人降志辱身的威迫势逼，它那样不召而自至，从结局看，好像一无是处可言，充其量也不过可以减少人生的痛苦而已，绝无根治之效。

待了不久，苔丝就看见她母亲、高个儿的丽莎·露和亚伯拉罕，在夜色苍茫、雨水淋漓的路上，一同走来。德伯太太穿着木鞋的脚步，咯噔咯噔地响到门前，苔丝把门开开。

"窗户外头怎么有马蹄子印儿啊？有人到咱们家来过吗？"昭安问。

"没有，"苔丝说。

炉旁那几个孩子都带着严肃的神气直看苔丝，有一个还嘟囔着说——

"怎么，姐姐，你忘啦吗，不是来过一个骑马的人吗？"

"他并不是特为上咱们这儿来的，他只是打这儿路过，顺便跟我说几句话就是了。"苔丝说。

"谁呀？"她母亲问。"是你丈夫吗？"

"不是他。他永远也不会来的，他这一辈子也不会来的。"苔丝带着顽石无灵

---

① 引自英国赞美诗作者托玛斯·毕勒毕（生于1809年）的赞美诗《天堂预现》。该诗于1832年首次发表于《婴校教师参考手册》，发表后，以其乐谱极易上口，故立即在幼童中间流行，且在哈代童年，广泛为主日学校所采用。后收入《公祷书附颂诗》第五〇九首。

② 引用英国诗人渥兹维斯的诗《咏童年回忆中所得永生之启示》第五节。

的绝望神气说。

“那么是谁?”

“我，你不要尽着追问啦。反正你从前见过这个人，我从前也见过。”

“啊！他都对你说什么来着?”昭安带着好奇的神气问。

“等到明天，咱们在王牌的新房子里都安置好了，我再告诉你，他都说过什么话，一个字一个字全都告诉你。”

苔丝刚才说过，那个人并不是她丈夫。然而苔丝心里却越来越沉重地感觉到，从肉体的意义上讲，只有那个人，才真正能算她的丈夫。

58

…………

他们这样暗中摸索，又往前走了二三英里，于是忽然之间，克莱觉得紧靠面前，好像有一个庞然的大建筑，从草地上面，顶着天空耸起。他们两个，差一点儿没碰到那上面。

“这是个什么怪地方?”安玑说。

“还响哪，”苔丝说。“你听!”

克莱侧耳听去，只觉在那个庞大的建筑中间，有风吹动，发出一种嗡嗡的音调，好像一个硕大无朋的单弦竖琴。除此而外，听不见别的声音。克莱伸着手往前走了一两步，就摸到了那个建筑竖立的平面。它好像是一块整的石头，没有接榫，也没有边缘。他把手又往上摸去，才觉出来，原来他所触到的这件东西，是一个硕大无朋的长方石头柱子；他把左手往左伸去，只觉得左边也有一根，跟右边一样。抬头看去，好像一样东西，非常高远，把本来就黑的天空遮得更一团漆黑，仿佛是一根广大的石梁，横在空里，把两根柱子连起。他们小心仔细地从那两根柱子中间和那一条横梁底下，进到里面；他们脚步沙沙的声音，都从石头的面儿上，发出回响；但是他们头上，却好像仍旧没有东西遮蔽。原来这个地方并没有房顶。苔丝只吓得喘气都两样起来，克莱也莫名其妙；只嘴里说——

“这是什么东西?”

他们往旁摸去的时候，又碰到另一个高阁一般的柱子，和头一个一样地又方又硬；再往外摸，又摸着一个，又摸着一个。原来这个地方满是门框，满是柱子，有的柱子上头还架着横梁。

“这真是个风神庙了。”克莱说。

有的柱子，孤零零地竖立；有的两根并列，上头架着横梁；还有几个，躺在地上，石头宽得都能走开车马，仿佛低湿地上高起的埂道；待了不久，他们就明白了，原来这是一群林立的石头柱子，竖在浅草平铺的旷野上。他们两个又往前去，一直走到那个暮夜亭台的中间。

“哦，是了，原来是悬石坛[①]。”克莱说。

“你是说，这就是那个异教神坛吗?”

“正是。这才是古物啦，比什么都古，比德伯家都古！呃，爱人儿，咱们怎么办呢？再往前走，咱们就可以找到歇脚的地方了。”

但是那个时候的苔丝，实在疲乏极了，就在眼前一块长方形石板上面躺下，那儿恰好有一根柱子把风遮住。那个石板，因为白天让太阳晒了一天，又干又暖，跟周围那些野草一比，显然舒服，野草是又粗又凉，把苔丝衣服上的下摆和脚上的鞋都弄湿了。

“安玑，我不想再往前走啦，”她说。一面伸出自己的手来，握着克莱的手。“咱们在这儿待一下成不成哪?”

“我恐怕不成。这个地方太敞啦，好些英里以外都看得见，不过现在是夜里，觉不出来就是了。”

“你从前在塔布篱的时候，不是老说我是一个异教徒吗？对啦，我母亲的娘家有一个人，就在这一带放羊。这么一说，我可以算是回了我的老家了。”

克莱跪在苔丝横卧的身旁，把嘴唇放在她的嘴唇上。

“你困了吧，亲爱的？我觉得你正躺在一个祭坛上面。”

“我很愿意在这个地方待着，”她嘟囔着说。“我享过最近这样大的福以后，现在来到这个地方，只有苍天在我头上，真是庄严，真是肃静。我只觉得，世界之上，仿佛只有你我，没有别人。我的心意，除了丽莎·露以外，也不愿意再有别人。”

克莱觉得，苔丝在这儿躺着休息到天色微明的时候，也没有什么不可以的，所以他就把他的外衣给她盖在身上，自己坐在她的身边。

“安玑，要是我有什么不测，你愿意不愿意看在我的面上，看顾看顾丽莎·露哪?”他们两个把柱子中间的风声听了半天以后，苔丝开口说。

“愿意。”

“她太好啦，又天真，又纯洁。哎，安玑呀，你不久就要看不见我啦，我只盼望，你没有我那一天，你能娶她。哎，你要是能娶她，可就趁了我的心了。”

“我要是真没有了你，那我就什么都没有了！再说，她又是我的小姨子啊。[②]”

---

① 悬石坛，在沙勒堡北十英里，原文 Stonehenge，为“悬石”的意思，现在残缺。当初完整时，必为两层石柱圆坛做成。无人能确定其年月，最近的说法是，该石分三个时期，在公元前 1900 年、前 1750 年及前 1650 年左右分别建成。现在英国天文学家郝钦斯借计算机之助，推算出来，悬石坛是英国古代居民用来确定二十四个节气的石头天文历。

② 英国教会及法律，禁止与故去之妻的姊妹结婚，但有的地方，执行得并不严格。该法律于 1906 年取消。

“最亲爱的，那一层毫无关系。马勒村一带的人，时常有跟他们的小姨子结婚的。再说，丽莎·露又那么温柔，那么甜美，越长越那么漂亮。哦，我们大家死后，作了鬼魂，我很甘心乐意跟她一块儿陪伴你。你要是能训练她，教导她，把她调理成你自己的人，那是再好也没有的了……凡是我的长处，她一样儿也不短，可是我的坏处，她可一点儿都没有；如果她真能是你的人，那么，就是我死了，也跟我活着一样。……好啦，我已经把话说明白啦，我可不说第二遍啦。”

苔丝说到这儿，就把话打住，克莱听了，止不住低头沉思。那时候，东北远处的天边上，已经有一道白光，在双柱之间可以看见。原来弥漫天空的乌云，正像一个大锅盖，整个地往上揭起，把天边让开，把曙色放进，把独立的石柱和并峙的牌坊，都乌压压地映出轮廓来。

“他们是在这个地方给上帝供牺牲吗？”苔丝问。

“不是给上帝。”克莱回答说。

“那么给谁哪？”

“我想是给太阳吧。你瞧，那边不是有一个孤零零的大石头，正冲着太阳放着吗？不信你看，太阳一会儿就从石头后面出来了。”

“这种情况，亲爱的，让我想起一桩事来，”她说。“咱们两个结婚以前，你不是永远也不肯干涉我的信仰吗？其实你的心思，我满知道，你所想的，也满是我所想的——我对于一件事，自己并没有主意，只是你怎么想，我也怎么想。安玑，现在你告诉我，你觉得，咱们死后，还能不能见面？我很想知道知道。”

他只用嘴去吻她，借此避免在这种时候，答复这样的问题。

“哦，安玑呀，我恐怕，你这就是说不能的意思吧！”她说，同时极力把哽咽忍住。“我很想再跟你见面——想得厉害——实在想得厉害！怎么，安玑，像咱们两个这样的爱情，死后都不能见面吗？”

安玑也像一个比他更伟大的人物[①]一样，在紧要关头的时候，对于紧要关头的问题，不加回答；因此他们两个又都默默无言起来。待了一两分钟以后，苔丝喘的气渐渐地匀和了，她握着克莱的那只手也软软地松开了，原来她睡着了。那时候，东方天边上一道银灰的白光，使得大平原离得远的那些部分，都显得昏沉黑暗，好像就在跟前；而广大景物的全体，却露出一种嗫嚅不言、趔趄不前的神情，这是曙光就要来临的光景。东面的竖柱和横梁，它们外面的焰形太阳石和正在中央的牺牲石，全都黑沉沉地背着亮光顶天矗立。夜里刮的风一会儿就住了，石上杯形的石窝里颤抖的小水潭也都静止了。同时，东方斜坡的边儿上，好像有一件东西——一个小点儿，慢慢蠕动起来。原来太阳石外的低地上，有一个人，

---

① 一个更伟大的人物，指耶稣而言。耶稣被带到彼拉多跟前时，彼拉多曾问耶稣：“你是哪里来的？”耶稣不答。见《新约·约翰福音》第19章第9节。又《马太福音》第27章第11节，耶稣被祭司长和长老控告时，什么都不回答。又《马可福音》第14章第60节及第61节，亦有同样记叙。

只露着头，正朝着他们越走越近。克莱见了这样，心里后悔不该原先停在这儿，但是已经事到跟前，只得硬着头皮静坐不动。那个人朝着他们所待的那一圈石柱，一直走来。

同时，克莱听得自己身后也有声音，也有沙沙的脚步。他回头一见，只见横卧地上的石头柱子外面，也有一个人走来；转眼之间，还没来得及留神，就又看见右边牌坊底下有一个人，左边也有一个人，都来到跟前。曙光一直射到西边那个人身上，只见他身材高大，步伐整齐。看他们那样子，显然是从四面拢来，向中央包围。那么苔丝说的话，果然应验了。克莱一跳而起，四外看去，想要找到一样武器，找一块石头，看一看逃走的道路，看一看应急的办法。那时候，离他最近的那一个人，已经到了他跟前了。

"先生，你不必动啦，没有用处，"那个人说。"我们在这块平原上，一共有十六个人。并且全国都发动起来啦。"

"你们让她睡完了觉成不成?"他低声对那些四外拢来的人恳求说。

顶到那个时候，他们一直没看见她在什么地方，现在看见了她躺在那儿，可就对克莱的请求没表示反对，只站住了守候，一动不动，跟四围那些石头柱子一样。他走到石板旁边，把身子在她上面弯着，把手握着她一只可怜的小手；那时她喘的气，短促，微弱，仿佛她只是一个比女人还弱小的动物。所有的人都在越来越亮的曙色里等候，他们的手和脸都好像是涂了一层银色，他们形体上别的部分，却是黑乌乌的。石头柱子闪出绿灰色，大平原却仍旧是一片昏沉。待了不大的一会儿，亮光强烈起来，一道光线射到苔丝没有知觉的身上，透过她的眼皮，使她醒来。

"这是怎么回事，安玑?"苔丝一下坐起来说。"他们已经都来啦吗?"

"正是，我的最亲爱的，"克莱说。"他们已经都来啦。"

"这本是必有的事，"她嘟囔着说，"安玑，我总得算趁心——不错，得算很趁心！咱们这种幸福不会长久。这种幸福太过分了。我已经享够了；现在我不会亲眼看见你看不起我了!"

她站起来，把身上抖了一抖，往前走去，那时候其余的人却都还没有动弹的。

"我停当啦，走吧!"她安安静静地说。

（选自张谷若译：《德伯家的苔丝》，人民文学出版社，1984 年版）

作品赏析

威塞克斯郡的马勒村是一个远离都市喧嚣，群山环绕、清幽僻静的美丽山谷。在这片土地肥沃、群山遮掩的乡间地带，田地永不枯黄，泉水永不干涸，灿烂的阳光倾泻在看起来广袤无垠的原野上。一条条小径呈现白色，一排排低矮的小树编成篱笆，空气清澈无色。在这个美丽的村落里，苔丝身穿白衣、头戴白花，与少女们手持柳枝载歌载舞，庆祝当地的谷物女神节，这节日在别地已不复存在，唯有这儿如期举行。苔丝是一个纯情的乡村少女，她有两片充满灵性的牡丹般的嘴唇和一双天真纯净的大眼睛，全身流露着少女的稚气。外乡人偶尔打她身边经过时，会久久地凝视她，被她的清新的气韵所迷醉。然而，就是这样一个纯朴、可爱的青春少女却在短短的几年中遭遇到一连串的不幸：16岁那年被德伯家的少爷亚雷强暴，新婚之夜又遭丈夫克莱遗弃，最后因杀人被判处绞刑……这就是发生于哈代《德伯家的苔丝》中的故事。哈代写作这部小说时，正值英国资本主义势力大肆进入乡村的时代。在偏远的乡村，纯洁的农家少女上当受骗、被人蹂躏的惨剧几乎是司空见惯的事情，德伯家的苔丝即是其中的一位。

按照维多利亚时代的伦理标准，苔丝这样一个失过身、养过私生子、被丈夫遗弃、还杀了人的女人通常被视作不贞洁、不体面的女人。而在哈代眼里，苔丝是“一个纯洁的女人”。在小说的扉页中，作者以满怀同情的口吻写道：“可怜你这受了伤害的名字！我的胸膛就是一张卧榻，要供你栖息。”他深切同情苔丝的不幸遭遇，并一再为她的“纯洁”性辩护。在作者看来，这个生长在古老的威塞克斯土地上的乡村少女，周身洋溢着大自然儿女的清新气息，有着大自然女儿的优秀品德：自食其力，朴实顽强，不慕虚荣，心地善良，热爱生活，感情真挚，并且有着无私奉献的精神。“她是真正的乡下女孩子，那么新鲜，那么纯洁的女孩子”，所以，作者特意用“一个纯洁的女儿”作为小说的副标题，并认为副标题中的“纯洁”二字是“一个胸怀坦荡的人对主人公所作的评判”，这个形容词具有一种“自然”的属性，具有自身的“美学特征”，与“文明礼法中衍生而出的，纯属人为的意思毫不相连”。小说正是借助对苔丝纯洁本性的刻画以及文明社会对于她的戕害，对维多利亚时代的虚伪陈腐的资产阶级伦理观念进行了有力的谴责和批判。

在英国19世纪批判现实主义文学中，借助资产阶级男子欺凌贫苦少女的题材寄寓作者人道主义道德批判的小说可谓比比皆是。《德伯家的苔丝》的创作主旨如果仅仅局限于此的话，那就不可能成为一部伟大的作品。事实上，《德伯家的苔丝》在揭示主人公苔丝的悲剧性命运时并没有停留于一般性的世俗道德的批判层面，而是提升到形而上的哲学层面。在作者看来，造成苔丝不幸的固然有亚雷的施暴和克莱的偏执，但最根本、最致命的原因却在于命运的捉弄。在小说的开头部分苔丝和弟弟亚伯拉罕有关地球是个“有毛病的星球”的对话就为主人公的不幸命运提供了一个注脚：

“姐姐，你不是说过，每一个星儿，都是一个世界吗？”

“不错。”

“都跟咱们这个世界是一样的吗?”

“我说不上来，不过我想，可能是一样的。有时候，它们好像跟咱们家那颗尖头硬心儿苹果树上的苹果一样，它们大多数都光滑、水灵，没有毛病，只有几个是疤拉流星的。”

“咱们住的这个，是光滑水灵的？还是疤拉流星的呢?”

“有那么些没有毛病的世界，咱们可偏偏没投胎托生在那样的世界上，真倒霉。”

而早在两年前的日记里，哈代就写下过类似的话：“这个行星不供给高级生存之物以幸福之资——这是一种令人悲痛的事实。”苔丝既然错生在一个有毛病的世界里，那么悲剧也就不可避免地发生了。

在苔丝短暂的一生中，遭受亚雷的强暴是她所有不幸的开始。苔丝本来不愿去有钱的德伯家“认亲”，父亲也不同意她去，但由于苔丝前天晚上不慎弄死了家里的老马，全家立刻陷入举步维艰的境地。因为这是父亲做小生意的主要依靠。苔丝最后决定去德伯家，并不指望那家的老太婆给她介绍个好婆家，仅仅是想“做点事情弥补弥补”自己弄死老马的过失。试想，苔丝如果不去德伯家认亲，她就不会遇上亚雷，就不会被他趁机奸污。如果是这样的话，她的生活可能会是另外一个样子，然而事情就是这么的偶然，一次不经意的意外，使得苔丝不情愿地走进了德伯家的门，从此陷入万劫不复的境地。

新婚之夜被丈夫克莱抛弃是苔丝一生中第二个重大不幸。本来在遭受第一次打击之后，苔丝又重新萌发了对生活的渴望。苔丝在新婚之夜对克莱吐露隐痛同样几费周折。她曾将记述自己过去的信偷偷放置于克莱的房间，结果克莱阴错阳差竟没有看到这封信，苔丝几次欲当面向克莱坦白，却偏偏没有说出口的机会。如果不是克莱主动在苔丝面前忏悔自己的过去，苔丝同样没有机会向对方吐露实情。苔丝完全可以对克莱隐瞒自己的过去，这样也许她就不会失去克莱。坦白的结果却是被丈夫无情抛弃。遭受重大打击的苔丝，不得已委身于亚雷，此时的苔丝已对生活感到绝望，如果不是因为回心转意的克莱重新出现在身边，她也许会像大多数的不幸妇女那样苟活于人世，不会被勾起辛酸的过去，更不会想到去杀死破坏她幸福的亚雷。但这一切却偏偏发生了。

苔丝短暂的一生充满了各种不幸，一切都似乎是偶然，又似乎是命中注定。冥冥之中，命运之神总与这个不幸的女人过不去。她自己也认定是“命运的牺牲品”，而这也正是作者对于苔丝一生不幸的总结。小说的结尾部分苔丝因杀人被处绞刑后，作者写道：“典刑明正了，埃斯库罗斯所说的那个众神的主宰，对于苔丝的戏弄也完结了。”与之遥相呼应的是小说序言中引述的莎士比亚《李尔王》

中有关人生不幸的那句名言：

> 神们掌握着我们的命运，就好像顽童看待苍蝇：
> 他们为自己开心，便不惜要我们的命。

显然，在哈代眼中，苔丝的不幸虽然表面上是出于孤苦无助的社会地位和顽固虚伪的道德偏见，但其最深处是源于命运对人的无情捉弄。

《德伯家的苔丝》代表了哈代对于人生的悲观主义看法。其实，这种悲观主义并非这部小说所独有，而是弥漫于哈代的全部创作和哲学思索中。哈代并不是哲学家，作为一位文学家，他的思想却达到了哲学家的高度。哈代的妻子曾说过："要知道哈代的一生，读他一百行诗胜过读他的全部小说"。在哈代最重要的史诗性作品《列王》中，我们再一次读到了与小说中的悲观主义思想一脉相承的诗句：

> 世上的事物，倒像一个浑浑噩噩的主宰，
> 用手指不熟练地、漫不经心地、玩耍似的在编织，
> 自有生命以来，内在意志就心不在焉地编织万物，
> 今后亦将如此。

正是由于哈代有意识地把他的悲观主义哲学思想注入他的文学创作，使得包括《德伯家的苔丝》在内的威塞克斯系列小说超越了同时期数目众多的批判现实主义作品，上升为对人的命运的形而上的哲学沉思。

与小说深刻的思想性相得益彰的是它的高超的艺术性。哈代是一位才华出众的小说家，也是一位激情四溢的诗人。他常常把诗人的激情用于小说创作，使得小说带有一种浓郁的诗意。这是哈代小说在艺术上的一大贡献。在《德伯家的苔丝》中，哈代不仅如诗如画地描绘了威塞克斯迷人的风光，而且成功地塑造了一位如诗一般优美的女主人公苔丝。哈代生活在维多利亚王朝的后期，他看到工业文明对古老乡村的吞噬，心中充满感伤与眷念之情。他描写了宗法制的乡村一步步走向衰落的历史命运，对他笔下心爱的女主人公的不幸遭遇寄予深切的同情。在这方面，这部小说带有批判现实主义文学的深刻烙印。由于作者在揭示女主人公的悲剧命运时并没有仅仅局限于人道主义的批判，而是通过命运捉弄人的揭示，赋予作品以形而上的意蕴。尽管在当时，人们对这种"现代人的创痛"还不能很好地理解，但在20世纪，它却越来越多地引发了现代人的强烈共鸣。《德伯家的苔丝》也由此成为西方20世纪现代主义小说的先驱。

（范方俊）

荒原

［美］艾略特

托马斯·斯特恩斯·艾略特（Thomas Stearns Eliot，1888—1965）是后期象征主义文学最杰出的代表，20世纪最重要的诗人、戏剧家、批评家。

艾略特生于美国密苏里州圣路易市一个富裕而有文化教养的商人家庭。艾略特受过良好的教育，1906年进哈佛大学攻读哲学。毕业后去巴黎大学深造，深受法国象征派诗人的影响。1914年艾略特获得一笔去德国马堡大学进修的奖金，由于第一次世界大战的爆发，他转学去了英国牛津大学，此事成为他一生重要的转折点。在英国，他一口气做出三项重大的人生决定：放弃哲学专业，专心从事诗歌创作；娶一位英国姑娘做妻子；在英国定居。

早在哈佛求学期间，艾略特就通过模仿英国浪漫主义诗人的诗作尝试着诗歌写作，但真正促使他下定决心专门从事诗歌创作的却是法国的象征主义诗歌运动。法国象征主义诗歌用暗示和寻求客观对应物的象征手法揭示人的内在的隐秘心理，以及在诗歌形式和语言功用方面的大胆创新给艾略特很大启发。此外，英国17世纪的玄学派诗歌和庞德的意象主义也令他获益匪浅。艾略特一生著述甚丰，代表作品有《荒原》（1912）、《普鲁弗洛克的情歌》（1915）、《空心人》（1925）、《四个四重奏》（1943）等诗篇。1948年因“对当代诗歌做出的卓越贡献和所起的先锋作用”获诺贝尔文学奖。戏剧作品有《大教堂凶杀案》（1935）、《合家团聚》（1939）、《鸡尾酒会》（1950）等。艾略特长期任评论刊物《标准》主编。评论方面则有《传统与个人才能》（1917）、《批评的功能》（1923）、《诗歌的功能和批评的功能》（1933）等建树。1965年艾略特病逝于英国，享年77岁。

作品梗概

《荒原》共分五章，犹如一部五幕戏剧。第一章“死者葬仪”描写了西方现代人的精神死亡。诗中生活在大都市里的现代人即荒原人，低级庸俗，目光短浅，浑浑噩噩，精神空虚，虽生犹死。

第二章“对弈”。在古代印度农村，对弈象征生活的充实和富裕，而在现代社会中它的原始意味消失了，成为与性密切相关的话题。在托马斯·米德尔顿的剧本《女人提防女人》中下棋成了诱奸女人的计谋，现代社会中夫妻间的下棋是出于性的贫乏和闲极无聊。本章以“对弈”为题即隐喻现代社会夫妻间性的贫乏与无聊。诗人选取了两个场景：一个有钱的女人独守闺房，百无聊赖；两个女人在酒店里闲聊着夫妻间无聊的性生活。其间不断穿插一些神话传说中或历史上著名女性的性情景与之对应，映衬出现代人性的枯燥乏味与无聊至极。

第三章“火诫”。描写了现代人的一个典型的性情景：一个外貌平庸、举止粗俗的小房地产公司的男职员露骨地对女打字员实施着性行为，虽然女打字员对男职员的粗鲁举动不大情愿，但她并没有制止男职员的非礼，两人机械、冷漠地做爱。在佛教中劝告人们熄灭于身心有害的情欲之火的诫令被称为“火诫”。本章题目意在反讽，在现代社会，佛教的禁欲原则具有讽刺意味地实现了，因为现代人没有了爱情，哪还有什么真正的情欲。

第四章“水里的死亡”。按照魏士登女士在《从祭仪到神话》中的说法，在亚历山大城，人们每年都把神的模拟头像扔进大海象征自然力的死亡。头像被海流带到比布洛斯，被人们打捞起来，作为复生的神祭拜。在这一章中诗人通过隐喻把一个淹死的腓尼基水手同上述祭仪以及基督教用水给死者洗礼的仪式并置在一起，暗示死亡是一次清洗，是复生。

第五章“雷霆的话”，根据印度的一个传说，人、神、魔鬼能在雷声中听到如何使荒原复苏的信息。在这里，第一章中的荒芜、干燥、死寂的荒原意象再次出现，紧接着出现耶稣的死而复活，暗示荒原有可能充满活力和生机。追求新生的人们在荒原上向山间的一座空庙艰苦跋涉。沿途一片荒凉，没有水，只有岩石。人们的脚陷于沙土中，苦不堪言。在全诗的最后，大雨将至，雷霆发出训示：舍己为人、同情、克制。

作品节选

一　死者葬仪

四月是最残忍的一个月，荒地上

长着丁香，把回忆和欲望
参合在一起，又让春雨
催促那些迟钝的根芽。
冬天使我们温暖，大地
给助人遗忘的雪覆盖着，又叫
枯干的球根提供少许生命。
夏天来得出人意外，在下阵雨的时候
来到了斯丹卜基西；我们在柱廊下躲避，
等太阳出来又进了霍夫加登，
喝咖啡，闲谈了一个小时。
我不是俄国人，我是立陶宛来的，是地道的德国人。
而且我们小时候住在大公那里
我表兄家，他带着我出去滑雪橇，
我很害怕。他说，玛丽，
玛丽，牢牢揪住。我们就往下冲。
在山上，那里你觉得自由。
大半个晚上我看书，冬天我到南方。

什么树根在抓紧，什么树枝在从
这堆乱石块里长出？人子啊，
你说不出，也猜不到，因为你只知道
一堆破碎的偶像，承受着太阳的鞭打
枯死的树没有遮荫。蟋蟀的声音也不使人放心，
礁石间没有流水的声音。只有
这块红石下有影子，
（请走进这块红石下的影子）
我要指点你一件事，它既不像
你早起的影子，在你后面迈步，
也不像傍晚的，站起身来迎着你；
我要给你看恐惧在一把尘土里。
风吹着很轻快，
吹送我回家走，
爱尔兰的小孩，
你在哪里逗留？
“一年前你先给我的是风信子；
他们叫我做风信子的女郎”，

——可是等我们回来，晚了，从风信子的园里来，
你的臂膀饱满，你的头发湿漉，我说不出
话，眼睛看不见，我既不是
活的，也未曾死，我什么都不知道，
望着光亮的中心看时，是一片寂静。
荒凉而空虚是那大海。
马丹梭梭屈里士，著名的女相士，
患了重感冒，可仍然是
欧罗巴知名的最有智慧的女人，
带着一套恶毒的纸牌。这里，她说，
是你的一张，那淹死了的腓尼基水手，
(这些珍珠就是他的眼睛，看!)
这是贝洛多纳，岩石的女主人
一个善于应变的女人。
这人带着三根杖，这是"转轮"，
这是那独眼商人，这张牌上面
一无所有，是他背在背上的一种东西。
是不准我看见的。我没有找到
"那被绞死的人"。怕水里的死亡。
我看见成群的人，在绕着圈子走。
谢谢你。你看见亲爱的爱奎东太太的时候
就说我自己把天宫图给她带去，
这年头人得小心啊。
并无实体的城，
在冬日破晓时的黄雾下，
一群人鱼贯地流过伦敦桥，人数是那么多，
我没想到死亡毁坏了这许多人。
叹息，短促而稀少，吐了出来，
人人的眼睛都盯住在自己的脚前。
流上山，流下威廉王大街，
直到圣马利吴尔诺斯教堂，那里报时的钟声
敲着最后的第九下，阴沉的一声。
在那里我看见一个熟人，拦住他叫道："斯代真!
你从前在迈里的船上是和我在一起的!
去年你种在你花园里的尸首，

它发芽了吗？今年会开花吗？
还是忽来严霜捣坏了它的花床？
叫这狗熊星走远吧，它是人们的朋友，
不然它会用它的爪子再把它挖掘出来！
你！虚伪的读者！——我的同类——我的兄弟！”

二　对　弈

她所坐的椅子，像发亮的宝座
在大理石上放光，有一面镜子，
座上满刻着结足了果子的藤，
还有个黄金的小爱神探出头来
（另外一个把眼睛藏在翅膀背后）
使七枝光烛台的火焰加高一倍，
桌子上还有反射的光彩
缎盒里倾注出的炫目辉煌，
是她珠宝的闪光也升起来迎着；
在开着口的象牙和彩色玻璃制的
小瓶里，暗藏着她那些奇异的合成香料——
　膏状，粉状或液体的——使感觉
局促不安，迷惘，被淹没在香味里；受到
窗外新鲜空气的微微吹动，这些香气
在上升时，使点燃了很久的烛焰变得肥满，
又把烟缕掷上镶板的房顶，
使天花板上的图案也模糊不清。
大片海水浸过的木料洒上铜粉
青青黄黄地亮着，四周镶着的五彩石上，
有雕刻着的海豚在愁惨的光中游泳。
那古旧的壁炉架上展现着一幅
犹如开窗所见的田野景物，
那是翡绿眉拉变了形，遭到了野蛮国王的
强暴：但是在那里那头夜莺
她那不容玷辱的声音充塞了整个沙漠，
她还在叫唤着，世界也还在追逐着，
“唧唧”唱给脏耳朵听。

其他那些时间的枯树根
在墙上留下了记认；凝视的人像
探出身来，斜倚着，使紧闭的房间一片静寂。
楼梯上有人在拖着脚步走。
在火光下，刷子下，她的头发
散成了火星似的小点子
亮成词句，然后又转而为野蛮的沉寂。
“今晚上我精神很坏。是的，坏。陪着我。
“跟我说话。为什么总不说话。说啊。
“你在想什么？想什么？什么？
“我从来不知道你在想什么。想。”

我想我们是在老鼠窝里，
在那里死人连自己的尸骨都丢得精光。
“这是什么声音？”
　　　　　　　风在门下面。
“这又是什么声音？风在做什么？”
　　　　　　　没有，没有什么。
　　　　　　　　你
“你什么都不知道？什么都没看见？什么都不记得？”
我记得
那些珍珠是他的眼睛。
“你是活的还是死的？你的脑子里竟没有什么？”
　　　　　　　　　　　　可是
噢噢噢噢这莎士比希亚式的爵士音乐——
它是这样文静
这样聪明
“我现在该做些什么？我该做些什么？
我就照现在这样跑出去，走在街上
披散着头发，就这样。我们明天该做些什么？
我们究竟该做些什么？”
　　　　　　十点钟供开水。
如果下雨，四点钟来挂不进雨的汽车。
我们也还要下一盘棋，
按住不知安息的眼睛，等着那一下敲门的声音。

丽儿的丈夫退伍的时候，我说——

我毫不含糊，我自己就对她说，
请快些，时间到了
埃尔伯特不久就要回来，你就打扮打扮吧。
他也要知道给你镶牙的钱
是怎么花的。他给的时候我也在。
把牙都拔了吧，丽儿，配一副好的，
他说，实在的，你那样子我真看不得。
我也看不得，我说，替可怜的埃尔伯特想一想，
他在军队里呆了四年，他想痛快痛快，
你不让他痛快，有的是别人，我说。
啊，是吗，她说。就是这么回事，我说。
那我就知道该感谢谁了，她说，向我瞪了一眼。
请快些，时间到了
你不愿意，那就听便吧，我说。
你没有可挑的，人家还能挑挑拣拣呢。
要是埃尔伯特跑掉了，可别怪我没说。
你真不害臊，我说，看上去这么老相。
（她还只三十一。）
没办法，她说，把脸拉得长长的，
是我吃的那药片，为打胎，她说。
（她已经有了五个，小乔治差点送了她的命。）
药店老板说不要紧，可我再也不比从前了。
你真是个傻瓜，我说。
得了，埃尔伯特总是缠着你，结果就是如此，我说，
不要孩子你干吗结婚？
请快些，时间到了
说起来了，那天星期天埃尔伯特在家，他们吃滚烫的烧火腿，
他们叫我去吃饭，叫我趁热吃——
请快些，时间到了
请快些，时间到了
明儿见，毕尔。明儿见，璐。明儿见，梅。明儿见。
再见。明儿见，明儿见。
明天见，太太们，明天见，可爱的太太们，
　　明天见，明天见。

三 火 诫

河上树木搭成的篷帐已破坏：树叶留下的最后手指
想抓住什么，又沉落到潮湿的岸边去了。那风
吹过棕黄色的大地，没人听见。仙女们已经走了。
可爱的泰晤士，轻轻地流，等我唱完了歌。
河上不再有空瓶子，夹肉面包的薄纸，
绸手绢，硬的纸皮匣子，香烟头
或其他夏夜的证据。仙女们已经走了。
还有她们的朋友，最后几个城里老板们的后代，
走了，也没有留下地址。
在莱芒湖畔我坐下来饮泣……
可爱的泰晤士，轻轻地流，等我唱完了歌。
可爱的泰晤士，轻轻地流，我说话的声音
　　不会大，也不会多。
可是在我身后的冷风里我听见
白骨碰白骨的声音，慝笑从耳旁传开去。
一头老鼠轻轻穿过草地
在岸上拖着它那粘湿的肚皮
而我却在某个冬夜，在一家煤气厂背后
在死水里垂钓
想到国王我那兄弟的沉舟
又想到在他之前的国王，我父亲的死亡。
白身躯赤裸裸地在低湿的地上
白骨被抛在一个矮小则干燥的阁楼上，
只有老鼠脚在那里踢来踢去，年复一年。
但是在我背后我时常听见
喇叭和汽车的声音，将在
春天里，把薛维尼送到博尔特太太那里。
啊月亮照在博尔特太太
和她女儿身上是亮的
她们在苏打水里洗脚
啊这些孩子们的声音，在教堂里歌唱！

吱吱吱
唧唧唧唧唧唧

受到这样的强暴。
铁卢

并无实体的城
在冬日正午的黄雾下
尤吉尼地先生，那个士麦那商人
还没光验，袋里装满了葡萄干
到岸价格，伦敦；见票即付，
用粗俗的法语请我
在凯能街饭店吃午饭
然后在大都会度周末。

在那暮色苍茫的时刻，眼与背脊
从桌边向上抬时，这血肉制成的引擎在等候
像一辆出租汽车那样颤动而等候时，
我，帖瑞西士，虽然瞎了眼，在两次生命中颤动，
年老的男子却有布满皱纹的女性乳房，能在
暮色苍茫的时刻看见晚上一到都朝着
家的方向走去，水手从海上回到家，
打字员到喝茶的时候也回了家，打扫早点的残余，
点燃了她的炉子，拿出罐头食品。
窗外危险地晾着
她快要晒干的内衣，给太阳的残光抚摸着，
沙发上堆着（晚上是她的床）
袜子，拖鞋，小背心和用以束紧身的内衣。
我，帖瑞西士，年老的男子长着绉褶白乳房
看到了这段情节，预言了后来的一切——
我也在等待那盼望着的客人。
他，那长疙瘩的青年到了，
一家小公司的职员，一双色胆包天的眼，
一个下流家伙，蛮有把握，
正像一顶绸帽扣在一个布雷德福的百万富翁头上。
时机现在倒是合适，他猜对了，
饭已经吃完，她厌倦又疲乏，
试着抚摸抚摸她，
虽说不受欢迎，也没受到责骂。
脸也红了，决心也下了，他立即进攻；

探险的双手没遇到阻碍；
他的虚荣心并不需要报答，
还欢迎这种漠然的神情。
（我，贴瑞西士，都早就忍受过了，
就在这张沙发或床上扮演过的；
我，那曾在底比斯的墙下坐过的
又曾在最卑微的死人中走过的。）
最后又送上形同施舍似的一吻，
他摸着去路，发现楼梯上没有灯……

她回头在镜子里照了一下，
没大意识到她那已经走了的情人；
她的头脑让一个半成形的思想经过：
“总算完了事：完了就好。”
美丽的女人堕落的时候，又
在她的房里来回走，独自
她机械地用手抚平了头发，又随手
在留声机上放上一张片子。

“这音乐在水上悄悄从我身旁经过”
经过斯特兰德，直到女王维多利亚街。
啊，城啊城，我有时能听见
在泰晤士下街的一家酒店旁
那悦耳的曼陀铃的哀鸣
还有里面的碗盏声，人语声
是渔贩子到了中午在休息：那里
殉道堂的墙上还有
难以言传的伊沃宁的荣华，白的与金黄色的。

　　长河流汗
　　流油与焦油
　　船只漂泊
　　顺着来浪
　　红帆
　　大张
　　随风而下，在沉重的桅杆上摇摆。
　　船只冲洗

　　漂流的巨木
流到格林威治河区
经过群犬岛。
　　Weialala leia
　　Wallala leialala
伊利莎白和莱斯特
打着桨
船尾形成
一枚镶金的贝壳
红而金亮
活泼的波涛
使两岸起了细浪
西南风
带到下游
连续的钟声
白色的危塔
　　Weilala leia
　　Wallala leialala
"电车和堆满灰尘的树。
海勃里生了我。里其蒙和邱
毁了我。在里其蒙我举起双膝
仰卧在独木舟的船底。
"我的脚在摩尔该，我的心
在我的脚下。那件事后
他哭了。他答应'重新做人'。
我不做声。我该怨恨什么呢?"

"在马该沙滩
我能够把
乌有和乌有联结在一起
脏手上的破碎指甲。
我们是伙下等人，从不指望
什么。"
　　　　　　　　啊呀看哪
于是我到迦太基来了
烧啊烧啊烧啊烧啊

主啊你把我救拔出来
主啊你救拔

烧啊

四　水里的死亡

腓尼基人弗莱巴斯，死了已两星期，
忘记了水鸥的鸣叫，深海的浪涛
利润与亏损。
　　　　　　　　　海下一潮流
在悄声剔净他的尸骨。在他浮上又沉下时
他经历了他老年和青年的阶段
进入漩涡。
　　　　　　　外邦人还是犹太人
啊你转着舵轮朝着风的方向看的，
回顾一下弗莱巴斯，他曾经是和你一样漂亮、高大的。

五　雷霆的话

火把把流汗的面庞照得通红以后
花园里是那寒霜般的沉寂以后
经过了岩石地带的悲痛以后
又是叫喊又是呼号
监狱宫殿和春雷的
回响在远山那边震荡
他当时是活着的现在是死了
我们曾经是活着的现在也快要死了
稍带一点耐心

这里没有水只有岩石
岩石而没有水而有一条沙路
那路在上面山里绕行
是岩石堆成的山没有水
若还有水我们就会停下来喝了
在岩石中间人不能停止或思想

汗是干的脚埋在沙土里
只要岩石中间有水
死了的山满口都是龋齿吐不出一滴水
这里的人既不能站也不能躺也不能坐
山上甚至连静默也不存在
只有枯干的雷没有雨
山上甚至连寂寞也不存在
只有绛红阴沉的脸在冷笑咆哮
在泥干缝裂的房屋的门里出现
只要有水
而没有岩石
若是有岩石
也有水
有水
有泉
岩石间有小水潭
若是只有水的响声
不是知了
和枯草同唱
而是水的声音在岩石上
那里有蜂雀类的画眉在松树里歌唱
点滴点滴滴滴滴
可是没有水

谁是那个总是走在你身旁的第三人？
我数的时候，只有你和我在一起
但是我朝前望那白颜色的路的时候
总有另外一个在你身旁走
悄悄地行走，裹着棕黄色的大衣，罩着头
我不知道他是男人还是女人
——但是在你另一边的那一个是谁？

这是什么声音在高高的天上
是慈母悲伤的呢喃声
这些带头罩的人群是谁
在无边的平原上蜂拥而前，在裂开的土地上蹒跚而行
只给那扁平的水平线包围着

山那边是哪一座城市
在紫气暮色中开裂、重建又爆炸
倾塌着的城楼
耶路撒冷雅典亚历山大
维也纳伦敦
并无实体的

一个女人紧紧拉直着她黑长的头发
在这些弦上弹拨出低声的音乐
长着孩子脸的蝙蝠在紫色的光里
飕飕地飞扑着翅膀
又把头朝下爬下一垛乌黑的墙
倒挂在空气里的是那些城楼
敲着引起回忆的钟，报告时刻
还有声音在空的水池、干的井里歌唱。
在山间那个坏损的洞里
在幽暗的月光下，草儿在倒塌的
坟墓上唱歌，至于教堂
则是有一个空的教堂，仅仅是风的家。
它没有窗子，门是摆动着的，
枯骨伤害不了人。
只有一只公鸡站在屋脊上
咯咯喔喔咯咯喔喔
刷地来了一柱闪电。然后是一阵湿风
带来了雨
恒河的水位下降了，那些疲软的叶子
在等着雨来，而乌黑的浓云
在远处集合，在喜马望山上。
丛林在静默中躬着背蹲伏着。
然后雷霆说了话
DA
Datta：我们给了些什么？
我的朋友，热血震动着我的心
这片刻之间献身的非凡勇气
是一个谨慎的时代永远不能收回的
就凭这一点，也只有这一点，我们是存在了

这是我们的讣告里找不到的
不会在慈祥的蛛网披盖着的回忆里
也不会在瘦瘦的律师拆开的密封下
在我们空空的屋子里
DA
Dayadhvam：我听见那钥匙
在门里转动了一次，只转动了一次
我们想到这把钥匙，各人在自己的监狱里
想着这把钥匙，各人守着一座监狱
只在黄昏时候，世外传来的声音
才使一个已经粉碎了的柯里欧莱纳思一度重生
DA
Damyata：那条船欢快地
作出反应，顺着那使帆用桨老练的手
海是平静的，你的心也会欢快地
作出反应，在受到邀请时，会随着
引导着的双手而跳动
　　　　　　　　　　我坐在岸上
　　　垂钓，背后是那片干旱的平原
　　　我应否至少把我的田地收拾好?
　　　伦敦桥塌下来了塌下来了塌下来了
　　　然后，他就隐身在炼他们的火里，
　　　我什么时候才能像燕子——啊，燕子，燕子，
　　　阿基坦的王子在塔楼里受到废黜
　　　这些片断我用来支撑我的断垣残壁
　　　那么我就照办吧。希罗尼母又发疯了。
　　　舍己为人。同情。克制。
　　　　　平安。平安
　　　　　　　平安。

（选自赵萝蕤译：《荒原》，工人出版社，1995 年版）

作品赏析

《荒原》是一部公认的异常晦涩难懂的现代主义作品。其特征至少体现在以下几个方面：

第一，《荒原》是由许许多多的片段组成的，这些片段之间并无必然的逻辑关联，它们被诗人运用类似电影“蒙太奇”的手法剪接并置在一起，不熟悉这种手法的读者在阅读它时只能读懂它的单个诗行或某一片段，却不知该如何把它们连在一起做整体性的解读。

第二，《荒原》完全打乱了正常的时空序列，时间上过去和现在互相交错、变幻不定，空间上现实与神话相互叠合、共同并置，读者阅读作品时常常不能断定某一经验和场面是真实还是虚幻，是已经实现了的行为还是正在发生或将要发生的行为。

第三，在《荒原》中，作者故意用支离破碎的语言代替富有诗意、规范流畅的语言，用零乱的层次结构代替诗歌结构的连贯性，并且有意取消了它们之间的过渡及必要的交代，使读者不得不自己去费力寻找各部分之间的关联。

第四，据统计，《荒原》使用了五种语言，典故、引语涉及五十多部古今作品，若隐若现的人物有二十多个，如果不借助作品的注释和专家的解释，读者往往手足无措、不明所以。

正因如此，自《荒原》问世起，几代专家学者就一直在绞尽脑汁地去一一注解作品中的各种引喻、暗示、典故、引语等难题，艾略特本人也为《荒原》做了大量的注释。这些注释固然为人们理解《荒原》提供了一些方便，但却由此导致了这样一个本末倒置的局面：人们关注于《荒原》的注解有时远甚于关注诗的本身。据说艾略特本人曾为自己给《荒原》做注解颇为后悔，他提请读者应该关注诗的本身而非诗的注解。那么《荒原》何以成为经典？

首先是《荒原》对西方现代社会给予的现代主义的“解读”。众所周知，西方社会在 19 世纪末 20 世纪初经历了一次重大的转型，即从传统的近代社会转变至现代社会。在这剧烈的社会变革中，西方社会在政治、经济、军事乃至文化上都经历了前所未有的巨大震荡，西方人被无情地抛入社会变革的巨大洪流中。第一次世界大战带来的创伤、现实社会的物欲横流、非理性主义哲学的大行其道，彻底地摧毁了传统的理性主义精神支柱。人们对现代人的自私、卑琐与精神沉沦痛心不已，但面对急剧变化、变幻不定的社会，又难逃随波逐流、无力自拔的历史命运。一种普遍的悲观绝望、苦闷彷徨的情绪弥漫于西方现代社会。传统文学的美学观念和艺术手段已无法满足现代人对于自身困境的艺术传达，他们渴望用一种全新的艺术视角及手段来传达自己对现代社会的体验和感受。《荒原》一开头即以令人吃惊的笔调写道：

> 四月是最残忍的一个月，荒地上
> 长着丁香，把回忆和欲望
> 参合在一起，又让春雨

催促那些迟钝的根芽。
冬天使我们温暖，大地
给助人遗忘的雪覆盖着，又叫
枯干的球根提供少许生命。

在英国，四月是春天的第一个月份，本是寒冬逝去、春暖花开、万物复苏的美好时节，英国文学之父乔叟曾在其《坎特伯雷故事集》序诗的开始部分称四月甜蜜、宜人，是朝圣者外出朝圣的好时候；艾略特则反其意用之，说四月是“最残忍的月份”。这是因为现代人成了一群浑浑噩噩、无所事事的死者，尽管在肉体上还是一个活物，但在精神上已彻底死亡。他们喜欢冬天，在冬天里他们动物般地苟活着，健忘一切，但四月的去冬迎春，万物复兴，煽起了他们的欲望之火，并促使他们去行动，因此四月对现代人而言是“最残忍的月份”。然而，这些精神上的死者又能做些什么呢？在“对弈”中出现了两个现代人的生活场景：一个有钱的女人在自己装饰华贵的卧室里自言自语，提出一连串的问题，表达内心的烦恼；丽儿在丈夫入伍期间放纵情欲，打过五次胎，31 岁就已现出老相。

与之相对应的是诗中穿插的一些神话传说中和历史上的著名女性，其性情景连带着不同的意蕴：对于奥维德《变形记》中的翡绿眉拉公主，性与残忍相连；对于莎士比亚《克莉奥佩特拉与安东尼》中的埃及艳后克莉奥佩特拉，性与激情相连；对于《哈姆莱特》中的奥菲莉亚，性与背叛相连。与之相比，现代人的性枯燥乏味，缺乏神话意义。在“火诫”中呈现的那个现代人的性情景最为典型：

他，那长疙瘩的青年到了，/一家小公司的职员，一双色胆包天的眼，/一个下流家伙，蛮有把握，/正像一顶绸帽扣在一个布雷福德的百万富翁头上。/时机现在倒是合适，他猜对了，/饭已经吃完，她厌倦又疲乏，/试着抚摸抚摸她，/虽说不受欢迎，也没受到责骂。/脸也红了，决心也下了，他立即进攻；/探险的双手没遇到阻碍；/他的虚荣心并不需要报答，/还欢迎这种漠然的神情。

由于《荒原》真实、深刻地揭示了现代人精神空虚、虽生犹死的生存处境，使之成为现代主义给予西方社会的最权威的“解读”，“荒原”也由此成为标示现代人精神危机的最形象、最显著、最贴切的一个文学意象。

其次是《荒原》在拯救现代人精神危机方面进行的探索。《荒原》的主题主要涉及了死亡与复活两个主题，死亡即意味着再生。在这方面，《荒原》主要是借助神话和宗教展开的。詹姆斯·弗雷泽的《金枝》记载了大量的神话传说，其中与阿都尼斯、欧西利士和阿贴士有关的神话对艾略特具有特别的吸引力。这三位神在东地中海和中东地区一直被视为自然力的象征，人们每年都举行祭奠他们的仪式，祈祷他们让春天重返、五谷丰收。魏士登女士的《从祭仪到神话》记述的圣杯传奇同样给艾略特写作《荒原》以重大启示。传说圣杯是耶稣在被捕前同十二个门徒共进最后晚餐时用的杯子。耶稣在十字架受难时，他的门徒用那只圣杯接过了耶稣伤口中流出的血，圣杯由此成为基督教的圣物。后来圣杯遗失，于是寻找圣杯便成为寻找真理的象征。圣杯的传说在不同的文化中尽管不尽一致，但都包括渔王的故事。渔王因受诅咒，国土缺水变成干燥不毛的荒原，他自己失去生殖能力，他的人民也遭到同样的厄运，只有等一个骑士找到圣杯，他才能康复，他的国土和人民才能消灾灭难。此外，古埃及、古希腊、古印度神话中都有有关复活的故事。所有这些，都让艾略特确信，现代人唯有借助神话和宗教中的复活精神的注入才有可能使死亡了的精神获得再生。《荒原》正是通过对上述神话和宗教中的复活意象巧妙地编织和组织，完成了对于现代人的死亡——复活主题的宏大叙事。

《荒原》是象征主义文学中最有代表性的作品，也是现代主义诗歌的里程碑。艾略特本人十分注重继承传统文化。他认为一个作家不可能脱离传统去创作，所以《荒原》一诗无论是全诗的整体架构还是具体意象的营造都与西方传统文学有着千丝万缕的联系。但同时，艾略特也认为，传统不是书本里一成不变的文字，而是不断丰富、不断发展的现实，唯有通过不断丰富、发展、变革传统才能真正地继承传统。由此出发，《荒原》突破了传统文学的樊篱，运用各种象征手段，大胆地进行文学实验，成为20世纪英美现代主义文学的奠基之作。

（范方俊）

豹——在巴黎植物园

[奥地利] 里尔克

莱纳·马利亚·里尔克（Rainer Maria Rilke，1875—1926），是现代德语文学中一位影响十分深远的诗人。他生于布拉格，父亲当过军官和铁路职员。他自己上过陆军学校、商学院，最后选择在布拉格大学学习哲学和文学艺术。他去过许多国家，如意大利、俄国、法国、埃及等。曾在俄国拜见过托尔斯泰，在法国当过雕塑大师罗丹的秘书。第一次世界大战期间服过兵役，战后在瑞士定居。

他在诗歌创作中很早就形成了自己的风格，后来又受法国艺术和法国象征主义诗歌的影响，在诗歌中以直觉形象象征人生和自己对人生的体验。他的诗歌代表作有《杜伊诺哀歌》和《献给奥尔甫斯的十四行诗》等。他的诗歌特点是尽量摆脱情感的束缚，通过对客观事物的冷静观察和认真体验，力图在精确的描绘中使诗歌达到雕塑的效果。他的著名诗篇《豹》在做客观观察的同时，表现出一种主观经验，实际上象征着作者内心世界受到的束缚和压抑。这是一首脍炙人口的诗歌。

作品

它的目光如此厌倦了那铁栏
的不断行走，就此万物消失，
好像有千根的栅栏在眼前，
千根的栅栏后却没有天地。

柔中有刚的步子绵绵而行，
正旋转着其小无比的圈子，
有如力之舞围绕一个中心，
那里一个伟大意志已麻痹。

只有时而眼帘静静掀起——，
随即有一幅图像闯进来，
经由它四肢紧张的沉寂——
进入到心中便不复存在。

（杨恒达译）

作品赏析

此诗写于 1903 年，深受法国雕塑大师罗丹艺术思想的影响。罗丹对艺术中的生命和运动十分重视，他说："没有生命便没有艺术。一个雕塑家想要说明快乐、苦痛、某种狂热，如果不首先使自己要表现的人物活起来的话，那么是不会感动我们的，因为一个没有生命的东西……一块石头的快乐或悲哀，对于我们有什么相干呢？在我们的艺术中，生命的幻象是由于好的塑造和运动得到的。这两种特点，就好像是一切好作品的血液和呼吸。"

在本诗中，我们看到，诗人在看见一只笼中之豹后产生了种种内心体验，但是这种种体验究竟是深奥玄妙的哲学思考，还是难以控制的感情冲动，我们都无法判断，因为他写下来的东西似乎同这些都没有什么关系，他只是给了你一个雕塑般的造型，一个经过他的感觉加工后的客观现象的再现。他描绘的豹在笼中来回转圈，这是一只活生生的豹。虽然它的眼前有着千条的铁栏，他的活动天地只有一个极小的圈，但是它却体现出强大的生命力。它的柔中有刚的步子显示出它有巨大的潜在力量，但是在这片极小的天地里，它只能绵绵而行，它的意志也显然已经麻木不仁了。它偶尔也会睁开眼睛，看到眼前的景象，但是这景象对它毫无意义。所有这一切都是冷静客观的描写。里尔克认为："诗并不像一般人所说的是情感（情感人们早就很够了），——诗是经验。"所以他在诗歌创作中着重表现的不是他的情感，而是对客观事物的冷静观察，经过认真的体验之后再做出精确的描绘。可以设想一下，要是不经过真切的体验，里尔克怎么会对这只笼中之豹的外在表现和心态有这般精确的描写呢？不设身处地地替笼中之豹设想一下它的感受，是很难想到"那铁栏的不断行走"的。只有豹这样的动物，才会把栅栏看成是像它一样的活物，它走，栅栏也走，没完没了，以至于最后使它厌倦得"就此万物消失"了。也只有像豹一样的动物，有用不完的力气，在旷野、丛林中自由地驰骋后被关在窄小的笼子里，才会体会到“千根的栅栏后却没有天地”、“一个伟大意志已麻痹”。所以，里尔克的细心观察和设身处地的体验已到了极其细致入微的地步。

里尔克像雕塑家一样塑造这只豹的形象是要传达一种独特的象征意义。

雕塑作为一种空间艺术，其作品只能占据一定的空间，不能在时间中驰骋。里尔克在这里虽然采用的是作为时间艺术的诗歌形式，但是他运用了雕塑的特点，让他的描写对象占有一定的空间，却把它在时间中驰骋的可能性降到最低限度：豹在笼子里来来回回地走，重复着同样的动作，时间对它来说似乎已经没有意义。在这样的雕塑特点之下，里尔克将罗丹的艺术理论运用到他塑造的艺术形象上。他要让他的艺术形象达到雕塑的效果，但是又要让它像罗丹所要求的那样，处于动态之中，显示出强大的生命力。所以，这只豹既没有被描绘成正在天地之间自由自在地奔驰，捕捉其他动物，也绝对不是仅仅处于静态之中。罗丹指出，画家或雕塑家要使人物有动作，就要表达从一个姿态到另一姿态的过程：让人看到第一种姿态怎样不知不觉地转入第二种姿态。罗丹还认为，在这种视觉艺术作品中，还应该可以识辨出已成过去的部分，也可以看见将要发生的部分。里尔克塑造的这只豹有雕塑般的清晰造型，同时他又用诗歌的形式告诉你它在运动。如果我们假定，诗人是要表达豹从原野上奔跑的姿态到在笼中局促不安的姿态的过程，那么这只豹在极小范围内的不断行走正绝妙地意味着这样的过程。在这种不断行走中，明显留有过去那种在自由天地里逞强的痕迹。

但是，里尔克用运动及其所体现的生命力想要表现的，并不仅仅是我们在关于这只豹的描绘中所看到的东西。他是在给你一种象征和暗示。里尔克的青年时代，正是世纪末情绪席卷欧洲的时期，他创作此诗时的1903年，又是欧洲酝酿革命和社会矛盾、民族矛盾日趋尖锐的前夜，尤其是里尔克生活在其中的布拉格，处于奥匈帝国的专制统治之下，在无形中形成对每一个市民的压抑。里尔克并不一定在写诗时怀有明确的意图，要表现带有政治色彩或社会色彩的内容，但是通过豹的形象所给你的象征，即使只是他个人的经验，我们也能看出其中所包含的普遍情绪。人类发展到20世纪，征服世界的能力和潜能正越来越发挥出来，可是却由于观念、制度、习俗、贫困、利益冲突等各方面问题的限制，在一个狭小的圈子里讨生活，就像那只有力无处使的豹在笼子里转圈圈一样。

也许有人会问，如果按照罗丹的理论，我们可以在这只豹身上识辨出已成过去的部分，可是如何能看到将要发生的部分呢？要是从表面上看，我们确实很难看出这只豹将来怎么样，它似乎只能永远在铁栏后面走下去。但是，这正是里尔克试图在艺术上做出回答的问题。这只豹只是他用来传达象征意义的工具，他所关心的是力与压抑的冲突。从审美的意义上讲，他表现的是受压抑的力之美。当力受到压抑之后，要么走向消亡，要么寻求冲破压抑。对西方现代美学思想有过重大影响的尼采认为，走向消亡的力只能是丑的。而这只在笼中行走的豹，虽然环境对它的压抑已经到了令它麻木得连眼皮都不大愿意动一下的地步，但是它还在不屈不挠地行走："柔中有刚的步子绵绵而行"。它并没有放弃冲破压抑的努力。这样的象征能在欣赏者心中唤起一种悲剧精神，唤起力的张扬感，寻求对压抑的解脱。《豹》这首诗就是这样来实现它的审美效果的，读过它的人都会感到一种力的呼唤。

这首诗在德语中采用的是五音步抑扬格的形式，隔行押韵，有很好的音乐效果。译诗在语言转换中必然不可能保持原诗的本来面目，但是它尽量在传达诗人原意的同时保留一点原诗的风格和韵律特点，让不能从德文原作阅读的读者领略一点原作的风貌。

（杨恒达）

海滨墓园

[法] 瓦雷里

瓦雷里（Paul Valéry，1871—1945）是杰出的法国诗人，博学多才的文艺鉴赏家、批评家，1871年出生在法国地中海沿岸的塞特市。1889年，18岁的瓦雷里结识彼埃尔·鲁依斯和安德雷·纪德，结为挚友；同年，读马拉美的诗并成为其得意门生，发表了一些优秀诗作。1892年因精神危机，一度放弃诗歌创作。20年后，加里与纪德鼓动瓦雷里结集出版早年诗作，瓦雷里重新开始创作活动。几本诗集问世后，瓦雷里一举成名；《认识》杂志1921年举办的“当代七星诗人”推选活动，结果瓦雷里以3 000票夺得七星之冠。1925年，瓦雷里当选为法兰西院士，此后，主要从事教学和理论探索工作。

瓦雷里一生笔耕不辍，严谨治学，59年间所做笔记、杂录共计250多本练习本。1945年，诗人在巴黎逝世，法国为其举行了国葬。诗人的主要作品有《年轻的命运神》《幻美集》《旧诗剪辑》等等。瓦雷里诗歌的特点是沉思冥想，这一点尤其体现在代表作《海滨墓园》里。“瓦雷里置身于其间的范围是缄默，而不是无知。”

作品节选

这片平静的房顶上有白鸽荡漾[①]，
它透过松林和坟丛，悸动而闪亮。
公正的“中午”[②] 在那里用火焰织成

① 海面比房顶，三角白帆比白鸽。“荡漾”，原文为“marchent”，有双重意义：“行驶”与“漫步”。汉译文只能舍其第二义，以求达到像在法文里一样，一读即知指“白帆”的效果。

② “中午”（原文大写）也是天正中的太阳，把天空一分为二。

大海，大海啊永远在重新开始①！
多好的酬劳啊，经过了一番深思，
终得以放眼远眺神明的宁静②！

微沫形成的钻石多到无数，
消耗着精细的闪电多深的工夫，
多深的安静俨然在交融创造③！
太阳休息④在万丈深渊的上空，
为一种永恒事业的纯粹劳动，
"时光"在闪烁，"梦想"就是悟道。⑤

稳定的宝库，单纯的米奈芙神殿⑥，
安静像山积，矜持为目所能见，
目空一切的海水啊，穿水的"眼睛"⑦
守望着多沉的安眠在火幕⑧底下，
我的沉默啊！……灵魂深处的大厦⑨，
却只见万瓦镶成的金顶，房顶！

"时间"的神殿，总括为一声长叹⑩，
我攀登，我适应这个纯粹的顶点，

---

① 海面阳光闪烁，像是火焰织成；波浪不断起伏，像"永远在重新开始"。原文用字，形声处很多，显出静中有动。

② 瓦雷里不信教，应是无神论者，却往往用多神论的形象。这里的"神明"及以后的"神祇"，在汉语里不加"们"字，也可以是多数。

③ 心（人）与境（海）合一。

④ "休息"与下行的"劳动"，对立统一。全诗里用了不少"纯粹"，在汉语里意味不一；这里有"十足""彻底""绝对"之义。

⑤ 《作品集》本将"时光"和"梦想"都改为大写。"时光"不动，只是不动的太阳照射海面而闪闪发光。冥思即慧悟，合为一体。

⑥ 罗马神话里的米奈芙即希腊神话里的雅典娜，亦称芭拉斯，朱庇特（即希腊神话里的宙斯，天帝）从头脑里生出的女儿，主智慧与艺术。她的神像传说为特洛亚城完全的保障。这里"宝库""神殿"都是指静海。"稳定"上应"平静""宁静""安静"，下启"安静像山积""安眠""沉默"等，重复用词，除了一般加强效果外，瓦雷里还常用于逐渐调整诗思。

⑦ "眼睛"，原文大写，眼睛的人格化，象征化。

⑧ "火幕"指海面，表里又是一个对立，和下二行一样。

⑨ "我"（说话人，诗人）与海在此合为一体。"大厦"应和上下文的"神殿""房顶"。

⑩ "时间的神殿"，一说与下行的"我"即说话人同位，而说话人在诗中是代表动、变、消逝的时光；一说指天，承接第二节末行的"时光"，也与第三节首行的"米奈芙神殿"（指海）并行，大海的神殿后接以天空的神殿。但这里人与海或与天都已基本合一；"神殿"为人的一声"长叹"所围绕，"顶点"为人的视野所环抱，以小包大，也是象征派易见的手法。这里原文的"太息"译成"长叹"，符合"望洋兴叹"的成语。

环顾大海，不出我视野的边际；
作为我对神祇的最高的献供，
茫茫里宁穆的闪光①，直向高空，
播送出一瞥凌驾乾坤的藐视。②

正像果实融化而成了快慰，
正像它把消失换成了甘美
就凭它在一张嘴里的形体消亡，
我在此吸吮着我的未来的烟云③，
而春天对我枯了形容的灵魂
歌唱着有形的涯岸变成了繁响。④

美的天，真的天，看我多么会变！
经过了多大的倨傲⑤，经过了多少年
离奇的闲散，尽管是精力充沛，
我竟然委身于这片光华的寥廓；
死者的住处上我的幽灵掠过，
驱使我随它的轻步，而踯躅，徘徊。

整个的灵魂暴露给夏至的火把⑥，
我敢正视你，惊人的一片光华
放出的公正⑦，不怕你无情的利箭！
我把你干干净净归还到原位⑧，
你来自鉴吧！⑨ ……而这样送还光辉
也就将玄秘招回了幽深的一半。⑩
啊，为了我自己，为我所独有⑪，

---

① “闪光”指闪烁的海面。

② 非意谓大海蔑视天空或太阳，是指沉思者献出他最宝贵的“倨傲”。

③ 说话人（人，诗人）预先品尝将来的死亡。

④ 浪拍“涯岸”，涯岸消隐，只听得一片繁响，引起本行和下行里“变”的题旨。

⑤ “倨傲”和沉思，在第三节里发挥了，到此撇下。

⑥ “灵魂”指下行“我”的。“夏至”意指不动的太阳或“绝对”（“绝对”又可译为我国旧说的“太极”）。

⑦ 应第一节里的“公正的中午”。

⑧ 指反光。

⑨ “你来自鉴吧！”（或“看你自己吧！”）原先在刊物上发表，作“光天的明镜”。最初的升调到此结束，短促的降调从此开始。

⑩ “玄秘”（或“玄影”）指神秘的无名实体。第三节临末说话人（诗人，人）与天海合一，本节与太阳由并列而对立。“个人”的主题由此开始。

⑪ 这一节进入了实体的内涵，幽暗与苦辛。

靠近我的心，靠近诗情的源头，
介乎空无所有和纯粹的行动，
我等待回声[①]，来自内在的宏丽，
（苦涩，阴沉而又嘹亮的水池，）
震响灵魂里永远是在来的空洞。[②]

知道吗，你这个为枝叶虚捕的海湾[③]，
实际上吞噬着这些细瘦的铁栅[④]，
任我闭眼也感到奥秘刺目，
是什么躯体拉我看懒散的收场，
是什么头脑引我访埋骨的地方？
一星光在那里想我不在的亲故。

充满了无形的火焰，紧闭，圣洁[⑤]，
这是献给光明的一片土地，
高架起一柱柱火炬[⑥]，我喜欢这地点，
这里是金[⑦]石交织，树影幢幢，
多少块大理石颤抖在多少个阴魂上；
忠实的大海[⑧]倚我的坟丛而安眠。

出色的忠犬，把偶像崇拜者[⑨]赶跑！
让我，孤独者，带着牧羊人[⑩]笑貌，
悠然在这里放牧神秘的绵羊——
我这些宁静的坟墓，白碑如林，
赶开那些小心翼翼的鸽群[⑪]，

---

① “等待”的“回声”是“纯粹的行动”的反应，亦即刺戟在身体上引起的反应所造成的回响。

② “永远是在来的空洞”，既是时间的，也是空间的。思想家探索自我的意义，在前头永远是“空洞”。“变化”的意象又出现了，而这一意象也预报了第二十一节里提到的阿基利永远追不上乌龟的意象。

③ 从枝叶间看海景，海湾似被枝叶所捕，原文“假俘虏”一词中的“假”字也可以引起另外的意味。

④ 咸空气使坟园的铁栅生锈，而“铁栅”一词也可以引起多一层联想。

⑤ 与上节的悲调相反，本节转为开朗。现在不再是说话者“暴露给夏至的火把”（第七节），而是坟园和死者“献给”了“光明”。

⑥ 指坟园里阳光照射的火炬似的柏树。

⑦ “金”可以指阳光，也可能指石碑上刻的金字。

⑧ “忠实的大海”启下节“忠犬”的意象。

⑨ 指教徒，特指基督教徒，可说是大胆的“亵渎”。

⑩ 诗人——牧羊人，取代了基督。

⑪ 在《圣经》里白鸽是圣灵的象征。这里的“鸽群”有多层意义，指海面的白帆，也指石碑上有雕饰的白鸽（亦即“偶像”）。“小心翼翼”，实指“人”把白鸽刻在碑上。

那些好奇的天使、空浮的梦想！[①]

人来了，未来却是充满了懒意，
干脆的蝉声擦刮着干燥的土地；
一切都烧了，毁了，化为灰烬，
转化为什么样一种纯粹的精华……
为烟消云散所陶醉，生命无涯，
苦味变成了甜味，神志清明。[②]

死者埋藏在坟茔里安然休息，
受土地重温，烤干了身上的神秘。
高处的“正午”，纹丝不动的“正午”[③]，
由内而自我凝神，自我璀璨[④]……
完善的头脑，十全十美的宝冠，
我是你里边秘密变化的因素。[⑤]

你只有我一个担当你的恐惧！[⑥]
我的后悔和拘束，我的疑虑，
就是你宏伟的宝石发生的裂缝！[⑦] ……
但是啊，大理石底下夜色深沉，
却有朦胧的人群，靠近树根，
早已慢慢地接受了你的丰功。[⑧]

他们已经溶化成虚空的一堆，
红红的泥土吸收了白白的同类[⑨]，

---

① “空浮的梦想”指基督教不朽说的空梦。“好奇的天使”可能也是刻在石碑上的守卫神。

② 呼应第八节的“苦涩”“阴沉”，这里转为说话人（人，诗人）面对所谓“绝对”境界而欢欣。“清明”，摆脱了一切幻觉。

③ “正午”（或“中午”）原文照例是大写。

④ 无所不知的“绝对”（“太极”）的鲜明形象，与第八节形成对比。

⑤ 本节开头，说话者（诗人，生者）羡慕死者，温暖舒适，解脱了生命的永久的“神秘”，然后想到正午的完整，想到一种不容人智的不安定来搅扰的境界。说话者，人，一个相对的存在，经常不安定的，不甘屈服。他宁要生、变、冒险，宁要存在的悲剧性的使人崇高的喜悦，而不取虚无的纯洁。说话人（诗人，人）在此又面对“绝对”（“太极”，这里又表现为“正午”，太阳），却已是一个高傲的对手。

⑥ 本行重又发挥个人或自我的主题，这在以后各节里就消失了。

⑦ 因为不断追究宇宙的意义，人成为本来是完美的世界这个钻石的裂缝，但通过考虑这个世界，也就主宰了世界。

⑧ 而死者，相反，站到了虚无一边。这一节下半，又像第七节末行，从阳面转入阴面，转入降调。

⑨ “白”也含“空白”的意思，意谓这些死者都已经成了无名氏。“同类”，指泥土，符合“人是泥土造成的”说法。

生命的才华转进了花卉去舒放！
死者当年的习语、个人的风采①、
各具一格的心窍，而今何在？
蛆虫织丝在原来涌泪的眼眶。

那些女子被撩拨而逗起的尖叫，
那些明眸皓齿，那些湿漉漉的睫毛，
喜欢玩火的那种迷人的酥胸，
相迎的嘴唇激起的满脸红晕，
最后的礼物，用手指招架的轻盈，
都归了尘土，还原为一场春梦。

而你，伟大的灵魂②，可要个幻景
而又不带这里的澄碧和黄金③
为肉眼造成的这种错觉的色彩？
你烟消云散可还会歌唱不息？
得！都完了！我存在也就有空隙，
神圣的焦躁④也同样会永远不再。

瘦骨嶙峋而披金穿黑的“不朽”
戴着可憎的月桂冠冕的慰藉手，
就会把死亡幻变成慈母的怀抱，
美好的海市蜃楼，虔敬的把戏！
谁不会一眼看穿，谁会受欺——
看这副空骷髅，听这场永恒的玩笑！⑤

深沉的父老，头脑里失去了住户⑥，
身上负荷着那么些一铲铲泥土，
就是土地了⑦，听不见我们走过，

---

① 个人、个性的主题正在消失。

② “伟大的灵魂”，呼应第十三节的高傲，带讽刺意。据瓦雷里自称，“灵魂”在此指“生命的野心”。

③ “澄碧”指海，“黄金”指太阳。

④ “神圣的焦躁”指虔诚信士亟欲求得死后再生的喜悦，也可能指所谓“天才即长期的忍耐”，而瓦雷里的诗《蛇》中也有“天才！噢，长期的焦躁！”

⑤ 直接摈斥不朽说。从此以至最后接受海上将起的风暴，使整诗成为变动世界、相对世界、官能世界的赞歌。

⑥ “深沉”就是“深埋”。“住户”显然是内容（思想等等），接上节的骷髅。

⑦ “就是土地了”，变成了泥土，呼应第十五节“红红的泥土吸收了白白的同类”和第十六节“却归了尘土”。

真正的大饕，辩驳不倒的蠕虫[①]
并不是为你们石板下长眠的人众，
它就靠生命而生活，它从不离开我！

爱情吗？也许是对我自己的憎恨？
它一副秘密的牙齿总跟我接近，
用什么名字来叫它都会适宜！
管它呢！它能瞧，能要，它能想，能碰，
它喜欢我的肉，它会追随我上床，
我活着就因为从属于它这点生机！

齐诺！残忍的齐诺！伊里亚齐诺！[②]
你用一枝箭穿透了我的心窝，
尽管它抖动了，飞了，而又并不飞！
弦响使我生，箭到就使我丧命！[③]
太阳啊！……灵魂承受了多重的龟影[④]，
阿基利不动，尽管用足了飞毛腿！

不，不！……起来！投入不断的未来！[⑤]
我的身体啊，砸碎沉思的形态！
我的胸怀啊，畅饮风催的新生！
从大海发出的一股新鲜气息
还了我灵魂……啊，咸味的魄力！
奔赴海浪去，跳回来一身是劲！

对！赋予了谵狂天禀的大海，
斑斑的豹皮，绚丽的披肩上绽开
太阳的千百种，千百种诡奇的形象，
绝对的海蛇怪[⑥]，为你的蓝肉所陶醉，

---

① “大饕”，“蠕虫”，就是动、变、感知、消逝的时光之类。变、动之类在第十三节、十四节导致自傲，此处引起苦恼。

② 伊里亚齐诺（纪元前490—纪元前435），伊里亚出生的希腊哲学家，以著名的“飞箭不动论”（说飞箭每刹那都在箭程的一点上，行动等于零，零加零不会有增）和“阿基利永远追不上乌龟谕”（说追者必须在时间的每一区分里先达到被追者同时起步的地点，因此距离虽然不断缩短以至最小极限，追者永远落后于被追者），否定运动的存在，亦即否定生命本身。

③ 瓦雷里自己解释：“感使我觉（使我醒），接着是（反省，意识）刺透我。”

④ 太阳在这里比作迟迟不动的乌龟，“龟影”引起说话人（诗人）阴郁的感情。

⑤ 由上节哲学语调准备了过渡，此节表现从苦恼中脱出，重由降调转入升调，以至全诗的结束。

⑥ 蛇，在瓦雷里诗中都象征感、知、动、变等等。

还在衔着你粼粼闪光的白龙尾，
搅起了表面像寂静的一片喧嚷。

起风了！[1] ……只有试着活下去一条路！
无边的气流翻开又阖上了我的书，
波涛敢于从巉岩上溅沫飞迸！
飞去吧，令人眼花缭乱的书叶！
迸裂吧，波浪！用漫天狂澜来打裂
这片有白帆啄食的平静的房顶。[2]

（卞之琳译，选自《外国现代派作品选》
第一册，上海文艺出版社，1984 年版）

作品赏析

这片平静的屋顶上有白鸽荡漾，
它透过松林和坟丛，悸动而闪亮。
公正的“中午”在那里用火焰织成
大海，大海啊永远在重新开始！
多好的酬劳啊，经过了一番深思，
终得以放眼远眺神明的宁静！

若不是一位超凡脱俗而神游于尘嚣之上的人，若不是一位善于哲理沉思的人，若不是一位真正的诗人，断不可能写出这样的诗篇。

《海滨墓园》诗章里那种深沉、舒缓、谐和、优美的诗句如同广阔、浩荡的大海憩息在读者的面前。诗中包含的对于人生的哲理，对于宇宙奥妙的悟性捕捉的机敏和思绪的起伏跌宕，使人感到有如恬静深沉的大海波涛在安详地拍打着海滩的那种壮阔与宁静。

诗人首先是一位音乐家和画家，他善于从平凡和素朴的事物中敏锐地捕捉到那些诗意的闪光和优美的旋律，并通过精神的强力将之转化为一种诗意的境界之美；同时，在把诗意的境界传达出来的过程中，从语言的深层里去发现语言固有的音乐性，使之与从自然中捕捉到的那种天籁之声相应和、相协调。诗歌在瓦雷里那里首先是一种形式，一种幻化了的形式，即使是强劲的精神在诗中也会化成

① “起风”也象征解放。
② 回到全诗开头，首尾呼应，也互相对比。

流畅的线条、优美的图画。形式与精神相触的瞬间才形成了诗歌最完美的存在。诗歌语言表达为相对稳定的形式之后，并未变得僵化和绝对；读者对诗歌的阅读使得意义从形式中流溢出来、铺展开去。瓦雷里的诗歌具有一种“迷乱的力量”(伊夫·博纳富瓦语)，一种蓬勃生长而又难于梳理和固定的力量，任何条理和固定化的尝试都会使诗歌的生命力窒息而亡。瓦雷里的语言表达本身就是一种创造，他用细腻的画笔创造着纯诗的境界。

所谓纯诗意境的创造，是对马拉美诗歌美学的承继。它指的是将从大自然中捕捉到的闪光的东西，在哲理沉思的诱导下，在诗人睿智的头脑中凝神默想形成的一种纯正的观念（或绝对观念）；继而通过纯净的语言加以炉火纯青的艺术表达和创造，从而将物之真谛、语言之纯净和诗人之睿智机敏的哲理熔冶成为一种液体之状的言语的流溢，在一个寥廓壮美的时空中飘洒开来，凝结成一个个耀眼的星座，一片片金色的晚云，一抹抹微红的晨曦，而悠扬的音乐的旋律在其间轻轻荡漾着……这才构成真正的纯诗境界——正像瓦雷里早年所描述的那种“罩在晶莹闪烁的纹石上，那里仿佛有珠之贞洁、玑之润美织成梦丝纷飞”的朦胧仙境。诚如布勒东在《连通器》里所述：晨曦喷薄之前的阴柔之美在艺术的坩埚里将夜之各种石料熔冶时的动人心弦、狂放不羁的无穷无尽之美，一种刹那的永恒之美。诗人笔触的一切皆有生命、富于精神、闪烁着非凡的智慧之光，形成了一个深远的精神世界，一个新鲜而搏动着生命的翅翼、壮阔的超越时空、超越常人常识的美的宇宙。

瓦雷里的诗歌在超现实派的大潮中如一帆洁白的轻舟飘荡在海面上，《海滨墓园》又以其非凡的现代气质，同时兼容了古朴和风貌淡远的诗歌美学理想而具有导航的意义；从更为宏观的角度来看，瓦雷里似乎越过了西方诗学理想的界限通向东方，这体现为诗歌中沉思冥想的东方美学的特点。这一特点无疑又为诗歌现代性的阐释提供了另一种新鲜的视角。

《海滨墓园》是以一种具有浓重主观色彩的表达方式呈现的。在其苦心孤诣营造的精妙的形式背后，在其重叠婀娜的意象背后，隐藏着深邃的哲理沉思；这种哲理沉思在不同的角度和层次都体现出象征主义诗章的魅力。

诗人将一个“瓦雷里的世界”置于外部世界——海滨墓园——这一特定的能够照耀心灵生命的视点之上。置身于“海滨墓园”这一诗歌场景，并非邀约读者进入如画的大自然景色，而是引导读者透过自然景观去领悟一个丰富广阔的“自我”心境。“海滨墓园”转化成了人的“生存环境”，然而其所表现的“虚无”与存在主义哲学的“虚无”有着本质的区别。瓦雷里的哲思凭借直觉，很大程度上以辩证形式支配着诗歌的审美表达。

《海滨墓园》毕竟是一首独特的抒情诗，哲学的思考仅为其提供了创作的契机。从第二节到第八节，大海在诗人的面前展现，鼓动诗人想象的翅膀，诗人在绝对“自我”的精神中游弋、飞翔。童年时代对大海的印象闪现于诗人的头脑之中，给诗人以灵感的启迪和广博的胸怀。大海幻化成了一般人所见不到的大海的意象。然而，无论是夸张的海、变形的海，还是抽象的海，那海是如此顽固地与绝对的“自我”融为一体。从第十节到第二十节，诗人展示墓地给生者带来的幻象、意境、启示和哲理。在对墓地的感想感受中，先前的那种绝对的“自我意识”消失了，代之而起的是“他人意识”。诗人站在他人（生者）的立场上凝视墓园，而不是由“死者”自己说话，这与诗人认为无生命者不为人的思想是相符合的。死亡在诗人眼里是一种“虚无”，而诗中频频燃烧起的生命热望，则正是艺术化了的“存在”。

这是一部“供人咀嚼的”（培根语）作品。诗中运用了许多引申词义、隐语、典故和象征意象，这对于读者，尤其是东方读者无疑是一种挑战。尽管如此，《海滨墓园》还是保持了诗歌艺术通常具备的表达结构：位于“感海”“感墓”两大结构之间的第九节，是一种由海到墓的空灵自如的过渡；紧接以上两大结构之后的第二十二、二十三两节，着意于咏叹人生；全诗的第一节和最后一节，则是进入内心世界的超验过程和走出内心世界的超脱过程的两端。两个过程一启一合，互相照应，将一个意象纷繁的象征艺术诗篇纳入整体和谐的美学体系。

《海滨墓园》是瓦雷里跳出自我的实际行为，他尽可能地接近一个我们不在的世界。在这个世界里，诗人从一切有限行为中退出，处于永恒的困倦状态：梦想将一种纯诗行为持续下去的困倦状态；但是这种退出是以神圣的智性来丰富、以理性的规律来支撑的，“微弱的烛光在其密室的幽暗里颤抖着，集中了将一切存在加以映照的上帝的灵光”（伊夫·博纳富瓦语）。瓦雷里心甘情愿地生活在一个无生无死、万物宁静的世界里，他的伟大的冒险无非是捕捉苍茫黑夜中的单纯而又轻柔的、远离实际的诗情画意。当诗人在阳光下感到有倦意时，忆及那滴沥着的感觉的幸福与倦怠时，他在其诗境中安睡了，照耀他的是类似于动物和植物安享着的阳光。然而睡者是一个幽影，是一个通向梦幻的影子；梦幻是无物质性的，诗人的行为不会将存在的完美表皮弄皱，因为他的心灵就是将人的实际行为看作非实在的境界。这种感觉是如此的轻易、基本、纯真，因而能够在心灵里驾驭万物：《海滨墓园》所描述的是一片永恒之海，迎着长风，浴着阳光。置身于此，你会触及知解性，被物质所纷扰的痛苦，迅疾回归于观念之庐。

瓦雷里的诗篇是幻觉的整体，或充满渎神的不羁，或是卿卿我我的缠绵，或有位于穷途的凄怆。存在的现实或许可以抵挡住诗意的魅力，但人们能记住瓦雷里的什么呢？无非是其诗歌艺术本身：在这里，一个公正的中午，海滨墓园，纯真的心灵感觉触及抽象的思维，彼此相互无尽地转换交流着，千奇百怪的幻象蓦然涌现。“瓦雷里再一次选择了他所喜欢的洁白的哀愁和热烈的非现实”，他完全进入了一种心醉神迷的状态，“这一切都通向着死亡并触及着纯澈的思想”。

超现实派的领袖安德烈·布勒东认为，瓦雷里是能够确证19世纪和20世纪之间联系的独一无二的诗人。这种评价是否夸张毋庸置疑，但其诗作的不可重复模仿却是不争的事实。

（朱正文）

在一个地铁车站

［美］庞德

埃兹拉·庞德（Ezra Pound，1885—1972）是美国著名诗人兼评论家。他生于爱达荷州的一个职员家庭，曾在宾夕法尼亚大学攻读罗曼语言文学。1908年至1920年，他居住在伦敦，和他周围的一批诗人、作家一起发起了意象派运动，推动着英美诗歌朝现代派方向转变。他们从中国、日本的诗歌中汲取了许多有益的东西，以具体清晰的意象来表现主观的冲动。庞德认为“意象”表现的是“在一刹那时间里理智和情感的复合”。他为意象派诗歌做了大力宣传，并极力阐明他关于意象和意象派诗歌的观点。他后来脱离意象派，参加了漩涡派的活动。1920年他去巴黎，后又去意大利定居。第二次世界大战期间，他在罗马电台为墨索里尼政权做反美宣传，战后被美军俘获，在美国受审时未定罪而被送入精神病院，12年以后才经文学界名人奔走呼吁而被宣告无罪。后来一直居住在意大利。

庞德的主要作品有长诗《诗章》（1925—1959），组诗《休·赛尔温·莫伯利》（1919）等。他的著名短诗《在一个地铁车站》（1914）是一首典型的意象派诗歌。

庞德有很高的文学鉴赏力，艾略特、乔伊斯、海明威等名作家都是在他扶植和帮助下取得了最初的文学成就的。

作品

人群中这些面孔幽灵一般显现；
湿漉漉的黑色枝条上的许多花瓣。
（杜运燮译，选自《象征主义·意象派》，中国人民大学出版社，1989年版）

作品赏析

关于这首诗，庞德1916年在《高狄埃-布热泽斯卡：回忆录》中说："三年前在巴黎，我在协约车站走出了地铁车站，突然间，我看到了一个美丽的面孔，然后又看到一个，然后是一个美丽儿童的面孔，然后又是一个美丽的女人，那一天我整天努力寻找能表达我的感受的文字，那个晚上……我还在努力寻找的时候，忽然我找到了表达方式。并不是说我找到了一些文字，而是出现了一个方程式。……不是用语言，而是用许多颜色小斑点。……这种'一个意象的诗'，是一个叠加形式，即一个概念叠在另一个概念之上。我发现这对我为了摆脱那次在地铁的情感所造成的困境很有用。我写了一首三十行的诗，然后销毁了……六个月以后，我写了一首比那首短一半的诗，一年后我写了（这）日本和歌式的诗句。"

以上资料表明了这首《在一个地铁车站》的成诗过程。从这个成诗过程我们可以看出，庞德试图寻找一种新的方式，把他在一个特定环境下突然间看到的事物和产生的感受写下来。庞德的诗歌创作受中国诗歌形式和理论的影响很深。他倡导的意象派运动从中国诗歌中的意象、意境中汲取了很多养分。中国诗歌中的形象往往含有无穷的意味，并不局限于对客观事物的表面描述。而且中国诗歌经常在前后两句诗句中并置两个表面上看来并无直接联系的形象，如"春蚕到死丝方尽，蜡炬成灰泪始干"中吐丝的春蚕和淌烛泪的蜡烛，表面上看来并无多少相干之处，但是上升为意象之后，这二者都意味着对爱情的忠贞不渝和至死不变的执着精神，从而使二者前后呼应，一致传达出含有哲理意义的思考和深如大海的情怀。这也就是庞德在回答意象是什么时所说的"在一刹那时间里理智和情感的复合"。

就在写这首诗的时候，庞德得到了美国诗人、东方学家费诺罗萨跟随日本学者学习中国古典诗歌时所做的笔记。这些笔记包括一百五十首汉诗，每首诗都有汉语原文、日文读音、每个汉字的英语译义和串解。庞德凭着他的诗歌天赋，并借助于费诺罗萨的注解，很快就从这些汉诗中感受到中国诗歌的魅力。意象并置，靠意象意味的内在联系的一致性，而不是靠形象之间表面的逻辑联系，来实现诗歌意义的深化，这是庞德深得中国诗歌真谛的重要方面。他在翻译中国古典诗歌的实践中，进一步认识到这种方法的长处，于是他把这种方法引入他的意象主义诗歌创作中。

这首《在一个地铁车站》就是把幽灵般显现的面孔和湿漉漉的黑色枝条上的花瓣这两个意象并置。面孔和花瓣作为形象来说，表面上看不出有什么逻辑联系，但是作为意象，就包含着内在意味的一致性。地铁车站里人头攒动，像幽灵一般不断地冒出一张张新的面孔，而且不时夹杂着一张张摩登漂亮的女人面孔和焕发着稚气、聪颖的孩童面孔，这是现代大都市特有的景象，也只有在像巴黎、伦敦、纽约这样拥有庞大地铁网和繁忙地铁车站的大城市里才能看到。庞德作为美国人，又在伦敦待过，在巴黎的这个地铁车站看到的景象对他来说也许并不新鲜。但是，即使司空见惯的景象，在一时之间的冲动之下，也会有不同寻常的感触，更何况把这样的景象作为诗歌题材，毕竟是一种与以往诗歌表现领域不同的新尝试。这是他为发掘都市之美而做出的努力。

但是，要表述都市之美，千言万语说不尽。如何在诗歌中用最简洁的语言，把最丰富的感情、最深的感触表述出来，是庞德思考的问题。中国的诗论一再强调“意在言外”“言有尽而意无穷”，中国诗歌中又有那么多用有限语言来表达无限意味的实例，这对日益感到语言贫乏的20世纪西方文人来说，无疑触发了他们新的灵感。海明威所倡导的“冰山原则”要求作品的文字和其含义之比应该像漂浮在海上的冰山，八分之一露出在海面上，八分之七隐藏在水底下。接受美学和读者反应批评也要求读者从确定的文本中不断发现许多不确定的含义，换句话说，也就是从有限的文本中发现无限的意义。当然，要使有限的文字包含无穷的意味，光靠读者去发现是远远不够的，更主要的是要靠如何使用具有更大张力的文字。这就要看作者的文字素养和艺术素养。庞德具有很高的艺术鉴赏力和感受能力，因而能悟出自己创作中的不足之处。开始他将这首诗写成了三十行，但他羞于将文字上缺乏张力的作品拿出来，于是将它销毁了。六个月以后，他将诗写成了十四五行，但还是感到不满意。因为人们一时的感触往往尽在不言中，无法用语言来表达，但是诗歌作为语言艺术，总还是要借助于一定的语言形式。可是如果语言少了，没有找到真正具有张力的语言形式，势必难以使人领悟到文字背后所包含的无穷意味；如果语言多了，即使你已经找到了具有张力的语言形式，也会使这种形式的张力受到限制。所以，庞德经过一年的推敲和琢磨，终于写出了这首只有两句诗句的诗歌，并置两个意象。

诗歌的第二句“湿漉漉的黑色枝条上的许多花瓣”是一个明暗色调形成鲜明对照的造型。湿漉漉的黑色枝条是暗色调，是花瓣的背景。去过巴黎地铁的人都会明白，巴黎的地铁站不像北京、上海的那样，建筑宏伟，灯火辉煌。相比之下，巴黎的地铁站显得幽暗、潮湿。这正是一张张显现出来的清晰面孔的模糊背景。这句诗中的花瓣，诗人虽然没有道明什么颜色，但是按照常规的理解，花瓣总是颜色鲜艳、色彩斑斓的。所以这明色调的花瓣在暗色调的背景衬托之下显得格外耀眼。尤其是湿漉漉的枝条意味着刚下过雨或至少树枝和花瓣上都浸透着露水，这时的花瓣会显得格外水灵，格外可爱，格外有情，就像中国诗人能在带水珠的芍药花上看出“有情芍药含春泪”来那样。用这样的美好事物来比喻庞德一刹那间在地铁站的过往行人中看到的美，是再贴切不过的了，其中所包含的张力是无穷的。我们可以把这首诗理解为歌咏城市繁忙喧闹的生活中转瞬即逝的美，可以理解为暗示成天在钢筋水泥建筑中奔波的人们对美好自然的向往，也可以理解为表现过往人群的动态美中所包含的花瓣一样的静态美，还可以理解为……总之，两个意象的叠加，产生了无穷的意味。

（杨恒达）

蜜腊波桥

[法] 阿波利奈尔

纪尧姆·阿波利奈尔（Guillaume Apollinaire，1880—1918），法国诗人，兼有象征主义、超现实主义、立体主义、未来主义等多种诗歌艺术倾向。他1880年8月生于罗马，母亲是一个波兰贵族，名叫昂盖丽卡·德·柯斯特罗维茨基。他从来不知道父亲是谁，也不知道父亲的名字，于是就临时随便胡编了一些有身份的父亲，如自称是王公、主教甚至教皇的私生子。他小时候在摩纳哥和法国南部的教会学校上学。后来当过一阵贵族家庭的家庭教师。他在巴黎当过小职员、小伙计，并以写作为生。1911年他曾被错当成偷盗卢浮宫《蒙娜丽莎》画像的窃贼遭短期拘留。1914年，他虽无法国国籍，却志愿参加法国军队到前线作战，于1917年头部中弹严重受伤。痊愈后与一女子结婚，半年后死于流感。

阿波利奈尔是一个才华横溢的诗人。作品有诗集《动物小唱》（1911）、《醇酒集》（1913）、《被杀害的诗人》（1916）、《美好的文字》（又译《图像诗》，1918）等，还有剧作《蒂雷西亚的乳房》（1917）和评论集《美学深思录》（1913）。尤其《醇酒集》和《美好的文字》被认为是两部对法国现代诗发展影响极为深远的诗集。

作品

塞纳河在蜜腊波桥下流
　　流走我们的恋人
　　　难道我非要记住

欢乐总在痛苦后

　　让黑夜降临晚钟敲响
　　岁月逝去我留下

让我们手拉手面对面站立
　　此刻桥下流波
　　　从我们的怀抱里
在永恒的凝视中疲惫地奔离

　　让黑夜降临晚钟敲响
　　岁月逝去我留下

爱情逝去了如流水一般
　爱情逝去了
　　只缘生活的迟缓
和强烈的期盼

　　让黑夜降临晚钟敲响
　　岁月逝去我留下

岁月流逝一天又一周
　既无往昔时光
　亦无恋者回头
塞纳河在蜜腊波桥下流

　　让黑夜降临晚钟敲响
　　岁月逝去我留下

（杨恒达译）

作品赏析

此诗是阿波利奈尔1913年发表的诗集《醇酒集》中的一首。全诗一共有正诗4节，每节之后都重复两句同样的诗句，起主旋律一般的作用。诗中所写的蜜腊波桥是巴黎埃菲尔铁塔以西塞纳河上的第三座桥，在桥上可以清楚地看到矗立在东方的雄伟铁塔。蜜腊波桥并不在巴黎城的最中心地带，但是因为阿波利奈尔的这首诗而闻名世界。

巴黎是一个热闹非凡的城市。但是一个人独处时，也许周围越热闹，就越感到孤独。尤其当你独自望着滚滚而去的塞纳河，一种“逝者如斯夫”的感触会油然而生。诗歌借塞纳河上的蜜腊波桥这个场景，作为永恒与流逝的对照。周围的一切都在消逝：塞纳河水在不断流逝；桥上过往的恋人们来了又去，他们即使自己不分开，岁月也会让他们分离，他们都会像流水一般逝去；因为爱情那种强烈的期盼适应不了生活的缓慢节拍，最终的消逝也是必然的；岁月在一天一周地过去，无论是往昔的时光还是往日的恋者，都不会再回头，一切都随塞纳河水而去。相对于流逝的一切，诗歌为我们呈现了所有这一切流逝物的见证，这就是这座蜜腊波桥。诗歌一上来说“塞纳河在蜜腊波桥下流”，然后在正诗的最后一句又重复了这句话，造成一种呼应，让塞纳河上的蜜腊波桥不变地挺立在那里，象征永恒。

诗中多次出现第一人称的“我”和“我们”。这里的“我”既是作者或叙述者，又是蜜腊波桥。作者将蜜腊波桥拟人化，并将自我融入，直至最后难分难解，说不清这个“我”究竟是作者或叙述者，还是蜜腊波桥，所以诗中出现了“我们”，统称代表作者或叙述者的“我”和代表蜜腊波桥的“我”。

代表作者或叙述者的“我”向往永恒，向往像蜜腊波桥一样成为人间一切过眼烟云的见证，所以他说：“塞纳河在蜜腊波桥下流/流走我们的恋人”，把自己和蜜腊波桥一起称为“我们”。接下来他说：“难道我非要记住/欢乐总在痛苦后”，作为一种永恒，对于人间的悲欢离合早已司空见惯，所以关于欢乐和痛苦的交替非要刻意地去记住吗？“让我们手拉手面对面站立”表明了代表作者或叙述者的“我”希望全身心地和蜜腊波桥融合的姿态，所以接下来几句，桥下的流波已经是从“我们”共同的“怀抱里”，在共同的“永恒的凝视中”“奔离”。流波的奔离也是带有拟人化色彩的，因为它是“疲惫地奔离”，也许是人间的所有那些悲欢离合搞得它十分疲惫，象征爱的怀抱让人难舍难分，但是流水无情，岁月无情，它终究还是要去的。爱情跟这流水一样。生活总是在慢慢张开怀抱，试图包容一切，但是这与爱情的热切期盼无法协调，所以爱情还是逝去了。过去的时光和过去的恋人都不会回头。只有“我”和蜜腊波桥留下，长存于此。

正因为代表作者或叙述者的“我”向往像蜜腊波桥一样成为永恒，和蜜腊波桥融为一体，我们也可以把诗歌中的所有“我”从一开始就全都直接理解为蜜腊波桥。作者是以蜜腊波桥的口气说话，并让蜜腊波桥把自己和作者一起称为“我们”。这样诗歌就更以一种超脱的眼光看世界，代表了一种超越人类局限的倾向。例如，在每一节后面主旋律式的两句重复吟唱中，表达了对世俗理想的超越。人类一般向往白昼，寄希望于光明。正缘于此，德国浪漫主义诗人诺瓦利斯的散文诗《夜的颂歌》才遭到诸多批评。诺瓦利斯在诗中说：

> 早晨非得总是回来吗？世俗的权力永无止境吗？不受天主祝福的忙碌消耗掉夜从天国的降临。爱的秘密献祭决然不会永远焚烧？光，有它的时间；而夜的统治却无时空之限。

诺瓦利斯在这里不希望意味着世俗生活的早晨回来，把夜看作没有时空的永恒，而且同宗教观念联系起来。但是，诺瓦利斯并不因为向往黑夜（或者更准确一点说，向往永恒，向往精神的永恒）就该受到批评，甚至被视为是“反动的”。他对黑夜、对永恒的向往恰恰高于常人的境界，是对人类世俗倾向的超越。至于阿波利奈尔，虽然在他的诗中看不出诺瓦利斯那样的宗教情绪，但是期盼黑夜则是出于同诺瓦利斯相似的气质和理想。阿波利奈尔更是通过主旋律式的两个诗句的反复吟唱，以蜜腊波桥的口气，表达了永恒与超越的主题。

阿波利奈尔虽然发明了“超现实主义”一词，但是他在这首诗中采用的诗歌艺术主要还是浪漫主义和象征主义的结合。诗中既有对流逝的一切，包括对流水、恋人、爱情、时光的浪漫主义的感叹，感情真挚，语言流畅自然，也有象征主义对象征性、音乐性的强调。不仅“蜜腊波桥”是一个象征，“黑夜”也是一个象征，其他如流水、爱情、恋人等都带有一定的象征意味，流水象征失去的爱情，爱情和恋人象征世俗生活。诗中对音乐性的强调更是煞费苦心。整首诗就好像是一个独唱与合唱的组合，四节正诗好似独唱，唱出了对一切流逝的感叹，每节后反复吟唱的两个诗句好似合唱，以雄浑坚定的声音唱出了永恒的普遍性，通过反复吟唱，使这两句主旋律般的句子始终萦绕在人们的耳边。从这首诗的法文原文我们可以看到，它的韵律十分工整匀称，四句正诗都是一、三、四行押韵，每句后反复吟唱的两句都押“eure”的音。这首诗还有民歌风格，四节正诗原来应该每节三行，每行都是五音步，但是诗人把第二行拆成两行，第二行成了两个音步，第三行三个音步，第一行和最后一行仍是五音步，这样，读起来更加抑扬顿挫，具有独特的音乐性。全诗不使用标点符号，也体现了阿波利奈尔创作的特点，给读者以更多参与的空间。

（杨恒达）

变形记

[奥地利] 卡夫卡

弗朗茨·卡夫卡（Franz Kafka，1883—1924）是 20 世纪世界文学中一颗璀璨的明珠，生前发表作品不多，但是身后从 30 年代开始，名声越来越大，其独特的艺术风格和创作手法影响了一大批作家。

卡夫卡出生在布拉格一个说德语的犹太服饰与日用品商人家庭。他的一生非常平稳，从小学到中学，再到大学，直至在保险公司当职员，一切都按部就班。他一生都居住在布拉格，只是因旅游或出差才偶尔离开一下。他在 41 年短暂的人生中，倒是赶上了第一次世界大战，但是他却远离战争，照常过着他那种平淡无奇的生活。直到 30 多岁，他还同父母住在一起，对父母有很强的依赖性。他一直想摆脱这种依赖，走自己的道路，但是却一再犹豫，下不了决心。他甚至在恋爱问题上也表现出这种犹豫，直至因病去世时还是独身。

他的主要代表作是未完成的长篇小说《审判》（1914—1918）、《城堡》（1922）及短篇小说《变形记》（1912）等。

作品梗概

小职员格里高尔·萨姆沙一天清晨醒来，突然发现自己变成了一只很大的甲壳虫，硕大的身子上长着许多小细腿。特别令他痛苦的是，他的头脑还像以前一样清醒地思考问题，也能听懂别人的谈话，而在其他方面，他却只有甲壳虫的特性了。他本来是家里的顶梁柱，全家主要靠他的收入维持生计，现在这样一来，一切都完了。他的母亲因同情而昏厥，父亲气得直揍他，有一次拿苹果砸他，一只苹果嵌进他背上的肉内，因无法取出而变质腐烂。他的妹妹开始对他还不错，每天悄悄给他送来吃的东西，但时间长了就感到他不再是她哥哥，开始讨厌他。而他自己也表现出种种令人讨厌的甲虫特性，开始还老老实实地躺在沙发底下，后来干脆在墙上、天花板上到处乱爬，无处不留下他那肮脏的痕迹。后来，家里的人对他的存在已不再那么关心，他的房间也成了堆废物、垃圾的地方，格里高尔终于在冷漠的气氛中无声无息地死去了。全家人为摆脱了这么一个累赘而松了一口气，决定坐车出去郊游一次，以示庆祝，并考虑起其他的种种打算。

作品节选

一

一天早晨，格里高尔·萨姆沙从不安的睡梦中醒来，发现自己躺在床上变成了一只巨大的甲虫。他仰卧着，那坚硬得像铁甲一般的背贴着床。他稍稍抬了抬头，便看见自己那穹顶似的棕色肚子分成了好多块弧形的硬片，被子几乎盖不住肚子尖，都快滑下来了。比起偌大的身躯来，他那许多只腿真是细得可怜，都在他眼前无可奈何地舞动着。

“我出了什么事啦?”他想。这可不是梦。他的房间，虽是嫌小了些，的确是普普通通人住的房间，如今仍然安静地躺在四堵熟悉的墙壁当中。在摊放着打开的衣料样品——萨姆沙是个旅行推销员——的桌子上面，还是挂着那幅画，这是他最近从一本画报上剪下来装在漂亮的金色镜框里的。画的是一位戴皮帽子围皮围巾的贵妇人，她挺直身子坐着，把一只套没了整个前臂的厚重的皮手筒递给看画的人。

格里高尔的眼睛接着又朝窗口望去，天空很阴暗，可以听到雨点敲打在窗槛上的声音，他的心情也变得忧郁了。“要是再睡一会儿，把这一切晦气事统统忘掉该多好。”他想，但是完全办不到，平时他习惯于侧向右边睡，可是在目前的情况下，再也不能采取那样的姿态了。无论怎样用力向右转，他仍旧滚了回来，肚子朝天。他试了至少一百次，还闭上眼睛免得看到那些拼命挣扎的腿，到后来他的腰部感到一种从未体味过的隐痛，才不得不罢休。

“啊，天哪，”他想，“我怎么单单挑上这么一个累人的差使呢！长年累月到处奔波，比坐办公室辛苦多了，再加上还有经常出门的烦恼，担心各次火车的倒换，不定时而且低劣的饮食，萍水相逢的人也总是些泛泛之交，不可能有深厚的交情，永远不会变成知己朋友。让这一切都见鬼去吧!”他觉得肚子有点痒，就慢慢地挪动身子，靠近床头，好让自己头抬起来更容易些；他看清了发痒的地方，那儿布满着白色的小斑点，他不明白这是怎么回事，想用一条腿去搔一搔，可是马上又缩了回来，因为这一碰使浑身起了一阵寒战。

他又滑下来恢复到原来的姿势。“起床这么早，”他想，“会使人变傻的。人是需要睡觉的。别的推销员生活得像贵妇人。比如，当我有一天上午赶回旅馆里登记取回的定货单时，别的人才坐下来吃早餐。我若是跟我的老板也来这一手，准定当场就给开除。也许这样对我倒更好一些，谁说得准呢。如果不是为了父母亲而总是谨小慎微，我早就辞职不干了，我早就会跑到老板面前，把肚子里的气出个痛快。那个家伙准会从写字桌后面直蹦起来！他的工作方式也真奇怪，总是那样居高临下坐在桌子后面对职员发号施令，再加上他的耳朵又偏偏重听，大家不得不走到他跟前去。但是事情也未必毫无转机；只要等我攒够了钱还清父母欠他的债——也许还得五六年——，可是我一定能做到。到那时我就会时来运转了。不过眼下我还是起床为妙，因为火车五点钟就要开了。”

他看了看柜子上滴滴答答响着的闹钟。“天哪！”他想道。已经六点半了，而时针还在悠悠然向前移动，连六点半也过了，马上就要七点差一刻了。闹钟难道没有响过吗？从床上可以看到闹钟明明是拨到四点钟的，显然它已经响过了。是的，不过在那震耳欲聋的响声里，难道真的能安宁地睡着吗？嗯，他睡得并不安宁，可是却正说明他还是睡得不坏。那么他现在该干什么呢？下一班车七点钟开；要搭这一班车他得发疯一般赶才行，可是他的样品都还没有包好，他也觉得自己的精神不甚佳。而且即使他赶上这班车，还是逃不过上司的一顿申斥，因为公司的听差一定是在等候五点钟那班火车，这时早已回去报告他没有赶上了。那听差是老板的心腹，既无骨气又愚蠢不堪。那么，说自己病了行不行呢？不过这将是最最不愉快的事，而且也显得很可疑，因为他服务五年以来没有害过一次病。老板一定会亲自带了医药顾问一起来，一定会责怪他的父母怎么养出这样懒惰的儿子，他还会引证医药顾问的话，粗暴地把所有的理由都驳掉，在那个大夫看来，世界上除了健康之至的假病号，再也没有第二种人了。再说今天这种情况，大夫的话是不是真的不对呢？格里高尔觉得身体挺不错，只除了有些困乏，还在如此长久的一次睡眠以后实在有些多余，另外，他甚至觉得特别饿。

这一切都飞快地在他脑子里闪过，他还是没有下决心起床——闹钟敲六点三刻了。这时，他床头后面的门上传来了轻轻的一下叩门声。“格里高尔，”一个声音说，这是他母亲的声音，“已经七点差一刻了。你不是还要赶火车吗？”好温和的声音！格里高尔听到自己的回答声时却不免大吃一惊。没错，这分明是他自己的声音，可是却有另一种可怕的叽叽喳喳的尖叫声同时发了出来，仿佛是陪音似的，使他的话只有最初几个字才是清清楚楚的，接着马上就受到了干扰，弄得意义含混，使人家说不上到底听清楚没有。格里高尔本想回答得详细些，好把一切解释清楚，可是在这样的情形下他只得简单地说："是的，是的，谢谢你，妈妈，我这会儿正在起床呢。"隔着木门，外面一定听不到格里高尔声音的变化，因为他母亲听到这些话也满意了，就拖着步子走了开去。然而这场简短的对话使家里人都知道格里高尔还在屋子里，这是出乎他们意料之外的，于是在侧边的一扇门上立刻就响起了他父亲的叩门声，很轻，不过用的却是拳头。"格里高尔，格里高尔，"他喊道，"你怎么啦?"过了一小会儿他又用更低沉的声音催促道："格里高尔！格里高尔！"在另一侧的门上他的妹妹也用轻轻的悲哀的声音问："格里高尔，你不舒服吗？要不要什么东西?"他同时回答了他们两个人："我马上就好了。"他把声音发得更清晰，说完一个字过一会儿才说另一个字，尽力使他的声音显得正常。于是他父亲走回去吃他的早饭了，他妹妹却低声地说："格里高尔，开开门吧，求求你。"可是他并不想开门，所以暗自庆幸自己由于时常旅行，他养成了晚上锁住所有门的习惯，即使回到家里也是这样。

首先他要静悄悄地不受打扰地起床，穿好衣服，最要紧的是吃饱早饭，再考虑下一步该怎么办，因为他非常明白，躺在床上瞎想一气是想不出什么名堂来的。他还记得过去也许是因为睡觉姿势不好，躺在床上时往往会觉得这儿那儿隐隐作痛，及至起来，就知道纯属心理作用，所以他殷切地盼望今天早晨的幻觉会逐渐消逝。他也深信，他之所以变声音不是因为别的而仅仅是重感冒的征兆，这是旅行推销员的职业病。

要掀掉被子很容易，他只需把身子稍稍一抬，被子就自己滑下来了。可是下一个动作就非常之困难，特别是因为他的身子宽得出奇。他得要有手和胳臂才能让自己坐起来；可是他有的只是无数细小的腿，它们一刻不停地向四面八方挥动，而他自己却完全无法控制，他想屈起其中的一条腿，可是它偏偏伸得笔直；等他终于让它听从自己的指挥时，所有别的腿却莫名其妙地乱动不已。"总是呆在床上有什么意思呢。"格里高尔自言自语地说。

他想，下身先下去一定可以使自己离床，可是他还没有见过自己的下身，脑子里根本没有概念，不知道要移动下身真是难上加难，挪动起来是那样的迟缓；所以到最后，他烦死了，就用尽全力鲁莽地把身子一甩，不料方向算错，重重地撞在床脚上，一阵彻骨的痛楚使他明白，如今他身上最敏感的地方也许正是他的下身。

于是他就打算先让上身离床，他小心翼翼地把头部一点点挪向床沿。这却毫不困难，他的身躯虽然又宽又大，也终于跟着头部移动了。可是，等到头部终于悬在床边上，他又害怕起来，不敢再前进了，因为，老实说，如果他就这样让自己掉下去，不摔坏脑袋才怪呢。他现在最要紧的是保持清醒，特别是现在；他宁愿继续呆在床上。

可是重复了几遍同样的努力以后，他深深地叹了一口气，还是恢复了原来的姿势躺着，一面瞧他那些细腿在难以置信地更疯狂地挣扎；格里高尔不知道如何才能摆脱这种荒唐的混乱处境，他就再一次告诉自己，呆在床上是不行的，最最合理的做法还是冒一切危险来实现离床这个极渺茫的希望。可是同时他也没有忘记提醒自己，冷静地、极其冷静地考虑到最最微小的可能性还是比不顾一切地蛮干强得多。这时，他尽力集中眼光望向窗外，可是不幸得很，早晨的浓雾把狭街对面的房子也都裹上了。看来天气一时不会好转，这就使他更加得不到鼓励和安慰了。“已经七点钟了，”闹钟再度敲响时，他对自己说，“已经七点钟了，可是雾还这么重。”有片刻工夫，他静静地躺着，轻轻地呼吸着，仿佛这样一养神什么都会恢复正常似的。

可是接着他又对自己说：“七点一刻前我无论如何非得离开床铺不可。到那时一定会有人从公司里来找我，因为不到七点公司就开门了。”于是他开始有节奏地来回晃动自己的整个身子，想把自己甩出床去。倘若他这样翻下床去，可以昂起脑袋，头部不至于受伤。他的背似乎很硬，看来跌在地毯上并不打紧。他最担心的还是自己控制不了的巨大响声，这声音一定会在所有的房间里引起焦虑，即使不是恐惧。可是，他还是得冒这个险。

当他已经半个身子探到床外的时候——这个新方法与其说是苦事，不如说是游戏，因为他只需来回晃动，逐渐挪过去就行了——他忽然想起如果有人帮忙，这件事该是多么简单。两个身强力壮的人——他想到了他的父亲和那个使女——就足够了；他们只需把胳臂伸到他那圆鼓鼓的背后，抬他下床，放下他们的负担，然后耐心地等他在地板上翻过身来就行了，一碰到地板他的腿自然会发挥作用的。那么，姑且不管所有的门都是锁着的，他是否真的应该叫人帮忙呢？尽管处境非常困难，想到这一层，他却禁不住透出一丝微笑。

…………

可是格里高尔才说头几个字，秘书主任就已经在踉跄倒退，只是张着嘴唇，侧过颤抖的肩膀直勾勾地瞪着他。格里高尔说话时，他片刻也没有站定，却偷偷地向门口踅去，眼睛始终盯紧了格里高尔，只是每次只移动一寸，仿佛存在某项不准离开房间的禁令一般。他好不容易退入了前厅，他最后一步跨出起居室时动作好猛，真像是他的脚跟给火烧着似的。他一到前厅就伸出右手向楼梯跑去，好似那边有什么神秘的救星在等待他。

格里高尔明白，如果要保住他在公司里的职位，不想砸掉饭碗，那就决不能让秘书主任抱着这样的心情回去。他的父母对这一点还不太了然；多年以来，他们已经深信格里高尔会在这家公司里要呆上一辈子的，再说，他们的心思已经完全放在当前的不幸事件上，根本无法考虑将来的事。可是格里高尔却考虑到了。一定得留住秘书主任，安慰他，劝告他，最后还要说服他；格里高尔和他一家人的前途全系在这上面呢！只要妹妹在场就好了！她很聪明；当格里高尔还安静地仰在床上的时候她就已经哭了。总是那么偏袒女性的秘书主任一定会乖乖地听她的话；她会关上大门，在前厅里把他说得不再惧怕。可是她偏偏不在，格里高尔只得自己来应付当前的局面。他没有想到自己的身体究竟有什么活动能力，也没有想一想他的话人家仍旧很可能听不懂，而且简直根本听不懂，就放开了那扇门，挤过门口，迈步向秘书主任走去，而后者正可笑地用两只手抱住楼梯的栏杆；格里高尔刚要摸索可以支撑的东西，忽然轻轻喊了一声，身子趴了下来，他那许多只腿着了地。还没等全部落地，他的身子已经获得了安稳的感觉，从早晨以来，这还是第一次；他脚底下现在是结结实实的地板了；他高兴地注意到，他的腿完全听从指挥了；它们甚至努力地把他朝他心里所想的任何方向带去；他简直要相信，他所有的痛苦总解脱的时候终于快来了。可是就在这一瞬间，当他摇摇摆摆一心想动弹的时候，离他不远，事实上就躺在他前面地板上的母亲，本来似乎已经完全瘫痪，这时却霍地跳了起来，伸直两臂，张开了所有的手指，喊道："救命啊，老天爷，救命啊！"一面又低下头来，仿佛想把格里高尔看得更清楚些，同时又偏偏身不由己地一直往后退，根本没顾到她后面有张摆满了食物的桌子；她撞上桌子，又糊里糊涂倏地坐了上去，似乎全然没有注意她旁边那把大咖啡壶已经打翻，咖啡也汩汩地流到了地毯上。

"妈妈，妈妈。"格里高尔低声地说道，抬起头来看着她。这时他已经完全把秘书主任撇在脑后；他的嘴却忍不住咂巴起来，因为他看到了淌出来的咖啡。这使他母亲再一次尖叫起来。她从桌子旁边逃开，倒在急忙来扶她的父亲的怀抱里。可是格里高尔现在顾不得他的父母；秘书主任已经在走下楼梯了，他的下巴探在栏杆上扭过头来最后回顾了一眼。格里高尔急走几步，想尽可能追上他；可是秘书主任一定是看出了他的意图，因为他往下蹦了几级，随即消失了；可是他还在不断地叫喊"噢"，回声传遍了整个楼梯。

不幸得很，秘书主任的逃走仿佛使一直比较镇定的父亲也慌乱万分，因为他非但自己不去追赶那个人，反而阻拦格里高尔去追逐，他右手操起秘书主任连同帽子和大衣一起留在一张椅子上的手杖，左手从桌子上抓起一张大报纸，一面顿脚，一面挥动手杖和报纸，要把格里高尔赶回到房间里去。格里高尔的恳求全然无效，事实上别人根本不理解；不管他怎样谦恭地低下头去，他父亲反而把脚顿得更响。另一边，他母亲不顾天气寒冷，打开了一扇窗子，双手掩住脸，尽量把身子往外探。一阵劲风从街上刮到楼梯，窗帘掀了起来，桌上的报纸吹得啪嗒啪嗒乱响，有几张吹落在地板上。格里高尔的父亲无情地把他往后赶，一面嘘嘘叫着，简直像个野人。可是格里高尔还不熟悉怎么往后退，所以走得很慢。如果有机会掉过头，他能很快回进房间的，但是他怕转身的迟缓会使他父亲更加生气，他父亲手中的手杖随时会照准他的背上或头上给予狠狠的一击的。到后来，他竟不知怎么办才好，因为他绝望地注意到，倒退着走连方向都掌握不了；因此，他一面始终不安地侧过头瞅着父亲，一面开始掉转身子，他想尽量快些，事实上却非常缓慢。也许父亲发觉了他的良好意图，因为父亲并不干涉他，只是在他挪动时远远地用手杖尖拨拨他。只要父亲不再发出那种无法忍受的嘘嘘声就好了。这简直要使格里高尔发狂。他已经完全转过身去了，只是因为给嘘声弄得心烦意乱，甚至转得过了头。最后他总算对准了门口，可是他的身体又偏巧宽得过不去。但是在目前精神状态下的父亲，当然不会想到去打开另外半扇门好让格里高尔得以通过。他父亲脑子里只有一件事，尽快把格里高尔赶回房间。不过让格里高尔直立起来，侧身进入房间，就要作许多麻烦的准备，父亲是绝不会答应的。父亲现在发出的声音更加响亮，他拼命催促格里高尔往前走，好像他面前没有什么障碍似的；在格里高尔听来他后面响着的声音不再像是父亲一个人的了；现在更不是闹着玩的了，所以格里高尔不顾一切狠命向门口挤去。他身子的一边拱了起来，倾斜地卡在门口，腰部挤伤了，在洁白的门上留下了可憎的斑点，不一会儿他就给夹住了，不管怎么挣扎，还是丝毫动弹不得，他一边的腿在空中颤抖地舞动，另一边的腿却在地上给压得十分疼痛。这时，他父亲从后面使劲地推了他一把，实际上这倒是支援，使他一直跨进了房间中央，汩汩地流着血。在他后面，门砰的一声用手杖关上了，屋子里终于恢复了寂静。

（选自李文俊译：《城堡　变形记》，浙江文艺出版社，1995 年版）

作品赏析

这部小说像卡夫卡的其他许多作品一样，是在写他自己。作品主人公姓萨姆沙（Samsa），和卡夫卡（Kafka）一词有很多相似之处：都有五个字母，第二、第五个字母同为 a，第一、三、四个字母是辅音字母，而且其中的第一、第四个字母各自相同。萨姆沙一家的情况也同卡夫卡一家差不多，甚至住房情况也很相似。

这部作品反映出在一味追求物质利益的金钱社会中，人性异化，人与人的关系变得极其冷漠。小职员格里高尔·萨姆沙同千千万万西方金钱社会中的小市民一样，在令人窒息、毫无生气的日常生活中，由人变成了“非人”：他总是辛辛苦苦，到处奔走，永远也交不到一个知心朋友，还要遇到各种各样的麻烦事，可挣来的钱刚够养家糊口。更糟糕的是，一旦这种赖以生存的工作机会丢失，人们就难以维系和睦的家庭关系。格里高尔的父亲憎恨他、揍他，主要不是因为他变成了甲壳虫，而是因为他变成了无用的甲壳虫以后无法再去上班挣钱；因为房客见到这么一个怪物，要求他父亲做出赔偿。最令格里高尔感到痛苦的是他的妹妹，他们俩本来感情很好，格里高尔见她喜欢音乐，还准备资助她去上音乐学校。他变成甲虫以后，妹妹开始还天天给他送吃的东西，但久而久之也讨厌起他来。格里高尔深深感到人情的冷漠。

从思想上讲，作品表现了人类面临的困境，尤其是人类在现代社会里更深切感到自己所面临的困境，即世界是荒诞的，人生毫无意义；人在这个世界上就像那只甲虫，只是会思考的动物，甚至连真正使人和人之间互相理解的语言都没有掌握，所以那只只会思考不会说话的甲虫象征了人类的状况；人生的毫无意义是人自己造成的，因为人在自己的处境中总是对既成事实毫不怀疑，比如说，人为自己的生计考虑不得不做抹杀自己个性的事情，这样的格局一旦形成，人类便毫不怀疑其合理性，做抹杀自己个性之事成为理所当然，即使某一天有特别荒诞的事情发生，诸如人变成了甲虫，人无法再去做抹杀他自己个性的事情，可人会像作品中的格里高尔那样，不但不去怀疑为什么会有人变成虫这样荒诞的事情发生，却反而为自己不能继续做那抹杀自己个性之事感到内疚、感到痛苦，处于这样状况中的人已经是虫了，无须再变，卡夫卡只是用变形来说明人已经失去了人固有的特性，尤其在现代社会中，一张庞大的社会之网已经形成，每个人都只是一架大机器中的一个很小的部件，按照专业化的要求，要独立完成一件完整的具有个性特点的事情，对人来说越来越困难了。所以，在现代社会里，人类面临的困境是，一方面，人和人之间的依赖性日益加强，这本来需要人和人之间更多的理解和支持；可是另一方面，人和人之间的关系却变得空前冷漠。这样，随着人更多地失去个性，失去自我，人和人之间越来越无法沟通，无法理解，使本来就荒诞的世界显得更加荒诞。卡夫卡非常深刻地向人们揭示了人和世界的这种荒诞状况。

生活中，卡夫卡在家庭和公司里的现实处境是他做出这种真实揭示的基础。他一方面想摆脱这种处境，一方面却依赖于这样的处境，在两难中他无法做出抉择，这使他深感人在世界上的渺小地位，深感人的力量十分微弱。但是，卡夫卡的可贵之处在于，尽管他比别人更清楚地看到了人的现实处境，他却并没有放弃自己的努力来赋予自己的人生以意义。对于他来说，他的人生意义在于写作，将他对人生的思考用艺术的手段表现出来。

从艺术上讲，这部作品的显著特点是以总体荒诞、细节真实的方法来实现一种象征。作品中出现荒诞的情节并不是卡夫卡的首创。且不说神话或童话故事，单说描写现实的作品，若是我们翻一下文学史，就会发现，早在古罗马，这样的文学作品中就有人变成动物的荒诞情节，例如，古罗马作家阿普列尤斯也写过一部《变形记》（一称《金驴记》），描写一个希腊青年误服魔药，由人变成驴，历尽千难万险，以驴的目光看到了常人看不到的许多人间怪事，最后经埃及女神伊希斯帮助，恢复人形，皈依伊希斯教门。这部作品中的变形，若按我们的逻辑看，实际上并不荒诞，因为它是在一个合理的因果链条中，人变成驴，这个果是由魔药这个因导致的，而卡夫卡笔下的变形是毫无缘由的，人变成甲虫，就这么变了，没有任何起因，可是变过来以后，一切都显得非常合乎逻辑，无论是家人对格里高尔的态度，还是他一直到死的遭遇，都置身于一根严格的因果链条中，所以作品对这一系列问题的描写在细节上做得非常有真实感，跟作品总体上的荒诞形成鲜明对照，由于这种对照返照出来的总体上的荒诞和逻辑混乱显得非常严重，所以便强迫人们从象征的角度来寻求作品的意义，于是，卡夫卡用艺术手段向读者传达他的深刻人生哲理思考的目的便达到了。无论是拉伯雷的《巨人传》，还是斯威夫特的《格列佛游记》，不管作品中人物本身或是他们的遭遇怎么荒诞离奇，都没有破坏作品本身的逻辑，而卡夫卡对逻辑的破坏，显示出他对不同于以往文学传统的新的艺术方法的追求，他是要激发人们的联想，让人们去追寻言外之意，同时通过荒诞感的传达达到震撼人心的艺术效果。所以，最后的格里高尔之死，虽然只是一只甲虫的死，可是却含有无穷的意味，令人心中产生一种说不出的滋味：

> “现在又该怎么办呢?”格里高尔自言自语地说，向四周的黑暗扫了一眼。他很快就发现自己已经完全不能动弹了。这并没有使他吃惊，相反，他依靠这些又细又弱的腿爬了这么多路，这倒真是不可思议。……他怀着温柔和爱意想着自己的一家人。他消灭自己的决心比妹妹还强烈呢，只要这件事真能办得到。他陷入这样空虚而静谧的沉思中，一直到钟楼上打响了半夜三点。从窗外的世界透进来的第一道光线又一次唤醒了他的知觉。接着他的头无力地颓然垂下，他的鼻孔也呼出了最后一丝摇曳不定的气息。

他怀着对家人的好意，怀着自我牺牲的精神，独自一人走了，而他的家人却为此而庆幸：终于摆脱了这个令人讨厌的累赘。两相对照，令人浮想联翩，感触万千。

（杨恒达）

追寻逝去的时光

[法] 普鲁斯特

马塞尔·普鲁斯特（Marsel Proust，1871—1922）是法国19世纪末20世纪初最重要的小说家之一。出身于巴黎一个富裕的资产阶级家庭。与柏格森是亲戚，柏格森的“空间时间”、“心理时间”、直觉和潜意识、自由联想和回忆等学说对他影响极大。普鲁斯特从小体质孱弱，九岁起便受哮喘病的困扰，多病的身体使他养成了敏感多愁的性格以及独居斗室、耽于沉思的生活习惯。普鲁斯特早年受到良好的文学熏陶，中学阶段便开始写诗，并为报刊写文章。1892年，他与同学共同创办《宴会》杂志。在这个刊物上，他发表了大量的短篇小说和随笔，内容多半是儿时回忆，后集为《欢乐与时日》（1896）出版。1895年获文学学士学位。一度在马扎兰图书馆供职，不久父母相继去世，他旧病复发，辞职回家休养，足不出户，专心写作。此间，涉足上流社会，与艺术家交往频繁，形成高雅的艺术趣味。从1909年起，他开始写作《去斯万家那边》（1913），以后又陆续完成《在少女花影下》（1918，次年获龚古尔文学奖）、《盖尔芒特家那边》（1920—1921）、《所多玛与蛾摩拉》（1921—1922）、《女囚》（1923）、《失踪的阿尔贝蒂娜》（1925），上述六部小说和《寻回的时光》在作者死后以《追寻逝去的时光》（1927）为名结集出版。1922年11月18日，普鲁斯特因病去世，享年51岁。

作品梗概

《追寻逝去的时光》是一部由七本独立的小说结集而成的七卷本鸿篇巨制，

各卷内部依次如下：

第一卷《去斯万家那边》写叙述者“我”偶然地触发了丰富的联想，记忆中的往事不断涌现，其中有他小时候在贡布雷姑婆家幸福的情景；他家的朋友斯万同奥代特的恋爱经过等；几年后，在巴黎，斯万的女儿吉尔贝特成了和“我”一块儿玩耍的同伴，“我”与吉尔贝特发生了儿童之间的初恋。

第二卷《在少女花影下》写“我”经常到斯万家去，可是吉尔贝特却远远躲避他，结果“我”也把她忘了。一天，在巴尔贝克的诺曼海滨，一群花枝招展的少女引起了“我”的注意。通过画家埃斯蒂尔的介绍，“我”认识了其中一个名叫阿尔贝蒂娜的女孩。

第三卷《盖尔芒特家那边》写“我”在巴黎对上层社会的盖尔芒特夫人产生了强烈的感情，但是一直未能得到夫人的邀请。外祖母去世后，“我”开始同阿尔贝蒂娜交往。后来“我”终于有机会进入了盖尔芒特府，对其光荣而神秘的贵族生活有所了解。

第四卷《所多玛与蛾摩拉》主要写“我”与盖尔芒特公爵的弟弟夏吕男爵之间的交往。男爵是盖尔芒特家族的叛逆，性格充满矛盾，与家族中的其他成员合不来，却与“我”结下了深厚的友谊。后来，“我”惊讶地发现阿尔贝蒂娜是一个女同性恋者，一种难言的隐痛折磨着“我”。

第五卷《女囚》和第六卷《失踪的阿尔贝蒂娜》讲述的都是阿尔贝蒂娜的故事。她随同“我”回到巴黎的家中同居，但她对周围的一切感到难以适应，终日闷闷不乐，精神消沉，完全像是一个被关禁闭的女囚。“我”意识到阿尔贝蒂娜的心思早已不在自己身上了，时常预感到她会从自己身边偷偷溜走。一天早上，她真的从“我”的家里逃走了，而“我”又很快得知她在一次普通的骑马事故中摔死了。“我”非常想念死去的阿尔贝蒂娜，试图在别的少女身上发现她的影子。

第七卷《寻回的时光》是“我”的艺术观点的总结。其间第一次世界大战爆发，“我”伤感地观察到了社会各方面的变化。一天早晨，当“我”去拜访盖尔芒特亲王夫人的时候，一阵灵感油然而生，“我”发现了可以解释、说明自己一生经历的真理，即通过一部文学作品使消逝了的过去时光凝固下来，让如水般的逝去年华获得新的再现。

作品节选

第　一　部

贡布雷

有很长一段时间，我早早就上床了。有时，刚吹灭蜡烛，眼皮就合上了，甚至没来得及转一下念头："我要睡着了。"但过了半小时，我突然想起这是该睡觉的时候呀，于是就醒了。我想把自以为还拿在手里的书放下，把烛火吹掉。方才睡着的那会儿，脑子里仍然不停地想着刚读过的故事，不过想的东西都有点特别。我觉得书里讲的就是我自己：教堂啊，四重奏啊，弗朗索瓦一世和查理五世之争啊，都是在讲我的事情。刚醒来的几秒钟，脑子里还是这么在想；这个想法和我的正常神志并不抵触，但像层雾翳似的遮在眼睛上，让我无从觉察烛火灭了。而后它变得费解起来，就像前世里的种种思绪、念头，经过灵魂转世变得无法理解了。书里的内容跟我脱离了关系，我可以关注其中的内容，也可以不去管它们。视力一恢复，我惊讶地发现周围是一片黑暗，这使我的眼睛感到温柔而惬意，而心灵也许更感到如此。因为对心灵而言，这片黑暗仿佛是一件没有来由、无从了解的东西，一件确确实实看不透的东西。我心想，现在不知是几点钟了；我听见从不算很遥远的远方传来火车鸣笛声，犹如森林中一只鸟儿的鸣啭，凸显了距离感。眼前展现出一片空旷的乡间景象，其中的旅客正匆匆赶往临近的火车站；独在异乡作客，迥非寻常的行止，记忆犹新的晤谈，夜的静谧中浮现脑际的灯下告别，归程前方等待着的温馨和亲情，这一切都使他心绪难以平静，这条小路因此也将深深地镌刻在记忆之中。

我把脸颊温柔地贴在美丽的枕套上，它饱满而清新，犹如我们童年时代的腮帮。我划了根火柴，想看看表。就快到午夜了。这种时分，对飘泊异乡羁留客栈的病中人而言，正是被病痛发作惊醒，骤然瞥见门下透进的亮光，感到欣慰万分的时候。太好了，已经是清晨了！旅馆的服务生一会儿就要起床，可以拉铃叫他们来照应自己了。有了宽慰的指望，也就有了忍受病痛的勇气。不错，他觉得听见了脚步声；脚步由远而近，又渐渐远去。房门下面的那道光线消失不见了。恰是午夜时分，外面的人刚把煤气灯灭了，最后一个服务生也走远了。只剩下他，孤苦无告地彻夜受着病痛的折磨。

我又睡着了，有时只是稍稍醒一醒，可就在醒来的这一会儿，我听见细木护壁板沿着纹理咯咯作响，我睁眼定住黑暗中万花筒般变幻的景象，我还凭借一闪而过的意识之光，感受让家具、房间，所有这一切都浸润其间的睡意。对这一切而言，我只是其中的一小部分，而且很快就会变得跟它们一样失去知觉。有时我在睡梦中身不由己地回到逝去的童年岁月，重又体验到幼时被姨公一把抓住鬈发的恐惧，这种恐惧直到有一天——那在我是新纪元的开始——大人把我的鬈发都剪掉了，方始消失。睡意朦胧中我把这件事给忘了，可当我挣扎着醒来，想要躲开姨公的手时，马上恢复了这段回忆。不过出于谨慎的考虑，我还是先把整个头深深埋进枕头里面，然后才返回梦的世界。

有时候，就如夏娃从亚当的肋骨里降生一般，一个女人在我睡着时从我大腿一个不自然的姿势里降生出来。她是从我正要品尝的快感幻化出来的，我却以为是她给我带来了这种快感。我的身体在她怀抱中感觉得到自己的体温，我想让自己融合到她的身体里去，可又一下子醒了。跟这位刚刚离我而去的女子相比，这世上所有剩下的人，在我眼里都显得那么遥远；我的脸颊上还有她亲吻的余温，我承受她身躯的分量还疲乏未消。假如，像偶尔的几次那样，她的眉眼之间跟我认识的一位女子有几分相似，那我为此可以在所不惜：找到她，就像那些为了亲眼见到一个日思夜想的城邦而毅然踏上旅途的人们，他们以为在现实里真能领略到梦境中令人销魂的滋味。渐渐地，她的容貌在我的记忆中淡去了，我忘却了梦中的可人儿。

一个人睡着时，时光的系列，岁月和星辰的顺序都围绕着他。他醒来时，会本能地根据这些信息，用一秒钟工夫就得知自己处于地球上的哪一点，度过了多少时间；但是它们的排列可能会发生混乱，甚至出现中断。比如说，夜里没睡好，清晨时分睡意突然在看书的当口袭来，这时他的睡姿跟平时是全然不同的，他只消稍稍抬一下胳膊，就能让太阳停住甚至往后转，结果刚醒来的刹那间，他没有了时间概念，还以为自己刚刚躺下呢。再有，如果他在打盹儿，姿势更随便更出格，比如说是餐后坐在扶手椅里，那时，逸出轨道的日月星辰就整个儿乱套了，这张魔椅载着他飞速地在时间和空间中遨游，等到睁开眼睛时，他会以为自己是在好几个月以前睡过的另一个地方。而我，哪怕是在自己床上，只要睡意很浓，弥漫到了整个脑海，那些序列就会乱套；这时，我在哪儿这一地点背景，会从意识中飘走，我在夜间醒来，非但不知道自己身在何处，有一瞬间甚至连自己是谁都弄糊涂了。我仅有一种原生态的存在感，一头动物在它的灵魂深处，想必也萌动着这种感觉。我比石器时代的穴居野人还要蒙昧；而这时记忆——不是有关我此刻所在的地方，而是我曾经在过的那些地方，以及我原本说不定会在的地方的记忆——向我而来，犹如高处伸下的援手，把我拉出这片我独自无论如何挣脱不了的虚无的泥潭。我在一秒钟里就越过了人类文明的一个又一个世纪，矇眬中影影绰绰瞥见的煤油灯的影子，然后是翻领衬衫的轮廓，渐渐地拼凑起了我的自我的本来面貌。

也许，我们周围这些事物的静止状态，只是由我们确信它们就是这些事物而并非其他事物的信念赋予它们的，只是由面对它们时我们思绪的静止状态赋予它们的。情况往往如此，当我像这样醒来的时候，我的思绪非常活跃，枉然地想弄清楚这是在哪儿，一切的一切，事物，地域，岁月，都在黑暗中围绕我旋转。麻木得不能动弹的身体，努力根据不同部位的疲乏状态，来确定四肢的位置，从而推断墙壁的方向、家具的布局，回想这躯体所在的住处的模样，说出这所住处的名称。两肋、膝盖、肩膀，躯体的这些回忆，都相继提供了一个又一个它曾睡过的房间的景象，看不见的墙壁，随着想象中房间的形状不停地变换位置，在黑暗中盘旋。思绪面对时间和形状而犹豫，但就在打量场景，尚未确认这是在哪儿之际，它——我的身体——记起了那些房间的床的式样如何，门的位置在哪儿，窗户的采光好不好，门外有没有一条过道，乃至我入睡前或醒来时在想些什么。压麻了的半边身子，试图猜出它所在的方位，比如说，想象这是冲着墙躺在一张有盖顶的大床上，于是我马上会想："这不，妈妈没来跟我说晚安，可我还是睡着了。"这是在外公乡下的家里，他已经死了好几年了；而我的身体，压在床上的一边，却把那些岁月忠实地保存在那儿，让我看见天花板上用细链悬着的、有波希米亚玻璃灯罩的壶状通宵灯的火苗，回想起我在贡布雷外公外婆家卧室里的那座锡耶纳[①]大理石的壁炉，此刻浮现在我眼前的这些遥远的情景，一下子看不很真切，但待会儿我完全醒过来了，会看得清楚的。

随后，一种新的姿势重又引起了回忆。墙壁朝着一个方向径直移去；我在德·圣卢夫人乡间别墅的房间里。天哪！少说也有十点了，他们一定已经吃完晚餐了！每天晚上陪德·圣卢夫人散步回来，我总要先打个盹儿，然后换好衣服去用餐，可今天这个盹儿可打得太长了。在贡布雷那会儿，我们散步就算回来晚了，我还能在我的窗玻璃上看到落日嫣红的反光，可那是好多年以前的事了。在当松镇德·圣卢夫人府上，我们过的是另一种生活。我觉得晚上出去，在月光中，踏着儿时顶着烈日玩耍过的小路往前走，自有一番别样的情趣。回家的路上，好远就能望见我的那个房间，房间里亮着灯，就像黑暗中孤零零的灯塔。我回屋以后先睡上一会儿，然后换衣服去用晚餐。

这些盘旋、错综的回忆，最多只维持几秒钟；一时没有确定身在何处，就造成了各式各样的假设，而仓促间我往往来不及辨认这一个接一个的假设，正如我们在看连续照片放映机[②]放映的奔马时，来不及分清前后不同姿势的位置一样。住过的房间不停地浮现在我眼前，一会儿是这个房间，一会儿又是另一个房间，终于，在醒来以后长时间的遐想中，把所有这些房间全都记了起来：冬天的那些房间，我睡下后得把脑袋缩在一个窝里，这个窝是由一些杂七杂八的东西搭配成的，枕头的一角、毯子的上端、披巾的下端、床的边缘和一期《粉红论战》[③]，我得使出鸟儿的本领，把这些劳什子搭配在一起，一遍又一遍地把它们夯实；在那些房间里，碰上寒风刺骨的天气，我品尝的乐趣，就是感觉到自己跟户外的隔绝（就像燕鸥在地洞里做窝，感受到地层的温暖）。还有，那儿的壁炉通宵生着火，没有燃尽的劈柴不时爆出火星，暖意融融、雾气腾腾的空气像一件宽松的大衣裹住睡着的我，让我感到恍如睡进了一间看不见的凹室，置身于房间深处一个温暖的巢，这是一个暖呼呼的、热气形成的轮廓变幻不定的区域，而从四面八方

---

① 意大利中部城市。

② 指早期的电影放映机。

③ 19 世纪 90 年代巴黎有一份叫《论战日报》的报纸，从 1893 年 2 月起，该报出版印在粉红色纸上的晚报。《粉红论战》当指这一晚报。

的角落，从靠窗近而离壁炉远的部位，不时吹来沁着凉意的风，拂在脸上让人感到惬意极了。——在夏天的那些房间里，你会向往跟温馨的夜晚融合在一起，月光的清辉照在半开的百叶窗上，把它迷人的黑白相间的影子一直投射到床脚。人们几乎就睡在露天，像晨曦中被微风轻轻吹拂着的山雀。——有时我会想起那个路易十六式的房间，它的格调那么令人愉快，睡在那儿的第一晚我就并不感到很伤感，轻盈地支撑着天花板的立柱，优雅地错落散开，让人一看就知道那个地方是留着放床的；有时我想起那个天花板高得出奇的小房间，形状像金字塔的天花板往上伸去，一直伸到二层楼的高度，下半截覆着红棕色的桃花心木贴面。一进这房间，那股陌生的香根草气味就让我中了毒似的浑身不对劲，紫色窗帘显露着敌意，挂钟在高处旁若无人地聒噪个不停，这种肆无忌惮的漠视，使我心生怯意。——房间的一个角落，斜着一面四角底座的大镜子，模样奇特而蛮横，在我看惯了温情脉脉景象的眼睛跟前，很突兀地出现了这么一个形状。——我一连几小时竭力让思绪先松散开来，再向高处集中，准确地弄明白房间的模样，从而在高处凝聚并充满那巨大的漏斗，但连续好几个难熬的夜晚，我伸直四肢躺在床上，眼睛盯着天花板，耳朵竖起，鼻孔张大，心头怦怦直跳，精神上备受折磨，直到有一天，习惯终于出场了，它变换了窗帘的颜色，止住了钟摆的聒噪，让蛮横而冷酷的镜子懂得了什么叫恻隐之心，即使没有完全驱散，至少掩盖了香根草的大部分气味，尤其重要的是，降低了天花板的高度。习惯！这位灵巧而又姗姗来迟的协调大师，它总是先要让我们情绪低落地在一个临时住处连续几星期饱受恶俗趣味的苦楚，但尽管如此，能找到它毕竟是非常值得庆幸的。因为要不是有习惯上了场，单靠我们自己那几下子，是根本没法让一个房间变得可以住人的。

当然，现在我完全醒了，我最后一次转了个身，司确信的天使让我周围的一切都停了下来，让我安然置身于自己的房间，躺在毯子底下，让衣柜、写字台、壁炉、临街的窗户和两扇房门大致上各就各位。我知道自己并不是在那些房间——刚才在初醒的懵懂中，我眼前即便没有立刻浮现它们清晰的形象，至少以为自己有可能在那儿，——回忆的闸门却已打开了。一般情况下，我并不想马上就再睡着。我把夜的绝大部分时间，用来回想往日在贡布雷姑婆家，在巴尔贝克、巴黎、冬西埃尔、威尼斯，还有在别的地方的生活，回想那些地方和我在那儿认识的人，以及他们留给我的种种印象，或者人家对我讲起的有关他们的事情。

（选自周克希译：《追寻逝去的时光》，人民文学出版社，2010 年版）

作品赏析

马塞尔·普鲁斯特的《追寻逝去的时光》是一部不同凡响的小说。它以七卷本、二百多万字的浩瀚篇幅，不厌繁琐地记述了一位身患严重的哮喘、畏光怕风、独处斗室的病者对于往昔生活的追忆，“写的是一个非常神经质和过分地受到溺爱的孩子缓慢成长的过程”，然而“对于1900年到1950年这一历史时期而言，没有比《追寻逝去的时光》更值得纪念的长篇小说杰作了。这不仅仅因为普鲁斯特的作品像巴尔扎克的著作一样规模宏大。别的人写过十部或二十部小说，有时还颇具才气，但是总不能给人以得到一种启示，读到一个总结的印象。这些作者满足于开发众所周知的‘矿脉’；马塞尔·普鲁斯特却发现新的‘矿藏’”（法国著名文学评论家安德烈·莫罗亚语）。显然，《追寻逝去的时光》在法国乃至世界文学史上的“不同凡响”并非出于它的卷帙浩繁，而是得益于它对“新的矿藏”的开掘。那么，《追寻逝去的时光》究竟为法国和世界文学发现了怎样的新矿藏呢？

“时间”是小说中的精神支柱。诚如作者在《追寻逝去的时光》的第七卷《寻回的时光》里所言：“假如假以天年，允许我完成自己作品，我必定给它打上时间的印记：时间这个概念今天以不可抗拒的力量强迫我接受它。我要在作品里描写人们在时间中占有的微不足道的位置重要得多，即便这样做会使他们显得类似怪物”。任何小说都有自己的时间，在传统小说中，“时间”只是连贯事件的一个自然性的时间序列，并不占有特别重要的地位；而在《追寻逝去的时光》中，时间已不再是一个单纯地记录日历变化的自然单位，更重要的，它是一个有生命的、自我绵延的有机体，生命是流，意识是流，时间也是流，过去同现在是相通的，它们不是先后关系，而是相互渗透、相互交融的关系。在《追寻逝去的时光》中，过去的时间不是与现在相对立的、相区别的过去，而是与现在密切相连。《追寻逝去的时光》记述的是对往昔的回忆，作者在记述这些事件时，它们都已是经历过的事情了，故而小说在展开追忆时通常采取过去完成时态来讲述事件，但这种过去完成时并非对过去事件的转述，而是从现时态出发，站在现在去回忆过去，于是“回忆将过去原封不动地引入到现在，让过去保持它当初是现在时的样子”。《追寻逝去的时光》并非完全排斥现在时态，小说在第一卷《去斯万家那边》记述斯万的生活以及在第七卷《寻回的时光》中对全书的追忆的总结时采取的即是现在时的叙述方式。但这种现在时标示的只是叙述者回忆开始的时间，并非小说中人物经历的时间。《去斯万家那边》中有一个关于母亲亲吻的场面，小说是这样描写的：

这已经是多少年以前的事了呵。他的烛光在上面慢慢升起的楼梯墙壁，也不在了。在我身上，有许多我原以为会永久存在下去的东西，早就毁于一旦，而许多新的东西耸立在那儿，衍生出许多无法预期的新的忧愁和欢乐，以致旧时的悲欢变得邈远而茫然了。父亲对妈妈说“去陪陪小家伙吧”，已

> 是遥远的往事。对我来说，这样的时刻不可能再现。然而，近来，我只要用心听，就总能清楚地听见那些哭泣声，那些我在父亲面前尽力忍住，直到单独和妈妈在一起时才忍不住的抽泣声。其实这些抽泣始终没有停止过；只是现在我周围沉寂了下来，所以我重又听见了它们……

在这里，现在时表明叙述者重新找到过去，现在并非与过去毫无关联的存在，而是与过去息息相通的现在。正是通过对“时间”的全新诠释，小说复活了往昔逝去的时光，使过去的时光得以在现在重现。

“我”是小说中的另一个重要发现。普鲁斯特在给友人写信谈到《追寻逝去的时光》的创作时曾写道：“我决定写这样一部小说，这小说中有一位‘先生’，他到处自称‘我’，我如何如何……”在小说中，“我”是贯彻小说始终的一个核心人物，小说中“我”身上毫无疑问带有作者普鲁斯特的生活印记，但若把“我”简单地等同于作者普鲁斯特，把小说仅仅视为作者自传的话，则未免太简单化了些。《追寻逝去的时光》虽然通篇以“我”的第一人称叙述，这个“我”也明显地有作者普鲁斯特的影子，但我们并不能简单地在二者之间画等号，“我”不过是小说的叙述者而已。小说中的这个“我”相当特别，他不仅是小说中记述、观察别人的主人公、叙述者，更重要的，他还是不断回忆、审视自己的观察者。在小说的开始部分，“我”并没有自觉地意识到对“自我”要发现什么，随着“我”不断地回忆、咀嚼着“我”的过去的生活片段与瞬间，“我”忽然发现、认识到了“我”的存在。

19世纪法国著名的实证主义批评家圣伯夫曾提出一套科学的文学批评方法，其主要内容是通过对一个作家从各方面、一点不漏地实证地了解有关他的确切事实，以便把握他的天才创作。普鲁斯特对此提出尖锐的批评，他认为一部书的真正作者，不是日常社会生活中所呈现的那个“我”，而是另一个“我”。这另一个“我”是在人的潜意识中埋藏着的，是被忘却了真正生活的主体，或是生命的本质。《追寻逝去的时光》正是对生命的本质的追寻。在普鲁斯特看来，作家唯有借助回忆、联想和直觉才可能去找回那消逝了的、隐藏在潜意识深处的那个真正的“我”，那个生命的本质；而回忆、联想、直觉之所以能有如此功效，在于柏格森的生命哲学、直觉主义和弗洛伊德精神分析学说对于生命意识、意识、时间皆是绵延不绝的生命之流的揭示，作为柏格森的亲戚、学生和弗洛伊德的同时代人，普鲁斯特一直对此坚信不疑。他的《追寻逝去的时光》正是借助了柏格森的生命哲学、直觉主义和弗洛伊德的精神分析学说，以心理时间为物质时间，强调情感的回忆与联想，去追寻深藏于人的无意识领域内的生命本质。从某种意义上讲，整部《追寻逝去的时光》都是一个对生命本质的那个真正的“我”的发现与追寻的过程，无怪乎文学评论家们在论及《追寻逝去的时光》时要由衷地赞叹：

“这不仅是一个时代的历史，同时也是一种意识的历史。这种双重意义以及二者结合在一起，恰恰就是这部作品所具有的深刻的独创性。”

最后是小说艺术观念上的创新性。很多评论者在谈及普鲁斯特的《追寻逝去的时光》时总会情不自禁地拿它与巴尔扎克的小说相比。应该说，这部作品所体现出的艺术观念已与以巴尔扎克为代表的传统意义上的现实主义美学原则有了很大的不同。在《寻回的时光》中，普鲁斯特对仅仅满足于复制事物外表的现实主义艺术观念提出了尖锐的批评。他认为，一种只限于观察现在，仅仅满足于描写事物，仅仅可怜地勾画事物的线条和面积，这虽然自称现实主义，其实离现实十万八千里；它使我们十分贫乏，十分忧愁，因为他突然将我们现在的“我”与过去和将来完全割断，而真正的文学应该是使“我”既能保存着过去的本质，又激励“我”在将来再次品尝这个本质。为此，普鲁斯特提出了一种迥异于传统现实主义的新的艺术观念。

在他看来，凭借情感的记忆，现在“相似的瞬间唤醒了深埋在我心灵深处的遥远的往日的瞬间”。这种特殊的经验，这种经验所给予的全部乐趣，并不是经常出现的，而且就其性质来说，也是暂时的，不稳定的，转瞬即逝的。为了找回来的东西不再丢掉，为了无限期地保存心灵的狂喜，就只有仰仗艺术的功能了，即普鲁斯特自己所说的，把消逝了的时刻找回来，固定下来，就是重视、认识并把握住离我们现在的生活越来越远的那种我们真正的生活现实。把对它们的回忆写出来，那就是文学。据此，普鲁斯特把“我”放在一个中心的位置，根据对“我”的内在意识的极其精细的观察和内省，开创了一种透过人的内在心理去发现、理解真正的生活的心理现实主义。这使得《追寻逝去的时光》迥异于传统的现实主义文学作品，以其对联想、记忆、直觉的强调呈现出明显的现代主义特征，并由此成为开创意识流小说先河的经典之作。

（范方俊）

尤利西斯

[爱尔兰] 乔伊斯

詹姆斯·乔伊斯（James Joyce，1882—1941）是爱尔兰著名小说家、戏剧家、诗人，意识流小说的创始人，也是英国现代派文学的开创者之一。他出身于都柏林的一个中产阶级之家，父亲是税务官。他从小进天主教学校，准备当神父。出于对清规戒律的反感，后来彻底背叛天主教，准备当作家。中学时即开始写作诗文，阅读了但丁、福楼拜、巴尔扎克、易卜生等作家的大量作品，并掌握了多种语言。1898 年入都柏林大学，专攻语言和哲学，1902 年毕业后进入都柏林医学院学习，不久因经济拮据而转到巴黎学医，同时教授英文。次年因母亲病重回爱尔兰。1904 年携未婚妻同去瑞士，以教授英语为生，并坚持文学创作。1905 年完成了短篇小说集《都柏林人》(1914 年出版)。1906 年赴罗马，先后任银行职员和兼职教师，并为报纸撰写文章。1916 年《青年艺术家的肖像》在纽约出版。1918 年乔伊斯最重要的作品《尤利西斯》开始在纽约杂志上连载，1922 年正式出版。1920 年在庞德劝说下移居巴黎，专注于小说创作。1939 年他耗时 14 年的小说《芬内根们的苏醒》出版，乔伊斯的艺术实验使作品异常晦涩难解，令人难以卒读，成为意识流文学的极端。1941 年 1 月，乔伊斯病逝于苏黎世，享年 58 岁。

作品梗概

小说的主人公是三个都柏林人：青年艺术家斯蒂汾·代达勒斯、广告推销员布卢姆和他的妻子莫莉。整部作品叙述他们在 1904 年 6 月 16 日早晨 8 点至次日凌晨 2 点 40 分这 18 个小时的生活和感情活动。

斯蒂汾早 8 点起床。一年前因母亲去世从巴黎回到爱尔兰。因对母亲有过情欲的爱恋，觉得对不起父亲。在母亲弥留之际，他出于对宗教的反感拒绝顺从为她做祈祷的要求，为此十分内疚。同时又为与酗酒堕落的父亲格格不入而苦闷，渴望精神上重新得到一位父亲。早餐后他去一所小镇中学教古代史，在课堂上他对学生们说："历史是一场梦魇，我竭力想从梦中醒来。"校长迪西付他报酬后和他大谈历史和女人误国，并托他带封信给报社。进城途中经过海滨，他一边漫步，一边思索着历史、哲学、宗教、艺术等问题。他躁动不安的心灵渴望着精神的归宿。

同一天早 8 点，四十多岁的犹太广告推销员布卢姆起床，为妻子做早餐。他边吃早餐，边读女儿的来信。邮差送来的另一封信是鲍伊岚写给妻子莫莉的。莫莉是一个有点名气的歌手，鲍伊岚是她的经理人。信中说，他将在下午 4 点上门为她排练歌曲。11 年前幼子茹迪的夭折带给布卢姆沉重的精神打击，导致他性机能衰退，无法满足妻子的需要，莫莉早就有了外遇。他内心苦恼，只能靠跟一个未见过面的打字员玛莎互寄情书和想入非非来获得心理满足。早餐后，布卢姆走出家门。他去邮局取过女友信件，又走进一座教堂，听了会儿弥撒，随后到公共浴室洗澡。上午 11 时在道格拉斯逆温墓园参加一个朋友的葬礼。受到死亡气氛的熏染，他想起已故的母亲、邻居、夭折的幼子和自杀身亡的父亲。在一群中产阶级中间，他为自己的犹太人身份而自惭形秽。他们暗示莫莉和情人的关系，令他羞愧难当，立即转移话题。布卢姆去报社安排刊登广告事宜，与斯蒂汾相遇却不相识。出来后遇见熟人，得知麦那夫人难产住院。他走过奥康奈尔桥，欣赏着夏日都柏林的景色。下午 2 点，布卢姆在一家酒馆用过简单的午餐后，来到国立图书馆查阅报纸。斯蒂汾等人正在那里讨论莎士比亚。3 时许，布卢姆在为莫莉买色情小说，鲍伊岚在为莫莉买一束鲜花，莫莉在向行乞的水手施舍，斯蒂汾在书摊前与妹妹交谈。都柏林街头各色人等林林总总。4 点，布卢姆来到一个酒吧进餐，遇鲍伊岚匆匆离去，意识到是去与自己的妻子相会。5 点左右，在另一酒吧，与绰号"市民"的人就有关民族社会问题发生了争执。日落时分，布卢姆来到海滨小憩，素不相识的少女激起他的情欲。晚 10 时，他来到医学院探望麦那夫人，遇斯蒂汾正和一群医学院学生喝酒聊天。他跟着他们先后来到酒馆和妓院。斯蒂汾醉意朦胧中又想起死去的母亲。他打碎吊灯，跑上街头与两个英国大兵争执并被打倒。布卢姆赶上前来将他扶起，仿佛看到亡故的爱子。斯蒂汾也找到了精神寄托。他在一家小吃店照料烂醉的斯蒂汾，又带他回到自己家里，两人促膝交谈。布卢姆想留斯蒂汾过夜，斯蒂汾婉辞离去。布卢姆与莫莉交谈几句就酣然入睡，结束了一天的生活。

莫莉躺在床上无法入睡。她刚刚告别情人，斯蒂汾的到来唤起了她母性的满足，其中又混合着对青年男子的性欲冲动。朦胧中，她回忆起与布卢姆热恋的时光以及和其他情人的调情经历。全书以她长达 60 多页的内心独白作结。

作品节选

第十章

…………

桑顿水果鲜花商店的金发女郎窸窸窣窣地在柳条篮子里铺上垫衬。一把火鲍伊岚把那个包着粉色纸的瓶子和一个小罐子递给她。

——把这两样先放进去，好吗？他说。

——好的，先生，金发女郎说。水果放上面。

——行，好活，一把火鲍伊岚说。

她把圆鼓鼓的梨子一个接一个地摆得整整齐齐的，然后在空档子里放上羞红了脸的熟透的桃子。

一把火鲍伊岚穿着棕黄色的新皮鞋，在果香四溢的店堂里东走走，西瞧瞧，凑近红艳艳、圆滚滚的西红柿摸一摸，拿起一些鲜嫩水灵的带褶果子闻一闻。

威、士、敦、希、利戴着白色高帽子，在他面前鱼贯而过，拖着沉重的脚步，走过坦及尔巷，向他们的目的地游动过去了。

他走到一屉草莓跟前，突然转过身来，从表袋里掏出金怀表，把表链抻直。

——你们可以搭电车送去吗？马上？

在商贾拱廊内，一个背影黑黢黢的人正在浏览书摊上的书。

——没有问题，先生。是在城里吗？

——是，一把火鲍伊岚说。十分钟的路。

金发女郎递给他一张纸条、一支铅笔。

——请您写下地址好吗，先生？

一把火鲍伊岚在柜台上写了纸条，推给女郎。

——马上送去，行不行？他说。是给病人的。

——行，先生。马上就送，先生。

一把火鲍伊岚把裤袋里的钱抖弄出欢快的哐啷哐啷声。

——该多少？他问。

金发女郎的纤纤手指数着水果。

一把火鲍伊岚的目光溜进了她胸前的衬衫敞口处。小雏儿。他从高脚杯里拿了一朵红色的石竹花。

——是给我的吗？他以调情的口气问。

金发女郎斜眼看了他一眼，见他那副穿戴阔绰而领结微歪的样子，脸红了一下。

——是的，先生，他说。

她俏皮地弯下腰去，重新去数那些圆鼓鼓的梨子和羞红的桃子。

一把火鲍伊岚用牙齿叼着那朵红花的花茎，以更大的兴趣盯着她的衬衫敞口处笑了。

——小姐，我可以对你的电话说句话吗？他调皮地问。

*　　　*　　　*

——Ma![1] 阿尔米丹诺·阿蒂凡尼说。

他隔着斯蒂汾的肩头，仰望着哥尔斯密的疙疙瘩瘩的脑袋。[2]

——Anch'io ho avuto di queste idee[3]，阿尔米丹诺·阿蒂凡尼说，quand'ero giovine come Lei. Eppoi mi sono convinto che il mondo è una bestia. É peccato. Perchè la sua voce…sarebbe un cespite di rendita，via. Invece，Lei si sacrifica.[4]

——Sacrifizio incruento[5]，斯蒂汾微笑着说。他手里拿着白蜡手杖的中段，轻轻地、缓缓地左右摆动着。

——Speriamo[6]，圆脸的小胡子和气地说。Ma，dia retta a me. Ci rifletta.[7]

一辆从印契科[8]开来的电车听从了格拉顿石像用严厉的右手[9]发出的停车信号，从车上零零落落地下来了一些苏格兰高原士兵，都是军乐队员。

——Ci rifletterò[10]，斯蒂汾说着，低头看了一眼瓷实的裤腿。

——Ma，sul serio，eh?[11] 阿尔米丹诺·阿蒂凡尼说。

他的沉重的手紧紧地抓住了斯蒂汾的手。一对富有人情的眼睛。这对眼睛以

---

① 意大利文：但是。

② 指爱尔兰出生的作家哥尔斯密（1730—1774）的雕像，在都柏林三一学院大门口。哥尔斯密曾在该院上学。

③ 意文：我像你这么年轻的时候。

④ 意文：也有你那种想法。我那时候就认为这个世界像是一头野兽。太可惜。因为你的嗓子……可以成为你的财源，明白吗？可是你要自我牺牲。

⑤ 意文：不流血的牺牲。

⑥ 意文：希望如此。

⑦ 意文：但是你听我的。想一想吧。

⑧ 印契科在都柏林西郊，该地有兵营。

⑨ 格拉顿（1746—1820），爱尔兰政治家，爱尔兰独立议会的倡导者，因此议会大厦（后改为爱尔兰银行大厦）前有他的雕像，该像一手指向远方。

⑩ 意文：我想一想。

⑪ 意文：但是，当真的，啊？

一种奇特的神情凝视了一忽儿之后，迅速转向一辆开往道尔盖的电车。

——Eccolo ①，阿尔米丹诺·阿蒂凡尼匆忙而热情地说。Venga a trovarmi e ci pensi，Addio，caro. ②

——Arrivederla，maestro ③，斯蒂汾说。他的手一空，立即伸上去举帽。E grazie. ④

——Di che?⑤ 阿尔米丹诺·阿蒂凡尼说。Scusi，eh? Tante belle cose!⑥

阿尔米丹诺·阿蒂凡尼举起指挥棒似的一卷乐谱打着招呼，迈开结实有力的裤腿向道尔盖电车追去。他的奔跑是白费事，招呼也白打了，因为他正遇上那一群穿短裤露膝盖的高原兵，他们正挟着乐器，乱哄哄地拥进三一学院的大门。

布卢姆先生随意翻翻《玛丽亚·蒙克揭露的骇人真相》⑦，又翻翻亚里士多德的《杰作》⑧。歪歪扭扭、乱七八糟的印刷。图片：一个个血红的子宫，像从新宰的母牛身上取下的肝脏似的，里面是蜷成一团的婴儿。此时此刻，全世界正有许许多多婴儿处于这种状态。都在努力用脑袋往外顶。每分钟都有孩子在某个地方出生。普里福伊太太。

他把两本都放下，目光又落在第三本上：利奥波尔德·封·扎赫尔-马索赫⑨的《犹太人区的故事》。

——这本我看过了，他把书推开说。

书摊老板又在柜台上撂下两本。

——这是两本好书，他说。

他的口腔已经毁坏，隔着柜台可以闻到他呼吸中的洋葱味。他弯腰把另外那些书捆成一捆，顶在敞开纽扣的坎肩前面，抱到灰不溜秋的帷幕后面去了。

在奥康内尔桥上，许多人都对舞蹈等科教师丹尼斯·J·马金尼仪态庄重而衣着花哨的模样侧目而视。

布卢姆先生独自在书摊上看书名。詹姆斯·洛夫伯奇⑩的《美貌的暴君》。知道是什么性质的书。看过吧？看过。

他打开书。果然。

---

① 意文：就这样吧。

② 意文：到我那儿去找我去。想一想。再见，好朋友。

③ 意文：再见，大师。

④ 意文：谢谢您。

⑤ 意文：谢什么？

⑥ 意文：原谅我，啊？万事如意！

⑦ 一本揭露加拿大天主教修女院内情的书，1836年纽约出版，后被指控为捏造。

⑧ 这是一本谈性的伪科学书，假托亚里士多德之名，17、18世纪期间曾在英国流行。

⑨ 扎赫尔-马索赫（1836—1895），德国小说家，以描写受虐狂的变态心理知名。

⑩ “洛夫伯奇”可以理解为“爱（鞭打用的）桦树枝”，因此曾有不止一个描写受虐狂的作者以此为笔名。

灰暗的帷幕后面，有女人说话的声音。听：那个男的。

不行：她不会喜欢那么厉害的。有一次给她弄去过。

他看另一本书的名字：《偷情的乐趣》。这还比较对她的胃口。咱们看一看。

他信手翻到一个地方看起来。

——她丈夫给她的钞票，她全都上街花了，买了奇妙的衣裙，还有最昂贵的花饰。为了他！为了拉乌尔！

行。这本吧。这儿。试试。

——她的嘴巴紧紧地贴在他的嘴上，给了他一个甜蜜性感的吻，同时他的双手伸到她的睡衣里面，去摸那丰满的曲线。

行。就要这本。结尾呢。

——你晚了。他声音嘶哑地说，眼睛盯着她，闪出怀疑的光芒。

美貌的妇人脱掉貂皮镶边的披肩，露出王后般的肩膀和隆起的丰盈体态。她镇定自若地转过身来对着他，鲜花般的嘴唇边游动着一丝难于觉察的微笑。

布卢姆先生再看一遍：美貌的妇人……

他逐渐感到全身灼热，使他身上的肉受到一种压力。在压皱了的衣服中间，肉体毫无保留地交了出来；眼珠昏厥似的翻了上去。他的鼻孔像捕捉什么似的拱了起来。胸脯上是酥软的润肤油膏（为了他！为了拉乌尔！）。腋窝下是洋葱味的汗水。鱼胶似的黏液（她的隆起的丰盈体态！）。摸吧！紧挤着吧！压碎了！硫黄狮粪！

青春！青春！

一位青春已逝的年长妇女，从大法院、高级法院、税务法庭和高级民事法院合用的大楼里出来。在大法官的法庭里，她旁听了波特顿精神错乱案；在海事法庭，听了凯恩斯夫人号船主对莫纳号三桅帆船船主一案的传唤和一方当事人的陈诉；在上诉庭，听了法庭关于暂缓审判哈维对海洋事故保险公司一案的决定。

书摊后面一阵带痰的咳嗽，声震屋宇，把灰暗的帷幕都震得鼓起来了。老板的未经梳洗的灰白脑袋钻了出来，胡子拉碴的脸颊咳得通红。他不管不顾地大声吼着痰，往地上吐了一口，伸出脚来，用靴底把痰蹭了一蹭，然后弯下腰去，露出一个皮肤粗糙的头顶，上面只有几根头发。

正好让布卢姆先生看。

他控制住自己的呼吸困难，说：

——我就要这本。

老板抬起一双见风流泪的眼睛。

——《偷情的乐趣》，他轻轻地叩击着书说，这是本好书。

*　　*　　*

斯蒂汾·代达勒斯透过铁丝网加固的橱窗，看着宝石匠人的手指检验一条陈旧乌暗的链子。窗子上，陈列盘里，到处都是尘土布下的网。勤劳的手指，鹰爪似的指甲，也都灰扑扑的沾满了尘土。一盘盘颜色暗淡的铜丝、银丝、一方方的朱砂，以至红宝石，那些带鳞状白斑的和暗红色的宝石，全都积满了尘土。

这些全都出于阴暗多蛆的泥土，火焰的冷斑，邪物，在黑暗中闪亮的光点。被逐出天堂的大天使们，把头顶上的星星[①]扔在那儿了。一些肮脏的猪嘴，一些脏手，在那里挖了又挖，把它们从泥土中抠出来，抓在手中。

她在一片污浊幽暗之中舞蹈。在这里，大蒜辣得牙床生痛。一个留赤褐色大胡子的水手，一边小口小口地啜着缸子里的甘蔗烧酒，一边使劲地盯着她。长期在海上喂养起来的、默默无声的淫欲。她跳着，蹦着，扭着腰，摇摆着母猪似的屁股，粗大的肚皮上扑动着一块鸟卵似的红宝石。

老拉塞尔用一块龌龊的油鞣革，把手里的宝石擦得又露出了光泽，然后把它转动一下，举在摩西式长胡子的尖端处端详。猿猴爷爷欣赏偷来的秘藏财宝。

而你这个从埋藏地挖掘古老形象的人，又怎么样呢？诡辩家的胡言乱语：安提西尼[②]。无人问津的学识。东方的不朽的小麦长在地里，从永恒到永恒。

两个老婆子刚刚吸够了带咸水味的空气，慢慢地沿着伦敦桥路穿过爱尔兰区，一个拿着一把沾满砂粒的疲惫的雨伞，另一个提着一只接生婆用的皮包，包里滚动着十一枚蛤蜊。

从电力站里传出皮带拍打的呼呼声和发电机的嗡嗡声，促使斯蒂汾往前走。没有生命的生命。打住吧！身外有永远不停的搏动，内部也有永远不停的搏动。你所歌咏的你自己的心。而我就在这二者之间。在什么地方？就在这两个闹哄哄地团团转动的世界之间，我。干脆把它们砸烂，统统砸烂吧。可是一拳下去，把自己也震晕了。你来吧，你做得到的，你把我砸烂了吧。我就说你又是老鸨，又是屠夫。等一等，先别动手。四周看一看再说。

是的，确实如此。很大，很了不起，走得准极了。[③] 您说得不错，先生。一个星期一的上午。一点儿也不错。[④]

斯蒂汾走进了贝德福德横街，一边走一边用白蜡手杖的把儿磕打着自己的肩胛骨。他的目光落在克洛希赛书店的橱窗里，看到一张褪了色的 1860 年的照片，希南对塞耶斯的拳击比赛。[⑤] 拳击场的围绳四周，站满了戴方帽子的助威者，都瞪着大眼。两个重量级拳击手，都穿着绷紧的小裤衩，彼此以球形的拳头相敬。

---

① 传说地下的宝石是从天堂逐出的天使仙冠上的星星变的。

② 安提西尼是古希腊哲学家。

③ 斯蒂汾这时正走过一家钟表店。

④ “您说的……一点儿也不错”是莎剧《哈姆莱特》中哈为了愚弄波洛涅斯而向他的朋友说的几句无头无脑的话。

⑤ 这是英国 19 世纪的一次有名的激烈拳击赛，打了两小时之久，也是英国最后一次老式比赛（比现在的更野蛮）。

它们也在搏动：壮士们的心脏。

他转过身去，在斜立在街边的书车前站住了。

——两便士一本，摆摊的说。六便士四本。

破烂的书页。《爱尔兰养蜂家》、《亚尔教区牧师生平奇迹》、《基拉尼导游手册》。

说不定可以在这儿找到一本我在学校得的奖品，当掉了的。Stephano Dedalo，alumno optimo，palmam ferenti.[①]

康眉神父的九时课已经诵读完毕，现正穿过唐尼卡尼小村，口里在念念有词地做晚祷。

大约是因为装帧太好，不合适。这是什么？摩西经书的第八、第九卷。[②] 秘密中的秘密。大卫王的印章。[③] 书页已经翻脏，多少人阅读过的。我来以前有谁来过？手上龟裂皮肤的软化方法。白葡萄酒醋制造方法。赢得女性爱情秘方。这个我有用。合掌诵念下列咒语三编：

——Se el yilo nebrakada femininum！Amor me solo！Sanktus！Amen.[④]

这是谁写的？最圣洁的修道院长彼得·萨兰卡秘藏符咒和祈祷文，专供一切真诚信徒享用。比得上任何其他修道院长的符咒，例如那位说话含含糊糊的约阿基姆。下去吧，秃老亮，要不我们拔光你的毛。

——你在这儿干吗，斯蒂汾？

迪莉的高耸的肩膀、破旧的连衣裙。

快合上书。不让看。

——你干什么？斯蒂汾说。

天下无双的查尔斯[⑤]似的斯图尔特家面孔，两边披着长长的直发。她蹲在炉子边把破靴子塞进去烧火的时候，脸上泛着红光。我给她讲巴黎。晚上，盖着旧大衣躺在床上，抚摩着丹·凯利送的亚金手镯。Nebrakada femininum.[⑥]

——你手里拿的是什么？斯蒂汾问。

——那边书摊上买的，一便士，迪莉不好意思地笑着说。还行吗？

---

① 拉丁文：年级奖，奖给优秀学生斯蒂汾·代达勒斯。

② 《圣经·旧约》中的前5卷常被称为“摩西五经”，因为据犹太人相传，这5卷是摩西编写的。然而传说摩西另有数卷秘传经书，因而欧美市场上常有借此名义出版的书籍，一般都登载法术、秘方之类的内容。

③ 大卫是《圣经·旧约》中记载的古以色列国王，所谓“大卫王印章”是犹太教的吉祥图案，是两个三角形组成的六角形。

④ 混合西班牙语、中古时期的西班牙阿拉伯语和错别字的咒语：上帝保佑的女性的小天堂呀，请你只爱我一人！神圣的！阿门！

⑤ 查尔斯一世（1600—1649）为英国斯图尔特王室第二位国王。

⑥ “上帝保佑的女性”。

她的眼睛像我，人们说。我在别人眼里就是这样的吗？敏捷、遥远、大胆。心思也像是我的影子。

他从她手中接过那本没有封面的书。夏登纳尔的《法语入门》。

——你买这个干什么？他问。要学法语吗？

她点点头，红着脸抿紧了嘴。

不要表示惊讶。很自然的事。

——给，斯蒂汾说。还可以。小心别让玛吉给你当掉了。我的书恐怕全完了吧。

——一部分，迪莉说。我们没有办法。

她快淹死了。内疚。救救她吧。内疚。我们无路可走。她会把我也带下水去淹死的，眼睛、头发。松散的海草头发，缠绕着我、我的心、我的灵魂。盐绿的死亡。

我们。

良心的内疚。良心中有内疚。

悲惨！悲惨！

第十八章

…………

一刻了，什么缺德钟点哟，我琢磨中国那边人们现在正起床梳辫子准备开始一天的生活了吧。我们这里修女们快敲晨祷钟了，她们睡觉倒没有人进去打扰，除非偶然有一两个教士去做夜课，要不鸡叫时候隔壁的闹钟当啷啷啷的简直要把它自己的脑袋都震破了。我来试一试看是不是还能睡一会儿，一二三四五，他们发明的这些像星星的东西算是什么花哟，隆巴德街的壁纸好看多了。他给我的围裙也是那种花样，只是我不过我只用了两次。最好把灯弄低一些再试一试。好！早点起床，我要到芬勒特食品店旁边的兰姆花店去一下，叫他们送些花来，好把屋子布置布置，要是他明天带他来呢？不是明天是今天，不好！不好！星期五不吉利。首先我要把屋子收拾好，灰尘不知道怎么回事自己就长出来了。大约是在我睡觉的时候长的吧。然后，我们可以来点音乐，抽抽香烟。我可以给他伴奏，先得用牛奶擦洗钢琴的键盘。我穿什么衣服好呢？要不要佩戴一朵白玫瑰？不然的话，来点儿利普顿公司那种神仙蛋糕吧，我喜欢货色齐全的大商店里那种香味。七个半便士一磅的，要不然另外那种带樱桃和粉色糖层的十一便士的来两磅。桌子中央得来一盆好花，哪儿的盆花便宜些呢？别着急，我不久前在哪儿看见来着，我爱花，恨不得这屋子整个儿都漂在玫瑰花海里才痛快呢。天上的天主呀！大自然真是没有比的崇山峻岭，还有海洋白浪翻滚，还有田野真美，一片片的燕麦小麦各种各样的东西，一群群肥牛悠然自得，你看着只觉得心里舒畅，河流呀、湖泊呀、鲜花呀，各种各样的形状、香味、颜色，连小沟里也冒出了报春花和紫罗兰。这就是大自然。要说那些人说什么天主不存在，别看他们学问大，我说还不值我两个手指打的一个响榧子呢，他们为什么不自己试试创造出点什么东西来呢？我常和他说，那些无神论者，还是什么论者的，还是先把自己身上那些疙疙瘩瘩的洗净了，再说吧。再说他们临死，他们鬼哭神嚎地找牧师，又是为什么呢？为什么呢？因为，他们怕地狱他们做了亏心事，可不是吗？我可知道这号人谁是宇宙中间比别人都早的第一个人呢，谁是开天辟地的人呢？究竟是谁呢？他们可说不上来，我也说不上来，这不就结了吗？他们还不如去试试挡住太阳，让它明天别升起来呢？他说太阳是为你放光的，那是我们在豪思山头上、躺在杜鹃花丛中的那一天。他穿的是灰色花呢套服、戴着那顶草帽，我就是那天弄到他求婚的。真的。我先还嘴对嘴给了他一点儿沙蒿籽蛋糕。那是一个闰年和今年一样真的十六年过去了。我的天主呀！那一吻可真是长，差点儿把我憋死过去。真的！他说我是一朵山花。真的！我们就是花朵，女人的身体全都是花朵真的。他这辈子总算说出了一个真理。还有太阳今天是为你放光。真的！我就是因为这个才喜欢他的，因为我看得出他理解或是感觉到女人是怎么一回事儿，而且我知道我总能让他听我的那天，我尽给他甜头引他开口求我答应，可是我先还不马上回答，一个劲儿地眺望海面，仰望天空。心里想到许许多多他不知道的事情。想到马尔维、想到斯坦厄普先生、想到荷丝特、想到父亲、想到老格罗夫斯上尉、想到那些水手在码头上玩鸟儿飞、我说弯腰还有他们叫做洗碟子的游戏、总督府门前站岗的头上戴个白色头盔有一道箍、可怜的家伙晒得半死不活的，还有西班牙姑娘们披着披肩、头上插着高高的梳子、嘻嘻哈哈的，还有清早赶集拍卖，什么人都来了，有希腊人、有犹太人、有阿拉伯人，整个欧洲，还加一条公爵大街，什么犄角旮旯儿里的稀奇古怪的人，都来了，还有家禽市场，在拉比沙伦外面一片嘈杂鸡鸭乱叫，驴子可怜瞌睡懵懂地尽打滑，阴暗处，影影绰绰常有人裹着斗篷躺在台阶上睡觉，还有运公牛的大车轮子真大，还有几千年的古堡，真的，还有英俊的摩尔人穿一身白衣服、脑袋上缠着头巾，国王似的，气派小不点儿的铺子，还请你坐下，还有朗达①，西班牙客栈古老的窗户，两只窥视的眼睛，在格子窗后隐匿情人只好吻铁条②，夜间酒店都是半开门的，还有响板那天晚上，我们在阿尔赫西拉斯，没有赶上渡轮，打更的提着灯笼转悠，平安无事，哎唷！深处的潜流，可怕！哎唷！还有海洋，深红的海洋有时候真像火一样的红，夕阳西下太壮观了！还有阿拉梅达那些花园里的无花果树，真的那些别致的

---

① 朗达为西班牙城市，在直布罗陀东北方向四十余英里处。

② “两只窥视的眼睛在格子窗后隐匿”为前文所提歌词，而西班牙房屋格子窗外往往另有铁栅。

小街，还有一幢幢桃红的、蓝的、黄的房子，还有一座座玫瑰花园，还有茉莉花天竺葵仙人掌，少女时代的直布罗陀，我在那儿确是一朵山花，真的我常像安达卢西亚姑娘们那样，在头上插一朵玫瑰花，要不，我佩戴一朵红的吧，好的，还想到他在摩尔墙下吻我的情形，我想好吧，他比别人也不差呀，于是我用眼神叫他，再求一次真的，于是他又问我愿意不愿意真的，你就说愿意吧，我的山花，我呢先伸出两手搂住了他真的，然后拉他俯身下来，让他的胸膛贴住我的乳房，芳香扑鼻，真的，他的心在狂跳，然后，真的，我才开口答应愿意，我愿意真的。

（选自金隄译：《尤利西斯》，人民文学出版社，1994年版）

作品赏析

《尤利西斯》运用高度浓缩的时间、空间和人物形象，反映了20世纪西方人的精神危机和文明危机。小说采用神话模式，在人物、情节、结构上与荷马史诗《奥德修记》相对应。书名本身就隐含着作家的创作意图，旨在超越一个人的故事而写成一部现代生活史诗（尤利西斯即奥德修斯的罗马名字）。奥德修海上十年的漂泊历险与现代人布卢姆一昼夜在大城市街头的漫游、广阔惊险的大自然背景与活生生的都柏林社会、英雄悲壮的历史与庸人卑劣猥琐的现实都形成了对应关系。在《奥德修记》中，奥德修在外漂泊多年，归家途中遇到正在寻父的儿子。父子二人返回家中，与珀涅罗珀相遇。在这里，助父除虐的勇士特勒玛科斯变成了精神空虚的骚客斯蒂汾，驰骋疆场、力挽狂澜的英雄奥德修变成了逆来顺受、含羞忍辱的广告推销员布卢姆，坚贞不渝的王后珀涅罗珀变成了耽于肉欲的荡妇莫莉。作者不拘泥于此，经过点化，又别有一番新意。可谓古今互喻，烘托主题。世界正在走向沉沦和堕落，现代西方文化哺育出来的布卢姆、斯蒂汾和莫莉在古代西方文化英雄的反衬下，显得何等卑微、苍白、平庸和渺小！他们都失掉了英雄主义的追求，无力摆脱精神创伤，丧失了精神家园，无家可归，但又朦胧地向往某种比较合理的、健全的生活基础。从这个意义上说，《尤利西斯》是交响诗，它被精确和连贯的主题发展性格化了。布卢姆的庸人哲学、斯蒂汾的虚无主义、莫莉的性欲追求相互影响和呼应，为主题的产生提供了良好的情节和人物基础。

人物之间存在着发现与认同的关系。《尤利西斯》一开始，斯蒂汾和布卢姆的平衡状态受到威胁，生活中出现了欠缺，成了无家可归的流浪汉：一个有家不愿回、一个有家不敢回。斯蒂汾在《一个青年艺术家的肖像》中就已经背弃了社会、教会和祖国。他涉世不深，初出茅庐而显得书生气十足。都柏林保守、浅薄、狭隘的气氛使他感到压抑和窒息。他经常耽于幻想，沉浸在严肃、深奥的哲学思辨中。在其意识流里，不断出现亚里士多德、阿奎那、贝克莱、莎士比亚等人的名字及其著作。对母亲的内疚成为排解不开的积郁，过度依恋母亲又使他愧对父亲。母亲去世后，父亲酗酒无度，斯蒂汾厌恶地离开家庭，成为一个有家不愿回的艺术家。他在充满种种诱惑、陷阱和杀机的都柏林社会里无能为力，无所作为。唯一的一次惊人之举是酒后妓院闹事。在一天的漫游中，他和失去儿子的布卢姆距离越来越近，二人终于凭互谅、互信而相遇。他们的会面暗示了人际间的默契，说明了斯蒂汾心智的成长。在父亲般的布卢姆协助下，他悟到了人世的险恶无情，更重要的是体会到生活在荒原的现代人生活中，最难能可贵的是人与人之间的信任及同情。斯蒂汾在性情温和善良的布卢姆身上找到了他生活中所欠缺的东西——被现代文明摧毁的整个人类精神中最本质、最可贵的博爱精神——这一认识表明艺术家走出了象牙之塔，投入到了生活之中。

布卢姆是一个生活中备受歧视和排挤的犹太人，一个丧权辱国的爱尔兰人，一个有家不敢回的丈夫。他能力低下，碌碌无为，庸俗粗鄙，善于逆来顺受，含羞忍辱。暗中与女秘书通情书，抽屉里藏着黄色照片，甚至喜欢在公共场所偷窥妇女以满足其变态的性心理。一整天萦绕心头的总是这些不幸遭遇：儿子早夭带给他的精神创伤，父亲的自杀，作为犹太人生活在爱尔兰所体验到的流落异乡的疏离感等。妻子的不贞带给他的精神刺激最大，思绪时时回到这件事上来，甚至幻觉目睹了妻子和他人做爱。在社会和家庭中的卑微地位、尴尬角色，决定了他在现实生活中自卑自贱，自欺欺人，自我安慰。路上，他瞥见鲍伊岚迎面走来，却慌忙躲进博物馆大门；回家以后，尽管看到莫莉情人来过的迹象，也只能无奈地委曲求全，卑微地把偷情者从心中排遣出去了事。布卢姆代表的是平常人、现代都市中芸芸众生之一员。它的出现标志着20世纪西方文学中作为非英雄形象的现代人的诞生。现代人所面临的尴尬处境和精神危机在他身上得到了最典型的体现。同时，在他性格中还存在着可贵的另一面，这就是博爱、谦和、宽容、仁爱。灵与肉的割裂，使他成为精神上的伟人，现实中的庸人。他在精神世界里自由地漫游，经历丰富的人生，拥有充实的自我。他探视难产妇女，体贴地帮助盲人过街，为死者家属奔走、捐款，协助解决死者的人寿保险中的遗留问题，无微不至地照顾酗酒闹事的斯蒂汾，为他赔偿打碎的吊灯并带他回家，为妻子准备早点、买色情小说……凡此种种，都感人至深。不仅如此，他的恻隐之心还体现在对动物的关爱上：喂食饥饿的飞鸟，把一只被遗弃的狗带回家等等。他只能在幻想中实现他的乌托邦理想：爱尔兰人和犹太人“不分宗教、信仰和阶级，都相应地拥有可观的收入，能够过得舒舒服服”，“对男人和女人来说侮辱和仇恨并不是生命，每一个人都晓得真正的生命同那是恰恰相反的”。在第十五章，他在幻觉中成了国家最有权有势的统治者“皇帝总统兼国王主席”。宣告“一个新的时代即将露出曙光”，主张“宗教要自由开放，国家要自由无宗教”。紧接着登基典礼之后，就是通过留声机和报童宣布的世界末日和魔鬼降临的画面，象征人类所取得的文明成就最终将导致人类的毁灭。作者以此强调全书的基本思想：除了布卢姆精神之外，什么都不存在；人类的历史将以此告终。

在小说的结尾处，通过十几个小时的游荡，在漫长的一天尽头，布卢姆和斯蒂汾终于相遇了，精神上的父子实现了灵交。斯蒂汾这个有时是乔伊斯本人理智和想象化身的艺术家，一个20世纪和传统断了线的青年与布卢姆相遇，找到了一个能给他鼓励并使他感觉和人类一脉相承的父亲；布卢姆则找到了能寄予希望并且能信赖的儿子，理想和希望正是他生活中所欠缺的东西。

莫莉的形象主要通过他人的视角和她临睡前意识的自由漂流显示出来。她少女时代就有不少风流韵事，在夫妻生活失和的十余年间又与别的男人偷情，追求肉欲的满足，其纵情享乐更接近于纯粹的动物本能。她趣味不高，喜爱花草、色彩等可爱的东西，渴望着真正温柔细腻的感情。在她昏昏欲睡的潜意识里，把丈夫和其他男子做了比较。她很反感鲍伊岚的粗鲁和庸俗。回想起布卢姆当年向她求婚的情景，其真诚、理解、体贴、温馨、浪漫都让她难以忘怀。

《尤利西斯》这部巨著充满了无穷的象征。小说表面上写的是日常生活现象和人的言行，背后却隐藏着象征意义。乔伊斯在结构和象征方面，试图通过各章的不同重点，各自组成一个象征系统，再在全书中将许多不同的系统交织起来，构成一个多层次的复杂整体。乔伊斯指出："《尤利西斯》既是犹太人和爱尔兰人的史诗，又是人体器官的图解；既是他本人的自传，又是永恒的男性和永恒的女性的象征；既是艺术和艺术家成长过程的描绘，又是上帝吾父和耶稣吾子关系的刻画；既是古希腊英雄奥德修经历的现代版，又是传播《圣经》的福音书。"总之，作品表面上写的是日常生活，背后却隐藏着象征意义：作者笔下一天无聊而混乱的生活，象征着人类发展的历史；小说开篇晴空万里，这天是布卢姆的生日，象征着人类的诞生；后来阴云密布，象征人类的种种罪恶；最后黑夜笼罩大地，象征人类的毁灭。布卢姆是人类腐化堕落的象征，斯蒂汾体现着资产阶级知识分子的苦闷和绝望，莫莉象征着西方社会的道德沦丧和性泛滥。有的象征走向神秘，如书中多次出现一位穿雨衣的陌生人，"他是谁？"成为"乔学"有名的谜语之一。

文体的多样性是小说的又一特征。乔伊斯追求内容与形式的和谐统一，追求文字的最佳效果。因此他的小说几乎每一章都使用了迥然不同的文体，运用不同色调的语言，借以烘托主题的变化，描写不同的人物与情景。如第三章写青年艺术家斯蒂汾在海滨沉思，涉及哲学、历史、神话、宗教、艺术、美学，语言包括法语、德语、拉丁语、西班牙语、意大利语等，内容艰深难懂，文体是内心独白，来回跳跃，变幻无穷。采用了很多大字、难字、抽象字。第四章表现布卢姆的庸俗生活，多用具体、简单、口语化的生活词汇和传统的叙事手法。第七章通过对报社的描写揭示现代社会面目，各段落前都有报纸上使用的大标题，看上去就像一张普通的报纸。叙述被切割成片段，多用省略、同义词和近义词，暗合报纸风格。第十三章叙述布卢姆和 18 岁的姑娘格蒂空虚轻佻的情节，便模仿当时妇女杂志上风流庸俗的笔调。乔伊斯自称是一种全新的泡沫文体，一种软绵绵、甜腻腻、黏糊糊、果酱似的、裤衩性的文体。第十四章写一群医科学生在国立妇产医院讨论生育、绝育、节育问题，便运用医学词汇。九个部分代表胚胎发育的九个月，按时间顺序模拟从 14、15 世纪到 19 世纪末各阶段的英语文体，仿佛是一部英语文体发展史。第十六章表现精疲力竭的布卢姆扶着烂醉如泥的斯蒂汾来到一家小吃店，配以令人疲惫、游移不定的行文、叫人厌倦的句法，使人迷惑不解的分段。总之，《尤利西斯》文野雅俗、粗细高低、各种文体应有尽有，并随内容变化而变化。

《尤利西斯》是一部典型的意识流小说。作者在有限的客观时间内，借助人物意识活动的纵横驰骋，展开了现代社会个人生活与爱尔兰、犹太人的百年历史沧桑，极大地拓展了小说的表现时空。1904 年 6 月 16 日，成为文学史上被描绘得最详尽的一昼夜，被称为“布卢姆日”。内心独白、自由联想、幻觉梦境的意识流技巧的广泛运用，有助于展示人物纷乱如麻的意识，转瞬即逝的感应、难以名状的直觉。小说最后冗长的内心独白是一个女性从心灵最幽深、最隐秘处飘出的意识。荣格惊叹：恐怕只有魔鬼他奶奶才能对一个女人的真实心理状态了解得如此深入。这段文字曾被指责为不堪入目的淫词秽语，也被颂扬为意识流创作的典范。

由于作品晦涩难懂，往往使一般读者望而生畏，但它却是所谓的超级读者即批评家、大文豪、文学教授和学者们争相研读的著作。虽然对作品中的某些段落、句词、细节的理解令人莫衷一是，但世界各国越来越多的学者一致公认《尤利西斯》是 20 世纪意识流小说的最高成就。乔伊斯将意识流小说推向了新的发展阶段，使各种艺术技巧达到登峰造极的地步，成为标志着人类意识新阶段的伟大诗人。

（梁坤）

喧哗与骚动

[美] 福克纳

威廉·福克纳（William Faulkner，1897—1962）是20世纪最优秀的小说家之一，美国南方文学的代表。1897年9月25日，福克纳生于美国密西西比州北部小镇新阿尔巴尼一个富有传奇色彩的南方家庭。他的曾祖父、祖父曾是当地显赫一时的人物，到他父亲这辈时，家道衰落。福克纳早年所受的正规教育不多，但在祖父的私人图书室阅读了大量文学名著。第一次世界大战爆发时，他想参加美国空军，因身材矮小遭到拒绝，只得冒充英国人进入设在加拿大多伦多的英国皇家空军学校，但尚未结业战争已经结束。

战后福克纳以复员军人的身份免试进入密西西比大学。一年后，他主动辍学，开始尝试写作。一个偶然的机会，他结识了著名作家舍伍德·安德森，并在后者的提携下，先后发表了几部小说，其中尤以描写虚构的南方小镇约克纳帕塔法故事的《沙多里斯》最为重要。它不仅为福克纳赢得了少许作家的名声，更重要的是，它打开了作家日后创作题材与主题的广阔天地。他"在家乡那块邮票般大小的地方"创造出自己的一方天地——"约克纳帕塔法世系"。他共创作了19部长篇小说和七十多篇短篇小说，获得了极大成功。与此同时，各种奖励也蜂拥而至，1950年获诺贝尔文学奖，1951年获全国图书奖，1955年、1963年两获普利策文学奖。

1962年1月6日，因心脏病发作病逝于家乡的奥克福镇，享年64岁。

作品梗概

《喧哗与骚动》共分四个部分。每个部分由不同的人物来叙述某一特定时间里发生的故事。第一部分是“班吉的部分”，时间是1928年4月7日；第二部分是“昆丁的部分”，时间是1910年6月2日；第三部分是“杰生的部分”，时间是1928年4月6日；第四部分是“迪尔西的部分”，作者讲述1928年4月8日发生的事。

康普生家族曾是小镇上显赫一时的名门望族，祖上出过一位州长、一位将军。家中原有大片的田地和成群的黑奴，但到康普生这代时，只剩下一幢破败的宅子，黑佣人也只剩下老婆婆迪尔西以及她的小外孙勒斯特了。一家之主康普生先生，名义上是律师，但从不见他接洽业务，整天喝醉酒絮絮叨叨地空发议论，把悲观失望的情绪传染给大儿子昆丁。康普生太太自私冷酷，总感到自己受气吃亏，实际上正是她的无病呻吟在拖累与折磨着全家，她随时不忘自己南方大家闺秀的身份，家中没有一个人能从她那里得到一丝的爱和温暖。

康普生夫妇有四个孩子：昆丁、凯蒂、杰生和班吉。女儿凯蒂美丽、热情、开朗，但冷冰冰、缺乏爱的家庭让她痛苦不已。为寻求补偿，她走出家门，同本地的一个小伙子厮混并怀了孕。为了给孩子找个父亲，她匆匆地嫁了人。但事情很快败露，丈夫跟她离了婚，她只得把私生女小昆丁寄养在娘家，自己独自到大城市闯荡。长子昆丁性格抑郁，一向以这个贵族家庭的过去引以为自豪，但眼见家庭的潦倒没落，心情格外压抑和苦闷。他曾经视妹妹凯蒂的贞操为摇摇欲坠的康普生家族的唯一精神支撑，而当凯蒂未婚先孕，置“南方淑女”的清规戒律于不顾时，昆丁彻底地绝望了。他在凯蒂结婚一个月后投河自尽。

杰生是凯蒂的大弟弟，一个冷酷无情，自私自利的市侩。凯蒂嫁给银行家时他曾有望获得一个银行职位，但此事却因姐姐婚前的不检点行为而告吹，为此他恨透了凯蒂，并迁恨于姐姐的私生女小昆丁，他玩弄花招，把凯蒂辛苦寄来的抚养费据为己有，并千方百计地引诱、教唆小昆丁学坏，从中获取复仇的喜悦。小昆丁在家中再也待不下去了，在1928年4月8日复活节这一天，她取走杰生的7 000元不义之财，与一个流浪艺人私奔。杰生发现后追赶小昆丁，不但没有追回钱，反而差点搭上性命。班吉是凯蒂的小弟弟，一个先天性白痴，30多岁的人却只有3岁孩子的智力，处处要人照看。他爱恋姐姐，对周围的人只能凭气味分辨，姐姐离家出走，他十分痛苦。他在街上纠缠女生，被怀疑企图强奸幼女，在杰生的操纵下惨遭阉割，但他始终不明白为什么会是这样。最后杰生为了丢弃这个累赘，把他送进了州立收容所……

小说最初发表时，故事就到此为止。15年后，福克纳又为它加写了一章

“附录”，追述了康普生家族的始末，并对凯蒂与杰生的后来结局作了交代：凯蒂离婚后，几次婚姻都不顺利，后来当了一个德国将军的情妇；杰生则在1945年卖掉家宅，遣散黑佣，依靠经商开始发迹。

（范方俊）

作品节选

一九二八年

7①

四月

透过栅栏，穿过攀绕的花枝的空当，我看见他们在打球。他们朝插着小旗的地方走过来，我顺着栅栏朝前走。勒斯特在那棵开花的树旁草地里找东西。他们把小旗拔出来，打球了。接着他们又把小旗插回去，来到高地②上，这人打了一下，另外那人也打了一下。他们接着朝前走，我也顺着栅栏朝前走。勒斯特离开了那棵开花的树，我们沿着栅栏一起走，这时候他们站住了，我们也站住了。我透过栅栏张望，勒斯特在草丛里找东西。

“球在这儿，开弟③。”那人打了一下。他们穿过草地往远处走去。我贴紧栅栏，瞧着他们走开。

“听听，你哼哼得多难听。”勒斯特说。“也真有你的，都三十三了，还这副样子。我还老远到镇上去给你买来了生日蛋糕呢。别哼哼唧唧了。你就不能帮我找找那只两毛五的镚子儿，好让我今儿晚上去看演出。”

他们过好半天才打一下球，球在草场上飞过去。我顺着栅栏走回到小旗附近去。小旗在耀眼的绿草和树木间飘荡。

“过来呀。”勒斯特说。“那边咱们找过了。他们一时半刻间不会再过来的。咱们上小河沟那边去找，再晚就要让那帮黑小子捡去了。”

小旗红红的，在草地上呼呼地飘着。这时有一只小鸟斜飞下来停歇在上面。勒斯特扔了块土过去。小旗在耀眼的绿草和树木间飘荡。我紧紧地贴着栅栏。

“快别哼哼了。”勒斯特说。“他们不上这边来，我也没法让他们过来呀，是

---

① 这一章是班吉明（“班吉”）的独白。这一天是他33岁生日。他在叙述中常常回想到过去不同时期的事。下文中译者将一一加注说明。

② 指高尔夫球的发球处。

③ “开弟”，原文为caddie，本应译为“球童”，但此词在原文中与班吉姐姐的名字“凯蒂”（Caddy）恰好同音，班吉每次听见别人叫球童，便会想起心爱的姐姐，哼叫起来。

不是。你要是还不住口，姥姥[1]就不给你做生日了。你还不住口，知道我会怎么样。我要把那只蛋糕全都吃掉。连蜡烛也吃掉。把三十三根蜡烛全都吃下去。来呀，咱们上小河沟那边去。我得找到那只镚子儿。没准还能找到一只掉在那儿的球呢。哟。他们在那儿。挺远的。瞧见没有。"他来到栅栏边，伸直了胳膊指着。"看见他们了吧。他们不会再回来了。来吧。"

我们顺着栅栏，走到花园的栅栏旁，我们的影子落在栅栏上，在栅栏上，我的影子比勒斯特的高。我们来到缺口那儿，从那里钻了过去。

"等一等。"勒斯特说。"你又挂在钉子上了。你就不能好好地钻过去不让衣服挂在钉子上吗。"

凯蒂把我的衣服从钉子上解下来，我们钻了过去。[2] 凯蒂说，毛莱舅舅关照了，不要让任何人看见我们，咱们还是猫着腰吧。猫腰呀，班吉。像这样，懂吗。我们猫下了腰，穿过花园，花儿刮着我们，沙沙直响。地绷绷硬。我们又从栅栏上翻过去，几口猪在那儿嗅着闻着，发出了哼哼声。凯蒂说，我猜它们准是在伤心，因为它们的一个伙伴今儿个给宰了。地绷绷硬，是给翻掘过的，有一大块一大块土疙瘩。

把手插在兜里，凯蒂说。不然会冻坏的。快过圣诞节了，你不想让你的手冻坏吧，是吗。

"外面太冷了。"威尔许说。[3]"你不要出去了吧。"

"这又怎么的啦。"母亲说。

"他想到外面去呢。"威尔许说。

"让他出去吧。"毛莱舅舅说。

"天气太冷了。"母亲说。"他还是呆在家里得了。班吉明。好了，别哼哼了。"

"对他不会有害处的。"毛莱舅舅说。

"喂，班吉明。"母亲说。"你要是不乖，那只好让你到厨房去了。"

"妈咪说今儿个别让他上厨房去。"威尔许说。"她说她要把那么些过节吃的东西都做出来。"

"让他出去吧，卡罗琳。"毛莱舅舅说。"你为他操心太多了，自己会生病的。"

---

① 指康普生家的黑女佣迪尔西，她是勒斯特的外祖母。

② 班吉的衣服被钩住，使他脑子里浮现出另一次他的衣服在栅栏缺口处被挂住的情景。那是在1900年圣诞节前两天（12月23日），当时，凯蒂带着他穿过栅栏去完成毛莱舅舅交给他们的一个任务——送情书去给隔壁的帕特生太太。

③ 同一天，时间稍早，在康普生家。威尔许是康普生家的黑小厮，迪尔西的大儿子。前后有三个黑小厮服侍过班吉。1905年前是威尔许，1905年以后是T. P.（迪尔西的小儿子），"当前"（1928年）则是勒斯特（迪尔西的外孙）。福克纳在本书中用不同的黑小厮来标明不同的时序。

"我知道。"母亲说。"有时候我想，这准是老天对我的一种惩罚。"

"我明白，我明白。"毛莱舅舅说。"你得好好保重。我给你调一杯热酒吧。"

"喝了只会让我觉得更加难受。"母亲说。"这你不知道吗。"

"你会觉得好一些的。"毛莱舅舅说。"给他穿戴得严实些，小子，出去的时间可别太长了。"

毛莱舅舅走开去了。威尔许也走开了。

"别吵了好不好。"母亲说。"我们还巴不得你快点出去呢。我只是不想让你害病。"

威尔许给我穿上套鞋和大衣，我们拿了我的帽子就出去了。毛莱舅舅在饭厅里，正在把酒瓶放回到酒柜里去。

"让他在外面呆半个小时，小子。"毛莱舅舅说。"就让他在院子里玩得了。"

"是的，您哪。"威尔许说。"我们从来不让他到外面街上去。"

我们走出门口。阳光很冷，也很耀眼。

"你上哪儿去啊。"威尔许说。"你不见得以为是到镇上去吧，是不是啊。"我们走在沙沙响的落叶上。铁院门冰冰冷的。"你最好把手插在兜里。"威尔许说。"你的手捏在门上会冻坏的，那你怎么办。你干吗不待在屋子里等他们呢。"他把我的手塞到我口袋里去。我能听见他踩在落叶上的沙沙声。我能闻到冷的气味[①]。铁门是冰冰冷的。

"这儿有几个山核桃。好哎。蹿到那棵树上去了。瞧呀，这儿有一只松鼠，班吉。"

我已经一点也不觉得铁门冷了，不过我还能闻到耀眼的冷的气味。

一九一〇年

2

六月

窗框的影子显现在窗帘上，时间是七点到八点之间，我又回到时间里来了，听见表在嘀嗒嘀嗒地响。这表是爷爷留下来的，父亲给我的时候，他说，昆丁，这只表是一切希望与欲望的陵墓，我现在把它交给你；你靠了它，很容易掌握证明所有人类经验都是谬误的 reducto absurdum[②]，这些人类的所有经验对你祖父或曾祖父不见得有用，对你个人也未必有用。我把表给你，不是要让

---

① 班吉虽是白痴，但感觉特别敏锐，各种感觉可以沟通。

② 拉丁语，正确的拼法应为 reductio ad absurdum，意为：归谬法。这是逻辑学中的一种驳斥形式，用以证明矛盾的或荒谬的结论是按照前提推出的逻辑上的必然结果。

你记住时间，而是让你可以偶尔忘掉时间，不把心力全部用在征服时间上面。因为时间反正是征服不了的，他说。甚至根本没有人跟时间较量过。这个战场不过向人显示了他自己的愚蠢与失望，而胜利，也仅仅是哲人与傻子的一种幻想而已。

表是支靠在放硬领的纸盒上的，我躺在床上倾听它的滴答声。实际上应该说是表的声音传进我的耳朵里来。我想不见得有谁有意去听钟表的滴答声的。没有这样做的必要。你可以很久很久都不察觉滴答声，随着在下一秒钟里你又听到了那声音，使你感到虽然你方才没有听见，时间却在不间断地、永恒地、越来越有气无力地行进。就像父亲所说的那样：在长长的、孤独的光线里，你可以看见耶稣在彳亍地前进，很像。还有那位好圣徒弗兰西斯[①]，他称死亡为他的“小妹妹”，其实他并没有妹妹。

透过墙壁，我听到施里夫[②]那张床的弹簧的格吱格吱声，接着听到他趿着拖鞋走路的沙沙声。我起床，走到梳妆台前，伸手在台面上摸索，摸到了表，把它翻过来面朝下，然后回到床上。可是窗框的影子依然映在窗帘上，我差不多能根据影子移动的情形，说出现在是几点几分，因此我只得转过身让背对着影子，可是我感到自己像最早的动物似的，脑袋后面是长着眼睛的，当影子在我头顶上蠕动使我痒痒的时候，我总有这样的感觉。自己养成的这样一些懒惰的习惯，以后总会使你感到后悔。这是父亲说的。他还说过：基督不是在十字架上被钉死的，他是被那些小齿轮轻轻的喀嚓喀嚓声折磨死的。耶稣也没有妹妹。

一等我知道我看不见影子了，我又开始琢磨现在是什么时候了。父亲说过，经常猜测一片人为的刻度盘上几根机械指针的位置，这是心智有毛病的症象。父亲说，这就像出汗一样，也是一种排泄。我当时说也许是吧。心里却是怀疑的。心里一直是怀疑的。

如果今天是阴天，我倒可以瞧着窗子，回想回想对于懒惰的习性，父亲又是怎么说的。我想，如果天气一直好下去，对他们在新伦敦[③]的人来说倒是不错的。天气有什么理由要变呢？这是女儿做新娘的好月份，那声音响彻在[④]她径直从镜子里跑了出来，从被围堵在一个角落里的香气中跑了出来。玫瑰。玫瑰。杰生·李奇蒙·康普生先生暨夫人为小女举行婚礼。[⑤] 玫瑰。不是像山茱萸和马利

① 指弗兰西斯·德·阿昔斯（Francis di Assisi，1182？—1226），意大利僧侣，据说他临死时说：“欢迎你，我的小妹妹死亡。”

② 昆丁在哈佛大学的同学，与昆丁合住一套宿舍，是加拿大人。

③ 美国康涅狄格州滨海一小城，哈佛大学与别的大学的学生的划船比赛在该处举行。

④ 昆丁在这里联想起妹妹凯蒂结婚那天（1910 年 4 月 25 日）的情景。“那声音响彻在”是英国诗人约翰·开波尔（John Keble，1792—1866）的诗歌《神圣的婚礼》中的半行，全句为：“那声音响彻在伊甸园的上空，人世间最早的一次婚礼。”

⑤ 昆丁想起了他父亲寄来的宣布即将为凯蒂举行婚礼的请柬。

筋那种贞洁的花木。我说，我犯了乱伦罪了[①]，父亲，我说。玫瑰。狡猾而又安详。如果你在哈佛念了一年，却没有见到过划船比赛，那就应该要求退还学费。让杰生去念大学。让杰生上哈佛去念一年书吧。

…………

他走出去了。门关上了。走廊里传来他那越来越微弱的脚步声。这时我又能听到表的滴答声了。我不再走来走去，而是来到窗前，拉开窗帘，看人们急匆匆地朝小教堂奔去，总是那些人，挣扎着把手穿进逐渐张大的外套袖管，总是那些同样的书和飘飞的翻领向前涌去，仿佛是洪水泛滥中漂浮的破瓦碎砖，这里面还有斯波特。他把施里夫叫做我的丈夫。啊，别理他，施里夫说，要是他光会追逐那些骚娘们，那跟我们又有什么相干。在南方，人们认为自己是童男子是桩丢脸的事。小青年也好。大男人也好。他们都瞎吹。因为女人认为童贞不童贞关系倒不大，这是父亲说的。他说，童贞这个观念是男人而不是女人设想出来的。父亲说，这就跟死亡一样，仅仅是一种别人都有份的事儿，我就说了，光是相信它也是没什么意思的，他就说，世界上一切事情之所以可悲也正在于此，还不仅是童贞的问题，于是我就说，失去贞操的为什么不能是我，而只能是她呢，于是他说，事情之所以可悲也正在于此；所有的事情，连改变它们一下都是不值得的，而施里夫说，他不就是光会追逐那些小骚娘们吗，我就说，你自己有妹妹没有？你有没有？你有没有？

一九二八年

6

四月

我总是说，天生是贱坯就永远都是贱坯。我也总是说，要是您操心的光是她逃学的问题，那您还算是有福气的呢。我说，她这会儿应该下楼到厨房里去，而不应该待在楼上的卧室里，往脸上乱抹胭脂，让六个黑鬼来伺候她吃早饭。这些黑鬼若不是肚子里早已塞满了面包与肉，连从椅子上挪一下屁股都懒得挪呢。这时候母亲开口了：

“可是，让学校当局以为我管不了她，以为我没法——”

“得了，”我说，“您是管不了，您真管得了吗？您从来也不想办法约束约束她，”我说，“迟至今日，她已经十七岁了，您还能把她怎么样？”

她把我的话琢磨了一会儿。

---

① 昆丁想起在妹妹与推销员达尔顿·艾密司有了苟且关系后，他自己去向父亲“承认”犯了乱伦罪（其实没有）的情形。

“不过，让他们以为……我连她拿到了成绩报告单都不知道。去年秋天，她告诉我，学校从今年起不再发成绩单了。可是方才琼金老师给我打了电话，说如果她再旷一次课，就只好叫她退学了。她是怎么逃学的呢？她能上哪儿去呢？你整天都在镇上；要是她在大街上逛来逛去，你总该看见她的吧。”

“不错，”我说，“要是她是在街上溜达的话。不过我认为她之所以要逃学，并不是仅仅为了要做什么不怕别人看见的事。”

“你这话是什么意思？”她说。

“没什么意思，”我说。“我只不过是回答您的问题。”这时候她又哭起来，嘟嘟哝哝地说什么连她自己的亲骨肉也诅咒起她来了。

“是您自己要问我的啊，”我说。

“我不是说你，”她说。“你是惟一没让我良心受责的孩子。”

“就是嘛，”我说，“我压根儿没工夫谴责您的良心。我没机会上哈佛大学，也没时间，整天醉醺醺直到进入黄泉。我得干活呀。不过当然了，若是您想让我跟踪她，监视她干了什么坏事没有，我可以辞掉店里的差事，找个晚班的活儿。这样，白天我来看着她，夜班嘛您可以叫班①来值。”

“我知道，我只不过是你们的累赘和负担。”她说着说着，就伏在枕头上啜泣了起来。

“这我还不清楚吗，”我说。“您说这样的话都说了有三十年了。连班到这会儿也该明白了。您要不要让我来跟她谈谈这件事呢？”

“你觉得这会有好处吗？”她说。

“要是我刚开始您就来插一杠子，那就不会有任何好处，”我说。“如果您想让我来管束她，您只管吩咐，可是再别插手。每回我刚想管，您就插进来乱搅和，结果是让她把咱们俩都取笑一番。”

“要知道，她可是你的亲人哪。”她说。

“对啊，”我说，“我正好也在这么想——亲人，这是嫡嫡亲亲的呢，依我说。不过，若是有人行为像黑鬼，那就不管此人是谁，你只好拿对付黑鬼的办法来对付。”

“我真怕你会跟她大发雷霆。”她说。

“好了，”我说，“您那套办法也不大行得通。您到底要我管呢，还是不要？要就说要，不要就拉倒；我还要去上班呢。”

“我知道，这么些年来为了我们你受够了罪，”她说。“你明白，当初要是我的计划实现了，你早就有你自己的事务所了，也能像个巴斯康家大少爷似的过上几天了。因为，你虽然不姓巴斯康，你骨子里却是巴斯康家的人。我知道要是你

---

① 班吉的简称。

父亲当初能预见——”

“哼，”我说，“我琢磨他也跟一般人一样，也会有看不准的时候。”她又啜泣起来了。

“你怎么能这么刻薄地讲你死去的父亲?”她说。

“好吧，”我说，“好吧。随您的便吧！既然我没有自己的事务所，我还得去上我的班，当我的差。那么您到底要不要让我跟她谈谈呢?”

“我真怕您会跟她大发雷霆。”她说。

“好吧，”我说，“那我什么也不说就是了。”

“不过总得想点什么法子呀!”她说。“别人会以为我容许她逃学，任她在大街上逛来逛去，要不，以为我拿她没有办法……杰生，杰生，”她说，“你怎么能撇下我不管呢。你怎么能把这么多的包袱都扔给我呢。”

“好了，好了，”我说，“您呆会儿又要把自己折磨得发病了。您要就是整天把她锁在屋里，要就是别再为她操心，把她交给我。这样做不好吗?”

“她是我的亲骨肉啊。”她说着又哭了起来。于是我就说：

“好吧。我来管她就是了。快别哭了，行了。”

“你可别大发雷霆啊，”她说。“她还是个孩子呢，记住了。”

“不会的，”我说，“我不会的。”我走出屋去，随手带上了门。

“杰生，”她说。我没有回答她。我顺着楼上的过道走着。“杰生，”她站在房门背后喊道。我一直往楼下走去。餐厅里一个人也没有，接着我听到了她[①]在厨房里的声音。她想让迪尔西再给她倒一杯咖啡。我走进厨房。

“这敢情是你们学校的制服，是吗?”我说。“要不，也许是今天放假?”

“就半杯，迪尔西，”她说。“求求你。”

“不行，小姐，”迪尔西说。“我不能给你。一个十七岁的大姑娘，只应该喝一杯，再说卡罗琳小姐也关照过的。你快快吃，穿好上学的制服，就可以搭杰生的车子进城。你这是存心再一次迟到。”

“不，她不会的，”我说。“我们马上就来把这事安排一下。”她眼睛望着我，手里拿着杯子。她用手把脸上的头发掠到后面去，她的浴衣从肩膀上滑了下来。“你把杯子放下，到这里来一下。”我说。

“干什么?”她说。

“快点，”我说。“把杯子放在水池里，到这儿来。”

“你又想干什么啦，杰生?”迪尔西说。

“你也许以为你可以压倒外婆和别的所有人，也一准可以压倒我，”我说，“可是你错了。我给你十秒钟，让你照我的吩咐把杯子放好。”

---

① 指小昆丁。

她不再看我，而是把眼光转向迪尔西。“现在是什么时候，迪尔西？”她说。“十秒钟到了，你就吹一下口哨。再给我半杯咖啡吧。迪尔西，求——”

我一把抓住她的胳膊。她松开了杯子。杯子跌落到地板上，摔得粉碎。她眼睛盯着我，胳膊往后缩，可是我还是攥得紧紧的。坐在椅子上的迪尔西现在站了起来。

“你啊，杰生。”她说。

“放开我，”昆丁说，“不然我要扇你一个耳光。”

“你要扇，是吗？”我说，“你要扇，是吗？”她一巴掌往我脸上抽来。我把那只手也捉住了，我当她是只野猫，把她紧紧按住。“你要扇，是吗？”我说。“你以为你扇得成吗？”

“你啊，杰生！”迪尔西说。我把她拖到餐厅里去。她的浴衣松了开来，在身边飘动，里面简直没穿什么衣服。迪尔西趔趔趄趄地走过来。我扭过身子，噔地一脚，把门冲着她的脸关上了。

“你别进来。”我说。

昆丁倚在餐桌上，在系浴衣的带子。我死死地盯着她。

“好，”我说，“我来问你，你这是什么意思，逃学不算，还向你外婆撒谎，在成绩报告单上假冒她的签名，让你外婆愁得又犯了病。你这是什么意思？”

她一言不发。她把浴衣一直扣到脖子底下，把衣服拉紧在身体周围，眼睛盯着我。她还来不及抹胭脂口红，她的脸像是刚用擦枪布擦过似的。我走过去抓住她的手腕。“你这是什么意思？”我说。

“不关你的屁事，”她说。“你放开我。”

迪尔西走进门来。“嗨，杰生。”她说。

“你给我出去，听见没有，”我说，连头都没有转过去。“我要知道你逃学的时候待在哪儿？”我说。“你没在街上溜达，否则我会见到你的。你跟谁在一起鬼混？是不是跟哪个油头滑脑的坏小子躲在树林子里？你去了没有？”

“你——你这个老混蛋！”她说。她挣扎起来，可是我抓住了她不放。“你这个该死的老混蛋！”她说。

“我要给你点厉害瞧瞧，”我说。“你也许有本事把一个老太婆吓唬走，可是我要让你明白现在是谁在治你。”我用一只手抓住她，这时候，她不再挣扎了，只顾望着我，她那双眼睛瞪得越来越大，乌黑乌黑的。

“你要干什么？”她说。

“你等着，让我把皮带抽出来，然后你就知道了。”我说着，一面把裤带往外抽。这时，迪尔西抓住了我的胳膊。

“杰生，”她说，“你啊，杰生！你难道不害臊吗？”

“迪尔西，”昆丁说，“迪尔西。”

“我不会让他抽你的，”迪尔西说。“你不用害怕，好宝贝。”她抱住了我的胳膊。……

（选自李文俊译：《喧哗与骚动》，上海译文出版社，1995 年版）

作品赏析

“人生不过是一个行走的影子，一个在舞台上指手画脚的拙劣的伶人，登场片刻，就在无声无息中悄然退下；人生犹如痴人说梦，充满着喧哗与骚动，却没有任何意义。”福克纳的名作《喧哗与骚动》之书名正来源于莎士比亚名剧《麦克白》中的这段台词。这部以美国南方为描绘对象的长篇小说所反映的是 20 世纪初美国南方社会贵族庄园主衰亡的历史，着重表现了传统观念与现代意识、理想与现实之间的矛盾和冲突。作家通过人物的内心体验来揭示其矛盾和冲突带来的困惑与不安，并把南方地域文化中深沉的历史感和人们迷惘、失落、忧虑而又不断探索的精神内涵融入作品之中，从而使小说迷离、深邃，充满了神秘的现代意识。

《圣经·创世记》中上帝造就的人类始祖亚当与夏娃生活在伊甸园里，园中有一条清澈的小河，滋润着园中生物。而后夏娃和亚当在蛇的引诱下偷食了知识树上的果实，从此，分辨善恶的开始也就意味着被赶出了伊甸园，人类的堕落由此开始。若把《喧哗与骚动》中的一些情节连缀下来，我们也可敷演出一幅大致相同的图景。有一条小溪流经康普生庄园，园中有一棵梨树……整个情节构成了一个关于现代人堕落的故事，而在情节的展开中，这幅图景的艺术价值逐渐凸显。主人公凯蒂，正是福克纳世界中失落的象征，故事中主人公昆丁、班吉等的命运转向皆与凯蒂息息相关。而她不顾威尔许的劝告和父亲的警告，不管杰生“告发她”的威胁，毅然地爬上树去。这时，“一条蛇从屋子下爬出来”，这在一定程度上体现了她独立不羁的叛逆性格，却也暗示了她个性中悲剧的一面。透过知识之树，她看见了死亡。这一情节象征着死亡和失贞，日后康普生先生的死亡、昆丁的自杀皆与其失贞有直接联系。她已经被欲望之火控制，接受了瞬息即逝的“温暖”。更为重要的是，失贞也是凯蒂悲剧性的一生的转折点。她长大后追求幸福的梦想也被“玷污”“弄脏”了。

伊甸园在文学作品中往往是乐园、天堂的代名词，但福克纳创造性地借用了这一意象。在现代伊甸园中，天堂已经失落，人们所感受到的便只有孤寂、迷茫和背叛，以及由此而产生的负罪感和恐惧感。伴之而来的就是精神上的深刻的危机。这一意象表达了这一内涵：凯蒂不是从充满了温暖与欢乐的伊甸园走向堕落的，而是被没有爱的滋润的康普生家族——现代伊甸园逼入堕落的深渊的。在康普生家族中显现了这种失落的天真，“伊甸园”暗示着一个充溢着冷漠、孤独、负罪感而又缺乏温情与和谐的"精神荒原"。

一家之主康普生先生已陷入酒精虚无主义之中，在骨子里是一个失败者。对他而言，"人生无非是其不幸的总和"，而胜利也仅仅是哲人与傻子的一种幻想而已，面对家业的凋敝、女儿的堕落，他无力也无心采取行动来维持家庭，不久便命归黄泉。他的死加重了凯蒂内心的痛苦与负罪感。

康普生夫人身上则体现了人性的盲目、道德的僵死和历史的错觉。她身上的妻性与母性日渐泯灭，不能担当起做妻子与母亲的职责与义务，她所爱的唯有娘家的名声，为自己编织一个"大家闺秀"的美梦，努力去执行"南方淑女"规范的道德要求。时钟在她的身上停滞不前。她所代表的道德模式与凯蒂所代表的生机勃勃的自然力展开了激烈的冲突。自凯蒂 15 岁第一次吻了男孩，康普生夫人就穿起了丧服，哀悼"死去的女儿"。之后又不顾女儿的感情，为她找了个有钱而无德的丈夫。婚事失败后，便将女儿逐出了家门。其死守的道德规范是凌驾于人类最基本的情感——亲情之上的，与人性相违背的。

康普生先生与夫人共同构筑的是一个没有温暖、令人压抑和窒息的家庭，必然会生长出畸形的后代。在痴儿班吉僵死的世界里，他无力区分过去和现在，几十年间所发生的事如一团乱麻搅在一起，只有凯蒂的爱是温暖的，有了凯蒂的爱，他的大脑中便出现"一团团滑溜、明亮的东西"。正因为如此，凯蒂的失落带给他无限的痛苦。昆丁得不到母爱，与妹妹凯蒂有过密的兄妹关系，显示了其乱伦的心态。而他面对现实的软弱，也脱离不了其父的影响。杰生受到康普生夫人过分的宠爱，导致了他狂热地崇拜金钱，内心有恨无爱。

凯蒂要冲出这无爱的精神荒原。她能爱，堕落前对痴弟班吉嘘寒问暖，出嫁前放心不下的就是痴弟与父亲。她比哥哥昆丁更能了解其内心的痛苦。她敢爱，且爱得投入，热恋上了达尔顿·艾密斯，"一次次地为他死去"。她的叛逆遇到了挑战，付出了沉重的代价，她的勇敢追求，只是在纯真的心灵上一次次地划下污点。除了康普生夫人所代表的道德规范对她生命力的扼杀外，痴弟班吉的世界也容不下她丝毫的变化。她失身后，班吉悲哀地嚎叫，父亲酗酒度日，昆丁痛苦不堪。她再也找不到爱情，从此心灰意冷，彻底地堕落了。凯蒂对幸福和爱的追求变成了一种狂热的欲望之火，既灼伤了自己也毁灭了他人。她被逼入堕落的深渊。凯蒂的悲剧是对康普生家族悲剧的侧面反映，也揭示了南方种植园文明走向灭亡的必然性。在福克纳的神话王国里，建立在非正义、不道德的蓄奴制基础上的礼仪制度背上了罪恶的历史重轭。康普生夫人自身就是毁灭人性的礼仪制度的牺牲品，而一旦她将这种制度加于自己的家人，便又充当了摧残人性的刽子手。康普生家族的悲剧反映了南方种植园文明对人性的摧残和扼杀，以及人性可贵一面的遗失。

在这隐藏着喧哗与骚动的精神荒原上，死亡的阴影笼罩着大地。小说的"班吉部分”频频回荡着死亡的旋律。在班吉的意识中反复出现大姆娣过世那天晚上的情形。他凭着特异的嗅觉闻到了父亲、昆丁身上有雨味，即死亡的味道。同时他的意识中还多次有白骨、老雕等意象。康普生先生因酗酒而过早离开人世，昆丁则在哈佛投河自尽。这些死亡的意象具有象征的色彩，大姆娣的死标志着一块“丰碑”的倒塌，象征着一个被神话化了的旧时代已寿终正寝。康普生先生作为一个失败者早早退出了历史舞台，昆丁能以其敏感的目光看到南方蓄奴制的罪恶，看到自己家族历史被诅咒的一面，可他靠吮吸南方的乳汁长大，耳濡目染的都是祖宗光荣的历史，他对南方的态度处于爱与恨的交织中。所有这些汇成了一股苦水，在他心头喧嚣、泛滥。他无法在历史与现实的缝隙间重新找到自己生存的空间，而陷入“苦恼万端，进退两难的精神困境”，最终选择了自杀。昆丁的死反映了一代知识分子对历史、现实及未来的苦苦思索及其苦闷、彷徨与绝望，从中透露出作者所关注的并不仅仅是几个人物的生死，而是整个人类历史及文明的进程与命运。

然而，在失落的天真背后，作者所展示给我们的并不是一个彻底绝望的世界。凯蒂所流露出的爱感人至深；侍奉了康普生家族几代的女仆迪尔西是一位既普通又关键的人物，她在剪不断理还乱的纷繁复杂中创造出一种秩序，在喧哗与愤怒中维持着几分生气与平和。她对康普生家族尽心尽力地操持，对班吉关心照料，对杰生的恶劣形迹仗义执言，尤其是面对苦难保持着泰然处之的平常心态，忍耐精神贯穿始终。作者把迪尔西的出场安排在复活节这一天，从而在她的身上象征性地寄予了作者对“人性复活”的理想。正是她的忠心、忍耐、毅力与仁爱使她能够“看见了始，也看见了终”。“她像破旧的烟囱，伫立在康普生家族坍塌的废墟之上，瘦削，有耐心，不折不挠。”她所隐含的精神寄托了作者对于人类的最高审美理想。

福克纳的小说理想是建立在人类彼此相爱的基础上。缺乏爱而导致人性的缺失，人类失去了最初的天真与纯洁。但是“我们在生活的过程中会犯下罪孽，亦在生活过程中弥补我们的过失”。因此，爱永远是主旋律。凯蒂与迪尔西的爱与牺牲是贯穿小说的主线。纵观康普生家族的兴衰史，从因罪恶的奴隶制而犯下罪孽，到因凯蒂的堕落而分崩离析，再到作者在迪尔西身上所寄寓的象征性复活的过程，证明了人类因彼此伤害、残杀而堕落，终因“具有灵魂能够怜悯、牺牲和忍耐精神”而得救。由此而言，这一段人类遗失的、充满着喧嚣与骚动的故事，绝非简单地“找不到一点点意义”。它，正昭示着人类前行的方向。

在艺术手法上，福克纳不仅继承了意识流的传统倡言：生命从不叙述，只在我们的脑海里留下印象，并且主张让故事本身来叙述故事；同时他还创造性地在意识流手法中辅以传统的写法，用来表现神秘而惶惶然的美国南方生活和那独特的文化心态。

在结构上，他以时间为核心，运用意识流手法中的内心独白将过去的时间与现在的时间交织在一起，使之超越了自然时间的限制，表现为时间的无序和空间的混乱，从而使读者“自己重新建立时间秩序”。他采用三点聚焦的叙述方式，把叙述的视角向空间发展，使文体结构呈现出一种错落、多层次感。四位叙述者不仅处于不同的叙述视角，而且处于不同的意识层次，班吉的世界是一个无时间的混沌的世界，完全由感官印象组成，仅仅是对客观世界的纯然记录，仅仅是感觉片段的堆砌；昆丁用过去时来叙述现在的时间，企图从时间中逃离，他的意识流是混乱的，各种印象、意念交错穿行，使作品在结构上从平稳渐趋快速杂沓；杰生则一味摒弃过去，只顾现在，他的意识流呈现出来的是一种有逻辑的、合理性的自觉意识。唯有迪尔西把现在看成时间流中的有机部分，既不回避现实，也不沉溺于过去。作者通过这一部分将读者的注意力由朦胧的内心世界又拉回到现实世界中来，使读者能在重复中看见重点，在叙述者的感情表现中感受到区别，从而使人物的个性特征变得鲜明，由层次递进中认识到小说的思想深度。通过四位叙述者的意识流独白，表达了作者对整个人类感到悲哀和怜惜的情感与一种对于现代社会的忧患意识。由此，人物的心理活动不再是攀附在情节的枝蔓上，而充当独立的表现对象，既承担着作品的内容又定格为一种结构。因而有评论家称之为“一部诡辩的杰作，一部使读者恼火与困惑的作品”。

（张俊）

禁　闭

[法] 萨特

让-保尔·萨特（Jean-Paul Sartre，1905—1980）是20世纪法国著名的存在主义哲学家、小说家和戏剧家。他出身于巴黎一个海军军官家庭。两岁丧父，母亲改嫁，他寄居于学识渊博的外祖父家中，受到良好的文化熏陶。19岁时进入声誉卓著的巴黎高等师范学校攻读哲学。24岁通过中学教师就业考试，并与西蒙娜·德·波伏瓦相识，后结成终身伴侣。1933—1934年萨特作为公费生在柏林法兰西学院哲学系进修，受业于胡塞尔门下，这对于他后来形成存在主义哲学思想体系有决定性影响。萨特回国后在巴黎等地任中学哲学教师多年，同时从事写作。1939年第二次世界大战爆发后应征入伍。1940年被德军俘虏，1941年获释，旋即参加法国地下抵抗运动。

萨特是法国战后重要文学流派——存在主义的倡导者。1936年他出版了第一本著作《想象》。第二次世界大战结束后，他创办文学刊物《现代》，从事哲学研究与文学创作，著述甚丰。主要论著有：《存在与虚无》（1943）、《存在主义是一种人道主义》（1946）和《辩证理性批判》（1960）等，其中表述了“世界是荒诞的、人生是痛苦的”“存在先于本质”“自由选择”等存在主义思想。小说主要有：长篇《恶心》（1938）、短篇《墙》（1939）、多卷集长篇《自由之路》（未完成，1945—1949）。戏剧作品有：《苍蝇》（1943）、《禁闭》（1944）、《死无葬身之地》（1946）、《恭顺的妓女》（1946）、《肮脏的手》（1948）等。此外，他还积极参加各种社会活动，对重大的历史事件做出迅速的反应，影响巨大。

1964年，萨特谢绝了瑞典文学院授予的诺贝尔文学奖金，理由是不接受一切来自官方的荣誉。

1980年4月15日，萨特因肺气肿病逝于巴黎，享年75岁。

作品梗概

《禁闭》是一部五场独幕剧。剧情是在幻想中的地狱里一间有门无窗的密室里展开的：

三个生前劣迹斑斑的人物死后在地狱里的一间密室里不期而遇：加尔散，男，报社编辑，生前是在第二次世界大战中因临阵脱逃被处决的胆小鬼，同时又是个沉溺酒色、折磨妻子的虐待狂；艾丝黛尔太太，出身贫寒，父母早亡，为养活年幼的弟弟，嫁给一个上了年纪的阔佬，六年后爱上另一个男人，生下一女，拒绝与情夫私奔，并将私生女投湖溺死，情夫悲愤欲绝，开枪自杀，不久，她也因患肺炎身亡；伊内丝小姐，邮政局小职员，初与表弟相好，后又沉迷于跟另外一个女子搞同性恋，因煤气中毒而一命呜呼。他们彼此之间相互戒备，试图隐瞒生前的劣迹。加尔散竭力要让他人相信自己是个英雄。艾丝黛尔掩饰着色情狂的身份和杀婴罪责，诡称自己是个为了年老的丈夫断送了青春的贞洁女子；伊内丝则避而不谈自己的同性恋的经历。他们相互之间拼命地戒备、提防，把自己的往昔紧紧地隐藏起来，唯恐让他人知悉。与此同时，他们又互相“拷问”他人，每个人都无时不在“他人的注视”下接受审视与监督。由于他们生前的恶习难改，真实面目迅速暴露无遗，并形成了三人之间相互追逐又相互排斥、一环套一环的复杂关系：加尔散希望勾引伊内丝并拒绝艾丝黛尔的纠缠；伊内丝想和艾丝黛尔搞同性恋拒绝了加尔散；艾丝黛尔只想得到加尔散而对伊内丝没有任何兴趣。三个痛苦的灵魂，谁也不能得到自己想要的，谁也不得安宁，谁也不能退场，忍受着不堪其苦的折磨与煎熬。末了，加尔散终于醒悟地狱里根本不需要刑具的道理：“何必用烤架呢，他人就是地狱。”

（范方俊）

作品节选

第五场

…………

加尔散　我正在把我的一生理出个头绪来。（*伊内丝笑起来*）有些人笑尽管笑，可做起来还不是跟我一样！

伊内丝　我的一生很有条理，完全有条有理。它自然而然就有条理了，在人世间，我用不着为生活操心。

加尔散　真的吗？您以为生活就那么简单吗？（用手擦擦额头）好热呀！你们允许我脱掉外衣吗？（准备脱掉外衣）

艾丝黛尔　啊，不！（稍缓慢）不要脱。我讨厌不穿外套、光穿衬衫的男人。

加尔散　（又穿上外衣）行。（稍停）我那时是在编辑部过夜的，那儿总是热得要命。（稍停，同样的语气）就是这会儿都热得吓人。现在是黑夜了。

艾丝黛尔　瞧，真的，已经是黑夜了。奥尔加正在脱衣服。在世上光阴过得真快。

伊内丝　现在是黑夜了，他们在我的房门上贴了封条。房间里黑洞洞、空荡荡的。

加尔散　他们把外衣搁在椅背上，把衬衫的袖子卷到肘弯上。那儿散发着一股男人味和雪茄味。（稍停）我喜欢生活在光穿衬衫的男人群里。

艾丝黛尔　（生硬地）那么，我们没有共同的爱好，您要说的就是这个意思喽。（向伊内丝）您，您喜欢光穿衬衫的男人吗？

伊内丝　不管是不是光穿衬衫，男人我都不太喜欢。

艾丝黛尔　（带着惊愕的神情注视他俩）可是，为什么，到底为什么我们要凑在一起呢？

伊内丝　（抿住嘴笑）您说什么？

艾丝黛尔　我看着你们俩，心里想，我们几个人以后要住在一起了……我本来还巴望着重新和朋友们、家里人团聚。

伊内丝　他脸孔中间有个窟窿，真是个出众的朋友。

艾丝黛尔　那个男人还不是一样。他跳起探戈舞来像个职业舞蹈家。可我们呢，我们，为什么人家把我们拉扯在一起呢？

加尔散　那有什么，这是机缘嘛。他们根据到达的先后次序，只要能够把人往一个地方塞就尽量塞。（问伊内丝）您笑什么？

伊内丝　因为您那个机缘把我逗乐了。您就那样急于要使自己心安理得吗？他们可一点儿都不讲什么机缘。

艾丝黛尔　（怯生生地）我们这几个人也许以前见过面吧？

伊内丝　从来没有。否则，我不会记不得你们的。

艾丝黛尔　或者，我们可能有共同的熟人吧？你们认识不认识迪布瓦·塞穆尔一家？

伊内丝　您说这话，我感到挺奇怪。

艾丝黛尔　谁上他们家，他们都接待。

伊内丝　他们是干什么的？

艾丝黛尔　（惊奇地）他们什么也不干。他们在科雷兹有座别墅，并且……

伊内丝　我么，我以前在邮局里当职员。

艾丝黛尔　（略往后退）啊！那么，真的吗？……（稍停）您呢，加尔散先生？

加尔散　我从来没有离开过里哟。

艾丝黛尔　这样看来，您完全说对了。我们是碰巧相聚在一起的。

伊内丝　好一个碰巧。那么这些家具也是碰巧放在这儿喽。右边的椅子是墨绿的，左边的椅子是波尔多式的，这也是碰巧喽。反正都是碰巧，对不对？那么，请你们设法把它们的位置换一下，你们又会说我这个主意怪好的。那么这个青铜像呢？也是碰巧吗？还有这大热天呢？这大热天呢？（静默片刻）我告诉你们，他们把一切都安排好了，甚至连细枝末节的东西，都精心安排好了。这个房间早在盼我们来了。

艾丝黛尔　可是有什么办法呢？所有东西都那么难看，那么硬邦邦的，有那么多棱角。我最讨厌棱角。

伊内丝　（耸耸肩）您以为我在第二帝国时代款式的客厅里生活过不成？

［稍停。

艾丝黛尔　这么说来，一切都是预先安排好的喽？

伊内丝　全都安排好了。我们几个也是先搭配好了的。

艾丝黛尔　那么，您，您坐在我对面也不是偶然的啦？（稍停）他们究竟有什么打算呢？

伊内丝　我不知道，反正他们有他们的打算。

艾丝黛尔　要是别人在我身上打什么主意，我可不答应，这样，我马上会对着干的。

伊内丝　那么，干吧！您就干吧！可您甚至还不知道他们脑子里打的是什么主意呢。

艾丝黛尔　（跺脚）真叫人受不了。他们大概还会利用你们两人在我身上打什么主意吧？（注视他俩）就是利用你们两人。有些人，我一看他们的脸，马上就知道他们在想什么。而在你们的脸上，我可什么都看不出来。

加尔散　（突然对伊内丝）您倒说说看，为什么我们要在一块儿呢？您已经讲得太多了，干脆讲到底吧。

伊内丝　（惊奇）我们为什么在一起，我可一点儿都不知道呀。

加尔散　您得知道。（思索了一会儿）

伊内丝　只要我们每个人都敢于说出……

加尔散　说出什么？

伊内丝　艾丝黛尔！

艾丝黛尔　您说什么？

伊内丝　您干过什么事？为什么他们把您送到这儿来？

艾丝黛尔　（激动地）可是我不知道，我一点儿都不知道！我甚至想，这是不是弄错了。（对伊内丝）请您别笑。您想想每天有多少人……去世。他们成千上万地到这儿来，他们只跟下级办事员，一些没有受过教育的职员打交道。怎么可能不出差错呢？但请您别笑。（对加尔散）您倒说说看，他们要是把我的情况弄错了，也会把您的情况弄错的。（对伊内丝）您也是一样。我们到这儿来，是别人弄错了，难道这样想不更好吗？

伊内丝　您要跟我们说的就是这番话吗？

艾丝黛尔　您还想知道些什么呢？我没有什么好隐瞒的。我从前是个孤儿，很穷困，我抚养我弟弟。我父亲的一位老朋友来向我求婚。他有钱，人品也好，我就答应了。处在我的地位您会怎么做呢？我弟弟病了，他需要极其精心的治疗。我同丈夫和和睦睦地生活了六年。两年前，我遇到一个人，后来我爱上了他，我们立即就心心相印了。他要求我跟他私奔，我没有答应。这以后，我便生了肺炎。我要讲的就是这些。有些人也许满口讲什么原则，责备我把青春献给了一个老头子。（向加尔散）您认为我做错了吗？

加尔散　当然没有错。（稍停）那么您呢，您认为一个人按照自己的原则处世就是错误么？

艾丝黛尔　您这样做，谁又能责怪您呢？

加尔散　我办了一家和平主义的报纸。战争爆发了。怎么办呢？他们全把眼睛盯在我身上。“他有胆量么？”好吧，我就敢，我偏袖手旁观，他们把我枪毙了。我错在哪儿？错在哪儿？

艾丝黛尔　（把手搁在他手臂上）您没有错，您是……

伊内丝　（讽刺地接过话头）一位英雄。那么您妻子呢，加尔散？

加尔散　啊，什么？我把她从堕落的泥坑里拯救了出来。

艾丝黛尔　（对伊内丝）您瞧！您瞧！

伊内丝　我看明白了。（稍停）你们这场戏是演给谁看的？我们都是自己人呐。

艾丝黛尔　（傲慢地）什么自己人？

伊内丝　是一伙杀人犯。我们是在阴曹地府里，小娘儿们，这绝对没有弄错，他们决不会无缘无故地把人打入地狱的。

艾丝黛尔　住口！

伊内丝　是在阴曹地府里！我们都是地狱里的罪人！罪人！

艾丝黛尔　住口！您住口不？我不许您说粗话。

伊内丝　小圣女，您是地狱里的罪人。完美无缺的英雄，您也是罪人。我们也曾有过快乐的时日，是不是？有些人一直到死都在受苦，还不是我们干的好事！那时，我们还以此为乐。现在，我们得付出代价了！

加尔散　（举起手）您住口不住口？

伊内散　（看着他，毫不害怕，但非常惊讶）啊！（稍停）等一等！我明白了，我知道他们为什么把我们搞到一块来。

加尔散　当心，您别说漏了嘴。

伊内丝　你们会明白这道理是多么简单。简单得不能再简单了。这儿没有肉刑，对吧？可我们是在地狱里呀。别的人不会来了，谁也不会来了。我们得永远在一起。可不是这样吗？总之一句话，这儿少一个人，少一个刽子手。

加尔散　（低声地）我看也是的。

伊内丝　喏，他们是为了少雇几个人。就是这么回事。顾客自己侍候自己，就像在自助餐厅里一样。

艾丝黛尔　您想说什么呀？

伊内丝　我们当中的每一个人，都是另外两个人的刽子手。

［停顿。他们咀嚼着这番话的涵义。

加尔散　（温和地）我不会做你们的刽子手的，我一点儿也不想害你们，我跟你们毫无牵涉，毫无牵涉。这是明摆着的事。那我们这样好了：各人都呆在自己的角落里，以便防一手。您在那儿，您在那儿，我在这儿。大家都别做声，别说一句话。这并不困难，是吧？我们每个人都有自己的事要操心。我相信我可以一万年不开口。

艾丝黛尔　我也得不开口吗？

加尔散　是的。这样我们……我们就有救了。别做声，自己在心里反省反省，永远不要抬起头来，好吗？

…………

加尔散　（对两个女人）你们叫我心烦！（向门口走去）

艾丝黛尔　你干什么？

加尔散　我要走了。

伊内丝　（很快接着说）你走不远，门是关着的。

加尔散　应当叫他们开门。（按电铃，电铃不响）

艾丝黛尔　加尔散！

伊内丝　（对艾丝黛尔）你放心，电铃坏了。

加尔散　我告诉你们，他们会来开门的（把门敲得咚咚响），我对你们再也无法容忍啦，我再也受不了啦。（艾丝黛尔扑向他，他把她推开）滚！你比她更叫我厌烦，我不愿意在你目光监视下过日子。你黏糊糊、软塌塌的！你是一条章鱼，你是一片沼泽。（敲门）你们开不开门？

艾丝黛尔　加尔散，我求求你，不要走，我再也不跟你说话了。我让你完全安静，但你不要走。伊内丝伸出了爪子，我再也不愿与她单独留在这儿了。

加尔散　你自己设法对付吧，我并没有求你来。

艾丝黛尔　胆小鬼！胆小鬼！噢，你真是个胆小鬼。

伊内丝　（走近艾丝黛尔）那么，我的百灵鸟，你不高兴吗？为了讨好他，你朝我脸上吐口水；为了他，我们两个闹翻了。但是，这个捣蛋鬼要走了，他把我们两个女人留下来。

艾丝黛尔　你得不到什么好处；这扇门只要一打开，我就跑。

伊内丝　去哪儿？

艾丝黛尔　随便哪儿都行，离你越远越好。

加尔散　（不停地使劲敲门）开门！开开门！我一切都接受：夹腿棍、钳子、熔铅、夹子、绞具，所有的火刑，所有撕裂人体的酷刑，我真的愿意受这些苦。我宁可遍体鳞伤，宁可给鞭子抽，被硫酸浇，也不愿使脑袋受折磨。这痛苦的幽灵，它从你身边轻轻擦过，它抚摸你，可是从来不使你感到很痛。（抓住门环，摇）你们开不开？（门突然打开，他差一点儿跌倒）啊！

［静场很久。

伊内丝　怎么样，加尔散？走吧。

加尔散　（慢慢地）我在想，为什么这门打开了。

伊内丝　您还等什么？走呀，快走呀！

加尔散　我不走了。

伊内丝　那你呢？艾丝黛尔？（艾丝黛尔不动，伊内丝大笑）怎么样？哪个要出去？三个人中间，究竟哪一个出去？道路是畅通无阻的，谁在拖住我们？哈，这真好笑死了！我们是难分难舍的。

艾丝黛尔　（从背后扑到伊内丝身上）难分难舍吗？加尔散，来帮帮我，快来帮帮我！我们把她拖出去，把她关在门外。有她好看的！

伊内丝　（挣扎）艾丝黛尔！艾丝黛尔！我求求你，把我留下来吧，不要把我扔到走廊里！不要把我扔到走廊里！

加尔散　放开她。

艾丝黛尔　你疯了，她恨你呢！

加尔散　我是为了她才留下来的。

［艾丝黛尔放开伊内丝，惊愕地看着加尔散。

伊内丝　为了我？（稍停）好，那么，把门关上吧，门打开后，这儿热了十倍。（加尔散走去关门）为了我？

加尔散　是的，你，你知道什么叫胆小鬼。

伊内丝　是的，我知道。

加尔散　你知道什么是痛苦、羞耻、恐惧？有些时候，你把自己看得很透，这使你十分泄气。而第二天，你又不知怎么想了，你再也搞不清楚头一夜得到什么启示了。是的，你知道痛苦的代价，你说我是胆小鬼，那一定有正当理由的，嗯？

伊内丝　是的。

加尔散　我应当说服的正是你，你跟我是同一种类型的人。你以为我真的要走？你脑子里装着这些想法，有关我的种种想法，我不能让你这么洋洋得意地留在这儿。

伊内丝　你真的想说服我吗？

加尔散　除此以外我没有别的办法。你知道，我已听不见他们说话了。他们一定已跟我一刀两断了。一切都已经结束，我的事已经成为定局。我在人世间已化为乌有，甚至连胆小鬼也不是了。伊内丝，我们现在是孤零零的了，只有你们两人想到我，而艾丝黛尔呢，她这人等于没有。可你，你又恨我；只要你能相信我，你就救了我。

伊内丝　这可不容易。你看看我，我脑子不开窍。

加尔散　为了使你开窍，我花多少时间都可以。

伊内丝　噢，你有的是时间，所有时间都是你的。

加尔散　（搂着她肩膀）听着，每个人都有自己的目标，是不是？我以前就不在乎金钱和爱情，我要的是做一个男子汉，一个硬汉子。我把所有赌注都押在同一匹赛马上。当一个人选择了最危险的道路时，他难道会是胆小鬼吗？难道能以某一个行动来判断人的一生吗？

伊内丝　为什么不能？三十年来你一直想象自己很有勇气，你对自己的无数小过错毫不在乎，因为对英雄来说，一切都是允许的。这太轻松便当了！可是后来，到了危急时刻，人家逼得你走投无路……于是你就乘上去墨西哥的火车……

加尔散　我可没有幻想过这种英雄主义，我只是选择了它。人总是做自己想做的人。

伊内丝　拿出证据来吧，证明你这不是幻想。只有行动才能判断人们的愿望。

加尔散　我死得太早了，他们没有给我行动的时间。

伊内丝　人总是死得太早——或者太迟。然而，你的一生就是那个样，已经完结了；木已成舟，该结账了。你的生活就是你自己。

加尔散　毒蛇！你倒什么都答得上来。

伊内丝　得啦！得啦！不要泄气，你不难说服我。找一找论据吧，努力一下。（加尔散耸耸肩）怎么样？我早就说过你是个软骨头。啊！现在你可要付出代价了。你是个胆小鬼，加尔散，胆小鬼，因为我要这样叫你。我要这样叫你，你听好，我要这样叫你！然而，你看我是多么虚弱，我只不过是一口气罢了。我仅仅是一道盯着你的目光，一个想着你的平庸无奇的思想。（加尔散张开双手，逼近她）哈，这双男人的大手张开来了。可是你想要怎么样呢？用手是抓不住思想的。好了，你没有选择的余地了：你得说服我，我抓住你了。

艾丝黛尔 加尔散！

加尔散 什么？

艾丝黛尔 你报复呀！

加尔散 怎样报复？

艾丝黛尔 拥抱我，这样你就能听到她唱歌了。

加尔散 这倒是真的，伊内丝。我被你抓在手心里，但你也抓在我的手心里。

［他向艾丝黛尔俯过身去，伊内丝大叫一声。

伊内丝 哈，胆小鬼，胆小鬼，去叫女人来安慰你吧！

艾丝黛尔 唱吧，伊内丝，唱吧！

伊内丝 多好的一对！你要是看到他的大爪子放在你的背上，弄皱你的皮肤和衣服就好了。他双手黏糊糊的，他在出汗。他会在你的连衣裙上留下一个蓝色的手印。

艾丝黛尔 唱吧，唱吧，把我搂得更紧些，加尔散，这样她会气炸的。

伊内丝 对，把她搂得更紧一些，搂紧她！把你们的热气混合在一起。爱情真甜美，对不对，加尔散？它像睡眠一样暖融融、深沉沉的，可是我不会让你睡觉。

［加尔散打了个手势。

艾丝黛尔 别听她的。吻我的嘴，我全部都是属于你的。

伊内丝 怎么，你还在等什么？依她说的做呀，胆小鬼加尔散把杀婴犯艾丝黛尔搂在怀里了。胆小鬼加尔散会吻她吗？我倒要瞧瞧。我看着你们，我看着你们；我一个人就抵得上一群，一群人，加尔散，一群人，你听见吗？（嘀咕着）胆小鬼！胆小鬼！胆小鬼！胆小鬼！你别想从我这儿溜走，我不会放走你的。你在她的嘴唇上想寻找什么？寻找遗忘吗？但是我呀，我不会忘记你！你应当说服的是我，是我。来吧，来吧！我等着你。你看见了，艾丝黛尔，他松开你了，他像条狗一样听话……你不会得到他的。

加尔散 难道永远没有黑夜了吗？

伊内丝 永远没有。

加尔散 你永远看得见我吗？

伊内丝 永远。

［加尔散离开艾丝黛尔，在房间里走了几步，他走近青铜像。

加尔散 青铜像……（抚摸它）好吧，这正是时候。青铜像在这儿，我注视着它，我明白自己是在地狱里。我跟您讲，一切都是预先安排好了的。他们早就预料到我会站在这壁炉前，用手抚摸着青铜像，所有这些眼光都落在我身上，所有这些眼光全在吞噬我……（突然转身）哈，你们只有两个人？我还以为你们人很多呢？（笑）那么，地狱原来就是这个样。我从来都没想到……提起地狱，你们便会想到硫磺、火刑、烤架……啊，真是莫大的玩笑！何必用烤架呢，他人就是地狱。

艾丝黛尔　我心爱的！

加尔散　（推开她）放开我。她夹在我们中间。只要她看见我，我就不能爱你。

艾丝黛尔　哈！那好，她再也别想看见我们了。（从桌上拿起裁纸刀，奔向伊内丝，把她砍了几下）

伊内丝　（挣扎，笑）你干什么，你干什么，你疯了吗？你很清楚，我是个死人。

艾丝黛尔　死人？

［她的刀子落地。稍停，伊内丝拾起刀子，疯狂地用刀子戳自己。

伊内丝　死人！死人！死人！刀子，毒药，绳子，都不中用了。这是安排好了的，你明白吗？我们这几个人永远在一起。（笑）

艾丝黛尔　（大笑）永远在一起，我的上帝，这多么滑稽！永远在一起！

加尔散　（看着她俩笑）永远在一起！

［他们倒在各自的躺椅里，坐着。长时间静场。他们止住笑，面面相觑。加尔散站起来。

加尔散　好吧，让我们继续下去吧！

——**幕　落**

（选自冯汉津等译本，见《萨特戏剧集》（上），人民文学出版社，1985年版）

作品赏析

舞台上的三个人并非“死人”或者说“灵魂”，他们是三个“不在世的人”，这正是萨特的精心安排，萨特终结了这三个人的未来，好让他们能够认真地审视一下自己的过去、自己的生活。按照萨特的理论，人的存在方式是所谓“不是其所是和是其所不是”，即人的过去的存在是不可改变的，可被人所认识和把握的，然而，过去的已经过去，是无法挽回的；同样可怕的是，将来是还不存在的，对人来说就永远是未知的。而人就是否定着过去及被将来所否定的现在——人处于一种虚无之中。

正如剧中伊内丝和加尔散的对话所揭示的一样：

伊内丝：干吗要害怕？早先，我们还满怀希望的时候，害怕倒是件好事。

加尔散：（轻声地）希望是不会有了，但我们始终跟早先一样。我们的痛苦还没有开始，小姐。

伊内丝：我明白。（稍停）那又怎样？将来会发生什么事呢？

加尔散：我可不知道，我只是等着瞧。

剧中三个人物所处的环境其实就是对现实中人的生存境遇的一种象征——地狱里的生活是没有休止、没有希望的，而人还会“害怕”正说明了人还有希望，对于一个已经没有希望的人（并非绝望——没有希望时我们仍有希望意识；在无可期待时，我们仍茫茫然若有所待）来说，也便无所谓“害怕”了。而现实生活中的人与这三个地狱里的人所面临的问题是一样的：人们所面对的是一个不可能被救赎的世界，希望的终点不过是死亡而已，我们茫茫然的期待又在多大程度上不是悲剧呢？我们满怀希望的生活只不过是自欺欺人罢了。

人们可悲地始终处于一种焦灼状态中：我们因死亡而失去了被救赎的可能，却因此获得了生活中的自由——这并非说人们可以为所欲为，而是说人总可以有所不为，总可以给予一件存在的事以自己选择的意义。这正如加尔散、伊内丝和艾丝黛尔在那里追究他们为何被人“掷”到一起一样，他们反复评价着自己的过去，赋予过去那些实实在在已发生、已存在在那里的事物以这样或那样的理由，然而令他们困惑的是：事情已经发生，而且是明明白白地摆在那里，他们却对它无法安心——加尔散为逃避战争而去了墨西哥，他一生追求着英雄主义，到死却被人家认为是个胆小鬼，而他自己却并不认为自己是个“软骨头”。加尔散所做的选择是他自由的选择，他“从不后悔”，然而他是那么在乎其他人对自己的评价（事实上，人们始终生活在他人的注视之下，不可能不在乎他人的评价），终于使自己陷入了不能自拔的恐慌之中，他盲目地寻求着安慰，却找不到任何一个可以反驳别人对他评价的论据，作为失去了将来的人，他的人生已经被别人钉在了十字架上，他像只“进了捕鼠笼的老鼠，已经由不得自己了”。“人总是死得太早——或者太迟”，人的生活是自己选择的结果，其存在的意义是自己给出的，并没有上帝决定的万古不变的价值，而是人选择服从某种价值。然而问题恰恰在于人选择价值所依据的并非过去所掌握的知识、利益，而是根据对未来可能的选择，并把意义赋予过去与现在，但是将来是不存在的，因此，人便是从一种不可靠的东西出发进行选择的，人生是一种冒险——而这种冒险便把人推向了各种苦恼和焦虑的深渊，并且，失败总是在所难免的。人是在与未知做一场绵亘终身的角力，这种未知被人们称作什么其实是无所谓的，关键问题是“他们”让人们手足无措地生活着。

“他们”是《禁闭》这个话剧中从不出场却起着至关重要的作用的“角色”，剧中每一个人都受着“他们”的左右，却完全无法知道：“他们”是谁？“他们”

到底想要干什么？这样剧中人便被掷入无物之阵当中，他们想反抗却连对手都找不到。

剧本一开始，加尔散便是在一个荒谬的环境中，营造着某种诡谲的气氛：一个不能给加尔散任何实质性信息的听差；一间第二帝国时代款式的房间；三把互不相同的躺椅；一尊几乎可以说是毫无用处的巴尔布笛安纳青铜像（它重得无法被移动）；一把绝不可能被用来裁纸的裁纸刀；还有一个在需要时绝对不可能被按响的电铃。加尔散以及以后的出场人物被注定在这样一个荒诞、偶然的环境中生存。

然而，更为荒诞的还并不是环境本身，而是环境中的人——他们死去的先后不同、各自的志趣爱好不同、生前身处环境不同、死因不同——却被似乎毫无理由地安排到了一起。萨特把存在的偶然性、荒谬性集中地表现在舞台上。人们偶然来到这个世界上，又并非自己所愿地死去，从一开始人们便迷失在世界中，被世界的旋风卷挟着舞蹈。

三个人物不约而同地提到了镜子——“这儿没有镜子”（加尔散）；“我可是照过镜子来的”（伊内丝）；“您要是让我一个人呆着，至少得给我一面镜子呀”（艾丝黛尔）——然而，镜子又是什么呢？镜子是见到自我的必不可少的工具，是自我认定的工具，或者说是无法言语的他者。在萨特看来，人与人之间就是一种相互的需要、相互的折磨：人本应该深入到人群中去，和其他人真诚共处，但是人们总是不可能真正深入下去，人们要一面镜子来自我把握、自我认定，可以肯定的是镜子告诉人们的关于自己的形象和其他人所诉说的是不同的，因此，人们其实是彼此格格不入的，是在人群的表面滑行；同样，人也可以孤独，给自己一个清净的世界，但是，事实上人们又离不开人群，只不过是在孤独的表面滑行罢了。这便是萨特在小说《恶心》中提到的既进不去又离不开的恶心状态。人需要镜子便是需要一种评判，需要人群的安抚；而真正的人群给人们的除了安抚以外，还有折磨。当加尔散一个人呆在屋子里时，他坐卧不安；当伊内丝来后，他又要求双方应该相处得彬彬有礼，互不伤害；当他要求世上任何一个人的理解时，他甚至对自己并不喜爱的艾丝黛尔言听计从；而当他发现没有人会真正理解或者同情他时，他决绝地要离开这个房间；而当房间的门突然打开时，他又犹豫着退了回来。“道路是畅通无阻的”，然而三个人谁也不愿意离开。实质上离不离开这个房间本质上不会有什么变化，因为这个房间以外还是房间，发生的不过是类似的事件而已。这并不是加尔散说一句“我一点儿也不想害你们，我跟你们毫无牵涉”就可以解决的。人与人之间就像被某种力量套住一样彼此挣扎着想逃离，却注定了谁也离不开谁。这种恶心状态几乎是无处不在，可以说，正是它造成了人们的相互折磨，地狱里不缺少刽子手，因为——他人就是地狱！

地狱中的三个人被关在一个房间里——伊内丝是个同性恋，喜欢艾丝黛尔；

艾丝黛尔只喜欢男人，房间里唯一的男人加尔散便成为她追求的对象；加尔散努力打理自己的一生，能帮助他的却只有伊内丝。于是三个人便开始了彼此的需要与折磨。这种折磨是人无可逃避的，正如伊内丝所说：

> 我浑身都感觉到您的存在。您的沉默在我耳边嘶叫，您可以封上嘴巴，您可以割掉舌头，但是您能排除自己的存在吗？您能停止自己的思想吗？……您无处不在，声音到达我的耳朵时已经污浊了，因为它传过来时，您已经先听到了它。您窃取了我的一切，甚至我的脸庞，因为您熟悉我的脸，而我自己却不熟悉……

在他人的注视下生活是每个人的需要，但是他人的注视却同样否定了个人对自我认定的要求，自我是自我，他人是他人，人与人之间的关系注定了冲突和折磨。我们彼此的不信任——“至于说我的信任么，我可没什么信任可给”（艾丝黛尔对加尔散说）；我们彼此的无法了解——“您的审美力与我的一样吗?”（艾丝黛尔对伊内丝说）；我们彼此的无法帮助——“我不知道，我心爱的，因为我不处在你的地位。这该由你自己来断定”（艾丝黛尔对加尔散说）……种种无法沟通造成了人们的冲突，这种冲突也许是无意识的，也许是有意识的，但是都不可能从本质上改变人与人相处的境遇。

剧中最具象征意味的是，无论人们干什么，自己总是处在他人的注视之下：加尔散和艾丝黛尔互相爱抚是在伊内丝的注视之下；伊内丝和艾丝黛尔的甜言蜜语是在加尔散的注视之下……人们渴望着交流也严防着完全的交流，生活就像在演戏一般，每个人给自己的行为找到一个合适的理由，反抗着他人对自己的不顺意的评价，还是伊内丝一语中的地点到了这种关系的本质：

> 你们这场戏是演给谁看的？我们都是自己人呐。

人们在焦灼中挣扎、反抗，也同样渴望着焦灼和陷阱——没有人愿意完全离开“他们”为自己设计下的境遇而单独生活，尽管他（她）不舒适；没有人愿意放弃自己的追求（伊内丝对艾丝黛尔、艾丝黛尔对加尔散、加尔散对伊内丝，他们彼此牵制，却决不主动放弃）而甘受折磨……世界上充满了“他们”设下的陷阱，想躲避一个陷阱却可能落入另一个陷阱，逃避不是办法！反抗却也没有结果——艾丝黛尔杀不死折磨自己的伊内丝，三个人又陷入了另一个轮回，地狱里不会有什么尖桩刑具，只有一个个他人在那里彼此折磨着。

（樊志远）

局外人

[法] 加缪

阿尔贝·加缪（Albert Camus，1913—1960）是法国存在主义小说家、戏剧家，出生于法属阿尔及利亚。父亲是农业工人，1914年死于第一次世界大战中的马恩河战役。加缪从小跟西班牙籍的母亲在贫民区度过了苦难的童年，在贫穷和疾病中享受着地中海的阳光和海水。因家境贫困，靠奖学金和勤工俭学才读完中学和大学。1933年入阿尔及尔大学文学院，攻读哲学和古典文学，因患肺病中途辍学。当过气象员、汽车推销员、政府机关职员等。同年参加进步作家巴比塞、罗曼·罗兰领导的反法西斯运动，次年加入共产党，翌年退党。他酷爱戏剧，演过戏，当过导演，第二次世界大战期间参加抵抗运动，担任《法兰西晚报》主编。他在1943—1952年与萨特交往甚密，后因观点分歧而分手。1944年法国解放后，出任戴高乐派的《战斗报》主编。

加缪的创作于20世纪40年代进入鼎盛期。中篇小说《局外人》（1942）以文学形式对存在主义进行了形象描绘，哲学随笔《西西弗斯神话》（1943）以哲学语言进行系统论述，它们的相继问世使加缪一举成名，奠定了他作为存在主义创始人之一的地位。在他的长篇小说《鼠疫》（1947），中篇小说《堕落》（1956），短篇小说集《流亡与王国》（1957），剧本《误会》（1945）、《卡利古拉》（1945）、《戒严》（1948），随笔集《反抗的人》（1949）等作品中，涉及沉默、自杀、空虚、荒谬、反抗等重要概念，蕴涵着丰富的哲学美学思想。1957年“因为他杰出的文学作品阐明了当今时代向人类良知提出的各种问题”而获得诺贝尔文学奖。1960 年加缪死于车祸。

作品梗概

20 世纪 40 年代初，阿尔及尔。主人公莫尔索是法国公司的年轻职员。他收到了母亲病故的电报。因为收入低微，无力赡养，三年前他就把母亲送进了养老院。他前往养老院奔丧，从镇上步行去两公里外的养老院，想立刻见到母亲。可是站到母亲的灵柩前，却拒绝了为他打开棺木的老人，拒绝看母亲的遗容。自己也说不上来是为什么。他抽烟、打瞌睡、喝咖啡，对来吊唁的老人们有一种可笑的感觉。他不悲痛，没掉一滴眼泪。只感到炎热、疲倦，盼望早些回城里睡觉。

第二天是周末，他到海滨游泳，遇见过去的同事玛丽。两人一起游泳，看电影，又一起过夜。玛丽问他愿不愿意和她结婚，他说无所谓，假使她一定要结婚，那就结吧。问他爱不爱她，他说没想过，大概是不爱。

公司老板想让莫尔索到巴黎分号工作，他觉得生活是不可改变的，在哪生活都一样。

邻居雷蒙说情妇骗了他，把情妇揍了一顿。他要莫尔索代笔写信痛骂情妇，莫尔索觉得无所谓，就写了。他又让莫尔索到警察局证明那个女人骗了自己，莫尔索也觉得无所谓，照样做了。

星期天，雷蒙邀莫尔索和玛丽到住在阿尔及尔郊区的朋友马松家去玩。他情妇的弟弟纠集了一群阿拉伯人报复雷蒙，在海滨大打出手，雷蒙被刺伤。过了一天中午，莫尔索揣着雷蒙的手枪，一个人去海滨乘凉，遇见雷蒙的对头。天气酷热，他感到神思恍惚。当阿拉伯人亮出刀子时，恰好集在眉毛上的汗珠流在眼睛上，他下意识地摸出手枪，连开五枪，打死了阿拉伯人。

莫尔索被捕入狱。“开始他确实没把这件事看得很认真”。律师去询问有关案情，他懒得理他。在审讯过程中，神甫企图靠宗教力量使他服罪，晃动银十字架让他忏悔。莫尔索没有理会。只是觉得热得要命，法庭上有不少大苍蝇往脸上落。法官的提醒，他觉得很可笑。十一个月的审讯和囚禁十分难挨。日子长了，只是想到女人。不是玛丽，而是随便什么女人。审判时，检察官所关心的不是莫尔索杀人本身，而是奔丧前后的私生活。法庭传讯了有关证人：养老院院长、看门老头、玛丽、雷蒙、母亲的生前好友贝莱兹等，借以推测莫尔索“罪恶灵魂的心理”。法庭将莫尔索把母亲送进养老院、给母亲送葬时漠然冷淡，母亲死后第二天就寻欢作乐等一并展露出来，说明他的沉沦：“没有灵魂，没有一点人性”。证明他杀人时是完全清醒的，是预谋杀人，结果他被判处死刑。

莫尔索对生命不是不留恋，对死亡不是没有恐惧，但很快就适应了。他拒绝祈祷和忏悔，把神父撵了出去，一个人平静地等待死亡。

（梁坤）

作品节选

第　一　部

一

母亲今天死了。也许是昨天死的，我不清楚。我收到养老院一封电报，电文是："母死。明日葬。专此通知。"从电报上看不出什么来。很可能昨天已经死了。

…………

养老院离镇上还有两公里的路。我只好步行去了。我真想立刻看见母亲。可是看门的告诉我说需要先看院长。偏赶上院长有事，我只好等一等。看门的跟我说了不少话，后来，我才见到院长。他是在办公室里接见我的。院长是个小老头，还戴着荣誉勋章。浅蓝的眼睛盯着我看。后来，才跟我握手，握住我的手不肯放开，我简直不知道怎样把手缩回来。他翻开一个档案看了看，说道："莫尔索太太是三年前进来的。你是她惟一的亲人。"我以为他要跟我说几句不满意的话，于是赶快向他解释。可是，他没有让我说。"用不着解释，亲爱的孩子。我看过你母亲的档案。你没有能力负担她。她需要有人照看，而你的薪水又太少。何况，在这里，她也很舒服。"我说："是的，院长。"他又接着说："你知道，这里还有年纪和她相仿的人做做朋友。她可以和他们谈谈过去。你年轻，跟你在一起她反而会闷得慌。"

…………

我走进去了，是一间相当明亮的屋子，粉刷的石灰墙，上面是玻璃天棚。里面放着几排椅子，还有交叉支着的架子。在正当中的两个架子上，放着一口棺材，盖着棺盖。只看见发亮的螺丝钉，钉得很浅，在刷成褐色的木板上更显得突出。棺旁边，有一个阿拉伯籍的女护士；穿着白衣服，头上戴着一顶浆洗得耀眼发亮的头巾。

这时候，看门的从我背后走进来。他一定是跑来的，说话有点上气不接下气："本来已经封口了，我得把螺丝钉再转开来，使你可以再看她一次。"他正想走近棺木，我拦住了他。他问我说："你不想看她么?"我回答说："不了。"他没有离开，我很难为情，因为我觉着我不应该这样说。过了一会，他看了看我，问道："为什么呢?"他没有责备的意思，只是想问问。我说："也说不上来。"于是，他粘着白色的唇髭，也不看我，说道："我明白了。"这个老头的一对眼睛很体面，浅蓝色，脸色略带点红。他递给我一把椅子，自己坐在我后面。那个守灵的女人站起来，走出去了。这时候，看门的跟我说："她长的是个恶疮。"我一时明白不过来。我看了看女护士，她脸上缠着一条绷带，在眼睛下面鼻子上面，绷带是平的，也不凸起来，只看见脸上那一条白布。

…………

我们依次往前走。我发现贝莱兹走路有点瘸。灵车渐渐地越走越快，老头子落在后面了。车子旁边那四个人，有一个也跟不上了，这时走在我身边。我奇怪太阳在天上怎么走得这样快。我发觉田地里满是虫子的叫声和庄稼的摆动声。我脸上流下汗来。因为我没有帽子，我掏出手帕来当扇子。殡仪馆的一个人跟我说了一句话，我也没听清楚。他右手掀起鸭舌帽的帽檐，左手拿一条手巾擦着额头。我问他："怎么样?"他向我指了指天，说道："够受的。"我说："对。"过了一会儿，他问我："这是你母亲么?"我又回答了个"对"。"她年纪大么?"我回答说："还好。"因为我不知道母亲到底是几岁。他不再说话了。我回过头去，看见贝莱兹老头已经落后五十多米远了。他吃力地往前赶，帽子一会儿拿在这只手里，一会儿又拿在那只手里。我又看了看院长。他庄严地走着，别的没什么动作。眉头上有几滴汗，他也不擦。

…………

二

…………

晚上，玛丽来找我了，她问我愿意不愿意跟她结婚。我说无所谓，假使她一定要结婚，我们就结。她是想知道我爱不爱她。我回答说我已经告诉她一次了，这个问题毫无意思，如果她一定要知道的话，那大概我不爱她。她说道："那么，为什么又肯跟我结婚呢?"我跟她说这是毫无关系的事情，如果她要的话，我们可以马上结婚。反正，是她要跟我结婚的，我呢，我只表示同意就是了。她却不是这样，她认为婚姻是一件严肃的大事。我说："我不是这个看法。"她沉默了一会儿，一声不响地望着我。后来她说她只是想知道假使是另外一个女人，而这个女人和我的关系跟玛丽和我的关系一样，如果她要求跟我结婚的话，我会不会答应。我说："当然会答应。"她自己心里揣摩她究竟爱不爱我。关于这一点，我毫无把握。又沉默了一阵子，她嘟嘟囔囔地说我这个人真怪，她爱我可能就是因为我怪，不过，有一天，也可能为了同样的理由恨我。我一声不响，有什么好说的呢？她笑着拉住我的胳膊，说她要跟我结婚。我说随她的便，高兴什么时候结就什么时候结。我把老板刚才的话也告诉她了，玛丽说她倒喜欢到巴黎去看看。我跟她说我在那里住过一个时期，她问我巴黎是什么样子。我说："很脏。连鸽子也是黑的。人的皮肤倒是白的。"

后来，我们俩出去走了一阵子，穿过城里的大街。女人都很漂亮，我问玛丽有没有看出来。她说她知道，并且还知道我的心理。有一会的工夫，我们两个人都没有说话。我倒是真不愿意她走，我跟她说我们一起到赛莱斯特那里吃晚饭去吧。她很愿意去，不过她还有事情。这时候我们离我家不远，我只好和她分手了。她看了看我，说道："你难道不想知道我有什么事么？"我的确想知道，只是，我没有想到问，她心里难过，就在这里。看见我不好意思的样子，她又笑了，晃了晃身子，把嘴凑上来让我亲。

四

即便是坐在被告席上，听见大家都在谈说自己也是开心的。当检察官和我的辩护律师发生争辩的时候，我看得出来，大家都在谈我，甚至于谈我比谈我犯的案子还要多。他们的争辩，难道就有这样大的距离么？只见我的律师举起了胳膊，为犯人辩护，想尽了理由和借口。检察官呢，举起了双手，肯定我的罪行，不接受有任何可以原谅的地方。我夹在两个人当中感到很尴尬，因为虽然我心里有些不安，但是我很想插进去也讲两句，可惜我的律师总是跟我说："你不要响，这对于你更有利。"看样子，好像他们处理我的案子，丝毫也不征求我的意见。一切都在我的干预之外进行着。我的命运怎样决定，没有一个人问我同意不同意。我不时地真想拦住他们，告诉他们说："真是岂有此理！这里究竟谁是被告啊？被告的地位也很重要呀！总得让我也说几句话才对呀！"……

他的主要思想，如果我没有理解错的话，就是说，我是预谋杀人。至少，他试图证明这一点。正像他亲口说的："先生们，我可以证明，可以从两方面证明。一方面是铁一般的事实，另一方面是这个罪恶灵魂的心理向我提供的启发。"他历述了我母亲死后一系列的事实经过。他提出我漠不关心的态度，连母亲多大年纪我也不知道，母亲葬后第二天就去游泳，而且还带着一个情妇，还看电影，而且还是费南代尔的片子，最后还把情妇带到家里去。我费了很长的时间才听明白他的话，因为他说情妇长、情妇短，我不知道他指的是谁，对我来说，玛丽只是玛丽，而不是什么情妇。

…………

"先生们，你们看，"检察官说道，"我把这一连串的事情说给你们听，证明这个人杀人是完全神智清醒的。这一点，我非常肯定，"他用力地说，"因为这不是一件平常的杀人案，不是一个仓促间的行动，你们可以用临时不得已来减轻他的罪行。这个人呀，先生们，这个人非常聪明。你们都听过他如何狡辩了，不是么？他非常善于对答。他知道每一句话有多大的分寸。我们不能说他这个人糊里糊涂不知道自己干的是什么。”

我呢，我听着他说话，我听见他夸我聪明。但是我不了解，一个平常人的长处，一旦到了一个犯人身上，怎么就变成了沉重的罪名。至少，这一点我不懂。他后来的话，我没有再听，一直到我又听见他说：“他表示过后悔么？先生们，从来没有。自从他被逮捕以来，从来没有一次对于他这个可耻的犯罪行为有任何紧张激动的表示。”

这时候，他朝着我转过身来，用手指着我，继续狠狠地数落我，凭良心讲，我真不知道他为什么要这样做。当然，我不能说他没有理由。但是，对于我杀人的行为，我真的并不怎么后悔。只是他这样缠住我不放，倒使我很惊奇。我真想客客气气，甚至于热情地向他解释明白，我这一辈子就从来没有真正后悔过什么事。我一向就只想到将要发生的事，想到今天或者明天。不过，当然，在我现在被迫所处的环境里，我这样的心情能向谁说呢？我没有权利表示我的多情，表示我的善意。我压制住自己，再听下去，因为检察官说起我的灵魂来了。

他提醒那几位陪审员注意，他说他曾经仔细研究过我的灵魂，结果他什么也没有看出来。他说实际上，我根本就没有灵魂，没有一点人性，人类心里的道德观念，我是一丝一毫也没有。他说道：“自然，关于这一点，我们也不能怪他。他无法得到的，我们不能怪他没有。但是，说到我们法院，我们就绝对不能轻易放过，这件事做起来不那么容易，但是工作是高尚的，我们要树立法律的尊严。尤其是，当这个人的心已经空虚到变成连社会也可能陷下去的深渊的时候。”

他又谈起了我对于我母亲的态度，重复了辩论时已经说过的那许多话。他的话简直说不完，比谈到我拿枪打死人的时候还要多得多，多到最后我什么也不知道了，只感觉到天气的炎热。到了最后，他实在说不下去了，才停下来，可是马上又用他那低沉的、镇定的声音说道：“先生们，不要忘了这个法庭明天就要判决一个最重大的要犯：杀死亲父的凶手。”看他那个样子，仿佛担心别人在重大杀人案之前会心软下来。他希望人类的尊严要坚决地处罚，决不宽贷。不过，他居然又说，即便是这件杀父的案子，和我冷漠的态度比起来，他几乎认为还是我的罪过大。依照他的看法，一个精神上杀死母亲的人，和拿刀杀死父亲的人，应该以同样的罪名从人类社会的名单上清除出去。无论如何，精神上杀人，就是给拿刀杀人准备条件。他差不多像颁布条例似的，以立法的口吻高声说道：“先生们，我坚决相信，如果我说，坐在这条板凳上的人和明天法院要判决的人，同样都是杀人犯，你们不会认为我这个想法太过分的。因此，他应该受到严厉的处分。”

说到这里，检察官擦了擦脸上发亮的汗水。他最后说道，他的职务是一个吃力不讨好的职务，但是他要坚决地执行它。他说我和这个连最基本的规律我也不予重视的社会，无任何共同之处，我根本就不配叫人类有同情我的心，因为心有什么作用我原本就不知道。他说道："我请求判处这个人杀头的死罪，而且我心里非常快活。因为，在我年限已经很久的职务里，如果说我只会请求处人死罪，可是从来没有像今天感到这样相称、这样应该、这样受良心的神圣的、义不容辞的驱使。在这个人面兽心的动物身上，我看到的只是妖魔，我感到的只是可憎。"

…………

后来，别的事情我都忘掉了，我只记得通过法院所有的房间和辩论法庭——我的律师还在那里辩论个没完——我听到街上卖冰小贩吹喇叭的声音。我充满了对一个生命的回忆，这个生命虽然已经不属于我了，但是我还看得见我在里面曾享受过的一切亲切和真实的快乐：夏季的气息，我喜爱的区域，傍晚时的天空，玛丽的笑容和连衫裙，等等。一种再在这里待下去是毫无用处的感觉涌上我的心头，我只想赶快办一件事，那就是尽快地结束辩论，让我再回牢房里去睡觉。所以我的律师最后大嚷大叫，我几乎也听不见了，他说陪审员们总不能眼看把一个一时糊涂的正直好人送到死亡里去吧，一种永恒的悔恨已经使他摆脱不掉了，这就是最可靠的刑罚，让时间来消磨这个生命吧。法院宣布辩论停止，我的律师劳累不堪地坐了下来。可是，他的同行都来向他握手道贺了。我只听见："亲爱的，说得实在好！"有一个居然来问我："嗯？你说怎么样？"我当然表示同意，不过我的称赞不是出于真心情愿，因为我实在太累了。

…………

白天的时候，我总是想到上诉。这个问题，我老是想到好的一面。我计算着我的观感，从我的思想里求得最好的效果。但是，我也常常会想到坏的一面，那就是：上诉被驳。"那么，我就去死。"别的出路是不会有的，这很明显。谁心里也明白，生活是不值得去度过的。说老实话，我也不是不知道三十岁死或是七十岁死都没有什么大关系，因为三十岁死也好，七十岁死也好，别的男人和别的女人照样会继续活下去，而且再过几千年也还是如此。没有比这个更清楚的了。反正，我需要死，那么，现在死和再过二十年才死，有什么分别呢？不过这时候，在我的推想中使我不安的，是我一想到如果还有二十年好活，我心里便会紧张得跳动。其实，如果想到过了二十年以后还是要死的话，这种思想也还是可以压服住的。既然需要死，那么怎么样死和什么时候死，都是次要的问题，这不是很明白么？所以（不容易办到的，便是不要放弃这个"所以"所代表的理论），所以，我没有理由不好好地接受上诉被驳。我应该接受它。

…………

相当长的一段时间，他没有看我。我不喜欢他待在那里，我觉着讨厌。我正想请他滚蛋，不要再麻烦我，看见他忽然对着我转过身来，放声说道："不，我没法相信你的话，不过，我坚信你盼望过另一种生活。"我说当然了，可是，现在说这样的话，那等于愿意自己成为富有的人，希望游水游得快，或者希望自己的嘴长得更好看，完全一样，都是毫无意思。可是，他拦住了我的话，问我我所盼望的另一种生活是怎样的。我说道："一种可以回忆现在生活的生活。"不过，我马上跟他说我不高兴再多和他啰唆了。他还想和我谈谈上帝，但是我朝他走过去，想最后一次向他解释明白，我的时间不多了，我不愿意把它浪费在上帝身上。他想换一个谈话的题目，他问我为什么称他"先生"，而不叫他"神父"。一句话使我火起来，我跟他说他不是我的神父，他是别人的神父。

他把手放在我的肩膀上，说道："你这话不对，我的孩子。我是你的神父。只是你不明白，因为你的心跟瞎子一样看不见。我要为你祈祷。"

我也不知道是怎么回事，仿佛在我身上有什么东西爆炸了似的。我扯着喉咙大叫，我骂他，不许他为我祷告。我抓住他那件黑袍子的衣领，把我内心深处的话，喜悦和愤怒混在一起的强烈激动，一股脑儿都发泄出来了。他的样子很镇静，不是么？但是他的镇静，抵不上女人的一根头发。他连活着不活着都不知道，因为他活着，等于一个死人。我呢，虽然看起来两手空空，但是我知道我是怎么回事，我知道一切都是怎么回事，比他知道得清楚，知道我还活着，肯定我即将死去。是的，这一点是绝对有把握的。我对它有把握，跟他对我有把握，完全一样。我从前就没有看错，现在还是很正确，永远正确。我过去这样生活，今天换一种生活也无所谓。我办过那件事，没有办过这件事。我没有那样做，而我这样做。怎样呢？过去所过的日子仿佛只是为了等待这一分钟，等待受刑的这一个短暂的黎明。什么都不重要，没有重要的事情，我明白为什么。他也明白为什么。在我度过的这一个多余的生活里，一股黑暗的气息通过还没有到来的岁月，从我将来的深处，向我扑过来。这股气息，一路吹来，把我活过的岁月和人们想让我活的岁月，都同样吹得一干二净。别人的死活，母亲的慈爱，对我还有什么意思呢？既然我自己，只有一种命运在等待着我，那么，他所说的上帝，别人所选择的生活，所奠定的命运，甚至于成千上万和他同样幸运的人都自称是我的兄弟，对我还有什么意思呢？这些，他懂么？他明白么？大家都幸运，世界上只有幸运的人。不管是谁，有一天都注定要死。连他本人也是一样，也是注定要死的。所以，我被控杀人，而死却是为了在母亲下葬的时候没有哭，这都有什么关系呢？萨拉玛诺的狗和他的老婆有同样的价值。饭馆里遇到的那个小女人和马松娶的那个巴黎人，甚至于要跟我结婚的玛丽，都同样有罪。雷蒙是不是我的朋友，赛莱斯特是不是比他更好，这都有什么关系呢？今天，玛丽拿嘴去亲另外一个莫尔索，又有什么关系呢？这个注定要死的人，他懂得这些么？这个从我遥远的将来……我嚷得气都接不上来了。但是，已经有人从我手里把教士救出去，看守恐吓着我。可是那个教士，反而劝阻他们，不要他们动气。他沉默地望了我一会儿，眼睛里满含着眼泪，然后扭转头去，走掉了。

他走了以后，我倒安静下来了。我累得要命，躺在我睡觉的木板上。我想我是睡着了，因为我醒来的时候，看见头顶上满天的星斗。我又听到了郊区的声音。夜晚的气息，土地和盐的气息，清醒了我的头脑。夏季沉睡中神奇的安静，像潮水似的透进我的全身。忽然，在黑夜即将结束的时候，汽笛响了起来。它宣告有些人走进一个永远不再和我有任何关系的世界里。很久以来，我又是第一次想到了母亲。我仿佛体会到为什么到了老年她反而交了一个“相好的”，为什么到了老年反而开始活动起来。这是因为在那边，在养老院的周围，一个个的生命也在死亡，夜晚跟一个消沉的过渡时期一样。因此，临死了，我母亲反而会感到解放，想重新再过一次生活。谁有权利哭她呢？我认为谁也没有这个权利。我现在也是同样的情形，我觉着愿意重新生活。刚才的愤怒，仿佛从罪恶里使我清醒过来，而对满天星斗的夜晚，我不存任何幻想，我第一次向着世界可爱的冷漠态度公开我的心胸。我觉得它和我一样，对我很友好，我认为我过去是幸福的，现在还是幸福的。为了作一个好的结束，为了避免感觉自己太孤单，我只要想我受刑的那一天，一定有很多人来看，对我发出咒骂的呼声，就行了。

（选自孟安译本，见《诺贝尔文学奖金获奖作家作品选》，浙江人民出版社，1981年版）

作品赏析

所有具有理性的人都是“局外人”——从人思考的那一天起，人便被自然放逐；肉体的死亡击碎了精神对永恒渴望的迷梦；精神对统一的追求与现实的非理性的分离构成了世界的荒诞；上帝的拯救为死亡所阻，而人的自由却因死亡而得——当人清醒地意识到以上诸条并以最伟大的诚实与最执着的坚持将其后果付诸行动时，飘零于生活之外，亦即深沉投入生活之中的“局外”状况，也便成了人的宿命。

严格地说，“局外”并不意味着距离上的疏远，而是指意识上的清醒；而“局外人”则是那些对生活的荒诞具有清醒的认识并将这认识贯穿其生活本身，以最大的热情投入到生活怀抱的人。他们对生活完全不抱希望却也并不绝望，不断地拒绝却又绝不放弃。因为他们明白“荒诞”使生活毫无意义，但毫无意义的生活并非不值得过，相反，越是没有意义，生活才越值得过下去。

那么，“荒诞”是什么呢？——如果我们给荒诞下了定义，那么，这定义的过程本身就是荒诞的。是荒诞感确立了荒诞的概念，但是如果真的要定义荒诞的话，就会遭到荒诞的最大嘲弄。荒诞可以被描述却绝不可能被明确定义，我们只能说：精神对未来的向往与肉体对人的背叛是荒诞的；思想投诸对象形成一个认识，而这认识的抽象性对个别事物的具体性的否定是荒诞的；人对永恒、统一和希望的渴望与生活的短暂、分裂和无望的对立是荒诞的……荒诞处于现实结果与逻辑可能、理性期盼与非理性现实的对立之中而不属于任何一方——二者间存在的差距越大，荒诞感就越强。以上所有的特征皆具有荒诞性，而荒诞却绝不仅仅是以上内容的相加。

荒诞的产生并非时间问题，而是意识问题：一切皆如往常一样的发生——上班、下班、赶车、吃饭，而当某一天有人开始问自己“为什么这样”时，荒诞便开始了。“开始想，就是开始被毁”。在很大程度上，思考或认识带给人们的并非对世界或人本身的亲近或归属感，而是一种疏离、陌生感。思考是将我们曾经归属过的自然、曾经拥抱过的自身变为我们的对立面来认识，因此，越深入的思考便会带来越严重的剥离感——诚然，我们并不可以因此否定思考，“绝圣弃智”与“参透世事”同样渺不可及——从我们意识到这一现象的时刻起，人便被自己无可救药地放逐了。在这种意义上讲，每一个具有理性的人都是“局外人”。

“精神与世界互相用力支撑着却不能拥抱”，而荒诞却在二者之间茁壮成长起来。无论如何，自救是人无须证明的本能，面对着越来越疏离的世界、越来越陌生的自身，拥有安全感和接受无论来自何方的心灵安慰成了人必然追寻的目的。

在理性的渴望与现实的分裂之间，人们来回摆动——追寻统一的安慰是其摇摆的根源。人们或者倾向理性，颂扬理性的无限力量对世界的认知与分析，导致理性的绝对化，走向唯理主义；或者倾向现实，感叹经验世界的杂乱无章，导致世界的非理性化，走向信仰或神秘主义。无论怎样，这都是人类对自己的欺骗——并非此二者的结果让人们相信自身与世界（或人的感性部分）、精神与现实是相互融合一体的，而是人们自己愿意相信这一渴望。

而荒诞的坚守者——“局外人”却是一个敢于直面这矛盾的人。他生活于其间，能感到理性之无力、思考之矛盾；同时也能感到信仰之虚无、拯救之无望，在他看来，理性或信仰、有神或无神都同样虚妄。因此，他拒绝对理性或信仰任何一方的坚信，而走向了矛盾、荒诞中的反抗。

可以说，诚实是“局外人”最优秀的品质——虽然，更多时候人们宁愿相信美丽的谎言，也不愿面对赤裸的真实，但“局外人”却以莫大的勇气与毅力坚持着在任何人看来都堪称恐怖的真实：死亡，“一边活着一边想着您将整个儿地死去”。在“局外人”看来，死亡，正如生活之中的每一件小事一样，是伴随终生的，是一件每个人都不得不面对却并非人人都能意识到的事。而他——莫尔索知道，死过之后一切即已不再，如果他要寻求超越此生的另一种生活的话，那也只能是“一种我可以回忆现在这种生活的生活”！他从不渴望自己无法认识、无法理解的事，因此，他只忠于现实的生活，只忠于今天或明天，绝不会对永生抱有任何希望，也绝不会后悔昨天已然发生的事。

死亡是“局外人”的终结之墙。然而，死亡却也并不意味着比脱离此生有更多的含义，它只是人类无奈的终点、自然的灭亡、每个人的必经之途；他人之死也并不比一条老狗的走失，或一次痛快的游泳多些什么深刻的意义。生命是一条汩汩流淌的长河，一路上的风景各人只能经历一次，人不应为死亡改变得更多——这也是莫尔索可以坦然面对母亲之死的原因。在“局外人”眼里，生活是从不会因为某件事发生什么根本性的变化的——“生活是无法改变的，什么样的生活都一样”，他人的死亡也不过如此。“亲戚或余悲，他人亦已歌”，一切的一切都是照常进行的：太阳照常升起、照常落下，工人照常做工……死亡轻灵如鸿毛。关键的问题是“习惯”，人们或早或晚都会习惯一切曾经的不习惯——这只是个时间问题，局外人与常人的不同在于，他似乎看透了这一切所谓的巨变从来都不会是根本意义上的、质上的变化，生活之流从不会为某些巨石所阻，一切都按计划行事，义无反顾地冲向既定的死亡，因此，莫尔索实在只不过是比常人早了一些时间习惯于没有母亲的生活罢了。

“习惯”一点点磨损着生活，“局外人”并非一个专门以与习惯抗争而生的人，但他们能明确意识到这种习惯本身的荒诞性并试图在习惯中求得新鲜——他们知道，自己在抗争过后得到的不过是对另外一种新生活的“习惯”。生活从未在质上发生过变化。因此，对生活的“量”的追求，在荒诞的坚守者——“局外人”那里变得较“质”更具有魅力。他们知道，数量有时会产生质量——无数个“一”堆积起来，就是一份沉沉的生之礼物。所以，品味每一次心灵的悸动，经历每一次的重新再来便成为莫尔索们追求的目标。

死亡成了人生意义的终结之墙，任何终极性的东西都因对死亡的清醒意识而不存在了。因此，对玛丽的所谓“爱情”问题，在莫尔索看来是毫无意义的，而人人追求的那种永恒的爱也变成了一种冲动过后的习惯而已，真正的爱情也许本不存在。即使再伟大的人物，过的也不过如庸人一样的生活，每件事、每个人都是一个宇宙、一种意义和价值。因此，所有的事物都是平等的，谁也并不比其他人更好些或者更坏些，“大家都幸运，世上只有幸运的人”。生相对于死亡被赋予了全新的“意义”。

所谓“局外人”是要在荒诞中生存的人，他们要在精神与世界对立的坚守中寻找人生的意义。既然信仰或理性同样不具有绝对可靠性，既然死亡是唯一可确定的东西，那么，在与死亡的对立中攫取到的生命便是一份上苍最美丽的赐予。局外人悲观地看到了生命的幸福所在——活着就是一切。因为世界与内心的无法把握，因为所有事物的平等，他们从不否定其他人对生活的看法，与此同时，莫尔索们也要坚持自己的真诚，反对他人对自己的打扰，因此，莫尔索要以一种消极赞同的方式来摆脱预审推事关于信仰的争论——争论是毫无必要的——既然，没有永恒、绝对的唯一；既然，每件事都有平等的意义。

在某种意义上讲，拒绝永恒（并非指没有对永恒的渴望）、不抱希望（并非指完全绝望）地投入现实、现世生活的荒诞者——“局外人”实在是一个全身心投入生活局内的人，他想参与每一件他认为值得参与的事，甚至包括对自己所谓罪恶的审判。可以说，“局外人”被判处死刑这一结果充分地证明了人生的荒诞性。在“局外人”看来，对自己（人类）命运的审判本身是荒诞的——有罪或无罪、生存或死亡从不是由他来决定的，他是这场审判的局外之人。而参与审判的每个人所做的不过是履行自己的职责：记者要报道这一审判以增加报纸的销售量；检察官必须证明被告有罪；律师则必须为被告开脱；而证人们——养老院院长、萨拉玛诺、玛丽等都不过是控辩双方的一件工具；一切的一切不过是为了审判更像一个审判而已。然而，所有的争论却从未指向过莫尔索——一个人，一个有血有肉有思想的人。在某种程度上讲，是其他人放逐了莫尔索——正如人类被自然放逐一样——使之置于本该置于其内的局外。人生的审判完全不由人来决定，尽管人身置其中。死亡正是命运对人类的审判，莫尔索的死亡也不过是人类命运的一种象征而已。

局外是意识到并坚守荒诞的人的宿命。人总会被自己思考的真相抓到——意识到荒诞的人，永远也无法逃脱荒诞的束缚；而对于那些不愿面对荒诞的人来说（这实在是绝大多数），一个不能遵守社会习惯、遵守所谓伦理道德的人，永远是一个“局外人”。因此，虽然莫尔索从未想到过要生活于生活之外，却永远只能是一个局外之人。

（樊志远）

等待戈多

[爱尔兰] 贝克特

塞缪尔·贝克特（Samuel Beckett，1906—1989）是著名荒诞派剧作家、小说家、诗人，被公认为荒诞派奠基人之一。

贝克特生于爱尔兰首府都柏林一个犹太人家庭。1927 年毕业于都柏林三一学院，获法文和意大利文学士学位。1928—1930 年在巴黎高等师范学院任英文教师。此间与詹姆斯·乔伊斯结识，并成为其亲密朋友和秘书。创作思想受其深刻影响。1930 年回爱尔兰三一学院教授法文并研究笛卡儿的哲学思想，获硕士学位。1938 年定居巴黎。第二次世界大战巴黎陷落后，他参加了反法西斯地下抵抗组织。因受追捕隐居乡间。战后，曾回爱尔兰临时为红十字会工作。1945 年秋回法国在一所盟军医院任翻译。同年冬天回巴黎专事文学创作和翻译。

贝克特从 20 世纪 20 年代末开始从事小说和诗歌创作，表现了敏锐的观察力和反传统的艺术方向。战后主要致力于戏剧创作。1953 年公演的《等待戈多》以其荒诞色彩和表现战后西方普遍的悲观失望情绪而轰动西方，成为荒诞派戏剧的经典之作。后来又陆续创作有《剧终》（1957）、《最后一盘磁带》（1958）、《啊，美好的日子》（1961）、《喜剧》（1964）等十几部荒诞戏剧。因为“他的具有新奇形式的小说和戏剧使现代人从困境中得到振奋”，他的戏剧“具有希腊悲剧的净化作用”，1969 年被授予诺贝尔文学奖。

作品梗概

这是一部两幕剧。出场人物共有五个：两个流浪汉——爱斯特拉冈（又称戈戈）和弗拉季米尔（又称狄狄），奴隶主波卓，他的奴隶幸运儿，还有一个报信的小男孩。

第一幕。乡间荒野路旁，黄昏时分。两个衣衫褴褛、身份不明的流浪汉相遇。他们从何处来，不知道。唯一清楚的是他们来这里等待戈多。至于戈多是谁，他们为什么等待，不知道。在等待中他们无聊地闲谈，做些机械的动作，狄狄讲耶稣和贼的故事。走吧，不能，要等待戈多。等待戈多干什么？向他祈祷、乞求，“咱们什么权利都没有了”。实在无事可做，便嗅靴子、闻帽子、想上吊、啃胡萝卜。他们错把路过的波卓主仆当作戈多。幸运儿在皮鞭下为主人忙个不停，波卓在耍主人威风。戈戈讨了一块剩骨头。波卓命令幸运儿跳舞、思想。幸运儿开始演讲，没有句读，不知所云。听者时而抗议，时而呻吟，时而暴怒。波卓赶幸运儿下场。他要赶到市场上卖掉幸运儿。“咱们现在干什么?”走吧，不能，要等待戈多。天快黑时，一个男孩上场，报告说戈多不来了，明晚准来。夜幕突降。两个流浪汉说着要走，仍坐着不动。幕落。

第二幕。次日，黄昏，同一地点。枯树上长出了四五片叶子。两个流浪汉又来到老地方等待戈多。他们模糊地回忆昨晚发生的事情。长时间的沉默后，突然感到莫名的恐怖。于是他们同时说话，没话找话，只为了可以“不听、不想”。再次寻找昨天失去的回忆，消磨时间，这样可以证明自己的存在。戈戈睡觉，狄狄唱摇篮曲。戈戈做了一个噩梦，狄狄不让他说。又一次要走，不能，要等待戈多。波卓主仆再次出场。一夜之间，波卓已成瞎子，幸运儿成了哑巴。四个人先后倒在地上爬来爬去。主仆二人走后，戈多的信使小男孩再次出场，报告说戈多今天不来了，明天一定来。他们想远离这个地方，不能，因为明天还得回来等待戈多。打算不理戈多，又怕受惩罚。那么上吊吧，裤带一拉就断了。“明天再上吊吧，除非戈多来了”。“他来了就得救了”。嘴上说走，仍站着不动。剧终。

作品节选

第一幕

［乡间一条路。一棵树。

［黄昏。

［爱斯特拉冈坐在一个低土墩上，脱靴子。他两手使劲拉，直喘气。他停止拉靴子，显出精疲力竭的样子，歇了会儿，又开始拉。

［如前。

［弗拉季米尔上。

爱斯特拉冈 （又一次泄气）毫无办法。

弗拉季米尔 （叉开两腿，迈着僵硬的、小小的步子前进）我开始拿定主意。我这一辈子老是拿不定主意，老是说，弗拉季米尔，要理智些，你还不曾什么都试过哩。于是我又继续奋斗。（他沉思起来，咀嚼着“奋斗”两字。向爱斯特拉冈）哦，你又来啦。

爱斯特拉冈 是吗？

弗拉季米尔 看见你回来我很高兴，我还以为你一去再也不回来啦。

爱斯特拉冈 我也一样。

弗拉季米尔 终于又在一块儿啦！我们应该好好庆祝一番。可是怎样庆祝呢？（他思索着）起来，让我拥抱你一下。

爱斯特拉冈 （没好气地）不，这会儿不成。

弗拉季米尔 （伤了自尊心，冷冷地）允不允许我问一下，大人阁下昨天晚上是在哪儿过夜的？

爱斯特拉冈 在一条沟里。

弗拉季米尔 （羡慕地）一条沟里！哪儿？

爱斯特拉冈 （未作手势）那边。

弗拉季米尔 他们没揍你？

爱斯特拉冈 揍我？他们当然揍了我。

弗拉季米尔 还是同一帮人？

爱斯特拉冈 同一帮人？我不知道。

弗拉季米尔 我只要一想起……这么些年来……要不是有我照顾……你会在什么地方……？（果断地）这会儿，你早就成一堆枯骨啦，毫无疑问。

爱斯特拉冈 那又怎么样呢？

弗拉季米尔 光一个人，是怎么也受不了的。（略停。兴高采烈地）另一方面，这会儿泄气也不管用了，这是我要说的。我们早想到这一点就好了，在世界还年轻的时候，在九十年代。

爱斯特拉冈 啊，别啰嗦啦，帮我把这混账玩意儿脱下来。

弗拉季米尔 手拉着手从巴黎塔[①]顶上跳下来，这是首先该做的。那时候我们还很体面。现在已经太晚啦。他们甚至不会放我们上去哩。（爱斯特拉冈使劲拉靴子）你在干嘛？

爱斯特拉冈 脱靴子。你难道从来没脱过靴子？

弗拉季米尔 靴子每天都要脱，难道还要我来告诉你？你干嘛不好好听我说话？

爱斯特拉冈 （无力地）帮帮我！

---

① 指巴黎的埃菲尔铁塔，高300米。

弗拉季米尔　你脚疼？

爱斯特拉冈　脚疼！他还要知道我是不是脚疼！

弗拉季米尔　（忿怒地）好像只有你一个人受痛苦。我不是人。我倒是想听听你要是受了我那样的痛苦，将会说些什么。

爱斯特拉冈　你也脚疼。

弗拉季米尔　脚疼！他还要知道我是不是脚疼！（弯腰）从来不忽略生活中的小事。

爱斯特拉冈　你期望什么？你总是等到最后一分钟的。

弗拉季米尔　（若有所思地）最后一分钟……（他沉吟片刻）希望迟迟不来，苦死了等的人。这句话是谁说的？

爱斯特拉冈　你干嘛不帮帮我？

弗拉季米尔　有时候，我照样会心血来潮。跟着我浑身就会有异样的感觉。（他脱下帽子，向帽内窥视，在帽内摸索，抖了抖帽子，重新把帽子戴上）我怎么说好呢？又是宽心，又是……（他搜索枯肠找词儿）……寒心。（加重语气）寒——心。（他又脱下帽子，向帽内窥视）奇怪。（他敲了敲帽顶，像是要敲掉沾在帽上的什么东西似的，再一次向帽内窥视）毫无办法。

［爱斯特拉冈使尽平生之力，终于把一只靴子脱下。他往靴内瞧了瞧，伸进手去摸了摸，把靴子口朝下倒了倒，往地上望了望，看看有没有什么东西从靴里掉出来，但什么也没看见，又往靴内摸了摸，两眼出神地朝前面瞪着。

弗拉季米尔　呃？

爱斯特拉冈　什么也没有。

弗拉季米尔　给我看。

爱斯特拉冈　没什么可给你看的。

弗拉季米尔　再穿上试试。

爱斯特拉冈　（把他的脚察看一番）我要让它通通风。

弗拉季米尔　你就是这样一个人，脚出了毛病，反倒责怪靴子。（他又脱下帽子，往帽内瞧了瞧，伸手进去摸了摸，在帽顶上敲了敲，往帽里吹了吹，重新把帽子戴上）这件事越来越叫人寒心。（沉默。弗拉季米尔在沉思，爱斯特拉冈在揉脚趾）两个贼有一个得了救。（略停）是个合理的比率。（略停）戈戈。

爱斯特拉冈　什么事？

弗拉季米尔　我们要是忏悔一下呢？

爱斯特拉冈　忏悔什么？

弗拉季米尔　哦……（他想了想）咱们用不着细说。

爱斯特拉冈 忏悔我们的出世？

［弗拉季米尔纵声大笑，突然止住笑，用一只手按住肚子，脸都变了样儿。

弗拉季米尔 连笑都不敢笑了。

爱斯特拉冈 真是极大的痛苦。

弗拉季米尔 只能微笑。（他突然咧开嘴嬉笑起来，不断地嬉笑，又突然停止）不是一码子事。毫无办法。（略停）戈戈。

爱斯特拉冈 （没好气地）怎么啦？

弗拉季米尔 你读过《圣经》没有？

爱斯特拉冈 《圣经》……（他想了想）我想必看过一两眼。

弗拉季米尔 你还记得福音书吗？

爱斯特拉冈 我只记得圣地的地图。都是彩色图。非常好看。死海是青灰色的。我一看到那图，心里就直痒痒。这是咱俩该去的地方，我老这么说，这是咱们该去度蜜月的地方。咱们可以游泳。咱们可以得到幸福。

弗拉季米尔 你真该当诗人的。

爱斯特拉冈 我当过诗人。（指了指身上的破衣服）这还不明显？（沉默）

弗拉季米尔 刚才我说到哪儿……你的脚怎样了？

爱斯特拉冈 看得出有点儿肿。

弗拉季米尔 对了，那两个贼。你还记得那故事吗？

爱斯特拉冈 不记得了。

弗拉季米尔 要我讲给你听吗？

爱斯特拉冈 不要。

弗拉季米尔 可以消磨时间。（略停）故事讲的是两个贼，跟我们的救世主同时被钉死在十字架上。有一个贼——

爱斯特拉冈 我们的什么？

弗拉季米尔 我们的救世主。两个贼。有一个贼据说得救了，另外一个……（他搜索枯肠，寻找与“得救”相反的词汇）……万劫不复。

爱斯特拉冈 得救，从什么地方救出来？

弗拉季米尔 地狱。

爱斯特拉冈 我走啦。（他没有动。）

弗拉季米尔 然而（略停）……怎么——我希望我的话并不叫你腻烦——怎么在四个写福音的使徒里面只有一个谈到有个贼得救呢？四个使徒都在场——或者说在附近，可是只有一个使徒谈到有个贼得了救。（略停）喂，戈戈，你能不能回答我一声，哪怕是偶尔一次？

爱斯特拉冈 （过分地热情）我觉得你讲的故事真是有趣极了。

弗拉季米尔 四个里面只有一个。其他三个里面，有两个压根儿没提起什么贼，第三个却说那两个贼都骂了他。

爱斯特拉冈　谁？

弗拉季米尔　什么？

爱斯特拉冈　你讲的都是些什么？（略停）骂了谁？

弗拉季米尔　救世主。

爱斯特拉冈　为什么？

弗拉季米尔　因为他不肯救他们。

爱斯特拉冈　救他们出地狱？

弗拉季米尔　傻瓜！救他们的命。

爱斯特拉冈　我还以为你刚才说的是救他们出地狱哩。

弗拉季米尔　救他们的命，救他们的命。

爱斯特拉冈　嗯，后来呢？

弗拉季米尔　后来，这两个贼准是永堕地狱、万劫不复啦。

爱斯特拉冈　那还用说？

弗拉季米尔　可是另外的一个使徒说有一个得了救。

爱斯特拉冈　嗯？他们的意见并不一致，这就是问题的症结所在。

弗拉季米尔　可是四个使徒全在场。可是只有一个谈到有个贼得救了。为什么要相信他的话，而不相信其他三个？

爱斯特拉冈　谁相信他的话？

弗拉季米尔　每一个人。他们就知道这一本《圣经》。

爱斯特拉冈　人们都是没有知识的混蛋，像猴儿一样见什么学什么。

［他痛苦地站起身来，一瘸一拐地走向台的极左边，停住脚步，把一只手遮在眼睛上朝远处眺望，随后转身走向台的极右边，朝远处眺望。弗拉季米尔瞅着他的一举一动，随后过去捡起靴子，朝靴内窥视，急急地把靴子扔在地上。

弗拉季米尔　呸！（他吐了口唾沫）

［爱斯特拉冈走到台中，停住脚步，背朝观众。

爱斯特拉冈　美丽的地方。（他转身走到台前方，停住脚步，脸朝观众）妙极了的景色。（他转向弗拉季米尔）咱们走吧。

弗拉季米尔　咱们不能。

爱斯特拉冈　干嘛不能？

弗拉季米尔　咱们在等待戈多。

爱斯特拉冈　啊！（略停）你肯定是这儿吗？

弗拉季米尔　什么？

爱斯特拉冈　我们等的地方。

弗拉季米尔 他说在树旁边。（他们望着树）你还看见别的树吗？
爱斯特拉冈 这是什么树？
弗拉季米尔 我不知道。一棵柳树。
爱斯特拉冈 树叶呢？
弗拉季米尔 准是棵枯树。
爱斯特拉冈 看不见垂枝。
弗拉季米尔 或许还不到季节。
爱斯特拉冈 看上去简直像灌木。
弗拉季米尔 像丛林。
爱斯特拉冈 像灌木。
弗拉季米尔 像——。你这话是什么意思？暗示咱们走错地方了。
爱斯特拉冈 你应该到这儿啦。
弗拉季米尔 他并没说定他准来。
爱斯特拉冈 万一他不来呢？
弗拉季米尔 咱们明天再来。
爱斯特拉冈 然后，后天再来。
弗拉季米尔 可能。
爱斯特拉冈 老这样下去。
弗拉季米尔 问题是——
爱斯特拉冈 直等到他来了为止。
弗拉季米尔 你说话真是不留情。
爱斯特拉冈 咱们昨天也来过了。
弗拉季米尔 不，你弄错了。
爱斯特拉冈 咱们昨天干什么啦？
弗拉季米尔 咱们昨天干什么啦？
爱斯特拉冈 对了。
弗拉季米尔 怎么……（忿怒地）只要有你在场，就什么也肯定不了。
爱斯特拉冈 照我看来，咱们昨天来过这儿。
弗拉季米尔 （举目四望）你认得出这地方？
爱斯特拉冈 我并没这么说。
弗拉季米尔 嗯？
爱斯特拉冈 认不认得出没什么关系。
弗拉季米尔 完全一样……那树……（转向观众）那沼地。
爱斯特拉冈 你肯定是在今天晚上？
弗拉季米尔 什么？

爱斯特拉冈 是在今天晚上等他？

弗拉季米尔 他说是星期六。（略停）我想。

爱斯特拉冈 你想。

弗拉季米尔 我准记下了笔记。

［他在自己的衣袋里摸索着，拿出各式各样的废物。

爱斯特拉冈 （十分恶毒地）可是哪一个星期六？还有，今天是不是星期六？今天难道不可能是星期天！（略停）或者星期一？（略停）或者星期五？

弗拉季米尔 （拼命往四周围张望，仿佛景色上写有日期似的）那绝不可能。

爱斯特拉冈 或者星期四？

弗拉季米尔 咱们怎么办呢？

爱斯特拉冈 要是他昨天来了，没在这儿找到我们，那么你可以肯定他今天决不会再来了。

弗拉季米尔 可是你说我们昨天来过这儿。

爱斯特拉冈 我也许弄错了。（略停）咱们暂时别说话，成不成？

弗拉季米尔 （无力地）好吧。（爱斯特拉冈坐到土墩上。弗拉季米尔激动地来去踱着，不时煞住脚步往远处眺望。爱斯特拉冈睡着了。弗拉季米尔在爱斯特拉冈面前停住脚步）戈戈！……戈戈！……戈戈！

［爱斯特拉冈一下子惊醒过来。

爱斯特拉冈 （惊恐地意识到自己的处境）我睡着啦！（责备地）你为什么老是不肯让我睡一会儿？

弗拉季米尔 我觉得孤独。

爱斯特拉冈 我做了个梦。

弗拉季米尔 别告诉我！

爱斯特拉冈 我梦见——

弗拉季米尔 别告诉我！

爱斯特拉冈 （向宇宙做了个手势）有了这一个，你就感到满足了？（沉默）你太不够朋友啦，狄狄。我个人的噩梦如果不能告诉你，叫我告诉谁去？

弗拉季米尔 让它们作为你个人的东西保留着吧。你知道我听了受不了。

爱斯特拉冈 （冷冷地）有时候我心里想，咱俩是不是还是分手比较好。

弗拉季米尔 你走不远的。

爱斯特拉冈 那太糟糕啦，实在太糟糕啦。（略停）你说呢，狄狄，是不是实在太糟糕啦？（略停）当你想到路上的景色是多么美丽。（略停）还有路上的行人是多么善良。（略停。甜言蜜语地哄）你说是不是，狄狄？

弗拉季米尔 你要冷静些。

爱斯特拉冈 （淫荡地）冷静……冷静……所有的上等人都说要镇静。（略停）

你知道英国人在妓院里的故事吗？

弗拉季米尔　知道。

爱斯特拉冈　讲给我听。

弗拉季米尔　啊，别说啦！

爱斯特拉冈　有个英国人多喝了点儿酒，走进一家妓院。鸨母问他要漂亮的、黑皮肤的还是红头发的。你说下去吧。

弗拉季米尔　别说啦！

［弗拉季米尔急下。爱斯特拉冈站起来跟着他走到舞台尽头。爱斯特拉冈做着手势，仿佛作为观众在给一个拳击家打气似的。弗拉季米尔上，他从爱斯特拉冈旁边擦身而过，低着头穿过舞台。爱斯特拉冈朝他迈了一步，煞住脚步。

爱斯特拉冈　（温柔地）你是要跟我说话吗？（沉默。爱斯特拉冈往前迈了一步）你有话要跟我说吗？（沉默。他又往前迈了一步）狄狄……

弗拉季米尔　（并不转身）我没有什么话要跟你说。

爱斯特拉冈　（迈了一步）你生气了？（沉默。迈了一步）原谅我。（沉默。迈了一步。爱斯特拉冈把他的一只手搭在弗拉季米尔的肩上）来吧，狄狄。（沉默）把你的手给我。（弗拉季米尔转过身来）拥抱我！（弗拉季米尔软下心来。他们俩拥抱。爱斯特拉冈缩回身去）你一股大蒜臭！

弗拉季米尔　它对腰子有好处。（沉默。爱斯特拉冈注视着那棵树）咱们这会儿干什么呢？

爱斯特拉冈　咱们等着。

弗拉季米尔　不错，可是咱们等着的时候干什么呢？

爱斯特拉冈　咱们上吊试试怎么样？

［弗拉季米尔向爱斯特拉冈耳语。爱斯特拉冈大为兴奋。

弗拉季米尔　跟着就有那么多好处。掉下来以后，底下还会长曼陀罗花。这就是你拔花的时候听到吱吱声的原因。你难道不知道？

爱斯特拉冈　咱们马上就上吊吧。

弗拉季米尔　在树枝上？（他们向那棵树走去）我信不过它。

爱斯特拉冈　咱们试试总是可以的。

弗拉季米尔　你就试吧。

爱斯特拉冈　你先来。

弗拉季米尔　不，不，你先来。

爱斯特拉冈　干吗要我先来？

弗拉季米尔　你比我轻。

爱斯特拉冈　正因为如此！

弗拉季米尔 我不明白。

爱斯特拉冈 用你的脑子，成不成？

［弗拉季米尔用脑子。

弗拉季米尔 （最后）我想不出来。

爱斯特拉冈 是这么回事。（他想了想）树枝……树枝……（忿怒地）用你的头脑，成不成？

弗拉季米尔 你是我的惟一希望了。

爱斯特拉冈 （吃力地）戈戈轻——树枝不断——戈戈死了。狄狄重——树枝断了——狄狄孤单单的一个人。可是——

弗拉季米尔 我没想到这一点。

爱斯特拉冈 要是它吊得死你，也就吊得死我。

弗拉季米尔 可是我真的比你重吗？

爱斯特拉冈 是你亲口告诉我的。我不知道。反正机会均等。或者差不多均等。

弗拉季米尔 嗯？咱们干什么呢？

爱斯特拉冈 咱们什么也别干。这样比较安全。

弗拉季米尔 咱们先等一下，看看他说些什么。

爱斯特拉冈 谁？

弗拉季米尔 戈多。

爱斯特拉冈 好主意。

弗拉季米尔 咱们先等一下，让咱们完全弄清楚咱们的处境后再说。

爱斯特拉冈 要不然，最好还是趁热打铁。

弗拉季米尔 我真想听听他会提供些什么。我们听了以后，可以答应或者拒绝。

爱斯特拉冈 咱们到底要求他给咱们做些什么？

弗拉季米尔 你当时难道没在场？

爱斯特拉冈 我大概没好好听。

弗拉季米尔 哦……没提出什么明确的要求。

爱斯特拉冈 可以说是一种祈祷。

弗拉季米尔 一点不错。

爱斯特拉冈 一种泛泛的乞求。

弗拉季米尔 完全正确。

爱斯特拉冈 他怎么回答的呢？

弗拉季米尔 说他瞧着办。

爱斯特拉冈 说他不能事先答应。

弗拉季米尔 说他得考虑一下。

爱斯特拉冈 在他家中安静的环境里。

弗拉季米尔 跟他家里的人商量一下。
爱斯特拉冈 他的朋友们。
弗拉季米尔 他的代理人们。
爱斯特拉冈 他的通讯员们。
弗拉季米尔 他的书。
爱斯特拉冈 他的银行存折。
弗拉季米尔 然后才能打定主意。
爱斯特拉冈 这是很自然的事。
弗拉季米尔 是吗?
爱斯特拉冈 我想是的。
弗拉季米尔 我也这么想。(沉默)
爱斯特拉冈 (焦急地)可是咱们呢?
弗拉季米尔 你说的什么?
爱斯特拉冈 我说,可是咱们呢?
弗拉季米尔 我不懂。
爱斯特拉冈 咱们的立场呢?
弗拉季米尔 立场?
爱斯特拉冈 别忙。
弗拉季米尔 立场?咱们趴在地上。
爱斯特拉冈 到了这么糟糕的地步?
弗拉季米尔 大人阁下想要知道有什么特权?
爱斯特拉冈 难道咱们什么权利也没有了?

[弗拉季米尔大笑,像先前一样突然抑制住,改为裂开嘴嬉笑。

…………

(选自施咸荣译本,见《外国现代派作品选》,
第3册,上海文艺出版社,1984年版)

作品赏析

《等待戈多》是一部“彻底的反戏剧”之作。1953年1月,该剧在巴黎巴比伦剧院首演后,立即引起热烈的争议。支持者和反对者因对此剧毁誉不一,在休息厅里大打出手。一时间,“等待戈多”成为人们街谈巷议的主要内容。1957年,美国圣昆廷监狱为1400多名犯人演出该剧,“世界上最粗鲁的观众”接受了这部作品。

与其他荒诞派作家相比,贝克特的故事更加荒唐离奇,形式更加怪诞夸张,内容更加难以捉摸。贝克特以戏剧化的荒诞象征手法，“揭示人类在一个荒谬的宇宙中的尴尬处境”。剧中代表人类活动的背景荒凉而又凄惨。一条荒僻小路，路边一棵秃树，两个衣衫褴褛的流浪汉在等待戈多。主人公戈戈和狄狄这两个作为人类象征的流浪汉，外形干瘪，精神麻木，生活在焦虑、痛苦和无聊之中。他们衣食无着，只能靠乞讨度日。他们对一切茫然无知，只是一味地等待戈多。在这荒凉的世界上仅存的两个老人灵魂也是不相通的：一个处在形而下（总想把脚从靴子里解放出来），一个处在形而上（念《圣经》、思考人生）；相互说话时总是打岔，得不到对方回应，就像对方不存在一样。为证实对方和自己的存在，他们不能不说话；但又苦于无话可说，于是对骂；苦于无事可做，于是上吊玩。当波卓锁着“幸运儿”上来时，四个人为抢骨头像四堆活动的垃圾似的在舞台上爬。

这个世界笼罩着不可解脱的痛苦和不可名状的荒诞：人们的信仰已被两次世界大战和经济危机彻底摧毁，人类的各种关系全面异化。人与自我、人与自然、人与社会、人与人之间的关系被严重扭曲；人不知道自己的身份，失去了理性，失去了自我，消解了存在的意义和价值。于是，重复便成为一种独特的生存方式。戈戈、狄狄不停地戴帽子、脱帽子、穿靴子、脱靴子，现实中的人们日复一日地重复自己或别人的生活轨迹。没有发展，没有变化，起点就是终点，生命就是无意义的重复，这幕悲剧在不停地上演。在这里，时间成为难忍难挨的存在，“他们让新的生命诞生在坟墓上，光明只闪现了一刹那，跟着又是黑夜”。波卓的变瞎分明是对时间的逃避与抗拒，用他的话说：“瞎子没有时间观念。属于时间的一切东西他们都看不见”。生活中什么事也没有发生，使生存变得更加痛苦，更加令人厌烦。荒诞派戏剧的哲学基础是存在主义，但它连存在的意义也消解掉了。失去了精神家园后在荒原上流浪就是人类生存状态的写照。《等待戈多》正是在这个意义上，纯粹地反映了戏剧性的悲凉人生。作品的细节、对话都充满了象征意味。贝克特善于从细处落墨，将对西方世界的荒诞感、灾难感、孤独感、空虚感表现得深入骨髓。

在这种情况下，人们还能做什么呢？人生注定是一场悲剧，唯一能做的只有等待。在旧的信仰破灭、新的信仰尚未确立之际，等待成为唯一的精神支柱。“在这场大混乱里，只有一样事情是清楚的，咱们在等待戈多的到来。”无家可归，无路可循，更可怕的是人们无法改变这个巨大的伴随一生的痛苦。正是因为戈多的不可知，正是因为戈戈、狄狄把自己全部获救的希望都寄托在他们一无所知的戈多身上，并为此苦苦等待，成为生活的全部内容，才更显示出绝望、迷茫和精神危机的深刻，也更显示出现实生活的可怕——人类生活就是这样毫无意义、毫无价值、碌碌无为，只有痛苦、绝望和无目的的等待。

这是一个“等待的西西弗斯神话”。如同西西弗斯一样，推运永远推不到山顶的巨石。琐碎生活的机械重复已达到极限状态，无论等待多么痛苦，等待的东西始终不来。“戈多迟迟不来，苦死了等的人。”因为无聊所以等待，而等待本身却更是无聊。和戈戈、狄狄一样，现实中的人何尝不是处在一种永恒的等待之中。现实的不可把握，未来的不可预测，使人的存在显得那么的渺小与无望。在张皇失措、百无聊赖中，人们只能期盼着某个人或某件事的突然出现，改变它们既往的境遇。然而等待本身也是对人们生存境遇的揭示，是在解构了生与死、价值与意义之后的一种无可奈何的境地。

毫无疑问，“戈多今天不来，明天准来”就已经预示着戈多出现希望的渺茫，因为明天永无终了，戈多的出现也就遥遥无期。这种等待本身就包含着一种内在冲突，一种意志的努力和抗拒。“这一辈子到处在泥地里爬。”他们甚至忏悔自己的出世，悔恨当初没有“从巴黎塔顶跳下来”，这是人类再次遭到放逐后的普遍情绪。这是对社会的罪恶、灾难和虚假，对人性的沉沦、人格的丧失、个性的毁灭，对人的苦闷、孤立无援、不能互相沟通、人变成非人的愤怒和抗议。在这一愤怒里，陪衬深沉的人道主义愿望——摆脱噩梦般的现实，恢复人的本性，像人一样生活。

那么，戈多到底是谁？西方评论家有多种解释：有人认为戈多（Godort）由“上帝”（God）一词演变而来，故暗指上帝；有人认为他象征死亡；有人认为波卓就是戈多，因为在剧本的法文手稿中，波卓曾自称是戈多；也有人认为，戈多这一人物来自巴尔扎克的喜剧《自命不凡的人》，该剧中就有一个被众人议论又始终不曾露面的神秘人物戈杜（Godeau）等等。各种解说不一而足。有人曾问过贝克特，戈多是谁，贝克特坦言：“我要是知道，早在戏里说出来了。”这也许含有故弄玄虚的成分，但也具备一定的真实性。

正是因为作者把戈多设定为一个虚无缥缈的存在，使这一从未露面的形象具有了超越现实的意义。戈多可以理解为一种象征——他代表生活在惶惶不安的西方社会人们对未来的希望。罗伯·吉尔曼指出：“这部戏剧就是表现弗拉季米尔和爱斯特拉冈怎样等待戈多；戈多不来，他的本性就是他不来。他是被追求的超验，现世以外的东西，人们追求它是为了给现世生活以意义。”希望抽去了具体内容，具有永恒的形而上的色彩。

纵观人类历史的脚印，便可见出人类不断追寻希望的艰难历程。在古希腊关于普罗米修斯的神话中，潘多拉的盒子将疾病、战争、饥饿、贫穷等各种灾祸撒播人间，却唯独留下了希望。但丁的《神曲》就是希望人类在理性和信仰的指引下，净化灵魂，完善自我，走出中世纪的黑暗，走向完美的理想境界——天堂。哈姆莱特希冀重整乾坤，以人文主义的理想消除社会罪恶，为父复仇，救民于水火。浮士德顽强进取，将一切苦乐装在心中，试图以启蒙思想的活力开辟一个新世界。如果说古希腊神话是在解释希望，但丁、哈姆莱特与浮士德是在实践希望的话，那么《等待戈多》就是在等待希望，并在“希望——幻灭——继续希望”的循环中向着人本主义回归。伏尔泰说：“人类最可宝贵的财富就是希望，希望是人的组成部分。”的确，只有为希望所鼓舞，才能不断实现理想；希望满足之日，也就是生命终结之时。对整个人类而言，没有希望就意味着走向毁灭的开始。

戈多是爱与善——这是上帝死后20世纪的人们寻找到的新的上帝，他使人们摆脱孤独与空虚，让人与人之间相互理解和沟通。在剧本的开头，戈戈就憧憬着福音书中那“美丽的地方”，“妙极了的景色”——那是与这荒凉破败的荒原截然相反的“彩色的”“圣地的地图”。戈戈说：“那是咱俩该去的地方，我老这么说，这是咱们该去度蜜月的地方。咱们可以游泳。咱们可以得到幸福。”那里和煦的阳光和青灰色的海水能给这冷漠的世界带来温暖和生机，让人们自由畅快地呼吸，给人们活下去的勇气。那个令人魂牵梦绕的所在，正是人类永久的精神家园。

（梁坤）

阿莱夫*

[阿根廷] 博尔赫斯

豪尔赫·路易斯·博尔赫斯（Jorge Luis Borges，1899—1986）是阿根廷诗人、小说家兼翻译家。他出身于布宜诺斯艾利斯一个有英国血统的律师家庭，在日内瓦上中学，在剑桥读大学，掌握英、法、德等多国文字，博尔赫斯从中学时代开始写诗。1919 年赴西班牙，与极端主义派及先锋派作家过从甚密，同编文学期刊。1923 年出版第一部诗集，1935 年出版第一本短篇小说集，从此奠定了在阿根廷文坛上的地位。1946 年因在反对庇隆的宣言上签名，被革除图书馆中的职务，派任市场家禽稽查员，但作家拒绝任职并发表公开信表示抗议。1950 年至 1953 年任阿根廷作家协会主席。1955 年任国立图书馆馆长、布宜诺斯艾利斯大学哲学文学系教授。1950 年获阿根廷国家文学奖，1961 年获西班牙福门托奖，1979 年获西班牙塞万提斯奖。

重要作品有诗集《布宜诺斯艾利斯激情》（1923）、《面前的月亮》（1925）、《圣马丁札记》（1929）、《影子的颂歌》（1969）、《老虎的金黄》（1972）、《深沉的玫瑰》（1975），短篇小说集《恶棍列传》（1935）、《杜撰集》（1944）、《虚构集》（1944）、《布罗迪报告》（1970）等。其中《小径分岔的花园》（1941）、《阿莱夫》（1949）是典型的后现代主义文本。还译有卡夫卡、福克纳等人的作品。其作品

* 阿莱夫，希伯来字母中第一个字母，神秘哲学家们认为它意为："要学会说真话。"

文体干净利落，文字精练，构思奇特，结构精巧，小说情节常在东方异国情调的背景中展开，荒诞离奇且充满幻想，带有浓重的神秘色彩。

作品

> 啊，上帝，即便我困在坚果壳里，我仍以为自己是无限空间的国王。
>
> 《哈姆莱特》，第二幕第二场
>
> 他们会教导我们说，永恒是目前的静止，也就是哲学学派所说的时间凝固；但他们或任何别人对此并不理解，正如不理解无限广阔的地方是空间的凝固一样。
>
> 《利维坦》[1]，第四章第四十六节

贝雅特丽齐·维特波临终前苦楚万分，感伤和恐惧都不能使痛苦缓解片刻，终于在 2 月份一个炎热的早晨[2]去世，那天我发现宪法广场高耸的广告铁架换了一个不知什么牌子的香烟广告；那件事让我伤心，因为我明白不停顿的广大的世界已经同她远离，广告牌的变化是一系列无穷无尽的变化中的第一个。世界会变，但是我始终如一，我带着悲哀的自负想道；我知道我对她不合情理的爱慕有时使她难以容忍；如今她死了，我可以专心致志地怀念她，不抱希望，但也没有屈辱感。我想，4 月 30 日她的生日；那天去加拉伊街他们家探望她的父亲和她的表哥卡洛斯·阿亨蒂诺·达内里是合乎礼节的，无可非议，或许也无可回避。我将再次等在幽暗的、满是摆设的小会客室里，再次端详她许多背景各异的相片。贝雅特丽齐·维特波彩色的侧面照；1921 年狂欢节时贝雅特丽齐戴着面具的照片；贝雅特丽齐第一次领圣餐；贝雅特丽齐和罗伯托·亚历山德里结婚那天的留影；贝雅特丽齐离婚后不久在马术俱乐部午餐会上；贝雅特丽齐同德利亚·圣马科·波塞尔和卡洛斯·阿亨蒂诺在基尔梅斯；贝雅特丽齐和维列加斯·阿埃多送给她的哈巴狗在一起；贝雅特丽齐的正面照和斜侧面照，手托着下巴在微笑……我不必像往常那样带几本送她的书作为去拜访的借口，我终于学了乖先把那些毛边书书页裁开，免得几个月后发现它们原封未动而发窘。

贝雅特丽齐·维特波是 1929 年去世的；此后每年到了 4 月 30 日我总是去她家看看。我一般在七点一刻到，坐二十多分钟；每年晚去一会儿，多坐一些时

---

① 《利维坦》，英国哲学家霍布斯（1588—1679）论国家组织的著作，全名为《利维坦，或宗教与政治国家的实质、形式与权力》。

② 阿根廷地处南半球，时令季节同北半球相反，阿根廷的 2 月是晚夏。

间；1933年那次一场瓢泼大雨帮了我忙：他们不得不留我吃晚饭。我当然不错过那个良好的开端；1934年那次到她家时已过八点钟，我带了圣菲的杏仁甜饼；很自然地留下吃饭。这样，在忧伤和略带哀艳的周年纪念日里，我逐渐赢得了卡洛斯·阿亨蒂诺·达内里的信任。

贝雅特丽齐颀长荏弱，略微有点朝前倾；她的步态（如果允许使用矛盾修饰法的话）有一种优美的笨拙，一种陶醉的意味；卡洛斯·阿亨蒂诺脸色红润，身体壮实，头发灰白，眉清目秀。他在南郊一家不出名的图书馆里担任一个不重要的职务；他相当专横，但不起作用；从不久前始，晚上和节日他都待在家里不外出。虽然隔了两代，他的意大利口音和说话时的大量手势依然存在。他的心理活动活跃、激动、多变，但无足轻重，充满了无用的类推和多余的顾虑。他的手（像贝雅特丽齐一样）细长漂亮。有几个月，他迷上了保尔·福尔[①]，他佩服的不是福尔的歌谣，而是他无可挑剔的名声。“福尔是法国诗人中的王子，”他自负地说。“你再怎么攻击他也是白费气力；你的浸透毒汁的箭休想射中他。”

…………

我生平只有一次机会细读了《福地》一万五千行十二音节的诗，迈克尔·德雷顿[②]在那首地形史诗里记载了英国的动植物、水文、山岳、军事和寺院的历史；我敢说这部有分量，但也有局限性的作品使人厌倦的程度要低于卡洛斯·阿亨蒂诺同样性质的鸿篇巨制。他雄心勃勃地想用诗歌表现整个地球；1941年，他已经解决了昆士兰州几公顷土地、鄂毕河一公里多的河道、维拉克鲁斯北面的一个贮气罐、康塞普西翁区的主要商行、玛丽亚娜·坎巴塞雷斯·德·阿韦亚尔在贝尔格拉诺区[③]九月十一日街上的别墅，以及离布赖顿著名水族馆不远的一家土耳其浴室。他又念了他诗中有关澳大利亚地区的吃力的段落；那些又长又不像样的亚历山大体的诗句缺少引子里比较使人激动的东西。我不妨抄录一节：

> 听着。在那根通常的木桩右面
> （不用说，当然是从北、西北方向过来）
> 有一具无聊的骨架——颜色么，天白——
> 给了羊栏以尸骨冢的面貌。

“两个奇崛的用法，简直妙不可言，”他狂喜地嚷道，“我已经听到你在暗暗

---

① 保尔·福尔（1872—1960），法国诗人，著有三十多卷《法国歌谣集》，风格清新平易，但具有古典诗歌的优美。1890年创立艺术剧院，1905年至1915年主编《诗歌与散文》杂志。

② 迈克尔·德雷顿（1563—1631），英国伊丽莎白女王时代最有代表性的诗人之一，写了不少十四行诗、戏剧、颂歌、牧歌和神话，及有关《圣经》和历史题材的作品。

③ 贝尔格拉诺区，布宜诺斯艾利斯市一区，位于该市北部。

叫绝了！我承认，我承认。首先是那个形容词‘通常’，它一针见血地点破了田园农事固有的、不可避免的沉闷，以前的田园诗和我们的赫赫有名的《堂塞贡多·松勃拉》从不敢这样淋漓尽致地指出过。其次，那个平铺直叙，然而力透纸背的‘无聊的骨架’在矫揉造作的诗人的眼里会被看成异端邪说，但是欣赏遒劲豪放的批评家却爱之若命。此外，整个一节诗品位很高。第三行后半句和读者生动活泼地攀谈起来；它料到读者迫切的好奇心理，借读者之口提个问题，随即又作了回答。至于那个创新‘天白’，你如何评价？那个形象生动的新词使人联想到天空，而天空是澳大利亚风景的至关重要的因素。如果没有那个联想，全诗的笔调难免过于暗淡，读者内心深处将被无法缓解的悲哀所袭，不得不掩卷长叹。”

将近午夜时我才告辞。

过了两个星期天，达内里打电话找我，据我记忆所及，那是他生平第一次。他邀我四点钟见面，“一起在附近的酒吧沙龙喝牛奶，那是有开拓思想的苏尼诺和松格里——也就是我的房东，你记得吗——在街角新开的咖啡馆；你该见见这个场所”。我兴致不高，无可奈何地同意了。我们好不容易才找到一张空桌；那个“酒吧沙龙”现代化得没治，糟糕的程度比我想像的稍低一些；旁边几张桌子的顾客兴奋地谈论着苏尼诺和松格里毫不吝啬的巨额投资。卡洛斯·阿亨蒂诺装出为灯光设计的精致感到惊奇（其实他肯定早见过了），一本正经地对我说：

“不管你愿不愿意，你得承认这个地方可以和弗洛雷斯区[①]最高级的咖啡馆相比。”

然后他把他的诗又念了四五页给我听。他根据那个炫耀辞藻的等而下之的原则作了修改：原先写成湛蓝的地方，现在改为蓝晶晶、蓝莹莹，甚至蓝盈盈。他本来认为乳白这个词不坏；在描写洗羊毛池的时候，他换了奶白、乳汁白、乳浆白……他痛骂批评家；接着，他比较厚道地把批评家说成是“那种自己没有铸币的金银，也没有蒸汽压机、滚轧机和硫酸，但能指点别人藏镪的地点”。随后，他抨击了前言癖，“天才中的天才在《堂吉诃德》的优雅的前言里已经嘲笑了这种毛病”。然而他承认在新著的扉页最好有一篇显眼的前言，由一位有声望、有地位的名士签署的认可。他说他打算发表长诗的前几章。我明白了那次奇特的电话邀请的动机；那人愿请我替他的卖弄学识的杂烩写个前言。我的担心是没有根据的：卡洛斯·阿亨蒂诺带着怨恨的钦佩说，阿尔瓦罗·梅利安·拉菲努尔是个有学问的人，如果我出面相求他欣然为长诗写序，他博大精深的声望也就名副其实了。为了防止最不可原谅的失误，我得为两个未完成的优点做说客：十全十美的形式和严格的科学内容，“因为在那个优美比喻和形象的花园里最小的细节都严格符合真实”。他又说贝雅特丽齐生前和阿尔瓦罗一直相处甚得。

① 弗洛雷斯区，布宜诺斯艾利斯市一区，位于该市西部。

…………

从星期五一早开始，电话就使我忐忑不安。我气恼的是那个装置以前曾传来再也听不到的贝雅特丽齐的声音，现在随时都可能成为那个失望的卡洛斯·阿亨蒂诺·达内里无用的，甚至愤怒的抱怨的传话筒。幸好他没有来电话，但那人先则强人所难，要我办一件棘手的事，后又把我忘得一干二净，使我满腹不快。

电话不再是可怕的东西，然而10月底的一天，卡洛斯·阿亨蒂诺打电话来找我。他非常着急，开头我辨不出是他的声音。他又恨又气地说那两个贪得无厌的家伙，苏尼诺和松格里，借口扩大他们的无法无天的咖啡馆准备拆除他的住房。

“我祖祖辈辈的家，我的家，加拉伊街根深蒂固的老家!”他气急败坏，也许忘了斟酌音韵。

我很难分担他的苦恼。过了四十年之久，任何变动都是时间流逝的令人难以忍受的象征；此外，对我来说，那幢房子永远是贝雅特丽齐的影射。我想说明这个十分微妙的特点；对方根本听不进。他说如果苏尼诺和松格里坚持他们荒唐的计划，他的律师松尼博士将根据事实向他们起诉，要求赔偿损害，付十万比索。

松尼的名字使我肃然起敬；他在卡塞罗斯街和塔夸里街的事务所信誉卓著。我问他是不是已经承办了这件案子。达内里说当天下午找他谈。他迟疑了一下，然后像透露一件十分隐秘的事那样，用平淡客观的声调说，为了完成那部长诗，那幢房子是必不可少的。因为地下室的角落里有个阿莱夫。他解释说，阿莱夫是空间的一个包罗万象的点。

“就在餐厅下面的地下室里，”他解释说，由于苦恼而压低了声音，“是我的，我的，我小时候还没有上学之前发现的。地下室的楼梯很陡，我的叔叔不让我下去，但是听别人说地下室别有天地。我后来才知道指的是一个大箱子，但当时我以为真是一个天地。我偷偷地去看，在禁止的楼梯上一脚踩空，滚了下去。我再睁开眼睛时，看到了阿莱夫。”

“阿莱夫?”我说。

“不错，从各种角度看到的、全世界各个地方所在的一点。我没有向任何人透露我的发现，但我回去了。小孩不懂得他已得到长大时雕琢诗篇的天赋！苏尼诺和松格里休想把我轰走，不行，一千个不行。松尼博士手持法典将证明我的阿莱夫是不可转让的。”

我试图作一些推理。

“地下室不是很暗吗?”

“真理不会进入拒绝理解的心灵。既然世界各地都包罗在阿莱夫里面，那么所有的灯盏和所有的光源当然也在其中了。”

“我马上去看。”

我惟恐他拒绝，立即挂断电话。一件小事就足以证实以前没有想到的一系列疑点；我奇怪为什么在此以前不知道卡洛斯·阿亨蒂诺神经有毛病。维特波一家人，还有……贝雅特丽齐（我自己常这么说）是个异常敏锐的女人，从小如此，但她有疏忽、走神、马虎和真正残忍的地方，也许需要从病理学的观点才能找出原因。卡洛斯·阿亨蒂诺神经不正常使我幸灾乐祸，我们内心里一向互相厌恶。

到了加拉伊街，女仆请我稍候。那个大孩如往常一样，在地下室冲印相片。无用的钢琴上那个空花瓶旁边，贝雅特丽齐的色彩刺眼的大照片在微笑（与其说是时代错乱，不如说是不受时间限制）。谁也见不到我们；我一时感情迸发，走近照片对她说：

“贝雅特丽齐，贝雅特丽齐·埃莱娜，贝雅特丽齐·埃莱娜·维特波，亲爱的贝雅特丽齐，永远失去了的贝雅特丽齐，是我呀，是博尔赫斯。”

…………

我看见阶梯下方靠右一点的地方有一个闪烁的小圆球，亮得使人不敢逼视。起初我认为它在旋转；随后我明白，球里包含的使人眼花缭乱的场面造成旋转的幻觉。

阿莱夫的直径大约为两三厘米，但宇宙空间都包罗其中，体积没有按比例缩小。每一件事物（比如说镜子玻璃）都是无穷的事物，因为我从宇宙的任何角度都清楚地看到。我看到浩瀚的海洋、黎明和黄昏，看到美洲的人群、一座黑金字塔中心一张银光闪闪的蜘蛛网，看到一个残破的迷宫（那是伦敦），看到无数眼睛像照镜子似的近看着我，看到世界上所有的镜子，但没有一面能反映出我，我在索莱尔街一幢房子的后院看到三十年前在弗赖本顿街一幢房子的前厅看到的一模一样的细砖地，我看到一串串的葡萄、白雪、烟叶、金属矿脉、蒸汽，看到隆起的赤道沙漠和每一颗沙粒，我在因弗内斯看到一个永远忘不了的女人，看到一头秀发、颀长的身体、乳癌，看到人行道上以前有株树的地方现在是一圈干土，我看到阿德罗格的一个庄园，看到菲莱蒙荷兰公司印行的普林尼《自然史》初版的英译本，同时看到每一页的每一个字母（我小时候常常纳闷，一本书合上后字母怎么不会混淆，过一宿后为什么不消失），我看到克雷塔罗的夕阳仿佛反映出孟加拉一朵玫瑰花的颜色，我看到我的空无一人的卧室，我看到阿尔克马尔一个房间里两面镜子之间的一个地球仪，互相反映，直至无穷，我看到鬃毛飞扬的马匹黎明时在里海海滩上奔驰，我看到一只手的纤巧的骨骼，看到一场战役的幸存者在寄明信片，我在米尔扎普尔的商店橱窗里看到一副西班牙纸牌，我看到温室的地上羊齿类植物的斜影，看到老虎、活塞、美洲野牛、浪潮和军队，看到世界上所有的蚂蚁，看到一个古波斯的星盘，看到书桌抽屉里的贝雅特丽齐写给卡洛斯·阿亨蒂诺的猥亵的、难以置信但又千真万确的信（信上的字迹使我颤抖），我看到查卡里塔一座受到膜拜的纪念碑，我看到曾是美好的贝雅特丽齐的怵目的遗骸，看到我自己暗红的血的循环，我看到爱的关联和死的变化，我看到阿莱夫，从各个角度在阿莱夫之中看到世界，在世界中再一次看到阿莱夫，在阿莱夫中看到世界，我看到我的脸和脏腑，看到你的脸，我觉得眩晕，我哭了，因为我亲眼看到了那个名字屡屡被人们盗用，但无人正视的秘密的、假设的东西：难以理解的宇宙。

我感到无限崇敬、无限悲哀。

…………

1943 年 3 月 1 日后记：加拉伊街的房子拆除六个月之后，普罗库斯托出版社没有被那部长诗的篇幅吓倒，推出一个《阿根廷片段》选集。无需重复发生的事情。卡洛斯·阿亨蒂诺·达内里获得了国家文学奖二等奖。[①] 一等奖授予艾塔博士；三等奖获得者是马里奥·布范蒂博士；难以置信的是，我的作品《赌棍的纸牌》，一票都没有捞到。不理解和嫉妒再一次占了上风！我好久没能和达内里见面，报上说他另一卷诗选很快就要出版。他那支走运的笔（如今已不受阿莱夫的妨碍）已经致力于把阿塞韦多·迪亚斯[②]博士的概述改写成诗歌。

我想补充说明两点：一是关于阿莱夫的性质；二是关于它的名称。大家知道，阿莱夫是希伯来语字母表的第一个字母。用它来做我勍嗳的故事的标题并不是信手拈来的。在犹太神秘哲学中，这个字母指无限的、纯真的神明；据说它的形状是一个指天指地的人，说明下面的世界是一面镜子，是上面世界的地图；在集合论理论中，它是超穷数字的象征，在超穷数字中，总和并不大于它的组成部分。我想知道的是，卡洛斯·阿亨蒂诺自己想出这个名称呢，还是在他家的阿莱夫向他揭示的无数文章中看到的，然后拿它来指诸点汇合的另一点呢？看来难以置信，我却认为另外有（或者有过）另一个阿莱夫，我认为加拉伊街的阿莱夫是假的。

我谈谈我的理由。1867 年，伯顿船长在巴西担任英国领事；1942 年 7 月，佩德罗·恩里克斯·乌雷尼亚[③]在巴西桑托斯的一家图书馆里发现了伯顿的一份手稿，谈到那面指点马其顿亚历山大大帝去征服东方的镜子。那面镜子反映了整个宇宙。伯顿还提到其他相似的器具——凯·约斯鲁的七倍

① “我收到了你难过的祝贺，”卡洛斯写信给我说。“可悲的朋友，你可以嫉妒生气，但你不得不承认——即使咽不下这口气！——这一次我可以在我的四角帽上插一根最鲜红的羽毛；在我的头巾上别一颗最华丽的红宝石。”——原注

② 阿塞韦多·迪亚斯（1882—1959），阿根廷作家、法学家。

③ 佩德罗·恩里克斯·乌雷尼亚（1884—1946），多米尼加语言学家、文学评论家，著有《西班牙语美洲文学流派》等。

杯，塔里克·本泽亚德在一座塔中找到的镜子（《一千零一夜》，第二百七十二夜），萨莫萨塔的卢奇安可以从中看到月亮的镜子（《真实故事》，第一卷第二十六章），彼特罗纽斯的《萨蒂里康》第一卷说的朱庇特的有镜子功能的长矛，巫师默林的包罗万象的镜子，“圆形中空，像一个玻璃世界”（《仙后》，第三卷第二章第十九节）——又说了这么一段奇怪的话：“前面所说的（除了根本不存在的缺点之外），无非是一些光学器具。去开罗阿姆尔清真寺礼拜的信徒们清楚地知道，宇宙在中央大院周围许多石柱之一的内部……当然，谁都看不到，但是把耳朵贴在柱子上的人过不久就宣称听到了宇宙繁忙的声响……”清真寺建于7世纪；石柱是从早在伊斯兰教创始之前的其他寺院迁来的，正如阿本贾尔敦写的：“在游牧民族建立的共和国里，任何土木工程都需要外来工匠的协助。”

难道石头内部存在阿莱夫？当我看到所有的事物时是不是也看到了它？我们的记忆是容易消退的；在岁月悲惨的侵蚀下，我自己也在歪曲和遗忘贝雅特丽齐的面貌。

献给埃斯特拉·坎托

后　记

这个集子里除了《埃玛·宗兹》和《武士和女俘的故事》以外，都属于幻想小说类型。前者的梗概是塞西莉亚·因赫涅罗斯提供给我的，我写作时字斟句酌，惟恐损害如此精彩的情节；后者试图演绎两件可靠的事实。第一篇花了很大功夫；主题涉及永生给人类带来的后果。那篇阐述永生者的伦理观的故事后面是《釜底游鱼》：小说里的阿塞韦多·班德拉是里韦拉或者塞罗·拉尔戈之类的犷悍的汉子，是切斯特顿笔下的无与伦比的森迪的混血儿翻版。（《罗马帝国衰亡史》第二十九章叙说了一个遭遇和奥塔洛拉相似的人物，但情节更悲惨、更匪夷所思。）《神学家》写的是一个有关个人特征的凄楚的梦；《塔德奥·伊西多罗·克鲁斯小传》是对马丁·菲耶罗的注释。《阿斯特里昂的家》的创作和主角性格的塑造是我从瓦茨1896年的一幅油画得到的启发。《另一次死亡》是有关时间的幻想，彼尔·达米亚尼几句话给了我灵感。第二次世界大战期间，我比谁都更希望德国打败；比谁都更深切地感到德国命运的悲剧性；《德意志安魂曲》试图对那种命运加以探索，我们的“亲德分子”对德国一无所知，不懂得为德国的命运悲叹，甚至没有料到德国会落到这种地步。《神的文字》得到慷慨的好评；那头美洲豹使我不得不通过一个“卡霍隆金字塔的巫师”之口道出神秘主义或者神学者的观点。我认为在《扎伊尔》和《阿莱夫》里可以看到威尔斯1899年写的短篇小说《水晶蛋》的某些影响。

豪·路·博尔赫斯

1949年5月3日，布宜诺斯艾利斯

1952年附记：本书重版时增加了四篇。《死于自己的迷宫的阿本哈坎-艾尔-波哈里》，标题虽然吓人，据说并不值得记住。我们不妨把它看成是抄写员插进《一千零一夜》后被审慎的法文译者加朗剔除的那篇《两位国王和两个迷宫》的变调。关于《等待》，我要说的是十来年前，根据布鲁塞尔图书馆协会的手册进行分类时，阿尔弗雷多·多夫拉斯念给我听的一则侦破性质的报道，编号忘了，只记得有个数字是231。报道中的人物是土耳其人；为了方便起见，我把他说成是意大利人。在布宜诺斯艾利斯巴拉那街的拐角处，我经常瞥见的一座很深的修道院启发我写了那篇题为《门槛旁边的人》；我把地点挪到了印度，淡化了它难以置信的程度。

豪·路·博尔赫斯

（选自王永年译：《博尔赫斯全集·小说卷》，
浙江文艺出版社，1999年版）

作品赏析

博尔赫斯从未写过长篇小说。在他的短篇小说中，篇幅最长的大概要算《阿莱夫》了，虽说是短篇中之最，也不超过中文的万字。然而，《阿莱夫》却有着后现代主义文学诸多的因素。仅就标题而言，便凸显了后现代主义文学的最主要特征：不确定性。何谓“阿莱夫”？博尔赫斯解释说它是希伯来字母中的第一个字母；它也是一个点，一个包罗万象的点；它还是直径大约为两三厘米、闪烁的小圆球，通过这个小圆球可以看到整个世界，“我看到浩瀚的海洋、黎明和黄昏，看到美洲的人群、一座黑金字塔中心一张银光闪闪的蜘蛛网，看到了残破的迷宫（那是伦敦）……”作者神秘地告知读者，这个阿莱夫在加拉伊街一幢房子地下室阶梯下方靠右一点的地方，它虽是一个小圆球却是宇宙，从它的任何角度都可看到世界万物，甚至商店里的一副西班牙纸牌、“我”的女友贝雅特丽齐写给他的表哥卡洛斯·阿亨蒂诺的猥亵的、难以置信但又千真万确的信。通过阿莱夫不仅看到了世界，也看到了自己，看到了自己的脸和脏腑。更令人惊奇的是，“所有场面在同一个地点，没有重叠，也不透明，我眼睛看到的事是同时发生的”。

阿莱夫究竟为何物不得而知，这种不确定性揭示了人对世界的认知方式：世界万物是由人的意识决定的，它本身不会自然地彰显出来，正如《百年孤独》中建村立镇的家族长者老布恩地亚，不得不给周围的东西指指点点，给它们起名字，它们才得以存在。博尔赫斯对阿莱夫的多种解释正是他的认知方式使然。他本人便是一位怀疑论者，对社会、人生持怀疑态度，对世界的认知具有模糊性和不确定性。

这种不确定性决定了博尔赫斯创作时的随意性。全文没有统一的结构，在小说的开篇作者叙述了“我”的女友贝雅特丽齐的去世、“我”与女友的表哥卡洛斯·阿亨蒂诺的交往，接着便对一些诗歌品头论足，既褒又贬。阿莱夫就在“我”与阿亨蒂诺的交谈中出场。从小说中可以看出作者描述的对象是阿莱夫，但却把大量的笔墨用在对诗歌的议论上，而“我的”女友贝雅特丽齐只是为阿亨蒂诺的进入角色穿针引线，可见，作者并未预设一种结构，调动叙事线索，安排情节，而是随心所欲地讲述他钟爱的诗歌，待阿莱夫在小说中出现时已接近尾声。小说重心的偏离给人一种言犹未尽的感觉。“我”感到“幸运的是，经过几个不眠之夜后，遗忘再一次在我身上起了作用”。如果“我”不再遗忘，小说的结局又将给人留下无限的遐思。

博尔赫斯的这篇小说与传统的创作模式截然不同，不仅结构被消解，连情节也淡化了，而它的意义更令人难以捉摸、确定。博尔赫斯之所以如此书写，是因为作者的创作不是为了探究真理，弘扬理想，而是为了抒发人生的体验和内心的感受，甚至只是为了愉悦。

博尔赫斯的随意性源自他的丰富的想象力。通过本文、戏仿的方式即所谓的“抄袭”，从哲人之言、经典阅读、历史事件中衍生出一篇篇的小说来。《阿莱夫》则是作者想象的展现，他把希伯来的第一个字母，演化为一个点、一个球、一个宇宙，敷衍出一篇幻想的杰作。他将自己的小说归入幻想文学之列。毋庸讳言，幻想即虚构，虚构是后现代主义文学的本质，与传统的反映论和表现论背道而驰。博尔赫斯在《阿莱夫》的 1943 年 3 月 1 日后记中写道：“我认为加拉伊街的阿莱夫是假的。”一语道破《阿莱夫》的虚构性，在《阿莱夫》中也直言不讳地指出：“这篇故事会遭到文学和虚构的污染。”他在后记中又辩解说宇宙（即阿莱夫）在中央大院周围许多石柱之一的内部，后又诘问“难道石头内部存在阿莱夫?”这种叙述方式既是一种文字游戏，又具有后现代小说的特点：自我指涉，明白无误地向读者说明阿莱夫是假的，完全是作者的虚构。

然而，为了掩饰这种虚构，作者又煞有介事地嵌入了一个真实的人物——作者本人。“我”在加拉伊街阿亨蒂诺的住宅里见到了女友的照片，对她说“贝雅特丽齐，贝雅特丽齐·埃莱娜，贝雅特丽齐·埃莱娜·维特波，亲爱的贝雅特丽齐，永远失去了的贝雅特丽齐，是我呀，是博尔赫斯。”作者直截了当地向读者道明“我”就是博尔赫斯；阿亨蒂诺让“我”看到了阿莱夫后说道：“我让你大开眼界，你绞尽脑汁一百年都报答不清，多么了不起的观察站，博尔赫斯老兄!”

阿亨蒂诺把“我”称为博尔赫斯老兄，又一次指称“我”是博尔赫斯，把小说中的人物“我”转化为博尔赫斯，与真实的博尔赫斯混为一人，让读者误认为作者博尔赫斯在叙述他本人曾亲自经历过的事件；在“后记”中，作者还提及了阿亨蒂诺获得了国家文学奖二等奖，而“我的作品《赌棍的纸牌》，一票都没有捞到”。他愤愤不平，对阿亨蒂诺的成就既不理解又嫉妒。其实，阿亨蒂诺只是小说中的一个人物，他的获奖和创作都是子虚乌有，却写得仿佛真有其事，使人真假莫辨；小说中还插入了多米尼加语言学家、文学评论家佩德罗·恩里克斯·乌雷尼亚在巴西桑托斯的一家图书馆里发现了伯顿船长一份手稿的故事，这份手稿“谈到那面指点马其顿亚历山大大帝去征服东方的镜子”。佩德罗·恩里克斯·乌雷尼亚确有其人，而伯顿船长的手稿显然是作者的杜撰。这种真人与假事的糅合最具有欺骗性，在通常情况下读者往往对政治家、哲学家、文学家和科学家等名人的言行深信不疑，作者便利用读者的这种心理，在名人的掩护下走私贩假，以达到弄假成真的目的。殊不知，竟有人对虚构的小说电影信以为真，主动对号入座，闹出走上法庭的蠢事。

博赫斯的虚构之所以如此逼真，还在于对细节描写的真实性，在他的绝大部分小说里，故事的发生都有具体确切的时间、地点，还有真实的历史人物或他的朋友参与其中，在叙述的过程中尽量在细节上给人一种真实的感觉。在《阿莱夫》中，作者就指出：“十全十美的形式和严格的科学内容，因为在那个优美比喻和形象的花园里最小的细节都严格符合真实。”唯其如此才能在形式与内容上达到逼真的效果。这种艺术上的仿真正是后现代小说所必需的。博尔赫斯做到了，《阿莱夫》便是其中的一例。博尔赫斯被冠以“后现代主义文学先驱”是当之无愧的。

（李德恩）

窥视者

[法] 罗伯-格里耶

阿兰·罗伯-格里耶（Alain Robbe-Grillet，1922—2008）是法国新小说派的重要作家和理论家。他出生于法国布勒斯特。1943 年从热带农学院毕业后做农艺师，为研究热带水果曾到过非洲许多地方。他的著名小说《橡皮》便是在从非洲回国途中的船上写的。1955 年后任巴黎午夜出版社文学顾问，同时从事写作和电影拍摄。

罗伯-格里耶创作了一系列的“新小说”，其中代表性作品有《橡皮》(1953)、《窥视者》(1955)、《嫉妒》(1957)、《在迷宫里》(1959)、《快照》(1962)，1961 年获威尼斯电影节大奖的电影小说《去年在马里昂巴》等。他的理论著作有被认为是“新小说”派宣言的《未来小说的道路》(1956)、《自然、人道主义、悲剧》(1958) 等。

作品梗概

旅行推销员马弟雅思乘船来到阔别 30 年之久的故乡海岛上推销手表。登岸之前，地上别人遗落的一条长长的细绳引起了他的注意。当马弟雅思还是个孩子的时候，他就养成了收藏小绳子的嗜好。他用一个很大的鞋盒盛放收集到的小绳子。

马弟雅思回到家乡并非为了怀旧，而是希望做成一笔有利可图的生意。他不停地盘算着如何快速地将手表脱手，以便来得及赶上返程的轮班。不曾想，生意进行得很不顺利，敲了好几家的门也没卖出一只手表。心有不甘的马弟雅思决定从车行租辆好使的自行车，把岛上的每户居民都拜访一遍，尽量卖出手提箱里的手表。

马弟雅思骑车来到维奥莱家。维奥莱是个寡妇，有三个漂亮女儿，其中两个大点的女儿已经订婚，只是最年轻的女儿雅克莲令她心厌不已，雅克莲虽然只有13岁，但已经成熟得像个大姑娘了，本来她已同村里的渔民小路易订了婚，但自从一个旅行到此的外乡人与她相处了一个下午并送给她一张装帧精美的照片后，雅克莲就同小路易解除了婚约。这事在海岛上传开后，雅克莲就被人视作一个“没有心肝”“胡闹”“品行不端”的坏女孩，许多人都在背后议论她，并且不怀好意地希望她受到惩罚。马弟雅思那天中午时分上门来推销手表时，碰巧雅克莲外出牧羊去了，然而直到下午很晚的时候，她还没有回家。她的大姐到她放羊的地方去找她，发现羊拴在崖石边的木桩上，但小雅克莲却不见了踪影。

第二天，一个惊人的消息传来，小雅克莲赤裸着身体溺毙在海水里。小雅克莲的死引起了人们的众多猜测。有人认为一定是这野孩子放羊时不小心，失足堕海而死，但也有人认为小雅克莲不可能是失足落水意外身亡的，因为这丫头一向身手敏捷，一定是谁从背后把她推下海里淹死的。究竟谁有谋杀她的动机呢？她的前未婚夫小路易和她另一个男友于连一个星期前曾因为小雅克莲的事发生了争吵，于连还被推下了海。于连家人为此认定是于连把小雅克莲推下海的。但于连并不为此感到有丝毫的慌张，因为他知道自己并不是杀害小雅克莲的凶手，凶手是一个大家都认为没有嫌疑的人，而他恰巧目睹了这个人强奸杀害小雅克莲的全过程。

杀害小雅克莲的凶手正是旅行推销员马弟雅思。他将小雅克莲的尸体抛入海中后曾以为万事大吉，但当小雅克莲的尸体被发现后，由于做贼心虚，他回到作案现场去销毁物证，而这一切再一次落入了于连的视线中。马弟雅思百般地向于连编造小雅克莲案发时自己不在现场的谎言，但都被于连冷静地一一戳穿，马弟雅思这才明白自己作案时，一直有一双眼睛在窥视。马弟雅思本以为于连会向警察局告发他，但出乎意料的是，于连并没有这样做。马弟雅思安然在小岛上住了两天，然后乘船离开了这里。

作品节选

1

仿佛所有的旅客都没有听见似的。

汽笛又响了一次，声音尖锐而悠长，接着又迅速地响了三次，猛烈得要震破耳膜——猛烈得没有目的，没有效果。像第一次汽笛声一样，谁也没有因此发出一声喊，因此后退一步；旅客们脸上的肌肉连动也没有动。

…………

在这股烟的后面，离人群没多远的地方，站着一个对轮船靠岸漠不关心的旅客。汽笛声既没有引起他注意，也没有减弱其余旅客的兴奋。他和其余的人一样站着，躯干和四肢都是僵直的；他的眼睛望着地面。

他经常听到人们向他说起这件事：二十五年前或者三十年前，他还是个孩子的时候，他有一只很大的硬纸盒子，原来是装鞋子的，他却用来收藏他所搜集的一股股小绳子。他并不是任何小绳子都收藏：质量低劣的他不要，用得太旧、走了样或者脱了线的不要；太短而又派不了什么用途的也不要。

他面前的这股小绳子一定符合他的需要。这是一条很好的小麻绳，一点儿没毛病，被人小心地卷成8字形，在打结的地方还密密地绕了几圈。它一定很长：起码有一公尺，甚至两公尺。一定是什么人把它卷起来留待将来使用，或者准备收藏，后来不小心遗落在那里的。

马弟雅思弯下身去捡绳子。当他直起腰来的时候，他发觉右边离他没几步路的地方，有个七八岁的小女孩在严肃地注视着他；她的两只大眼睛安静地望着他。他微微地笑了笑，可是她并没有用笑容来回报他；过了几秒钟，他才是见她的眼珠转向他的胸前，望着他拿在手中的这根绳子。他更其仔细地观察了一下这股小绳子，并没有感到失望。这真是件很好的收获：绳子光亮而不过度，绞得精细而整齐，显然十分结实。

一刹那间，他似乎认出了这根小绳子原是他自己在很久以前遗失的东西。过去一定有过那么一根一模一样的小绳子曾经在他的心目中占据过很重要的位置。是不是和别的小绳子一起藏在鞋盒里的那一根呢？他的回忆马上转向一片阴沉沉的雨天景色，而小绳子在那种景况下是无关紧要的。

这根小绳子，他本来只要放进衣袋就行了。可是他刚一移动臂膀，就停住了这个动作，察看着自己的手，臂膀仍然犹豫不定地半屈着。他看见自己的指甲太长，这是他早已知道了的。他还发现指甲长得过分尖，当然这并不是他削成这种样子的。

女孩子始终朝他这边望着。可是很难断定她究竟是望着他，还是望着他背后的什么东西，或者根本就什么东西也没有望；她的眼睛似乎睁得太大，以至于不可能集中在一件孤立的物体上，除非这件物体的体积非常庞大。她一定是在凝视着大海。

…………

电铃发出一下响声，机器又开动起来。轮船转了一个弧形的弯，慢慢地靠近码头。从另一边船舷上，可以望见岸上的景物迅速地展现：首先是有黑白横条的、肥矮的灯塔，然后是半坍毁的要塞碉堡，蓄水船坞的水闸，堤岸上的一排排房屋。

“今天，船准时了。”一个人说。另一个人纠正：“差不多准时。”也许先后说话的是同一个人。

马弟雅思看了看手表。渡海时间恰好三小时。电铃又响了；过了几秒钟，又响了一次。一只灰色的海鸥，和第一只一模一样，向着同一方向，以同样缓慢的速度，沿着同样的一条横弹道线飞翔；它的头有点侧，它的喙倾斜着、指向地面，眼睛凝视不动。

轮船似乎不再向任何方向前进。可是船尾传来水流被螺旋桨猛烈搅动的声音。离船已经很近的防波堤，比甲板高出几公尺；现在一定是退潮的时候。轮船即将停泊的那个码头露出了下半截，这部分的桥面比较平滑，被水浸成褐色，一半布满绿色的苔藓。只要注意观察，就能看出这个石块砌成的坡岸正在不知不觉地靠近轮船。

这个石块砌成的坡岸是一个倾斜的梯形物，由两个垂直的平面交切成锐角：一个平面是防波堤的笔直的堤壁，堤壁的末端和码头接连；另一个平面是通到防波堤上的斜桥桥面。斜桥在防波堤上由一条横线连接起来，直通码头。

由于透视的效果，码头看起来比实际距离要远些。它以自己为中心，沿着那条主线两旁伸出一束平行线，明显地勾画出一系列的矩形平面；在晨光的照耀下，这一块块矩形平面更显得清楚明晰。横的平面和直的平面互相间隔着：一块横的矩形平面是堤上围墙的墙顶，围墙建筑在防波堤临海的一边，保护着堤面的走道；另一块直的是围墙的内壁；又一块横的是堤面的走道；再一块直的是没有遮护、径直插入港内水面的堤壁。两块直的平面笼罩在阴暗中；两块横的平面则被阳光照得闪亮——那就是全部围墙的墙顶和大部分堤面走道，只有走道上被围墙投影遮没了的那一条狭长地带是阴暗的。照理，在港内的水上还应该看得见全部建筑物的倒影，而且按照平行线的排列顺序来说，水面上还应该看得见通到码头去的笔直的堤壁的倒影。

到了防波堤的末端，建筑就复杂化起来；堤面分成两部分：近围墙一边是一条通向信号台的小路，另一部分就是插入水面的斜桥。引人注目的就是从侧面望见的这个斜桥的倾斜长方形。旁边堤壁的影子把斜桥桥面按对角线切成两半，清楚明白地呈现出一个阴暗的三角形和一个明亮的三角形。

其余的平面是混浊不清的。由于港内的水不够平静，不可能看清楚防波堤的倒影。同样，防波堤的暗影在水面上只构成很不明确的一条长带，不断地被起伏的水面打乱。堤面走道上围墙的倒影也逐渐和围墙的墙身连成一片。此外，走道和围墙上堆满了在太阳底下晒干的渔网、空箱子和高大的柳条篮子——那是些捕大虾和龙虾的篓子，采牡蛎的筐筐，捕蟹的笼子。奔过来接船的人群，就在这些杂物堆中费劲地绕着路走。

…………

海水在斜桥的凹角里均衡地、有节奏地涨落着，虽然涨落的幅度和节奏有轻微的变化；肉眼可以看得出这些变化，但总不超过十公分和二三秒钟。在斜桥的下端，大簇的绿色海藻随着海水的涨落，时而隐没，时而露出水面。不时有一个较强的回头浪打乱了海水有节奏的摇晃：两股水撞在一起，发出一下清脆的打击声，迸出的水花溅射到堤壁上较高的地方。这种回头浪的间隔距离显然是有一定的，虽然间歇的时间有长有短。

轮船继续挪动，船边和斜桥的边平行；只要轮船继续沿着防波堤前进——或者假定它在继续前进——船和斜桥间还存在着的那段距离就会逐渐缩小。马弟雅思在设法找寻一个标记。在斜桥的凹角里，海水一涨一落地冲击着褐色的石头堤壁。这里离海岸已相当远，水面上再也看不见那些把港口弄得肮里肮脏的零碎漂流物。斜桥脚下随着海浪时沉时现的那些海藻——鲜洁而又光亮，像从海底里捞起来的一样；它们大概从来不会在水面上露出过很久时间的。……

马弟雅思终于在斜桥背后的笔直的堤壁上找到了一个 8 字形符号；这符号刻得相当明确，可以用作标记。符号的位置恰好在他的对面，换句话说，再过去四五公尺就是那斜桥从堤壁那儿突出的所在，这标记就在那个所在的左面。一个浪潮涌来，把标记淹没了。他尽力不挪动眼睛，继续盯着标记原来的位置。三秒钟以后，他又看见了那个位置，可是他不能肯定他正在望着的就是那个标记：石头上还有别的凹凸屈曲的地方，样子看来完全像——也并不更像——他记忆中的那两个连在一起的小圆圈。

什么东西跌了下来浮在水面上，是从防波堤上扔下来的——是一个纸团，颜色和普通香烟壳子的颜色相同。在斜桥的凹角里，水涌了上来，恰好撞着从斜桥上冲下来的一个较猛的回头浪。这个定期的冲击恰好发生在漂浮着蓝色纸团的地方，纸团在冲击声中被水淹没了；几滴水花溅射到陡峭的堤壁上，同时一个猛烈的激浪再一次淹没了那簇海藻，还继续冲上去，一直淹没了石块间的缝隙。

浪头马上退走；柔软的海藻平摊在被水打湿的石头上，一簇簇地朝着斜坡的方向并排躺着。在那个明亮的三角形里，小潭的水反映着天空。

那潭水还没有完全流光以前，水面的亮光突然昏暗起来，仿佛被一只大鸟飞过遮没似的。马弟雅思抬头仰望。一只冷酷的灰色海鸥从后面飞来，用同样缓慢的速度，又一次沿着横弹道线飞翔；两只翅膀动也不动，向两边展开，构成两个弧形，两个翅尖稍微下垂，头向右边倾侧，用一只浑圆的眼睛观察着水面——不是水面就是那条轮船，或者什么都不是。

那潭水如果是被一只海鸥的投影遮没的话，从它们双方的位置看来，无论如何是不可能的。

在那个明亮的三角形里，石块之间的缝隙已经干了。波浪在斜桥的最下端涌上来，把海藻冲得向上翻倒。左边离开四五公尺的地方，马弟雅思看见了那个刻成8字形的标记。

那是一个横8字：两个圆圈大小相等，直径稍稍小于十公分，两圆相切。在8字的中心，有一个微红色的瘤状物，长满了铁锈，很像以前在这里钉过一颗铁钉似的。过去可能有一颗螺旋钉扣着一只铁环，和堤壁垂直，退潮时浪头把铁环冲击得随意向左右摆动，日久天长，就在两边留下两个圆圈。这只铁环那时候一定是用来拴住缆索，让船只在码头前面停泊的。

可是铁环的位置太低，几乎经常被水淹没——有时甚至在水下几公尺。而且铁环的直径不大，和通常使用的缆索大小不相称，甚至小渔船的缆索也不行，看来只能用来拴住一些较粗的小绳子。马弟雅思把视线转了九十度角，望了望挤在一起的旅客，然后低下头来凝视甲板。人们经常告诉他这件事：一个下雨天，父母把他独个儿留在屋子里，他没有动手做第二天要交的算术作业，却花了整个下午坐在屋后的窗户前面，绘画一只栖息在花园栅栏的一根木桩上的海鸥。

那是一个下雨天——表面上和别的下雨天没有什么两样。他对着窗户坐着，靠着那张嵌进窗台里的沉重的桌子，拿了两本很厚的书垫在椅子上，为了用起笔来方便点。房间里无疑十分阴暗，大概只有桌面承受了足够的外来光线，使得上了蜡的橡木桌面闪耀发亮——可是也几乎没有发出什么亮光。练习簿里的一页白纸就是惟一的真正明亮的白点，也许还有孩子的脸——更严格点说，还有他的一双手。他坐在两本字典上面——大概已经坐了几个钟头。他的图画差不多完成了。

…………

在栅栏和房屋之间的这块方形园地，每年到这时期就看不见绿草；地上一大片像地毡似的枯死的植物，几天以来浸在雨水里腐烂，少数晚秋的莠草还从这片地毡里钻出来。

这天天气很宁静，没有一丝儿风。连绵不绝的、毫不猛烈的细雨即使遮断了地平线，但在较近的距离之内，却不足以使人视线模糊。恰恰相反，简直可以说，经过洗涤的空气给距离最近的物体带来了好处；使它们增添了一层光辉——对于浅颜色的物体，例如海鸥，就尤其是这样。他不仅画出了海鸥的身体轮廓，合拢着的灰色翅膀，惟一的一只脚（这只脚恰好遮没了另一只），白色的头和浑圆的眼睛，而且描出了它的上下喙合拢在一起的那道曲线，向下弯的喙尖，尾巴和翼端的一片片羽毛，甚至整条腿上彼此交叠在一起的鳞片。

他的画画在一张十分平滑的纸上；用的是一根硬铅心铅笔，削得很尖。他画的时候虽然下笔很轻，免得在下面几页上留下笔痕，但他勾出的线条却是清晰而墨黑的；由于他特别小心要把海鸥忠实地描绘下来，因此根本不需要揩拭。他的脑袋俯下来，对着那幅画，两条前臂搁在橡木桌子上，两条腿悬空吊着，他开始觉得在这个不太舒服的座位上坐得太久，疲劳了。可是他不想动。

…………

斜桥凹角里的海水时涨时落。那个蓝色的纸团，很快就完全湿透，已经半展开着，正在水面下几公分的两个水波之间游泳着。现在可以更清楚地看出它是个普通的香烟盒子。它随着海水的波动时而上升、时而下落，可是始终在同一条垂直线上——既不靠近也不离开那个堤壁，既不移向左方也不移向右方。对马弟雅思来说，它的位置是容易确定的，因为他望过去，恰好和刻在石头上的那个8字形标记处在同一方向。

他证实了这一点以后，又在离开这个标记一公尺左右而高度相同的地方，发现了第二个横8字形状——也是并排的两个圆圈，中间也有微红色的瘤状物，很像是一根铁钉的残余。那么，原来装在那里的应该是两个铁环。一个浪头打过来，靠近斜桥的那个横8字马上消失了；接着另一个也被水淹没。

水退到笔直的堤壁上，又涌过来，正好和斜桥上冲过来的一个回头浪相撞，激起了一股圆锥形的水柱，响起了一下拍打声，几滴水珠向四面落下来，然后一切复归原状。马弟雅思用眼睛找寻那只漂浮在水上的香烟盒子——再也说不准它会在什么地方浮起来了。他面对窗口坐在那张嵌进凹窗口的沉重的桌子座位上。

…………

画上还缺少了些什么东西，可是很难说得出到底缺少的是什么。只是马弟雅思认为，一定是什么地方画得不行——或者漏画了。现在他的右手里拿着的不是铅笔，而是他刚从轮船甲板上捡到的那团绳子。他望着面前的那群旅客，仿佛想从他们当中看见那位失主微笑着走过来向他讨回失物。可是没有人注意他，也不注意他捡到的东西；大家继续背朝着他。稍后一点，那个小女孩同样带着一种被人抛弃的神气。她靠着一根铁柱子站着；那根铁柱子支持着上层甲板的一只角。她双手操在背后，贴在腰眼上；两条腿僵直而稍稍分开，脑袋倚在柱子上；即使在这种略嫌过分僵硬的姿势中，她依旧保持着优雅姿态。她的脸上流露出富有自信和深思熟虑的温柔表情，那是想象力丰富的好学生都有的表情。自从马弟雅思注意到她以后，她始终保持着同样的姿态；总是向着同一个方向凝视——那方向刚才是大海，现在则是那矗立着的、陡峭的防波堤堤壁——离他们很近的。

马弟雅思把那股小绳子塞进他的短袄口袋里。他发觉自己的右手空了，指甲太长太尖。为了使这五只手指有点东西可拿，他把那只一直用左手提着的小箱子的提手拎在这五只手指里。这是一只样式流行的箱子，外表坚固结实，令人放心：材料是一种十分坚韧的“纤维”，颜色是红褐色，加固的八只箱角颜色更深些——介乎墨黑和咖啡之间。提手是用一种仿皮的，较为柔软的材料制成的，用两个金属环扣在箱子上，这锁、两扇交链和每只箱角外面的三颗大圆钉钉头，看来似乎是铜制的，像提手上的环扣一样，可是箱底的四颗圆钉钉头已经稍稍磨损，暴露出了真面目：原来是薄薄地镀了一层铜的白色金属；其余的二十颗圆钉显然也是同样的货色，毫无疑问，箱子上别的金属也是一样的。

箱子的里层衬着印花麻布，乍一看，麻布上的印花似乎和这一类麻布通常的印花相同，即使是妇女或者年轻姑娘使用的提箱也用的是这种印花布衬里，事实上却不是这么一回事：那上面的花样设计既不是一束束的花，也不是一朵朵小花，而是一个一个的玩具娃娃，像儿童卧房里窗帘上的花样一样。可是，如果你不是凑得很近，却看不出来，只看见乳白色的布上点缀着颜色鲜明的斑点——也可以看做是一束束花朵。箱子里有一本中等开本的备忘录，几份说明书和八十九只手表，每十只一盒，嵌在九块长方形的硬纸板里，其中一块硬纸板里有一只表的位置已经空了。

（选自郑永慧译：《窥视者》，上海译文出版社，1979 年版）

作品赏析

《窥视者》是一部最有“新小说”特点的小说，也是最有格里耶特点的小说。

《窥视者》记述的是一起旅行推销员马弟雅思强奸杀人、抛尸灭迹的事件。但由于作者有意回避了对于事件发生过程的正面描述以及一些与之相关的人物和情节的必要交代。因此对于读者而言，最大的阅读困难就在于如何来“读懂”这件令人迷惑不解而又疑窦丛生的强奸杀人案。

首先是主人公马弟雅思为何要强奸杀死小雅克莲？作品没有对马弟雅思的犯罪动机做出明确的表述，马弟雅思强奸杀人似乎只是一时兴起的“偶然之举”，但仔细阅读作品，我们不难发现其中的蛛丝马迹。马弟雅思在等待车行主人给他取自行车时，小说刻意对他看到的停车房门口张贴的一幅影片广告画做了如下的描述：

> 那幅用强烈的色彩画成的广告画，画着一个魁梧高大的汉子，身穿文艺复兴时代的服装，抓住一个穿白色长睡袍的年轻女子；他的一只手把她的两只手腕紧紧地抓牢，勒在她的背后，另一只手扼住她的咽喉。她的上身和脸稍向后倾，尽力想从刽子手的掌握中挣扎脱身，她的修长的金发一直垂到地上。后面的背景是一张宽大的有床柱的床，床上铺着红色的被单。

接着，他又在一家名叫“希望”的咖啡店里目睹了男主人粗暴地蹂躏女招待的场面：

>……在半开着的房间里铺着黑白瓷砖。那姑娘坐在凌乱的床边，她的赤裸的脚踏着毯子上的羊毛。她旁边红色的床单凌乱得一直拖在地上。
>
>那个巨人的手慢慢地挪近来，搁在她的脆弱的颈背上。那只手捏着颈背，按下去，表面上似乎毫不用力，但却有一种强烈的压力，使得那个脆弱的躯体慢慢地屈下去。那姑娘弯了腿，一只脚后退，又退下另一只，终于主动跪在瓷砖上。
>
>她慢慢地挪动她的两条臂膀，简直可以说是小心翼翼地挪动着；她的听话的小手沿着她的大脚抬上来，转向腰后，终于停在背后，腰眼稍稍下面的地方——两个腕关节交叉叠着——像被缚住似的。

尽管小说在记述上面两个场景的时候是不露声色的，好像仅仅是在忠实记录主人公眼中的客观事实，但两个场面中大量重复场景的出现，如红色的床单，黑白的瓷地砖，特别是女人被男人反缚双手等等，已不难让我们看出主人公的内心究竟在想着什么。不仅如此，在小说后面写马弟雅思与女招待不期而遇时，特地写了这样一个细节：他为了讨好女招待，主动送给她一只手表。在女招待挑选手表时，马弟雅思目不转睛地盯着她胫背上一条长长的被抓伤的伤痕，并“不知不觉地把手伸过去”。尽管“他的手势马上停下来”，但他不经意地把手“伸”过去的下意识动作却已把他内心里的那种渴望施暴于柔弱女性的变态心理彻底暴露无遗。

而诸多因缘的巧合则使得他把施暴对象锁定在无辜的小雅克莲身上。第一，他在轮船上认识了小雅克莲的舅舅，热情的水手给他介绍了自己的姐姐和三个外甥女。急欲将手表脱手的马弟雅思找到了她们。第二，由于小雅克莲接受了外乡旅行者的照片后做出了与未婚夫解除婚约的举动，被海岛上的人视为“放荡”“行为不端”的坏女孩备受非议，引起了马弟雅思的兴趣。再说那个勾走小雅克莲芳心的外来人是一个旅行者，而他本人也是一个旅行至此的推销商。第三，就是他对结成8字的小绳子以及与8字标记有关的事物难以忘怀，而那天小雅克莲正好孤身一人在崖石边由两个生锈的铁环组成的8字形的凹地上牧羊。于是，马弟雅思歹念顿生，用拾来的绳子捆住小雅克莲，把她强奸后杀死，并将尸首推入海中。可见，旅行推销员强奸杀人并非一时冲动的意外之举，而是其阴暗心理的必然反映，小雅克莲不幸成为落入魔爪的牺牲品。

其次是窥视者于连为何不去告发马弟雅思？小说的书名《窥视者》就是针对窥见马弟雅思强奸杀人、抛尸灭迹的于连而言的。于连是小雅克莲的一个男友。从他的父亲骂他与小雅克莲来往这个情况来看，他与雅克莲的关系应该是比较密切的，或者说他应该是爱恋雅克莲的，否则他也不会因为雅克莲的缘故同她的前未婚夫吵架，并曾被后者推下海。于连目睹了马弟雅思奸杀雅克莲的全过程，并向他点明了这一点，但他并不想告发马弟雅思。这究竟是出于一种什么样的心理呢？小说里的这样一个细节值得我们注意：当马弟雅思意识到于连窥见了自己的丑事后，起初感到万分恐惧，但通过与于连的对话，他惊奇地发现对方居然对自己的所作所为没有明显的恶意。于连居然对奸杀自己女友的凶手不表示“恶意”，这似乎令人不可理喻，然而事实就是如此。

于连最终没有告发马弟雅思，让凶手心安理得地逍遥法外，作者没有解释其中的原因，但通过于连对于整个事件的态度，我们也似乎可以发现隐藏在这个十八岁青年内心里的变态心理：他喜欢雅克莲，但他知道雅克莲并非真心喜欢他；他渴望占有对方但性格懦弱的他又不敢胡作非为。他之所以不愿告发马弟雅思，也许正是因为对方做出了自己想做而又不敢做的事，否则你很难解释他为什么不仅不愿告发马弟雅思，甚至居然对凶手百般狡辩“没有恶意”。其实，不光于连对小雅克莲惨遭不幸的反映是如此，海岛上的其他男人们对于此事的态度也是这样。这从男人们谈起小雅克莲时，总是带着不怀好意的猥亵口吻这一点已可见一斑。固然是旅行推销员亲手杀死了雅克莲，但谁又能否认她是被海岛上的所有人共同“谋杀”的呢？这或许就是当小雅克莲的尸体被发现时，人们也对她真正死因表示了怀疑，却不愿认真追查凶手的真正原因。

罗伯-格里耶涉足文坛时，在法国风行一时的是马尔罗、萨特、加缪等人的小说。这些小说多以爱情、宗教、政治、道德等做主题，主要写人的形象，有连贯的情节和为主题服务的环境描写。总之，大体还是保持传统的小说写法。罗伯-格里耶反对小说的传统观念，尝试写作一种迥异于传统小说美学观念的“新小说”。这种小说忠实于对客观事物的记录，坚决排斥作家主观感情的介入，尽可能地使用“没有个性的”“中立的”“不带任何感情色彩”的词汇，对所反映的事件不做任何评价和解释；记录时不理睬情节的连贯性，不按照故事发展的正常的时序，把过去、现在和将来，现实、梦境、回忆、幻觉和潜意识交织在一起，并可以任意跳跃，从一个片段突然跳跃到另一个片段，不交代与之相关的人物情节；注重物象和细节描写，把物放在人之上，描写物时十分细致和科学化，一分一厘丝毫不差，但到要接触人物本身时就即刻停止，甚至不惜放弃对人的描写，这种创作方法被称作“物主义”。《窥视者》体现了“新小说”的典型特征。迷宫式的情节、扑朔迷离的人物、浮动而缺乏逻辑的语言，都给读者制造了许多障碍，同时也为读者构筑小说的完整情节及咀嚼小说内在意蕴留下了广阔的想象和再创造空间。读者可以对小说创作的这一新尝试见仁见智，但谁都不会否认，它是一部很值得阅读、思索、玩味的“新小说”。

（范方俊）

第 22 条军规

[美] 海勒

约瑟夫·海勒（Joseph Heller，1923—1999）是美国黑色幽默文学的代表作家。生于纽约布鲁克林区一个俄裔犹太人家庭。由于父亲过早去世，家境贫困。第二次世界大战中成为美国空军的中尉飞行员，曾赴意大利作战。战争结束后复员，在纽约大学上学，1948 年获文学学士学位。在哥伦比亚大学和英国牛津大学进修以后，他在美国一些大学讲过课，也担任过《时代》《展望》等杂志的广告作家等。1961 年发表黑色幽默的代表作品、长篇小说《第 22 条军规》以后，成为专业作家。

他的重要作品除《第 22 条军规》（1961）外，还有长篇小说《出了毛病》（1974）、《像戈尔德一样好》（1979），剧本《我们轰炸纽黑文》（1968）等。

作品梗概

第二次世界大战期间，在意大利附近地中海的皮亚诺萨岛上有一个美国空军基地。在这里的军人当中，几乎人人都在打着自己的小算盘，不是想升官，就是想发财，没有一点军人的献身精神。司令官卡思卡特上校一心想当将军，拼命讨上级欢心，同时又对部下十分无情，任意增加飞行员的法定飞行次数，企图以部下的生命来换取自己升迁的机会。沙伊斯科普夫少尉也是野心勃勃，因为把士兵训练成机器一样的人有方，得到上司赏识，居然一路高升，当上了中将司令官。

伙食管理员米洛善于做各种交易，能在任何事情中都看出生意经来，从中获取暴利，27 岁就办起了国际性大公司，连敌对方德国的轰炸机都涂上了米洛公司的标记来为他装运货物。

上尉飞行轰炸手约塞连也在打着自己的小算盘，不过他倒是既不想升官，也不想发财，他只想摆脱现在的环境，从不安全感中解脱出来。但是，他却受到第 22 条军规的制约。虽然第 22 条军规并不存在，它不是白纸黑字写下来的条文，可是人人都相信它的存在，受它的控制，尤其是下级，即使再有理，也永远无法违抗上级的命令。根据第 22 条军规，飞行员飞满 32 架次后可以停止执行任务，可是上级可以不断命令你继续飞行，你不得违抗，因为根据第 22 条军规，下级必须服从上级的每一条命令。而且，第 22 条军规中所包含的悖论，叫你使出浑身解数也逃不出它的掌心。本来第 22 条军规规定，疯子可以停止飞行，可是它同时又规定，想要停止飞行必须本人提出申请。而能说清楚停飞理由的人肯定不是疯子，他还得继续飞行。约塞连被罩在这样一张网里惶惶不可终日，终于开小差逃离了他所在的空军基地。

作品节选

5. 一级准尉怀特·哈尔福特

…………

丹尼卡医生一声不吭地站了起来，驼着背——长年来，生活中的种种不公平，始终是沉重的负担，压弯了他的腰——把椅子挪到了帐篷外面。他实在是讨厌跟自己同帐篷的人聚在一块。

一级准尉怀特·哈尔福特以为他疯了。“真不晓得这家伙是怎么回事，”他说，颇有些责备的口气。“他是头蠢驴，就这么回事。假如他聪明的话，他就会抓过一把铁锹，动手挖掘。就在这顶帐篷里动手挖，就在我床底下。他马上就能挖到石油。那个士兵在美国用铁锹挖到了石油，这事难道他不知道？那家伙后来发生的事，难道他也从未耳闻？就是科罗拉多州那个拉皮条的卑鄙无耻的孬种，叫什么来着？”

“温特格林。”

“温特格林。”

“他很怕，”约塞连解释道。

“哦，没那回事。温特格林可是啥都不怕的。”一级准尉怀特·哈尔福特摇了摇头，对温特格林的钦佩之情溢于言表。“那个讨厌的小流氓，自命不凡的杂种，是谁都不怕的。”

“丹尼卡医生可是很害怕。他就是这么一回事。”

“他怕什么？”

“他怕你，”约塞连说，“他怕你会得肺炎死。”

“他怕，**反倒是桩好事**，”一级准尉怀特·哈尔福特说，结实的胸腔里发出一阵低沉的笑声。“一有机会，我也很乐意这么个死法。你等着瞧吧。”

一级准尉怀特·哈尔福特，来自俄克拉何马州的伊尼德，是个印第安人，克里克[①]混血儿。哈尔福特肤色黝黑，长得倒是相当英俊：粗眉大眼、高高的颧骨、一头蓬乱的乌发。出于某些只有他自己知道的原因，他已经打定主意，要得了肺炎死去。他报复心极强，见到任何人都是怒目相待，对一切早已不抱丝毫幻想。他憎恨那些取名卡思卡特、科恩、布莱克和哈弗迈耶的外国人，希望他们全都滚回自己讨厌的祖先原来生活的地方。

“你是不会信的，约塞连，”他深思后说道，同时，故意提高了嗓门，引诱丹尼卡医生。“不过，先前这地方让人住着，确实感到挺舒畅，但后来，他们带来了该死的虔诚，把这儿搞成一团糟。”

一级准尉怀特·哈尔福特一心想报复白人。他差不多是个文盲，不识一字，也不会写字，却被委派担任布莱克上尉的助理情报官。

“我哪有条件读书认字？”一级准尉怀特·哈尔福特用假装寻衅的口吻问道，且又提高了嗓门，好让丹尼卡医生听见。“我们每到一处搭起帐篷，他们便钻一口油井。每次钻井，他们又总是找到石油。每次找到了石油，他们便逼迫我们收起帐篷，去别的地方。我们成了活的探矿杖。我们全家生来就跟石油矿有缘分。不久，世界上所有的石油公司都派了技术人员，处处跟踪我们。我们常年四处奔波。跟你说吧，抚养一个孩子，不知要费多大的劲。我想，我在一个地方住的时间，从未超过一个星期。”

他最早的记忆，是一位地质学家。

“每次我们家生了个小孩，”他接着说，“股票行情便上涨。不久，所有钻井工人便带上全部设备，随我们东奔西跑，谁都想捷足先登。一家家公司开始合并，以便削减为追踪我们而派出的人员。然而，跟在我们身后的人，数量一天天上升。我们一家人从未睡过一个安稳觉。我们歇腿，他们也歇腿；我们上路，他们也上路，随身还带了流动炊事车、推土机、井架和发电机。我们一家成了活财神，走到哪里，哪里便是一片繁荣。于是，我们开始接到一些一流旅馆的请柬，原因便是我们能使他们的生意兴盛。有些旅馆在请柬上提出了相当优厚的条件。但我们无法接受任何一家旅馆的邀请，因为我们是印第安人，而给我们发出邀请的那些一流旅馆，是不会接纳印第安人的。种族偏见，实在令人可怕，约塞连。

① 从前居住在美国亚拉巴马州、佐治亚州和佛罗里达州北部的穆斯科格印第安人。

确实很可怕。把体面忠诚的印第安人看做黑鬼、犹太佬、意大利人，或是西班牙人，这的确是件可怕的事。”一级准尉怀特·哈尔福特慢悠悠地点了点头，显得极有自信。

“后来，约塞连，终于出了事儿——也就是结局的开始。他们走到前面跟着我们转。他们会想法子猜测，接下来我们在哪里歇息，于是，趁我们还没赶到，他们便开始钻井，结果，我们就无法停下来歇息。我们刚想铺开毯子，他们就赶我们走。他们很信任我们。他们甚至等不及把我们赶走，就急不可耐地挖井钻油。我们给折腾得精疲力竭，即便是死，也毫不畏惧。一天早晨，我们发现四周给钻井工人团团围住，他们都等着我们朝他们各自的方向走去，然后把我们赶走。我们环顾四周，见到每一处山脊上都有一个钻井工人守候着，犹如印第安人随时准备发起进攻。我们的末日到来了。我们无法在原地停留，因为他们才把我们赶走。我们走投无路。最终，倒是军队救了我。正当紧要关头，战争爆发了。征兵局把我救了出来，又把我安全送到了科罗拉多州的洛厄里基地。我们全家只有我一个人活了下来。”

约塞连知道他是在撒谎，但没有打断他，因为一级准尉怀特·哈尔福特接着又说了下去。他说，此后他再也没有父母的任何消息。不过，他不怎么担心，因为他只是听他们说，他是他们的儿子。以前有不少事他们都没跟他说实话，那么，至于这件事，他们也完全可能是在说假话。他倒是很清楚自己一帮表堂兄弟的命运。他们曾分散了目标，往北走，因一时大意，竟闯入了加拿大境内。就在他们想法子返回时，美国移民局把他们挡在了边界上，不允许他们回国。他们回不了国，就因为他们是红种人。

这笑话实在是骇人听闻。丹尼卡医生没有笑。直到后来，约塞连执行一次飞行任务返回，又一次恳请丹尼卡医生准许他停飞——自然，他去见丹尼卡医生，实在是不抱任何希望的，这时，丹尼卡医生才窃笑了一下，但没一会儿，他便沉思起自己的种种棘手事来。其中就有与一级准尉怀特·哈尔福特之间的纠葛。那天整整一个上午，一级准尉怀特·哈尔福特一直向他挑战，要跟他角力，决一雌雄。此外，还有约塞连，这家伙竟当即拿定主意，要装疯卖傻。

“你是在浪费时间，”丹尼卡医生不得不跟他这么说。

“难道你就不能让一个疯子停飞？”

“哦，当然可以。再说，我必须那么做。有一条军规明文规定，我必须禁止任何一个疯子执行飞行任务。”

“那你为什么不让我停飞？我真是疯了。不信，你去问克莱文杰。”

“克莱文杰？克莱文杰在哪儿？你把克莱文杰找来，我来问他。”

“那你去问问其他什么人。他们会告诉你，我究竟疯到了什么程度。”

“他们一个个都是疯子。”

“那你干吗不让他们停飞？”

“他们干吗不来找我提这个要求？”

“因为他们都是疯子，原因就在这里。”

“他们当然都是疯子，”丹尼卡医生回答道。

“我刚跟你说过，他们一个个都是疯子，是不是？你总不至于让疯子来判定，你究竟是不是疯子，对不？”

约塞连极严肃地看着他，想用另一种方式试试。“奥尔是不是疯子？”

“他当然是疯子，”丹尼卡医生说。

“你能让他停飞吗？”

“当然可以。不过，先得由他自己来向我提这个要求。规定中有这一条。”

“那他干吗不来找你？”

“因为他是疯子，”丹尼卡医生说，“他好多次死里逃生，可还是一个劲地上天执行作战任务，他要不是疯子，那才怪呢。当然，我可以让奥尔停飞。但，他首先得自己来找我提这个要求。”

“难道他只要跟你提出要求，就可以停飞？”

“没错。让他来找我。”

“这样你就能让他停飞？”约塞连问。

“不能。这样我就不能让他停飞。”

“你是说这其中有个圈套？”

“那当然，”丹尼卡医生答道，“这就是第22条军规。凡是想逃脱作战任务的人，绝对不会是真正的疯子。”

这其中只有一个圈套，那便是第22条军规。军规规定，凡在面对迫在眉睫的、实实在在的危险时，对自身的安危所表现出的关切，是大脑的理性活动过程。奥尔是疯了，可以获准停止飞行。他必须做的事，就是提出要求，然而，一旦他提出要求，他便不再是疯子，必须继续执行飞行任务。如果奥尔继续执行飞行任务，他便是疯子，但假如他就此停止飞行，那说明他神志完全正常，然而，要是他神志正常，那么他就必须去执行飞行任务。假如他执行飞行任务，他便是疯子，所以就不必去飞行；但如果他不想去飞行，那么他就不是疯子，于是便不得不去。第22条军规这一条款，实在是再简洁不过，约塞连深受感动，于是，很肃然地吹了声口哨。

“这第22条军规，实在是个了不起的圈套，”他说。

“绝妙无比。”丹尼卡医生表示赞同。

约塞连很清楚，第22条军规用的是螺旋式的诡辩。其中各个组成部分，配合得相当完美。这种配合极是简洁精确——优雅得体却又令人惊异，与优秀的现代艺术相仿。但有时，约塞连又没什么把握，究竟自己是否通晓这第22条军规，就像他从来没有真正理解优秀的现代艺术一样，也如同他从来就不怎么相信奥尔在阿普尔比的眼睛里见到苍蝇一般。他听了奥尔说的话，竟信了阿普尔比的眼睛里有苍蝇。

“噢，他的眼睛里的确有苍蝇，”一次，约塞连和阿普尔比在军官俱乐部打架之后，奥尔深信不疑地对约塞连说，“或许连他自己还不知道。他之所以总不识事物的真面目，其原因也就在这里。”

“他怎么会不知道？”约塞连问。

“因为他眼睛里有了苍蝇，”奥尔异常耐心地解释道，“假如他眼睛里有苍蝇，他又怎么能看见自己眼睛里有苍蝇呢？”

…………

“阿普尔比，你眼睛里有苍蝇，”约塞连好心地跟阿普尔比低语道。那天，他俩恰巧在降落伞室门口碰面，正准备去执行每周一次的飞往帕尔马的例行任务。

“什么？”阿普尔比迅速做出反应，约塞连竟会跟他说话，这实在很让他惊慌失措。

“你眼睛里有苍蝇。”约塞连重复说了一遍。“你自己看不见，原因很可能就在这里。”

阿普尔比一脸反感和困惑地离开了约塞连，独自生着闷气。直到后来，坐进吉普车，跟哈弗迈耶一同沿着长长的笔直的公路，驱车前往简令下达室，他这才把脸舒展了开来。大队作战处长丹比少校正焦躁不安地等候在简令下达室，准备给全体领队飞行员、轰炸员和领航员做飞行前的预先指示。阿普尔比说话时声音极低，以免司机和布莱克上尉听见，布莱克上尉闭着双眼，舒展了肢体，躺坐在吉普车前排座上。

“哈弗迈耶，”阿普尔比言语支吾地问道，“我眼睛里有 flies① 吗？”

哈弗迈耶极是疑惑地眨了眨眼，问道：“Sties②？”

“不，我是问你我眼睛里有没有苍蝇。”

哈弗迈耶又眨了眨眼。“苍蝇？”

“在我的眼睛里。”

“你一定是疯了，”哈弗迈耶说。

“不，我没疯。疯的是约塞连。你只要告诉我，我眼睛里到底有没有苍蝇。你快说，我是不会介意的。”

哈弗迈耶又往嘴里塞进一块花生薄脆糖，于是，凑近了过去，极仔细地看了看阿普尔比的眼睛。

---

① 英语：苍蝇。

② 英语：睑腺炎。

“我没见到一只苍蝇，”他说。

阿普尔比深叹了一口气，如释重负。哈弗迈耶把一片片花生薄脆糖碎屑粘在嘴唇、下巴和面颊上。

“花生薄脆糖碎屑都粘到你脸上了，”阿普尔比提醒他说。

“与其让苍蝇钻进眼睛里，倒不如往脸上粘花生薄脆糖碎屑呢，”哈弗迈耶反击道。

…………

他们驾驶的是B-25型暗绿色飞机，性能平稳可靠，装有两只方向舵，两只引擎，两片宽机翼。惟一的不足之处——就轰炸员约塞连所坐的位置来看，便是那条狭窄的爬行通道——把设在有机玻璃机头里的轰炸员舱内最近的应急离机口隔了开来。爬行通道是一个正方形长孔，狭小、冰凉，上面是飞行控制系统。像约塞连这样的彪形大汉，只有费了劲才能勉强挤身通过。有一个圆脸的矮胖领航员——长一对奸诈的小眼，身上揣一只与阿费相同的烟斗——也很难从这个孔过去。每当他们飞往目标——相距仅几分钟，约塞连便会把他逐出机头。紧接着是一段时间的紧张不安，默默地等待，什么也听不见，什么也看不见，什么也做不了，只有默默地等待。此时，下面的高射炮已瞄准了他们，假如可能，随时准备把他们彻底击落，坠入长眠之谷。

一旦飞机即将坠落，这条通道，对约塞连来说，就是通向机外的生命线，可约塞连竟诅咒它，对它恨之入骨，辱骂它是老天故意设置的一道障碍，是欲置他于死地的阴谋的一部分。按说，B-25型飞机还有地方可再开一个应急离机口，而且就在机头，但他们却没有一个应急离机口，替而代之的是这条通道，自那次在阿维尼翁上空执行任务时发生混乱以后，他便开始憎恨这条通道的每一英寸空间，因为它把他和降落伞——太是笨重，无法随身携带——之间的距离延长了若干秒钟；又使他取了降落伞后赶往应急离机口——设在立架式驾驶舱的后部和顶炮塔射击手（高高在上，因而遮没了脸面）两脚之间的地板上——的时间延宕得更长。约塞连一旦把阿费逐出机头，自己便极迫切地想坐到阿费的位置上；他还很想在应急离机口顶端的地板上，用自己乐意多带的防弹衣筑一个拱形掩体，然后蜷缩了身体躲在里面，降落伞早已用钩固定在相应的安全带上，一手紧紧握住红柄开伞索，一手死死抓牢应急开盖开关——一旦听到飞机遭击毁的可怕声响，打开开关，他便坠入空中，朝地面落下去。假如他必须得留在机头的话，他就想占据这个位置。他可不愿守在前面，像一条该死的金鱼，给死死地困在一只该死的动不了的金鱼缸里。原因是，一旦战火起，那该死的高射炮火便喷出一团团发恶臭的黑色浓烟，在他的四周上下急速地翻腾，恰似变幻无常、硕大无朋的邪魔，时而徐徐上升、噼啪作响，时而摇荡不定、砰然爆裂，震得飞机格格直响、上下颠簸、左右晃悠，又一个劲地往机内直穿进去，威胁着要在瞬息间将他们全都湮灭在一片火海之中。

阿费无论充当领航员，抑或承担别的什么职责，于约塞连全无益处。约塞连每回都是极没好气地把他逐出机头，这样，假若他俩突然要仓皇逃命，也就不会相互碍事。一旦让约塞连逐出机头，阿费就可以蜷缩在约塞连迫切地想躲身的那块地方，但他没那么做，却是直挺挺地立着，两只又粗又短的胳臂极适意地搁放在驾驶员和副驾驶员座位的靠背上，一手端了烟斗，跟麦克沃特和当班的副驾驶员轻快地聊着天，同时又指出天空出现的有趣味的东西，让他俩瞧。可是，麦克沃特和副驾驶员实在太忙，没有丝毫的兴致。麦克沃特守在控制系统一侧，忙于执行约塞连尖声喊出的命令。约塞连让飞机侧滑进入轰炸航路，接着，又尖起嗓门，以极粗鲁的口吻满嘴脏话地给麦克沃特下命令——酷似亨格利·乔在黑夜里梦魇时叫出的痛苦的哀求声，要大伙儿迅速绕过炸弹爆炸溅起的一根根饿虎似的火柱，离开轰炸航路。混战中，阿费自始至终很沉静地抽着烟斗，透过麦克沃特一侧的窗户，满心好奇地在一旁观战，颇显得泰然自若，仿佛这场战争发生在千里之外，于他无丝毫的影响。阿费对联谊会活动一向是很热衷的，什么事都喜欢领个头，对校友联欢活动从来都是尽心尽力。他头脑极单纯，因此，无所畏惧。约塞连倒是极有头脑，所以就顾虑重重。遭炮火袭击时，约塞连并没有像胆小的耗子那样，擅自离弃岗位，急匆匆地从爬行过道逃出去。他之所以没这么做，惟一的原因就是他不愿把飞离目标区时采取的规避动作托付给别的什么人。这世上还没有别的什么人可以让他放心地委以如此的重任。而在他的熟人当中，没有哪一个人会像他那么胆小。约塞连是飞行大队最出色的规避动作能手，但这一点就连他自己也说不清究竟是什么原因。

规避动作，并没有一套固定的程序。要的便是恐惧。这种恐惧心理在约塞连身上算是发挥到了极点。较之奥尔或亨格利·乔，他的胆量要小得多，甚至比邓巴还要小。邓巴早已是听天由命，觉得自己总有一天非死不可。约塞连并没有那么悲观，每次执行任务，只要一扔完炸弹，他便疯狂逃命，一边对麦克沃特死命吼叫："使劲！使劲！使劲！使劲！你这狗娘养的，快使劲！"而且对麦克沃特他一向是恨之入骨，好像他们在空中执行任务，遭陌生人的轰炸，全都是麦克沃特的过错。飞机上，除他俩之外，其他任何人都禁用对讲机，只有那次去阿维尼翁执行任务是个例外。当时，一片混乱，着实让人痛心，多布斯在半空中发了疯，哭得很伤心，一个劲地喊救命。

"救救他，救救他，"多布斯哭着说，"救救他，救救他。"

"救救谁？救救谁？"约塞连把耳机插头重新插入内部通话系统后，高声问道。这之前，多布斯抢过赫普尔手里的操纵杆，随着一阵震耳欲聋的响声，飞机突然俯冲下去，大伙儿全都给吓傻了，一个个呆若木鸡。约塞连的耳机插头由于剧震脱离了内部通话系统，他自己的头像是被什么东西死死粘贴在机舱的顶端，无法动弹。赫普尔又及时救了他们。他拼命夺回了多布斯手里的操纵杆，飞机几乎又是突然进入了平飞，重新飞回到他们刚刚逃脱的那一片猛烈的震耳欲聋的高射炮火之中。啊，上帝！啊，上帝！啊，上帝！约塞连默默地祈祷，他依旧头贴在机头的顶端，像是悬在空中，无法动弹。

“轰炸员，轰炸员，”约塞连通过对讲机问话时，多布斯哭着答道，“他没有回话，他没有回话。快救救轰炸员，快救救轰炸员。”

“我就是轰炸员，”约塞连叫喊着答道，“我就是轰炸员。我一切正常。我一切正常。”

“那就快救救他，快救救他，”多布斯哀求道。

这时，斯诺登正奄奄一息地躺在尾舱里。

（选自扬恝、程爱民、邹惠玲译：《第22条军规》，译林出版社，1997年版）

作品赏析

这是美国黑色幽默文学中最有影响的一部代表作。它开创了自20世纪60年代在美国兴起的黑色幽默文学流派的先河。

黑色幽默文学是西方后现代文学的重要一支。“黑色幽默”这一术语，早在20世纪20年代，法国超现实主义的代表人物安德烈·布勒东就已经用过，他选编了一本《黑色幽默文集》。但是，用这一术语来指称这个流派，是40年以后的事。1965年，美国作家弗里德曼编了一本小说选集，取名《黑色幽默》，其中收集了品钦、海勒、纳博科夫等12名美国作家的小说片段，集中反映了这个新的流派的特点，于是这个流派就被人称为“黑色幽默”。幽默本来是风趣、逗乐、可笑的意思，而用“黑色”来修饰，就使这种幽默含有了苦涩、忧伤、悲哀的成分。黑色可以象征死亡、绝望、罪恶等。社会中的不良现象和种种弊病、罪恶，本该引起人们的深恶痛绝，但是黑色幽默作家在痛恨之余，感到自己无能为力，只能一笑置之，然而这种笑是苦涩的笑，含有难以言表的深沉痛苦。说起幽默，这是美国文学艺术中的一个显著特色，而苦涩的幽默也不乏先例。欧·亨利的幽默会引出读者含泪的微笑，喜剧电影大师卓别林也往往使观众在笑声中流下同情的眼泪。但是，黑色幽默派的那种幽默中的痛苦和绝望已经达到了顶点，以至于有的西方评论家把它称作“荒诞的幽默”、“变态的幽默”、“病态的幽默”或“大难临头的幽默”、“绞刑架下的幽默”等，说它是一种“把痛苦与欢笑、异想天开的事实与平静得不相称的反应、残忍与柔情并列在一起的喜剧”。

美国黑色幽默文学的兴起主要有两方面的原因：一是人们对第二次世界大战

造成的创伤仍然记忆犹新，而当时超级大国间的争夺又使人们对新战争的威胁感到恐怖和不安，社会上吸毒、凶杀、种族歧视等罪行、暴行又增加了人们的不安情绪；二是科学技术的高度发展使人成为物质的奴隶，丧失了个性。国际间的紧张气氛和丧失自我的感觉使一些作家在现实面前难以找到出路，因此感到痛苦不堪，但又无可奈何，只得采取玩世不恭的态度。

美国黑色幽默流派的主要哲学基础是以萨特等人为代表的存在主义思潮。存在主义强调世界和人的存在是荒谬的，没有固定的价值和意义。这也构成了黑色幽默文学的基调。但是，存在主义同时又强调人要勇敢地去接受荒谬的生存条件，通过自由选择而获得有价值的本质，这就跟黑色幽默派的一般倾向不同。对黑色幽默作家来说，在荒谬的生存条件中，人能够进行自由选择的可能性非常有限，甚至是不存在的。他们更多的是要突现人的生存条件的荒谬，像法国的荒诞派戏剧一样，把荒诞作为充分表达复杂的人生体验的独特手法。

作为一部黑色幽默文学的代表作，《第 22 条军规》有这样一些特点：

第一，富于怪诞的想象，用超越常情的细节、人物和场面来渲染主题思想，以荒诞的现象来表现普遍意义。小说中的第 22 条军规是极其富于想象的一种独创，它充满着怪诞的逻辑，似非而是的悖论。它不是白纸黑字写下来的条文，可是它无处不在。它有时候似乎给你一点希望，但是转眼之间却叫你更加绝望。它形成了关于一切人物和事件描述的核心，在这个核心周围，各种人物的登场，各种细节的展开，都很荒诞，很不符合常情，但是无不受到这个核心的怪诞逻辑的支配。约塞连对死亡的恐惧和因为怕死而形成的不安全感、多疑症，米洛在所谓“道德准则”下对“正当利润”的不择手段的追求，沙伊斯科普夫少尉对把活生生的士兵训练成服从指令的机器的疯狂热情，都是由荒诞的细节构成的，可是这些荒诞现象的背后却包含着深刻的普遍意义：在西方社会中，权力和金钱的勾结是支配一切的绝对权威，它是无形的，看不见的，没有一个法律文本或规章制度将它明文规定下来，但是人人明白它的存在，在它顺我者昌、逆我者亡的威风之下，人人都在遵循它的逻辑办事，要是你稍稍流露一点反抗的意思，它的紧箍咒就会令你惶惶不可终日。作品中的第 22 条军规就像卡夫卡《审判》中的法庭一样，你要去找到它，确认它的存在，是很困难的，但是你只能迁就它，没有一点怀疑它的权利，甚至在这权威面前，你已经彻底认同，麻木得已经想不起来要怀疑一下它的存在了。由此我们可以窥见黑色幽默作品和现代派代表作家的内在联系之一斑。

第二，把幽默的风格建立在冷漠的、无可奈何的基调之上。作品中，无论是对人物性格的刻画，还是细节的描绘，或是人物之间的对话，都充满幽默和风趣。例如，米洛做投机生意，套购了埃及的棉花却卖不出去，就来请约塞连帮他出主意，约塞连让他去行贿，设法使政府买下这些棉花。接下来就是一段关于米洛既要当婊子又要立牌坊的幽默描述：

> “行贿！”米洛勃然大怒，差点儿再次失去平衡，跌断了自己的脖子。“你真可耻！”他厉声呵斥道……“行贿犯法，这你是知道的。可是做生意赚钱是不犯法的，对吧？所以，对我来说，为赚点正当的利润而去贿赂某人，这不能算犯法，不是吗？不算，当然不算犯法！”

这段文字的幽默之处在于米洛对行贿表面上显示出深恶痛绝，但他话锋一转又认同行贿，这二者之间形成鲜明对照。米洛前后矛盾的态度，这一番前后矛盾的话，完全是客观描述下来的，前后之间没有加入任何过渡或解释之词，给人的感觉是，作者只是以冷漠的态度在做记录，似乎他对这样的厚颜无耻、这样的语出惊人、这样的强词夺理已经司空见惯，无可奈何。在米洛这样的人无处不在的世界里，你唯一能做的只是保持冷漠的态度。

第三，塑造了像约塞连那样非传统英雄式的主要人物形象群。他们性格怪僻，我行我素，变幻莫测，没有一定格式，性格特点往往被推向极端，到了不合情理、超越常规的地步，因而算不得典型人物，例如，约塞连、米洛、卡思卡特上校、沙伊斯科普夫少尉等都不是传统现实主义小说中所刻画的那种典型人物，但是，约塞连的贪生怕死，米洛的生意经，军官们的权力欲等等，都含有普遍意义。虽然在日常生活中可能不会见到那样夸张的人物，但是你在他们身上却可以看到西方社会中一种普遍的倾向，从而引起你的深思。

第四，结构上不像传统小说那样有完整、连贯的情节主线，常常把现实生活中的片段同荒诞的幻想情节拼凑在一起，有时候甚至东拉西扯，随意进行不合逻辑、不合情理的叙述，例如，约塞连的帐篷里居然躺着一个死人；奥尔的脑袋被一个妓女用高跟鞋的跟狠狠敲打，都砸出窟窿眼了，可奥尔还在傻笑。然而，这些看似松散零乱的情节和叙述却有着内在的逻辑联系，这就是要说明现实生活的多样性和无奇不有、变幻莫测。这样做主要是要摆脱传统小说中作者强加给读者的那种逻辑，因为现实生活中并不存在传统小说中那种紧紧围绕情节主线的因果关系和逻辑发展，这只是一种虚构，所以，《第22条军规》是要用“反虚构”方法建立起一种同现实生活相吻合的内在逻辑。

（杨恒达）

老人与海

［美］海明威

厄内斯特·海明威（Ernest Hemingway，1899—1961）是美国著名小说家。他出身在芝加哥附近橡树园村一个医生的家庭，高中毕业后到报社当见习记者，受到报社对简练文字要求的严格训练。他在第一次世界大战后期参加志愿救护队，在意大利前线为红十字会的车队开车，身负重伤。20世纪20年代初第一次结婚后又到欧洲担任记者。在欧洲期间，得到侨居巴黎的美国女作家格特鲁德·斯泰因和诗人埃兹拉·庞德的鼓励和帮助，开始从事文学创作，并在报刊上发表作品。他的第一部重要长篇小说《太阳照样升起》（1926）典型地反映了第一次世界大战以后生活在欧洲的一伙美国青年的失落感和迷惘心态，成为“迷惘的一代”的代表作，他自己也成为“迷惘的一代”的代表作家。1927年，海明威第二次结婚，并于第二年离开欧洲，移居佛罗里达南部的基韦斯特岛，后又迁入古巴。1929年发表著名长篇小说《永别了，武器》，名声大振。西班牙内战期间，他多次前往内战前线采访，并于1940年发表了描写西班牙内战的长篇小说《丧钟为谁而鸣》，于该年年底第三次结婚。1941年与新婚妻子一起访问抗日战争战火中的中国。1942年受命在哈瓦那及其附近海域从事反间谍、反潜艇工作。1944年再度到欧洲，担任随军记者。1946年第四次结婚。1952年发表最后一部重要作品《老人与海》。1954年获诺贝尔文学奖。1961年在爱达荷州的家中开枪自杀。

作品梗概

古巴老渔夫桑提亚哥已经有 84 天没有钓到鱼了，第 85 天出海的时候，终于有一条大马林鱼上钩了，这条鱼比船身还大，拖着老渔夫的小船往深海游去，等到第三天，鱼疲乏了，经过一番搏斗，桑提亚哥用鱼叉扎进了鱼的腰部，并把血淋淋的鱼绑在船边往回划。死鱼的血腥味引来了大批鲨鱼，它们向马林鱼发起了猛攻。桑提亚哥拼命捍卫自己辛勤劳动的成果，同鲨鱼展开激烈拼搏。他说："一个人并不是生来要给打败的，你尽可把他消灭掉，可就是打不败他。"他用鱼叉同鲨鱼搏斗，鱼叉扎在鲨鱼身上被带走，他就把刀子绑在桨上继续搏斗。鲨鱼一次又一次地发动进攻，一次又一次地被打退，他把船上能用来当作武器的东西全用上了，但鲨鱼还是不放过它们的进攻目标。他终于寡不敌众，带着马林鱼的巨大的空骨头架子，回到了自己的港口。

作品节选

…………

他们在海里走得很顺当，老头儿把手泡在咸咸的海水里，想让脑子清醒。头上有高高的积云，还有很多的卷云，所以老头儿知道还要刮一整夜的小风。老头儿不断地望着鱼，想弄明白是不是真有这回事。这时候是第一条鲨鱼朝它扑来的前一个钟头。

鲨鱼的出现不是偶然的。当一大股暗黑色的血沉在一英里深的海里然后又散开的时候，它就从下面水深的地方窜上来。它游得那么快，什么也不放在它眼里，一冲出蓝色的水面就涌现在太阳光下。然后它又钻进水里去，嗅出了踪迹，开始顺着船和鱼所走的航线游来。

有时候它也迷失了臭迹。但它很快就嗅出来，或者嗅出一点儿影子，于是它就紧紧地顺着这条航线游。这是一条巨大的鲭鲨，生来就游得跟海里速度最快的鱼一般快。它周身的一切都美，只除了上下颚。它的脊背蓝蓝的像是旗鱼的脊背，肚子是银白色的，皮是光滑的，漂亮的。它生得跟旗鱼一样，不同的是它那巨大的两颚，游得快的时候它的两颚是紧闭起来的。它在水面下游，高耸的脊鳍像刀子似的一动也不动地插在水里。在它紧闭的双嘴唇里，它的八排牙齿全部向内倾斜着。跟寻常大多数鲨鱼不同，它的牙齿不是角锥形的，像爪子一样缩在一起的时候，形状就如同人的手指头。那些牙齿几乎跟老头儿的手指头一般长，两边都有剃刀似的锋利的口子。这种鱼天生地要吃海里一切的鱼，尽管那些鱼游得那么快，身子那么强，战斗的武器那么好，以至于没有别的任何的敌手。现在，当它嗅出了新的臭迹的时候，它就加快游起来，它的蓝色的脊鳍划开了水面。

…………

老头儿现在的头脑是清醒的，正常的，他有坚强的决心，但是希望不大。他想：能够撑下去就太好啦。看见鲨鱼越来越近的时候，他向那条死了的大鱼望上一眼。他想：这也许是一场梦。我不能够阻止它来害我，但是也许我可以捉住它。“Dentuso”①，他想。去你妈的吧。

鲨鱼飞快地逼近船后边。它去咬那条死鱼的时候，老头儿看见它的嘴大张着，看见它在猛力朝鱼尾巴上的肉咬的当儿它那双使人惊奇的眼睛和咬得格嘣格嘣响的牙齿。鲨鱼的头伸在水面上，它的脊背也正在露出来，老头儿用鱼叉攮到鲨鱼头上的时候，他听得出那条大鱼身上皮开肉绽的声音。他攮进的地方，是两只眼睛之间的那条线和从鼻子一直往上伸的那条线交叉的一点。事实上并没有这两条线。有的只是那又粗大又尖长的蓝色的头，两只大眼，和那咬得格嘣嘣的、伸得长长的、吞噬一切的两颚。但那儿正是脑子的所在，老头儿就朝那一个地方扎进去了。他鼓起全身的气力，用他染了血的手把一杆锋利无比的鱼叉扎了进去。他向它扎去的时候并没有抱着什么希望，但他抱有坚决的意志和狠毒无比的心肠。

鲨鱼在海里翻滚过来。老头儿看见它的眼珠已经没有生气了，但是它又翻滚了一下，滚得自己给绳子缠了两道。老头儿知道它是死定了，鲨鱼却不肯承认。接着，它肚皮朝上，尾巴猛烈地扑打着水面，两颚格嘣格嘣响，像一只快艇一样在水面上破浪而去。海水给它的尾巴扑打得白浪滔天，绳一拉紧，它的身子四分之三都脱出了水面，那绳不住地抖动，然后突然折断了。老头儿望着鲨鱼在水面上静静地躺了一会儿，后来它就慢慢地沉了下去。

“它咬去了大约四十磅，”老头儿高声说。他想：它把我的鱼叉连绳子都带去啦，现在我的鱼又淌了血，恐怕还有别的鲨鱼会窜来呢。

他不忍朝死鱼多看一眼，因为它已经给咬得残缺不全了。鱼给咬住的时候，他真觉得跟他自个儿身受的一样。

他想：但是我已经把那条咬我的鱼的鲨鱼给扎死啦。我从来没看过这么大的“Dentuso”。谁晓得，大鱼我可也看过不少呢。

他想：能够撑下去就太好啦。这要是一场梦多好，但愿我没有钓到这条鱼，独自躺在床上的报纸上面。

“可是一个人并不是生来要给打败的，”他说。“你尽可把他消灭掉，可就是打不败他。”他想：不过这条鱼给我弄死了，我倒是过意不去。现在倒霉的时刻就要来到，我连鱼叉也给丢啦。“Dentuso”这个东西，既残忍，又能干，既强

---

① 一种最凶猛的鲨鱼的名字。

壮，又聪明。可我比它更聪明。也许不吧，他想。也许我只是比它多了个武器吧。

“别想啦，老家伙，”他又放开嗓子说。“还是把船朝这条航线开去，有了事儿就担当下来。”

…………

“想点开心的事吧，老家伙，”他说。“一分钟一分钟过去，离家越来越近了。丢掉了四十磅鱼肉，船走起来更轻快些。”

他很清楚，把船开到海流中间的时候会出现什么花样。但是现在一点办法也没有。

“得，有主意啦，”他大声说。“我可以把我的刀子绑在一只桨把上。”

他把舵柄夹在胳肢窝里，用脚踩住帆脚绳，把刀子绑在桨把上了。

“啊，”他说。“我照旧是个老头儿。不过我不是赤手空拳罢了。”

这时风大了些，他的船顺利地往前驶去。他只看了看鱼的前面一部分，他又有点希望了。

他想：不抱着希望真蠢。此外我还觉得这样做是一桩罪过，他想：别想罪过了吧。不想罪过，事情已经够多啦，何况我也不懂得这种事。

我不懂得这种事，我也不怎么相信。把一条鱼弄死也许是一桩罪过。我猜想一定是罪过，虽然我把鱼弄死是为了养活我自己也为了养活许多人。不过，那样一来什么都是罪过了。别想罪过了吧。现在想它也太迟啦，有些人是专门来考虑犯罪的事儿的。让那些人去想吧。你生来是个打鱼的，正如鱼生来是条鱼。桑·彼得罗是个打鱼的，跟老狄马吉奥的爸爸一样。

他总喜欢去想一切跟他有关联的事情，同时因为没有书报看，也没有收音机，他就想得很多，尤其是不住地在想到罪过。他想：你把鱼弄死不仅仅是为了养活自己，卖去换东西吃。你弄死它是为了光荣，因为你是个打鱼的。它活着的时候你爱它，它死了你还是爱它。你既然爱它，把它弄死了就不是罪过。不然别的还有什么呢？

“你想得太多啦，老头儿，”他高声说。

他想：你倒很乐意把那条鲨鱼给弄死的。可是它跟你一样靠着吃活鱼过日子。它不是一个吃腐烂东西的动物，也不像有些鲨鱼似的，只是一个活的胃口。它是美丽的，崇高的，什么也不害怕。

“我弄死它为了自卫，”老头儿又高声说。“我把它顺顺当当地给弄死啦。”

他想：况且，说到究竟，这一个总要去杀死那一个。鱼一方面养活我，一方面要弄死我。孩子是要养活我的。我不能过分欺骗自己了。

他靠在船边上，从那条死鱼身上给鲨鱼咬过的地方撕下了一块肉。他嚼了一嚼，觉得肉很好，味道也香，像牲口的肉，又紧凑又有水分，可就是颜色不红。

肉里面筋不多，他知道可以在市场上卖大价钱。可是他没法叫肉的气味不散到水里去，他知道倒霉透顶的事儿快要发生了。

风在不住地吹，稍微转到东北方去，他知道，这就是说风不会减退了。老头儿朝前面望了一望，但是他看不见帆，看不见船，也看不见船上冒出来的烟。只有飞鱼从船头那边飞出来，向两边仓皇地飞走，还有就是一簇簇黄色的马尾藻。他连一只鸟儿也看不见。

他已经在海里走了两个钟头，在船艄歇着，有时候嚼嚼从马林鱼身上撕下来的肉，尽量使自己好好休息一下，攒些儿力气，这时他又看见了两条鲨鱼中间的第一条。

"呀，"他嚷了一声。这个声音是没法可以表达出来的，或许这就像是一个人在觉得一根钉子穿过他的手钉进木头时不由自主地发出的喊声吧。

"星鲨，"他高声说。他看见第二条鱼的鳍随着第一条鱼的鳍冒上来，根据那褐色的三角形的鳍和那摆来摆去的尾巴，他认出这是两条犁头鲨。它们嗅出了臭迹以后就兴奋起来，因为饿得发呆了，它们的兴奋中一会儿迷失了臭迹，一会儿又找到了臭迹。但是它们却始终不停地向前逼近。

…………

"呀，"老头儿说。"星鲨，来吧，星鲨。"

它们来了。但是它们没有像鲭鲨那样的游来。一条鲨鱼转了一个身，就钻到船底下看不见的地方，它把那条死鱼一拉一扯，老头儿感觉到船在晃动。另一条鲨鱼用它裂缝似的黄眼睛望着老头儿，然后飞快地游到船跟前，张着半圆形的大嘴朝死鱼身上被咬过的部分咬去。在它那褐色的头顶和后颈上，在脑子和脊髓相连的地方，清清楚楚地现出了一条纹路，老头儿就用绑在桨上的刀子朝那交切点攮进去，又抽出来，再攮进它的猫似的黄眼睛里。鲨鱼放开了它咬的死鱼，从鱼身上滑下去，死去的时候还吞着它咬下的鱼肉。

由于另一条鲨鱼正在蹂躏死鱼的缘故，船身还在晃荡，老头儿松开了帆脚绳，让船向一边摆动，使鲨鱼从船底下出来。一看见鲨鱼，他就从船边弯着身子把刀子朝它身上扎去。他要扎的只是肉，可是鲨鱼的皮很结实，好不容易才把刀子戳进去。这一下不仅震痛了他的手，也震痛了他的肩膀。鲨鱼又很快地露出头来，当它的鼻子伸出水面来靠在死鱼身上的时候，老头儿对准它的扁平的脑顶中央扎去，然后把刀子拔出，又朝同一个地方扎了一下。它依旧闭紧了嘴咬住鱼，于是老头儿再从它的左眼上戳进去，但它还是缠住死鱼不放。

"怎么啦?"老头儿说着又把刀子扎进它的脊骨和脑子中间去。这一次戳进去很容易，他觉得鲨鱼的软骨断了。老头儿又把桨翻了一个身，把刀放在鲨鱼的两颚中间，想把它的嘴撬开。他把刀子绞了又绞，当鲨鱼嘴一松滑下去的时候，他说："去，去，星鲨。滑到一英里深的水里去。去见你的朋友吧，也许那是你的妈妈呢。”

老头儿擦了一擦他的刀片，把桨放下。然后他系上帆脚绳，张开了帆，把船顺着原来的航线驶去。

“它们准是把它吃掉四分之一了，而且吃的净是好肉，”他大声说。“我真盼望这是一场梦，但愿我根本没有把它钓上来。鱼啊，这件事可真教我不好受。从头错到底啦。”他不再说下去，也不愿朝鱼看一眼，它的血已经淌尽了，还在受着波浪的冲击，他望了望它那镜子底似的银白色，它身上的条纹依然看得出来。

“鱼啊，我不应该把船划到这么远的地方去，”他说。“既不是为了你，也不是为了我。我很不好受，鱼啊。”

好吧，他又自言自语地说。望一望绑刀的绳子，看看断了没有。然后把你的手弄好，因为还有麻烦的事儿没有来到呢。

“有一块石头磨磨刀子该多好，”老头儿检查了一下绑在桨把上的绳子以后说。“我应该带一块石头来。”他想：好多东西都是应该带来的，但是你没有带来，老家伙。现在不是想你没有的东西的时候。想一想用你现有的东西可以做的事儿吧。

“你给我想出了很巧妙的主意，”他敞开了喉咙说。“可是我懒得听下去啦。”

他把舵柄夹在胳肢窝里，双手泡在水里，随着船往前漂去。

“天晓得，最后那一条鲨鱼撕去了我好多鱼肉，”他说。“可是船现在轻松些了。”他不愿去想给撕得残缺不全的鱼肚子。他知道，鲨鱼每次冲上去猛扯一下，就给扯去了好多的死鱼肉，现在死鱼已经成为一切鲨鱼追踪的途径，宽阔得像海面上一条大路一样了。

他想：这是把一个人养活一整个冬天的鱼啊。别那样想吧。歇一歇，把你的手弄好，守住剩下来的鱼肉。水里有了那么多的气味，我手上的血腥味也算不得什么，何况手上的血淌得也不多了。给割破的地方算不了什么。淌血会叫我的左手不抽筋。

他想：我现在还有什么事儿可想呢？没有。什么也别去想它，只等着以后的鲨鱼来到吧。我希望这真是一场梦，他想。但是谁晓得呢？也许结果会很好的。

下一个来到的鲨鱼是一条犁头鲨。它来到的时候就活像一只奔向猪槽的猪，如果一只猪的嘴有它的那么大，大得连你的头也可以伸到它嘴里去的话。老头儿先让它去咬那条死鱼，然后才把绑在桨上的刀扎进它的脑子里去。但是鲨鱼一打滚就往后猛地一挣，那把刀子喀嚓一声折断了。

…………

他想：这一回它们可把我打败了。我已经上了年纪，不能拿棍子把鲨鱼给打死。但是，只要我有桨，有短棍，有舵把，我一定要想法去揍死它们。

他又把手泡在水里。这时天色渐渐地近晚，除了海和天，什么也看不出来。

天上的风刮得比先前大了些，马上他就希望能够看到陆地。

“你累乏啦，老头儿，”他说。“里里外外都累乏啦。”

直到太阳快落下去的时候，鲨鱼才又向他扑来。

老头儿看见两个褐色的鳍顺着死鱼在水里所不得不造成的那条宽阔的路线游着。它们甚至不去紧跟着鱼的气味，就肩并肩地直朝着小船扑来。

他扭紧了舵，把帆脚绳系好，从船艄下面去拿那根短棍。这是把一个断了的桨锯成二英尺半长左右的一个桨把子。因为那个桨把子有个把手，他用一只手攥起来才觉得方便，他就稳稳地把它攥在右手里，用手掌弯弯地握着，一面望着鲨鱼的来到。两条都是“星鲨”。

他想：我要先让第一条鲨鱼把死鱼咬紧了，然后再朝它的鼻尖儿揍，或者照直朝它的头顶上劈去。

两条鲨鱼一道儿来到眼前，他看见离得最近的一条张开大嘴插进死鱼的银白色的肚皮时，他把短棍高高地举起，使劲捶下，朝鲨鱼的宽大的头顶狠狠地劈去。短棍落下的当儿，他觉得好像碰到了一块坚韧的橡皮，同时他也感觉到打在铁硬的骨头上。鲨鱼从死鱼身上滑下去的时候，他又朝它的鼻尖上狠狠地揍了一棍。

另一条鲨鱼原是忽隐忽现的，这时又张开了大嘴扑上来。当它咬住了死鱼、闭紧了嘴的时候，老头儿看得见从它嘴角上漏出的一块块白花花的鱼肉。他用棍子对准了它打去，只是打中了它的头，鲨鱼朝他望了一望，然后把它咬住的那块肉撕去。当它衔着鱼肉逃走的时候，老头儿又揍了它一棍，但是打中的只是橡皮似的又粗又结实的地方。

“来吧，星鲨，”老头儿说。“再来吧。”

鲨鱼一冲又冲上来，一闭住嘴就给老头儿揍了一棍。他把那根棍子举到不能再高的地方，结结实实地揍了它一下。这一回他觉得他已经打中了脑盖骨，于是又朝同一个部位打去，鲨鱼慢慢吞吞地把一块鱼肉撕掉，然后从死鱼身上滑下去了。

老头儿留意望着那条鲨鱼会不会再回来，可是看不见一条鲨鱼。一会儿他看见一条在水面上打着转儿游来游去。他却没有看到另一条的鳍。

他想：我没指望再把它们弄死了。当年年轻力壮的时候，我会把它们弄死的。可是我已经叫它们受到重伤，两条鲨鱼没有一条会觉得好过。要是我能用一根垒球棒，两只手抱住去打它们，保险会把第一条鲨鱼打死。甚至现在也还是可以的。

他不愿再朝那条死鱼看一眼。他知道它的半个身子都给咬烂了。在他跟鲨鱼格斗的时候，太阳已经落下去。

“马上就要天黑，”他说，“一会儿我要看见哈瓦那的灯火了。如果我往东走得更远，我会看见从新海滩上射出来的灯光。”

他想：现在离港口不会太远了。我希望没有人替我担心。只有那孩子，当然，他一定会替我担心的。可是我相信他有信心。好多打鱼的老头儿也会替我担心的。还有好多别的人。我真是住在一个好地方呀。

他不能再跟那条大鱼讲话，因为它给毁坏得太惨啦。这时他的脑子里突然想起了一件事。

“你这半条鱼啊，”他说。“你原来是条整鱼。我过意不去的是我走得太远，这把你和我都给毁啦。可是我们已经弄死了许多鲨鱼，你和我，还打伤好多条。老鱼，你究竟弄死过多少鱼啊？你嘴上不是白白地生了那个长吻的。”

他总喜欢想到这条死去的鱼，想到要是它能够随意地游来游去，它会怎么样去对付一条鲨鱼。他想：我应该把它的长吻儿砍掉，用它去跟鲨鱼斗。可是船上没有斧头，后来又丢掉了刀子。

话又说回来，当时要是我能够把它的长吻儿砍掉，绑在桨把上的话，那该是多好的武器呀。那样一来，我俩就会一同跟它们斗啦。要是它们在夜里窜来，你该怎么办呢？你有什么办法呢？

“跟它们斗，”他说。“我要跟它们斗到死。”

…………

可是到了半夜的时候，他又跟它们斗起来，这一回他知道斗也不会赢了。它们是成群结队来的，他只看到它们的鳍在水里划出的纹路，看到它们扑到死鱼身上去时所放出的磷光。他用棍棒朝它们的头上打去，听到上下颚裂开和它们钻到船下面去咬鱼时把船晃动的声音。凡是他能够感觉到的，听见的，他就不顾一切地用棍棒劈去。他觉得有什么东西抓住了他的那根棍，随着棍就丢掉了。

他把舵把从舵上拽掉，用它去打，去砍，两只手抱住它，一次又一次地劈下去，但是它们已经窜到船头跟前去咬那条死鱼，一忽儿一个接着一个地扑上来，一忽儿一拥而上，当它们再一次折转身扑来的时候，它们把水面下发亮的鱼肉一块一块地撕去了。

最后，一条鲨鱼朝死鱼的头上扑来，他知道一切都完了。于是他用舵把对准鲨鱼的头打去，鲨鱼的两颚正卡在又粗又重的死鱼头上，不能把它咬碎。他又迎面劈去，一次，两次，又一次。他听到舵把折断的声音，再用那裂开了的桨把往鲨鱼身上戳去。他觉得桨把已经戳进去，他也知道把子很尖，因此他再把它往里面戳。鲨鱼放开鱼头就翻滚着沉下去。那是来到的一大群里最后的一条鲨鱼。它们再也没有什么东西可吃了。

（选自海观译本，见《诺贝尔文学奖金获奖作家作品选》，浙江人民出版社，1981 年版）

作品赏析

这是一部根据真人真事写成的文学作品。关于这真人真事，海明威曾在1936年4月号的《老爷》杂志发过一篇短讯。但是，他在15年以后发表的这部中篇小说，与当初的短讯已截然不同，它不仅在主题上得到深化，在人物塑造上把“硬汉子”性格推向极致，而且在艺术手法和技巧上达到了炉火纯青的地步。

善写“硬汉子”是海明威小说创作的一大特色。桑提亚哥是海明威笔下最典型的一个“硬汉子”，他这个形象集中体现了海明威对人生的深刻思考。从表面上看，桑提亚哥是一个失败者，他打了那么多天鱼，好不容易逮到一条大的，却被鲨鱼吃得一干二净，一无所获地回到家中，只能在梦中幻想雄狮那种胜利者的姿态。但是，什么才是真正的胜利者呢？胜利者一定要有所获吗？其实，当初在1933年海明威给他的一个短篇小说集起名“胜者无所获”，说明他已经在思考这样的问题了。真正的胜利者不在于物质上的所得或者仅仅获得一个空名，而是要能面对险恶形势毫不气馁、不屈不挠地斗争下去。他已经把得与失置之脑后，他想到的只是如何维护人的尊严，如何在精神上压倒敌人，因为人比其他一切动物更可贵、更了不起的地方，就在于人是精神的动物。所以，桑提亚哥才是真正的胜利者，他代表了我们每一个普通人身上都应该有的那种做人的勇气。人一旦失去了这种勇气，地位再高也是渺小的，而一旦拥有了这种勇气，再卑微的人也是伟大的。正因为海明威写出了人的这种气质，所以1954年瑞典文学院授予海明威诺贝尔文学奖的时候，在颁奖辞中称他在这部作品中“讴歌了人类不屈不挠的奋斗精神和不畏艰险、不怕失败的大无畏精神”。

桑提亚哥的形象也是海明威作为一个甘愿在寂寞中不断追求创新的作家的象征。海明威深深感到，一个真正的作家必然像桑提亚哥那样是孤独的。他说：“一个在孤独中独自工作的作家，假如他确实超群出众，就必须天天面对永恒，面对缺乏永恒的状况。”他还说：“对于一个真正的作家来说，他的每一部作品，都应该是他继续探索那些尚未达到的领域的一个新起点。他应该永远去尝试那些从来没有人做过或别人没有做成的事，这样他才有获胜的机会。”桑提亚哥的孤立无援在于他必须独自去同向他劳动成果进攻的鲨鱼搏斗，面对自然界弱肉强食的永恒规律，他的失败是注定了的，但是他没有气馁，没有向命运低头，他的精神是不败的。而一位作家的孤立无援在于他必须不断去发现别人没有发现的东西，这个谁也帮不了他的忙，即使有人点拨，他也必须孤军奋战，他所发现的新领域，也许对他自己毫无用处，他只能是“照亮了别人，耗尽了自己”。而要继续创作出好的作品，一个作家必须不断开发新的领域，以前发现的领域并不能保证他继续在新的领域里获胜，他必须做出新的艰巨努力。所以，对于桑提亚哥来说，是“胜者无所获”，对于海明威来说，同样是“胜者无所获”。他向往着做这样一种悲剧性的人物。桑提亚哥所说的那句话“一个人并不是生来要给打败的，你尽可把他消灭掉，可就是打不败他”，也是海明威作为一名作家所信奉的原则，正是这种精神鞭策着他在文学精英辈出的20世纪不断创作出出类拔萃的作品。

另外，也有人从神学阐释学的观点出发来理解和欣赏桑提亚哥的形象及其海上经历。这部作品被看作处处充满耶稣受难的象征。例如，《老人与海》的译者之一吴劳在他的《〈老人与海〉的多层次涵义》一文中讲到，桑提亚哥钓到了大马林鱼，他和小船被鱼拖向深海，这时钓索勒在他背上令他感到非常疼痛，这象征耶稣扛着十字架上髑髅地；桑提亚哥用一只麻袋垫在钓索下，这就好像耶稣身上穿着的袍子；他紧扣在头上的草帽把他的额头勒得很疼，这象征耶稣头上戴着的荆冠；他的双手被钓索勒出了血，这又象征着耶稣手上钉着钉子出了血。吴劳一文还指出，作品中的小孩说起老人有一回连着87天没有钓到一条鱼，而这一次，老人在海上一连84天没有钓到鱼，此后又在海上待了3天，一共还是87天，这跟基督教所说耶稣受洗后被圣灵引到旷野，禁食40昼夜，还有基督教大斋期的40天，以及复活节前的“圣周”那七天加在一起的总数正好吻合。作品中的两个87天，象征着耶稣被钉上十字架并复活的苦难过程，同时也说明桑提亚哥是现代的耶稣，象征现代社会的每一个人都一再重复着耶稣被钉上十字架的苦难过程，同时也在不屈不挠中获得了精神上的复活。此文的观点，无论是从阐释学的观点，还是从文化的角度来看，都是可以接受的。海明威生活在基督教文化的环境中，他在潜移默化中受到的熏陶和影响在创作中表现出来也是必然的。但是，对作品的这种理解和欣赏只能是一种参考，或者说只能是多种阐释中的一种。因为无论海明威是否有意赋予作品神学象征意义，他作为一位文学巨匠，面对的是全世界的读者，而不仅仅是基督教世界的读者。以神学阐释学的观点来赏析这部作品，似乎对非基督教国家的读者没有多大意义。正因为海明威作品的艺术感染力是面向全人类的，所以无论你有没有宗教信仰，无论你信仰什么宗教，都会被海明威的艺术创作所感动。如果仅用神学阐释学的观点来赏析这部作品，反而会限制对海明威伟大艺术成就的理解。

美国著名文艺评论家贝伦森称赞海明威的《老人与海》“是一首海的叙事诗，就像英国的拜伦、美国的麦尔维尔和希腊的荷马的叙事诗那样，只是他用散文的形式沉着而又令人激动地表达荷马用诗歌的形式所要表达的类似的东西”。在这一段赞美之辞中，这位文艺评论家所要说明的是，海明威的作品虽然是用散文写成的，虽然作品中基本上只写了一个人物，虽然它讲述的只是一个平凡的钓鱼故事，但是作品却含有一个宏大的叙事结构，描写了一个顶天立地的人，讲述了人在天地之间永远顽强拼搏的故事，拥有荷马史诗的宏伟气势和言有尽而意无穷的诗意。这一切都要归功于他成功的叙事技巧和他在记者生涯中受到严格训练，又在长期文学创作中形成的“电报式”的语言风格。正如瑞典文学院在给他的授奖辞中所提醒人们的：“我们不应该忘记他的叙事技巧。一个短小的故事经过他反复推敲，精心剪裁，以简明的语言、精致的构想使人们一下子就被他的作品抓住，获得极鲜明、极深刻的感受。”他的精练的语言使散文时代的文学摆脱了这个时代加在许多文学作品上的平庸烙印，重新具有了诗意的深邃、博大和强烈的艺术感染力。他的“冰山理论”认为作品的文字应该像海上漂浮的冰山露出在水面上的那部分，只占总体的八分之一，而文字所包含的真正内容应该像隐藏在水下的那八分之七的冰山一样。他把这理论成功地运用到创作《老人与海》的实践中，使朴实无华、简单明了的语言包含了丰富的言外之意及象征、隐喻和暗示。例如，作品一开头说：“他是个独自在湾流中一条小船上钓鱼的老人……”，这句简明扼要的话既点明了老人在整部作品中的生存状态，职业特点，及所处的背景，以清晰的轮廓确立了老人的基本形象，又包含着丰富的言外之意：人的孤独，作家的孤独，人在自然中的渺小，这渺小中所蕴藏的悲壮……

（杨恒达）

魔　　山

[德] 托马斯·曼

托马斯·曼（Thomas Mann，1875—1955）是德国小说家、散文家，是继狂飙突进和古典时期之后开一代风气的大师。他出身于德国吕贝克一个参议员兼商人的显赫家庭。

1898年，托马斯·曼的第一部小说集《矮个先生弗里德》问世。1901年《布登勃洛克一家》的出版为他赢得了巨大声誉。其重要作品还有《死于威尼斯》（1913）、《魔山》（1924）等。纳粹上台之后开始诋毁托马斯，1933年托马斯迁居瑞士；1940年成为美国公民，1952年重返欧洲客居苏黎世直至1955年去世。流亡时期的重要作品有《洛蒂在魏玛》（1939）、《约瑟和他的兄弟们》（1933—1943）、《浮士德博士》（1947）等。

1929年，托马斯·曼"主要由于他日益被公认为当代文学经典之一的伟大小说《布登勃洛克一家》"而获得诺贝尔文学奖。颁奖词指出："作为一个德国作家和思想家，尽管你确信艺术是不可靠的，但你还是在反映真实的同时与各种思想全力拼搏，创造了痛苦之美。你把诗的高贵与才智同一种对人类淳朴生活的渴求之爱结合了起来。"这准确地概括了托马斯·曼小说现实主义和巨大思想蕴意的特点，他的作品还包含了现代主义的手法，形成了熠熠生辉的文学奇观。

作品梗概

青年汉斯·卡斯托普在大学毕业后的暑假里离开故乡汉堡，到瑞士阿尔卑斯山中一所名叫“山庄”的国际疗养院探望患肺结核的表兄约阿希姆·齐姆逊。汉斯·卡斯托普原本打算逗留三周，不料疾病突发，在“山庄”一住就是七年。“山庄”即是小说发生的场景——魔山。

“山庄”国际疗养院住着来自欧洲和世界各国的病人，他们分别代表着不同的民族、文化传统、宗教信仰和政治主张。这些“山庄”的居民在远离尘嚣的环境中形成了一套独特的生活方式和人生哲学，饱食终日，无所事事，精神空虚，却在尽情地享受着疾病，同时又漠然地等待着死亡的降临。整个“山庄”笼罩着病态和死亡的气氛。

疗养院院长“宫廷顾问”贝伦斯大夫是魔山的统领，绰号“拉达曼提斯”，其助手克洛可夫斯基博士，绰号“弥诺斯”，意谓地狱中的鬼王。在死神的笼罩下和鬼王的导演下，魔山的居民们纵情狂欢，夜以继日地跳着死神之舞，最终匍匐于死亡的脚下。

汉斯·卡斯托普刚入魔山时还不习惯，但“山庄”独特的生活方式很快就征服了他，这里是一个介于生死之间的无时间境界。卡斯托普很快就学会了冷漠和无我的心境，忘记了时间，忘记了过去和将来，加入了死神的群体舞蹈。

与一般的疗养客不同，在“山庄”国际疗养院的七年，刚跨出校门的汉斯·卡斯托普并没有完全虚度。他观察着、思考着周围的人和事。意大利作家塞特姆布里尼和奥地利耶稣会教士纳夫塔是魔山里活死人中的思想者。塞特姆布里尼宣扬资产阶级人道、进步和理性的传统，梦想有朝一日出现一个世界大同的资产阶级共和国；纳夫塔则继承了欧洲的反动神学思想，信奉非理性主义和精神至上主义，自视为“超人”，妄想恢复到教会享有绝对权力的上帝之国的时代，鼓吹暴力、奴役和恐怖。塞特姆布里尼就像一个街头摇风琴的行乞者，其思想无疑有幻想、过时和迂腐的一面；而纳夫塔这位虚伪怪诞的教士继承了欧洲反动的神学思想并把它魔幻化，实际上是在宣扬军国主义和法西斯国家社会主义。卡斯托普日日目睹着疾病和死亡，倾听着塞特姆布里尼与纳夫塔的激烈争论，体验着爱情的悲欢和生死离别，在沉思冥想中思想迅速发展。终于，第一次世界大战的炮声震醒了卡斯托普。

然而，卡斯托普这位魔山里唯一康复了的病人却没能逃脱死神的魔爪。魔山里的死亡病菌不是它特有的，欧洲和整个世界同样传染了它，跳起了战争的死神之舞。汉斯·卡斯托普难逃浩劫，很快被第一次世界大战的炮火吞没。

作品节选

第　六　章

关于上帝之国和恶的解脱

“国家，我的先生……”

“我清楚，您对民族的想法是什么。‘祖国之爱和无限地追求荣誉高于一切。’维吉尔说过。您只不过用一点自由个人主义来修正他，这就叫民主；可您对国家的根本态度完全没变。它的灵魂——金钱，您显然不愿触动。或者您想否认，是吗？古代社会是资本主义性质的，因为它也笃信国家权力。基督的中世纪清楚地认识到了世俗国家固有的资本主义性质。‘金钱将成为帝王。’——这是十一世纪的一则预言。您能否认它字字应验了，生活也随之彻底遭到了败坏吗？”

“朋友，请说下去。我等着您告诉我什么是那人所不知的伟力，是那恐怖的实施者，已经等得不耐烦了。”

“一位资产阶级代言人的大胆好奇。若要问，就问问那已将世界置于绝境的自由的实施者，是不是这个阶级吧。出于无奈，我只能拒绝对您作出回答，因为对资产阶级的政治观念我不熟悉。您的目标是建立一个民主帝国，是民族国家原则的自行提高，实现全球化，成为一个世界国家。这个帝国的帝王呢？我们知道他是谁。你们的空想令人害怕，然而——在这一点上咱们之间又达到了某种一致。因为你们的资产阶级共和国有某些超验的性质，真的，世界国家确实是世俗国家的超越，而咱们俩在相信与人类完美的初期状态相对应，在遥远的未来有一个完美的终结状态这点上，又一致起来了。自从上帝之国的创建者格利高利大帝①时代起，教会就以使人类重新回到上帝的领导下为己任。教皇并非为他自己要求得到统治权；他所代行的专制，只是达到拯救目的的手段和途径，只是从世俗国家到天堂之国的过渡形式。您对这里的两位好学青年讲过教会的血腥暴行，讲过它残忍无情的刑罚——真是太愚蠢，须知上帝的激情自然不会是和平温婉的，格利高利就说过这样的话：‘那个在血面前收回宝剑的人，应该遭到诅咒！’权力是邪恶的，我们知道。可一旦天国到来，善与恶、彼岸与此岸、精神与权力的二元论，就必然暂时化解为一个将苦行与统治统一起来的原则。这就是我所说的恐怖的必然性。”

“实施者呢？实施者呢？”

---

① 格利高利大帝，罗马教皇，公元590—604年在位，死后被尊为圣者。

“您一定要问吗？从您那自由贸易主义中，是不是产生了一种社会学说，它意味着人类克服了经济主义，它的原则和宗旨跟基督的上帝之国的原则和宗旨恰好吻合呢？教会的长老们早已称‘我的’和‘你的’为堕落的词语，称财产私有为篡夺和盗窃。他们谴责土地占有，因为根据上帝的天赋人权，地球属于全人类公有，生产的果实也就应该为所有人共同享用。他们教人懂得，只有贪欲这个原罪之果代表着占有权，制造出了特殊的财产所有制。他们富于人道，坚决反对贸易主义，干脆称经济活动是对灵魂得救的威胁，是对人性的威胁。他们仇恨金钱和敛财的活动，称资本主义的财富是炼狱之火的助燃剂。他们打整个心眼儿里鄙视经济主义那个供求关系决定价格的根本法则，谴责利用繁荣时期是乘人之危的疯狂剥削行径。在他们看来，还有一种剥削更加罪孽深重：剥削时间，让人仅仅因为时光的流逝付给自己钱财也就是利息，这样，就把时间这上帝的创造滥用来使这个人得益，使另一个人受害。”

“好极啦！”汉斯·卡斯托普情不自禁地喊了起来，而且用的是塞特姆布里尼惯用的词儿。“时间……上帝的创造……这太重要啦！”

“确实如此，”纳夫塔继续说，“人类的这些智者，他们对让金钱自行增值的思想深感厌恶，把一切取息和投机的营生统称为盘剥，并且宣布，每一个富人都要么自己是贼，要么是贼的后代。他们还不罢休。跟托马斯·阿奎那[①]一样，他们视整个商业，视不对产品加工、完善而纯粹靠买和卖牟利为一种该诅咒的行业。他们对劳动本身也不倾向于作很高的评价，因为劳动只是一种伦理行为，而非信仰行为，只服务于生存，不服务于上帝。要是只讨论生存，只讨论经济，他们便要求以生产性劳动作为谋取经济利益的前提，作为衡量可敬可鄙的标尺。他们敬重的是农夫，是工匠，而非商贾和工厂主。因为他们希望生产适应需要，讨厌大规模地成批制造。说到底——所有这些经济原则和标尺，在经受了几个世纪的埋没之后，今天又在现代共产主义运动中复活了。两者完全一致，就连国际劳动阶级向国际商业投机阶级夺取统治权这一点也毫无差别。今天，世界无产阶级已提出人道和上帝之国的准则来与资产阶级资本主义的腐朽没落相对抗。无产阶级专政是拯救时代的政治和经济需要，专政本身并非目的也不会永恒，而只是为了在十字架的引领下暂时地消除精神与权力的矛盾，为了以统治世界为手段来战胜世界，为了过渡，为了超越，为了重建天国。无产阶级继承了格利高利的事业，他对上帝的热诚已附于无产者体内；和他一样，他们也绝不容许一见着血就缩回手去。他们的任务是以恐怖医治世界，争取获得拯救，重建一个没有国家、没有阶级、人人都是上帝的孩子的完美境界。”

纳夫塔的一席话就是如此尖锐。小小的聚会沉默下来。年轻人都望着塞特姆

① 阿奎那（1225—1274），经院哲学最重要的代表人物之一。

布里尼先生。不管怎样，他总该表个态才对。终于，他说了：

“惊人之谈。是的，我承认我感到震惊，连做梦也想不到。众所周知的罗马。真叫说得——说得太绝啦！他让我们眼睁睁看着他翻了三个富于宗教精神的大筋斗——如果在前边的形容词中包含着矛盾，那么，他也将它‘暂时化解’啦，嗯，是不是！我重申一下：惊人之谈。您认为还可能提出异议吗，教授——仅仅从前后一贯的角度提出的异议？您先是煞费苦心，帮助我们理解一种建立在上帝与世界二元论基础上的基督教的个人主义，并对我们证明，它是优越于一切为政治所决定的伦理观的。可几分钟之后，您又逼着社会主义去实行专政和恐怖统治。这怎么对得起头呢？”

“矛盾，”纳夫塔回答，“会得到协调。不协调的只是半拉子货而已。我想我已斗胆指出过，您的个人主义就是半拉子货，就是勉强妥协。为了弥补其国家伦理观的不足，它采用了一些基督精神，一些‘个人权利’，一些所谓自由，全部就这么多。反之，那种以承认个体在宇宙和星象学中的重要地位为出发点的个人主义，那种非社会意义而是宗教意义的个人主义——它不是从自我与社会的矛盾中体验到人性，而是从自我与上帝、肉体与灵魂的矛盾中体验到人性——这样一种真正的个人主义，它与最富约束力的集体也会是十分谐调的……”

“它是无名的和属于大众的。”汉斯·卡斯托普说。

塞特姆布里尼睁大眼睛瞪着他。

“您别搭腔，工程师！”他口气严厉地喝道。由此可见，他已非常神经质，已非常紧张。“您只管了解情况，可别发明创造！——那是一个回答，”他又把脸转向纳夫塔说，“它不令我信服，可仍算一个回答。让咱们来仔细研究一下所有的结论吧……您那基督教共产主义在否定工业的同时，就否定了科学技术，否定了机器，否定了进步；在否定您所谓的商业的同时，在否定金钱和古时候远比农业、手工业受重视的金融业的同时，就否定了自由。因为很明显，明显到了触目惊心：那样一来，正如在中世纪所有公私关系都依附于土地一样，包括人格在内——这话我很难出口——人格也曾依附于土地。只有土地能养活你，因此也惟有它可以赋予你自由。工匠和农民，不管他们如何受尊重，反正不占有土地，便只能是土地占有者的农奴。事实上，直到中世纪后期，甚至连城市的大部分居民也仍然由农奴组成。在辩解的过程中您是说过这样那样标榜人类尊严的话，可与此同时，您却维护一种必将使个人丧失自由和尊严的经济道德。”

“尊严和失去尊严的问题是可以谈清楚的，”纳夫塔应道，“可暂时我会感到满足，要是在这个地方您能够不把自由当做一种非常美好的姿态，而是作为一个问题来理解的话。您刚才断言，基督教的经济道德美固然美，人道固然人道，却造就了失去人身自由的农奴。我相反却要指出，自由问题，更确切地说城市的问题——这个问题总是极富于伦理性质，从历史发展看则是与经济道德的非人化蜕变，与现代商业和投机业的种种恶行，与金钱的魔鬼统治紧紧纠缠在一起的。”

“我必须始终坚持一点，就是请您别老是模棱两可，闪烁其词；我请您清楚地、明白无误地表明一下您对那个最黑暗反动的学说的态度！”

“走向真正的自由和人道的第一步，应该是克服在‘反动’这个词面前感到的胆战心惊的恐惧。”

“得，这就够了。”塞特姆布里尼声音微微有些颤抖地宣布，同时把本来已经空了的杯盘从面前推开，从套着绸罩子的沙发中站起身。“今天就算够了，对于一天来说我看够了。谢谢您美味可口的款待，教授，谢谢您富于启迪的谈话。我这两位‘山庄’的朋友该回去接受治疗啦。我希望，在他们走之前能再领他们上去看看寒舍。请吧，先生们！再见，神父！”

…………

他们默不作声地走了一段，不过沉默的原因却在纳夫塔。汉斯·卡斯托普可以等待：肯定，塞特姆布里尼先生一定会谈他那位邻居，是的，他正是为这个目的才来送他们的。卡斯托普想得不错。在像助跑似的长长吁了一口气之后，意大利人开腔了：

“先生们——我想给你们一个警告。”

说完，他有意停住了，于是汉斯·卡斯托普自然地故作惊讶，问：“警告我们提防什么？”他原本可以问：“提防谁？”可他下意识地忍住了，以便表现得单纯无知，事实上连约阿希姆都心中有数。

“提防刚才我们拜访的那个人。”塞特姆布里尼回答，“我本来没打算也不希望介绍你们和他认识的。你们知道，事出偶然，我没有办法；可我仍觉得有责任，责任很重。我不能不向你们青年人指出与这个人接近所冒的精神风险，并且请你们把与他的交往控制在明智的范围内。他貌似一位逻辑专家，骨子里却要使人头脑混乱。”

嗯，不过嘛，汉斯·卡斯托普认为，这个纳夫塔未必真就这么危险，他讲的话某些时候听上去确实有点儿古怪，仿佛他真的相信太阳围着地球旋转似的。可是话又说回来，他们哥儿俩又怎么想得到与他的、即塞特姆布里尼的一位朋友交往，会有不妥呢？他自己说了，他们是通过他认识纳夫塔的；他们曾碰见他与他在一起，他跟他一块儿散步，他无所拘束地到他房里去喝茶。这些不都证明……

“不错，工程师，不错。”塞特姆布里尼的语气温和、克制，但嗓音却微微有点颤抖。“可以这么反问我，因此您也反问了。好的，我乐意作出解释。我与这位先生生活在同一屋顶下，碰头难以避免，说了一句话就有第二句话，于是认识了。纳夫塔先生是个聪明人——聪明人不多。他生来好争论问题——我也一样。随人家怎么批评我吧，我反正利用与一位水平相当的对手交锋的机会，磨砺自己的思维之剑。在这远近一带，我找不到其他人……总之，是真的，我常去找他，他也常来找我，我们还一块儿散步。我们争论，争论得你死我活，几乎天天如是；可我承认，他思想的不一致和敌意，对我有着更多的魅力，使我去找他。我需要摩擦激励。思想观念没有机会战斗，就会失去生命力，而我——思想观念已经坚定。你们又怎么能这样讲呢——您，少尉，还有您，工程师？对于惑人心智的玩意儿，你们缺少武装，你们有受到他那既狂热又险恶的诡辩影响的危险，在精神和心灵方面招致损害。”

…………

塞特姆布里尼紧闭双唇。汉斯·卡斯托普赶紧补充道，他本人当然是超脱于任何党派和立场的；他只不过认为，纳夫塔所讲的有关青年的喜好的一席话，确实有些意思。“请您先给我解释一个问题，好吧！”他继续说，“刚才这位纳夫塔先生——我称他‘这位先生’，就为了暗示，我并非绝对无条件地同情他的观点，而是相反，内心深处对他怀着极大的保留……”

“您这样做很对！”塞特姆布里尼嚷起来，语气带着感激。

“……刚才他讲了一大堆反对金钱的话，称金钱是现代国家的灵魂；他反对私有制，视它为盗窃；总之，他反对资本主义的财富，说它是炼狱之火的助燃剂——我想我没记错，他差不多就是这么说的，并且对中世纪禁止放贷取息大唱赞歌。可另一方面，他自己却……请原谅，他自己必定……你跨进他的房间，简直惊讶极啦。什么都是绸子……”

“嗨，可不，”塞特姆布里尼微微一笑，“那是一种特殊爱好啊。”

“……那些精美的老古董家具，”汉斯·卡斯托普继续回忆着，“那尊十四世纪的木雕像……那挂威尼斯枝形吊灯……那个穿漂亮号衣的小听差……还有巧克力蛋糕，要多少有多少……他本人想必……”

“纳夫塔先生本人并非资本家，”塞特姆布里尼回答，“跟我一样。”

“可是？”汉斯·卡斯托普问……“在您的话里包含着一个‘可是’哩，塞特姆布里尼先生。”

“噢，那帮家伙才不会让他们中的任何人饿着呢。”

“谁，‘那帮家伙’？”

“那些神父。”

“神父？神父?!”

“不过我指的是那些耶稣会教士，工程师！”

接着是片刻的沉默。表兄弟俩看上去十分惊愕。汉斯·卡斯托普大呼：

“什么，老天，十字架，见他的鬼——这家伙是个耶稣会教士?!”

“您猜着了。”塞特姆布里尼文质彬彬地说。

“不，我一辈子也不会……谁能想得到呢！怪不得您刚才管他叫神父？”

“那只是一点点过分的礼貌，”塞特姆布里尼回答，“纳夫塔先生还没当上神父。他的病暂时挡住了他的前程。但他已完成了试修阶段，已许过头几个愿。疾病迫使他中断了神学的学习。后来，他在他那所教会学校里还当过几年级长，也就是当年幼的学生的监督、辅导员和见习教师。这很符合他对教育的爱好。眼下在山上，他到腓特烈文科中学教授拉丁文，也出于同样的考虑。五年前，他来到了山上。他失去了信心，不知什么时候或者压根儿还能不能再离开这个地方。不过，他肯定是耶稣会的会员；尽管他与教团本身联系不十分紧密，却到哪儿也不会改变观念。我告诉过你们，他本人是贫穷的，我是说，没有财产。当然了，规定就得这样。但是，耶稣会却拥有数不清的财富，会关心它会中的人，这你们看见了。”

“真叫见鬼，”汉斯·卡斯托普嘟哝着，“真是压根儿不知道，也想不到，天底下确确实实有这样的事！耶稣会分子。可不是吗！……可有一点请您告诉我：既然那帮神父如此关心他，照顾他，他干吗发了疯还住在……我自然不想对府上说这道那；您在卢卡切克那儿是住得挺美的，那么自成格局，外加清静舒适。我只是讲：纳夫塔他既然那么肥——用我习惯的说法——干吗他不另外找个住处，舒服一点儿的，楼梯像样子的，房间更大，房子外观更雅致？他让那么个小窝里到处是绸子，真有些神秘蹊跷的味道……”

塞特姆布里尼耸了耸肩。

“他之所以这样，”意大利人说，“想必自有分寸和口味方面的原因。我猜想，他企图安抚一下自己那因反资本主义而负疚的良心吧，方法是住进一个穷人才会住的房间，但又为了不亏待自己，便采取那样的居住方式。也有掩人耳目的考虑。一个人在暗中得到魔鬼多大的好处，不会拿到人前去吹嘘。所以，他给人看的门面很不起眼，背后却兴致勃勃，追求他那酷爱绸子的教士趣味……”

“太奇怪啦！”汉斯·卡斯托普说，“对我真是绝对新鲜，甚至激动人心，我得承认。不，我们真的该感谢您才对，塞特姆布里尼先生，感谢您使我们认识了这样一个人。您乐意相信吗，我们还会不时地去拜访他？这已说定了。与这样一个人交往将在意想不到的程度上扩大我们的眼界，让我们窥见一个做梦也不相信其存在的世界。一个真正的耶稣会士！我说‘真正的’，只是因为脑子里刚好闪过这个词儿，我必须说明。我脑子里问：他可是真的吗？我清楚，您认为一个暗中受到魔鬼支持的人，绝无什么真正可言。不过，我提出问题的意向是：他作为一名耶稣会教士，可谓真正吗？——这问题老在我心里打转。他说了一些话——您知道我指哪些——谈到了现代共产主义和虔信上帝的无产阶级，说这个阶级面对鲜血不会将自己的手缩回去——总之，说了一些我不愿再重复哪怕一点点的话，而您那位执着资产者戈矛的先祖父，与之相比只不过是只纯善的小羊羔而已——原谅我打这个比方。他这样对吗？他的上司会同意他如此讲吗？这与罗马的说教协调一致吗？据我所知，全世界的教会都应宣传罗马的主张才是。这叫不叫——怎么讲来着——异端邪说，离经叛道呢？对纳夫塔的言论我这么考虑，并且很乐于听听您的想法。”

塞特姆布里尼莞尔一笑。

“很简单。纳夫塔首先肯定是耶稣会士，地地道道，百分之百。其次，他可也是个聪明人——否则我就不会和他打交道——而作为聪明人，他总力求有新的联想，适应新的形势，提出新的问题，做到随时代的变化而变换说法。你们看见我自己也常对他的理论感到意外。在此以前，他还没向我这么彻底地亮过自己的观点。你们在场显然使他很兴奋，我就利用这个机会挑逗他，让他把话兜底儿倒出来。听起来够古怪的，够吓人的……”

“可不，正是，但他干吗没当上神父？他年龄不是挺合适吗？”

“我已经对您说过：疾病暂时妨碍了他。”

“对。可您是否认为，如果第一他是个耶稣会士，第二他是位富于想象力的聪明人——那么这第二点，这加上的一点，是否跟疾病有关系呢？”

“您这话什么意思？”

“不，不，塞特姆布里尼先生。我只是想说：他有一个浸润性病灶，这妨碍他当上神父。但他那些联想力恐怕同样也妨碍了他，在一定程度上，因为联想力和病灶原本就有些关系。他差不多同样是个生活中的问题儿童，特殊类型的，一个（肺上）有小浸润点的病弱的耶稣会士。”

（选自杨武能等译：《魔山》，漓江出版社，1990年版）

作品赏析

《魔山》是托马斯·曼继《布登勃洛克一家》之后最重要的长篇小说，在某种意义上可以说是《布登勃洛克一家》的续篇。开创了德国现实主义先河的《布登勃洛克一家》描写了一个资产阶级的时代，从那里可以看到资产阶级文明，看到一个历史的地平线；《魔山》则揭示了这些“具有优雅和脆弱情感的”资产阶级的精神世界，它清晰地展示了深藏在生活表象下的精神实质，展示了映照这个地平线的中产阶级文明之光。如果说前者叙述的是资产阶级家族的兴盛衰亡，那么后者则是整个资产阶级在世纪转折时期的精神发展史。

1912年，托马斯·曼到瑞士达沃斯地区的一所疗养院看望患病的妻子。这段经历为《魔山》的创作提供了契机。作家最初只是打算以生战胜死为主题写一个中篇，从而对抗之前的《死于威尼斯》和《特里斯坦》等表现艺术家渴望和美化死亡的主题。第一次世界大战中作家的痛苦经历、思想上所有过的彷徨苦闷，这些都使得作家改变初衷。最终，《魔山》以规模宏大的两卷本的形式于1924年正式问世。《魔山》有很强的自传性成分，卡斯托普的出生、经历与作家有很多相似之处，而塞特姆布里尼和纳夫塔的辩论交锋则体现出了作家此前的思想历程。《魔山》所表现的思想又可以扩展到欧洲及西方的精神世界，这就奠定了小说在西方现代文学中的经典地位。

小说既无离奇曲折的情节，亦无惊心动魄的场面，其引人入胜之处在于它的思想和艺术魅力。小说对“山庄”国际疗养院的众生群像的描写重点并不在于外在的表现和过程，而是把笔触伸进了人物内心精神世界，把小说发生的场景——魔山置于第一次世界大战爆发前夕的宏深历史视角之下。这样，《魔山》中看似平常、繁琐，甚至有些拖沓的日常生活细节和哲理思辨便获得了深刻的思想意义，并在小说的展开过程中渐次表现出来。

德语文学素有“教育小说”的悠久历史，其中歌德的《威廉·迈斯特》堪称典范。“教育小说”一般写的是涉世不深的主人公踏上社会之后思想、性格的发展和成熟过程，在小说叙述过程中表达作家的教育主张、人生哲学和社会理想，富于教育意义和启蒙意义。《魔山》在一定程度上可以说是一部现代的“教育小说”——那与世隔绝的“山庄”国际疗养院就是主人公卡斯托普受教育的社会学校。“山庄”形形色色的代表人物集中了欧洲乃至世界的精神和思想，卡斯托普生活于其间，思考着生存与死亡、精神与肉体、时间与空间、宗教与俗世等等一系列终极性问题。而“魔山”里的思想者塞特姆布里尼和纳夫塔很大程度上扮演了教育者的角色，他们公开以卡斯托普的导师自居，并为争夺卡斯托普展开激烈的争论，进行你死我活的斗争。卡斯托普正是在这种环境下艰难抉择，思想和性格迅速成长。

《魔山》展示了德国人长于哲理和思辨的优点。卡斯托普过早地面对生与死的问题。生与死在“山庄”国际疗养院不仅仅是疾病上的腐朽与死亡，而且浸透到了精神和灵魂——“山庄”的居民们在精神和灵魂上也是腐朽的。同样，生命的尺度——时间，在“山庄”里停滞下来了。“魔山”是一个无时间的地方，对“山庄”居民来说，一个月与一天是没有多大差别的，时间的流逝即是生命的流逝，既然时间是虚无的、停滞的，那么由此逻辑上升，生命也是虚无的、停滞的。这种感觉并非本来如此。卡斯托普第一天到“魔山”时，对这里的一切都感到异常新鲜，时间也就相对增值。后来的日子千篇一律、枯燥乏味，时间则在飞逝中轻如鸿毛。卡斯托普的沉思默想和作者的议论，都对时间进行哲理性的思索提供了多维度的可能。当然，生与死，时间的有与无，都只是《魔山》所包含的丰富的哲学命题中的一部分。塞特姆布里尼、纳夫塔，这两个“魔山”里的活死人中的思想者，各自代表着世纪转折时期欧洲思想的幽灵，他们激烈的辩驳和争论同时也是哲学思辨的交锋；这些哲学思辨涵盖了几乎所有关于人类社会的重大命题，显示出了德语文学的特质和魅力。同《布登勃洛克一家》一样，《魔山》也可以说“以其玄奥和谐的德意志先验主义思维创造了非同凡响的风格”。

《魔山》堪称德语文学乃至西方文学率先将现实主义和现代主义结合起来的典范之一。作家善于通过与当时社会环境的对比，通过强调共性与个性之间的相互关系，以精确的笔法忠实地刻画现实世界，从而揭示人物灵魂最深处的隐秘体验。同时，人物精神世界的展开已经超越了现实主义，向现代主义拓展。

小说的题名《魔山》本身就是一种象征。“山庄”国际疗养院以及生活在里面的形形色色的人物，也都各具象征意义。仅以卡斯托普的表兄约阿希姆为例，这位“好样的士兵”表现出了“德国军人的所有美德”。他并不甘心于“魔山”中重复单调的生活，时刻惦念着山下的“事业和责任”，但却难以实现效忠军队的夙愿。他的死亡在一定程度上象征了业已过时的普鲁士精神。

在作品中渗透着弗洛伊德心理分析学说的影响。托·曼一方面极力讽刺“殡仪馆抬尸者”——贝伦斯院长的助手克洛可夫斯基博士对病人施行的所谓心理分析法和他长期开办的爱情与疾病、死亡的微妙关系的讲座；另一方面，又运用精神分析法，深入到人物的潜意识中去探究其思想行为的隐秘关系。如卡斯托普一开始很讨厌俄国妇人克拉芙迪亚·舒夏特，因为她每次进餐厅时都把玻璃门摔得哐啷直响，令敏感而体弱的卡斯托普难以忍受。可是，随着时间的推移，卡斯托普却狂热地爱上了舒夏特，原因是她有一双细眯眯的鞑靼人的眼睛，让他回忆起了少年时代曾经倾慕过的一位早已忘却的男同学。这样，卡斯托普的爱情被解释为深藏在潜意识里未得到满足的愿望又固执地爆发出来，以至舒夏特和那个男同学的印象重叠在一起。对异性的爱恋渗入了少年时代美好的回忆，自然让卡斯托普神往着迷。再有，小说中有一节叫“雪”，描写主人公与漫天风雪和死亡搏斗过程中的一个个梦境，这也是卡斯托普潜意识中理想与恐慌的折射和反映，暗示卡斯托普要在生与死之间，在理性与恶魔之间，在塞特姆布里尼和纳夫塔的思想之间做出艰难的选择。同时也预示着这种选择并不能给卡斯托普带来归宿。

1929年，在授予托马斯·曼诺贝尔文学奖前，约翰森教授做了如下评论：“托马斯·曼在丝毫未模仿前人的基础上描写了我们所熟悉的现象。他的调查研究涉及了我们已知的讲究良心道德的人类的本性，因此其领域是许多世纪以前的古老领域。但是，托马斯·曼却在这领域中揭示了许多对今天具有重大意义的新问题。我认为，在那群像阿尔弗雷德·诺贝尔一样去努力探讨各种现象之间的关系，建设人类文明的思索者当中，他绝不是一个陌生人。”

（朱正文）

铁皮鼓

[德] 君特·格拉斯

君特·格拉斯（Günter Grass，1927—2015）是当代德国著名小说家、剧作家、诗人、画家和雕刻家。1999 年诺贝尔文学奖获得者。

格拉斯于 1927 年 10 月 16 日生于德国东普鲁士的但泽（今波兰的格但斯克）。父亲是杂货商，德国人，母亲是波兰人。第二次世界大战快结束时，他被迫到军中服役，1945 年受伤被俘。战后，格拉斯从美国集中营回到德国，但泽已归属波兰，他无家可归。先后当过农业工人、矿工、石匠，又在杜塞尔多夫艺术学院学习雕刻和版画。

格拉斯于 20 世纪 50 年代初开始文学创作，发表了很多具有表现主义和超现实主义特色的戏剧和诗歌。如诗集《风信鸡的优点》(1956)，剧本《还有十分钟到达布法罗》(1957)、《洪水》(1957)、《叔叔，叔叔》(1958)、《恶厨师》(1961)、《平民试验起义》(1966)、《在这之前》(1969)、《三十二颗牙齿》(1958) 等十余部。

1956 年至 1959 年，格拉斯依靠卢特汉德出版社的资助住在巴黎，创作了他的惊世之作——长篇小说《铁皮鼓》(1959)。这部作品与后来写的中篇小说《猫与鼠》(1961) 和长篇小说《狗年月》(1963) 都以故乡但泽为背景，时代相同或有联系，个别人物在三部作品中来回走动，被称为《但泽三部曲》。20 世纪 70 年代以来，格拉斯的重要作品有《比目鱼》(1977)、《母鼠》(1986)、《广阔田野》(1995)，1999 年，格拉斯又出版了由一百个短篇构成的《我的世纪》，借以展示一个世纪的德国历史。

作品梗概

奥斯卡·马策拉特因涉嫌谋杀一女护士被送进疗养与护理院，他请护理员布鲁诺为他买来500张“清白”的纸。伴着铁皮鼓声，他写下了自己的家族史。

奥斯卡的外祖母安娜·布朗斯基是卡舒贝地区的居民。一天，她在土豆地边上烤土豆时，遇上纵火犯克尔雅切克，并让这个矮壮的波兰伐木工钻进她肥大的裙子里躲过了追捕。就在那个瞬间孕育了奥斯卡的母亲阿格内斯。当夜两人结婚，克尔雅切克化名作了筏夫，十几年后还是被仇家——锯木厂老板认出，在被警察追捕时跳进河里，再也没有起来。阿格内斯从小跟母亲住在舅舅家里，与表兄扬·布朗斯基产生了感情。第一次世界大战结束时，阿格内斯在战地医院当护士，结识了伤兵莱茵兰人阿尔弗雷德·马策拉特，1923年结婚后丈夫经营一个杂货铺。扬战后加入波兰籍，在波兰邮局做秘书。三人保持着某种稳定的三角关系，以至于奥斯卡童年时一直弄不清自己真正的父亲是谁。三岁生日那天，妈妈送给他一面铁皮鼓。他暗下决心“无论如何不当政客，不当殖民地商店老板”，而要成为“神话里的侏儒，童话里的大拇指”。他采取“自我伤残”的手段故意跌进地窖，此后，他不再长个儿，身高只有94厘米，智力却随着年龄的增长而增长。不过，由于这一事故他却获得了一副能震碎玻璃的嗓子。在他入学的第一天，愚蠢而刻板的女老师用好言好语没能让奥斯卡暂时放下他的鼓，于是挥舞藤条向奥斯卡和他的鼓抽来。被触怒的奥斯卡尖声叫起，教室的玻璃和老师的眼镜片纷纷碎裂。他从此与学校绝缘，只好跟着面包师太太格蕾欣·舍夫勒学习《拉斯普廷和女人》以及歌德的《亲和力》。

这时希特勒的国家社会主义事业在但泽开始膨胀，马策拉特加入纳粹党，混上了一个支部领导人，当上了冲锋队小队长，每星期日风雨无阻地参加纳粹集会。奥斯卡常用铁皮鼓破坏他们的军乐。阿格内斯便趁机与扬幽会。不久，妈妈因患黄疸病和食物中毒而死。马策拉特只好把14岁的奥斯卡交给邻居特鲁钦斯基大娘照看。1938年11月“水晶之夜”，纳粹分子到处捣毁犹太人和波兰人商店里的玻璃，并将财物抢劫一空，玩具店老板自杀身亡。教会的信徒却仍在唱：有信有望有爱。

1939年9月，希特勒占领但泽。奥斯卡真正的父亲扬·布朗斯基被枪决。马策拉特请来特鲁钦斯基的小女儿——17岁的玛丽亚帮忙照料商店，她对奥斯卡无微不至的关心催发了他的情欲。玛丽亚对他毫无戒心，但他毕竟16岁了。有一天他们终于发生了关系。玛丽亚怀孕两个月后，与45岁的马策拉特结婚。1941年6月，生下男孩库尔特，这实际上是奥斯卡的儿子，但却成了他名义上的弟弟。

1943 年 6 月，奥斯卡参加了由侏儒贝布拉任团长的纳粹宣传部下属剧团。他们的演出娱乐了士兵们。奥斯卡和贝布拉的情人梦游女拉古娜在台上台下都配合默契。1944 年 6 月，诺曼底登陆前夕，前线剧团解散。在儿子库尔特三岁生日的前一天，奥斯卡回到但泽。库尔特并不喜欢奥斯卡送的生日礼物，还用鼓棒抽打他。年底苏军包围但泽，冲进他们的地窖。马策拉特把纳粹党徽扔掉，奥斯卡捡回来又交给他，父亲想把它吞下去，别针卡在食道里，苏军开枪打死了他。埋葬父亲的时候，奥斯卡把铁皮鼓也扔进了坟墓。他决定重新开始长个，但也只长到 1.23 米，而且鸡胸驼背。

玛丽亚和库尔特做起了黑市买卖。奥斯卡学做石匠。玛丽亚拒绝了他的求婚。偶然的机会使奥斯卡成为艺术学院的人体模特，他的畸形给现代派艺术家带来灵感。奥斯卡遇到了爵士音乐家克勒普，他用铁皮鼓打出所有的往事，使自己获得了新生。他们成立了一个爵士乐队，在“洋葱地窖”夜总会演出。1951 年，他与“西方”演出公司签约做铁皮鼓独奏演员巡回演出，老板正是贝布拉。奥斯卡灌制了许多唱片，得到丰厚收入。贝布拉死后，奥斯卡成为财产继承人。他物质上非常富有，但精神越来越空虚。于是让朋友控告他杀了自己热恋过的女护士多特洛亚，同时又假装畏罪潜逃。在意大利他被国际警察逮捕，最后被送进疗养与护理院监视起来。两年后谋杀案真相大白，被释放是不可避免的。但奥斯卡却不知所归。

作品节选

玻璃，玻璃，小酒杯

…………

我一开始就清楚地知道，成年人是不会理解你的，如果他们的肉眼再也看不见你在长个儿，他们就会说你发育停滞了，还会花不少钱，领你去看医生，走访几十上百个医生，即使无法治疗，也得让他们说明病因。因此，为了使医生们不至于作出不着边际的诊断，我不得不在他们说明病因以前，自己先制造出一个似乎还可以解释我为什么不再长个儿的原因来。……由于大家都像那口钟似的各忙各的事情，又由于有一根线，从吉卜赛男爵的匈牙利，经过格雷夫的童子军攀登的孚日山，绕道马策拉特的厨房（那里，卡舒贝鸡油菌加煎鸡蛋和肚子肉在平底锅里劈啪爆响），穿过走廊，延伸到店铺，我便溜之大吉，信手敲着我的鼓，走到店铺里柜台后面，远离了钢琴、童子军和孚日山，发现通往地窖的活板门开着；方才马策拉特下去拿一个什锦水果罐头当餐后小吃，他上来后，忘记关上了。

我想了有一分钟的时间，才明白通往地窖的活板门要我干些什么。上帝明鉴，不是要我自杀。如果是这样的要求，那也太简单了。可是，要我干的事很难、很痛苦，并且还要我作出牺牲，正如每当要我作出牺牲的时候那样，我额头已经冒汗了。最要紧的是不能损坏我的鼓，必须对它妥善保护，所以我背着它走下十六级台阶，把它放在面粉口袋中间，目的便是不使它受损坏。随后我又上去，走到第八级，不，第七级吧，第五级也可以。不过，从这样的高度摔下来，不能既摔不死，又受到可以让人相信的伤害。于是我又往上走，走到第十级，这可太高了，最后，我从第九级台阶摔下去，拽倒了一个放满覆盆子果汁瓶子的木架，头朝下撞在我家地窖的水泥地上。

在我的知觉拉上帷幕之前，我就向自己证实这次试验必定成功：被我故意拽倒的覆盆子果汁瓶乒乓乱响，足以引诱马策拉特从厨房里，我妈妈从钢琴旁，其余的祝寿宾客从孚日山上直奔店铺的活板门，跑下台阶来。

在他们到来之前，我闻到了四溅的覆盆子果汁的味道，也看到了我头上在流血，还考虑了一下——这时，他们已经走到台阶上了，也许是奥斯卡的血，也许是覆盆子果汁味道这么甜，催人入睡。我非常高兴，不仅万事顺利，而且由于我想得细心周到，我那面鼓没有受到任何损坏。

…………

我这一跤摔下去，虽然不能说不严重，但是，严重的程度是我事先计算好了的。这样一来，我不仅使成年人有了一个重要的理由来说明我为什么不长个儿——医生们也一再证实是这么回事，而且使没有害人之心的、善良的马策拉特成了有罪的人，不过，这是额外产生的后果，并非我的本意。他忘了关上活板门，我妈妈便把所有的责任都加在他身上，他承担这一罪责达多年之久，虽说我妈妈并不经常责怪他，但是一骂起来，可真是冷酷无情。……从此以后，他们便这么说：我们的小奥斯卡在他三岁生日那天，从地窖的台阶上摔了下去，虽说没有折断骨头，可是他不再长个儿了。

我开始敲鼓。我们的公寓有五层。我从底层一直敲到屋顶室，再沿着楼梯敲下来。从拉贝斯路敲到马克斯·哈尔贝广场，又从那里敲到新苏格兰、安东·默勒路、马利亚街、小锤公园、股份啤酒厂、股份池塘、弗勒贝尔草场、佩斯塔洛齐学校、新市场，再敲回到拉贝斯路。我就这样不停地敲着，我的鼓经受得住，成年人却受不了，他们想要打断我的鼓声，不让我敲，还想掰断我的鼓棒——但是，老天爷关照我，使他们不能得逞。

我从地窖的台阶上摔了那一跤以后不久，便获得了一种本领，那便是敲击儿童玩的铁皮鼓，使我同成年人之间保持一段必要的距离。差不多与此同时，我还获得了一副嗓子，使我可以保持在非常高的音域上，用颤音歌唱、尖叫，或者像尖叫似的歌唱。这样一来，再没有人敢把我的鼓拿走，尽管鼓声使他们震耳欲聋；因为只要他们拿走我的鼓，我就叫喊，而我一叫，值钱的东西便被震碎：我能够用歌声震碎玻璃，用叫声打破花瓶；我的歌声可以使窗玻璃碎裂，让房间里灌满过堂风；我的声音好似一颗纯净的、因而又是无情的钻石，割破玻璃橱窗，进而割破橱窗里匀称的、高雅的、由人亲手斟上的、蒙上薄薄一层灰尘的玻璃酒杯，却又不丧失自身的清白。

没过多久，我们整条街，也就是从布勒森路到挨着飞机场的住宅区，谁都知道我这种能耐了。邻家孩子玩的游戏，譬如“酸鲱鱼，一二三”或“黑厨娘，你在吗?”或“我看见的你看不见”，我都不感兴趣。可是他们一瞧见我，就一齐怪声怪气地唱起合唱来：

玻璃，玻璃，小酒杯，
没啤酒，有白糖，
霍勒太太打开窗，
弹钢琴，叮咚当。

…………

直到今天，每当布鲁诺在我房间里擦玻璃窗的时候，我就在鼓上敲出这首童谣的节奏。

…………

我在三岁生日过后不久，第一次成功地作了如下的表演。这面鼓在我手里也许刚到四个星期就被敲坏了，因为在这段时间内，我实在太勤奋了。虽然红白相间的火焰形图案的边框仍旧把鼓面和鼓底连在一起，但是鼓面中央的窟窿已经很显眼了。由于我不屑把鼓翻过面来，窟窿便越敲越大，撕开了好几道口子，裂成锋利的锯齿，迸出一些由于敲打而变薄了的碎铁皮，掉进鼓身里去。我每敲一下，这些碎片就在里面劈啪作响，像是满腹怨气地在发牢骚。此外，在起居室的地毯上，卧室里红棕色的地板上，到处是闪闪烁烁的白漆皮，因为它们不再愿意在被我敲苦了的铁皮鼓上呆下去了。

裂开的铁皮锋利异常，他们担心会割破我的手，尤其是马策拉特。自我从地窖台阶上摔了那一跤以后，他总是小心加小心，现在又劝我敲鼓的时候千万要留神。当我两手快速敲击时，我的动脉确实同锯齿形的窟窿只差毫厘，因此，我不得不承认，马策拉特表示的担心尽管言过其实，但也不是完全没有道理的。本来嘛，只要他们买一面新的鼓，就可以排除任何危险；可是，他们根本没想到要买新的，而是想把我这面旧鼓拿走。啊，多好的鼓啊！它跟我一同摔跤，一起进医院，出医院，跟着我上楼梯，下楼梯，走上鹅卵石路面和人行道，从那些玩“酸鲱鱼，一二三”、“我看见的你看不见”和“黑厨娘，你在吗?”等游戏的孩子们身旁走过。可是他们却想从我手里夺走这面鼓，又不打算买一面新的来代替。他们想用破巧克力糖来引诱我。妈妈手里拿着它，撅起了嘴巴。马策拉特装出严厉的样子，抓住我的残破的乐器。我紧抱着这面破鼓。他拉着。我的气力本来只够敲鼓，现在渐渐不支了。一条接一条红火舌从我手里慢慢地滑出去，整个圆柱形的鼓身快要从我手里被拽走了。这当口，奥斯卡——直到那天为止，他一直是个文静的孩子，甚至有点太乖了——第一次发出了那种破坏性的、有效的尖叫声。蒙在我家落地钟蜂蜜黄的钟面外防灰尘和死苍蝇的磨光圆玻璃碎了，掉在红棕色的地板上——由于地毯不够长，离钟座还有一段距离——摔了个粉碎。可是，这台贵重的机械的内部构造并没有损坏，钟摆依然平稳地在摆动，时针也安然地在移动。里面那口报时钟，平常很敏感，简直有点歇斯底里，稍稍碰撞一下，或者屋外驶过一辆运啤酒的卡车，它就会有所反应，可是，我的尖叫声却对它毫无影响。惟有玻璃破了，粉碎了。“钟坏了!”马策拉特喊道，同时松开了鼓。我瞥了一眼，确信我的叫声并没有损坏钟本身，仅仅是玻璃没有了。可是，马策拉特，我妈妈，还有那个星期天下午正巧来访的表舅扬·布朗斯基，他们都以为坏了的不止是钟面外的玻璃。他们脸色发白，面面相觑，束手无策，分头走到瓷砖火炉、钢琴和碗橱旁，死死地站在那里，不敢动一动。扬·布朗斯基像哀求似的眯着眼睛，启动干燥的嘴唇。我至今还认为，他是在默念祷词，祈求援助与怜悯。他念的或许是：“啊，上帝的羔羊，你除去世人罪孽——怜悯我们吧!”这段经文念了三遍以后，他又念另一段：“主啊，你到我舍下，我不敢当，只要你说一句话……”

…………

妈妈的这句话，如果按字面去理解的话，那么，我已经给我的父母、亲戚、朋友以及不相识的人们，带来了许多好运气；他们中间有谁要想夺走我的鼓，我就用叫声和歌声震碎他们的窗玻璃、斟满啤酒的杯子、空啤酒瓶、散发出春天芳香的香水瓶、盛假水果的水晶碗，总而言之，把一切在玻璃厂里由玻璃工人吹制成的、在市场上按原料或按人工议价出售的玻璃制品震个粉碎。

无论过去和现在，我始终爱好造型很美的玻璃制品，因此我总是力图避免造成太大的破坏。晚上，如果他们想要拿走我的鼓，不让我把它带到小床上去的话，我就把卧室里吊灯上的四只灯泡震碎一只或者一只以上。在 1928 年 9 月初我四岁生日那天，我的父母亲、布朗斯基夫妇、外祖母安娜·科尔雅切克、舍夫勒夫妇以及格雷夫夫妇送给我各种各样的礼物：锡士兵，一艘帆船，一辆救火车，就是没送铁皮鼓。他们想让我玩锡士兵，玩救火车，他们不喜欢被我敲破了的，但毕竟是我最心爱的鼓，他们想把它从我手里拿走，硬把那艘笨头笨脑、船帆安得不是地方的帆船塞到我手里。他们都有眼睛，但是惟一的用途，就是无视我和我的愿望。于是，我大叫一声，把我家吊灯上的四只灯泡全部震碎，把那些给我祝寿的人们统统置于创世以前的黑暗之中。

…………

晴转多云。午后下了几场小阵雨。第二天，扬·布朗斯基就来了，取走了他送我的生日礼物，那艘讨厌的帆船，到西吉斯蒙德·马库斯的玩具店里把它换了一面铁皮鼓。下午稍晚的时候，他回到我家，被雨淋了，衣服有点湿，他带来了那面鼓，白底红火焰，是我熟悉的图案。他把鼓递给我，一手抓住我那面残破的旧鼓，上面红白两色的油漆只剩下斑斑点点了。扬抓住旧鼓，我抓住新鼓的当口，扬、妈妈和马策拉特的眼睛都盯着奥斯卡；我差一点微笑了，难道他们在想，我不愿弃旧就新，我会坚持什么原则吗？

出乎他们所料，我并没有大声尖叫，没有唱出震碎玻璃的歌声，而是交出已成废铁的旧鼓，立即双手捧住了新乐器。我一门心思地敲了两个小时，掌握了击鼓的诀窍。

可是，我周围的成年人并不是个个都像扬·布朗斯基那样有见识。1929 年（当时，大家谈论最多的是纽约股票市场的崩溃①，而我也在考虑，远在布法罗做木材生意的外祖父科尔雅切克，是不是也亏了本），我五岁生日过后不久，妈妈因见我明显地不再长个儿，大为不安，每逢星期三，便带我到布鲁恩斯赫弗尔路的霍拉茨博士的诊所去。检查没完没了，叫人心烦，但我还是忍过去了，因为我当时已经喜欢上了站在霍拉茨边上帮忙的护士英格的服装；这种白色的护士服，叫人看了眼睛舒服，还使我联想起妈妈在战争期间当护士时拍的照片。我集中注意力观看不断改变形状的护士服的褶裥，因此根本听不见医生时而咆哮、时而使劲加强语调、时而用令人讨厌的长辈口吻讲的话。

做完检查，霍拉茨一边翻阅我的病历，一边若有所思地摇头，眼镜片上反射出诊室里的全部家当：许多镀铬、镀镍和光滑的搪瓷制品；还有架子和玻璃橱，里面放着玻璃瓶，贴有字迹工整的标签，酒精里泡着蛇、蝾螈、蟾蜍以及猪胎、人胎、猴胎。他一再让我妈妈讲我是怎样从地窖台阶上摔下去的，而当她破口大骂马策拉特，说他没把活板门关上，这一辈子都要担当罪责时，霍拉茨便又转而安慰她。

几个月以后的一个星期三，他可能为了给自己，或许也给护士英格证明他这一段时间治疗的成果，想要拿走我的鼓。于是，我大吼一声，捣毁了他收集起来的大部分蛇和蟾蜍以及各种胚胎。

除了过去震碎过未开盖的啤酒瓶和妈妈的香水瓶以外，奥斯卡还是头一回破坏这么多盛满东西、小心保存、锁在橱里的玻璃瓶。效果无与伦比，不仅慑服了所有在场的人，而且使知道我同玻璃之间秘密关系的妈妈也大为震惊。我发出的

---

① 这标志着美国“大萧条”的开始。当时，在很大程度上依赖于美国资本的德国经济也进入危机时期。

棱角不分明的第一声，就切开了霍拉茨存放他的全部令人恶心的古怪东西的玻璃橱，差不多整块玻璃摔到漆布地板上，裂成万千碎片，却仍保持原来的正方形。随后，我用极富穿透力的立体声震碎了一个又一个试管。瓶瓶罐罐像放鞭炮似的破裂了。绿色的、部分已经凝结的酒精四下飞迸，带着经过特别处理的、苍白的、目光忧郁的蛇、蝾螈、人胎等等，流到诊室红漆布地板上，满屋子刺鼻的气味，弄得我妈妈恶心要吐，护士英格只好打开正对布鲁恩斯赫弗尔路的窗子。霍拉茨博士很有办法，善于逢凶化吉，消灾为福。在我干了这次暴行以后没有几个星期，他在专业杂志《医生与世界》上发表了一篇文章，专论本人，奥斯卡·马，一个能唱碎玻璃的不寻常的人。据说，霍拉茨博士在这篇二十多页的文章里所提出的理论，在国内外专业圈子内引起了重视，不少专家撰文，或反对或赞同。他送了好几本杂志给我妈妈，她竟因这篇文章而感到自豪，这就引起了我的深思。她不厌其烦地把文中一些段落读给格雷夫夫妇、舍夫勒夫妇以及她的扬听，而且每天饭后，总要读给她的丈夫马策拉特听。甚而至于殖民地商品店的顾客也得听她朗读，并恰如其分地赞赏我的妈妈。而文内的专业名词她虽然读错了重音，但却表现出她有丰富的想象力。我的名字首次在报刊上出现，这个事实对于我本人是毫无意义的。我当时就已持有的警觉的怀疑态度，使我懂得如何去评价霍拉茨这篇文章：它篇幅不小，行文也不能说不老练，但仔细一读，便知是一个沽名钓誉、想要捞个教授职位的医生讲的不得要领的离题话。

今天，奥斯卡躺在疗养与护理院里，他的声音已经连刷牙玻璃杯都震不碎了。类似那个霍拉茨的医生们，却在他的病房里进进出出，给他做所谓的罗尔沙赫测验、联想测验以及其他测验，想给他的强制送入找出一个响当当的定语来。今天，奥斯卡仍然乐于回忆起他最初获得那种声音的岁月，他的声音发展史上的太古时代。当时，他只是在必要的情况下才彻底唱碎玻璃制品。到了后来，在他的艺术繁荣和没落时期，他在没有外界压力的情况下就运用他的能力。他纯粹出于游戏的欲望，沉溺于个人后期的惯用作风，醉心于为艺术而艺术；奥斯卡把唱碎玻璃当做自我表现的手段，而且在这个过程中，他自己的年岁也逐渐增大了。

（选自胡其鼎译：《铁皮鼓》，漓江出版社，1998年版）

作品赏析

1958年，君特·格拉斯在“四七社”年会上朗诵了《铁皮鼓》第一章，当即获得极大成功，并获得了“四七社”年度奖。次年小说出版，虽然引起很大争议，却畅销世界。1999年，迟到的诺贝尔文学奖终于降临。颁奖辞给予他高度评价：“它肩负起回顾现代史的艰巨任务——唤起人们所否认、所遗忘的一切。他追溯受难者、失败者和各种人希望抛诸脑后的谎言。文学奖是奖励格拉斯所有的作品，包括他今年才问世的《我的世纪》，而不涉及他的观点。他的成名代表作《铁皮鼓》将成为20世纪流传千古的文学作品。”“《铁皮鼓》以嬉戏的黑色寓言描绘了历史被遗忘的一面”，“在经历了十年的语言和道德败坏后，开创了德国文学的新时代”。

格拉斯以独特的语言铸成了《铁皮鼓》这部力作。第二次世界大战结束后，人民从专制政权和精神桎梏下解放出来，面对的却是比物质废墟更严重的精神废墟。年轻人想挣脱纳粹僵化、腐朽的语言的束缚，希望以最平实的语言道出事实真相，寻找可以让人栖身的语言。以格拉斯为代表的一代作家为此付出了艰辛的探索。在这部作品中，人物的语调不断变换，语言形式随时调整，嬉笑怒骂皆成文章。小说从奥斯卡这个边缘人的视角，通过第一和第三人称交替的方式，毫无顾忌地讲述自己的所见所闻所历。作家进退自如、为所欲为。文字的力度和语言的丰富使作品产生了奇异的陌生化效果，充满活力和张力。格拉斯就这样让他的主人公带着读者一起回顾他30年的生命历程，并进而回溯到他外祖母年轻的时代，同时将但泽市从20世纪初到50年代的社会和历史（即这段时期德国历史的缩影）展现在读者面前。

奥斯卡·马策拉特这一独特的形象是《铁皮鼓》成功的主要原因之一。这个在娘胎里智力已经完成，三岁时拒绝长大以逃避进入成人社会的侏儒，鸡胸驼背，发育不全。他既是荒诞的虚构，又有血有肉，对社会现实冷嘲热讽，揭露种种丑恶现象。他以边缘人的地位和视角观察小市民的生活、命运及纳粹的成因。书中充满了离奇的故事，可谓满纸荒唐言，但又处处落到实处。作者创作态度严肃，对第二次世界大战前后那段风云变幻的丑恶历史和光怪陆离的众生相讽刺深刻，令人拍案叫绝。

格拉斯让奥斯卡用铁皮鼓唤出被遗忘的历史。经过经济奇迹阶段，人们在物质上变得富足，情感世界却变成了一片荒漠。面对可怕的历史健忘症，格拉斯从20世纪50年代初开始创作，就自觉肩负起历史见证人的使命，致力于反思纳粹意识形态的恶果和危险性。奥斯卡的铁皮鼓一敲，想召唤的往事就历历在目；尖嗓子一唱或一叫，玻璃就被震碎。在语言已经败坏的情况下，用鼓声和尖嗓子代替正常的语言交流。奥斯卡在纳粹的演讲台下作为鼓手敲着自己的鼓点。如果联想到希特勒在啤酒馆政变前也被党徒称作鼓手的事，便不难理解作家为奥斯卡设置这一特定身份的深刻用意。

怀疑和反抗精神是奥斯卡性格的基本特征，也是作品的主要精神。政治倾向性隐藏在许多荒诞不经的故事之中。在奥斯卡五岁时曾用一声吼叫把诊所医生霍拉茨的玻璃瓶震碎。医生据此写了一篇二十几页的论文在专业杂志上发表，引起国内外的关注。妈妈非常骄傲，而秉有怀疑精神的奥斯卡却看穿文章所言完全不着边际。小奥斯卡用尖声震碎教室窗玻璃和女教师眼镜片，也是他保护自己、反抗现实的独特方式。长大后这种反抗进一步发展为对天主教堂和伦理道德、对战争和疯狂的爱国主义、对盲从和迫害犹太人的怀疑和否定。

奥斯卡的父亲马策拉特是重点讽刺对象。作者通过这一具有德国庸俗小市民特点的形象对国民性问题进行了深刻反思。千万德国小市民先后被俾斯麦和希特勒煽动起狂热情绪，支持其扩张野心。奥斯卡让沉浸在纳粹党人演讲内容中的群众伴着他的鼓声跳起了舞蹈，小市民的盲从由此可见一斑。格拉斯对当上冲锋队长的马策拉特进行了辛辣的讽刺和严厉的惩罚：他首先让他妻子的表哥给他生了个儿子奥斯卡，后来又让他当上奥斯卡的儿子库尔特的父亲。阿格内斯为了不给这个纳粹党徒留下后代，怀孕后竟暴食鳗鱼而毙命身亡。

此外，小说还写了那么多的死亡。扬·布朗斯基死在德国人手里，阿尔弗雷德·马策拉特死在俄国人手里，在海边拣螃蟹的修女被上士兰克斯用机枪打死，梦游女罗丝贝塔被盟军的炮弹炸死。人的生命贱如草芥。这些无辜的死亡充分见证了战争的荒诞和无意义，也印证了20世纪的“神秘、野蛮、无聊”。这个恶浊的世界不适合人的生存，这是奥斯卡不愿来到人世、拒绝进入成人世界、遁入精神病院的主要动因。所以他要找来清白的纸回忆往事。而离开精神病院，他又去哪里寻找栖身之地呢?

性是小说的另一主题。奥斯卡的叙述从他外祖母的裙子开始，着重表现被追捕的纵火犯如何躲进外祖母宽大的裙子里，孕育了他母亲的生命，并引出了与这个家庭有关或无关的故事，第一次世界大战期间的社会图景也由此呈现出来。阿格内斯与表兄扬和丈夫马策拉特的三角关系，奥斯卡与玛丽亚和邋遢女格雷夫太太的性关系的描写充满了赤裸裸的色情意味，被批评家指责为有伤风化。甚至艺术学院的一位画家，看够了裸体女模特，有了性冲动后才能画出圣母像。格拉斯从畸形扭曲的角度描写性，亵渎神圣，挑衅的意味十分明显。他以天然人性和生动感情来对抗敌对冷漠的政治情绪和虚伪的宗教。

奥斯卡与宗教的关系十分复杂。当时德国教会没有自己的正义立场，而且跟纳粹同流合污。他对教会极尽嘲讽之能事。他初生受洗之日，就与附在体内的撒旦结下同盟。以后每当他恶作剧时便觉得撒旦在身上蹦跳。撒旦正是叛逆的象征。幼年时母亲常带他去教堂忏悔，为的是与情夫幽会。为他生了孩子的继母与圣母玛丽亚同名，也不是偶然的巧合。1938年11月的“水晶之夜”，城里纳粹党徒打砸抢烧犹太人的住宅、商店和教堂，犹太人马库斯见他的玩具店被毁后自尽，却有虔诚的修女举着“信、望、爱”的标语在请人做慈善捐款。奥斯卡小时候在教堂看到十字架时联想到各种各样的十字，其中也有纳粹党的标志——带钩的十字。由此便可见出格拉斯的讽刺、愤怒和反抗。

主人公除揭露、批判外，还代表一种拯救力量。1936年复活节，奥斯卡在圣心教堂看到塑像圣母玛丽亚膝上的圣婴耶稣酷似自己，就把鼓棒塞到他手中，把鼓挂到他身上，期待他擂鼓聚众。但在“上帝死了”的时代里，奇迹是不会出现的，这种愿望只会落空。他貌似荒诞不经的行为具有象征意义。在耶稣受难日，奥斯卡复活，他自觉承担起自我牺牲和救赎的使命。盟军登陆后，奥斯卡返乡，又自称“耶稣”并成为“撒灰者”团伙的首领，跟纳粹青年组织作对。奥斯卡多次自比耶稣，要代替耶稣击鼓示众，以警醒麻木的世人，并以自己充满苦难的人生替世人赎罪。

铁皮鼓是伴随奥斯卡一生的乐器。他的经历和鼓息息相关。他曾在“前线剧团”表演，在艺术学院当裸体模特，作爵士乐队鼓手。它既是这个畸形主人公的实实在在的谋生工具，又被作家赋予了神奇的功能。鼓声为他营造了自己的一方天地，成为他的避风港和自由活动的场所。他用鼓声抗议，也用鼓声召唤历史和人性。在洋葱地窖夜总会，失去了哭泣能力的社会名流要靠切洋葱辣出眼泪，真正的泪水才会汹涌而至。在泪水中，人们倾吐肺腑之言，找回真正的自我。后来，奥斯卡的鼓声取代了洋葱。他用鼓声把人们带回到童年时代，让他们随心所欲地哭和笑，自由地表达真实的感情。

《铁皮鼓》发表后尽管毁誉不一，却畅销世界。25 年内印行了三百多万册。1979 年，根据小说拍摄的同名电影获奥斯卡最佳外语片奖。小说为作者赢得了世界性声誉，作家被誉为“当代德国文学之父”。这部作品成为第二次世界大战后德国文学复兴的标志，已经无可争辩地进入了 20 世纪世界文学名著之列。

（梁坤）

寒冬夜行人

[意] 卡尔维诺

伊塔洛·卡尔维诺（Italo Calvino，1923—1985），是继但丁之后意大利最著名的作家。他擅长于中短篇小说，作品以奇特的想象、寓言式的隐喻、精巧的结构著称。卡尔维诺出生于古巴，2岁时跟随园艺师和植物学家的父母返回意大利，从小在家庭的熏陶下与大自然结下不解之缘，这使他的写作充满意趣。第二次世界大战期间，卡尔维诺和弟弟积极参加当地游击队组织的抵抗运动，1947年出版的处女作《通向蜘蛛巢的小径》便以此为背景。不久，卡尔维诺加入意大利共产党，在此期间创作了大量讽刺社会现实、反思现代性的作品。如《分成两半的子爵》（1952）、《进入战争》（1954）、《树上的男爵》（1957）、《烟云》（1958）、《不存在的骑士》（1959）。他将50年代出版的这些作品编成《我们的祖先》三部曲。在60年代西方艺术向后现代转向的潮流中，卡尔维诺亦大量尝试，推出以《宇宙奇趣》（1965）、《零点起始》（1967）为代表的实验性作品，富含科幻色彩且运用了结构主义、符号学等手法。70年代出版的《看不见的城市》（1972）、《命运交叉的城堡》（1973）、《寒冬夜行人》（1979）更成为享誉世界的后现代经典。除此之外，马尔维诺对意大利民间故事和童话亦十分感兴趣，于1980年出版的《意大利民间故事》广受欢迎。1985年，正当“诺贝尔文学奖”向卡尔维诺敞开怀抱时，他却因脑出血猝然辞世，给我们留下了一个美丽的“童话”。

作品梗概

《寒冬夜行人》由一个框架故事和另外十个小故事组成，卡尔维诺强调这是受到《一千零一夜》的影响。这种结构深藏玄机，不妨结合作品目录来看：

第一章

寒冬夜行人

第二章

在马尔堡市郊外

第三章

从陡壁悬崖上探出身躯

第四章

不怕寒风，不顾眩晕

第五章

向着黑魆魆的下边观看

第六章

一条条相互连接的线

第七章

一条条相互交叉的线

第八章

在月光照耀的落叶上

第九章

在空墓穴的周围

第十章

最后结局如何

第十一章

第十二章

在有数字标号的章节里，叙述了一男一女两个读者如何阅读目录中的另外十个故事。小说一开始，作者正饶有兴味地阅读《寒冬夜行人》一书，但刚看了个开头，发现该书装订有误，于是找到书店要求更换。老板解释说，出版社把这本书和一本波兰作家巴扎克巴尔的小说《在马尔堡市郊外》弄混了，于是卡尔维诺又开始讲述另一个情节完全不同的故事。十个故事就这样均因“印刷错误”“未写完”等原因戛然而止，莫名地转入另一个不同作家的创作，男女读者也不断沿着新的线索追踪，试图找到一部“完整”的小说，但事实上只能在“迷宫”里越走越迷失。在数字章节中，卡尔维诺讨论了小说阅读时读者的心情，读者与作者、人物可能的关系，甚至想象读者之间的爱恨情仇。比如他穿插了男女读者若即若离的爱情："男读者"发现故事的每一次中断都是由一个叫马拉纳的译者造成的，他与"女读者"柳德米拉相好。因为柳德米拉爱看小说，他就把小说当作了情敌。他千方百计地通过伪造、模仿、拼贴等手段将各国小说混在一起，使"女读者"始终无法读到一本完整的、能看到结局的作品，也使得作者的形象模糊不清。"男读者"通过阅读中的蛛丝马迹了解到马拉纳可能隐藏在美洲的某个地方，于是费尽周折寻找他，但最终无果只得返回家乡。最后，"男读者"领悟到：古代小说最后的结果只有两种：男女主人公要么结为夫妻，要么双双死去。于是他与"女读者"结合，终于以回归现实的方式给这场阅读游戏以一个结局。

作品节选

第　四　章

不怕寒风，不顾眩晕

清晨五点街道上已响起了军用运输车的轰隆声；食品店前妇女们手持灯笼排起了长队；临时委员会内各个派别的宣传队连夜在沿街的墙壁上刷写了标语口号，墨迹未干。

乐队队员们收起乐器走出地下室来，感到外面的空气分外新鲜。"新时代的提坦尼亚"[①] 夜总会的顾客们，不论是偶尔上这里来的还是经常上这里来的，都跟在乐队队员后面，形成一个统一的集体，仿佛大家都不愿破坏夜间在那个地下室内达成的协议。男人们竖起大衣领，行动显得僵直，仿佛是从四千多年前的墓穴里发掘出来的木乃伊，一接触空气就会顷刻化为灰烬；妇女们则仿佛受到冷空气的激励，一个个哼着小调，敞着大衣，露出胸怀，在泥泞与积水的街道上跳跃着择路而行，宛如在练习某种舞步。妇女们的行动好像是对男人们醉态的控诉，仿佛她们希望这渐渐衰歇的欢快之中再爆发出新的欢乐。他们这支队伍好像都希望这欢乐的节日尚未结束，希望走到某个地点乐队队员们也许会停止前进，在大街上打开乐器盒拿出萨克斯管与低音号来演奏。

走到莱文森银行大楼（现在莱文森银行已由人民警卫队的巡逻队警戒着，他们手持上好刺刀的步枪，头戴附有标记的帽子）对面时，这帮夜游神仿佛听到一声命令似的悄悄散开，相互也不告别就各行其路。留下我们三个人在一起：我和

---

① 提坦尼亚是莎士比亚戏剧《仲夏夜之梦》中的人物，性格开朗、活泼，富于浪漫精神。这里用来比喻到这家夜总会来寻欢作乐的人们。

瓦列里安诺一边一个搀着伊琳娜。我总是站在伊琳娜的右边，这样就不碍着我腰带上别着的盒子枪皮套；瓦列里安诺在重工业委员会工作，穿便衣，如果带手枪的话（我想他也带着枪），一定是那种小手枪，可以放在衣兜里。伊琳娜现在沉默不语，似乎有些忧郁，我们呢，心里则有些害怕（我是说我害怕，而且我相信瓦列里安诺与我的心情一样，虽然我们在她的魔力支配下并没有谈及此事），因为我们觉得她现在完全控制住我们了。虽然我们做过一些荒唐透顶的事情，但那些事情与她头脑里无休止的幻想相比，与她对肉欲的追求相比，与她的狂热与残酷相比，都是微不足道的。现实情况是我们都很年轻，面对现在经历的事件我们太年轻了。我是说我们两个男人，因为伊琳娜这种女人已经过早成熟了。虽然她在我们三人中间年纪最轻，但她的意愿支配着我们的行动。

伊琳娜低声吹起口哨，满脸堆着微笑，仿佛她已预先尝到了某个新主意的甜头。她的口哨声越吹越响，听得出是当时流行的一首滑稽可笑的进行曲；我们提心吊胆的，不知她葫芦里卖的什么药，也跟着她吹起口哨来，并身不由己地踩着乐曲的节奏齐步行进，心里都有种既是牺牲品又是胜利者的模糊感觉。

我们来到圣阿波罗尼教堂前面。这个教堂现已改为霍乱病医院，外面停放着许多灵柩等候灵车运往墓地。灵柩周围用石灰画上圈圈，不让人接近。有个年迈的妇女在教堂前面的广场上祈祷，我们踏着进行曲的节拍前进，差一点踩着她了。她举起又瘦又黄像个毛栗子似的拳头指向我们，另一只手扶在地上，大声嚷道：“你们这些可恶的先生！”不，她这么嚷道：“可恶！先生们！”仿佛这是两句诅咒的话，一句比一句更加凶狠，称呼我们先生等于视我们加倍可恶。还说了句本地方言，意思是“婊子养的”；还有什么“不得好……”这时她发现我穿着军服，话没说完便把头低下去了。

这一段我讲得很详细，因为它是（不立即是，以后才是）后来发生的那些事情的预兆，同时也因为这些都是那个时代的形象，应该贯穿这本小说的始末。这些形象包括军用运输车穿过这座城市（虽然军用运输车这个词唤起的表象有点笼统，但是一定程度上的不确切性并不是坏事，因为那个时代的特点就是不确切性），包括在街道两旁大楼间挂着的一条条横幅（这些横幅号召人们购买国家发行的公债），也包括工人的游行队伍。各种工人游行的队伍经过不同的路线，因为它们是由相互对立的工会中央组织的，有的主张坚决把考德雷尔军需品工厂的罢工运动进行到底，有的主张停止罢工支持人民武装抗击反革命军队对城市的包围。这些路线纵横交错，却为我们划出一块地盘，让我、瓦列里安诺与伊琳娜在那里上演我们的故事：发生、起步、发展、趋向与意图。

我认识伊琳娜那天，战线已经收缩到距东城门不足十二公里的地方了。由不满十八岁的青年与预备役中的中老年人组成的城市民兵，正在宰牛场（这个名称听起来就不吉利，但尚不知道对谁不利）低矮的建筑物附近设置防线，这时一群乌合之众蜂拥而至，穿过铁桥向城内逃来。有头上顶着鹅篮子的妇女，有赶着唧哇乱叫东奔西窜的猪群的小青年（农民们为逃避夫役与掠夺，把他们的子女与牲畜也带出来，让他们听天由命），有骑马或步行的逃兵与落伍的散兵，有领着一大帮背着大包小包的使女的贵妇人，还有担着担架的民夫、刚出院的病员、游乡串户的商贩、政府官员、修道士、吉卜赛游民和身穿旅游服装的原军官女儿学校的学员们。他们一起拥进铁桥两边的栏杆之间，仿佛被一阵撕毁地图、冲破国界与战线的阴冷的狂风裹带着猛扑过来。这些日子里这种人很多，都希望逃到城内来寻找庇护所。他们之中有人害怕暴乱与抢掠，有人担心会遇上复辟势力的武装，有人为了得到临时委员会的脆弱而合法的保护，有人则为了浑水摸鱼进行违法活动（有违反旧法律的，也有违反新法律的）。现在人人都感到自己的生存受到威胁，再用不着什么团结，重要的是不择手段为自己开拓一条生路。虽然在遇到障碍时他们也会有某种协作或一致行动，但那并不需要讲许多话就能心照不宣。

也许正是由于这个原因，也许是因为年轻人在混乱之中才能认识自己的力量并为此感到高兴，但事实是这样的：那天早晨我夹杂在拥上铁桥的人群之中，感到既轻松又愉快，好长时间以来我都未像那天那样感到自己与他人、与我自己、与整个世界如此和谐一致了（我可不愿犯用词不当的错误，也许我最好还是说：我觉得我与他人的、我自己的乃至整个世界的混乱和谐一致）。我已经到达桥头，这里有一段台阶通向岸边；人流减慢了速度，拥挤着、向后面抗着，以免压倒在以更慢的速度下台阶的人身上；那些锯掉腿的人先拄着这根拐杖再换到那根拐杖；马匹被抓着嚼子横牵着，以免铁掌在铁台阶上打滑；带边斗的摩托车需要倾斜着把边斗抬起来（人们免不了抨击这些被迫下来推车的人说，他们最好去走供机动车行驶的大桥，但是，那需要多走一英里多路）。这时我发现我身边有位妇女也在沿台阶往下边走。

她的大衣下摆与袖口处有一条毛皮镶边，圆顶帽子上插了朵玫瑰花并挂着一块面纱。总之，我很快发现，她不仅年轻、诱人，而且穿着入时。正当我从侧面观察她时，只见她突然睁大眼睛，那只戴着手套的手捂住嘴惊恐地大叫一声，向后倒下。如果不是我动作迅速，一把抓住她的胳膊，她一定会跌倒在地，被这股洪水猛兽般的人流踩成肉泥。

“您不舒服?”我问她。“那您就靠着我点，没有关系的。”

她的腿僵直了，一步也走不了。

“深渊，深渊，桥下边，”她说着，“救命哪，我头晕——”

桥下面并没有什么可以引起她头晕，但是她确实被吓呆了。

“别往下边看，扶着我的胳膊；跟着大伙往前走，我们已经到桥头了。”我对她说道，希望这些话能使她镇定下来。

“我觉得大家没有踩着台阶，脚步迈向空中，掉进深渊，大伙都掉进深渊……”她摇摇晃晃地说道。

我透过桥头台阶的缝隙望见河里的流水，水面上漂浮的冰块宛若天空中的白云。我也觉得一阵眼花，好像也感觉到了她那种感觉：悬空，一直悬在空中；下坠，不停地下坠；漩涡，一个漩涡套一个漩涡。我用手臂搂着她的肩膀，尽力抵御着后面咒骂我们下得太慢的人群。“喂，让开点！上一边搂着去，不害臊!”要想躲开这势不可当的人群没有别的办法，只有加长我们的步伐，把脚伸向空中，腾空而起……喏，我也觉得悬在空中了……

也许这篇故事才是架在空中的桥梁。故事在展开过程中不断描写各种各样的消息、感觉和心绪，为各种事件（众人的也好、个人的也好）制造一种背景并在这个背景上开拓出一条人生道路，尽管还有许多历史情况与地理情况尚未交待清楚。我在这座空中桥梁上拥挤前进，不愿意往下看；而女主人公呢，只要我不把她一个台阶一个台阶地拖下铁桥，让她的脚站在滨江路的路面上，她则老是被人群挤得悬于空中。

她终于镇定下来了，昂着头骄傲地望着前方，并迈着迅速的步伐坚定地向前走，走向磨坊街；我吃力地跟在她后面。

这篇故事也应该尽力跟上我们，应该想方设法逐句记录下我们关于深渊的对话。铁桥虽然走完了，但这篇故事架在空中的桥梁并未走完，因为故事中的每个词语都建立在空洞之上。

“您好了吗？”我问她。

“没什么。我常常头晕，每次都是意想不到地发作，有时没有什么危险也发作……高呀，矮呀，没有什么关系……夜晚我望着星空，想到星星离我们多么遥远时……或者白天……比如我仰面躺在这里时，我都会感到头晕……”她用手指了指空中飞驰而过的乌云。她讲头晕就像讲述吸引着她的某种诱惑似的。

她一句感激我的话也没说，我感到有点失望。我说：“这个地方不论是白天还是黑夜，都不适合躺着观察天空。请您相信我的话，我懂得这种事。”

我们谈话，一人说完另一位尚未开口时，这中间存在一段间歇，如同这座铁桥两级台阶之间存在空隙一样。

“您懂得如何观察天空？您怎么懂得？是天文学家？”

“不，我从事的是另一种观察。”我指了指我的军装领口上佩戴的炮兵领章。“打炮的时候观察炮弹飞行。”

她把目光从我的领章上移到肩上，可是我没佩戴肩章，然后又移向缝在我袖口上的不太明显的袖章上。“中尉，您是从前线下来的？”

“我叫阿列克斯·晋诺贝尔，”我自我介绍说，“我不知道是否可以被称为中尉。我们团里已经取消了军衔，不过现在的命令老是变来变去的。现在我是个袖口上带两条杠的军人，只能这么讲。”

“我叫伊琳娜·皮佩林，革命前也叫伊琳娜·皮佩林，将来叫什么不知道。我是搞印花布图案设计的，现在布匹短缺，只好在空气中搞设计。”

“革命以来，有些人变得认不出来了，有些人则和原来一样。这说明他们早已做好准备迎接新时代了，对吗?”

她不置可否。

我又补充说道：“其他人则顽固不化，拒绝改变自己。您属于哪种人?”

“我……请您先告诉我，您变了多少?”

“不多。我觉得我保存了过去的某些荣誉感，比如搀扶即将跌倒的妇女呀，尽管现在没人会说声谢谢。”

“我们大家，女人也好，男人也好，都有生病的时候，不能说，中尉，我将来就没有机会报答您刚才的行动。”她的声音有些严厉，几乎有点生气。

我们的对话到此可以结束了，它吸引了读者的注意力，使读者暂时忘掉了城市的悲惨景象。现在军用运输车开过来了，穿过广场，穿过这篇书页，把我与伊琳娜隔开了，或者说在商店门前排队的妇女，在大街上游行的工人队伍，把我们隔开了。伊琳娜走远了，她那顶插着玫瑰花的圆帽尚在头戴灰帽子、钢盔或头巾的人流中飘荡；我目送着她，但她并不回头望望我。

后面几段讲的是前线上的炮击与溃败，临时委员会内各政党的分裂与统一，充满了一些将军和议员的名字，并夹杂着一些有关天气的消息，如暴风雪、降霜、阴云、大风降温，等等。所有这些都是为了衬托我的各种心情：我时而愉快地投身到各种事件的浪潮中去，时而又把注意力集中到自己身上思考某种令人烦恼的问题，仿佛周围发生的一切都是为了我把自己伪装起来、隐蔽起来，如同市内到处用沙袋垒起掩体（这座城市似乎在准备巷战）与鹿砦一样（每天夜晚各种派别的人都往鹿砦上贴标语口号，但由于雨水和纸、墨质量低劣，这些标语口号很快就变得辨认不清了）。

每当我经过重工业委员会大楼前时，我都自言自语地说：“我要进去找我的朋友瓦列里安诺。”从我来到这座城市那天起，我就这么说，他在这座城市里是我最要好的朋友。但每次都因某种当务之急而推迟了，大家都说，我这个现役军人好像非常自由：我的工作是什么？不十分明确，常常到参谋部的各个部门去走动，很少待在兵营里，好像我不属于任何部队的编制，也不坐在任何办公桌上。

瓦列里安诺不一样，他老坐在自己办公桌前。我进楼里去找他那天，看见他坐在那里，但并未处理什么公事，而是在擦左轮手枪。看见我走过去，他冷笑一下说道：“好啊，你也来和我们一起钻圈套了。”

“也许我是来让别人钻圈套呢。”我回答说。

“圈套都是连环的，一个套一个啊。”他似乎在警告我，叫我当心。

重工业委员会占用的大楼原是一位发战争财的富豪的住宅，革命时被征用了。这里的家具阔绰而俗气，现在又增添了一些官僚机关常见的死气沉沉的摆设；瓦列里安诺办公室里到处都是中国式闺房中的摆设，如画有龙的图案的花瓶、雕漆首饰盒和一组屏风。

“你想把谁关进这间绣楼里去呢？一位东方的王后？”

屏风后面走出一位短发女郎，上穿灰色绸衫，下穿乳白色裤子。

“男人的梦幻不会因为革命而改变，”她开口说道。她那挑衅似的连损带挖苦的声音与语调，使我认出她就是我在铁桥上碰上的那位女子。

“你看，隔墙有耳吧，我们说的每一句话都有人窃听……”瓦列里安诺微笑着对我说。

“伊琳娜·皮佩林，革命并不反对梦幻哪。”我对她说。

“革命同样也不会使我们摆脱噩梦。”她反驳道。

瓦列里安诺插话说：“我还不知道你们已经认识呢。”

“我们是在一次梦境中相遇的，”我说，“那时我们正从一座桥梁上跌落下去。”

她却说道：“不对，我们是各做各的梦。”

“嘿，也有人醒来时待在这种安全的地方，不会感到头晕吧。”我接着说。

“晕眩到处都会发生，”她接过瓦列里安诺刚刚装好的枪，并把它抽出来，再把眼睛凑近枪管好像要看看枪是否擦拭干净；然后甩出转轮，往弹孔中安放一粒子弹，并打开击锤，把枪对准自己眼睛转动转轮。“这枪管倒像个无底洞，能听见虚无向你发出的召唤，引诱你跳下去，跳进那向你召唤的黑暗之中……”

“喂，别拿枪开玩笑！”我一边说一边伸出手去，可是她把手枪对准我。

“为什么？”她说，“为什么我们妇女不能拿枪，而你们男人可以拿枪呢？真正的革命只有当妇女拿起枪时才会发生。”

“让男人们都赤手空拳？同志，你觉得那样合适吗？妇女们武装起来干什么呢？”

“取代你们的位置，让你们在下边，我们在上边。让你们也尝尝做个妇女是什么滋味。快，站到那边去，站到你的朋友身边去。”她命令道，一直用枪指着我。

“伊琳娜是不会改变主意的，”瓦列里安诺告诫我说，“违拗她不会有好处。”

“那你？……”我望着瓦列里安诺问道，希望他出来干预一下，以结束这场玩笑。

瓦列里安诺望着伊琳娜，但伊琳娜的目光毫无表情，仿佛处于呆滞状态、无为状态，又好像一个只有别人顺从了她的意志才会感到高兴的人。

这时驻军司令部的一位身着摩托服的通信兵带着一沓儿卷宗走进来，门打开时正好把伊琳娜隐蔽住了。瓦列里安诺好像什么也未发生，泰然自若地迅速处理那些文件。

“你说……”来人刚走出门，我便问他，“你觉得这种玩笑能开吗?”

“你会明白的，伊琳娜从不开玩笑。”他说道，依旧低着头看那些文件。

此后时间似乎变了，黑夜延长了，在我们这座城市里似乎再也没有白天了。我们三人或外出或在家里，从此形影不离，活动的高潮总是在伊琳娜的房间里上演一场既隐秘又带表现主义与挑衅的闹剧，举行一次秘密祭扫。在这场祭扫中伊琳娜既是主祭又是亵渎者，既是神灵又是牺牲品。

小说在这里又回到开始时的话题上，但我们现在所处的空间却是个十分封闭的地方，挂着印有几何图案的窗帘，没有一丝缝隙可以看到外面那可怕的场面。我们躺在床上，一丝不挂。房间里充满了裸露人体的汗臭味。这个场面的中央，没有笔直的线条，只有弯弯曲曲的线条并且交叉在一起，就像床边香炉里缭绕萦回、团团升起的青烟（香炉里正烧着一家阿美尼亚人开的香料店被砸之后仅剩的一点香料。一群尚未沾上恶习的人误认为这家香料店是大烟馆，出于义愤把它捣毁了)。仿佛有条无形的绳索把我们三个人捆在一起，我们越是挣扎，被捆绑得越结实。在这捆人体中间，在这场闹剧的中心，是我深藏在内；心里的隐密，我不能将它告诉任何人，更不能告诉伊琳娜和瓦列里安诺。我肩负的秘密使命是：查出谁是钻进革命委员会内部并企图使我们这座城市落入白军手中的间谍。

那年冬天呼啸的西北风吹遍首都的各条街道，革命势力中有人正在秘密酝酿一场改变人体与性别的革命。伊琳娜就持这种观点，并成功地不仅使瓦列里安诺而且使我也都相信她的观点。瓦列里安诺是个县级法院法官的儿子，学的是政治经济学，信奉印度教修士与瑞士神智学家①，是各种稀奇古怪学说的最好信徒；我呢，我受过严格的教育，知道未来的革命即将由革命法庭或白色军事法庭裁定，它们两家的行刑队都在整装待命。

我尽力放松，随着伊琳娜手臂的屈扭做出各种曲线的匍匐动作，仿佛我们在舞蹈，但在这种舞蹈中重要的不是节奏而是动作的柔软与放松。她一手按着一颗人头；人头因习惯做直线运动，不听她的摆布，但她要求我们像爬行动物一样，做出各种离奇的动作来占有她。

因为这是伊琳娜为我们制定的信仰的第一条：放弃直线，放弃垂线。我们虽然同意她，做她的奴仆，但是男子汉的气度依旧残留在我们心中。她不允许我们

① 印度教亦称婆罗门教，是公元八九世纪后流行于印度的宗教，由婆罗门教吸收佛教、耆那教等教义加上民间信仰演化而成。主要教义是善恶有因果，人生有轮回，在印度知识分子中有重要影响。19 世纪前，随着大量印度教徒外迁，在亚洲、欧洲及其他地区也有传播。神智学是 19 世纪末俄国贵族布拉瓦茨卡娅和美国军官奥尔考特共同创立的神秘主义神学。它杂糅了西方神秘主义与婆罗门教、佛教教义，鼓吹通过“修行”“断念”“净化”等神秘活动与“神明”相交往，主要流行于欧美资产阶级中。

争风吃醋。她把手放在瓦列里安诺的后颈上，手指伸进他那蓬乱的红发，不让他的头钻进她的腹部，并命令道：“往下！再往下!”同时她那双漂亮的眼睛望着我，要求我也望着她，并要求我们的目光也做曲线运动。我觉得她一直盯着我，同时也觉得有另一双眼睛随时随地都直盯着我。后者是一种无形的力量，它期待于我的只有一件事：死亡，不管是我让别人死亡还是我自己死亡。

我等待伊琳娜的目光放松对我注意的时刻。喏，她现在闭上眼睛了，我悄悄爬到阴暗的地方，爬到床头后面、沙发后面、香炉后面，爬到瓦列里安诺脱去衣服的地方（他养成了把衣服叠放整齐的习惯），爬到伊琳娜看不到我的地方。我躲在由于她闭上眼睛而带来的黑暗之中，躲在她微微的呻吟带来的不注意之中，在瓦列里安诺的口袋里与钱夹里翻找，找到了一张折叠两次的密件。那是一张因背叛罪而判处死刑的判决书，上面有钢笔填写的我的名字，也有签名、副署签名和符合各种规定的印章。

（选自萧天佑译：《寒冬夜行人》，译林出版社，2001 年版）

作品赏析

《寒冬夜行人》是卡尔维诺创作的巅峰，它既延续了后现代特有的“迷宫”体结构，又是一部极富现实感的时代寓言。

全书总共包含三个层次，分别使用了三种不同的写作手法，几乎可以涵盖卡尔维诺创作的三个阶段：现实主义、现代主义、后现代主义。中间的层次是个关于阅读和写作的“框架故事”，类似于《十日谈》和《一千零一夜》的表层线索，由它将底层内容毫不相干的十个小故事粘联起来。在这个大框架里，卡尔维诺明显从接受美学、读者反应批评、叙事学等现代美学理论出发，周旋在作者、译者、叙述者、读者、人物、出版商、发行商、批评家之间，想象他们可能产生的关系，利用“期待视野”与阅读实感之间的落差，甚至虚构了作者的国籍、写作所使用的语种、读者之间的感情纠葛，叙述者也不停在以上多种身份中转换……在卡尔维诺之前的西方文学史里，虽亦有作者有意识地表现文本内外不同的声音，但从未花过如此多的篇幅，如此深入并充满幻想地用小说形式将构成文本的各种元素编织成一个精巧的“包装盒”，同时将它们相互作用的过程呈现出来。因此，不少学者认为卡尔维诺的小说具有“元小说”的特质。

在小说第八章，作者巧妙安插了“西拉·弗兰奈里日记选”。作家弗兰奈里可视为卡尔维诺的另一个自我，他在日记中披露了小说《寒冬夜行人》的构思，并展示、评价了大量与之相关的小说理论。弗兰奈里认为写作的最大目标和障碍是“在小说中捕捉到不能阅读的物质世界，那里既不存在任何中心，也不存在我”。卡尔维诺所有的形式实践也正是为了消除主体性的界限，让原本分别处于前景和背景的各种主体共在同一个场域中自由对话和转换，从而达到隐没“我”的效果。而“框架故事”中的柳德米拉、马拉纳和罗塔里亚则隐喻了对待文本的不同态度：柳德米拉是传统型读者，一生都沉迷于对作品内容与作者的想象之中；罗塔里亚反对这种被动的阅读法，倡导使用电子数据处理机进行阅读，她是极端的反文本主义者；马拉纳作为柳德米拉曾经的恋人，不能容忍前者对文本的痴迷，于是致力于揭示出作品形式的欺骗性、消解作者中心，因此他代表了一种现代反思性的文本理念。

作品结构的底层，即“包装盒”内十个互不相干的故事则在表面上使用了写实手法，以卡尔维诺擅长的隐喻、戏谑笔风，表达了作者对革命、战争、政党、现代性、人性、民族、宗教等问题的观点。事实上，这种写实手法已不同于传统现实主义，它的情节是开放、多意的。比如《不怕寒风，不顾眩晕》看似叙述了战乱时代两男一女的畸形恋情，实则三人各有其隐含身份和使命。“我”想查出伊琳娜和瓦列里安诺谁是混入革命委员会的间谍，而最后“我”发现自己早已落入了他人的圈套，瓦列里安诺执行的秘密使命便是以背叛罪秘密处决“我”。所有人不过都是政治游戏的棋子。再如在《在空墓穴的周围》中，主人公“我”在父亲临终时被告之生母在奥克达尔，却没来得及得知生母的具体姓名，这就为叙述留下了巨大的空间。奥克达尔是个白人和印第安人混住的村落，血统早已杂糅，“我”找遍了从贵族到奴仆仍然无法确定生母是谁。然而，不论“我”想和哪个阶层的女孩谈恋爱都受到阻止，原因是女孩们的体貌特征与“我”总有相似之处，不能通婚。更有意思的是，故事结尾，叙述者通过一场决斗对主人公生父的身份也提出了质疑，难道所有人都有可能是“我”的父母或姐妹？卡尔维诺实际上反映了当代社会种族、文明、身份的混融和由此产生的焦虑感。

情节的开放性还体现在每一个故事都只能看到开头就串到另一个故事，这样串联下去似乎永远没有终点。比如卡尔维诺的《寒冬夜行人》串到了波兰作家巴扎克巴尔的《在马尔堡市郊外》，但由于印刷错误，刚读完第一章读者就发现后面的内容也不是波兰小说，而是一本辛梅里亚语的小说《从陡壁悬崖上探出身躯》，作者是乌科·阿蒂。可是这部新小说的后半部分不是用辛梅里亚语而是用钦布里语写的，并且名称改为“不怕寒风，不顾眩晕”，作者换成了另一个名字沃尔茨·维利安第……整个故事到底是什么由此变得扑朔迷离，它实际上是各国小说的拼贴，甚至辛梅里亚也是早已消失的古老地域，钦布里等国更是作者杜撰出来的。卡尔维诺似乎在告诉读者，不要以为写作有确定的意义，不要相信情节的连贯性，文本本来就处在无数故事铺就的网络上，或者说它处在一个“晶体结构”中，众多界面互相折射、互相粘连却无始无终，每个故事的结尾都可能成为另外许多故事的开头。这种对文本本身的思考和实验性挑衅亦体现了卡尔维诺写作的后现代观，正如他的好友罗兰·巴尔特在《文之悦》（1975）中区分了阅读会带来两种“愉悦”：快乐（plaisir）和极乐（jouissance）。“快乐的文本就是那种来自日常文化并与之没有决裂的文本，和舒适的阅读实践相联系的文本。极乐的文本是把一种失落感强加于人的文本，它扰乱读者历史的、文化的、心理的各种假定，破坏他的趣味、价值观、记忆等一贯性，给读者和语言的关系造成危机。”卡尔维诺追求的正是此种由中断和未知带来的“极乐”。

然而，卡尔维诺精巧的“迷宫”并非没有留下出口，尽管这个出口十分隐秘。作品目录暗藏玄机，如果将数字章节之外十个故事的标题连起来，可以构成第十一个故事，即整个作品的最外层结构：寒冬夜行人，在马尔堡市郊外，不怕寒风、不顾眩晕，向着黑魆魆的下边观看。一条条相互连接的线，一条条相互交叉的线，在月光照耀的落叶上，在空墓穴的周围……最后结局如何？

十个故事本应对应十个数字章节，第十一个章节实际上对应的正是这最外层的第十一个故事，在这一章中，为了寻找那些小说的“男读者”走遍世界后又回到原处，在当地图书馆的目录中同时看到了十位作家的这十本小说，才将它们联系在一起，“男读者”恍然大悟，这可能又只是一个故事的开头，而它的下文亦不知在何处。

作品的结构到此已很完美了，但卡尔维诺还加了一个看似闲笔实则意蕴深厚的点睛之笔。第十二章仅有三句话：

> 男读者，女读者，现在你们成了夫妻，宽大的双人床允许你们同时进行阅读。
>
> 柳德米拉合上自己的书，关上自己的灯，头往枕头上一靠说道：“关灯吧！你还没读够？”
>
> 你则说：“再等一会。我这就读完伊塔洛·卡尔维诺的小说《寒冬夜行人》了。”

卡尔维诺似乎在告诉“读者”：经历一番迷宫式的文本探险，这才是唯一的终点，赶紧回到现实中来吧。怎样才知自己确曾游历桃源而非南柯一梦呢？——单身飘忽的你身边已有了一个固定的他（她），拥有无数可能性的文本也终于定格在了卡尔维诺的《寒冬夜行人》上。

卡尔维诺精彩的文本探险深受欧洲结构主义、后结构主义的影响。在经历了第二次世界大战以来的存在主义、表现主义等一系列思潮之后，他选择从结构入手探索文本形式的无限和纯粹，“向迷宫挑战”。他写作的形式游戏在70年代《看不见的城市》《命运交叉的城堡》中已臻于极致，将时空、符号（如数字、纸牌）、互文文本玩于股掌间，以此超越资本主义的物化现实。《寒冬夜行人》显然延续了这个思路。不过，此时的作者似乎已不满足于后现代的“独白”姿态，试图重新介入历史与当下。正如他在《命运交叉的城堡》后记中说："我对这种实验的理论和表述已经兴趣索然，从任何角度看，都到了该转向其他事情的时候了。"因此，《寒冬夜行人》很大程度上回归了卡尔维诺早期关注现实的寓言化写作传统，是后现代技巧、现代写作理念与现实主义讽喻的完美融合。

那么，卡尔维诺从始至终真正坚持的创作原则是什么呢？还是回到《寒冬夜行人》的第一章吧："喏，你现在已准备好开始看第一页前几行了。你希望立即能看出作者那独特的风格。遗憾，你没看出来。你又仔细想想，谁说这位作家有种独特的风格呢？恰恰相反，大家都知道，他的作品每一部都不相同。他的独特性就是他的多变性。"

（陈倩）

大师和玛格丽特

[俄] 布尔加科夫

米哈依尔·阿法纳西耶维奇·布尔加科夫（Михаил Афанасиевич Булгаков，1891—1940）是俄罗斯白银时代才华横溢、命运多舛的文坛奇才、文学大师，是20世纪最受欢迎的俄国小说家和戏剧家，同时又是世界文坛上最神秘的作家之一。

布尔加科夫生于基辅一个神学教授之家。1916年他毕业于基辅大学医学系。几度被征为军医。1920年起弃医从文。主要作品有长篇小说《白卫军》（1925，翌年改编成剧本《屠尔宾一家的日子》），中篇小说《不祥的蛋》（1924）、《狗心》（1925）。他写了30个剧本，其中主要有《佐依卡的住宅》（1926）、《火红的岛屿》（1928）、《逃亡》（1928）、《亚当和夏娃》（1931）、《普希金》（1935）、《莫里哀》（1929—1936）等等。20世纪20年代，布尔加科夫在苏联文坛引起过轰动和争论，30年代末到50年代初几乎销声匿迹。大部分作品受到严厉抨击，被禁止出版和公演。屡次申请出国未获批准。生活贫困潦倒，精神十分苦闷，1940年重疾而终。

在重压之下，布尔加科夫创作了《大师和玛格丽特》（1928—1940）这部传世之作。26年后，小说首次以删节本的形式问世，1966—1967年在《莫斯科》杂志连载，再度引起轰动。旋即被译成西方多种文字，风靡世界。20世纪80年代，他的作品陆续发表，成为文坛的热点。

作品梗概

小说一开始就出现了魔王沃兰德和他的几个随从的形象。他们突然降临到20世纪30年代的莫斯科，碰到笔名为“无家汉”的诗人伊万和莫斯科文联主席柏辽兹。这两个人都是无神论者。沃兰德预言柏辽兹会立遭暴死。二人不信，结果柏辽兹刚刚离开，就被一辆急驰而过的无轨电车轧得人头落地。伊万意识到他已经亲眼看到了魔鬼，就跑到莫斯科文联本部——格里鲍耶陀夫之家，想提醒人们提防魔鬼及其危险行径，却被当作疯子送进了精神病院。沃兰德及随从们以魔法师、教授、翻译、合唱指挥、杂耍小丑等身份，把莫斯科闹得天翻地覆。房管所主任利用职权贪污受贿，他们将其贿赂后再去报警，使其被捕。在剧院里，他下卢布雨，开时装店，令平日里道貌岸然的观众丑态百出；走上大街，哄抢来的卢布变成了一张张白纸，时髦女郎身上的时装全部消失，不得不半裸着东躲西藏。魔王的随从们施放大火，将禁锢人们思想的大本营——格里鲍耶陀夫之家烧个精光……

大师原是历史学家，在莫斯科一家图书馆工作。他中彩得了10万卢布，就辞去工作，租了两间地下室，写作关于罗马总督彼拉多审判处死耶稣的长篇小说。一天，大师和美丽、聪慧而又孤独的玛格丽特在一条小胡同里相遇，马上认定对方就是自己等待已久的梦中情人。玛格丽特仰慕他，称他为大师。作品完成后，无从发表，反遭批判。大师焚毁书稿，进了精神病院。玛格丽特眼见人去房空，痛不欲生。为了找到大师，她甘愿接受魔王沃兰德的条件，周身抹上油脂，变作女妖，赤身裸体骑着地板刷飞上莫斯科的夜空。她捣毁了诬陷大师的理论家拉铜斯基的家，砸碎了剧文之家大楼的窗玻璃，然后来到魔王的舞会上，扮演女王的角色，接见历史上阴险狠毒的罪恶灵魂。魔王为之感动，安排她和大师相会，并恢复了被焚毁的小说手稿。

由大师所创作的罗马总督本丢·彼拉多审讯并处死耶稣的故事，被布尔加科夫作为小说中的小说，巧妙地糅进作品中，并通过魔王沃兰德的讲述和玛格丽特的阅读串联起全书各条线索、各个层面。彼拉多明知耶稣不是煽动闹事的暴徒，却为了自己的功名前程，屈从大祭司该亚法的决定，宣判耶稣死刑，将他钉在十字架上。然而这个刚愎自用的总督并非十足的恶人，他曾指责该亚法“把宣讲和平的哲学家判处了死刑”，这一背叛自己良心的判决使他头痛欲裂，难以忍受。即使在派人暗杀了出卖恩主的犹大之后，仍不能逃避良心的责罚。从耶稣死去的那一夜起，他便永远地失去了良心的安宁。两千年来，他端坐在荒山峭壁上的一把石椅上昏睡。每到月圆之夜，他便饱受失眠的折磨。

最后，魔王提示大师给彼拉多以解脱，大师仰天长啸：“你解脱了，解脱了，他在等待你!”立时惊雷滚滚，地裂山崩，一条期待已久的、象征着真和善、光明和解脱的月光之路在犹太总督面前伸展开来，总督急急地奔上这条路追随耶稣而去。大师的长篇小说也由此作结。而大师的命运则是由他小说的另一主人公耶稣授意沃兰德，让他傲世出尘，获得永久的安宁。全书的线索在这里交叉在一起。

（梁坤）

作品节选

第　一　部

“你到底是何许人?”
“我属于那种力的一部分，
它总想作恶
却又总施善于人。”

——歌德《浮士德》

第一章
永远别跟生人攀谈

暮春的莫斯科。这一天，太阳已经偏西了，却还热得出奇。此时，牧首[①]湖畔出现了两个男人。身材矮小的那个穿一身浅灰色夏季西装，膘肥体壮，光着秃头，手里郑重其事地托着顶相当昂贵的礼帽，脸刮得精光，鼻梁上架着一副大得出奇的角质黑框眼镜。另一个很年轻，宽肩膀，棕黄头发乱蓬蓬的，脑后歪戴一顶方格鸭舌帽，上身穿方格布料翻领牛仔衫，下面是一条皱巴巴的白西服裤，脚上蹬一双黑色平底鞋。

这头一位不是别人，正是柏辽兹[②]·米哈伊尔·亚历山大罗维奇，他是莫斯科几个主要的文艺工作者联合会之一“莫文联”的理事会主席，同时兼任某大型文学刊物的主编。他身旁的年轻人则是常以“无家汉”[③] 的笔名发表作品的诗人

---

① “牧首”即宗主教，在俄罗斯东正教中称牧首，是最高级的主教，教会最高首脑。牧首湖是莫斯科市内花园大街旁一个居民区内的池塘。

② 这个姓氏不同于一般俄罗斯人姓氏，与法国音乐家柏辽兹（或译陪辽士，1803—1869）姓氏的俄文写法相同。

③ 音译为：别兹多姆内。意为无家可归的人，流浪汉。

波内列夫·伊万·尼古拉耶维奇。

…………

这时又发生了第二桩怪事，不过它只涉及柏辽兹一个人：忽然，柏辽兹不再打嗝了，只觉得心脏咚地跳了一下，便无影无踪了；过了一会儿心脏回到原处，上面却像是插了一根钝针。不仅如此，他还突然感到一种莫名其妙的恐惧，恨不得马上不顾一切地逃离这牧首湖畔。他惶惑地回头望了望，仍不明白自己究竟怕什么。他的脸变得煞白，他掏出手绢擦了擦额头，暗自想："我这是怎么啦？从来没有过这类事呀……准是心脏出了毛病……劳累过度。看来是得大撒手了，让一切都见鬼去吧，我呢，先到基斯洛沃德斯克[①]去疗养疗养……"

忽然，他觉得闷热的空气仿佛浓缩起来，奇妙地在他眼前交织成了一个透明的男人，样子异常奇特：脑袋很小，却戴着一顶大檐骑手便帽，方格料子上衣十分瘦小，像空气一样轻飘飘的……身高足有两米开外[②]，肩膀却很窄，瘦得出奇，而且，请您注意，他那副神态活像在捉弄人。

柏辽兹的生活向来一帆风顺，所以他很不习惯于看到异常现象。他脸上没有一丝血色了。他瞪着眼睛，心慌意乱，暗想："这种事是不可能的！……"

可是，有什么办法呢，这种事确实在他眼前发生了：瞧，那个细高个儿的透明公民双脚飘离地面，正在他眼前左右摇晃呢！

柏辽兹吓得急忙闭上了眼睛。当他再睁开眼时，一切已经过去：幻影消失了，穿方格衣服的家伙不见了，插在心脏上的那根钝针也像同时被拔去了。

"咳，真见鬼！"主编大声说，"你看这事儿，伊万，刚才我差一点中暑！甚至出现了幻视！"虽然他强作笑容，眼神里却依然透着恐惧，两手还在抖动。

但他终于渐渐镇静下来，把手绢一挥，打起精神说："好吧，咱们接着谈……"他继续谈起了刚才因喝杏汁水中断的话题。

我们后来才知道，那是一场有关基督耶稣的谈话。原来主编柏辽兹曾约请诗人为下期杂志创作一首反宗教题材的长诗。无家汉只用很短时间就写出了一首，但遗憾的是主编对这首诗很不满意。尽管无家汉在诗中描绘主要人物耶稣时所用的阴暗色调已经相当浓重，主编还是认为全诗必须重写。现在，主编就是在给无家汉上有关耶稣的"课"，指出这位年轻诗人的主要错误所在。伊万·尼古拉耶维奇的诗究竟为什么没有写好，这很难说。也许该怪他有天才而不善于表达，也许是因为他对所写的题材一无所知。总之，他笔下的耶稣虽说并不讨人喜欢，但却完全是个活生生的人。而柏辽兹现在就是要向他说明：主要问题不在于耶稣本人好坏，而是耶稣这个人物本身在历史上根本没有存在过，所有关于耶稣的故事

---

① 苏联北高加索的疗养胜地基斯洛沃德斯克有纳尔赞碳酸矿泉，泉水对心脏病有疗效。

② 原文为"一俄丈"，俄丈长度为2.134米。

纯属虚构，全是不折不扣的神话。

应该说明，这位主编本是个博古通今的大学问家，他的谈话自然是旁征博引，有根有据。譬如，他指出：著中的斐洛①和博学多才的约瑟夫·弗拉维②等古代学者的著作中就只字未提耶稣其人的存在。这位主编为了表明自己学贯古今，还顺便告诉诗人说：著名的塔西佗的《编年史》第十五卷第四十四章中所写的处死耶稣之事③也无非是后世人的伪托编造。

对无家汉来说，柏辽兹所谈的一切全都闻所未闻，他惟有用一双机敏的绿眼睛盯着主编，专心致志地洗耳恭听，只是偶尔打个饱嗝，暗暗咒骂那该死的杏汁水。

“东方人的所有宗教中，”柏辽兹继续说，“总的说来，全都提到过贞洁处女生育神子的事。所以，并不是基督徒们首先想出了这个新花样，他们只不过用同样方法造就了一个自己的、实际上并未存在过的耶稣而已。因此，您的诗也就应该把重点放到这方面……”

柏辽兹的男高音在冷清清的林阴道上空飘悠、回荡着。他的宏论一步比一步玄远，一层比一层深奥，除非异常饱学而又不担心弄坏自己脑子的人，没有谁敢钻进如此奥秘的学术领域。诗人越听越有兴趣，所受的教益也越来越多：他不仅听到了关于埃及善神和天地之子奥西里斯④的故事，得知腓尼基人有个法姆斯神⑤，知道了马尔都克⑥，甚至还听到了关于不甚有名的、从前墨西哥的阿茨蒂克人⑦曾经十分尊崇的那位威严可怖的韦齐普齐神的故事。

恰恰是在米哈伊尔·亚历山大罗维奇对诗人讲到阿茨蒂克人怎样用面团塑造韦齐普齐神的形象时，林阴道上出现了头一个身影。

关于这个人的外貌，坦率地说，只是到了后来，到了一切都已无法补救的时候，各有关机关才提出各自的描绘材料。可是，把这些材料一对照，又不禁使人瞠目结舌：一份材料说此人身材矮小，镶着金牙，右腿瘸；另一份材料则说他身躯魁伟，镶的是白金牙套，左腿瘸；还有一份材料只是简要地说此人没有任何特征。

---

① 斐洛（约公元前 30—约公元 45），古犹太神秘主义哲学家。他的主张对以后的基督教神学有很大影响。恩格斯曾说他“是基督教的真正的父亲”。

② 约瑟夫·弗拉维（约 37—100），古犹太历史学家，著有《犹太战争史》《犹太古代史》等。

③ 塔西佗（约 55—120），古罗马历史学家，著有《历史》《编年史》等。《编年史》第十五卷第四十四章中提到尼禄用残酷手段惩罚基督徒时写道：“他们（指基督教。——译者）的创始人是基督，在提贝里乌斯当政时期便被皇帝的代理官彭提乌斯·彼拉图斯（即官话本《圣经》中说的本丢·彼拉多。——译者）处死了。”只此一处提到基督。

④ 古埃及神话中的植物神。这个神话对后来的耶稣传说有影响。

⑤ 即塔穆斯，古巴比伦神话中的植物神，每年收割时死去，春季幼枝发芽时复活。

⑥ 古巴比伦神话中的“众神之王”，曾“战胜妖怪，创造世界万物”。或译马杜克。

⑦ 或译“阿兹台克人”，墨西哥的印第安部族，16 世纪前曾创造独特的文化。

我们不得不承认：这些材料统统一钱不值。

首先，这个人身材并不矮小，可也说不上魁伟，只不过略高一些，他的两条腿都不瘸。至于牙齿，则左边镶的是白金牙套，右边是黄金的。他穿着昂贵的灰色西装，脚上的外国皮鞋与西装颜色十分协调。头上一顶灰色无檐软帽歪向一旁，压到耳梢，显得整个人那么俏皮、矫健；他腋下还夹着一根手杖，手杖顶端镶着个乌黑的狮子狗头。看模样年纪在四十开外。嘴有点歪。脸刮得精光。一头黑发。他的右眼珠乌黑，而左眼珠却不知怎么呈现出嫩绿色。两道黑黑的浓眉，可又是一高一低的。总之，这是个外国人。

外国人从主编和诗人落座的长椅旁边走过时，朝他们瞥了一眼，随即收住脚步，竟在离两位朋友几步远的另一把长椅上坐了下来。

柏辽兹暗想："是个德国人。"

无家汉想："准是个英国人，看，还戴着手套，也不嫌热。"

这时，外国人朝湖水四周的高楼大厦环视了一下，露出初来乍到颇为好奇的神色。

他先是注视着高楼的上层，注视着上层那光灿夺目的玻璃窗中折射得歪歪扭扭的、正在一步步永远离开主编柏辽兹的夕阳。然后他把目光往下移，看到下层楼房的窗户已经暗淡下来，预示着黄昏的到来。他不知冲什么东西傲岸地笑了笑，然后眯上眼，两手搭在手杖镶头上，又把下巴放在手背上。

"你呀，伊万，"柏辽兹继续说，"有些地方写得很好，很有讽刺味道，比如，写神之子耶稣降生的那一节；但主要问题在于早在耶稣之前就已经降生过不少神之子了，诸如弗利基亚人的阿提斯[①]等等。简而言之，这些人，包括耶稣，都根本没有降生过，没有存在过。所以，你应该写的不是什么降生，不是什么东方占星家的来临[②]等等，而是必须表明：关于耶稣降生之类的传说完全荒唐无稽……不然，照你现在这样写法，好像真有个耶稣降生过似的！……"

此刻，深为打嗝所苦的无家汉正屏住呼吸想把一个嗝儿憋回去，谁知这样打出来的一声嗝儿反而更难听、更难受了。就在这个时候，柏辽兹停止了议论，因为旁边那个外国人忽然站起来，朝他们走过来。

…………

"二位都是无神论者？"

"是的，我们是无神论者，"柏辽兹还是面带笑容地回答，无家汉却在气鼓鼓地想："瞧这外国佬，纠缠起来没完啦！"

---

① 弗利基亚人宗教中的神之子。相当于巴比伦神话中的塔穆斯，腓尼基神话中的阿顿尼斯。阿顿尼斯是基督的原型之一。

② 据《圣经》载，耶稣降生后，曾有几个博士（占星家）从东方来，声称是"特来拜见"耶稣——"犹太人之王"的。

“噢，这可真妙!”奇怪的外国人又大声说，不住地朝两旁的文学家转动着脑袋，看看这位，又看看那位。

“在我们苏联，没有人对无神论感到奇怪。”柏辽兹用外交官的谦恭语调说，“我国大部分人民早就自觉地不再相信那些关于上帝的神话了。”

这时，外国人又表演了新的一招儿：他站起身来，伸手同愕然危坐的主编握了握手，对他说：

“请允许我向您致以由衷的谢意!”

“您这是为什么谢他?”无家汉眨了眨眼睛，问道。

外国怪客意味深长地举起一个手指头解释说：

“感谢他告诉我一个非常重要的情况。因为这情况是我这个旅游者非常感兴趣的。”

看来，这一“重要情况”确实对外国旅游者发生了很大作用：只见他用充满恐惧的目光望了望四周的高楼，仿佛在担心每个窗口都会冒出一个无神论者来。

这时，柏辽兹在想：“不对，他不像英国人……”无家汉则皱着眉头想：“这家伙在哪儿学的一口流利的俄语呢?这倒是个问题!”

“那么，请问，”外国客人经过一番紧张思索后又问道：“对那些说明上帝存在的论证该怎么办?我们知道，这类论证有五种[①]之多呢!”

“没办法啊!”柏辽兹似乎深表同情地说，“这类论证全都毫无价值。人类早就把它们送进档案库了。您大概也会同意吧，在理性领域中不可能有任何关于上帝存在的论证。”

“高论!”外国人叫道，“高论!您完全表达了那个悲天悯人的老头子伊曼努尔[②]对这个问题的看法。不过，叫人啼笑皆非的是，那老头子把五种论证彻底摧毁之后，却自我嘲笑似的建立起了他自己的第六种论证!”

“康德的论证也同样没有说服力，”博学多才的主编笑呵呵地反驳说，“席勒[③]的话是不无道理的，他说过，康德关于这个问题的议论是只能使奴隶们感到满足的。而施特劳斯[④]对这类论证则只是付之一笑。”

柏辽兹嘴里这么说着，心里却在想：他到底是何许人呢?俄语怎么讲得这么好?

这时，没想到无家汉忽然从旁嘟嘟哝哝地插了一句：

---

① 指中世纪基督教神学家托马斯·阿奎那为证明上帝之存在提出的五项论证。

② 德国唯心主义哲学家伊曼努尔·康德（1724—1804）。

③ 英国哲学家斐迪南德·席勒（1864—1937），他主张“人是万物的尺度”，对神的存在提出怀疑。

④ 大卫·弗里德里希·施特劳斯（1808—1874），德国唯心主义哲学家，以对基督教的批判而著名。

“像康德这种人，宣扬这类论证，就该抓起来，判他三年，送到索洛威茨[1]去！”

“伊万！”柏辽兹感到十分难堪，急忙小声制止他。

但是，听到年轻诗人提议把康德发配到索洛威茨岛去，外国人不但没有表示惊讶，反而高兴得不得了。他那只瞧着柏辽兹的绿色左眼熠熠发光，他高声喊道：

“就该这样！就该这样！让他呆在那儿最合适不过！那天早晨一起用餐的时候我就对康德说过嘛，我说，‘您啊，教授，随您怎么看，反正您琢磨出来的那些东西不太合适！也许它合乎理性，但是太难懂了。人们会拿您取笑的。’”

柏辽兹目瞪口呆了，心想：“他在胡诌些什么？‘早晨一起用餐的时候’？……他‘对康德说’？……”

但外国人并没有因为柏辽兹的惊讶而稍显尴尬，他转身对诗人继续说：

“不过，把康德发配去索洛威茨岛恐怕是办不到了，因为他早已经在比索洛威茨更遥远的地方呆了一百多年，而且，我敢肯定，根本没有办法把他从那里弄出来！”

“真遗憾！”好斗的诗人回答。

“我也觉得遗憾！”来历不明的外国人眯着一只眼睛继续说：“不过，有个问题我还是不明白：如果说没有上帝，那么，请问，人生由谁来主宰，大地上万物的章法由谁来掌管呢？”

“人自己管理呗！”无家汉怒气冲冲地抢着回答，其实，他对这个问题也并不很清楚。

“对不起，”来历不明的外国人用很温和的语调说，“依鄙人之见，为了管理，无论如何总要定出某个时期的确切计划吧？这个时期可以很短，但也总得多少像个样子吧？而人呢，人不但没有可能制定一个短得可笑的时期的，比方说一千年的，计划，人甚至没有可能保证自己本身的明天的事。既然这样，请问，他又怎么能进行管理呢？而且，事实上，”外国佬说到这里又转向柏辽兹说，“譬如您吧，您不妨设想一下：您开始管理了，既管理别人，也支配自己，而且，似乎还很称心如意，可是，突然，嘿嘿！……您得了肺瘤！”外国佬说出“肺瘤”两个字时竟还甜蜜地一笑，仿佛得肺瘤的想法使他很得意。“是的，您得了肺瘤，”他猫似的眯起眼睛，又把这个刺耳的词儿重复了一遍，“于是，您的管理也就到此为止！从此以后，除了您自身的命运之外，您对谁的命运都不会再关心了。亲人们开始哄骗您，您感到不对头，到处去求名医，然后找江湖医生，甚至还可能去

[1] 北冰洋白海中的索洛威茨群岛中的最大岛，岛上有建于15世纪的古修道院。19世纪后成为流放囚犯之地。

算卦问卜。您自己很清楚：名医也罢，巫医也罢，算命先生也罢，统统无济于事。一切最后只能以悲剧告终：曾几何时还自以为在管理着什么的那个人，突然之间便一动不动地躺在木头盒子里了；而他周围的人们，想到这个躺着的人已经毫无用处，便把他放进炉膛里烧掉。有时候甚至比这更糟呢：比方说，一个人刚刚打算去基斯洛沃德斯克疗养疗养，”外国人又眯起眼看了看柏辽兹，“看来，这是件微不足道的小事吧，可就连这件事他也做不到，因为不知道怎么搞的，他会一下子滑到有轨电车底下去。难道您能说是他自己支配自己这样去做的吗？要说这完全是另外一个人在支配他，不是更显得合理些吗？”外国佬说到这里突然笑起来，笑得那么怪里怪气。

柏辽兹极其认真地听完了这番关于肺瘤和有轨电车的令人不快的话，感到有些忐忑不安，十分烦闷。他想：“此人绝不是外国人！不是！这家伙太奇怪了……不过，他究竟是什么人呢？”

…………

“那您专攻哪一方面？”柏辽兹问。

“我最擅长魔术。”

柏辽兹脑子里轰地一响，心想：“嘿，瞧这事儿！”他结结巴巴地问道：

“那么……那么，请您来就是搞这一专业的？”

“对，就是搞这一专业。”教授首肯说，接着又解释道：“是这么回事，国家图书馆发现了一批手稿，据说是十世纪一位叫赫伯特·阿里拉夫斯基的巫师的手迹。请我来进行鉴定。这方面的专家世界上只剩我一个了。”

“啊！这么说，您是历史学家？”柏辽兹像是心里一块石头落了地，毕恭毕敬地问。

“是研究历史的，”教授肯定说，但接着又莫名其妙地补充了一句：“今天傍晚在这牧首湖畔就要发生一段有趣的史话！”

主编和诗人又一次被惊呆了。于是教授示意两人靠近自己。待他们俯过身来时，他低声说：

“请你们记住：耶稣这个人还是存在过的。”

“不瞒您说，教授，”柏辽兹强作笑容说，“您博古通今，我们十分敬佩。但我们在这个问题上是持另一种观点的。”

“什么观点都不需要！”古怪的教授回答说，“这个人存在过，如此而已！”……

“但总该有某种证明吧……”柏辽兹还想争辩。

“并不需要任何证明，”教授回答说。接着他便小声念叨起来，而且一点外国口音都没有了：“一切都很简单：他穿着白色披风……”

（选自钱诚译：《大师和玛格丽特》，外国文学出版社，1999年版）

作品赏析

布尔加科夫的哲理长篇小说《大师和玛格丽特》是20世纪少有的传世佳作，被誉为俄罗斯现实主义文学的高峰。小说由于结构复杂，层次繁多，象征微妙而解读纷纭。

《大师和玛格丽特》绝不是一部仅仅用怪诞手法抨击时弊的小说。布尔加科夫带领人们从喧嚣的人世到阴森的冥界，从20世纪30年代的莫斯科到两千年前的耶路撒冷，上穷碧落下黄泉，在广阔的历史时空中寻觅着社会人生的真谛，探索着人类社会的精神支柱。

这部小说向人们提出的头一个问题就是，魔王沃兰德为什么来到人间？实际上，沃兰德在和莫斯科的杂技观众一见面的时候，就开诚布公地讲明了此行的目的，那就是要透过城市外貌的改变，看一看“本市居民的内心是否发生了变化”。即是说，沃兰德此行的目的，只不过是要给莫斯科居民的生活来一次揭露性实验，他们的种种恶作剧并没有也不是要改变生活本身的进程，他们设下的考验绝不是天外飞来的横祸，而不过是顺水推舟、因势利导，把貌似体面合理的平庸生活推向极端而现出其丑陋的本质，从麒麟皮下揭出马脚。

沃兰德一伙的出现作为一种极端、异常的现实摆在人们面前，来考验每一个人的灵魂。比如，在“开妇女用品商店”的魔术中，愚蠢的观众们纷纷争抢着走上舞台，换上时装，竟不去想想，这些时装都是魔术变出来的。结果，在散场后，满街出现了众多只穿内衣、狼狈不堪的女人。沃兰德就这样轻易地脱去庸庸碌碌的人们的高雅的外衣。更有意味的是，当报幕员向拼命抢夺着天花板上落下的卢布的观众说，钞票是假的的时候（既然是魔术表演，这本来是不言自明的真理），观众的贪婪之心却不肯相信这个真理，而竟不由自主地产生扼杀这一真理的恶念：“揪掉他的脑袋!”沃兰德的黑猫揪下报幕员的脑袋，不过是人们由金钱所酿起的罪恶念头的象征性的物化罢了。令人深思的是，一直对自己的主义坚定不移的报幕员一旦人头落地，便再不坚信什么主义，只是嘶声哭叫“再也不敢了!”“只要把脑袋还我!”真是时穷“节”乃见。

沃兰德所设下的一个个考验都在证实，莫斯科现代化的街市，现代化的文明生活，并没有造成人类心灵的飞升，并不能保障人们战胜“魔鬼的诱惑”。通过这一场小小的魔术表演就考验出，维持人们通常体面的那个貌似坚强的精神支柱竟是这样脆弱，它在遇到第一个“现实”考验面前就土崩瓦解了。人们不禁要问，这究竟是为什么呢?

于是小说又给我们提出另一个问题：小说中莫斯科的精神文化的理论权威、莫斯科文联主席柏辽兹为什么应该受到那么严厉的惩罚？有人细考沃兰德一伙所做出的一件件恶作剧后，得出结论认为，他们所捉弄的人都是罪有应得。唯有这个柏辽兹似是“魔王的恶作剧的牺牲品”。实际上只要看看被沃兰德的恶作剧揭露得体无完肤的莫斯科人的生活丑态，精神的空虚、猥琐，只要看看他们精神支柱的一摧即垮和柏辽兹所宣扬的理论的内在关系，我们就能理解“魔王的公正”了。

在小说手稿的一种异文中，当玛格丽特飞在莫斯科的上空看到人们从各处“缝隙”中匆匆爬出来的时候，她意味深长地叹道：“啊！一群蚂蚁……”这种丧失了个性的社会情景的最具象征性的体现就是，小说中，文艺委员会主任忽然成了没头没手的空衣架，可还在批阅文件；而文艺委员分会的工作人员连自己也吃惊，为什么大家分坐在不同房间，却都不能自制地同声高唱一支歌，他们不想唱，他们在落泪，可是却情不自禁地唱得就像不错眼珠地同时注视着一位看不见的指挥。这是具有耐人寻味的象征意义的。这种蒙昧划一的模式化的、“标准化”的生活，这种不需要个人的心灵和对现实的思考的生活，势必泯灭掉人的责任感和道德感，造成的是一个没有个性、没有思想、没有灵魂的行尸走肉的世界。而没有精神支柱的莫斯科居民在“现实”考验面前的种种丑陋表演，正是这一世界的活生生的表现。

沃兰德惩罚柏辽兹，就是因为他那套“人死变灰、一切化为乌有”的没有道德责任感、没有精神追求的庸俗唯物论把人与真正的现实相隔离，使世间变成为一个蒙昧划一的、没有个性追求、没有思想信仰、没有灵魂、没有精神道德支柱的世界。

人们会从布尔加科夫的讽刺、怪诞和影射中，看到充满恐怖惶惑的20世纪30年代莫斯科：比如充满喜剧色彩而以恐怖告终的第一章，标题就颇有意味：“永远别跟生人攀谈”；梦中幻化成“演戏”的同志审判会，主人会莫名其妙地“失踪”的“凶宅”……然而，小说毕竟不过是把这个20世纪30年代的莫斯科作为人类奔向天国的漫长而苦难的历程中的一瞬来考察。他要借以思考的，是人类在这一整个历程中最后的精神支柱问题。于是，小说中就出现了耶稣形象。

值得注意的是，这个耶稣与福音书上记载的不同：他不是神耶和华的儿子，而是一个普普通通的流浪哲人；他宣扬的不是人世的末日和天国的福音，而对人世间“真理的王国一定会到来”充满信心；更重要的是，他不认为如福音书中所说，世人是有罪的，人心是恶的，世间是罪恶的渊薮，而是坚信善是人心灵中所固有的，对人抱着无限的信心：“一切人都是善人，恶人在世上是没有的。”

耶稣连殴打他的马克、出卖他的犹大都称作善人；他认为马克“是人们摧残了他，他才变得残酷无情的”，“要是能和他谈谈，我相信他是会幡然改变的”。对一切人，他怀着善意，即使经受着难以忍受的折磨和痛苦，面对死亡，他关爱的仍然是他人，他浪迹天涯，至死坚持着一心向善的道德理想。耶稣成为布尔加科夫试图为人类社会寻求精神支柱的象征。

那么这一精神支柱如何才能在人的心中树立起来呢？正是在杀害耶稣的彼拉多的形象中，作者进行着欲达到这一道德理想所要经过的苦难历程的苦心孤诣的求索。

在耶稣和彼拉多的那场道德信仰的辩争中，耶稣向彼拉多提出过两条针砭之言，都刺中了彼拉多的悲剧命运的病根。一是指出他“对人完全丧失了信心”。彼拉多不相信人，所以他变得残暴，并依靠残暴；他只看到现实中人的凶残卑劣，因此他嘲笑耶稣，狂叫“真理的王国永远也不会降临!”而作者显然是站在耶稣一边的。他在思考：如何才能使现实中凶残、卑劣的人走向理想境界呢？

答案正在耶稣向彼拉多提出的另一条针砭之言中：“在人的各种缺陷中，怯懦是最主要的一种。”

为什么听了这句话，彼拉多会那样震惊呢？他大叫“恺撒皇帝的政权是世上最伟大、最美好的政权”“真理的天国永远也不会到来!”的时候，又为什么那样气急败坏呢？

彼拉多的悲剧实质上在于，他不仅看到了耶稣的正直善良，而且耶稣关于真理王国的宣说已经动摇了他对罗马帝国的永恒真理性的信念，他已经不再相信那种公民道德的正义性，但还必须屈于情势、恤于利害而违心地遵从这一道德信念的悲剧。他自问：“难道我会为了一个对恺撒皇帝犯下罪行的人而断送自己这犹太总督的前程吗?”

为了保全利禄而屈于情势，这的确是人类可怕的怯懦，然而耶稣所指的怯懦还有更深一层的含义，这就是：彼拉多自认是恶人，耶稣刚一称呼他是善人，他就劈头喝住，说众人都在背地里称他是“恶魔”，而这完全正确。他为耶稣称马克是善人而毒打他、嘲弄他。但是耶稣的宣说使他心里萌动的东西让他焦躁不安，凶狂中带着胆怯。他忠于恺撒帝国的狂叫，不仅是给周围人听的，也是给自己听的。他的胆怯就在于，他惮于正视作为自己精神支柱的原有的整个道德理想体系的轰毁。因此，他是在有意无意地用自己不得不屈从情势而违心地遵从原有的公民道德这种怯懦，来掩饰另一种最大的怯懦——不敢认识善，不敢认识自己心中的上帝，不敢承认自己是善人，不敢凭良心行事。这种怯懦不正是人类最大的、最可怕的、最可悲的缺陷吗？

值得注意的是，小说并没像福音书里那样，竭力削减彼拉多在杀害耶稣这一事件上的行为责任，把他写成惧于众人“生乱”才决意杀死耶稣。在《大师和玛格丽特》中，布尔加科夫让彼拉多无可推卸地承担起这种责任，把他推向现实的极端来加以考验：因为，一方面，彼拉多掌握着对耶稣的生杀予夺的大权；另一方面，在精神上他又并非愚顽不灵，耶稣的真谛动摇了他固有的观念，给了他向真向善的精神追求的自由。他意识到，无论任何理由都无法辩解自己害怕认识真理的怯懦，无法解脱在杀害耶稣这一事件上的个人道德责任。彼拉多对永生不死的恐怖正是对自己永劫难逃的行为责任的恐怖，对无法改悔的罪责和永无绝期的良心懊悔的恐怖。

两千年来，彼拉多就在冥冥之中熬受着良心的折磨，在一个个无尽的宁静的月夜中，痛苦地绞着双手，枯坐在大希律王宫的花园平台的软椅上，望着象征光明和解脱的皎月。而这种精神的折磨象征着对个人道德责任的反省和对善的苦苦求索。在通向月亮的那条无尽的苦难历程，他终于听到了大师宽宥的呼声："你解脱了，解脱了，他（指耶稣）在等待着你！"

当彼拉多哭笑难辨地呼喊着追逐耶稣奔向月空的时候，我们的目光不由得从彼拉多的背景转回当今的现实世界。我们发现相隔两千年的两条故事线索间的桥梁终于合拢了。原来，我们和两千年前的彼拉多面临的是同一个需要深省的问题，这就是要克服人类最大的缺陷——惮于正视良心的怯懦——去认识自己心中的上帝：正直善良和个人道德责任感。因为在布尔加科夫看来，这不仅是人之所以成为人的精神支柱，也是理想社会的精神支柱。

《大师和玛格丽特》的艺术建构是令人惊叹的。从霍夫曼到果戈理、谢德林，传统的浪漫主义、现实主义都深深影响了他。同时，这部小说里也突出地反映出传统的梅尼普讽刺风格。小说把莫斯科的习常的生活突然置于魔鬼降临的灾变之中。人们在被抛出惯性轨道的瞬间的可怜可笑的表演成为把莫斯科陌生化的手段，在这种实验性的幻想中，人们得以从新的视角来审视莫斯科那见怪不怪的生活，从而在忍俊不禁的笑声中引发深刻的思考。作者向小说中的人物所提出的是终极性的问题，他让他们置身于异常的身心状态之下加以考验，使他们或如心态疯狂，或似精神分裂，通过怪梦、幻象来现真相、吐真情、见真知，以魔幻求真实，以异象证常理，从而淋漓尽致地勾勒出人类的灵魂。他把贪婪的人们在剧场里剥得赤身裸体，又在撒旦的舞会上把一个个道德的罪人从腐肉枯骨变为衣冠楚楚的幽灵，在这种种独特的脱冕和加冕之中，把嬉笑怒骂的揭露变成一种审视人的灵魂的武器。这就是布尔加科夫的笑，布尔加科夫的独特的讽刺艺术。作为戏剧大师，布尔加科夫使小说充满戏剧性的冲突和对话，又用近乎电影蒙太奇的手段把 20 世纪 30 年代莫斯科和两千年前耶路撒冷这两个叙事层面巧妙地组接起来，把对现实的考察与对历史的哲理思考融为一体，在远古——当今，天上——人间——魔窟的跳跃性结构中，演奏着求索人间真谛的宏大交响诗。

（吴泽霖）

日瓦戈医生

[俄] 帕斯捷尔纳克

鲍里斯·列昂尼多维奇·帕斯捷尔纳克（Борис Леонидович Пастернак，1890—1960），俄罗斯著名诗人、小说家、翻译家。他生于莫斯科一个犹太家庭。父亲是莫斯科美术、雕塑、建筑学院教授，美术院士，母亲是钢琴家。1909 年入莫斯科大学法律系，后转入历史语文系哲学班。1912 年，在德国马尔堡大学研究新康德主义。第一次世界大战时因有腿伤免服兵役，在乌拉尔一家工厂当办事员。1917 年二月革命后回到莫斯科，在教育人民委员会的图书馆任职。1943 年走上奥勒尔战场，写下多篇关于卫国战争的报道、特写和短诗。

早期创作以诗歌为主。主要诗集有《云雾中的双子星座》(1914)、《在街垒之上》(1916)、《生活啊，我的姐妹》(1922)、《主题与变奏》(1923)、《崇高的疾病》(1923—1928)、《施密特中尉》(1927) 和《1905 年》(1927)、《在早班车上》(1945)、《雨霁》(1956—1959)。20 世纪 30 年代他被誉为“我们时代的诗歌巨匠”，先锋派诗人的大师和领袖，继而遭到批评和指责。他从此放弃诗歌创作，转向翻译英、德、法语的西欧古典名著。

散文作品主要有《故事集》(1925)、《空中路》(1933，1982)，自传性随笔《人与事》(1956—1957)。

长篇小说《日瓦戈医生》(1948—1956) 是他一生创作的最高成就。1958 年获诺贝尔文学奖，借以表彰他“在当代抒情诗和伟大的俄罗斯叙事传统领域所取得的重大成就”，却不料酿成“帕斯捷尔纳克事件”，成为“恶毒攻击十月革命的力证”，迫使他放弃接受这一奖项。两年后诗人默默地死在莫斯科郊外。

作品梗概

日瓦戈是西伯利亚实业家之子，从小被父亲抛弃，与母亲相依为命。父亲把百万家财挥霍一空，卧轨自杀了。10 岁时母亲去世，他便成了孤儿，舅父尼古拉·尼古拉耶维奇领走了他。不久舅父去彼得堡，把他交给化学家格罗梅柯教授抚养，和教授的女儿东尼娅相伴长大。他读医学系，东尼娅学法律。日瓦戈天赋很高，学识渊博，熟谙文学、历史和哲学，爱好艺术，擅长作诗，又对自然科学怀有很大兴趣。大学毕业后成为医生，和东尼娅结婚生子。

拉拉是个聪明妩媚的姑娘。16 岁时被妈妈的情夫科马罗夫斯基诱奸。他是律师、检察官、上流社会的贵宾，早年曾侵吞日瓦戈父亲的遗产。为摆脱尴尬处境，拉拉离家去做家庭教师。弟弟赌输了士官学校同学给老师买礼物的钱，她跟主人借钱替他还债。拉拉与铁路工人之子帕沙相爱，经常资助他们一家。她想独立生活，便来到圣诞节晚会找科马罗夫斯基要求一笔资助，后者没注意到或装作没注意到她。拉拉遏制不住怒火，向他开了一枪，没有击中。拉拉欲拒绝帕沙的爱情，但帕沙仍发狂地爱着她。他们很快结了婚。新婚之夜拉拉袒露了一切，帕沙从幸福的顶峰沉入到绝望的深渊。他们之间发生了猜忌。大学毕业后，他俩到乌拉尔尤里亚金市教书。不久有了女儿。帕沙想摆脱虚假的局面，上了军校，很快又调往作战部队。失去联系后，拉拉为寻找丈夫，到前线救护列车上当了护士。

第一次世界大战期间，日瓦戈作为军医在前线救死扶伤，在伤员救护所和拉拉相遇。1917 年二月革命和十月革命使他深受感动，决心成为对社会有用的人。回莫斯科前，日瓦戈向拉拉表白了爱意。他自愿放弃财产，挪让房间，与妻子岳父愉快度过了一段饥馑严寒的生活，以留在医院工作表示对革命的尊重。后来举家长途跋涉到西伯利亚乌拉尔故乡瓦雷金诺谋求生存和温饱。在附近的尤里亚金市图书馆，日瓦戈与拉拉重逢并开始同居。

一天，他在回家的路上被劫到游击队做医生。从此再没见到家人。一年多后他从游击队逃离，直奔尤里亚金去找拉拉。东尼娅又生了个女儿，已和父亲带着孩子回了莫斯科，不久被驱逐出境。为躲避追捕，他和拉拉逃到瓦雷金诺隐居起来。深夜，日瓦戈在油灯下创作，窗外野狼嗥叫。12 天后，科马罗夫斯基带来消息，日瓦戈和帕沙、拉拉的处境十分危险。日瓦戈假装套马，骗拉拉上了科马罗夫斯基的雪橇，跟他去了远东。日瓦戈目送远去的拉拉：“永别啦，我永远失去的唯一的爱人!”

两三天后，斯特列利尼科夫（即帕沙）来到瓦雷金诺，和日瓦戈彻夜长谈。

在革命政权的整肃中，这个投身革命的党外军事专家却成了异己分子。他躲避搜捕，冒死穿越西伯利亚来寻找拉拉，却未能如愿。他举枪自杀了。

日瓦戈渐渐地丧失理智，陷入抑郁和颓丧之中。他的生活变得黯淡无光，穷困潦倒。回到莫斯科后和门房女儿马林娜同居并生了两个女儿。在见到拉拉的幻觉中，他心脏病突然发作，倒毙在莫斯科街头，时年还不到40岁。拉拉为女儿打听报考艺术院校事宜来到莫斯科，路过当年帕沙住过的房子，不料走进去却见到了躺在棺材中的日瓦戈。将日瓦戈安葬后，她帮助叶夫格拉夫整理日瓦戈的遗稿。一天，她从家里出去就再没有回来。

作品节选

～8～

当晚他们用洗衣服剩下的热水痛痛快快地洗了个澡。拉拉也给卡坚卡洗了澡。日瓦戈浑身清爽，背朝屋里，舒适地坐在临窗书桌前。拉拉浑身散发出清香，披着浴衣，湿头发用一块毛茸茸的毛巾高高挽起来，把卡坚卡放在床上，替她盖好被子，自己也准备就寝。日瓦戈已经预感到即将聚精会神写作的愉快了。他动情地、恍惚地感受着周围发生的一切。

到深夜一点钟，一直装着睡着的拉拉真的睡着了。拉拉身上换的，卡坚卡身上换的，还有放在床上的内衣，光洁耀眼，清洁，平整，镶着花边。拉拉在这种年代仍然千方百计地浆洗内衣。

日瓦戈沉浸在一片充满幸福、散发甜蜜的生活气息的静谧中。灯光在白纸上投下一片悠闲的黄影，在墨水瓶口上洒了几滴金点。窗外是微微发蓝的冬天的寒夜。日瓦戈走进隔壁那间没点灯的冰冷的房间，从那儿看外面的景致更加清晰。他向窗外望去，满月的清辉紧裹着雪地，仿佛在雪地上涂了一层黏乎的蛋白或白色的乳漆。寒冬之夜的华美是无与伦比的。医生的心中异常平静。他又回到烧得暖和的亮着灯的房间，坐下写作。

他的字写得很大，行距也很宽，生怕字迹表现不出奋笔疾书的冲动，失去个性，变得呆滞无神。他回想起记得最清楚的和最难忘记的诗句，把它们写在纸上，并反复推敲，如《圣诞节的星星》和《冬天的夜晚》以及诸如此类的许多短诗。这些诗后来被人遗忘，失传了，以后也没再被发现。

然后，他又从脑海中早已构思好的并已经写好的作品转向刚开头又放下的诗篇，把握住它们的风格，继续写下去，并不抱立即补写完的希望。后来他写顺手，心驰神往，又开始写另一首。

轻松地写出两三节诗和他自己感到惊讶的比喻之后，他完全沉浸在写作中，感到所谓的灵感已经来临。支配创作的各种力量的对比仿佛倒置过来。占第一位的不是人和他寻求表达的心境，而是他想借以表达这种心境的语言。语言、祖国、美和含义的储藏所，自己开始替人思考和说话了。不是在音响的意义上，而是在其内在的湍急奔流的意义上，完全化为音乐。那时，有如湍流的河水以其自身的流动磨光河底的乱石，转动磨坊的水轮，从心中流出的语言，以其自身法则的魅力在它流经的途径上，顺便创造出诗格和韵律以及成千上万种形式和构成，但至今仍未被人们认识、留意和定名。

在这种时刻，日瓦戈觉得，主要的工作不是他自己在完成，而是那个在他之上并支配他的力量在替他完成，那就是：世界的思潮和诗歌的现状，还有诗歌未来所注定的，在其历史发展中所应做的下一步。于是，他觉得自己不过是使它进入这种运动的一个缘由和支点罢了。

他摆脱对自己的责备和不满，个人渺小的感觉也暂时消除。他回头张望，又四下环顾。

他看见枕着雪白枕头熟睡的拉拉和卡坚卡两个人的脑袋。洁净的床单，洁净的房间，她们两人洁净的轮廓，同洁净的冬夜、白雪、星星和月牙融合成一股意义相等的热浪。热浪穿过医生的心底，使他兴高采烈，并由于感到身心的欣悦和洁净而哭泣。

“主啊，主啊！”他想低声喊出来，“而这一切都属于我！为什么赏赐给我的这么多？你怎么会允许我接近你，怎么会允许我误入你的无限珍贵的领地，在你的星光照耀下，匍匐在这位轻率的、顺从的、薄命的和无比珍贵的女人脚下？”

日瓦戈从稿纸上抬起眼睛的时候已经是凌晨三点了。他从与世隔绝的凝思中苏醒过来，又回到自己身旁，回到现实。他是幸福的、强健的和平静的。突然间，他在窗外伸向远方的沉寂的寥廓空间中听到一声凄厉的哀嚎。

他走进隔壁没点灯的房间，从那里向窗外张望。在他写作的时候，玻璃上已结满窗花，外面什么也看不清了。日瓦戈抽出塞在大门下面挡风的地毯卷，披上皮袄，走到台阶上。

一片毫无遮掩的白雪在月光下晶莹耀眼，起初晃得他睁不开眼，什么也看不见。但过了一会儿，他听见从远处传来从胸腔里发出的、模糊的呜咽，并发现峡谷后面的雪地边上有四个看起来不比标点符号里的连字符号长多少的影子。

四只狼并排站着，嘴脸朝着房子，扬起头，对着月亮或米库利钦住宅窗户反射出的银光嗥叫。它们一动不动地站了几秒钟，但当日瓦戈明白它们是狼的时候，它们便像狗一样夹着尾巴小步从雪地边上跑开，仿佛它们猜到了医生的心思。医生没来得及看清它们是朝哪个方向逃走。

“不祥之兆！”他想道，“还有这种倒霉的事儿。难道它们栖息的地方就在附近？也许就在山谷里。多可怕呀！而萨姆杰维亚托夫的马就在马厩里。它们可能闻到马的气味了。”

他决定暂时什么也不对拉拉说，免得吓着她，便回到屋里，锁上大门，关上通向没生火的那一半房间过道的门，塞好门缝，走到桌子跟前。

灯还像先前一样明亮诱人。但他再也写不下去了。他的心平静不下来。脑子里除了狼和其他威胁人的情景外，什么也想不起来。再说他也疲倦了。这时拉拉醒了。

“你还点着灯写呢，我心中的明灯，”她用睡意蒙眬的沙哑嗓子低声说，“到我身边来，挨着我坐一会儿。我告诉你我做了一个什么样的梦。”

于是他熄灭灯。

～9～

第二天又在表面平静、内心狂躁中度过。住宅里找到一副小雪橇。卡坚卡穿着皮袄，脸冻得通红，大声笑着，从冰堆上沿花园里没扫过雪的小径滑下去。这个冰堆是医生替她做的，他先把雪拍实，再洒上水，于是冰堆便做成了。她脸上露出稚气的笑容，不停地爬上冰堆，再用绳子把雪橇拉上去。

天气骤冷，严寒凛冽，但院子里充满阳光。雪在中午的阳光照耀下变成金黄色，又在它蜂蜜般的金黄色中，注入黄昏过早降临的余晖，仿佛橙汁注入蜜中。

昨天拉拉在屋里洗衣服洗澡，弄得满屋潮气。窗上结出松软的窗花，从天花板到地板，被水蒸气熏潮的壁纸上显出一条条水珠流淌过的痕迹。屋里昏暗憋闷。日瓦戈一面打水劈柴，继续察看没有察看过的角落，不断发现新东西，一面帮助拉拉做事。拉拉从早晨起便一直忙家务，做完一件又做一件。

干活最紧张的时候，他们俩的手碰到一起，一只手放在另一只举起来搬重东西的手里，那只手没触到目标便把东西放下，一阵无法控制的、使他们头晕目眩的柔情解除了他们的武装。东西从他们手里滚落下来，他们把什么都忘了。几分钟过去了，几小时过去了，等他们猛地想起半天没管卡坚卡或者没喂马饮马的时候，天色已晚，于是怀着内疚的心情急忙去干该干的活。

医生由于睡眠不足而感到头疼。脑袋里充满甜蜜的迷糊，像喝醉了酒似的，浑身感到快活的虚弱。他急不可待地等待夜晚的降临，好重新恢复中断的写作。

他浑身的蒙眬倦意替他夜间写作做好准备。而周围的一切都迷离恍惚，弥漫在他的思绪中。准备工作使一切都变得或隐或显，这正是准确地把它表现出来的前一阶段。白天无所事事的慵倦，有如杂乱无章的初稿，正是夜晚写作必不可少的准备。

无所事事的慵倦并非对任何事物都无动于衷，毫无改变。一切都发生了变化，变成另一种样子。

日瓦戈感到，他在瓦雷金诺长期居住的幻想无法实现，同拉拉分手的时刻一天天迫近，他必将失去她，随之失去对生活的欲望，以至生命。痛苦啮噬着他的心。但更折磨他的还是等待夜晚的降临，把这种痛苦用文字倾吐出来的愿望，倾吐得任何人看了都潸然泪下。

他一整天都念念不忘的狼此刻已经不是月光下雪地上的狼了，而是变成有关狼的主题，变成敌对力量的代表，这种敌对力量一心想毁灭医生和拉拉，或把他们撵出瓦雷金诺。这种敌意的想法逐渐发展，到晚上已经达到如此强烈的程度，仿佛在舒契玛发现史前时代骇人怪物的踪迹，仿佛一条渴望吮吸医生的血并吞食拉拉的神话中的巨龙就卧在峡谷中。

夜幕降临。医生像昨天那样点亮桌上的油灯。拉拉和卡坚卡比昨天还早便躺下睡觉了。

昨天写的东西分成两部分。修改过的往昔的诗作，用工整的字体誊清。另一部分他新作的诗，潦草地写在纸上，其中有不少省略号，字体歪斜得难以辨认。

医生重读这些涂改得一塌糊涂的东西，往往感到失望。夜里，这些草稿片段使他激动得落泪，几段得意之作让他惊讶不已。现在，他又觉得这几段想象中的神来之笔十分生硬牵强，让他心灰意冷。

他一生都幻想写出独创的作品来，文字既流畅又含蓄，形式既新颖又通俗；他一生都幻想形成一种淡雅朴实的风格，读者和听众遇到他的作品时，不知不觉便领悟它们的含义，掌握它们的内容。他一生追求朴实无华的文风，常常发觉自己距离这种理想尚远而惶恐不安。

在昨天的草稿中，他本打算用简朴得像人们的随意闲谈、真挚得如摇篮曲的手法表现出萦绕心头的爱情与恐惧、痛苦与勇敢交织的心情，让它仿佛不需凭借语言而自然淌出。

现在浏览这些诗稿时，他发现缺乏把零散的诗篇融为一体的纽带。日瓦戈在修改写好的诗篇时，渐渐采用先前记述叶戈里勇士神话的那种抒情风格。他从开阔的、写起来无拘无束的五音步格开始。与内容无关的、诗格本身所具有的和谐，以其虚假形式主义的悦耳声音刺激他的神经。他抛弃夸张的不时停顿的诗格，把诗句压缩成四音步格，就像空灵的散文与鸿篇巨制搏斗一样。这样写更难，也更吸引人。写作进展得快多了，但仍然掺入过多的废话。他强迫自己尽量压缩诗句。在三音步格里词语显得紧凑了，萎靡的最后痕迹从他笔下消失。他清醒过来，热血沸腾，狭窄的诗行本身向他提示用什么字填充诗行。几乎难以用文字描绘出的事物开始老老实实地显现在他所涉及的背景之内。他听见马在诗歌中的奔驰声，宛如肖邦的一支叙事曲中骏马溜蹄的嗒嗒声。常胜将军格奥尔吉在无边无际的草原上纵马奔驰，日瓦戈从背后眺望他渐渐变小的身影。日瓦戈奋笔疾书，刚刚来得及把喷涌到恰当位置上的字句记下来。

他没注意到拉拉从床上爬起来走到桌子跟前。她穿着垂到脚踝的长睡衣显得苗条，比她本人高一些。当面色苍白、惊恐的拉拉站在日瓦戈身旁时，他吓了一跳。她伸出一只手，低声问道：

“你听见了没有？一只狗在嗥叫。也许是两只。唉，多可怕，多么不祥的兆头！咱们好歹忍到早上就走，一定走。我多一分钟也待不下去了。”

过了一小时，日瓦戈劝说她好久，她才平静下来，又睡着了。日瓦戈走出房间，走到台阶上。狼比昨夜离得更近，消失得也更快。日瓦戈仍然没来得及看清它们逃走的方向。它们挤在一起，他来不及数它们一共几只。但他觉得狼更多了。

~ 13 ~

“我干了什么？我干了什么？我把她送走了，舍弃了，让步了。跑着去追他们，赶上他们，把她接回来。拉拉！拉拉！

“她听不见。风朝相反的方向吹。他们大概大声说话呢。她有一切理由快乐和平安。她受骗了，不知道自己处于何等迷惘中。

“这大概是她的想法。她这样想：一切都办得再好不过，完全合乎她的心意。她的尤拉，幻想家和固执的人，感谢造物主，终于软下来，答应同她一起到安全的地方去，到比他们聪明的人那儿去，生活在法律和秩序的保护下。万一他坚持自己的主张，并且坚持到底，明天固执地不肯上他们的火车，那科马罗夫斯基会派另一辆车来接他，不久就会开到他们那儿去。

“他现在当然已经在马厩里，紧张得双手发抖，笨手笨脚地套雪橇，马上在他们后面飞驰而来，在他们尚未进入树林之前的旷野里赶上他们。

“她大概正是这样想的。他们甚至没好好告别，日瓦戈只挥挥手便转过身去，拼命吞下卡住喉咙的悲伤，好像被一块苹果噎住。”

医生一只肩膀上披着皮袄站在台阶上。没披皮袄的那只手狠命攥住门廊下面的花纹柱颈，好像要把它掐死。他全神贯注于旷野远方的一个小黑点。那儿的道路上有一段山坡，在几株孤零零的白杨树中间显露出来。这一刻斜阳的余晖正落在这片开阔的土地上。刚刚隐没在凹地中的飞驰的雪橇马上就要出现在这片阳光照耀的空地上。

“永别了，永别了！”医生在雪橇出现前无声地、麻木地重复着，把这些微微颤抖的声音从胸中挤入傍晚严寒的空气中。“永别啦，我永远失去的唯一的爱人！”

“他们出现了！他们出现了！”当雪橇从凹地飞也似的驶出，绕过一棵棵白杨树，开始放慢速度，令人高兴地停在最后一棵白杨树旁的时候，他发白的嘴唇冷漠而急促地说。

噢，他的心跳得多厉害，跳得多厉害，两腿发软。他激动得要命，浑身软得像从肩上滑下来的毡面皮袄！“噢，上帝，你仿佛要把她送回我的身旁？那儿出了什么事？为何停在那遥远的夕阳西沉的地平线上？该当如何解释？他们干吗停在那儿？不，完了，他们又向前奔驰了。她大概请求停一下，再次向我们住过的房子看一眼，向它告别。也许她想弄清，日瓦戈是否已经出发，正飞快地追赶他们？走了，走了。

“如果他们走得快，如果太阳不比平时落山早（在黑暗中看不清他们），他们还会再闪现一次，也就是最后的一次了，在峡谷那一边的空地上，前天夜里狼出没的地方。”

而这一刻终于来到了，来到了。绛紫色的太阳又一次闪现在雪堆蓝色的镶边上。雪贪婪地吮吸太阳洒在它上面的凤梨色的光芒。瞧，他们出现了，飞驰而去。“永别了，拉拉，来世再相见吧，永别了，我的美人儿，永别了，我的无穷尽的永恒的欢乐。”现在他们消失了。“我这一生永远、永远、永远也见不到你啦。”

这时天色已黑。晚霞洒在雪地上的紫红色光点倏忽褪色，黯然消失。柔和的淡灰色旷野沉入紫色的暮霭中，颜色越来越淡。在淡紫色的、仿佛突然暗淡下来的天空中，犹如用手描绘出的大路上镶嵌花边的白杨树的清晰轮廓，同灰蒙蒙的薄雾融为一体。

心灵的悲伤使日瓦戈的感觉变得异常敏锐。他捕捉周围的一切比过去清晰百倍。周围的一切都具有罕见的独一无二的特征，连空气也包括在内。冬日的夜晚，像一位同情一切的见证人，充满前所未有的同情。仿佛至今从未有过这样的黄昏，而今天头一次出现，为了安慰陷入孤独的人才变黑了似的。环绕着山峦的背对着地平线的树林，仿佛不仅作为这一带的景致生长在那里，而是为了表示同情才从地里冒出来并安置在山峦上的。

医生几乎要挥手驱散这时刻的美景，仿佛驱散一群同情者的纠缠，想对照耀在他身上的晚霞说：“谢谢。用不着照耀我。”

他继续站在台阶上，脸对着关上的门，仿佛与世界隔绝了。“我的明亮的太阳落山了。”他心里不停地重复这句话。他无力把这几个字按顺序吐出来，因为喉头抽搐，一阵阵发疼，使句子时刻中断。

他走进屋子，心中响起两种性质不同的独白：对自己的枯燥的、虚假的事务性的独白和对拉拉的倾吐不完的、漫无边际的独白。他这样想的：“现在上莫斯科去。第一件事是活下去。不要失眠。不要躺下睡觉。夜里写作到头昏脑涨，直到疲倦得不省人事。还有件事。马上生好卧室里的炉子，今夜别冻死这里。”

可是，他又开始对自己独白起来：“我永生永世忘不了的迷人的人儿。只要我的肘弯还记着你，只要你还留在我的怀中和我的唇上，我就同你在一起。我将在流传后世的诗篇中哭干思念你的眼泪。我要在温柔的、令人隐隐发疼的悲伤中记下对你的思念。我留在这儿直到把诗篇写完，飘然离去。我将把你的面容描绘在纸上，就像掀起狂涛巨浪的风暴过后，飞溅得比什么都有力、比什么都遥远的海浪留在沙滩上的痕迹。海浪弯曲的曲线把浮石、软木、贝壳、水草以及一切它能从海底卷起的最轻的和最无分量的东西抛到岸上。这是无穷尽地伸向远方的汹涌澎湃海浪的边际。生活的风暴就是这样把你冲到我身边，我的骄傲。我将这样描绘你。”

他走进屋里，锁上门，脱下皮袄。当他走进拉拉早上细心打扫过、匆忙离开时又弄乱的房间，看见翻乱的床铺、堆放在地板上和椅子上的东西的时候，他像小孩一样跪在床前，胸口紧贴着坚硬的床沿，把脸埋在垂下来的羽毛褥子里，像孩子般地尽情哭起来。但他哭的时间并不长。日瓦戈站起来，急忙擦掉眼泪，用惊奇的、心不在焉的疲惫眼光把周围打量了一遍，拿出科马罗夫斯基留下的酒瓶，打开瓶塞，倒了半杯酒精，掺了水，又加了点雪，就像他刚刚痛哭似的，流淌出无法慰藉的眼泪，开始急煎煎地，一小口一小口地喝起这种混合物来，并且喝得津津有味。

（选自蓝英年、谷雨译：《日瓦戈医生》，十月文艺出版社，2015 年版）

作品赏析

这是一部诗文合璧、充满精神矛盾和特殊意象的文学巨著。小说蕴涵着一个与当时社会格格不入的艺术家、一个真诚无比的知识分子的精神探索——对革命时代与俄国历史、哲学与宗教、艺术与人生的哲学沉思。从这一角度看，也可以说这部小说又是一部精神自传。它表现的是个性淹没于历史潮流之中的悲剧，日瓦戈与拉拉的爱情悲剧和人类探索历史、道德、美的“永恒王国”的悲剧。主人公与作者命运相似：日瓦戈为拉拉而死，帕斯捷尔纳克为“他的”俄罗斯而亡；日瓦戈的悲剧在于不能理解他的时代并成为潮流中的一员，而这也正是帕斯捷尔纳克的悲剧。

日瓦戈医生一生的遭际构成了小说的主要情节线索。日瓦戈医生经历着俄国最为动荡的年代，二月革命、第一次世界大战、十月革命和内战——旧俄的秩序轰然崩毁，血与火清洗大地。当他从审美的角度观察这一段历史时，把革命作为一种“从未有过的壮举，历史上的奇迹”衷心赞美。他认为十月革命是杰出的外科手术，一刀切除了旧制度的千年脓疮。他说：“这一个时期始终渴望能够生活得忠诚而有成效！我是非常希望能够成为这种昂扬振奋精神的一部分！”日瓦戈对新生活充满了渴望，甚至准备好为了一切好起来而牺牲个人的一切。他自愿放弃财产和房屋，为简朴化了的生活而欣喜、宽慰。他作为一个普通公民努力行医、工作，以留在医院坚守职位表示对革命的尊重。

然而，当他以伦理道德的眼光看待这段历史时，革命变成了个人、家庭和社会生活的一场灾难。诚如拉拉所言，革命本身就是一架失控的机车，它使人们“一下子从平静的、无辜的、有条不紊的生活跳入流血和哭号中，跳入每日每时的杀戮中，这种杀戮是合法并受到赞扬的，致使大批人因发狂而变得野蛮”。红军和白军比赛残酷，使暴行成倍增加。俄罗斯大地焦土一片；人类文明的法则失灵了，兽性发作，自相残杀。革命挑起人们的冷酷与仇视之情：白军残杀红军战士，游击队处死叛乱分子。同样为母亲疼爱、腰挂圣经免灾符的青年作为仇敌战死沙场，帕沙和加利乌林本是同一个大院出来的贫苦朋友，在内战中却成为死敌，一个是红军高级将领，一个是攻打红军的捷克军团指挥官、苏维埃政权的凶恶敌人。革命的失误使人民徒然流血。游击队士兵帕姆菲尔为人阴沉、孤僻，其凶残被视为阶级意识的奇迹，其野蛮行为被当成无产阶级的坚毅和革命本能的典范。他嗜杀如狂，因为恐惧白军的报复竟亲手砍死至爱的妻子和三个孩子，自己也发了疯。……

革命的功臣帕沙·安季波夫的命运更具有悲剧性。他是日瓦戈形象的对立面。如果说日瓦戈是一个对时代进行哲学沉思的智者，那么，帕沙则以行动创造了时代并成为革命时代的牺牲品。他是铁路工人的儿子，英俊、诚实、纯洁、刚毅，具有卓异的禀赋和完美的意志。他从少年时代起就怀有高傲的志向，以为世界是个广大的竞技场，各人在严守原则的前提下就可争取完美。在莫斯科工人村里他结识了女中学生拉拉，并狂热地爱上了她。他起初不明白，为什么“时代的全部眼泪和怨恨，它的任何觉醒和它所积蓄的全部仇恨和骄傲”都刻画在拉拉的脸和姿态上。婚后当得知她饱经凌辱的过去时，整个心灵被憎恨所扭曲。他去打仗、负伤、失踪（被俘往国外），当再度出现在内战战场上时，已经由俄军准尉变成了使白军闻风丧胆的枪决专家——红军名将斯特列利尼科夫。他为了替拉拉报仇，清洗血污，不惜用子弹和匕首、契卡与征粮队，以及一切血与火的手段。他同历史吵架，向旧俄国宣战。他正直坚定，犹如钢铁一般，“变成思想的体现，原则的化身”。为了地位、安全和荣誉，他遗弃妻女，丧失了人性的纯洁。但革命暴力并没有放过他。红军清除非党军事专家，他最先成为清查对象。他的悲剧是对时代和革命的莫大嘲讽。作家对这个人物持双重态度：作为暴力革命的代表，对他加以谴责；作为暴力革命的牺牲品，又抱以同情和怜悯。其用意在于控诉暴力革命对人性的压制和戕害。

日瓦戈无法理解这个“疯狂的时代”。他无法以道德理想为标准去解释革命中的种种不正常现象，陷入痛苦和迷惘。他认为历史的进展应该建立在有利于人类的索求生存、维护人格自由、捍卫人的尊严和信奉人道主义的基本信念上。生活本身永远“不断更新，按着自我改进的方式发展”。基于此，他视革命为不合理的、非法的现象。它给俄国带来灾难，使知识分子受到蹂躏。他终于对整个革命丧失了信心。他对游击队长坦率地说：“仅仅为了这些议论，人们就血流成河。目的抵偿不了手段。”终于从游击队驻地逃离，渐渐远离革命浪潮，成为时代的孤独过客。

日瓦戈的悲剧在于理想和现实无法调和的悲剧。在剧烈动荡的时代，日瓦戈走过了坎坷的一生：他事业无成，有医道救不了世人；在私生活上，他有家不能供养，不是忠实的丈夫，尽责的父亲，眼睁睁看着妻儿被驱逐出境，又无力保护情侣，无可奈何地将拉拉推给科马罗夫斯基；他但求温饱的最起码的生存条件也几乎难以得到保障，最终在郁郁寡欢的苦闷和对亲人揪心的怀恋中默默地死去。

日瓦戈身处历史之中，又超越于历史之外。他在喧嚣中保持着可贵的清醒，以智者的目光观察历史的流向，以孤独的灵魂映射出历史的回声。正如《客西玛尼的林园》一诗借耶稣之口所言：“世世代代将走出黑暗，承受我的审判。”他把无法调和的矛盾和痛苦交付给历史：

转眼即是几百年，
同样的云同样的山，
同样的溪流河水间，
悠悠岁月依然。

日瓦戈与拉拉的爱情主题是对革命主题的补充和陪衬。两个主题相配合，共同传达出作者对人生、社会和历史的思考。情人拉拉是作者衷心赞美的女性，是真善美的化身。她美丽脱俗，坦诚真挚，坚强而富于自我牺牲精神。她热爱生活，热烈地追求个性解放。少女时代就被诱骗失身，但她努力“要按自己的意志改变命运，开始全新的生活”，两次摆脱了科马罗夫斯基的控制。她被相爱的丈夫遗弃，又因帕沙参加过红军而受株连，成为被清洗的对象，不得不四处躲藏，最终未能逃过被捕的厄运。

作者把他们的爱情当作永恒的美来象征，以寄托自己的人生理想。日瓦戈和拉拉，两人出身经历不同：拉拉因政治株连而远离革命，日瓦戈因理想的幻灭而逃避革命。时代的巨浪把两个无家可归的革命弃儿冲击到了一起。他们有着同样赤裸与孤独的心，就像最初的两个人，亚当和夏娃，“当一丝柔情从心中升起，宛如永恒的气息飘进他们注定灭亡的尘世”。这种心心相印的世外桃源式的爱情生活更使他们对革命暴力充满了恐惧和憎恶。为躲避追捕，他们逃到瓦雷金诺，想在这远离尘嚣的环境中编织共同的美梦，却被无所不在的革命风暴所粉碎。当拉拉被科马罗夫斯基带走时，作者让渐渐落山的夕阳象征远去的拉拉。二者合而为一，共同象征着日瓦戈对人生的追求即将破灭。

日瓦戈与拉拉的关系更多地折射出小说的象征层面。拉拉是俄罗斯的象征，她是文化女神，孕育着俄罗斯的青山原野和文化。书中出现两处活埋意象：一处是拉拉梦见自己被埋在土里，左胁、左肩和右脚露出，左乳生出一丛青草；一处是日瓦戈听到女巫的话后产生的幻觉，他看到利剑劈开了拉拉的肩胛，从里面抖出了城市、街道、住宅和土地。由此可见，他们的爱不完全是世俗意义上的爱，而是精神上的相互呼唤与回应。对日瓦戈而言，是对俄罗斯母亲的爱，对拉拉而言，则是俄罗斯文化对自己培育的儿子的爱。在几千年来世界所创造的伟大业绩中，他们是最后的悼念。日瓦戈医生经历了苦难、死亡，又从死亡中复活并得到永生。这是精神上的不死鸟，是人类文化中一股不断的血脉，是知识分子的社会良心。诗人已去，魂归何处？它将在广袤的大地上生根、发芽、开出璀璨的思想之花，抑或是赤火焰焰的精鸟，鸣叫在历史回归人类精神家园的路途中。

在西方，《日瓦戈医生》受到高度赞誉。它被认为是“一部不朽的史诗”，“继《战争与和平》后，还没有一部作品能够概括一个如此广阔和如此具有历史意义的时期”；它是“关于人类灵魂的纯洁和尊贵的小说”，它的问世是“人类文学和道德史上的伟大事件之一”。作家本人被誉为“世界最伟大的诗人之一”，“为整个文明世界所尊敬的作家”。到 20 世纪 60 年代初，这部作品在国外有 25 种以上的译本。但是，在苏联它却是悄悄地流传于民间，始终没有公开出版。直到 1986 年，作协为帕斯捷尔纳克恢复名誉，1988 年，苏联国内才首次用俄文出版了这部巨著。1989 年 12 月 9 日，瑞典科学院把 31 年前作家被迫放弃的诺贝尔奖章颁给了他的儿子叶・帕斯捷尔纳克。1990 年在帕斯捷尔纳克诞辰 100 周年之际，为这位“伟大的作家”筹建的博物馆正式开放。

（梁坤）

人的命运

［俄］肖洛霍夫

米哈依尔·亚历山大罗维奇·肖洛霍夫（Михаил Александрович Шолохов，1905—1984）是苏联最负盛名的作家之一。他生于顿河地区维申斯卡雅镇克鲁日伊林村的一个磨坊主家庭。曾在家乡、莫斯科和波古恰尔读小学和中学。1918年，德国干涉军进入顿河地区，辍学回家。1920年，在村里做扫盲教师。不久又参加苏维埃政权的粮食征购队。1922年来到莫斯科，先后当过装卸工人、泥水匠、统计员、会计、办事员等。次年参加共青团作家和诗人小组“青年近卫军”，后加入“俄国无产阶级作家联合会”（拉普）。1923年发表第一篇作品《考验》。1926年出版中短篇小说集《顿河故事》和《浅蓝的原野》。他一生都在写顿河，因此又被称为“亲爱故乡的编年史家”。其史诗性的长篇小说《静静的顿河》（计四部八卷，分别于1928年、1929年、1933年、1940年陆续出版）和短篇小说《人的命运》在苏联文学史上占有丰碑式的地位。此外，他还著有《被开垦的处女地》（1932—1959），《他们为祖国而战》（未完成）等长篇小说。

肖洛霍夫曾先后出任苏联科学院院士、苏联作家协会理事会书记、苏共中央委员和最高苏维埃代表。肖洛霍夫的创作为他赢得了巨大的荣誉。1965年5月24日，在他60诞辰之际，苏联最高苏维埃授予他列宁勋章，苏联国防部授予他元帅佩剑。10月15日，瑞典皇家科学院宣布授予他1965年度诺贝尔文学奖。他的作品在全世界都受到了广泛欢迎。

1984年2月21日，肖洛霍夫在故乡维申斯卡雅镇病逝，被安葬在他终生眷恋的黑土地上。他的半身铜像伫立在顿河岸边，永久凝视着顿河的滚滚波涛。他的作品则成为俄罗斯人民和全世界人民的宝贵财富。

作品梗概

安德烈·索科洛夫是千千万万普通的俄罗斯人中的一个。家境贫寒，又遇饥荒，父母和妹妹都饿死了，他成了孤儿。后来他进工厂当了工人，并建立了幸福美满的家庭。妻子伊琳娜温柔贤惠，三个孩子聪明可爱。1941 年德国法西斯入侵，破坏了和平安定的生活。战争爆发的第三天，安德烈·索科洛夫响应祖国的召唤，抛妇别子奔赴前线。告别时，妻子悲痛欲绝，他心里也很难受，却推了她一把，这一推成了他永久的悔。

他在一个汽车连当司机，受过两次轻伤。1942 年在洛佐文基城下，在往前沿运送炮弹时，遭到敌人的突袭，被敌人重磅炮弹击中，受伤被俘。在德国集中营里，他掐死了一个企图出卖同志的叛徒。他和苏联战俘受尽折磨和凌辱，但是安德烈宁死不屈，努力捍卫自己做人的尊严。直到 1944 年，战线迫近德国本土的时候，他利用给德国少校工程师开汽车的机会，把德国工程师俘获，开车冲过前沿阵地，回到祖国。

在医院休养期间，满怀一家团圆希望的索科洛夫收到了邻居的来信。告诉他在 1942 年 6 月，他家的房子就被德国重型炸弹炸毁，他日夜思念的妻子伊琳娜和两个女儿早已死在法西斯的炸弹之下。……儿子阿纳托里当即上了前线。当他回到家乡的时候，他的家已经变成了一个很深的弹坑，灌满了黄浊的水，周围的野草长得齐腰高……一片荒凉，像坟地一样静。他忍着“穿心的悲痛”重返前线。他把唯一的希望和欢乐寄托在已当上大尉和炮兵连长的儿子身上。然而，就在胜利的那一天，在柏林附近，儿子被一个德国狙击兵打死了。

亲人牺牲，家园毁灭，安德烈·索科洛夫带着一颗创伤累累的心复员。战争结束后，他住在一个朋友家里，仍旧当司机，日夜奔忙。在一家茶馆附近，他遇见了蓬头垢面的流浪儿瓦尼亚，孩子的父母都死于战争，索科洛夫把他收养下来，一老一小相依为命。一天，因为道路泥泞，他的车在一个村子撞倒了一头牛，他被吊销执照，不得不带着孩子投奔住在他省的战友。这“两个失去亲人的人，两颗被一场空前剧烈的战争风暴抛到异乡的沙子……什么东西在前面等着他们呢?”

作品节选

…………

“六月二十九日早晨，我那个少校要我开车把他送到城外，朝特罗斯尼察的方向开：他在那边指挥修工事。我们出发了。少校在后座上安闲地打瞌睡，我的心却几乎要从胸膛里跳出来。我把车开得飞快，但出了城就放慢速度，后来把车停下。我爬出来，朝四下里观察，发现后面老远的地方，有两辆大卡车在慢腾腾地移动着。我拿出秤砣，把车门开得大些。胖子仰靠在椅子背上，打着呼噜，好像躺在老婆身边一样。嘿，我拿起秤砣，朝他左边的太阳穴重重一击，他的头耷拉下来。为了保险起见，我又给了他一下，但不想打死他。我要把他带回去，他能给我们供出许多情况。我从他的枪套里抽出'巴拉贝伦'①，把它塞进自己的口袋里，把螺丝刀插在后座的靠背上，用电线勒住少校的脖子，再紧紧地拴在螺丝刀上。这样一来，在开快车的时候，他就不至于歪到一边或者倒下了。我急忙套上德国军服，戴上船形帽。好了，我开足马力，拼命把车一直朝着炮声隆隆、战斗激烈的地方开去。

"我从两个火力点中间穿到德国佬的前沿阵地。从掩蔽部里跳出几个自动枪手，这时我故意减低车速，好让他们看见车里坐着少校。但他们大喊大叫，摆动双手，意思是前面去不得。我却假装没听清，踩大油门，拉上了八十公里的挡。等他们明白过来，开始用机枪朝我的车扫射的时候，我已经开到了真空地带，像兔子那样拐来拐去，绕过一个个弹坑向前飞跑了。

"这时候，德国人从后面扫射，可是前面的自己人也搞糊涂了，他们用自动步枪朝我开火。挡风玻璃被打穿了四个地方，散热器也被子弹打坏了……但我一看，已经快到湖边的小树林了。我们的人朝汽车跑来。我猛地钻进这片树林打开车门，倒在地上，亲吻着泥土，感到连气都透不过来了……

"一个年轻小伙子，军服上佩戴着我还从来没有见过的草绿色肩章，第一个跑到我跟前，咬牙切齿地说：'啊哈，该死的法西斯，你迷路啦？'我扯下身上的德国军服，把船形帽踩在脚下，对他说：'我亲爱的糊涂蛋！乖儿子，我怎么是法西斯呢？我是地地道道的沃龙涅什人！我被俘了，懂吗？现在快去车里把那头阉猪解下来，拿好他的公文包，带我去见你们的首长。'我把手枪交给他们，中间经过几个人的手，傍晚时才来到上校那里——他是师长。在这之前，我们的人让我吃了饭，洗了澡，经过一番审问后发给了一套制服，所以当我出现在掩蔽部里站在上校面前时，可以说，我身着整齐的军装，从心灵到肉体都是干干净净的了。上校从桌子后面站起来，向我迎面走来。他当着所有军官的面拥抱我，并且说：'谢谢你，战士，谢谢你从德国人那里给我们带来了一份贵重的礼物。你那个少校加上他的公文包，对我们来说，比二十个俘虏更重要。我要为你向司令部申报政府的嘉奖。'我听了他的这番话，被他的一片好意感动得手足无措，我的嘴唇哆嗦着不听使唤，好不容易才说出一句话：'上校同志，我请求把我编入步

---

① 一种自动快发手枪。

兵连。’

“上校却笑了，他拍拍我的肩膀说：‘要是你连走路都困难，那怎么当武士呢？今天我就送你去军医院。让你在那里治治病，养养身体，然后给你一个月假回去探亲，等你期满归来后，我们再看看，把你分到哪个连。’

“上校和掩蔽部里的全体军官，一一同我握手，亲切道别。我走出来的时候，心中激动万分，因为这两年来我根本没有受到过人的待遇。你可知道，兄弟，当首长跟我谈话的时候，我一直习惯成自然地缩着脖子，一副惟恐挨打的样子。你瞧瞧，这些法西斯的集中营，把我们弄成什么样啦！……

“我在医院立即给伊琳娜写了一封信。写得很简单：怎么当的俘虏，怎么带了一名德国少校逃了回来。咳，也真怪，不知怎么我竟像孩子那样吹起牛来了！我忍不住告诉她，说上校答应要为我请功哩……

“有两个星期，我吃了睡，睡了吃。他们要我少食多餐，否则由着我吃，我会胀死的，这是医生说的。我养足了力气。可是两周后我又茶饭不思了。家里音信全无，老实说，我开始发愁了。根本不想吃东西，夜里睡不着觉，各种各样可怕的念头尽往脑子里钻……第三个星期，我总算收到了一封沃龙涅什来的信。但信不是伊琳娜写的，信是我的一个邻居，木匠伊凡·季莫菲耶维奇写来的。唉，老天爷保佑，但愿任何人不要收到这样的信！……他告诉我，还在四二年六月，德国人来轰炸飞机厂，一颗重型炸弹刚好落在我家房子上。伊琳娜和两个女儿正巧在家……唉，他写道，连她的尸骨都没有找到，小屋不见了，只留下一个深深的弹坑……当时我连信都读不下去了。我的眼前一片漆黑，心揪成一团，怎么也缓不过来。我倒在行军床上，躺了一会儿，才把信读完。邻居还写道，那次轰炸时阿纳托里刚好进城。晚上他回到村里，对着弹坑默默地望了好一阵，连夜又回城里去了。临走时他对邻居说，他要志愿参军上前线去。事情就是这样。当我揪紧的心渐渐舒展开来，血液在耳朵里轰鸣的时候，我又回想起我的伊琳娜在火车站跟我难舍难分的情景。这么看来，她那颗女人的心当时就预感到，今生今世她跟我再也见不着面了。可我当时还推了她一下……我有过家，有过自己的房子，这些都是我们成年累月一点一点苦心营造的，可是转眼之间，这家，这房子全都毁了，只剩下我孤零零一人。我常想：‘我这悲惨的一生莫不是一场梦?’要知道，在战俘营里，我差不多每天夜里都要跟我的伊琳娜和孩子们交谈——当然是自言自语。我鼓励他们说：我会回来的，我的亲人们，不要为我担忧，我很坚强，我能活下去，以后我们会团聚的……这么说来，这两年间我一直是跟死去的人说话呀?!”

讲述的人沉默了片刻，接着用一种变得异样的声音，断断续续地轻轻说：

“咱们再抽支烟吧，兄弟，我心里怎么憋得慌呢。”

我们又抽起烟来。在春水泛滥的树林里，啄木鸟响亮地啄着树干。温暖的春风依然那样懒洋洋地拂动着杨树上干燥的花絮；那些云朵像一张张白色的满帆，依然在蓝天上飘浮。然而，在这相对无言的悲痛时刻，这春意盎然、万物复苏的无边世界，在我看来似乎也变了模样。

沉默得令人难堪，于是我问：

“那么后来呢?”

“后来吗?”讲述的人勉强回答说，“后来上校批准我休假一个月，一周后我回到沃龙涅什。我心急火燎地走到了我们一家人曾经住过的地方。一个深深的弹坑里灌满了浑浊的锈水，周围的野草长得齐腰高……一片荒凉，静得像墓地一样。唉，兄弟，我实在难受极了！我站了一会儿，心里默默哀悼着死去的亲人，随即又回到了火车站。在那里，我连一时半刻都呆不下去，当天就乘车回到了师里。

“不过三个月后，我像钻出乌云的太阳，又喜气洋洋啦：我的阿纳托里找到了。他给我写了一封信，看来信是从另一个方面军寄来的。他从邻居伊凡·季莫菲耶维奇那里弄到了我的通信地址。原来，他先是进了炮兵学校，在那里他的数学才能派上了用场。一年后，他从学校毕业，成绩优秀。接着上了前线。这封信就是从前线写来的。信中他说，他已经获得大尉军衔，指挥着一个四十五毫米炮炮兵连，得过六枚勋章和许多奖章。总之一句话，各方面都赶过他老子啦。我又一次为他感到万分骄傲！不管怎么说，我的亲儿子当上了大尉和炮兵连连长，这可不是闹着玩的！而且还有那么多勋章。虽说他的父亲开着‘斯蒂贝克’① 运送炮弹和其他军需品，那也无关紧要。做父亲的能耐快到头了，可他是大尉，前程远大呢。

“这下我天天夜里做起老头子的美梦来了：等战争结束，我给儿子成亲，自己去跟年轻人一起过，干点木匠活儿，逗逗小孙子。总而言之，想的都是安度晚年的事啦。可是，连这个梦我也做不成了！冬天，我们不歇气地只顾进攻，彼此没有时间经常写信，到了战争快结束的时候，我们已经来到了柏林城下。一天早上，我给阿纳托里发了一封信，可第二天我就收到了他的回信。我这才知道，我们父子俩通过不同路线都来到了德国首都郊外了，而且两人离得还相当近。我等呀，盼呀，恨不得立即同他见面。唉，我们也见面了……五月九号，我们胜利的那一天，就在这天早晨，我的阿纳托里被德国的狙击兵打死了……

“第二天上午，连长把我叫了去。我一看，他身旁坐着一位我不认识的炮兵中校。我刚走进房间，他立即站了起来，好像是遇到上级一样。我们连长说：‘索科洛夫，他是来找你的。’说完就转身望着窗外。我全身像遭电击一般，因为我预感到事情不妙。炮兵中校走到我跟前，轻声说：‘坚强些，父亲！你的儿子

---

① 美国造的一种大卡车。

大尉索科洛夫，今天在炮位上光荣牺牲了。请跟我一道去吧！'

"我的身子摇晃起来，但脚还是站稳了。后来我跟中校坐上一辆大汽车，穿过堆满瓦砾的街道，这事现在回想起来，恍若在梦中一般。依稀记得士兵的队列，覆盖着红丝绒的棺木。我看到了我的阿纳托里，唉，兄弟，近得就像我现在看到你一样。我走到棺木跟前。里面躺着我的儿子，又不像我的儿子。在我的记忆中，我的儿子是一个窄肩膀、细脖子、尖喉结、脸上总是笑嘻嘻的孩子。可眼前躺着一位宽肩膀的年轻英俊的军官，他的眼睛半睁半闭，他的目光似乎越过我的身旁，注视着我不熟悉的远方。只有他的嘴角，那永远挂着的微笑，让我记起当年我那亲爱的儿子托里卡[①]……我亲吻了他，退到一旁。中校讲了话。阿纳托里的战友们擦着眼泪，我却欲哭无泪，我那眼泪显然在我心里干涸了。可能由于这个缘故，我的心常常痛得这么厉害……

"在远离故乡的德国土地上，我埋葬了我最后的欢乐，最后的希望。炮兵连的同志们为我的儿子鸣放礼炮，为他们的连长送葬。我的心仿佛碎了……我失魂落魄似的回到自己的部队。不久，我复员了。上哪儿去？难道回到沃龙涅什？无论如何不去了！这时我想起我的一个朋友住在乌留宾斯克，他因伤去年冬天就复员回家了。他曾经邀我去他家做客，我想起了这档事，就搭车去了乌留宾斯克。

"我的这位朋友，夫妻两人，没有子女，住在城边一座自己的房子里。他虽说有伤残，但在一个汽车连里当司机，把我也安排在那里工作。我就住在这位朋友家里，夫妻俩把我当自己人看待。我们跑运输，把各种货物运往各区，秋天就去运送粮食。这段时间里，我认识了一个孩子——我新认的儿子。瞧，他正在那边沙地上玩着呢。

"通常跑完长途，回到城里，你知道，头一件事就是上茶馆吃点东西，噢，当然也要喝上二两解解乏。对这种有害的玩意儿，老实说吧，我又上瘾了……有一次，我在茶馆附近看见了一个小家伙，第二天又看见他了。这么个破衣烂衫的小叫化子。小脸蛋上溅满西瓜汁，还沾着尘土，脏得要命，头发乱蓬蓬的，可是那双小眼睛，亮得像雨后夜空的星星！说来也怪，小家伙那么招人爱怜，我甚至开始想念他了，跑完长途总想尽快见到他。他就在茶馆附近靠人们施舍过活，——总有人给他点什么的。

"有一次我去国营农场拉粮，第四天，我把车子直接开到茶馆那边。我那个小家伙坐在台阶上，甩着两条小腿儿，一看就知道，他饿了。我从车窗里探出头，对他喊道：'喂，瓦纽什卡！[②] 快上车头，我带你到大粮仓去，再从那边回到这儿，咱俩一起吃饭。'他听见我的叫声身子哆嗦一下，跳下台阶，爬上踏脚

---

① 阿纳托里的小名。

② 瓦尼亚的爱称。

板，小声小气地问：‘叔叔，你怎么知道我叫瓦尼亚的？’那双明亮的眼睛睁得大大的，等着我怎么回答他。嗨，我就对他说，我这个人见过世面，我什么都知道。

“他从右边过来，我打开车门，让他坐在我旁边，把车子开走了。这小家伙聪明伶俐，可不知怎么忽然一声不响，想起心事来，不时抬起长长的向上卷起的睫毛看我一眼，叹一口气，这么一个黄口小雏儿，倒已经学会叹气了。他不该这样呀！我就问：‘瓦尼亚，你爸爸在哪儿？’他小声说：‘在前线牺牲了。’‘那妈妈呢？’‘我们跑出来的时候，妈妈在火车上被炸死了。’‘你们是从哪儿来的呀？’‘不知道，记不得了……’‘在这儿你也没有一个亲戚吗？’‘一个也没有。’‘那你夜里睡在哪儿？’‘走到哪儿，睡到哪儿呗。’

“这时候，我热泪盈眶，当即决定：‘从今往后我们再也不分开了！我要认他作儿子。’我的心立刻舒坦起来，不知怎么心里也亮堂了。我朝他弯下身子，悄悄问他：‘瓦纽什卡，你可知道我是谁吗？’他立即问：‘谁？’我还是那么悄悄地说：‘我是你爸爸。’

“我的天哪，这是怎么啦！他扑到我的怀里，双手勾住我的脖子，亲我的脸颊，嘴唇，额头，像一只小黄鹂那样清亮地柔声地叫起来，叫得连驾驶室里的马达声都听不见了：‘爸爸，我的亲爸爸！我知道！我知道你会找到我的！迟早会找到的！我等了你好久啊，一直等你来找我！’他贴在我的胸口，浑身哆嗦，如同风中的一棵小草。我也泪眼模糊，全身打颤，两手发抖……当时我怎么没有放下方向盘，说来也奇了！但是我还是无意中把车开到了排水沟里，把发动机弄熄火了。我的眼前还是一片模糊，我怕开车撞倒什么人。我把车停了五六分钟，这时我的乖儿子一直使劲依偎着我，一声不响，瑟瑟发抖。我用右手挽住他，轻轻地抱搂在胸前，用左手倒车，把车开回自己的住处。什么粮仓不粮仓，当时我哪儿顾得上它呢！

“我把车抛在大门口，抱起我新认的小儿子进了屋。他的小手紧紧缠着我的脖子，进屋时也没有松下手。他的小脸蛋贴在我胡子拉碴的脸颊上，像粘住了，就这样我把他抱进了屋。主人夫妇正巧都在家。我进屋后，朝他们挤挤眼睛，兴冲冲地说：‘快来瞧瞧，我可把我的瓦纽什卡找回来了！快点招待我们吧，好人们！’这对没有孩子的夫妇立即明白是怎么回事，就跑前跑后忙碌起来。我可是怎么也挣不开儿子的搂抱。后来好不容易总算把他哄下来了。我给他用肥皂洗手，让他坐下吃饭。女主人给他的盘子里盛汤，看到他狼吞虎咽的那副吃相，看得直掉眼泪。她站在炉子旁，不停地用围裙抹眼泪。我的瓦纽什卡看到她在哭，跑到她跟前，拉着她的衣角说：‘阿姨，您为什么哭呀？爸爸在茶馆那边找到了我，现在大家都应当高兴呀，你别哭了。’而那位，我的天哪，她倒哭得更伤心了，简直成了泪人儿啦。

…………

“怎么对你说呢，兄弟，即使我不出那次撞牛的事，我反正也要离开乌留宾斯克的。难以忍受的苦闷不让我在一个地方长久呆下去。等我的瓦纽什卡再长大些，他该上学了，到那时候，或许我会安定下来，在某个地方落户。可现在，我要带着他在俄罗斯大地上到处走一走。”

“他走不动吧，”我说。

“他很少用他的脚走路，多半骑在我的脖子上。我把他往肩上一放，驮着他就走。要是想活动活动身子，他就爬下来，在道边蹦蹦跳跳跑一跑，活像头小山羊。兄弟，这些算不了什么，不管怎么样，我们过得下去的。可是我这颗心经常颤得厉害，该换个活塞了……有时候突然发作，阵阵绞痛，痛得我眼前一片漆黑。真害怕不知哪天在睡梦中死去，会吓坏我的小儿子。此外，还有一件伤心事：几乎天天夜里我都要梦见死去的亲人。多半是这样的：我站在带刺的铁丝网后面，他们站在外面，在另一边……我跟伊琳娜和孩子们有说不完的话，但只要我动手去扯开铁丝网，他们立即就离我而去，在我眼前消失了……这真是件怪事：白天我总能控制住自己的感情，表现得很坚强，再大的压力，你不会听到我叫一声‘哎哟’，叹一口气，可是夜里醒来——枕头却让眼泪打湿了……”

树林里传来了我那位同志的喊声和哗哗的划桨声。

这个素不相识，但此刻我已倍感亲切的人，站了起来，伸出一只木头般粗硬的大手说：

“再见了，兄弟，祝你一切顺利!”

“祝你平安到达卡沙雷。”

“谢谢。喂，乖儿子，咱们上船去。”

孩子站到父亲跟前，挨着他的右侧，拉住父亲棉袄的衣角，在迈着阔步的大人身边碎步小跑起来。

两个失去亲人的人，两颗被一场空前剧烈的战争风暴抛到异乡的沙子……什么东西在前面等着他们呢？我真心希望：这个俄罗斯人，这个有着百折不挠的意志的人，能经受住一切磨难，而那个孩子一定会在父亲身旁健康成长，等他长大成人，也能经受住一切考验，克服自己道路上一切障碍，如果祖国召唤他这样做的话。

我怀着沉重悲凉的心情望着他们渐渐远去的背影……本来，我们已经平平淡淡地分手了，可是瓦纽什卡那两条小腿儿连蹦带跳跑出几步之后，一边跑一边却朝我回过头来，挥着一只粉红色的小手。于是刹那间，仿佛有一只柔软的但尖利的爪子抓住了我的心，我急忙转过脸去。不，那些在战争年代白了头发的上了年纪的男人不只在睡梦中哭泣。他们在大白天也会落泪。这里重要的是，要及时转过脸去。这里最重要的是，不要伤害孩子的心，男儿有泪不轻弹，不要让他看到你的脸上淌着伤心的眼泪……

（选自冯加译本，见《世界中篇名著金库·人的命运》，四川文艺出版社，1996年版）

作品赏析

这篇小说的创作发端于作者10年前的一次邂逅。1946年春天，正是冰消雪化时分，肖洛霍夫外出打猎，在草原上一条小河边的渡口，遇见一个司机正带着他收养的儿子等待渡河，两人攀谈起来。司机感人肺腑的倾诉使作家非常激动。司机的遭遇和命运吸引着他，刺激着他的创作欲望。他决心以此为素材写一个短篇小说。10年后，他终于酝酿出了这样一部内容高度浓缩的艺术精品。

作家没有按事件的正常时序来安排结构，他只是选取了“最富于孕育性的顷刻”，截取最后收养瓦尼亚这一小段，采用倒叙的手法，用追忆的形式叙述出主人公的一系列悲剧事件：抛妻别子奔赴前线，受伤被俘，在德军空袭中家破人亡，儿子在胜利之日牺牲……在小说开篇走来的是这两个人，结尾处渐渐走出读者视野的也是这两个人，但正如瓦尼亚突然回过头来挥动着冻得发红的小手时，作家心疼得像被一只尖尖的爪子抓住了一样，他们的悲剧命运也永远留在了读者心中。

《人的命运》从思想内容和思考角度上都与过去战争文学不同。第一，过去写战争的胜利及胜利带给人们的喜悦，《人的命运》则以大胆的笔触表现战争的残酷和惨烈，深沉地揭示出整整一代俄罗斯人的顽强战斗精神和不屈不挠的生存意志。战争的残酷性与破坏性不仅表现为对肉体的摧残，更重要的是带给人们的精神创伤。小说基调低沉忧伤。索科洛夫和他领养的儿子从一条泥泞的道路上吃力地、蹒跚地走来，这条道路象征着索科洛夫和经历过战争的一代人所跋涉过的苦难历程，象征着他们的悲剧命运。

索科洛夫在战争中两次受伤，又当了俘虏。在俘虏营受尽折磨和虐待，整日饥肠辘辘，还要干超负荷的体力劳动。他曾设法逃跑，又被抓了回来，遭受毒打之后又被狗撕咬得血肉模糊，几乎丧命。无论是战时在俘虏营里，还是战后在乌留宾斯克，他差不多夜夜都梦见死去的亲人。“这真是一件怪事：白天我总能控制住自己的感情，表现得很坚强，再大的压力，你不会听到我叫一声‘哎哟’，叹一口气，可是夜里醒来——枕头却让眼泪打湿了……”战争使他家破人亡，给他带来了无尽的哀伤和悲愁，他的心灵难以承受这样的苦难，“有时候突然发作，阵阵绞痛，痛得我眼前一片漆黑”。瓦尼亚的爸爸在前线牺牲了，妈妈在火车上给炸死了，小小的年纪就成了流落街头的流浪儿。这两个孤苦伶仃、各自流浪、失去一切亲人的俄罗斯人，最后融为一体，成为父子，互相确认了对方在自己生活中的地位。这个合二为一的“共同命运”，体现了整个时代俄罗斯人的命运。索科洛夫在极度的悲痛和绝望中发出了他的“天问”：“有时夜里睡不着，黑暗中睁大眼睛在想：‘生活啊生活，你为什么这样折磨我？为什么这样惩罚我？’无论黑夜，还是白天，我都得不到答案……得不到，永远得不到！”这段话道出了对战争的强烈控诉，为整个作品定下了悲凉、凄楚、孤寂、伤感的基调。

第二，过去的战争文学多强调苏联公民对祖国应担负的义务，这篇小说也表明了这一点：在祖国危难之际，安德烈·索科洛夫挺身而出，战争爆发后的第三天便奔赴前线，英勇作战，宁死不屈。他为国家尽到了自己的义务。对这样一个人，国家和社会应该尽什么责任？在和平环境中，他的生活道路艰辛而坎坷。战后他无家可归，不得不寄居在老战友家里。他工作努力，因为开车撞倒了一头牛就被吊销了驾驶执照，他不得不带着瓦尼亚再次投奔远在他省的战友，为生活而艰难地奔波着。西方称这个问题为双轨道问题，《人的命运》也提出了这个问题。

第三，过去的战争文学多塑造高大全的英雄，这篇小说转而描写普通人。作者特别强调这个人物的平凡和普通。战前他是一个普通劳动者。他像许多男子汉一样，手中有钱便喝得烂醉如泥。他爱自己的妻子儿女而不婆婆妈妈，为人正直，富于正义感。在战争中他没有做出惊天动地的业绩，也没有表现出非凡的大智大勇，他仅仅是普通一兵，他所做的一切，都是一个普通的苏维埃战士应该做而且能够做到的。他坚强不屈，鄙视那些怕苦、怕死的胆小鬼和成天流着眼泪鼻涕跟老婆情人喊冤叫苦的懦夫。他相信既然是军人，就得忍受一切，应付一切。他勇敢果断，亲手掐死了企图出卖共产党员的叛徒。他刚强坚定，面对敌人的枪口和死亡，视死如归，毫不畏惧，表现出革命战士在特定环境下的顽强和气节。他正气凛然，迫使敌人为之敬畏。他热爱祖国，押载着德军少校，穿过封锁线回到祖国的怀抱，继续战斗。他梦寐以求的是在和平环境中安居乐业，然而希特勒发动的战争毁灭了他的家和他的理想。这个普通人的不幸命运正是战争中整个人类悲剧命运的缩影。

小说引起了“非英雄化”的问题。作者把人性美体现在这个战士身上，表现人物丰富的精神世界和人性之美：虽饱经磨难，但并没有变冷酷无情，仍富有同情心。在家破人亡之后，他收养了孤儿瓦尼亚。作家在此着力渲染出了战后人们创伤累累的心灵对感情温暖的强烈渴求。作家要告诉人们，卫国战争正是由于这些普通人的爱心与奉献才赢得了胜利。对普通人命运的关心，是 20 世纪 50 年代出现的新的人道主义。《人的命运》所表现出来的人道主义倾向，到了 60 年代初，在苏共二十二大提出的“一切为了人，一切为了人的幸福”以及“和平、劳动、自由、平等、博爱和幸福”的口号下（后来成了文艺界的口号）得以强化。

第四，关于战争的描写，传统上把战争分为法西斯战争与反法西斯战争，肯定正义战争，反对非正义战争。肖洛霍夫首先肯定了这场苏联人民保卫祖国的正义战争，谴责法西斯战争，但在思考战争与人类的关系时，他多次表述过这一思想："任何一种战争都不能创造任何东西，战争就是破坏者。"作家以悲剧意识观照战争，以代言人的姿态，从文坛上阐明了苏联人民的现实态度：人类从战争的角度预言未来，永远不应持乐观态度。他说："我们生活在不平静的年代。但是地球上没有一个民族希望战争。存在着把整个整个的民族抛进战火的力量。战争的灰烬，那第二次世界大战的看不到边际的废墟的灰烬，怎能不敲打作家的心房呢？一个正直的作家怎能不反对那些妄图让人类自我毁灭的人呢？"肖洛霍夫写调子低沉和忧伤的悲剧，是以核大战的观点和想象来审视的结果。核战争没有胜利者，它带来的将是人类共同的毁灭。他站在新的时代高度审视过去的战争，反对战争，呼吁和平。这就是肖洛霍夫为战争题材作品所指出的"新前景""新道路"，小说开风气之先的作用也表现在这里。

《人的命运》在主题格调与色彩上具有明显的多重性和复调性。作家在描写人民如何赢得了战争时，更强调战争如何摧残了人民；在肯定战争对人类英雄主义的弘扬时，更揭示了它留在人类心灵上的浓重阴影。其间，悲剧意识是小说框架构成的整体。

肖洛霍夫美学思想的特点在于求真和求善，即尊重人的价值，关心人的命运。他说："人的命运，我们这个时代的人的命运，未来的人的命运，永远使我不安。"作为"人民的儿子"的艺术家，不能像"奥林匹斯山上的神灵那样，凌驾于各种敌对势力的搏斗之上，对人间的疾苦漠不关心"。他认为艺术活动的目的和理想就是用自己的作品帮助人们变得更好些，心灵更纯洁，唤起积极为人道主义和人类进步的理想而斗争的意向。在这样一种美学思想的指导下，他写出了一部"长篇史诗式的短篇小说"，这就是《人的命运》。这部小说标志着肖洛霍夫继《静静的顿河》之后的又一创作高峰，在苏联文学史上和战争题材文学中都是一部具有划时代意义的里程碑式的作品。它的发表标志着卫国战争文学进入了第二阶段。

（梁坤）

鱼　王

［俄］阿斯塔菲耶夫

维克托·彼得罗维奇·阿斯塔菲耶夫（Виктор Петрович Астафьев，1924—2001）是当代俄罗斯著名抒情小说作家，乡村小说的重要代表。作品被认为继承了屠格涅夫、普里什文和帕乌斯托夫斯基的自然文学传统。作为苏联生态文学的领军人物，其生态伦理观极具代表性，是苏联生态文艺思潮的浓缩。他生于西伯利亚克拉斯诺雅尔斯克州奥夫相卡村一个农民家庭。母亲早逝，先由祖母抚养，后来进了孤儿院，参加过卫国战争，做过记者。1975 年因一系列作品《峡口》（1959）、《盗窃》（1966）、《最后的致敬》（1968）、《牧童与牧女》（1971）获苏维埃联邦共和国高尔基奖，1978 年和 1991 年因《鱼王》（1978）和《记忆的拐杖》（1988）两次获得苏联国家奖，1989 年获得苏联社会主义劳动英雄勋章，1989—1991 年当选为苏联最高苏维埃代表，1994 年，作家因“对俄罗斯文学的杰出贡献”而被授予俄罗斯独立凯旋奖。1995 年因发表的长篇小说《被诅咒和被杀死的》（1994）获俄罗斯联邦国家奖，1996 年《真想活着》（1995）获俄罗斯布克奖。2009 年索尔仁尼琴奖的颁奖词写道：“授予世界级的作家，在被毁灭的自然和人的命运中寻求光明和善的勇敢的文学战士。”

阿斯塔菲耶夫主要书写战争和乡村，通过卫国战争和生态战争两大主题探讨瞬间与永恒、爱与死、善与恶等哲理问题。《牧童与牧女》被作者称为“现代牧歌”，主人公负伤后，在对恋人的苦苦思念中死去，表现超乎战争的残酷之上的人性的力量。《最后的致敬》是由 23 个短篇和一部中篇组成的系列小说，贯串着作家对生活中稳定的道德价值的关注。作品在展示主人公维佳成长的同时，刻画了一系列普通的俄罗斯人形象，其中祖母象征着“人的不朽，人民的生命力和人民永恒的记忆”。《悲哀的侦探》（1987）揭示苏联社会中的丑恶现象和犯罪行为。《鱼王》、《树号》和《熊血》等作品都是在广阔的社会背景上表现生态主题，深化了对西伯利亚自然生态问题的思考。

作品梗概

《鱼王》是阿斯塔菲耶夫的代表作。全书由13个内容相对独立的“叙事短篇小说”组成[①]。作家书写自己于1972—1975年几次回到故乡克拉斯诺雅尔斯克附近的奥夫相卡村的见闻、追忆与思考。他虽然曾在其他城市工作、生活过，但最终还是回到故乡的小木屋里静静写作。他以传记文献为基础，创造出将小说、道德思辨和抒情散文熔于一炉的独特风格。没有贯串始终的主人公，没有精心编织的情节，但是在西伯利亚广袤空间里人与自然的主题统摄下成为一个和谐有机的整体。

第一部包括八篇小说。有“我”的父亲，弟弟柯利亚和他心爱的狗鲍耶的故事，有偷渔者和偷猎者的生活经历。《鲍耶》讲述父亲因挥霍公款喝酒被发配去北方。启程登船时，弟弟柯利亚带着鲍耶为父亲送行，鲍耶舍不得主人扑过去，却被押送人员打死。《达姆卡》《在黄金暗礁附近》《鱼王》写的是叶尼塞河及支流奥里巴哈河上非法捕鱼的故事。摸鱼人在河底布满了排钩、渔网、冰下钩绳和鱼钩，跟渔业稽查员周旋。结果是稽查越严格，鱼在水底深处死得越多，很多死鱼翻到了水面上。达姆卡一再偷渔，被罚款、没收船只，人变得神志不清，醒过来后故伎重演，又被送上法庭。《渔夫格罗霍塔洛》的同名主人公听到“恩师”库克林落水遇难，躲在一边不去搭救。他偷捕到一条大鲟鱼，被新来的稽查员抓获。因为没法换酒喝，回家想打老婆，烧房子，结果被村里人捆了起来。《黑羽翻飞》记述人们肆意虐杀池塘中的生命，闯进原始森林，猎杀天鹅、大雁、黑貂、驼鹿、松鼠等等，飞禽走兽死伤无数。当年被出版审查机构删掉的小说《没心没肺》于1990年发表，内容是追忆一个苏联军官从北方冰原流放地诺里尔斯克劳改集中营逃亡的苦难历程。他在20世纪30年代“大清洗”中成为政治犯。为了求见斯大林揭露真相，几次出逃被抓，最后被杀死在集中营采石场。

第二部的五篇小说反映了广泛的社会生活，《鲍加尼达村的鱼汤》写的是阿基姆一家的故事。《葬后宴》写阿基姆在地质队做司机，助手彼得鲁尼亚被黑熊

---

① 小说最初以删节的形式发表在《我们的同时代人》杂志1976年第4—6期，被审查员删掉的《诺里尔斯克人》（Норильцы）一章于25年后回归，并在1990年第8期的《我们的同时代人》杂志上以《没心没肺》为题发表。

杀害，悲痛的阿基姆杀死黑熊，却被怀疑是凶手，因证据不足犯罪不能成立而解除审讯。葬后宴上人们吃掉了熊肉。几年后，阿基姆回到森林，却没有找到朋友的墓址。在《白色群山的梦》中，戈加·盖尔采夫肆意践踏女性，掠夺自然，最终惨死在森林中。莫斯科女孩艾丽雅被他带到森林中，又在生病时遭到遗弃，后为阿基姆所救。

作品节选

一滴水珠

月亮像一条银鳞斑斓的鱼在树梢头闪耀了一下，轻轻触及云杉的尖顶，就落向沿河的林带深处，再也没有跃起来。天上的星星隐下去了，河色变暗了，曾在月光下摇曳着的树影又消失了。只有在浅滩处闪着回光的奥巴里哈河沿着冲刷出来的弯弯曲曲的河沟流向叶尼塞河。它在那里顺着坡度不大的河岸分成几股支流和一些河汊子，形成一把破笤帚的模样，在体态肥硕、精力充沛的叶尼塞河的腰肢上挠抓，怯生生地挑逗着它。叶尼塞河老爹在一个很突出的长形白石沙嘴上稍微停顿了一下，使强大的水流激起汹涌的波涛，随后又把一条小溪纳入它的怀抱，它把这条小溪和另一些湍急清澈的小河汇在一起。它们从千百里外川流不息地奔赴而来，为的是一点一滴地用青春的活力去充实这条伟大河流的永恒运动。

寂静好像已经到了顶点，但是我凭借的既不是听觉，也不是肉体，而是凭借了对自然的内心感应，感到了极顶的寂静，感到了新生婴儿在诞生之日囟门上的搏动——正如古人说的，这是独一无二的圣灵在世上翱翔的刹那来临了。

一滴椭圆形的露珠，饱满凝重，垂挂在纤长瘦削的柳叶的尖梢上，重力引它下坠，它凝敛不动，像是害怕自己的坠落会毁坏这个世界。

我也凝然不动了。

在前线，战士就是这样手里握着炮绳，守在大炮旁边凝然不动，等候发布命令的声音的，这声音本身不仅是出自人口的一个微弱的声响，而且支配着一种可怕的力量——火，在古代，它被目为神灵而后来变成了杀人毒焰。火这个词，它曾经使人从四肢爬行中直立起来，把他抬到万物之灵的地位，而如今它竟变成了惩治者的铁腕——“开火!”在我所知道的语汇中不论过去和现在，都是一个最可怕和最有吸引力的语汇了!

一滴露珠垂挂在我脸的上方，清莹莹，沉甸甸。柳叶使它滞留在叶面的折槽里，露珠的重量还胜不过，或者说，暂时还无法胜过柳叶的柔韧。“别掉下来!别掉下来!”我念叨着，祈求着，祝祷着，全身心领略着内心和外界的宁静。

森林的深处好像听得到一种神秘的气息，轻微的足音。甚至觉得天空中浮云也像是别有深意，同时神秘莫测地在行动，也许，这是天外之天或者“天使翅膀”的声响?！在这天堂般的宁静里，你会相信有天使，有永恒的幸福，罪恶将烟消云散，永恒的善能复活再生。两条狗惶惶不安，不时地抬起头来。塔尔桑好像喉咙里滚动着一块小石头似的，低声地吼着，后来已重新打起盹来了，忽然又猛地张开嘴，却把一声猛吼连同嗡嗡叫着的蚊子又咽了回去，只是含含糊糊地号了一声。

小伙子们都睡得很香。

我给自己斟了一杯混有灰烬和蚊子的茶，望着火，想着有病的弟弟和我那半大不小的孩子。我觉得他们好像都还很小，是两个被人遗忘和抛弃而需要我的保护的孩子。我的儿子已经念完九年级了，两个肩胛骨突得高高的，撑着一件紧贴脊背的短上衣，腕关节的皮绷得紧紧的，两条腿像两根细棍接在膝盖下面。总而言之，他还没有发育成熟，还不结实，完全是个少年。可是他也快离开家庭了，去学习，去部队服役，去陌生人那里受人家管教。弟弟按年龄算，虽说已是个男子汉了，生了两个孩子，走遍了整个原始森林和叶尼塞河沿岸，去过遥远的泰梅尔，但他的身材比我的这个尚未成年的儿子还要小。脖子上的颈椎骨像小坚果似的一粒一粒凸出在外边，手腕子又细又弱，脊背因劳累而压得紧抵在骶骨上，肚子凹进去像镰刀的形状，背有点驼，个子瘦小，不过筋骨很好，其貌不扬的外形里却蕴藏着一股男子汉气派和坚强的禀性，可是，不知为什么我觉得我的儿子、弟弟和世上所有的人都很可怜。眼前在原始森林的篝火旁边，在这辽阔无垠的、警觉敏感的世界里，我的两个亲人却无忧无虑地酣睡着。在凌晨的酣畅的梦境里睡得口涎直淌，梦里也依稀理会到，不，不是理会到，而是感觉到有依靠，有人在旁边守护着他们，往篝火里添加木柴，把火烧得旺旺的，并时时在想着他们。

但是要知道总有一天他们会单独留下来，留在这绚丽多彩而又严峻可怕的世界上，到那时不管是我，还是别的什么人将再也不能给他们温暖和庇护！我们常常会不加深思地唱些高调。比如总是唠叨说：儿女是我们的幸福，是我们的喜悦，是我们光明的未来！但儿女也是我们的痛苦！是我们永难摆脱的忧虑！儿女，是我们接受人世审问的法庭，是我们的镜子，在这面镜子里，我们的良心、智慧、真诚、贞洁——一切都一览无遗。儿女能拿我们作掩体，而我们却永远也不会把他们当掩体。还有：不管他们如何有地位，有才智，有势力，可他们总是需要我们做父母的庇护和帮助的。当你想到我们在世的日子已经为时不多，那时他们将孤单单地留在世间，除去父亲和母亲，谁还能了解他们是什么样的人呢?谁能不计较他们的短处呢?谁能理解他们?原谅他们?

而这一滴露珠呀!

如果它掉到地面上，怎么办?唉，如果能安心地把儿女留在一个太平无事的世界上那该多好呢!

但是这一滴露珠，露珠！……

我把双手放到脑后。我看到在叶尼塞河不远处，灰蒙蒙如洗的晴空里很高很高的地方有两颗忽明忽暗的小星星，它们像原始森林里舞鹤草的花籽那般大小。星星那神灯样的光辉，那种神秘莫测和超凡脱俗，总会在我的心里引起一种夹杂着痛苦和忧郁的慰藉。如果有人对我说“彼岸世界”，那么我想象的不是什么阴曹地府，不是黑暗，而是这些微弱的、遥远的、一亮一亮的小星星。但我还是奇怪，究竟为什么这些微弱的、遥远的小星星会使我充满忧伤呢？其实，这有什么可奇怪的呢？随着年龄的增长，我领悟到：欢乐是过眼烟云，转瞬即逝，常常是虚幻的；而忧伤却是永恒的、令人得益的、始终不渝的。欢乐总像昙花一现，不，更像闪电破空，夹着隆隆雷声飞驰而过。忧伤却像那神秘莫测的星星，虽然发出的是幽幽的光，却是昼夜不熄的，它能引起你萦怀亲人，思念爱情，憧憬某种神秘玄奥的事物，也说不清究竟是想到了令人苦恼而又甜蜜的过去，还是想到了那诱人的，而且由于难以捉摸而令人既畏怯又向往的将来。忧伤像个明智的成年人，它已经存在千百万年了。欢乐则永远是童蒙稚年，天真烂漫，因为它在每个人的心灵中获得新生，年事越长，欢乐就越少，犹如花朵，林子越密，花就越少。

然而这与天空、星星、夜晚、原始森林的黑暗有什么相干？

这是它，我的心灵，使周围的一切蒙上了不安、疑虑、惊慌、如临灾祸的气氛。地上的原始森林和天上的星星都是在亿万斯年前还没有我们人类的时候就有了的。一些星星陨灭了，或者碎成片片，但接替它们在天上又繁衍起另一些星星。原始森林的树木死死生生。一些树毁于雷电，被河水冲倒，另一些树的种子洒落到水里，或者随风散播。鸟儿从雪松上把松球扯下来，啄食坚果，结果使它们散落到苔藓地里，生根成长。我们只以为，是我们在改造一切，也包括改造原始森林在内。不是的，我们对它只是破坏、损害、践踏、摧残，使它毁于烈火。然而不管我们如何费尽心计去糟蹋它，它始终不会传染上我们的恐惧、惊慌，也始终不会对我们产生敌意。原始森林依然是那么雄伟、庄重、安详。我们自以为是支配着自然界，要它怎么样就能怎么样。但是，当你一旦窥见了原始森林的真面目，在它里面待过并领略过它医治百病的好处以后，这种错觉就会不复存在，那时，你将震慑于它的威力，感受到它的寥廓虚空和伟大。

鱼　王

突然，大鱼笨重的身体在船尾处掀起了浪头，一下子又掉过身子辗转翻腾，搅得浪花四溅，使河水变得像一片片烧焦的黑色破布片。这条鱼扯紧了排钩的横档，却不往水下游，而是径直往河心的航道上窜，这使一段段绳索、软木浮子、钓竿翻打着水面和船身，把搅成一团的鲟鱼纷纷从排钩上抖落了下来。“这傻家伙透个气，就翻江倒海似的！”伊格纳齐依奇想道，他迅速收紧了排钩上松动的绳子，立刻看到那条大鱼就在船边。他看得惊呆了：乌黑锃亮的背上，脊鳍都折断歪斜了，鼓鼓的鱼身两侧，裹在有棱有角的鳞甲棘皮里，轮廓分明，好像从鳃到尾周匝着无数的锯齿。鱼身的棘皮因浸泡在河水里而绷紧着，小股的水柱顺着鳞片流淌，汇集到高高翘起的尾部的凹处，通身看上去是湿淋淋的、光滑的，但实际上却像玻璃碎屑拌和着砂子一般。

这条鱼不仅大得离奇，而且外形类似古生动物，它从头到尾都像史前的蜥蜴，头部下面像刨过一刀那样齐平，颔下长着柔软的、没有血管的、像软体虫一般的触须，尾巴则像膜翅。儿子的动物学教科书中有这种蜥蜴的插图。

河中央的航道上，水流湍急，波浪起伏。小船晃动着，从一边歪到另一边，在浪中颠簸。可以听得到鳇鱼经水浸泡而变得光滑的鳞甲在小艇的铝合金外壳上磨出的叽叽嘎嘎响的声音。刚长了一年的鳇鱼还不能叫鳇鱼，一般还只能叫多须鱼，再长下去就叫盆盆鱼或锅盖鱼，它像个奇形怪状的爆开的松果或者像满身是刺的纺锤。多须鱼的模样和味道都会令任何饕餮之徒望而却步，这种鱼吃下去简直会划破肚子，刺穿内脏。可也真怪！就凭这些细骨头、尖刺儿，竟能长成这么大个儿的鱼！而且它们吃的是些什么东西呢？小虾，瓢虫，泥鳅而已。唉！自然界不是个谜吗？就在近旁有长脚秧鸡在咯咯叫。伊格纳齐依奇侧耳倾听——好像在水上叫？长脚秧鸡是一种脚很长的擅跑的旱禽，早在节令以前就应该迁移到暖和的地方去了，事情也真怪，这会儿竟还在此地咯咯地叫！听声音近极了，好像就在脚边。“不会是在我裤裆里叫吧！”伊格纳齐依奇想开个玩笑，甚至说几句有伤大雅的话，使自己摆脱紧张、愕然的状态。可是他所希望的轻松情绪并没有出现，也没出现那种发疯般的狂热劲儿，没有那种灼人心肺、吞噬一切、使骨节都会嘎嘎作响、使理智能丧失殆尽的欲求。相反，身子左方那个高度警觉的顺风耳，或是千里眼，却像被淋上了热乎乎的酸菜汤，闭目塞听了。大鱼在吐气，原来所谓长脚秧鸡的咯咯叫声，就是从它那由软骨构成的嘴里发出来的。伊格纳齐依奇突然觉得，这条盼望已久的、见所未见的大鱼是不祥之兆。

“我这是怎么啦？”这个渔夫惊讶起来。“我不怕神，不怕鬼，只相信冥冥之中有一种力量……说不定事情全在于这种力量吧？”伊格纳齐依奇把排钩的绳子系在铁制的桨架上，取出小提灯，贼溜溜地用袖子遮着亮，把这条鱼从尾巴后面照起。鳇鱼圆圆的，长满棱刺的脊背在水面上一闪，弯曲的尾巴疲惫而小心翼翼地划动着，仿佛有人把漆黑的夜空当做磨刀石，在磨砺一把鞑靼式的弯曲的马刀。骨质的鳞甲保护着这条鱼宽大而微微倾斜的前额，鳞甲下面两只小眼睛从水里盯住人看，黑眼珠有打猎用的特大砂弹那么大，外面有个黄圈。这两只眼睛光秃秃的，没有眼睑，没有睫毛，像蛇一样冷漠地盯着人看，隐含着某种深意。

这条鳇鱼给六个钩子钩住了。伊格纳齐依奇又给它加了五个。尖钩刺穿了这个庞然大物像皮革般坚韧的皮层，但它连抖都没有抖一下，只是擦着船帮移向船尾，蓄足力量准备投入正在压进尾舱来的水浪，把排钩的系绳都扯断，挣断牵缆，弄断所有这些丝毫不起眼的，却又这么锐利锋快，可以致命的小铁钩子。

鱼鳃更加急促地一翕一张，嘶叫声也变得更凄厉了。“马上就会跑掉!”伊格纳齐依奇心凉了半截。他没有仔细思索，单凭掠过的这个念头，更不妨说是单凭经验，心里就明白：独自一人是降服不了这个庞然大物的。得再给这条鳇鱼多扎上些钩子，然后把它撇在这儿，让它在水里精疲力竭。要是弟弟能赶来这儿，一定能帮得了忙。别的事儿不敢说，但在这种要紧的、有利可图的事上，他是不会死心眼儿的，会收起他那股子傲气的。不过集体农庄的轮船到扎列契耶去装运收下来的白菜了，不到天黑，柯曼多尔不会到奥巴里哈来。

得等着，等——着！咳，就是等到了，又怎么样呢？把鳇鱼分掉？一砍两半，说不定还要一分为三，因为轮机手总是死皮赖脸地跟着这位老弟，这家伙和那个十恶不赦的孬种达姆卡一样，是个窝囊废。这条鳇鱼至少好挖两桶鱼子。鱼子也分成三份儿?!“瞧，又来了，又来了，你那种卑鄙的想法又来了！看来，乌特洛宾家那种不可救药的毛病，你又犯上了！……”伊格纳齐依奇鄙夷地责备自己。

他现在是什么人？返本归原他又是什么模样？比达姆卡好？比该死的土匪格罗霍塔洛好？还是比弟弟好？所有偷鸡摸狗之徒其实都是一样的德行，一样的嘴脸！只不过有些人能够不露声色，蒙混一段时间，但总有一天，或者像死了的库克林常常说的那样，劫数一到，所有这些家伙都会给扫到一起，然后各自得到应得的下场。一个人只要能不随波逐流，能站稳自己的脚跟，生活得有主见，不为任何诱惑所动，自求温饱而决不从公家锅里舀取一杯羹，也就是说不为蝇头小利而出卖自己的人格，不好酒贪杯，不走邪门歪道——这样的人就能在生活中，在人世间赢得一席之地。而其余的一切人只配扔进垃圾箱、废品堆和泔水桶。“嘿，真是个聪明透顶的人!”伊格纳齐依奇一笑。“你什么事都一清二楚，讲什么都头头是道！促狭鬼！多地道的演员呀！那就露一手看看，你捕鱼有多大能耐?”伊格纳齐依奇心痒难熬，急于想露一手了。他平素总是把西伯利亚俄罗斯人的拗戾固执、死爱面子、贪得无厌的习性认作是一种奋发精神，然而正是这种习性能使人一反常态、欲念中烧、痛楚不堪。

“别惊动它！可别惊……动它!”他稳住自己。“你制服不了它！……”

他觉得，如果说出声来，那么就像有一个理智清楚的人在一旁说话，他能借这些声音使头脑清醒。然而话声却显得断断续续，遥远而又含糊不清。传到他耳中的只是微弱的声响，根本进不了他那浸沉在狂热的工作中的头脑，头脑正在计划如何下手，在一大堆杂乱无章的感情里离析出一种对行动的欲求，这种欲求控制了他这个人，左右着他的行动——他把斧子、尖钩子移近自己身旁，想用它们把那条被弄得昏头昏脑的大鱼拖上来。他也不敢划船靠岸。平水期过去了，河水因秋季风雪交加而上涨，它咆哮，回旋，直冲到很远的岸边，大鱼绝不肯往浅水区游。它那满是鱼子的肚子只要一擦到什么硬东西，那时它那种打挺翻身的劲儿，那种喧嚣折腾会把所有的绳索和钓竿一股脑儿地弄个精光。

这样的鳇鱼决不能白白放掉，鱼王一辈子只能碰上一次，而且还不是每个人都碰得到的。达姆卡就从来没有碰上过，也不可能碰上了，他现在不再下河捕鱼了，钓竿都扔了……

伊格纳齐依奇哆嗦了一下，因为无意中触犯了忌讳，虽然只是在自言自语中——他听到过许许多多有关鱼王的传说，当然，很想抓到它，看个究竟，但是不消说，又有点胆战心惊。爷爷常说：最好把它，这该诅咒的东西放掉，而且还要装得若无其事，似乎是毫不在意地放掉它的，然后画个十字，照常过你的日子，并且常常想着它，求它保佑。可是这回话已经出口，只得干下去了，就是说，非得逮它一条大鳇鱼不可！别去管什么禁忌，横下一条心来干——老辈里的人，那些各式各样的巫师，胡说八道得还少吗，爷爷也是一个样：住在森林里，见了车轮也要磕头求拜……

“嗨！豁出去了！”伊格纳齐依奇蛮悍地用尽全力用斧背猛斫“鱼王”的脑门，根据斫下去那种清脆而不是重浊的声响，以及斫后毫无反应的情况来看，他猜到是打偏了。不应该用这么大的傻劲儿斫，应该干净利索，一击就中。可是再斫第二下已经来不及了，现在一切都在一瞬间决定了。他用钩子把鳇鱼钩个正着，差不多已经要把它拖进小船了。他已经准备发出胜利的号叫，不，不是号叫——他又不是城里的孱头，他从来就是渔夫——他只不过是要在这儿船里，用斧背对着鳇鱼鼓起的脑盖再来一下子，然后轻轻地、得意地、胜利地笑一笑。

这时，他再次吸足一口气，加一把劲儿，把脚在船帮上抵得更着实些，靠得更稳些。但是原先愣着不动的鱼却猛一转身，一下子甩着了船身，只听得轰隆一声，船舷外黑压压涌起一堆东西，但不是水柱，不是的，竟是河水炸裂成的凝块。渔夫的头部像被重物猛击了一下，压得双耳一阵剧痛，心里也像挨了一下，胸中迸出“啊——”的一声，真像是一次爆炸把他向上抛去，摔进沉寂的虚空。“这原来和打仗一个样……”他刚想到这里一股寒气透进因搏斗而还在激动的心底。

水！他喝了一大口水！他正往下沉！

好像有什么人抓住他的脚往下拽。“挂在钩子上了！钩住了！完了！”他感到小腿上轻轻的刺痛——鱼还在挣扎，搅得排钩既扎进它自己的身体，也扎进了捕鱼人的身体。伊格纳齐依奇头脑里忧伤而顺从地，而且是完全顺从地冒出了一种无能为力的听天由命的念头，一种一闪而过的念头：“有什么办法呢，完了……”——但捕鱼人毕竟是身强力壮的男子汉，鱼却已精疲力竭，奄奄一息。他要制服的不是这条鱼，而首先是这种盘踞在心底的听天由命、甘心死亡的念头。有了这种念头就等于死亡，就等于转动了通往地狱之门的钥匙，在那里，谁都知道，一切有罪的人的牢狱是安排在另一边的："再敲天堂的大门也是徒然……"

伊格纳齐依奇向上一蹿，吐了一口水，吸足了空气，看见眼前尽是乱七八糟的绳子，他抓住绳子，顺着绳子的横档爬向小船，抓住了船边——可要爬进船去就不行了：腿上又扎进好几只缠在一起的排钩的钩子。疯狂的大鱼笨重地在下钩地段里辗转翻腾，结果，渔具坠子都荡了开去，排钩缠在一起，钩子一个接一个扎进了它的身躯，这也危及到捕鱼人。他拼命把腿伸到船底下面，紧贴在船体上，但钓钩照样不饶他，大鱼尽管已经十分虚弱，却依然在挣扎翻腾，浑身沾满了油烟似的泡沫，锯齿状的脊鳍和尖利的鱼嘴巴，在水里时隐时现，仿佛一把铁犁在翻耕黑沉沉的大地。

"上帝啊！你就分开我们吧！放这个畜生自由吧！我可消受不起！"捕鱼人微弱地、无望地祷告起来。他在家里不供圣像，不信上帝，对爷爷的告诫也老大不敬。这真是不应该啊。即使为防万一，哪怕就是为了眼前这种怪事，也应该供个小圣像，哪怕就供在厨房里也好，万一有人说闲话——可以推到死去的母亲身上——就说，她留下的，她临终嘱咐过……

大鱼平静下来，它好像是摸索着靠向小船，使劲地挨着船帮——一切有生之物总喜欢紧挨着点儿什么！尽管它眼睛已被打瞎，身上被鱼钩扎得遍体鳞伤，因而神志模糊，但它还是用灵敏的吸盘在水里摸索着什么，鼻子尖顶着了人的腰。伊格纳齐依奇战栗了一下，吓得魂飞魄散。他似乎觉得大鱼咯吱咯吱地砸吧着大嘴和鳃帮，正在慢条斯理地把他活生生嚼下肚去。他试着让开一点，双手攀着倾侧的船帮移动，但大鱼尾随不舍，执拗地探找着，触摸着，冰冷的鼻子软骨一旦戳到他暖和的腰部，就不再动弹，并紧挨着他的胸口吱吱嘶叫，这简直像是一把钝锯子在锯他的肋骨，他的内脏好像被吸进了那湿漉漉的、张得大大的鱼嘴，就像落入了绞肉机的进料口一样。

鱼和人都筋疲力尽，鲜血流淌。人的血在冷水中凝结不起来。鱼的血到底是怎么样的呢？也是红的。鱼血。冷血。鱼身上的血毕竟很少。它要血有什么用呢？它生活在水中，用不着用血来暖和身子。人居住在陆地上，才需要温暖。那人跟鱼又何必互不相让，何必呢？河流之王和整个自然界之王一起陷身绝境。守候着他俩的是同一个使人痛苦的死神。鱼受折磨的时间会长些，它是在自己家里，再说它也不懂得如何去结束这种拖延的痛苦。可是他却很清楚，只消从船帮上松手就可一了百了。鱼会把他压到水下，使他战栗，钓钩刺得他皮开肉绽，促使他……

"怎么呢？促使我怎么呢？断气吗？挺尸吗？不！没那么容易，没……那么……容易！”捕鱼人更使劲地按住结实的船帮，猛地从水里往上一冲。他想要个花招骗过这条鱼，突如其来地用足狠劲引体向上，想翻过这近在咫尺的、不高的船舷！

鱼被惊动了，激怒地把嘴一咂，弓起身子，尾巴一扫，渔夫立刻感到腿上一阵刺灼的疼痛，但几乎完全没有声音，像蚊子咬人一样。“这到底是怎么回事呀！”伊格纳齐依奇抽噎了一下，身体耷拉下来。鱼也立刻安静了下来，挨近他，似醒非醒的样子，已经不再顶住他的腰部，而是直抵他的腋下，鱼的呼吸声已经听不到了，鱼身四周的水波也只有轻微的晃动，于是他暗暗高兴起来——大鱼已昏昏欲睡，眼看就要翻身朝天了！空气正在销蚀着它的生命，它流血过多，在与人的搏斗中精疲力竭了。

伊格纳齐依奇不再动弹，默默地等待着，感到连自己也昏昏欲睡。

鱼似乎明白，他们是系在同一根死亡的缆绳上的，因此它并不急于跟捕鱼人同归于尽。它扇动着两鳃，发出一种像摇篮曲一般令人诧异的枯燥的吱吱声。鱼摆动着鳍和尾以保持自身和人都得以漂浮在水上。静谧的梦幻境界笼罩着鱼和人，使它们的躯体和神志都处于抑制状态。

在疫疠流行，大火成灾，各种自然灾害猖獗一时的年代里，野兽和人两相对峙的事在在可见，野熊、恶狼、猞猁和人觌面相迎，虎视眈眈，有时候双方一连几个昼夜等待着死亡。这种可怕的场面，叫人毛骨悚然，但是，一个人和一条鱼同遭厄运，一条通体冰凉、动作迟钝、满身鳞甲、眼珠蜡黄的鱼，这双眼睛不同于野兽的眼睛，不，野兽的眼睛是聪明的，而这对眼睛却像猪崽的那样饱食餍足而毫无理性——这种事世界上难道有过吗？

…………

“我可不愿意，不——愿——意！”伊格纳齐依奇猛一挺身，尖叫起来，他动手捶打鱼的脑壳。“走开！走开！走——开！”

鱼挪过一点，身后拖着捕鱼人，笨重地搅得水浪起伏。他的手顺着船舷滑过去，手指松开了。当他一只手捶打鱼的时候，另一只手完全瘫软了，于是他用尽最后一点力气把身体往上一拔，让下巴颏儿够到了船舷，就搁在它上面。颈椎骨咯咯作响，喉咙嘶哑干裂，好在手臂轻松了些，但是身体，特别是两条腿好像离得很远，不像在自己身上，右脚完全感觉不到了。

于是捕鱼人开始劝说这条鱼快点死掉：

“唉，你要什么呢？”他嘶哑地颤声说道，带着一种自己也没有料到的、可怜巴巴的、装出来的阿谀奉承的口气。“你反正要死了……”转念一想，万一鱼倒真懂话呢！于是改口道：“……你就闭上口眼，认命了吧！你会好受些，我也会好受些。我在等弟弟，可是你有谁好等呢？”他发抖了，嘴唇哆嗦，愈来愈低地轻声叫着：“弟——弟！……”

他侧耳细听，没有任何回音。一片寂静。静到可以听见自己紧缩成一团的心的跳动。捕鱼人再次昏迷了，黑暗从他身子四周更紧密地袭来，耳中鸣响，说明他已极度衰弱了。鱼侧转身体——它也奄奄一息了，但还是不让水和死亡把它翻成腹部朝天。鱼鳃已经不再咯咯作响了，仅止于发出吱吱的声音，好像蛀虫在蛀蚀厚树皮里面受潮变质的木头。

…………

他动了一下，感觉到鳇鱼就在身旁，感觉到它的身体在半睡半醒地、懒洋洋地移动——大鱼把胖鼓鼓的、柔软的肚子紧紧地、小心翼翼地贴着他。这种小心翼翼，这种想暖和一下并保护身上孕育着的生命的愿望含有某种女性的意味。

“难道这是会变形的精怪?!”

大鱼那副旁若无人的、饱食之后懒洋洋地侧着身子打盹的样子；嘴巴咯吱咯吱地好像在嚼白菜帮子的那副模样，以及它那种执拗地要贴近人的渴望；那个好像由混凝土浇筑成形而被钉子划出一道道痕路的额头，前额鳞甲下默默转动着的那一对眼珠和那种疏远地、不怀好意地、大胆地盯着他看的目光——所有这一切都能证明：这是个会变形的精怪！这精怪的腹中还包孕着另一个精怪。在鱼王甜滋滋的痛苦中有着某种罪恶的、人性的东西，看来，它临死之前回想起了某些甜蜜的、神秘的事情。

但它能回想起什么呢，这个水生的冷血动物？这会儿它微微抖动着长在癞蛤蟆一样松弛的皮上的软触须，触须后面是个没有牙齿的窟窿，一会儿紧闭，向下弯成一条缝，一会儿张圆了往外嗝水。它除了在河底的淤泥里打滚，从泥浆里找点小虫子填饱肚子以外还会有什么念头呢?！是把鱼子孕育得大大的？是每年一次和雄鱼厮混还是往水里的沙石上磨蹭？它还能有什么呢？有什么呢？为什么他先前从来没有发现过这条鱼的模样有多恶心呢！连它那种娘儿们才会有的细皮白肉也令人讨厌，皮层裹着这些肉，尽是一层一层蜡黄的油，勉强靠软骨连结起来；加上那密密层层的鳞甲，那独此一家的鼻子，还有这些软触须，这一对在黄疸色脂肪里滑动的小眼睛，塞满了脏乎乎的黑鱼子的内脏，这都是其他鱼没有的——一切的一切都叫人讨厌，作呕，不堪入目！

竟然为了这么条鱼，为了这么一个混账东西，连应该怎么做人都忘了！让贪欲迷住了心窍！连童年也因此暗淡无光，无足轻重了。但思量起来，他也确实不曾有过童年。在学校里的那四年真是如坐针毡。上课时，人坐在课桌旁，常常是一面听写，或者是耳朵里面听着诗歌，思想却早已飞到了河上，心痒难熬，腿也发抖，浑身的骨节里都在呼号——鱼逮住了，上钩了！来了！来了！能想得起来的是他一直都在船上，一直在河上，追逐这些该死的鱼。费季索瓦河旁父母的割草场对他毫无吸引力，被他撇到一边。出了校门后从来没上过图书馆——没有工夫。他也曾当过学校的家长委员会主席——后来不要他，重选了：他不到学校去嘛。企业里本来预定要他当镇苏维埃代表——他是一个好把式，规规矩矩的生产者，但上边也不声不响地把他撤了——他背着人捕鱼，捞外快，怎么能当代表？民兵组织也不吸收他，把他淘汰了。那你们就自己去对付流氓吧，把他们捆起来，对他们进行教育吧，他可没有时间，他所有的时间都要去捕鱼。有人开着车把人辗死，有人动刀子杀人，更有那一班野性勃发的酒鬼带着枪械斧子在村子里乱逛，但是都奈何他不得！可也不尽然，那惹人爱的塔依卡！……

咳，你这个混蛋，土匪！竟用汽车把她撞在柱子上，断送了年纪轻轻的、美丽的姑娘，她像罂粟花的蓓蕾，含苞欲放，像娇小的鸽蛋，半嫩不熟。女孩儿在最后一瞬间恐怕是会想到亲爹和亲伯伯的，哪怕没喊出声，也一定在头脑里默默地喊过他俩。而他俩呢？他俩在哪里？他俩在干什么？

脑海里又出现了爷爷。他那套迷信传说，占卜求卦，念忏发咒：“你一抓到小鱼，齐诺维，就用细树枝抽它，从钓竿上取下来一面抽一面说：‘送来爹爹送来妈，送完姑姑送姨妈，叔叔伯伯加舅舅，再加婶娘和舅妈！’抽了几下，把它放回河里，你就等着看吧，说的话都会应验。”过去，他用细树枝抽打过鱼，起先是当真地抽，到长大了一点——有点觉得好笑，但还是照样抽打，因为对这个快板咒语深信不疑——上钩的鱼都挺大；只是没法分辨，谁是“爹爹”，谁是“叔叔”，谁是“婶娘”和“舅妈”……爷爷当了一辈子渔夫，他常躺在炉炕上，把腿蜷曲到胸前，喋喋不休地说教，那破嗓子也仿佛因患风湿而变得喑哑了：“孩子们，如果你们灵魂上有什么沉重的罪孽，见不得人的事，伤天害理的勾当，你们就跟鱼王没有缘分，要是碰上了——就赶快放掉它。放掉，放掉……这可是伤天害理，最最犯忌的。”

爷爷的音容笑貌，哪怕是最小的特征，他都记不得了，只记得渔夫的一些奇遇和他的遗训。上面这些话突然在今天记起来了，真叫人毛骨悚然！那么他究竟干过什么见不得人的事，伤天害理的勾当，竟使他这样胆战心惊呢？

伊格纳齐依奇把搁在船舷边上的下巴移下来，瞥了一眼这条大鱼和那宽阔的、木然的前额，额上的鳞甲保护着脑袋的软骨，软骨中间，一条条黄的、青的肉筋纵横交错。一件往事清晰地，原原本本地浮现在他眼前，他几乎一生都回避这件事，刚才他被排钩挂住时就立刻想起来了，但他驱走了这魔影，故意把往事置之脑后，可是现在他却无力抗拒最终的判决了。

赎罪的时刻来临了，忏悔的钟声已经敲响！

（选自夏仲翼等译：《鱼王》，广西师范大学出版社，2017 年版）

作品赏析

《鱼王》的核心主题是对人和大自然的爱以及保护地球上的生命问题。阿斯塔菲耶夫曾经写道："他或许感到他是幸福的，因为他四周是一个美丽的世界，因为他生存在这个世界上，跟一切伟大的和有生命的东西息息相通。但作为一个人，他或许了解到他在世上的使命是创造善。而了解善，肯定善，使人不至于沉沦到相互残杀和消灭世上的一切生物，这就是一个文学家的真正和最高的使命，其中也有我的使命。"①

作为叙述者和抒情主人公的阿斯塔菲耶夫行走在西伯利亚浩瀚壮阔的原始森林、奔腾喧嚣的叶尼塞河和辽阔无垠的苔原冻土上，用充满诗意的语言抒发对故乡的眷恋和对大自然的挚爱。他在静谧的森林里"聆听天使翅膀的声响"，或在夏夜的星光下篝火旁体味大自然的无穷伟力，"感到自己是大千一叶，和生命之树却有一茎相连"。他称叶尼塞为"生命之河"。"生命之河"与"生命之树"这两个巨大形象的根基都可以延伸到神话意识："它们是一切存在机制、一切开端与结局，一切地上、天上和地下的，亦即整个'宇宙志'的直观体现。"②

作家通过色彩、声音和气味探求与自然之间的通感，调制出西伯利亚生机勃勃的自然本色。在他眼中，"奥里巴哈河像一条青色的筋脉，在河床里弯弯曲曲，转折起伏"；下通古斯卡河呈现出与埃文基姑娘相似的绰约风姿和忧郁气质。他用细腻的笔触描绘出原始森林中的各种鸟兽，河流中的各种珍稀鱼类。鸟儿和毛虫、伊凡茶和树木相生相杀、生态平衡的机趣，颇富博物学的意味。为了找到在家乡那被叫作"萨兰卡"的花儿，他曾翻遍各种植物标本手册和资料，直到在遥远荒凉的下通古斯卡河岸上触摸到那朵晶莹欲滴、娴静优雅的百合花："花儿红若朱唇，形似小喇叭，花心深处像覆上了一层白色的天鹅，寒霜雾似的花粉像在透出丝丝意想不到的暖意。"他不禁跪在石滩上："从此这朵花便盛开在我心中，永远不会凋零。"（448）

自然之子阿基姆是小说的亮色。他对森林了如指掌，是渔猎能手和叙述者寻访森林与河流的向导，他的故事贯穿于小说的很多篇章。他热爱自然，了解自然的法则，尊重母亲，尊重女性。他在叶尼塞河畔的鲍加尼达村出生，为了让母亲和弟妹们免于饥饿，过早地担负起一家之主的责任。在人们之间、人狗之间坦诚相处，友好无间的化外之地，一家人靠渔业组合的鱼汤活了下来。随着铁路停建，鲍加尼达村消失，母亲去世，小孩子被送进孤儿院，家庭也解体了。他从大自然和母亲身上学到了诚实善良、勤劳奉献的品德。他照顾生病的好友柯利亚。后来他们曾经一起盖的房子、修过的船都归了亡友一家，阿基姆变得一无所有，靠到处打工过活，仍然无怨无悔。他不顾合同上规定完成的狩猎指标，在原始森林中拯救素不相识的艾丽雅的生命，给她珍贵的药品和最好的食物，安葬对自己

① 阿斯塔菲耶夫．跟一切有生命的东西息息相通．世界文学，1984（2）：162.

② Лейдерман Н. Л. Липовецкий М. Н. Современная русская литература，Книга 2，Москва，УРСС，2001. С. 73.

充满敌意的盖尔采夫，最终以无私的奉献感化了自私任性的姑娘。这是一个真正的人的形象。这个其貌不扬、饱经沧桑的小伙子活出了平凡中的伟岸。在他身上，作者寄予了对于人性复归、人与自然和谐共生的美好理想。

面对着过度渔猎、森林砍伐等生态危机，阿斯塔菲耶夫自觉肩负起文学的使命，反思人与自然的关系，为被践踏的、沉默的大自然代言，书写出20世纪俄罗斯的生态启示录。在原始森林中，人们采伐木材就像是强盗在洗劫，对待这个星球上生死相依、休戚与共的动物朋友极尽斩尽杀绝之能事。在《黑羽翻飞》中，城里人携带弹药，西伯利亚塞姆河畔的密林深处，用油锯放倒雪松，猎取黑貂，把飞禽走兽打得死的死，残的残。秋天是森林鸟类的浩劫，这是一场人祸，在最有理性的生物的祸害下，各地雷鸟几近灭绝。阿斯塔菲耶夫痛彻反思人类的罪孽："我们只以为，是我们在改造一切，也包括改造自然在内。不是的，我们对它只是破坏、损害、践踏、摧残，使它毁于烈火。"他为雷鸟唱起悲哀的挽歌：

> 已经是仲夏了，可楚什镇的池塘四周仍然堆着去年留下的黑色羽毛，像是送葬的花圈。
>
> …………
>
> 整整一冬加一春，乌鸦、喜鹊、狗和猫都大嚼雷鸟；一旦起风，干枯的池塘四岸的黑羽就纷纷扬扬起来，在楚什镇上空翻飞，遮蔽了晴空，火药的余烬和死灰好像蒙住了太阳茫然若失的脸庞。

毁坏自然不单是人的个体行为，作为整体的人类创造的整个现代文明在改造自然的过程中也显示出巨大的破坏力。过去一到冬天，图鲁汉斯克的两个水潭名贵的上等鱼就"像一大堆劈柴，一尾摞一尾"，每家撒两网就够吃一个冬天。水电站修筑后，"鲟鱼——这些给河流增辉的生灵"消失殆尽。作家谴责人类的贪欲："到何时何月我们才能学会不向大自然索取——索取千百万吨、千百万立方米和千百万千瓦的资源，同时也学会给予大自然些什么呢？到何年何月我们才学会像操持有方的当家人那样，管好自己的家业呢？"（435）在《在黄金暗礁附近》中，作家愤怒地感叹道：

> 鱼儿会哭泣吗？谁又能知道呢？它在水里本是湿的，即使哭泣也看不出，而且它又不会叫喊。要是会叫喊的话，整条叶尼塞河，而且何止是叶尼塞河，所有的河流和大海岂不都要吼声如雷。（207）

在滥用自然、破坏自然的行为里，阿斯塔菲耶夫首先看到的是人性的丧失和道德的堕落。他明确指出："人对周围大自然的态度，就已经是人本身，他的品格，他的哲学，他的心灵，他对周围人的态度。”[①] 正如《鲍加尼达村的鱼汤》所喻示的自然哺育人类一样，大自然是女性，是母亲，是人类的养育者。毁坏自然也就毁坏了自己生存的根基和未来的希望。

偷渔者和偷猎者就是人类之罪的代表。他们游走于法律和道德的边缘，为寻欢作乐，用血腥和暴力的手段在大森林里予取予求。鱼王是自然的伟力和智慧的象征，其类似古生物的外形令人醒悟这只是浩瀚永恒的自然力量之一隅。伊格纳依奇这位村里倍受尊敬的能人也一样因对大自然的贪婪掠夺而陷于绝境。他捕到一条被称作鱼王的鳇鱼，反被身受重伤的鱼王拖进冰冷的河水，挂在自己布下的排钩上。热血的“万物之灵”和冷血的“自然之王”相遇、决斗、共同赴死。此刻，他想起爷爷的告诫，追悔自己不敬上帝、践踏自然和女人的行为，向上帝和年轻时凌辱过的姑娘格拉哈忏悔：“上帝啊，你就分开我们吧！放这个畜牲自由吧!”（276）大鱼最终脱钩而去也让他得以解脱。《在黄金暗礁附近》中的柯曼多尔肆无忌惮地偷渔。他后悔以前遇见溺水者的尸体而任其漂过，没有按基督徒的方式将其埋葬。按迷信的说法，一个浮尸若两脚朝前，就是在寻找做伴的。他虽然逃过了渔场稽查员的追捕，然而他的贪欲却以爱女塔依卡横死在醉酒司机的车轮下来偿还。在《白色群山的梦》中，戈加·盖尔采夫自诩为“鄙视一切有生之物的超人”，对女性和自然单向地索取，最终受到大自然最严厉的审判，惨死在原始森林。

“造化有时，万物有期。”[②] 貌似松散的系列小说就像是一个个寓言，昭示出人与自然之间的罪与罚。因为“自然界自会在善恶之间制造平衡”。人若违背符合宇宙秩序的道德律令，忘记了做人的根本，就必然会自食其果。而女人也是上帝所造的生灵，为维护她们而设的审判和惩罚也是独特的。侵犯人类之母和侵害万物之母一样，都会受到大自然的无情报复。

“赎罪的时刻来临了，忏悔的钟声已经敲响!”小说的深层寓意正是在这里。由此便可以理解作家在叶赛宁所说的“人与自然的交叉点上”确立的道德哲学：由自然见人，由人见自然。人对待自然的态度就是人自身的道德标尺，人的道德堕落和他对自然的践踏成正比关系。他指出人类获救的途径就在于向上帝忏悔，向永恒的自然律忏悔，实现人性与道德的改进，如此方能避免恶性循环。由此便可以理解伊格纳齐依奇的忏悔和醒悟：“每人都有自己的名分，上帝分内的事归上帝安排。”

阿斯塔菲耶夫认同万物统一哲学，认为人只是自然的一部分，和大自然是个完整的生态系统：“我们总是同我们的土地，同这些群山、森林一起完成这一循

---

① Астафьев В. Память сердца，Литературная газета，15. ноября. 1978.

② 出自《圣经·旧约·训道篇》第 3 章第 1 节：事事有时节，天下任何事皆有定时。

环。”[①] 然而，野蛮而缺乏理性的人类击毙了毫无防卫能力的和平使者，没有鸟的歌声唤起一切有生之物的爱与善心，留给子孙后代的将是一个光秃秃的世界。人类失去了生存根基，成了这一星球上的孤家寡人，又有谁敢说不会遭逢雷鸟一般的命运呢？小说出版二十年后，阿斯塔菲耶夫发表文章《在世纪之末，人变得越来越孤独》，从存在主义层面阐释这部作品："在我的《鱼王》中突然探索到生态主题。那是什么样的生态主题啊！这本书写的是人的孤独，大多数文学——我们的和美国的——全都在写人的孤独。”[②] 他的慨叹令人反躬自省："大自然真会巧安排！但是它的英明能永驻人间吗？”（437）

（梁坤）

① 阿斯塔菲耶夫．树号．陈淑贤，张大本，译．桂林：广西师范大学出版社，2017：431.

② Астафьев В. Человек к концу века стал еще более одиноким, Литературная газета, 2. июля. 1997.

断头台

[吉尔吉斯] 艾特玛托夫

钦吉斯·艾特玛托夫（Чингиз Айтматов，1928—2008）是吉尔吉斯作家。从小受到吉尔吉斯和俄罗斯两种民族文化的教育，为日后成为双语作家奠定了基础。父亲曾是吉尔吉斯州委书记，1937 年在苏联肃反扩大化中遭到清洗镇压。9 岁时随母亲从江布尔市回到故乡舍克尔山村。因卫国战争爆发，14 岁辍学，先后任秘书、税收员和计工员。1942 年入江布尔中等畜牧学校，毕业后进吉尔吉斯农学院深造。1953 年就职于吉尔吉斯畜牧研究所养殖场。1956 年到莫斯科高尔基文学院高级文学讲习班进修两年。先后任《吉尔吉斯文学》杂志编辑和《真理报》驻吉尔吉斯特派记者。

艾特玛托夫从 20 世纪 50 年代初开始创作，成就斐然，笔耕不辍。主要作品有《查密莉娅》(1958)、《别了，古利萨雷!》(1968)、《白轮船》(1977)、《花狗崖》(1977)、《一日长于一百年》(1981)、《断头台》(1986)、《卡桑德拉印记》(1994) 等。他几乎获得了苏联所有的国家级文学奖，他每一部作品的问世都会引起文坛的关注、思索、震动。他的创作总是触动最具时代特征的社会问题，表现人的精神永恒，全宇宙、全人类共命运的永恒意识；在其多样化的题材中始终贯穿着激越的人道主义精神；神话与现实相结合，形成了一种容纳历史、现在与未来，集写实、象征、抒情、哲理于一体，多维度、多层次、面向全球的、规模宏伟的新型现代艺术思维方式。

艾特玛托夫先后当选为最高苏维埃代表，加盟共和国党中央委员，苏联作协书记处书记。1983 年被遴选为设在巴黎的欧洲科学、艺术、文学院院士。1988 年任《外国文学》杂志主编。1990 年任苏联总统委员会委员。苏联解体后，先后出任俄罗斯驻卢森堡大使，吉尔吉斯驻比利时、卢森堡及荷兰三国大使，兼驻北约和欧共体代表。

作品梗概

小说在三个层面上讲述了三个相互独立的悲剧故事。

自然悲剧表现的是大自然中母狼痛失爱子并为之身亡的悲剧。人类闯进莫云库梅大草原，为完成肉类上缴计划而围猎羚羊，用现代化的工具和武器（飞机、越野汽车、速射机枪）大规模屠杀野生动物，羚羊惨遭灭顶之灾。母狼阿克巴拉的第一窝狼崽，在追捕中统统丧生。母狼和公狼逃进阿尔达什湖滨的芦苇丛栖息产子，人类开矿筑路，把第二窝狼崽以及方圆几千里地的野生动物，用燎原烈火一次化为灰烬。二狼躲进伊塞克湖的深山峡谷，又生了第三窝四个崽，被酒鬼流氓巴扎尔拜偷去卖给了野生动物饲养基地换酒喝。牧民鲍斯顿想买回小狼放回狼窝，却遭到拒绝。二狼受到一次次打击，悲痛愤怒至极，开始疯狂地骚扰和报复人类。鲍斯顿被迫射杀了公狼，母狼叼走了它的孩子肯杰什。鲍斯顿击毙母狼，误杀幼子，随后枪杀巴扎尔拜，投案自首。

现实悲剧与自然悲剧环环相扣。先进牧民鲍斯顿被庸人所害，落到杀人境地而精神崩溃。鲍斯顿是一位改革者，他领导着放牧承包组和家庭承包组，要求使用固定的土地，却受到某些正统分子、警惕性很高的社会政治经济学家的质疑：这是富农的蛊惑，侵犯了社会主义原则。党支部书记是一个专制独裁而又无能的“报纸脑袋和迫害狂”，总以为他就是党，动辄以反党来卡人的脖子，他认为生产搞不好，是因为群众性的宣传鼓动工作搞得不好，当务之急是及时根除私有心理，致使伊塞克湖滨农场管理混乱。农场地少、草缺、牲畜喂养困难重重，国家肉食供应任务年年加码，庄员得不到劳动报酬，各方面陷于困境。作家通过改革者和保守者的冲突，引出生产力不发展，人类就会灭亡的教训。

精神悲剧表现的是理想主义者阿夫季在精神世界里为寻找当代上帝反被折磨至死的悲剧。公然修正《圣经》的宗教改革者阿夫季，用现代思维和新的方式进行劝善弃恶的宣传，试图摆脱和克服“基督教”旧教会千百年因袭下来的空洞、僵化的教条主义的无力状态，以便同社会上猖獗的吸毒、贩毒、酗酒、屠杀自然生灵等罪恶现象和“金钱万能”观念做斗争。结果，他被神学院开除，不得已在州共青团报社做编外记者。为了解青少年犯罪的根由，他亲赴中亚，混进贩毒团伙，跟他们一道偷采大麻，终被贩毒者识破，把他毒打后抛下火车，摔得昏死过去。但他费尽心血写成的文章因“有损社会主义声誉”被报社“枪毙”。应爱情的呼唤，阿夫季二赴中亚。他目睹当地大规模猎捕羚羊，走上前去进行劝善弃恶的宣传，被围猎者吊在盐木上摧残至死。

作品节选

第 二 部

五

…………

现在他们开始制裁阿夫季。五名瘾头十足的酒鬼——头头坎达洛夫，米沙什，克帕，哈姆雷特-加尔金和本地人乌久克拜。如果说得确切些，那么哈姆雷特-加尔金和本地人乌久克拜只是在场而已，他们一直试图多少能缓冲一下其余三名审判者的残暴，虽然很胆怯，也很可怜。

事情是这样的：傍晚时分阿夫季的那股狂劲又发作了（跟上次在货车里一样），这就成了别人惩处他的借口。莫云库梅荒原上对羚羊的大围猎，给了他极其恐怖的印象，以致他要他们立即停止这场屠杀，要这些野性发作的人向上帝忏悔，还鼓动哈姆雷特-加尔金和乌久克拜同他联合起来。那样的话，他们三人一道将抛弃头头坎达洛夫和他的喽啰们，将一道敲起警钟，他们每一个人都将时刻想着上帝，想着至高无上的创世主，期待着主的无限仁慈，将祈求主宽恕他们这些人对生机勃勃的大自然造成的灾难，因为只有虔诚的忏悔，才能减轻他们的罪过。

阿夫季高高举起双手，大声喊叫，号召他们立即站到他一边，以便向上帝忏悔，洗清罪孽。

他那副疯疯癫癫的样子，显得既荒唐又可笑，他大声呼号，跑来跑去，仿佛预见到世界末日来临，——他似乎觉得，一切正掉进火狱，一切正落入火的深渊。

他想让那些到这里来发横财的人去寻求上帝……想制止这部在莫云库梅荒原上肆意奔驰的庞大的屠杀机器——这股能摧毁一切的机械化力量……

他想战胜不可战胜的势力……

按照米沙什的主意，这几个人用绳子把他捆绑起来，扔进了卡车里的死羊堆上。

“呸！你躺在那里吧，喘口气。闻闻羊膻味！”米沙什冲着他喊叫，由于使的劲太大，嗓子都嘶哑了，“现在去喊你的上帝吧！呸！说不定，他会听见你的声音，会从天上下来救你的……”

入夜，升起的月亮挂在莫云库梅荒原上空，一场血腥的大围猎刚刚波及这片土地，在这里所有的有生之物，连狼在内，都亲眼看到了世界的覆灭……

全体破坏者都在庆祝胜利，除了这一天不幸来到莫云库梅的阿夫季……

为此他们准备制裁他……

…………

这一夜，在沉寂的莫云库梅大漠上空，一轮满月高照，泻下一片明亮得令人目眩的清辉，映出了老盐木上一具十字形的僵直人体。不知为什么人体有点儿像一只展翅欲飞的大鹏，但它被击落了，现在掉在树枝上。

离这儿一千米半的草原上，停着那辆带帆布顶篷的军用卡车。车子里，那些干完了肮脏勾当的坎达洛夫们胡乱地躺在死羊堆上，身边尽是睡梦中呕吐出来的令人恶心的秽物。空气里一片沉重而吃力的鼾声。为了把阿夫季丢下一个人过夜，他们把车开得远远的。他们想教训他：由他去体会体会离开他们后的滋味，说不定到时候他会抛弃上帝拜倒在实力面前……

对阿夫季的这种惩处是加尔金想出来的，这位演过哈姆雷特的演员一次次抓起酒瓶，像饮水似的猛灌伏特加，为了讨好头头坎达洛夫，便出了这么个主意。他说，让这个爱上帝的人受受惊吓，让他好好考虑考虑。又说把他吊起来、捆起来，然后我们跑得远远的。这么一来，他就得急着来追我们，可是哪能追得上！

第二天清早，天刚蒙蒙亮，两只狼小心翼翼地朝老窝这边接近。阿克巴拉走在前头，一夜之间，它消瘦了，两肋陷了进去。大脑袋的塔什柴纳尔沉着脸、跛着腿，跟在母狼后面。熟悉的地方空荡荡的，夜里人们不知跑到哪儿去了。不过这对野兽举足投步，如果可以这么比喻的话，就像走在布雷区，特别小心谨慎。它们每走一步，都会碰上带有敌意的陌生东西：熄灭的火堆，空罐头，碎玻璃，卡车留在车辙里的刺鼻的汽油味和铁锈味，以及到处都是的空酒瓶，里面还散发着不纯净的白酒味。两只狼走在洼地边上，准备永远离开这块乌七八糟的地方，突然间阿克巴拉猛地跳到一旁，呆呆地站定了——人！在离它两步外的老盐木上，吊着一个伸着双手、歪着头的人。阿克巴拉蹿进灌木丛，塔什柴纳尔紧随它而去。树上的人一动不动。徐风吹得树枝呼呼作响，也吹动他前额上的白头发。阿克巴拉趴在地上，身子弓得像团弹簧，正准备跳跃。它前面是人——一种最可怕的动物，给狼带来灾难的罪魁，不共戴天的死敌。阿克巴拉满腔愤恨，怒气冲冲地稍稍后蹲一下，想一跃而起，扑到人身上，咬断他的喉咙。在这决定性的瞬间，母狼突然认出了这个人。不过，在哪儿见过的？噢，这就是它夏天碰上的那个怪人，当时母狼一家来到一片香气扑鼻的草地。阿克巴拉立即回想起那个夏日，回想起它的小狼崽曾同这个人玩耍过，回想起他吓得蹲在地上，双手抱住了头，而它宽容了他，从他头上跳了过去。它还记起他那双吓直的眼睛，惊慌失措的表情，以及他无力自卫、光着身子急忙跑开的模样……

现在这个人奇怪地挂在不算高的盐木上，像只卡在树枝间的大鸟。母狼弄不明白，他是活着还是死了。那人一动不动，不出声，头歪在一边，嘴角淌着鲜血。塔什柴纳尔正要扑到挂着的人身上，但阿克巴拉猛地把它推开。母狼走到跟前，仔细打量着受难者的面容，小声哀嚎起来：它去年生的几只小狼崽都丧生了。莫云库梅的整个生活已化为灰烬。它无处可以诉说自己的悲哀，这个人也丝毫不能帮助它，他的死已经近了，但身上还有一丝热气。那人费劲地睁开眼睛，对着哀嚎的母狼轻轻嘟哝着：

“你来了……”说完，他的头不由自主地垂下了。

这是他的最后一句话。

就在这一刻，响起了马达的轰鸣——草原上出现了一辆军用卡车。车子行进着，变得越来越大，驾驶室的窗玻璃发出暗淡的闪光。这是坎达洛夫又回到造孽的现场来了……

两只狼毫不迟疑又朝远处奔去。它们跑呀跑呀，越跑越快。头也不回地离去了——莫云库梅的草原狼离开了莫云库梅，离开了这片广漠的荒原，一去不返了……

第　三　部

六

…………

这一天终于到了……

但在头天夜里，阿克巴拉又回到了狼窝。自从塔什柴纳尔死后，它是第一次回去。孤独的母狼老是躲开岩石下的老窝——它知道，洞空了，那里没有小崽在等它。不过有一次，悲痛欲绝的阿克巴拉突然产生一个愿望：想沿着熟悉的道路跑去，穿过兽径一下子钻进洞里——说不定小狼在等着它呢。它经不起诱惑，只得欺骗自己。

阿克巴拉像疯了似的跑着，不择道路，涉过水流，跃过乱石，不顾夏季牧场上夜里升起的篝火，不理凶恶的牧羊犬，不怕身后砰砰直响的枪声……

就这样，它，孤独而失常的阿克巴拉，在山间飞跑，头上是一轮高悬在空中的明月……当它跑到洞穴时，那地方已经长满了新的草丛和伏牛花幼林。它都无法辨认，不敢迈进它那早已变空、早被遗忘的住处……但要克制自己，掉头跑开，也做不到……于是阿克巴拉再次求助于月亮上的狼神比尤丽，久久地呜咽着、哀嚎着，久久地诉说着自己不幸的命运，请求狼神把它收到没有人的月亮上去……

……………

母狼之所以敢跑到离人的住处这么近的地方，是因为从昨夜起，宿营地上就变得空荡荡的了：既听不见人声，也没有狗叫声。在母亲一刻不停地思念和始终没有泯灭的希望的支配下，阿克巴拉悄悄地走遍了所有的羊圈和马栏，哪儿也没有发现失去的小崽。走着走着就挨近人的住处了。就这样，阿克巴拉站在孩子面前。它不知怎么居然发现，这个小家伙跟它的小崽没什么两样，只不过是人的孩子。当小孩伸手去够它的头，想摸摸这条和气的狗时，阿克巴拉那颗痛苦得破碎的心竟怦怦跳动起来。它走到孩子身边，舔了舔他的小脸蛋。小家伙很高兴它的爱抚，轻轻笑起来，搂住了母狼的脖子。这时阿克巴拉完全瘫软了，它在孩子脚旁躺下，开始同他玩闹——它想让孩子吸它的奶头。但他却坐到狼背上。后来又跳下来，唤狼跟着他走。“茹尔[①]，茹尔！”——他冲着狼大声喊叫，一边开心地朗朗笑着。但阿克巴拉不敢走远，它知道，那边有人。母狼一动不动，只愁苦地用那对蓝眼睛望着孩子。于是孩子又走到它跟前，抚摩它的头，而阿克巴拉又舔起孩子来——她很喜欢这样。母狼对他倾注了全部温情，不断吸着她那孩子的气息。它觉得，如果人的小崽能住在它那岩石下的窝里，那该多么舒心啊。于是母狼小心地（怕伤着他的小脖子）叼住孩子的衣领，只一甩，把他扔到脖子上——通常狼就是这样叼走羊群中的小羊的。

孩子哇的一声叫起来，声音很尖，很短促，像兔子受了致命伤。阿瑟古丽到草棚前晾衣服，听到肯杰什的喊叫就着了急，她看看墙角，扔下衣服急忙朝鲍斯顿家奔去。

“有狼！狼把孩子叼走了！快，快！”

鲍斯顿昏头昏脑地拽下墙上的枪，奔出家门，古柳姆坎紧随他而去。

“那边！那边！瞧，肯杰什！母狼把他叼走了！”阿瑟古丽吓得抱住头，大声呼喊。

这时鲍斯顿自己也看到了母狼——它碎步小跑，脖子上驮着大哭大叫的肯杰什。

“站住！站住！阿克巴拉！站住，听我说！”鲍斯顿扯着嗓子喊叫，跑去追赶母狼。

阿克巴拉加快步子。鲍斯顿拿着枪在它后面飞跑，失声喊叫：

“放下，阿克巴拉，把我的儿子放下！从今往后我再也不碰你们了！放下，把孩子放下，阿克巴拉！听我的话，阿克巴拉！”

他似乎忘了，他的那些话对狼不起任何作用。喊叫声和追赶只能吓着母狼，于是它跑得更快了。

---

① 吉尔吉斯语，走呀。

鲍斯顿一刻不停地叨叨着，跟踪追赶阿克巴拉。

“阿克巴拉！放下我的儿子！阿克巴拉！”他大声呼唤。

在稍后处，古柳姆坎和阿瑟古丽一边奔跑、一边哭天喊地地数落着。

“开枪！快开枪！”古柳姆坎大声叫道，竟忘了只要母狼驮着肯杰什，鲍斯顿是不可能开枪的。

喊叫声和追赶只能引起阿克巴拉的恐慌，刺激它狼的本能，于是它决定无论如何不放下自己的猎物。母狼死死咬住孩子的衣领，顽强地朝前跑去，它进了山窝，跑得越来越远了。甚至身后响起了枪声，子弹从它头上呼啸而过，它也不扔下驮着的东西。孩子一直在哭，喊着爹妈。鲍斯顿朝天又放了一枪，他不知道还有什么办法能吓唬住狼，但阿克巴拉毫不理会，继续朝一个乱石堆成的鹿寨跑去，一旦跑到那里，狼就很容易叫人不辨踪迹，自己就能溜之大吉了。鲍斯顿感到绝望：怎么救孩子？有什么办法？为什么这么可怕的惩罚会落到他们头上？他们造了什么孽？

“扔下孩子，阿克巴拉！扔下，我求求你，把我的儿子留给我们！”鲍斯顿跑得像匹赶坏了的马那样上气不接下气，用嘶哑的嗓子对着在逃的窃贼苦苦哀求。

鲍斯顿朝天放了第三枪，这次子弹又从狼头上呼啸而过。鹿寨越来越近了。弹仓里现在只剩两发子弹。他明白再过一会儿他就要失去最后的机会，于是下决心朝母狼开枪。他在飞跑中单膝跪下，开始瞄准；他朝狼腿打，只朝狼的腿打。但他怎么也瞄不准——胸部剧烈地抽动，双手发抖，不听使唤。他还是没法集中精力，只是盯着剧烈晃动的瞄准器的缺口，看到母狼在飞奔，那样子就像漂浮在波涛滚滚的水上。他瞄准好，扣动扳机。打偏了。子弹在目标附近掀起一团尘土，贴着地面飞了。鲍斯顿再次装枪把最后一发子弹推上膛，又瞄准，他甚至没听到自己的枪声，只见母狼蹦了一下就侧身倒下了。

鲍斯顿把枪甩到肩上，如在梦中一般朝倒下的阿克巴拉跑去。他似乎觉得，他跑得那么慢，那么久，仿佛在茫茫的空间飘浮……

最后，他浑身冰冷，像置身于天寒地冻的户外，勉强跑到母狼跟前。他弯下腰，摇晃着，在无声的呼喊中缩成了一团。阿克巴拉还活着，孩子却断了气，躺在狼身边。胸部被打穿了。

世界失去了一切音响，变得死一般沉寂。世界消失了，不复存在，在它原来的地方只是一片混沌，一片猛烈飞腾的血光。鲍斯顿不相信自己的眼睛，俯视着鲜血淋淋的儿子，慢慢地把他从地上抱起来，搂到怀里，朝后踉跄了一下，吃惊地发现，奄奄一息的母狼的眼睛怎么是蓝色的。随后他转过身，悲痛欲绝地默默走向朝他跑来的两个女人。

他仿佛觉得，妻子在他眼前不断长高，迎他而来的巨人跨着大步，那张脸变了形，显得特别大，一双变形的大手朝他伸来。

他像个瞎子，艰难地迈着步，把他亲手打死的孩子紧紧抱在怀里。在他后面，呼天喊地、号啕大哭的古柳姆坎也艰难地迈着步。邻居阿瑟古丽搀扶着她，也是一边哭，一边大声数落着。

悲痛欲绝、昏昏沉沉的鲍斯顿什么也听不见。但骤然间，如瀑布的轰鸣，现实世界的一切音响又灌进他的耳朵。他明白了发生的事，于是举目望着天空，撕心裂肺般喊叫起来：

“为什么，为什么你要这样惩罚我?”

…………

“这世界完了!”鲍斯顿大声说，他领悟到一个可怕的真理：整个世界在此以前一直在他心中，现在它，这个世界，已经完了。他曾经是天，是地，是山，是母狼阿克巴拉，是一切有生之物的伟大母亲，是永远长眠在阿拉-蒙丘冰山口的埃尔纳扎尔！是他最后的骨肉——他亲手枪杀的小宝贝肯杰什。是他唾弃的被他杀死的巴扎尔拜，是他在有生之年看到和感受到的一切——所有这一切就是他的宇宙，所有这一切都曾经在他心中，都为他而存在。而现在，虽然这一切一如往常也将存在，永远存在，但没有了他，那将是另一个世界，而他的世界，他那不可再现、不可更新的世界已经失落，它不会在任何人的心中或任何事物中再生。这也是他个人的巨大悲剧，这也是他的世界的末日……

荒野。鲍斯顿走在湖滨的大道上。蓦地，他转过身，搂住马脖子，挂在上面，绝望地号啕大哭。

“唉，顿库留克，就你不知道，我闯了什么祸!”他抽泣着，哭得全身不停地抽搐，“我怎么办？儿子叫我亲手打死了，也没安葬，我就走了，留下她，心爱的女人，孤单单一人。”

随后，他把缰绳和笼头的细带子缠在顿库留克的脖子上，为了不让马镫敲打马肚皮，又把它系在马鞍上。

“走吧，回家去吧，愿上哪儿就去哪儿吧!”他同顿库留克告别，“咱们再也见不着了!”

他拍拍马的屁股，吆喝一声，轰开它。那马对自己竟会获得自由先是感到惊讶，后来便朝宿营地跑去了。

鲍斯顿继续赶路……

那高高隆起的蓝湛湛的伊塞克湖越来越近了。他真想融进这片湖水，化为乌有。想活着，又不想活着。是啊，就像这些水花四溅的激浪——浪头冲上来，落下去，水变成浪，浪变成水……

（选自冯加译：《断头台》，华文出版社，2018年版）

作品赏析

《断头台》气势恢弘、容量深广。在小说中，自然世界、现实世界和精神世界互为背景，互相环抱，构成三足鼎立的星系结构格局。通过母狼阿克巴拉、新基督阿夫季和改革者鲍斯顿这三个主人公的毁灭，深化了三个世界的危机感。狼的本质是自然，狼的世界是人类赖以生存繁衍的大自然。鲍斯顿的世界是人的现实世界，他是一个普通的牧羊人。作为一个诚实的劳动者，体现了人参加社会劳动的本质。鲍斯顿是降到生活中来的阿夫季，阿夫季是升华到哲学领域的鲍斯顿。他们追求的都是具有崇高精神价值的东西——爱与善，他们最后的结局都是善的悲剧。因为鲍斯顿更切近现实生活，其悲剧震撼力更大。阿夫季的世界是人类创造的、始终伴随着人类社会的宗教世界（精神世界）。通过这个世界，作者不断宣泄其崇高而神秘的理性之爱。

在人们的印象中，狼总是同凶残狡诈联系在一起的，但在《断头台》中，狼却成了慈爱、宽容、正义的象征和被损害者的形象，贩毒者、围猎者却显得比狼更凶残、更像野兽。人类把“人祸”强加给狼类，狼类必然把“狼患”回敬给人类。这是历史的辩证法则。人类必须为自己的错误付出代价。两只狼的疯狂报复象征着惩罚的力量。《断头台》的新意在于，让一个无辜的好人鲍斯顿成了惩罚的直接承受者。鲍斯顿的悲剧看似偶然，其实包含着必然。人类是一个整体，正如阿夫季在同格里申争论时所说：“除了生和死之外，世上没有孤立的命运。没有彼此完全隔绝的命运。而在生与死之间，我们所有人都像织布机上的棉纱一样编织在一起。”

莫云库梅草原的大屠杀不仅给动物界带来了末日，不仅残害了善良的阿夫季，其余波又毁了鲍斯顿一家，肯杰什的死象征着人类所应受到的最残酷的惩罚，象征着人类所面临的“世界末日”。它告诫人们：世间的任何一种恶行，无论发生在地球的哪一个角落，都同所有的人息息相关。制止恶行，弘扬人性，是每一个人的责任。这是关系到生存还是毁灭的大问题。在这里，生态问题同道德问题，即人道主义问题达到统一。人类必须反躬自省，恢复那些永恒的精神价值对生存的支柱作用。这样才能正确对待自然，挽救这个星球上的亿万生命所面临的末日命运。

在三个悲剧故事中贯穿着两条独立对等的纵向旋律线。首先，带来“世界末日”思想的罪恶物欲和人类理性的自我否定是古往今来扼杀人类理性和感情、制造出种种不义的祸首，包括杀害耶稣的罗马总督，现代军事之神的强权统治，金钱、权势等种种物质欲望，它们就是带来死亡的断头台。其次，出自阿夫季拯救人类灵魂的自觉精神探索，是贯穿作品的主线，是断头台下扬善惩恶的使者自觉背负人生的十字架，是对历史、现实和未来的反思。这不是对宗教精神的追求，亦非宣扬和维护基督教的传统，而是作家“试图通过宗教完成一条通向人的道路”。

艾特玛托夫指出：“《断头台》不仅是执行死刑的台架和一座高台，人在自己的生命历程中，不管怎样，总是处在断头台前……有时他登上这座断头台，自然肉体还活着，有时他并没登上，在这种情况下，书名指的就是断头台被赋予的某种意义。走向断头台，在这个意义上说，是否就是在人生道路上去经受十字架的痛苦”。小说题目和整个作品喻示的是人类正在走向断头台。

小说的创新还在于把主人公写成一个基督徒，并引进了耶稣的形象。作为与伊斯兰教有天然联系的中亚作家，这种选择本身就超出了宗教界限。阿夫季既是基督教信仰者，又是被神学校开除的年轻人、“异端分子”、“革新派教徒”和理想主义者。这更能使人超越宗教去广义地思索主人公的探索与追求，从基督耶稣的形象所具有的广阔的文化内涵上去理解主人公的本质和性格。他认为，上帝是善的最高体现，对上帝的信仰就是对善的信仰。而善的价值失落，则是当代道德危机的基本内容。因此，他坚持进行独立的思想探索，并热心实践他拯救人类的计划：通过劝人忏悔，使恶行向善行转化。阿夫季作为危机时代耶稣的象征性实体出现在世人面前。他只确认一条道路，就是把上帝和善带入人的灵魂，经过上帝通向人心。

为拓展作品的内在意蕴，作家在小说中嵌入了两个故事。其一是对福音书中耶稣受难前同罗马驻犹太总督本丢·彼拉多在耶路撒冷的对话进行了改造。它以梦幻形式出现在阿夫季梦中。对话的总主题可概括为：什么是人类的最高真理？对话双方尖锐对立：彼拉多认为权力就是上帝和良心，世界秩序靠强权维持。人是卑微的，只追随帝王、服从权力和财富。耶稣认为，真正的历史是人性发扬光大的历史，但这种历史在人世间尚未开始。人类的确崇拜权力，这正是人类的不幸。从人类的始祖被逐出伊甸园起，人类经历了无数的罪恶和劫难，生活对于人类已经成了最后的审判。耶稣忧心忡忡地描绘了一幅骇人的世界末日图景：“周围一片死寂，到处覆盖着厚厚一层大火后的黑色灰烬，大地布满了废墟——没有树木，没有草场，海上不见船只，只有一种奇怪的、没有止息的声音隐隐约约从远方传来：像有人迎风哀吟，像埋在地底的铁制的甲胄在哭泣，像丧钟”。而导致世界末日的便是人与人之间的仇视。获救的道路只有一条：这就是忏悔罪恶，实现精神上的自我完善。这就是上帝之子的所谓复活。

在对话的背景下，阿夫季的经历显示出开阔的意义。他抱着拯救世界的决心走向生活，为人类前景感到忧虑。当他了解到吸毒、贩毒和滥杀野生动物的实情后，更感到事情的严重性。作为一个涉世未深的基督徒，他所选择的解决问题的办法是直接站到恶人面前感化他们，规劝他们改恶从善、皈依上帝。这是真诚而勇敢、冒险而幼稚的选择。从他踏上东去火车的那一刻起，耶稣式的苦难便在等待着他了。他像耶稣那样自觉地走向十字架，为了信仰不肯说出求饶的话。在他与格里申的辩论中可以听到两千年前耶稣与彼拉多对话的回音。他最后被坎达洛夫一伙摧残致死，吊在盐木上，更使人想起受难的耶稣。阿夫季最终未能阻止世间的恶行。面对复杂而严酷的现实，他的说教软弱而有些滑稽，他似乎也渐渐有所领悟，终于为建立在“贪财、权欲和虚荣心”这三大台柱基础上的庸人世界的大众意识感到为难了。他认为很难找到一种力量，包括宗教在内，能够战胜庸人世界力量无穷的思想体系。但作为一个人，他没有放弃自己的责任，他以基督的方式尽了最大的努力。

除耶路撒冷对话外，小说还嵌入了一个虚构的格鲁吉亚故事《六人和第七人》。国内战争中，肃反工作者桑德罗打入了反革命匪帮队伍。匪帮被击溃了，只剩下匪首古拉姆等六人和桑德罗。六人准备越境逃往国外，他们燃起篝火最后一次唱起家乡的歌。七人唱得如痴如醉，最后一支歌唱完了，桑德罗举枪打死了六人，自己也开枪自尽。一方面，桑德罗作为肃反人员，完成了自己的使命，尽了社会职责。另一方面，作为一个人，他不能原谅自己，因为他消灭了六个人，也就消灭了作为人的自我。小说借人物之口哀叹道：“为什么尘世的生活这样安排？为什么人们互相厮杀、争斗？为什么人们流血流泪？”古拉姆等人的死是为了过去的流血而再次流血，这是阶级斗争的循环。桑德罗的死是为了现在的流血而再次流血，这是人性复苏的循环。小说原名为《循环轮回》，企图表达这样思想：人类处于周而复始的生命循环之中是多么可悲。地球像一匹制造流血惨案的旋转木马在不停地运转。“难道这匹木马就注定一直要转到世界末日？”

阿夫季同样是打入了恶人内部，但他选择了解决问题的另一条道路。他最终失败了，付出了生命的代价，但他为世界真诚地忧虑过、追求过、探索过，他促使人清醒地面对现实，继续探索人类的出路。

与艾特玛托夫的早期作品相比，《断头台》的时代性、哲理性、象征性、悲剧性更为浓厚和强烈，具有“善”“恶”论战的色彩。它的发表轰动了苏联和世界文坛，被认为是一个“重大的文化事件”，是人类历史的“第二个一千年在行将结束的前夕，向第一个一千年，同时也是对我们本世纪所作的总结”。

（梁坤）

吉檀迦利

[印度] 泰戈尔

泰戈尔（Rabindranath Tagore，1861—1941）是印度近代伟大的诗人、小说家和哲学家、艺术家、社会活动家和教育家。

泰戈尔出身于印度西孟加拉邦加尔各答市一个有着深厚文学素养的家庭。父亲是哲学家和宗教改革者。泰戈尔曾在印度的几个学院里读过书，但从未完成过正规学业，而是在家庭、自然、社会等环境的影响下以及父兄和家庭教师的教诲下获得文学素养乃至多方面才学的。

泰戈尔 8 岁开始写诗，12 岁写剧本，15 岁发表第一首长诗《野花》。1876 年赴英国学习法律，却醉心于英国文学与西洋音乐。1880 年回国后便开始献身于文学事业。

1890 年以前，是泰戈尔文学创作的探索时期。抒情诗集《暮歌》（1882）、《晨歌》（1883）的发表，使他在印度文坛获得了广泛的声誉。

1890 年至 1900 年是泰戈尔创作的黄金时期。他奉父命管理家族田产，乡村生活对他的民主理想及诗歌风格的形成产生了重大影响。他发表了《喀布尔人》、《素芭》、《摩诃摩耶》（均为 1892）等六七十篇短篇小说，抒情诗集《金帆船》（1894）、《收获集》（1894）、《缤纷集》（1896）、《梦幻集》（1899）、《微思集》（1899）等众多诗集。这些作品极大地推动了印度浪漫主义诗歌运动的发展。

1901 年，他在圣地尼克坦创办了一所学校，该校日后发展成国际大学。1902 年以后，他相继遭受丧偶、儿女夭折、父亲病逝等打击。诗集《奉献集》

（1901）、《回忆》（1903）、《儿童》（1903）、《渡船》（1905）记录了他这时的个人感受。

1905年以后，他积极投身于印度民族解放运动，发表激烈演说，创作爱国歌曲。1907年以后脱离政治运动，返回圣地尼克坦。这时他的思想陷入痛苦和矛盾中，创作倾向更趋复杂，发表了诗集《吉檀迦利》（1910）、《歌之花环》（1914）、《颂歌》（1914），剧本《国王》（1910）、《邮局》（1911），长篇小说《小沙子》（1903）、《沉船》（1906）、《戈拉》（1910）和《家庭与世界》（1916）等。1913年，他因英文版《吉檀迦利》获得诺贝尔文学奖。

从第一次世界大战至20世纪30年代，是泰戈尔文学创作的又一个丰收时期。他一方面赴世界各国访问，从事文化交流活动，另一方面创作了《飞鸟集》（1916）等34部诗集和剧本《摩克多塔拉》（1925）、《红夹竹桃》（1926）等。

泰戈尔在六十多年的创作生涯中，一直保持了旺盛的创作力，是古今东西最多产的作家之一。他的许多作品在印度家喻户晓，有人说，有泉水的地方就有人唱他的歌。他在世界各国至今仍然享有极高的声誉。

作品节选

1

你已经使我永生，这样做是你的欢乐。这脆薄的杯儿，你不断地把它倒空，又不断地以新生命来充满。

这小小的苇笛，你携带着它逾山越谷，从笛管里吹出永新的音乐。

在你双手的不朽的安抚下，我的小小的心，消融在无边快乐之中，发出不可言说的词调。

你的无穷的赐予只倾入我小小的手里。时代过去了，你还在倾注，而我的手里还有余量待充满。

2

当你命令我歌唱的时候，我的心似乎要因着骄傲而炸裂；我仰望着你的脸，眼泪涌上我的眶里。

我生命中一切的凝涩与矛盾融化成一片甜柔的谐音——我的赞颂像一只欢乐的鸟，振翼飞越海洋。

我知道你喜欢我的歌唱。我知道只因为我是一个歌者，才能走到你的面前。

我用我的歌曲的远伸的翅梢，触到了你的双脚，那是我从来不敢想望触到的。

在歌唱中陶醉，我忘了自己，你本是我的主人，我却称你为朋友。

3

我不知道你怎样地唱，我的主人！我总在惊奇地静听。

你的音乐的光辉照亮了世界。你的音乐的气息透彻诸天。你的音乐的圣泉冲过一切阻碍的岩石，向前奔涌。

我的心渴望和你合唱，而挣扎不出一点声音。我想说话，但是言语不成歌曲，我叫不出来。呵，你使我的心变成了你的音乐的漫天大网中的俘虏，我的主人！

4

我生命的生命，我要保持我的躯体永远纯洁，因为我知道你的生命的摩抚，接触着我的四肢。

我要永远从我的思想中摒除虚伪，因为我知道你就是那在我心中燃起理智之火的真理。

我要从我心中驱走一切的丑恶，使我的爱开花，因为我知道你在我的心宫深处安设了座位。

我要努力在我的行为上表现你，因为我知道是你的威力，给我力量来行动。

5

请容我懈怠一会儿，来坐在你的身旁。我手边的工作等一下子再去完成。

不在你的面前，我的心就不知道什么是安逸和休息，我的工作变成了无边的劳役海中的无尽的劳役。

今天，炎暑来到我的窗前，轻嘘微语；群蜂在花树的宫廷中尽情弹唱。

这正是应该静坐的时光，和你相对，在这静寂和无边的闲暇里唱出生命的献歌。

10

这是你的脚凳，你在最贫最贱最失所的人群中歇足。

我想向你鞠躬，我的敬礼不能达到你歇足地方的深处——那最贫最贱最失所的人群中。

你穿着破敝的衣服，在最贫最贱最失所的人群中行走，骄傲永远不能走近这个地方。

你和那最贫最贱最失所的人们当中没有朋友的人作伴，我的心永远找不到那个地方。

11

把礼赞和数珠撇在一边吧！你在门窗紧闭、幽暗孤寂的殿角里，向谁礼拜呢？睁开眼你看，上帝不在你的面前！

他是在锄着枯地的农夫那里，在敲石的造路工人那里。太阳下，阴雨里，他和他们同在，衣袍上蒙着尘土。脱掉你的圣袍，甚至像他一样地下到泥土里去吧！

超脱吗？从哪里找超脱呢？我们的主已经高高兴兴地把创造的锁链带起；他和我们大家永远联系在一起。

从静坐里走出来吧，丢开供养的香花！你的衣服污损了又何妨呢？去迎接他，在劳动里，流汗里，和他站在一起吧。

12

我旅行的时间很长，旅途也是很长的。

天刚破晓，我就驱车起行，穿遍广漠的世界，在许多星球之上，留下辙痕。

离你最近的地方，路途最远。最简单的音调，需要最艰苦的练习。

旅客在每一个生人门口敲叩，才能敲到自己的家门；人要在外面到处漂流，最后才能走到最深的内殿。我的眼睛向空阔处四望，最后才合上眼说："你原来在这里！"

这句问话和呼唤"呵，在哪儿呢？"融化在千股的泪泉里，和你保证的回答"我在这里！"的洪流，一同泛滥了全世界。

17

我只在等候着爱，要最终把我交在他手里。这是我延误的原因，我对这延误负疚。

他们要用法律和规章来紧紧地约束我，但是我总是躲着他们，因为我只等候着爱，要最终把我交在他手里。

人们责备我，说我不理会人；我也知道他们的责备是有道理的。

市集已过，忙人的工作都已完毕。叫我不应的人都已含怒回去。我只等候着爱，要最终把我交在他手里。

28

罗网是坚韧的，但是要撕破它的时候我又心痛。

我只要自由，为希望自由我却觉得羞愧。

我确知那无价之宝是在你那里，而且你是我最好的朋友，但我却舍不得清除我满屋的俗物。

我身上披的是尘灰与死亡之衣；我恨它，却又热爱地把它抱紧。

我的债负很多，我的失败很大，我的耻辱秘密而又深重；但当我来求福的时候，我又战栗，惟恐我的祈求得了允诺。

33

白天的时候，他们来到我的房子里说："我们只占用最小的一间房子。"

他们说："我们要帮助你礼拜你的上帝，而且只谦恭地领受我们应得的一份恩典。"他们就在屋角安静谦柔地坐下。

但是在黑夜里，我发现他们强暴地冲进我的圣堂，贪婪地攫取了神坛上的祭品。

34

只要我一息尚存，我就称你为我的一切。

只要我一诚不灭，我就感觉到你在我的四围。任何事情我都来请教你，任何时候都把我的爱献上给你。

只要我一息尚存，我就永不把你藏匿起来。

只要把我和你的意旨锁在一起的脚镣还留着一小段，你的意旨就在我的生命中实现——这脚镣就是你的爱。

35

在那里，心是无畏的，头也抬得高昂；

在那里，知识是自由的；

在那里，世界还没有被狭小的家园的墙隔成片段；
在那里，话是从真理的深处说出；
在那里，不懈的努力向着“完美”伸臂；
在那里，理智的清泉没有沉没在积雪的荒漠之中；
在那里，心灵是受你的指引，走向那不断放宽的思想与行为——
进入那自由的天国，我的父呵，让我的国家觉醒起来吧。

36

这是我对你的祈求，我的主——请你铲除，铲除我心里贫乏的根源。
赐给我力量，使我能轻闲地承受欢乐与忧伤。
赐给我力量，使我的爱在服务中得到果实。
赐给我力量，使我永远不抛弃穷人，也永不向淫威屈膝。
赐给我力量，使我的心灵超越于日常琐事之上。
再赐给我力量，使我满怀爱意地叫我的力量服从你意志的指挥。

60

孩子们在无边的世界的海滨聚会。头上是静止的无垠的天空，不宁的海波奔腾喧闹。在无边的世界的海滨，孩子们欢呼跳跃地聚会着。

他们用沙子盖起房屋，用空贝壳来游戏。他们把枯叶编成小船，微笑着把它们漂浮在深远的海上。孩子在世界的海滨做着游戏。

他们不会凫水，他们也不会撒网。采珠的人潜水寻珠，商人们奔波航行，孩子们收集了石子却又把它们丢弃了。他们不搜求宝藏，他们也不会撒网。

大海涌起了喧笑，海岸闪烁着苍白的微笑。致人死命的波涛，像一个母亲在摇着婴儿的摇篮一样，对孩子们唱着无意义的歌谣。大海在同孩子们游戏，海岸闪烁着苍白的微笑。

孩子们在无边的世界的海滨聚会。风暴在无路的天空中飘游，船舶在无轨的海上破碎，死亡在猖狂，孩子们却在游戏。在无边的世界的海滨，孩子们盛大地聚会着。

61

这掠过婴儿眼上的睡眠——有谁知道它是从哪里来的吗？是的，有谣传说它住在林阴中，萤火朦胧照着的仙村里，那里挂着两颗甜柔迷人的花蕊。它从那里来吻着婴儿的眼睛。

在婴儿睡梦中唇上闪现的微笑——有谁知道它是从哪里生出来的吗？是的，有谣传说一线新月的微光，触到了消散的秋云的边缘，微笑就在被朝雾洗净的晨梦中，第一次生出来了——这就是那婴儿睡梦中唇上闪现的微笑。

在婴儿的四肢上，花朵般喷发的甜柔清新的生气，有谁知道它是在哪里藏了这么久吗？是的，当母亲还是一个少女，它就在温柔安静的爱的神秘中，充塞在她的心里了——这就是那婴儿四肢上喷发的甜柔新鲜的生气。

67

你是天空，你也是窝巢。

呵，美丽的你，在窝巢里，就是你的爱，用颜色、声音和香气来围拥住灵魂。

在那里，清晨来了，右手提着金筐，带着美的花环，静静地替大地加冕。

在那里，黄昏来了，越过无人畜牧的荒林，穿过车马绝迹的小径，在她的金瓶里带着安静的西方海上和平的凉飙。

但是在那里，纯白的光辉统治着伸展着的、为灵魂翱翔的、无际的天空。在那里无昼无夜，无形无色，而且永远、永远无有言说。

78

当鸿蒙初辟，繁星第一次射出灿烂的光辉，众神在天上集会，唱着："呵，完美的图画，完全的快乐！"

有一位神忽然叫起来了——"光链里仿佛断了一环，一颗星星走失了。"

他们金琴的弦子猛然折断了，他们的歌声停止了，惊惶地叫着——"对了，那颗走失的星星是最美的，她是诸天的光荣！"

从那天起，他们不住地寻找她，众口相传地说，因为她丢了，世界失去了一种快乐。

只在严静的夜里，众星微笑着互相低语说——"寻找是无用的，无缺的完美正笼盖着一切！"

83

圣母呵，我要把我悲哀的眼泪穿成珠链，挂在你的颈上。

星星把光明做成足镯，来装扮你的双足，但是我的珠链要挂在你的胸前。

名利自你而来，也全凭你予取，但这悲哀却完全是我自己的。当我把它当做祭品献给你的时候，你就以你的恩慈来酬谢我。

84

离愁弥漫世界，在无际的天空中生出无数的情境。

就是这离愁整夜地悄望星辰，在七月阴雨之中，萧萧的树籁变成抒情的诗歌。

就是这笼压弥漫的痛苦，加深而成为爱欲，而成为人间的苦乐；就是它永远通过诗人的心灵，融化、流涌而成为诗歌。

90

当死神来叩你的门时，你将以什么贡献他呢？

呵，我要在我客人面前，摆上我的满斟的生命之杯——我决不让他空手回去。

我一切的秋日和夏夜的丰美的收获，我匆促的生命中的一切获得和收藏，在我临终，死神来叩我的门的时候，我都要摆在他的面前。

91

呵，你这生命最后的完成，死亡，我的死亡，来对我低语吧！

我天天在守望着你；为你，我忍受着生命中的苦乐。

我的一切存在，一切所有，一切希望，和一切的爱，总在深深的秘密中向你奔流。你的眼睛向我最后一盼，我的生命就永远是你的。

花环已为新郎编好。婚礼行过，新娘就要离家，在静夜里和她的主人独对了。

100

我跳进形象海洋的深处，希望能得到那无形象的完美的珍珠。

我不再以我的旧船去走遍海港，我乐于弄潮的日子早已过去了。

现在我渴望死于不死之中。

我要拿起我的生命的弦琴，进入无底深渊旁边，那座涌出无调的乐音的广厅。

我要调拨我的琴弦，和永恒的乐音合拍，当它呜咽出最后的声音时，就把我静默的琴儿放在静默的脚边。

101

我这一生永远以诗歌来寻求你。它们领我从这门走到那门，我和它们一同摸索、寻求着，接触着我的世界。

我所学过的功课，都是诗歌教给我的；它们把捷径指示给我，它们把我心里地平线上的许多星辰，带到我的眼前。

它们整天地带领我走向苦痛和快乐的神秘之国，最后，在我旅程终点的黄昏，它们要把我带到哪一座宫殿的门首呢？

102

我在人前夸说我认得你。在我的作品中，他们看到了你的画像。他们走来问我："他是谁？"我不知道怎么回答。我说："真的，我说不出来。"他们斥责我，轻蔑地走开了。你却坐在那里微笑。

我把你的事迹编成不朽的诗歌。秘密从我心中涌出。他们走来对我说："把所有的意思都告诉我们吧。"我不知道怎样回答。

我说："呵，谁知道那是什么意思！"他们哂笑了，鄙夷之极地走开。你却坐在那里微笑。

103

在我向你合十膜拜之中，我的上帝，让我一切的感知都舒展在你的脚下，接触这个世界。

像七月的湿云，带着未落的雨点沉沉下垂，在我向你合十膜拜之中，让我的全副心灵在你的门前俯伏。

让我所有的诗歌，聚集起不同的调子，在我向你合十膜拜之中，成为一股洪流，倾注入静寂的大海。

像一群思乡的鹤鸟，日夜飞向它们的山巢，在我向你合十膜拜之中，让我全部的生命，启程回到它永久的家乡。

（选自冰心译：《泰戈尔诗选》，湖南文艺出版社，1981年版）

作品赏析

《吉檀迦利》是泰戈尔的代表作。“吉檀迦利”在孟加拉语里就是“献诗”或“歌的奉献”之意，因而它是泰戈尔献给他的“神”的诗歌集，作品共收录了103首诗。泰戈尔在50岁时从他的三本孟加拉文诗集《奉献集》、《渡船》和《吉檀迦利》，以及散见于印度各报章上的诗歌中选出一部分，自己译成英文，定名为《吉檀迦利》，于1912年在美国出版，同年获得诺贝尔文学奖。

《吉檀迦利》虽然是从不同诗集中遴选而成，但是诗人仍然是以一定顺序排列这些诗歌的。中国著名的印度学家金克木在《泰戈尔的〈什么是艺术〉和〈吉檀迦利〉试解》一文中尝试寻索了《吉檀迦利》的大体线索：

> 不用追查哪首诗从哪部诗集选来（如第60首又见于《新月集》），我们可以看出全书的层次结构。前三首说诗歌由那个“神”或“人”即“无限”的人的感情而来，又用以献给无所不在的这“泛神”的“神”。随后转向人间。“神”在人间，在各个角落，一直到明显说出既是精神又是物质的国家民族（33和55），这却不是“抽象”的概念。诗的歌唱者有时自己说明是“丐女”（41和50）。歌唱的对象有时是孩子，这就是那个“神”，“永恒的儿童”（60、61、62）。有时是“少女”（64、66），是“上帝”（76、77），是“女神”（83），是神的偶像（88），然后唱出死亡（86、90、91、95、98），最后是献诗歌于不知之“神”。这部诗集仿佛是有起、有结、有主题旋律又有变奏的完整的乐章。

沿着这条线索，我们可以发现“我”与“你”，即诗人与“神”之间的关系是这部诗集的中心内容。“你”是诗人歌颂和追求的主要对象。诗人始终用清丽、隽永而略显忧郁、神秘的诗句，努力把个人的敬意和礼品奉献给“你”，寻求在“我”与“你”之间建立某种自然和谐的关系。正是在这个追求过程中，泰戈尔探索了神与人、人与自然、仁爱与死亡的永恒主题，而他的宗教思想、艺术观点、诗歌风格以及美学追求也随之自然而然地流淌出来了。

泰戈尔深受印度传统哲学思想的影响，也就是从《梨俱吠陀》到《奥义书》、《吠檀多》的神人合一、梵我一如的泛神论思想的影响，也受到佛教、基督教和现代西方思想的影响，崇尚佛陀的普爱众生、耶稣的尊重人的生命和价值、现代西方的理想主义等信念。在多种宗教哲学思想成分影响下，泰戈尔在《吉檀迦利》中描绘了一个无法触及又无所不在的神的形象——“你”。“你”既不是印度教的大神，也不是佛教的佛陀或基督教的上帝，而是诗人心目中的“神”。然而，这个神一直躲避着他，总是在即将得见的瞬间转身离去。对这个神的追求成为《吉檀迦利》所追求的终极境界，并赋予诗歌集以崇高而神秘的风格。

与此同时，这个神并非高高在上、冷漠无情的，而是高度人格化的。他在诗歌集中具体化为各种形象：主人、情人、诗圣、朋友、未婚夫妻、情人甚至儿童。泰戈尔常常以女性视角或话语去体味、把握或接近他，使神的形象仿佛变成涌动着生命活力的现实人物。泰戈尔就在神圣与现实的张力中展开他对神人关系的探索。

在神与人的关系中，诗人更多地突出了人的价值与地位，给人的自由与尊严赋予极高的价值。他说："……你在最贫最贱最失所的人群中歇足。/……你穿着破敝的衣服，在最贫最贱最失所的人群中行走……"（第10首）他又说："他是在锄着枯地的农夫那里，在敲石的造路工人那里。太阳下，阴雨里，他和他们同在，衣袍上蒙着灰尘。……"（第11首）在诗人看来，歌颂神，也就是歌颂人生、歌颂生命。因此，《吉檀迦利》不仅是献给"神"的诗，而且也是献给人生和现实的诗。正是在此意义上，诗人对生命、自然、民族、儿童、艺术乃至死亡的观点都通过神人之间的关系映射出来。

在泰戈尔看来，生命就是个体净化灵魂、辛勤劳作，达到"神"完满合一的过程："我生命的生命，我要保持我的躯体永远纯洁，因为我知道你的生命的摩抚，接触着我的四肢……"（第4首）

对自然的热爱与歌颂也是《吉檀迦利》的重要主题，或者可以说对神的向往与对自然的歌颂在《吉檀迦利》里从来都没有分开过："你是天空，你也是窝巢。/……在那里，清晨来了，右手提着金筐，带着美的花环，静静地替大地加冕。/在那里，黄昏来了，越过无人畜牧的荒林，穿过车马绝迹的小径，在她的金瓶里带着安静的西方海上和平的凉飙。……"（第67首）

《吉檀迦利》还以儿童天真无邪的玩耍、婴儿安详静谧的睡眠象征神人合一的理想境界（第60、61首）。甚至死亡也不再可怕，诗人怀着期盼的心情等待着这个时刻："呵，你这生命最后的完成，死亡，我的死亡，来对我低语吧！/……我的一切存在，一切所有，一切希望，和一切的爱，总在深深的秘密中向你奔流。你的眼睛向我最后一盼，我的生命就永远是你的。……"（第91首）在这里，死亡意味着与神合一之理想的最终实现。

《吉檀迦利》还表达了诗人对艺术的见解。在他看来，音乐是神与人建立和谐关系的媒介："我用我的歌曲的远伸的翅梢，触到了你的双脚，那是我从来不敢想望触到的。"（第2首）他把神看成诗歌、音乐的本原："就是这离愁整夜地悄望星辰，在七月阴雨之中，萧萧的树籁变成了抒情的诗歌。"（第84首）同时，人生的痛苦和悲愁也是诗歌的源泉："就是这笼压弥漫的痛苦，加深而成为爱欲，而成为人间的苦乐；就是它永远通过诗人的心灵，融化、流涌而成为诗歌。"（第

84首）

总之，《吉檀迦利》虽然只有103首短诗，但是其中却包含着一个无限广大的境界、一颗悲悯博爱的心灵、一套丰富完整的思想体系、一种底蕴深厚的文化精神。这一切以优美的诗歌形式和纯真的圣歌风格传达出来。也就是说，《吉檀迦利》虽然涉及丰富的文化资源，表现了多彩的文学主题，但是这些都完美地统一在宇宙万物的韵律中、神人合一的和谐中。在此意义上，《吉檀迦利》从未被看成是颂神诗，而成为世人回归自然、回归本真自我的典范。

正因为如此，《吉檀迦利》的英译本出版后，立即轰动了欧洲文坛。当时著名的英国诗人叶芝和美国诗人庞德都十分推崇这部诗集。此书出版后，泰戈尔就被瑞典皇家文学院授予诺贝尔文学奖。

泰戈尔的许多作品今天已经湮没在历史的尘埃之中，然而《吉檀迦利》的思想与艺术价值却是永恒的。它的意义向各个时代、各个国家和民族、各个读者都是开放的。人们无论何时翻开它心灵都会为之感动。

（周辉）

源氏物语

［日本］紫式部

紫式部是日本平安时代女作家，生卒年不详。她生于“歌人”世家，自幼随父兄学习诗文史传，聪慧过人。成年后不久，嫁给比她大了二十多岁的藤原宣孝。紫式部生下女儿贤子后不久，丈夫就去世了。此后，她和女儿相依为命，过着寂寥的寡居生活。这时，紫式部开始思考身为女子的幸福与价值，并着手创作《源氏物语》。

《源氏物语》的部分章节流传于世，受到好评，紫式部的学识文才引起了太政大臣藤原道长的重视。1005 年，藤原道长令紫式部进宫，成为自己女儿一条天皇皇后彰子的侍读女官。入宫的这段时间，紫式部并没有停止《源氏物语》的写作。1010 年左右，《源氏物语》完成，这部作品使她名垂千古。

作品梗概

桐壶天皇十分宠爱出身并不高贵的更衣，令其他妃嫔嫉妒不已。她们处处排挤、孤立、欺辱更衣。性格温顺懦弱的更衣，虽有天皇的宠爱，却整日苦闷忧郁，终于郁悒成疾，在生下小皇子后撒手尘寰。更衣死后，天皇哀痛不已，小皇子也因为没有强有力的外戚，被降为臣籍，赐姓源氏。

桐壶帝日夜思念更衣，食不甘味，寝不安席。藤壶公主容貌酷似逝去的更衣，天皇纳其为妃，尊为女御。源氏公子听说这位女御像极了自己的母亲，倍感亲切，就和女御十分相亲。藤壶女御同情源氏公子尚在襁褓就失去母亲，对他也十分友善。日子久了，渐渐长大的源氏公子竟然不知不觉爱上了女御。

源氏公子成年以后，在桐壶帝的主持下和左大臣的女儿葵上结婚，但两人性情不投。源氏还是常住宫中，与藤壶女御朝夕相处渐生情愫，最终藤壶女御生下了源氏的儿子。藤壶自觉愧对天皇，对源氏常常避而不见。源氏公子难见所爱之人，就渔猎于贵族妇女之中。一次，偶遇藤壶女御的侄女紫上，见年幼的紫上长得酷似姑母，就把她收养在身边。

源氏二十岁时，桐壶帝让位给太子，就是朱雀帝，并立藤壶女御的儿子为太子。这时，源氏和正妻葵上的关系渐渐好转，但葵上生下儿子夕雾后就一命归西。源氏悲痛之余，迎娶已经长大成人的紫上，立为正妻。不久，桐壶天皇驾崩，藤壶女御遁入空门。源氏彷徨之际，偶遇即将入宫侍奉朱雀帝的右大臣之女弘徽殿女御的妹妹胧月夜，将其占为己有。这下触怒了以弘徽殿女御为首的右大臣一派。为逃避迫害，源氏自贬出京流亡。

两年后，朱雀帝退位，让位给源氏的儿子，即冷泉帝。冷泉帝得知自己出生的秘密后把源氏奉若太上皇。源氏再度权倾朝野，右大臣一派岌岌可危。退位的朱雀帝为了保全右大臣一派，将刚刚成年的三公主嫁给源氏。三公主懵懂之中和大纳言柏木私通，生下儿子熏。源氏认为这是他和藤壶女御私通的因果报应，仍善待三公主母子。但三公主羞愧难当坚持出家为尼。藤壶女御和紫上相继去世，源氏受到沉重打击，云隐而不知所终。

熏长大后爱上了宇治亲王的大女儿大君，一心向佛的大君认为越是相爱的人越不可以在尘俗结缘。不久大君病逝，熏伤痛万分。这时大君的妹妹中君已和匂皇子成亲，看熏对姐姐如此深情，就将容貌酷肖姐姐的浮舟（亲王和侍女所生的女儿）介绍给熏。不料匂皇子在二人之间插了进来。这位一贯偷香窃玉的皇子使尽手段终于把浮舟追求到手。浮舟处在两个男人之间痛苦不已，狠心投河。虽被人救起，但已心灰意冷厌倦红尘，出家做了尼姑，只留熏在尘世间孤独徘徊。

作品节选

第一回　桐　壶

话说从前某一朝天皇时代，后宫妃嫔甚多，其中有一更衣[①]，出身并不十分高贵，却蒙皇上特别宠爱。有几个出身高贵的妃子，一进宫就自命不凡，以为恩

① 妃嫔中地位最高的是女御，其次为更衣，皆侍寝。又次为尚侍（亦可侍寝）、典侍、掌侍、命妇等女官。尚侍为内侍司（后宫十二司之一）的长官，典侍为次官，掌侍为三等官，命妇又次之。

宠一定在我；如今看见这更衣走了红运，便诽谤她，妒忌她。和她同等地位的或者出身比她低微的更衣，自知无法竞争，更是怨恨满腹。这更衣朝朝夜夜侍候皇上，别的妃子看了妒火中烧。大约是众怨积集所致吧，这更衣生起病来，心情郁结，常回娘家休养。皇上越发舍不得她，越发怜爱她，竟不顾众口非难，一味徇情，此等专宠，必将成为后世话柄。连朝中高官贵族，也都不以为然，大家侧目而视，相与议论道："这等专宠，真正教人吃惊！唐朝就为了有此等事，弄得天下大乱。"这消息渐渐传遍全国，民间怨声载道，认为此乃十分可忧之事，将来难免闯出杨贵妃那样的滔天大祸来呢。更衣处此境遇，痛苦不堪，全赖主上深恩加被，战战兢兢地在宫中度日。

这更衣的父亲官居大纳言[①]之位，早已去世。母夫人也是名门贵族出身，看见人家女儿双亲俱全，尊荣富厚，就巴望自己女儿不落人后，每逢参与庆吊等仪式，总是尽心竭力，百般调度，在人前装体面。只可惜缺乏有力的保护者，万一发生意外，势必孤立无援，心中不免凄凉。

敢是宿世因缘吧，这更衣生下了一个容华如玉、盖世无双的皇子。皇上急欲看看这婴儿，赶快教人抱进宫来。[②] 一看，果然是一个异常清秀可爱的小皇子。

大皇子是右大臣之女弘徽殿女御所生，有高贵的外戚作后盾，毫无疑义，当然是人人爱戴的东宫太子。然而讲到相貌，总比不上这小皇子清秀俊美。因此皇上对于大皇子，只是一般的珍爱，而把这小皇子看做自己私人的秘宝，加以无限宠爱。

小皇子的母亲是更衣，按照身份，本来无须像普通低级女官这样侍候皇上日常生活。她的地位并不寻常，品格也很高贵。然而皇上对她过分宠爱，不讲情理，只管要她住在身边，几乎片刻不离。结果每逢开宴作乐，以及其他盛会佳节，总是首先宣召这更衣。有时皇上起身很迟，这一天就把这更衣留在身边，不放她回自己宫室去。如此日夜侍候，照更衣身份而言，似乎反而太轻率了。自小皇子诞生之后，皇上对此更衣尤其重视，使得大皇子的母亲弘徽殿女御心怀疑忌。她想：这小皇子可能立为太子呢。

弘徽殿女御入宫最早，皇上重视她，绝非寻常妃子可比。况且她已经生男育女。因此独有这妃子的疑忌，使皇上感到烦闷，于心不安。

更衣身受皇上深恩重爱，然而贬斥她、诽谤她的人亦复不少。她身体羸弱，

---

① 当时的中央官厅称为太政官。左大臣为太政官之长官，右大臣次之。太政大臣在左右大臣之上，为朝廷最高官。左右大臣之下有大纳言、中纳言、宰相（即参议）。太政官下设少纳言局、左弁官局、右弁官局。少纳言局的官员有少纳言三人，外记次之，外记有左右大少各一人。弁官有左右大中少弁各一人。左弁官局统辖中务、式部、治部、民部四省；右弁官局统辖兵部、刑部、大藏、宫内四省。统称八省。省下面是各职和各寮，均属省管。省的长官称卿，次官称大辅、少辅，三等官称大丞、少丞。职的长官称大夫，次官称亮，三等官称大进、少进。寮的长官称头，次官称助，三等官称大允、少允。

② 按那时制度，坐月子照例是在娘家的。

又没有外戚后援，因此皇上越是宠爱，她心中越是忧惧。她住的宫院叫桐壶。由此赴皇上常住的清凉殿，必须经过许多妃嫔的宫室。她不断地来来往往，别的妃嫔看在眼里怪不舒服，也是理所当然。有时这桐壶更衣来往得过分频繁了，她们就恶意地作弄她，在板桥①上或过廊里放些龌龊东西，让迎送桐壶更衣的宫女们的衣裾弄得肮脏不堪。有时她们又彼此约通，把桐壶更衣所必须经过的走廊两头锁闭，给她麻烦，使她困窘。诸如此类，层出不穷，使得桐壶更衣痛苦万状。皇上看到此种情况，更加怜惜她，就教清凉殿后面后凉殿里的一个更衣迁到别处去，腾出房间来给桐壶更衣作值宿时的休息室。那个迁出外面去的更衣，更是怀恨无穷。

小皇子三岁那一年，举行穿裙仪式②，排场不亚于大皇子当年。内藏寮③和纳殿④的物资尽行提取出来，仪式非常隆重。这也引起了世人种种非难。及至见到这小皇子容貌漂亮，仪态优美，竟是个盖世无双的玉人儿，谁也不忍妒忌他。见多识广的人见了他都吃惊，对他瞠目注视，叹道："这神仙似的人也会降临到尘世间来!"

这一年夏天，小皇子的母亲桐壶更衣觉得身体不好，想乞假回娘家休养，可是皇上总不准许。这位更衣近几年来常常生病，皇上已经见惯，他说："不妨暂且住在这里养养，看情形再说吧。"但在这期间，更衣的病日重一日，只过得五六天，身体已经衰弱得厉害了。更衣的母亲太君啼啼哭哭向皇上乞假，这才准许她出宫。即使在这等时候，也得提防发生意外、吃惊受辱。因此决计让小皇子留在宫中，更衣独自悄悄退出。形势所迫，皇上也不便一味挽留，只因身份关系，不能亲送出宫，心中便有难言之痛。更衣本来是个花容月貌的美人儿，但这时候已经芳容消减，心中百感交集，却无力申述，看看只剩得奄奄一息了。皇上睹此情状，茫然失措，一面啼哭，一面历叙前情，重申盟誓。可是更衣已经不能答话，两眼失神，四肢瘫痪，只是昏昏沉沉地躺着。皇上狼狈之极，束手无策，只得匆匆出室，命左右准备辇车，但终觉舍不得她，再走进更衣室中来，又不准许她出宫了。他对更衣说："我和你立下盟誓：大限到时，也得双双同行。想来你不会舍我而去吧!"那女的也深感隆情，断断续续地吟道：

面临大限悲长别，
留恋残生叹命穷。
早知今日……

① 板桥是从一幢房子通到另一幢房子之间的桥。

② 旧时日本装，男子是穿裙的，现在仅用于礼服。穿裙仪式为男童初次穿裙时举行的仪式，古时在三岁，后来也有在五岁或七岁时举行的。女子亦举行此种仪式。

③ 内藏寮是管理金银珠宝、绫罗绸缎以及服装等物的机构，属中务省。

④ 纳殿为收藏历代御物之所。

说到这里已经气息奄奄，想继续说下去，只觉困疲不堪，痛苦难当了。皇上意欲将她留住在此，守视病状。可是左右奏道："那边祈祷今日开始，高僧都已请到，定于今晚启忏……"他们催促皇上动身。皇上无可奈何，只得准许更衣出宫回娘家去。

桐壶更衣出宫之后，皇上满怀悲恸，不能就睡，但觉长夜如年，忧心如焚。派往问病的使者迟迟不返，皇上不断地唉声叹气。使者到达外家，只听见里面号啕大哭，家人哭诉道："夜半过后就去世了！"使者垂头丧气而归，据实奏闻。皇上一闻此言，心如刀割，神智恍惚，只是笼闭一室，枯坐凝思。

小皇子已遭母丧，皇上颇思留他在身边。可是丧服中的皇子留侍御前，古无前例，只得准许他出居外家。小皇子年幼无知，看见众宫女啼啼哭哭、父皇流泪不绝，童心中只觉得奇怪。寻常父母子女别离，已是悲哀之事，何况死别又加生离呢！

…………

过了若干时日，小皇子回宫了。这孩子长得越发秀美，竟不像是尘世间的人，因此父皇十分钟爱。次年春天，该是立太子的时候了。皇上心中颇思立这小皇子为太子。然而这小皇子没有高贵的外戚作后援；而废长立幼，又是世人所不能赞许之事，深恐反而不利于小皇子。因此终于打消了这念头，不露声色，竟立了大皇子为太子。于是世人都说："如此钟爱的小皇子，终于不立为太子，世事毕竟是有分寸的啊！"大皇子的母亲弘徽殿女御也放了心。

小皇子的外祖母自从女儿死后，一直悲伤，无以自慰。她向佛祈愿，希望早日往生女儿所在的国土。不久果蒙佛力加被，接引她归西天去了。皇上为此又感到无限悲伤。此时小皇子年方六岁，已经懂得人情，悼惜外祖母之死，哭泣尽哀。外祖母多年来和这外孙很亲密，舍不得和他诀别，弥留之际，反复提及，不胜悲戚。此后小皇子便常住在宫中了。

小皇子七岁上开始读书，聪明颖悟，绝世无双。皇上看见他过分灵敏，反而觉得担心。他说："现在谁也不会怨恨他了吧。他没有母亲，仅为这一点，大家也应该疼爱他。"皇上驾临弘徽殿的时候，常常带他同去，并且让他走进帘内。这小皇子长得异常可爱，即使赳赳武夫或仇人，一看见他的姿态，也不得不面露笑容。因此弘徽殿女御也不欲摒弃他了。这弘徽殿女御除了大皇子以外，又生有两位皇女，但相貌都比不上小皇子的秀美。别的女御和更衣见了小皇子，也都不避嫌疑。所有的人都想：这小小年纪就有那么风韵娴雅、妩媚含羞的姿态，真是个非常可亲而又必须谨慎对待的游戏伴侣。规定学习的种种学问，自不必说，就是琴和笛，也都精通，清音响彻云霄。这小皇子的多才多艺，如果一一列举起来，简直如同说谎，教人不能相信。

这时候朝鲜派使臣来朝觐了，其中有一个高明的相士。皇上闻此消息，想召见这相士，教他替小皇子看相。但宇多天皇定下禁例：外国人不得人宫。他只得悄悄地派小皇子到招待外宾的鸿胪馆去访问这相士。一个官居右大弁的朝臣是小皇子的保护人，皇上教小皇子扮作这右大弁的儿子，一同前往。相士看了小皇子的相貌，大为吃惊，几度侧首仔细端相，不胜诧异。后来说道："照这位公子的相貌看来，应该当一国之王，登至尊之位。然而若果如此，深恐国家发生变乱，己身遭逢忧患。若是当朝廷柱石，辅佐天下政治呢，则又与相貌不合。"这右大弁原是个富有才艺的博士，和这相士高谈阔论，颇感兴味。两人吟诗作文，互相赠答。相士即日就要告辞返国。他此次得见如此相貌不凡之人物，深感欣幸；如今即将离别，反觉不胜悲伤。他作了许多咏他此种心情的优美的诗文，赠与小皇子。小皇子也吟成非常可爱之诗篇，作为报答。相士读了小皇子的诗，大加赞赏，奉赠种种珍贵礼品。朝廷也重重赏赐这相士。此事虽然秘而不宣，但世人早已传闻。太子的外祖父右大臣等闻知此事，深恐皇上有改立太子之心，顿生疑忌。

皇上心地十分贤明。他相信日本相术，看到这小皇子的相貌，早就胸有成竹，所以一直不曾封他为亲王。现在他见这朝鲜相士之言和他自己见解相吻合，觉得此人实甚高明，便下决心："我一定不让他做个没有外戚作后援的无品亲王①，免得他坎坷终生。我在位几年，也是说不定的。我还不如让他做个臣下，教他辅佐朝廷。为他将来打算，这也是得策的。"从此就教他研究有关此道的种种学问。小皇子研究学问之后，才华更加焕发了。教这人屈居臣下之位，实甚可惜。然而如果封他为亲王，必然招致世人疑忌，反而不利。再教精通命理的人推算一下，见解相同。于是皇上就将这小皇子降为臣籍，赐姓源氏。

岁月如流，但皇上思念已故桐壶更衣，无时或已。有时为消愁解闷，也召见一些闻名的美人。然而都不中意，觉得像桐壶更衣那样的人，世间真不易再得。他就从此疏远女人，一概无心顾问了。一天，有一个侍候皇上的典侍，说起先帝②的第四皇女，容貌姣好，声望高贵；母后钟爱之深，世无其例。这典侍曾经侍候先帝，对母后也很亲近，时常出入宫邸，眼见这四公主长大成人；现在也常隐约窥见容姿。这典侍奏道："妾身入宫侍奉，已历三代，终未见与桐壶娘娘相似之人。惟有此四公主成长以来，酷肖桐壶娘娘，真乃倾国倾城之貌也。"皇上闻言，想道："莫非真有其人？"未免留情，便卑辞厚礼，劝请四公主入宫。

母后想道："哎呀，这真可怕了！弘徽殿女御心肠太狠，桐壶更衣分明是被她折磨死的。前车可鉴，真正教人寒心！"她左思右想，犹豫不决。此事终于不曾顺利进行。不料这期间母后患病身死，四公主成了孤苦伶仃之身。皇上诚恳地

① 亲王的等级是一品到四品，四品以下叫作无品亲王。童年封亲王，规定是无品亲王，地位甚低。

② 此先帝与皇上的关系不明。或说是皇上的堂兄弟或伯叔父，则此四公主是皇上的侄女或堂姐妹。

遣人存问，对她家人说："教她入宫，我把她当作子女看待吧。"四公主的侍女们、保护人和其兄兵部卿亲王都想道："与其在此孤苦度日，不如让她入宫，心情也可以宽慰一些。"便送四公主入宫。她住在藤壶院，故称为藤壶女御。

皇上召见藤壶女御，觉得此人容貌风采，异常肖似已故桐壶更衣。而且身份高贵，为世人所敬仰，别的妃嫔对她无可贬斥。因此藤壶女御入宫之后，一切如意称心。已故桐壶更衣出身低微，受人轻视，而恩宠偏偏异常深重。现在皇上对她的恋慕虽然并不消减，但爱情自然移注在藤壶女御身上，觉得心情十分欢慰。这也是人世常态，深可感慨也。

源氏公子时刻不离皇上左右，因此日常侍奉皇上的妃嫔们对他都不规避。妃嫔们个个自认为美貌不让他人，实际上也的确妩媚窈窕，各得其妙。然而她们都年事较长，态度老成；只有这位藤壶女御年龄最幼，相貌又最美，见了源氏公子往往含羞躲避。但公子朝夕出入宫闱，自然常常窥见姿色。母亲桐壶更衣去世时，公子年方三岁，当然连面影也记不得了。然而听那典侍说，这位藤壶女御相貌酷似母亲，这幼年公子便深深恋慕，因此常常亲近这位继母。皇上对此二人无限宠爱，常常对藤壶女御说："你不要疏远这孩子。你和他母亲异常肖似。他亲近你，你不要认为无礼，多多地怜爱他吧。他母亲的声音笑貌，和你非常相像，他自然也和你非常相像。你们两人作为母子，并无不相称之处。"源氏公子听了这话，童心深感喜悦，每逢春花秋月、良辰美景，常常亲近藤壶女御，对她表示恋慕之情。弘徽殿女御和藤壶女御也合不来，因此又勾起她对源氏公子的旧恨，对他看不顺眼了。

皇上常谓藤壶女御名重天下，把她看做盖世无双的美人。但源氏公子的相貌，比她更加光彩焕发，艳丽动人，因此世人称他为"光华公子"（光君）。藤壶女御和源氏公子并受皇上宠爱，因此世人称她为"昭阳妃子"。

（选自丰子恺译：《源氏物语》，人民文学出版社，1980年版）

作品赏析

日本文学鲜明的民族特色之一，就是蕴涵其中的阴柔之美。对于这种美感特质的追求，使得日本文学更注重通过日常性生活细节来表露内在的情感。因而，日本文学所表现的往往是细小的场面，细腻的情感，微观的现象，瞬间的感悟，从中流淌出的是日本文学特有的淡淡哀伤，绵绵愁绪，还有稍纵即逝的恬淡喜悦。即便是悲剧，那种悲伤的感情，也被化入了细小的场景之中，埋在看似平常的细节之后。不过，通过仔细地体味，就可以从看似平淡的小场景中，感受到隐于其后的激荡深沉的悲哀，这是一种内敛、细腻的情感体验。《源氏物语》可以说是这种阴柔之美的悲剧典范。

在《源氏物语》中几乎感受不到节奏鲜明的故事情节，它的悲剧感不是依存情节的发展来表现，而是源于在作品中流动的悲哀的情感体验。《源氏物语》的第一卷《桐壶》是整部作品的引子，主要写了桐壶更衣备受天皇宠爱，因出身寒微而遭人嫉恨，最终郁悒而死。更衣之死是极为悲惨的事情，但是紫式部没有正面描写更衣与身份高贵的后妃之间的较量，也没有直接写出来自政治方面的压力，只细致入微地刻画了她亲身体验到的孤独、焦虑、恐惧等等情感。比如妃嫔们对桐壶的种种恶行，虽然不是直接描写她的孤独，却成为构造孤独情感时的材料之一。桐壶死后，深秋黄昏，皇上的枯坐凝思，寒气侵肤；桐壶娘家庭院荒芜，花木凋零，无不成为孤独体验所构成的意象。随着意象的转换，种种情感的体验也在行文中缓缓流动。情节在这里已经屈居次要地位，成为感情的背景，其发展也不再以冲突作为内在动力，而是以情感体验的需要为准绳。这样，情节发展就缺少了它本身所具有的逻辑性、节奏感，而变得舒缓散漫，于细节中表现出各种情感的意象。紫式部着力营构的不是一个生动曲折的故事，而是一种如诗如画的意境，情节的发展只是为创造这样一种意境提供一条线索，使种种情感体验流动转换，借此来表现人物的内心世界。因而，作品一直在使用极富感情色彩的语言，同时夹以诗作，使接受者始终是在较为平静的心态之中接受作品的感情，从各种情感体验中感受悲剧性的、哀伤的意境。

所以，《源氏物语》是诗化的悲剧，它不断追求的是诗一般的意境和阴柔内敛的美学韵味。这种悲剧体验所表现出的平淡性和日常性，正是紫式部用以表达更为深沉的悲剧性感受的手法。

《源氏物语》中描写源氏一生不断地追求女人，从一个女人到另一个女人。源氏在不断追逐女人的时候，时时流露出淡淡的哀伤，这种哀伤不断流转，由排遣不尽的孤独、焦虑、怜悯、恐惧等情感体验构成。只是这种哀伤的情感体验是淡淡的，融入到源氏的日常生活中去，就算是十分强烈的感情，也因为被日常化而趋于平淡和缓。源氏与女人的关系之中最重要的部分之一，就是他和后母藤壶女御之间产生的恋情和通奸关系。想见藤壶又不能相见的焦虑，思念藤壶又无法排遣的孤独，深爱藤壶却又触犯人伦的极端恐惧，这些对整个作品来说都具有极其重要的意义。但是紫式部却没有把这些情感体验放在极其可怖、超出日常的情节中去写，而是把源氏与藤壶的通奸情节完全隐去，只在相关的情节中暗示他们的通奸行为。这样就把源氏的悲剧情感体验完全在日常化的生活中进行表现，就算是极其恐怖的体验也被这种日常性淡化了，从而使本应激烈的冲突在极为平淡的悲剧体验中缓和下来，也就是以平面化的悲剧性情感体验构造作品的冲突。

源氏追求空禅而不得，遂产生孤独、焦虑的情感体验，这与源氏和其他女人恋爱时的悲剧情感体验是没有直接联系的，不是他和藤壶、紫上之间体验的延伸，成为单独的悲剧情感体验的单元。整部小说就是在这种舒缓、恬淡，时时断开的情感流动的结构中，来表现紫式部所体味的悲剧。几乎每一个故事都是独立的，这样源氏每一次恋情的感受也几乎是不相关联的，于是当一种悲情尚未达到极点，就因为故事的转换戛然而止。悲剧性的情感体验只在一个故事中缓缓流动，而无法和其他故事相互呼应，使得情感的流脉是独立的而非连续的，始终难以推波助澜形成波澜壮阔的激烈场景。紫式部本人似乎也在追求这样的一种淡淡的情感体验，不是激烈冲突后的悲壮，而是平静生活中的哀伤。这看似平淡舒缓的哀伤之下，却深蕴着深沉强大的暗涌，因为它并非源于外界的压力或是命运的戏弄，而是植根于生命的无常意识和生活本身的无奈。

源氏的生活主要是追求女性，他不仅爱着自己的后母，也爱着作为养女的紫上。源氏对她们的爱不能不说是深挚而真诚，但是他的爱心并不能停留在这世上无双的美人身上，依然不断追求其他的女人，这里似乎表现了源氏的好色，但是源氏的孤独、恐惧、焦虑等等的情感体验都是由爱欲和现实之间的矛盾构成的，这是存在于各个独立故事中的平面的感情流动之下的深层冲突。源氏认为爱上一个女子，或是与一个女子分别，都是宿世所定，不可抗拒和避免。他注定要爱上某个女子，也注定会和另一个女子相遇。虽然在当时日本社会还没有建立一夫一妻制度，那种好色行为并未完全受到社会的禁止，还常常成为风流雅致的标志，但是，源氏的好色还是在一定程度上受到责难，他自己也为此产生了种种罪恶感。他常常倍加小心，对社会舆论、自己的妻子都有所顾及，但是他仍然抑制不住地去爱其他的女人。源氏的爱情注定了不可能停留在一个女人身上，必然会不断地流转。这种爱的流转，实际上就是无常，是一种深刻的虚无，是现实的爱心与无常之间的冲突。爱情的无常流转正是人世与生命的无常。源氏真心爱着他宿世必定遇到的女人们，不过也常常因无常世界而哀叹。在爱的追逐之中体验到了生命的无根漂浮状态。这正是紫式部在源氏身上所表现出来的矛盾的心态：一方面源氏作为她心目中的理想人物，他华美绝伦，精通六艺，才智超绝；另一方面又写他与众多女人的淫荡关系，与宫中老女官发生性关系，与有夫之妇相爱，甚至与后母通奸，害死夕颜，简直污浊不堪，难以入目。但是他居然会成为理想的男性形象，这实在是令人费解。其实紫式部是从无常观来解释源氏的好色行为。好色不是因为源氏这个完美无缺的人物本身存在缺陷，而是现世与生命本是一个无常之物，否则又如何理解源氏这个绝对完美人物身上不可饶恕的罪恶呢？欲望是瞬间生灭的无常之物，无常又是现世的不可解决的冲突，人不可能从无常之中解脱出来。在不可挣脱的无常之中，人完全处于无助状态，不能自救，也不能他救，这是人类生命最深刻的孤独，在这种孤独之中显现的是生命的本质。

所以，在《源氏物语》的世界里，每个人尽管平静淡然地生活，却因为宿世的牵扯，陷入深刻地自我冲突和矛盾中。这种徒劳无益却又无所依持的孤独挣扎，就是人自身生命的悲剧体验。这种悲剧体验不是依靠富于张力的激烈冲突，现实可感的悲剧情节，而是源于对生命自身的深刻体会和感悟，对世事无常的无奈与哀叹。它被构造成一种言简意幽的诗化氛围，用淡淡的哀伤透露出深刻的悲凉。这并非以情节本身的崇高来引动读者的震撼和悲哀的情绪，而是通过作品自身的情感来同化读者悲剧性的体验。因而，《源氏物语》的悲剧，是诗化的、内敛的悲剧体验。

（胡艳彬）

雪　国

［日本］川端康成

川端康成（1899—1972）是日本现代著名小说家，诺贝尔文学奖获得者。他自幼便陆续失去了所有的亲人。孤儿的遭遇与情感对他日后的生活和创作都产生了深刻的影响。1917 年以后，他先后就读于东京第一高等学校和东京大学。1924 年大学毕业后成为专业作家，还参与创办了文艺杂志《文学时代》，宣传“新的感觉”以及“新的表现”等文学主张，因而被称为新感觉派。

川端一生创作了 200 余篇小说，以中、短篇为主。此外还写了许多散文、随笔、讲演、诗歌等。他的创作以第二次世界大战为界，在内容上和思想倾向上都经历了复杂的演变过程。他的战前作品大多描写他的孤儿情感与失恋痛苦，也描写下层社会妇女的不幸遭遇及其对艺术、爱情的追求。较重要的作品包括《招魂节一景》（1921）、《致父母的信》（1923）、《十六岁的日记》（1925）、《伊豆舞女》（1926）、《温泉旅馆》（1929—1930）以及《禽兽》（1933）等。战时他对战争、政治都不感兴趣，仍然创作以下层妇女的生活和命运为主题的作品，《雪国》（1935—1947）是这一时期的代表作品。战后，他一方面创作表现普通人的生活与情感的作品，如《舞姬》（1951）、《名人》（1954）和《古都》（1962）等，另一方面创作了一批以色情享受、变态性爱为题材的作品，如《千鹤》（1952）、《山之声》（1954）、《睡美人》（1962）以及《一只胳膊》（1964）等，反映出他内心进一步滋长的虚无与悲哀情绪。

1968 年川端康成以《雪国》、《千鹤》和《古都》三部作品荣获诺贝尔文学奖。1972 年 4 月 16 日在工作室用煤气自杀身亡。

作品梗概

生活悠闲空虚的岛村坐在东京开往雪国的火车上，思念着雪国的驹子。在火车上，他与叶子、行男邂逅。车外暮色降临，车内灯光明亮。叶子冷艳的面容映在车窗上，与日暮野景重叠起来，令岛村感到无法形容的美，心灵为之震颤。他们在同一个车站下了车。

岛村来到旅馆后看到驹子，发现她还是当了艺妓。岛村走后连信也没写过，但一见面，驹子的整个身心就又依恋着他。

岛村第一次来到雪国是新绿滴翠的季节。他爬山回来，女佣给他领来了艺妓驹子。驹子出奇地洁净。她坦直地说起自己的身世：生在雪国，在东京当女侍陪酒时，被人赎出身来，本想做舞蹈师傅谋生，但不久那个男人就死了。

第二天下午，姑娘到岛村房里来，岛村要她帮着找一个艺妓，她拒绝了。岛村表示他是想和她清清白白地做朋友，驹子跟他亲近起来。晚上，驹子酒醉后闯进岛村的房间并留了下来。

岛村第二次来到雪国。驹子说自己经常记日记、做读书笔记，岛村却说这是徒劳。清晨，驹子面对镜子梳妆，雪色在镜子上闪着白光，雪色上又反映出驹子的绯红面颊。岛村感到一种说不出的洁净和美。

下午岛村散步时，驹子不顾窘迫，当着几个艺妓的面追上他，带他到自己的住处。她说起师傅的儿子行男患的是肠结核，是从东京回到温泉村等死的。这时响起了叶子那清澈悠扬、美得不胜悲凉的声音。岛村想起了昨夜的印象，觉得美不可言。

盲人女按摩师告诉岛村，驹子为挣钱给师傅的儿子行男治病才当了艺妓。岛村想到驹子是少爷的未婚妻，叶子是他的新情人，而少爷又不久于人世，脑海里又浮现出“徒劳”二字。

晚上，来旅馆陪酒的驹子又来到岛村的房间，并一直留在那里。岛村听着她技艺娴熟的三弦演奏，认为她这种生活作为也是虚无的徒劳。

岛村离开雪国那天，驹子到车站送行。叶子跑来说行男病危，驹子以送客为由不肯回去。岛村劝他，她说不愿看着一个人死掉。这话既像冷酷无情，又像充满炽烈的爱。岛村迷惑不解。

岛村第三次来到雪国时正是蛾子产卵、萱草茂盛的秋季。驹子不愿谈行男的死，反而讲送别的难过；又抱怨岛村失约，为等他观看驱鸟节，她连师傅生病都没有服侍。岛村得知驹子和一个男人的关系已断断续续维持了五年，但始终讨厌那人。她甚至想放荡一次，好跟他一刀两断。

旅馆开始接待参观枫叶的客人。叶子也来帮忙。岛村一想到叶子在这里，叫驹子时就有了顾忌。他觉得叶子仿佛能洞察一切，同时又为她吸引。驹子担心自己的名声，但仍常常不期而至。

叶子请岛村把自己带到东京去，又请他好好对待驹子。一天晚上，驹子突然问岛村，他是不是想要叶子。岛村试图转移话题，却引起驹子心中难以抑遏的悲哀。

冬季临近时，岛村终于决定回东京了。临行前，村里的茧仓失火，叶子死了。那一刹那，仿佛照彻了他与驹子共度的岁月，惨痛和悲哀正存乎其间。

作品节选

…………

穿过县境上长长的隧道，便是雪国。夜空下，大地赫然一片莹白。火车在信号所前停了下来。

姑娘从对面的座位上起身走来，放下岛村面前的车窗。顿时卷进一股冰雪的寒气。姑娘探身窗外，朝远处喊道：

"站长先生！站长先生！"

一个男人提着灯，慢腾腾地踏雪走来。围巾连鼻子都包住了。帽子的皮护耳垂在两边。

岛村眺望窗外，心想：竟这么冷了么？只见疏疏落落的几间木板房，像是铁路员工的宿舍，瑟缩在山脚下。不等火车开到那里，雪色就给黑暗吞没了。

"站长先生，是我。您好。"

"哦，是叶子姑娘呀！回家吗？天儿又冷起来啦。"

"听说我弟弟这次派到这儿来工作，承您照顾啦。"

"这种地方，恐怕耽不了多久，就会闷得慌了。年纪轻轻的，也怪可怜的。"

"他还完全是个孩子，请您多加指点，拜托您了。"

"好说好说，他干活很卖力。这往后就要忙起来了。去年雪可大哩，常常闹雪崩，火车进退不得，村里送茶送饭的也忙得很呢。"

"站长先生，看您穿得真厚实呀。弟弟来信说，他连背心还都没穿呢。"

"我穿了四件衣服。那些年轻后生，一冷便光是喝酒。现在着了凉，一个个横七竖八全躺在那儿了。"

站长朝宿舍方向扬了扬手上的灯。

"我弟弟他也喝酒么？"

"他倒不。"

"您这就回去？"

“我受了点伤，要去看医生。”

“噢，这可真是的。”

站长的和服上罩着外套，似乎想赶紧结束站在雪地里的对话，转过身子说：

“那么，路上多保重吧。”

“站长先生，我弟弟这会儿没出来么?”叶子的目光向雪地上搜寻着。

“站长先生。我弟弟就请您多照应，一切拜托了。”

她的声音，美得几近悲凉。那么激扬清越，仿佛雪夜里会传来回声似的。

火车开动了，她仍旧没从窗口缩回身子。等火车渐渐赶上在轨道旁行走的站长时，她喊道：

“站长先生，请转告我弟弟，叫他下次休息时，回家一趟。”

“好吧——”站长高声答应着。

叶子关上窗子，双手捂着冻红的脸颊。

这些县境上的山，经常备有三辆扫雪车，以供下雪天之用。隧道的南北两端，已架好雪崩警报电线，还配备了五千人次的清雪民夫，再加上二千人次的青年消防员，随时可以出动。

岛村听说这位名叫叶子姑娘的弟弟打冬天起，便在这行将被大雪掩埋的信号所干活后，对她就越发感兴趣了。

然而，称她“姑娘”，不过是岛村自己忖度罢了。同行的那个男子是她什么人，岛村自然无从知道。两人的举止虽然形同夫妻，但是，男的显然是个病人。同生病的人相处，男女间的拘谨便易于消除，照料得越是周到，看着便越像夫妻。事实上，一个女人照顾比自己年长的男子，俨然一副小母亲的样子，别人看着不免会把他们当成夫妻。

岛村只是就她本人而论，凭她外表上给人的印象，便擅自认为她是姑娘而已。或许是因为自己用异样的目光观察得太久，结果把自己的伤感也掺杂了进去。

三个小时之前，岛村为了解闷，端详着左手的食指，摆弄来摆弄去。结果，从这只手指上，竟能活灵活现感知即将前去相会的那个女人。他越是想回忆得清楚些，便越是无从捉摸，反更觉得模糊不清了。在依稀的记忆中，恍如只有这个指头还残留对女人的触感，此刻好似仍有那么一丝湿润，把自己带向那个遥远的女人身边。他觉得有点不可思议，时时把手指凑近鼻子闻闻。无意之中，这个指头在玻璃窗上画了一条线，上面分明照见女人的一只眼睛，他惊讶得差点失声叫出来，因为他魂牵梦萦正想着远方。等他定神一看，不是别的，原来是对面座位上那位姑娘映在玻璃上的影子。窗外，天色垂暮；车中，灯光明亮。窗上玻璃便成了一面镜子。但是暖气的温度使玻璃蒙上了一层水汽，手指没有擦拭之前，便不成其为镜子。

单单映出星眸一点，反而显得格外迷人。岛村把脸靠近车窗，赶紧摆出一副旅愁模样，装作要看薄暮景色，用手掌抹着玻璃。

姑娘上身微微前倾，聚精会神地守视着躺在面前的男人。从她肩膀使劲的样子，带点严肃、眨也不眨的目光，都显出她的认真来。男人的头靠窗枕着，蜷着腿，放在姑娘身旁。这是三等车厢。他和岛村不是并排，而是在对面一排的另一侧。男人侧卧着，窗玻璃只照到他耳朵那里。

姑娘恰好坐在岛村的斜对面，本来劈面便瞧得见，但是他俩刚上车时，岛村看见姑娘那种冷艳的美，暗自吃了一惊，不由得低头垂目；蓦地瞥见那男人一只青黄的手，紧紧攥着姑娘的手，岛村便觉得不好再去多看。

映在玻璃窗上的男人，目光只及姑娘的胸部，神情安详而宁静。虽然身疲力弱，但疲弱之中自是流露出一种怡然的情致。他把围巾垫在脑下，再绕到鼻子下面，遮住嘴巴，接着向上包住脸颊，好像一个面罩似的。围巾的一头不时落下来，盖住鼻子。不等他以目示意，姑娘便温存地给他掖好。两人无心地一遍遍重复，岛村一旁看着都替他们不耐烦。还有，裹着男人两脚的下摆，也不时松开掉了下来。姑娘会随即发现，重新给他裹好。这些都显得很自然，此情此景，使人觉得他俩似乎忘却了距离，仿佛要到什么地角天涯去似的。这凄凉的情景，岛村看着倒也不觉得酸楚，宛如在迷梦中看西洋镜似的。这或许因为所看到的景象，是从奇妙的玻璃上映现出来的缘故。

镜子的衬底，是流动着的黄昏景色，就是说，镜面的映像同镜底的景物，恰似电影上的叠印一般，不断地变换。出场人物与背景之间毫无关联。人物是透明的幻影，背景则是朦胧逝去的日暮野景，两者融合在一起，构成一幅不似人间的象征世界。尤其是姑娘的脸庞上，叠现出寒山灯火的一刹那顷，真是美得无可形容，岛村的心灵都为之震颤。

远山的天空还残留一抹淡淡的晚霞。隔窗眺望，远处的风物依旧轮廓分明。只是色调已经消失殆尽。车过之处，原是一带平淡无趣的寒山，越发显得平淡无趣了。正因为没有什么尚堪寓目的东西，不知怎的，茫然中反倒激起他感情的巨大波澜。无疑是因为姑娘的面庞浮现在其中的缘故。映出她身姿的那方镜面，虽然挡住了窗外的景物，可是在她轮廓周围，接连不断地闪过黄昏的景色。所以姑娘的面影好似透明一般。那果真是透明的么？其实是一种错觉，不停地从她脸背后疾逝的垂暮景色，仿佛是从前面飞掠过去，快得令人无从辨认。

车厢里灯光昏暗，窗玻璃自然不及镜子明亮，因为没有反射的缘故。所以，岛村看着看着，便渐渐忘却玻璃之存在，竟以为姑娘是浮现在流动的暮景之中。

这时，在她脸盘的位置上，亮起一星灯火。镜里的映像亮得不足以盖过窗外这星灯火；窗外的灯火也暗得抹煞不了镜中的映像。灯火从她脸上闪烁而过，却没能将她的面孔照亮。那是远远的一点寒光，在她小小的眸子周围若明若暗的闪亮。当姑娘的星眸同灯火重合叠印的一刹那顷，她的眼珠儿便像美丽撩人的萤火虫，飞舞在向晚的波浪之间。

叶子当然不会知道，自己给别人这么打量。她的心思全放在病人身上。即便转过头来朝着岛村，也不可能望见自己映在窗玻璃上的身影。恐怕更不会去留意一个眺望窗外的男人了。

岛村暗中盯着叶子看了好一会儿，忘了自己的失礼，想必是镜子的暮景有股超乎现实的力量，把他给吸引住了。

所以，她刚才喊住站长，真挚的情义盎然有余，也许岛村那时早就出于好奇，对她发生了兴趣。

车过信号所后，窗外一片漆黑。移动的风景一旦隐没，镜子的魅力也随即消失。尽管叶子那姣好的面庞依然映在窗上，举止仍旧那么温婉，岛村却在她身上发现一种凛然的冷漠，哪怕镜子模糊起来也懒得去擦了。

然而，事隔半小时之后，出乎意料的是，叶子他们竟和岛村在同一个站下车，他觉得好像要发生什么跟自己有点关系的事似的，回过头去看了一眼。但是，一接触到月台上凛冽的寒气，对方才火车上自己的失礼行为，顿时感到羞愧起来，便头也不回地绕过火车头径自走了。

男人把手搭在叶子肩上，正要走下轨道，这边的站务员急忙举手制止。

不一会儿，从黑暗处驶来长长一列货车，将两人的身影遮住了。

…………

雪中绩麻，雪中纺织，雪水漂洗，雪上晾晒。从绩麻到织布，都在雪中完成。所以古书上写道：有雪才有绉布，雪为绉布之母。

在漫长的雪季，织这种麻绉是农妇村姑的手工艺。岛村在估衣铺里搜求过这种雪国产的麻绉，用来做夏服穿。因舞蹈方面的关系，他认识经营古典戏装的旧货店，甚至托他们，但凡有什么好货色，便留给他看看。他喜欢这种麻绉，有时也做成贴身的单衣。

据说，从前每逢拆下挡雪帘子，到了冰雪解冻的春天，便是麻绉上市的季节。收购麻绉的商贾，从东京、大阪和京都远道而来，甚至有固定的常住旅店。姑娘们辛苦半年，精心织的麻绉，也为的是赶这个一年中的头一个集市。远村近郭的男男女女都云集到此，耍把戏的，卖东西的，摊头鳞次栉比，就跟城里庙会一般热闹。绉布上拴着纸签，写着织布人的姓名、住处，按着布的成色定为一等二等。这也成了挑选媳妇的标准。得从小学起，若非十五六至二十四五的年轻姑娘，是绝对织不出好绉布来的。年纪一大，织出来的绉布就缺少光泽。姑娘们要想成为数一数二的织布能手，势必得下番苦功，磨炼自己的手艺不可。每年旧历十月开始绩麻，到第二年二月中晾完。隆冬雪天，别无杂事，才能专心致志于这门手艺。产品中，自是凝聚了织女的一番心血。

岛村穿的麻绉中，说不定就有明治初年，甚至更早的江户末年的姑娘织的料子呢。

直到现在，岛村还把自己的麻绉拿出去“晾雪”。把不知从前是什么人穿过的旧衣服，每年送到产地去晾，固然是件麻烦事，但是想到姑娘们当年在大雪天里，那么兢兢业业，便不由得想要送到织女所在地去好好晾晾。白麻，晾在深厚的雪地上，映着朝阳，染上一层红色，浑然分不出是雪，还是布。每当想起这一情景，夏天的污秽便好像已涤荡无遗，自己的身体也像晾晒一遍，觉得那么舒适。不过，晾晒之类都由东京的估衣店代办，至于古代晾法，究竟有没有传下来，岛村便不得而知了。

不过，晾麻店是自古就有的。织女很少自织自晾的，大抵都送到晾麻店去。白绉布是先织后晾，而带色的，则在纺成麻纱之后，便先期晾在绷架上。白绉布是直接铺在雪地上晾，从旧历正月晾到二月。所以，据说有时就把盖着积雪的田地当成晾麻的场所。

无论是布还是纱，都要在灰水里浸上一夜，第二天早晨用清水漂过几道，绞干再晾。如是者，反复几天。待到白绉晾晒接近完工时，遇到一轮朝日照在上面，红彤彤的景色，蔚为壮观，无可形容。难怪古人在书上写道：希望南国庶众，也能一饱眼福。而晾事一了，便预示着雪国之春即将来临。

绉布的产地离这个温泉村很近。就在山峡渐渐开阔，河川下游的平原上，从岛村的房间似也隐约可见。从前有绉布市集的村镇，现在都修了火车站，成了有名的机织工业区了。

但是，无论穿麻绉的盛夏，抑或织麻绉的寒冬，岛村都没有来过这个温泉村，所以也就无从和驹子提起麻绉的事。而且，他也不是专门探求古代民间工艺遗迹的那种人。

然而，在澡塘里听见叶子的歌声，岛村忽然想到，倘如这姑娘生在古时，在纺车和织机旁准是也这么唱歌的。叶子的歌声，富于那种古朴的情调。

麻纱比毛发还细，如果不借助天然冰雪来回潮一下，便更难处理，据说在阴冷季节最为合适。古人说，数九寒天织的布，三伏天穿着最为凉爽，这乃是阴阳和合，自然之道。即便是缠着岛村不放的驹子，身上似乎也有着某种凉意。因此，她热情奔放之时，岛村便格外怜惜。

但是，这种情爱，远不如一匹麻绉那么实在，麻绉还能以确切的形式保存下来。在工艺品中，穿着用的布匹寿命最短，但只要保存得好，即便是五十年前的麻绉，都不褪色，仍旧可穿。然而，人的情爱竟不及麻绉来得持久。岛村茫茫然想到此处，脑海里蓦地出现驹子日后给人生儿育女，做了母亲的模样。他倏然惊觉，向四周打量了一下。心里想，可能是太累了。

他这次逗留这么久，好像把妻儿家小都给忘记了。倒也不是因为难舍难分，只是盼望驹子时时前来相会，已经成了习惯。驹子越是这样苦苦追求，岛村越是责备自己，难道自己已经心如死灰了么？也就是说，明知自己寂寞，却又不思摆脱。驹子闯入自己的心灵，岛村觉得很不可思议。她的一切，岛村都能理解，而岛村的一切，驹子似乎毫无所知。驹子撞上一堵虚无的墙壁，那回声，岛村听来，如同雪花纷纷落在自己的心坎上。岛村毕竟不可能由着自己的性儿，永远这样下去。

…………

火大概是在摆放映机的房门口烧起来的。茧仓的半边屋顶和墙壁已经烧掉，柱子和房梁还竖在那里冒烟。除了木板顶、板墙和地板之外，茧仓里空空的，所以里面的烟并不怎么大。屋顶上浇了很多水，看样子烧不起来了，但火还在蔓延，在意想不到的地方又会冒出火苗来。三台抽水机赶忙去浇，于是忽地一下，火星四溅，冒出一股浓烟。

火星溅落在银河里，岛村好像又给轻轻托上银河似的。黑烟冲向银河，而银河则飞流直下。水龙没有对准屋顶，喷出的水柱晃来晃去，变成一股白蒙蒙的烟雾，宛如映着银河的光芒。

驹子不知什么时候靠了过来，这时握住岛村的手。岛村转过头去看了一眼，没有做声。驹子神情专一，两颊绯红，只管望着火。火光起伏，在她脸上摇曳。一阵激情顿时涌上岛村的心头。驹子的发髻松了，伸着脖子。岛村倏地想伸过手去，但是指尖簌簌颤抖。他的手发热，驹子的手更烫。不知怎的，岛村感到别离已经迫在眼前了。

房门口的柱子还是别的什么火又烧了起来。水龙一齐喷射过去，屋脊和横梁嘶嘶冒着热气，随即倾坍下来。

突然，围看的人群“嗳呀”一声，倒抽一口冷气，只见一个女人落了下来。

茧仓兼作戏园，二楼尽管徒具形式，却也设有座位。虽然说是二层，其实很低，从楼上掉到地上，照理只是转瞬之间的事，但时间长得好像足以让人看清掉下来的姿势。也许那样子很怪，跟木偶似的。所以，一眼看过去便知道，她已经不省人事了。掉在地上没有声音。地上是一汪水，所以，也没有扬起尘土。人正落在新蔓延的火苗和余烬复燃的死火之间。

一条水龙对着余烬的火苗，喷出一道弧形的水柱。就在水柱前面，忽然现出一个女人的身体，便那么落了下来。她在空中是平躺着的，岛村顿时怔住了，但猝然之间，并没有感到危险和恐怖。简直像非现实世界里的幻影。僵直的身体从空中落下来，显得很柔软，但那姿势，如同木偶一样没有挣扎，没有生命，无拘无束的，似乎生死均已停滞。要说岛村闪过什么念头，便是担心女人平躺着的身体，会不会头朝下，或腰腿弯起来。看着像会这样，结果还是平着掉了下来。

“啊——!”

驹子划然尖叫一声，捂上眼睛。岛村的眼睛则一眨也不眨地凝视着。

掉下来的是叶子。岛村是在什么时候知道的呢？人群的惊呼和驹子的尖叫，实际上好像发生在同一瞬间。叶子的小腿在地上痉挛，也在那一瞬间。

驹子的尖叫，直刺岛村的心。看着叶子的小腿痉挛，岛村的脚尖也都跟着发凉，抽搐起来。在这令人难耐的惨痛和悲哀的打击下，他感到心头狂跳。

叶子的痉挛微乎其微，简直觉察不出来，而且马上便停住了。

在叶子痉挛之前，岛村先已看见她的脸庞和红色箭条花纹的衣服。叶子是仰面掉下来的。衣服的下摆一直翻到一条腿的膝盖上面。碰到地上，也只有小腿痉挛了一下，整个人仍是神志不清的样子。不知为什么，岛村压根儿没想到死上去，只感到叶子的内在生命在变形，正处于一个转折。

叶子掉下来的二楼看台上，接连又倒下两三根木头。在叶子的脸部上面燃烧起来。叶子闭上了那顾盼撩人的眼睛。翘着下巴，仰着脖子。火光在她苍白的脸上闪过。

岛村蓦地想起几年前，到这个温泉村与驹子来相会的途中，在火车上看到叶子的脸在窗上映着寒山灯火的情景，心头不禁又震颤起来。一刹那顷，仿佛照彻了他与驹子共同度过的岁月。那令人难耐的惨痛和悲哀，也正存乎其间。

驹子从岛村身旁冲了过去。这一举动和她划然惊叫，捂上眼睛，几乎就在同一瞬间，也正是人群“嗳呀”一声，倒抽一口冷气的时刻。

烧得黑糊糊的灰烬浇了水，七零八落地掉了满地。驹子托着艺妓的长下摆，磕磕绊绊地跑了过去。她把叶子抱在胸前，想往回去，脸上现出用劲的样子。而叶子垂着头，脸上像即将临终时那样漠然，毫无表情。驹子如同抱着她的祭品或是对她的惩戒。

人墙开始溃散，你一言我一语的，拥上去围住她俩。

“让开！请让开！”

岛村听见驹子的叫声。

“这孩子，疯了，她疯了！”

驹子发狂似的叫着，岛村想走近她。但被那些要从驹子手中接过叶子的男人家，挤得东倒西歪的。当他挺身站住脚跟时，抬眼一望，银河仿佛哗地一声，向岛村的心头倾泻下来。

（选自高慧勤译：《雪国》，人民文学出版社，2008 年版）

作品赏析

《雪国》是川端康成的一部中篇小说。川端从 1934 年底在雪国的汤泽温泉动笔，陆续以不同的标题在不同刊物上发表，到 1948 年出版单行本，前后共用了 15 年。

《雪国》描写的是东京的舞蹈艺术研究家岛村三次到雪国去，和当地的一名艺妓驹子由邂逅而爱恋的生活经历，以及他同时被少女叶子所吸引，对她流露出倾慕之情的情感历程。作品通过岛村的视角和意识观照驹子和叶子的形象和性格，既展示出以岛村为代表的日本中产阶级知识分子的典型心态，又描绘出下层妇女，特别是舞姬、艺妓、女侍者、女艺人的悲惨命运。

岛村是靠祖产过活的人。他生活阔绰，悠闲自在，对一切都玩世不恭，对人生持虚无态度，认为一切都是徒劳。即使面对痴情的驹子，也是以冷漠的眼光和心情去追逐她的肉体，同时又不满足地渴望女人的情感。尽管川端极力否认岛村就是自己，但这个人物身上处处流露着川端的思想、情绪、经历和情感。作家通过岛村表现出 20 世纪 30 年代日本中产阶级知识分子的一种心态。

小说也刻画了以驹子和叶子为代表的日本下层妇女的形象。驹子的形象塑造得现实而饱满，叶子的形象则勾画得朦胧而虚幻；小说多次细致入微地描绘了驹子的艳丽容貌，突出她的“洁净”之美，也多次形容叶子的声音“美得不胜悲凉”，暗示了她的空灵之美。尽管两个女性分别代表了川端的两种截然不同的女性理想，但她们对爱情、生活的追求和向往是相同的，命运的结局也是相同的。驹子为生活所迫，做了一名艺妓，但并不甘愿沦落风尘。她坚持记日记、做读书笔记、刻苦练习三弦，对爱情执着热烈；而叶子先是把纯真的感情投入到行将死亡的行男身上，行男死后天天到坟上去寄托自己的情思，又毫无目的地想到东京去闯荡一番，最后却在火灾中使生命获得一个结局。两个热情少女的毁灭过程通过岛村的冷漠眼光逐步演示出来，这种强烈的反差使《雪国》具有了震撼人心的力量。

川端始终以一种淡泊、忧郁、敏感而细腻的笔法讲述这个雪国故事，从中传达出川端的美学追求和艺术探索。也正因为如此，《雪国》才成为日本现代文学的代表作品，更成为日本古典美学传统的现代体现和延伸。

川端对日本的传统美做过许多论述和思考。他认为一千多年前的平安朝文化是日本美的源流；从和歌集《古今集》到《源氏物语》、《枕草子》等作品构成了日本的美学传统。这种美学传统表现为对春夏秋冬自然景物的关切，也表现为对超然物外、澄明寂静心态的追求，还表现为或者幽玄妖艳，或者空灵虚幻的美学情趣。川端自己宣称“决心要成为日本式的作家，希望能继承日本的美学传统”，要努力表现日本的传统美。

在《雪国》中，川端对日本传统美的追求就体现在对季节、景物、女性的描写上。他常常在季节变化交替当中描绘多姿多彩的自然景物；又在感伤、悲哀的情绪下展开故事的情节。自然景物之美与个体意识之悲既相互并行，又完美融合，为作品确立了既美且悲的美学基调。例如作品写新绿滴翠的登山季节岛村与驹子的邂逅，表现出生活的美丽；写冰天雪地的严冬季节里岛村与驹子的重逢以及对叶子的渴求，表现出人生的徒劳与悲哀。作品还有意描写了岛村观赏雪中绩麻，却从中看出“人的情爱竟不及麻绉来得持久”。……所有这些都显现出川端对自然、人生、爱情与美的深切感受与体味。

在艺术追求上，川端既受日本古典文学的熏陶，又受西方现代派文学的影响，探索东西结合的表现手法，即“新感觉派”的艺术手法。这种手法强调感觉至上，甚至宇宙万物都在个人直觉的掌握之中；以直觉观察事物，使客观事物渗透了主观的精神，成为“主观的扩大”。川端运用自由联想、意识流动、瞬间感受等表现手法，捕捉客观事物给人物主体留下的瞬间意象或感觉。《雪国》就是运用这一表现手法的典范之作。特别是小说的开头和结尾最为人称道。例如开头一段没有具体描绘叶子的美貌，而是在暮色苍茫的雪景中、在列车运行的过程中、在岛村的主观意识中、在映在车窗玻璃的影像中，映照出叶子的冷艳、空灵和神秘之美。可见，这种表现手法适合表现作家的审美情趣，二者相得益彰，为作品平添了无尽的韵味。

《雪国》的篇幅虽然不很长，但充分体现了川端文学创作的独特风貌。特别值得一提的是，“在第二次世界大战之后全盘美国化的过程中，川端先生通过自己的作品，以稳健的笔调发出呼声：为了新日本，应当保存古代日本的美与民族的个性”。同时，他“以敏锐的感受、高超的叙事技巧，表现了日本人的精神实质”（安德斯·奥斯特林语）。川端康成的作品在建设日本现代文化传统方面、在塑造日本现代民族性格方面都产生了悠远而潜在的影响。

（周辉）

再版后记

为使教材结构更为合理，作品节选更为精当，修订版增补了俄罗斯文学、未来主义诗歌、后现代主义文学、东方文学作品各一部，包括《叶甫盖尼·奥涅金》《蜜腊波桥》《阿莱夫》《源氏物语》；对个别译本节选和作品赏析做了相应调整。在编撰过程中，得到了很多专家学者的热情帮助，如中国人民大学教授杨慧林、杨恒达，北京大学教授顾蕴璞、臧仲伦、冯加，北京外国语大学教授李德恩，社科院外文所研究员郭宏安、刘文飞，中央党校教授吴健恒，新华社高级编辑王永年等。各位先生或撰写赏析，或惠寄译稿，并且对所选译文作了再次修订，其虚怀若谷、认真负责、精益求精的精神每每令编者感佩不已。有这些大师级的翻译家和学者参与，实乃读者幸事。感谢我的研究生卢慧亮、魏姣和张天翀为本书部分作品的选稿所做的工作。感谢关注本书的所有热心读者，正是那些宝贵的意见和建议成为本书修订的最大动力。

编者

2007 年 3 月

第3版后记

从再版至今已经过去了六年，人与事都发生了一些变化。作家艾特玛托夫和李德恩教授相继离我们远去，但他们的文字仍陪伴并温暖着我们。因为版权问题，对《百年孤独》不得不忍痛割爱，和第2版时《生命不能承受之轻》的命运一样。好在它们在中国都有了广泛的知名度，读者可以去读中译全本。本版增补了福楼拜的《包法利夫人》和卡尔维诺的《寒冬夜行人》，它们分别是19世纪从现实主义向现代主义转型和20世纪后现代主义文学的标志性作品。作品节选部分对译本和选文也做了一些替换。感谢著名翻译家周克希先生、社科院外文所涂卫群研究员、译林出版社陆元昶编审、湛江师范学院王钦峰教授的热情支持和帮助。感谢我的博士生宋柳、罗妍和硕士生梁世超、黄洁、王晓艺为部分作品的节选所付出的努力。还有一位不愿具名的专业读者自本书问世以来一直给予了持续的关注，并提供了一系列非常宝贵的意见，在此深致谢忱。

编者

2013年11月

第 4 版后记

席卷全球的新冠肺炎疫情对我们现有的文明提出了严峻的挑战，它促使我们反思人与自然的关系以及人在世界上的位置。本次修订增添的几部经典作品在某种程度上回应了时代对文学的呼唤。阿斯塔菲耶夫的《鱼王》、爱默生的《论自然》和梭罗的《瓦尔登湖》将会为教材带来几抹绿色。它们分别由中国人民大学文学院梁坤教授、张振讲师，北京外国语大学周玮副教授执笔。篇幅原因，不得不舍弃狄更斯的《双城记》。首都师范大学的易晓明教授对《浮士德》的赏析进行了修订。近年来蓝英年教授和冯加教授分别修订过《日瓦戈医生》和《断头台》的译本，本书作品节选也相应做了替换。华文出版社的杨平总编辑、中国人民大学文学院的博士生崔子鹏和本科生黄焕波分别提供了《断头台》、《日瓦戈医生》和《鱼王》的电子版及寻书路径。在此，对这些负责而高效的作者、译者、出版者、学生一并表示深深的敬意和谢意。再次鸣谢那位未曾谋面、不愿具名的超级读者：第 4 版修订之际，他又以专业的眼光和为大学生及文学爱好者奉献精品教材的使命感提供了十分宝贵的建议。

编者

2021 年 2 月

图书在版编目（CIP）数据

外国文学名著选读 / 梁坤主编. --4 版. --北京 ：中国人民大学出版社，2021.9
21 世纪通才教育系列教材
ISBN 978-7-300-29709-5

Ⅰ. ①外… Ⅱ. ①梁… Ⅲ. ①外国文学-文学欣赏-高等学校-教材 Ⅳ. ①I106

中国版本图书馆 CIP 数据核字（2021）第 152894 号

21 世纪通才教育系列教材
外国文学名著选读（第 4 版）
主编 梁 坤
Waiguo Wenxue Mingzhu Xuandu

出版发行	中国人民大学出版社		
社 址	北京中关村大街 31 号	**邮政编码**	100080
电 话	010－62511242（总编室）		010－62511770（质管部）
	010－82501766（邮购部）		010－62514148（门市部）
	010－62515195（发行公司）		010－62515275（盗版举报）
网 址	http://www.crup.com.cn		
经 销	新华书店		
印 刷	固安县铭成印刷有限公司	**版 次**	2002 年 5 月第 1 版
开 本	720 mm×1000 mm 1/16		2021 年 9 月第 4 版
印 张	35.75 插页 1	**印 次**	2024 年 2 月第 2 次印刷
字 数	699 000	**定 价**	68.00 元